中国新诗论

姚国建　著

合肥工业大学出版社

图书在版编目(CIP)数据

中国新诗论/姚国建著．—合肥:合肥工业大学出版社,2017.6
ISBN 978-7-5650-2826-7

Ⅰ.①中…　Ⅱ.①姚…　Ⅲ.①新诗—诗歌研究—中国　Ⅳ.①I207.25

中国版本图书馆 CIP 数据核字(2016)第 131150 号

中国新诗论

姚国建　著　　　　责任编辑　王　磊

出　版	合肥工业大学出版社	版　次	2017 年 6 月第 1 版
地　址	合肥市屯溪路 193 号	印　次	2017 年 9 月第 1 次印刷
邮　编	230009	开　本	710 毫米×1010 毫米　1/16
电　话	艺术编辑部:0551-62903120	印　张	28.25
	市场营销部:0551-62903198	字　数	550 千字
网　址	www.hfutpress.com.cn	印　刷	合肥现代印务有限公司
E-mail	hfutpress@163.com	发　行	全国新华书店

ISBN 978-7-5650-2826-7　　　　定价:68.00 元

如果有影响阅读的印装质量问题,请与出版社市场营销部联系调换。

自　序

我对新诗的关注和热爱，缘于上大学时弥漫于校园的浓郁的诗歌氛围。那是整个民族开始“复活”、走向新的希望的季节，也是我们这群 1977 级大学生迈入新的征程、充满憧憬和诗意情怀的季节。我读的是中文专业，对文学自然满怀热忱。尽管那时由于种种原因，老师在课堂上讲的作家作品十分有限（很多课还没有教材，老师使用自编讲义教学），讲当代诗人主要还是郭沫若、艾青、郭小川、贺敬之等诗人，但我们已经可以从图书馆借到许多中外诗人的诗集，一些尘封已久的中外诗人诗作已开始进入我们的阅读视野。那时，荒芜已久的文学开始复苏，而诗歌又是文学界的报春鸟，以其活跃亮丽的身姿、陌生而神奇的声音吸引着我们年轻的目光和饥渴的心灵。北岛、舒婷、顾城等新人的诗作已在校园争相传阅，这些后来被称作“朦胧诗”的诗作，以其真诚的感受、敏锐的思考和独特的艺术表现，为我们打开了一个陌生而奇异的诗歌世界。这些诗很快引起大家的关注、讨论和模仿。课余时间，不少爱好文学的同学都开始尝试文学写作，其中写诗的同学最多。我自己也一度投入很大的精力去抄诗、读诗和写诗。那时，大家以发表诗歌为荣，也确实产生了一些有影响的校园诗人，他们当中有的后来成了中国诗坛的中坚力量。如今回想起来，那是青春与诗歌在春天相遇的时代，那更是一个诗歌令人瞩目、令人尊重的时代。也许是这个时代在我的心灵上留下了诗歌最美的身影，才滋生了我与诗歌的缘分，我对诗的忠诚。无论后来的社会、生活以及世道人心发生何种变化，我都没有离开诗歌这个难得的伙伴——这也算是我至今还能坚持读诗、研究诗、写诗评的一点缘由吧。

大学毕业后，我被分配到淮河岸边的蚌埠教育学院任教。中文系缺写作教师，系领导就安排我教写作。由于爱好写诗，又想提高诗艺水准，加上写作课也要讲诗歌写作，我在课余时间便开始研究诗歌。除了大量阅读中外诗人诗作外（特别是当时发表的青年诗人的诗歌），也读中外诗论、诗人创作论以及与诗歌相关的文学、美学、哲学、思维学、语言学等理论书籍。在阅读过程中，注意收集那些有个性、有意蕴、艺术特色鲜明的诗歌，从中探寻其成功的奥妙，试图总结出新诗写作的一些艺术要领。当我将大量的阅读感悟、自己的一些写作体验与诗歌理论思考结合起来时，就开始尝试写有关诗歌写作的文章，并开始在武汉大学的《写作》等期刊上发表。当时在全国影响很大的安徽《诗歌报》分期连载我写的《抒情诗写法探要》。远在辽宁主编《当代诗歌》的著名诗人阿红写信向我约稿。受此鼓舞，我开始不断地读诗，发现好诗，思考与诗歌写作的相关问题，撰写论文，先后在各类期刊发表了大约20万字左右的诗歌创作论。如《用审美的眼光发现诗》《论诗的“间离效果”》《论现代诗的艺术变形》《论诗的复合空间》《现代诗的空白美》等等。这段经历培养了我对诗歌的敏感与审美鉴赏力，让我学会将每一首诗都看作一个独立的艺术世界，一个诗人用生命、情感和智慧创造出来的体现各种元素巧妙熔铸、创新组合的艺术整体，其中每一个元素出现问题，都可能伤及诗的意境之美，影响诗的意蕴表达，破坏读者的审美期待。这养成了我重视从诗歌整体（包括诗的精神意蕴、诗的意象、诗的境界、诗的结构、诗的艺术手法、诗的语言等）去审视诗、评判诗的习惯，也让我切实感受到写诗、评诗的不易。这一段研究诗歌艺术的经历，为我后来从事诗人诗作研究打下了基础。

三十多年来，我的本职工作是教书。在课程教学、教学研究、教材编写、省级精品课程建设、教学改革等方面，都力求尽心尽力地做好每项工作，切实履行自己教书育人的职责。期间有十二年兼任中国写作学会会报《中国写作报》总编辑。这份由冰心、臧克家担任顾问，中国作家协会书记处书记、中华文学基金会会长张锲担任名誉社长的报纸，旨在面向全国青少年传播写作知识、开发写作智能、提供发表园地、培养写作人才。我为这份报纸的编稿、审稿等做了较多具体工作。我本人编发的文章就达1000万字以上（不包括审稿），为培养青少年写作人才尽了一份心力。此外，还担任了十四年的系主任。我将大量精力投入到系部管理工作上。特别是从2004年三校合并申本到2012年6月我卸任系主任，正赶上学校发展也是系部发展的关键时期。一切从头开始，一切需要奋力开拓。从人员的融合、理念的转变、机构的设置、人才的引进到制度建设、学科建设、专业申办、实验室建设、系部管理等等，都需与班子成员及全系教师一起凝心聚力，顽强拼搏。我的主要精力都是围绕着一次接一次的检查、一轮接一轮的评估、一个接一个的申办本科专业以及设法办好专业、通过专业学位评估等等而开展各项具体的工作，工作头绪繁多，应接不暇，责任重，压力大，必须全副身心地投入，常常晚上还在学校加班加点，忙得像个无法停下的陀螺。好在学校终于顺利升本，并且很快由市管高校转为省管高校，学校及系部的各项事业也都在新的平台上获得较快的发展。为此，我感到所有的付出都是值得的。只是牵挂于心的诗歌研究在这段时间常常中断，偶尔拾起，也属于零敲碎打，难成规模。

我对中国新诗问题的研究，是因为我觉得当下新诗创作出现了种种问题，广大读者对新诗现状越来越不满。新诗在表面繁荣的背后也隐藏着种种危机。一些诗人对写诗缺少诗歌理想和敬畏之心，诗歌观念混乱，认为随便宣泄都是诗，导致诗的精神品位下滑，诗的艺术特征丧失，诗的形象缺少艺术转换，诗的语言缺少创新性，不能给读者带来耐人寻味、启人深思的审美享受。遍地都是诗人，但缺少世界级的大诗人；每天都涌出海量诗歌，但缺少广为流传、影响深远的诗歌精品。与中国古典诗歌的辉煌、外国诗歌的高峰地位相比，中国新诗还有很大的距离。作为诗歌研究者要有问题意识，要敢于发现问题，分析问题，并且要探索和寻找解决问题的路径，于是撰写了《中国新诗发展中的三大问题及其解决路径》一文，发表在上海的《学术月刊》上（后来获得了蚌埠市第六次哲学社会科学优秀成果一等奖）。在此基础上，我主持申报了安徽省哲学社会科学规划项目"新诗发展中的问题及其解决路径研究"，几篇论文便是这个项目研究的成果。

在对诗人研究方面，涉及的诗人虽有多位，但研究时间较长、用力最多的是冯至、郑敏、牛汉三位杰出诗人。冯至诗歌深受德国诗人里尔克的影响，他的《十四行集》是中国新诗史上丰碑式作品。其诗作简练质朴，深沉隽永，常常给人带来高远的启迪和无穷的意味。可惜，由于种种原因，他的诗歌并没有得到应有的重视和全面、深入的研究，其诗作也并不为广大读者所了解。诚如郑敏在《忆冯至吾师》中所言："在这个有崇尚浪漫主义和革命现实主义的强烈倾向的国家，百年来受颂扬的诗家多是以气势为长，或者以辞藻取胜，对冯至先生这种充满内在智慧，外观朴实的诗有所忽视。世间是浮躁喧嚣的，闪光刺目者在短时间内总是首先吸引镜头，这是常情，不是奇怪。"[①] 有感于此，我在2002年2月至2003年9月这段时间常常翻阅他的诗，研究他的诗，并写出《冯至诗歌论》。由于论文太长，后来只节选发表了《论冯至诗歌的哲学意蕴》《论冯至诗的艺术特征》等。

我于2000年开始关注牛汉、郑敏两位杰出诗人的诗作。这两位被誉为中国诗坛"常青树"的诗人，虽然人生经历、创作经历、艺术风格不同，却在虔诚写诗、视诗如命、以诗为伴等方面有着惊人的相似，并且无论在怎样艰难的处境下都能做到人品与诗品、人格与诗格的完美统一，这在中国现当代诗人当中实属难得，也赢得了整个诗坛及广大读者的敬重。他们的诗歌创作穿过世纪的风云，衔接着中国现代诗歌与当代诗歌。牛汉是“七月诗派”的继承者和拓展者，郑敏是“九叶诗派”的传承者和超越者。他们的创造历程，就是一部中国新诗发展史的缩影。正如著名文学评论家王富仁教授所指出的那样：“在活着的诗人当中，有两个人的诗是应当予以特别注意的，一个是牛汉，一个是郑敏。这两个人的重要，不但因为他们是诗人，同时还因为他们就是中国现当代诗歌史。他们从四十年代就开始写诗，一直写到现在，至今仍然作为著名诗人活跃在中国诗坛上。”② 作为诗歌研究者，我非常敬佩两位诗人的人品与诗品，非常喜欢他们那发自生命与内心，又融汇着自己对自然、社会、人类、宇宙独特感悟与沉思的诗歌，还喜欢牛汉如星光般闪烁的诗学思想，喜欢郑敏如大海般深邃的诗学理论。我从他们诗歌中获得宝贵的人生启迪，也从他们的诗学理论中汲取到丰沛的艺术智慧。每每手不释卷地读他们的诗文，沉浸在他们用生命创造的诗歌世界里，我都感觉自己获得精神境界的提升和艺术视野的拓展，内心常常涌动着要好好研究他们的诗歌及诗论的强烈愿望。从那时起，研究两位诗人诗作就是我业余的科研目标，我开始收集一切与之相关的材料，包括他们的诗集、诗论集、散文集以及其他学者对两位诗人的研究成果。我开始全面、系统地阅读他们的作品，认真做笔记，写阅读心得，为研究做准备。

我于2000年写出《论牛汉诗歌的崇高美》《生命的火焰　灵魂的塑像——论牛汉的诗歌创作》两篇论文，前者发表于《淮北煤师院学报》（哲学社会科学版）2001年第1期，后收入首都师范大学中国诗歌研究中心吴思敬教授主编的《牛汉诗歌研究论集》（时代文艺出版社，2005年8月版），后者放在电脑中很长时间没有投稿，直到2010年投寄《民族文学研究》，有幸发表于该刊2010年第2期。在这期间，由于牛汉先生的诗论集《梦游人说诗》无法买到，我写信向牛汉先生求书。他于2001年2月7日复信，对我的研究给予肯定和鼓励，并且谈到历史对他及其诗歌的影响，认为是复杂的历史造就了他复杂的人生，最终形成了他“诗的真实性与悲壮的魅力”。同时，还特地告诉我：他于1947年下半年“在蚌埠女中教过几个月书。不久就辗转去华北解放区了。蚌埠让我休息了一段时间。”先生还在信中谈到他视力极弱，字写不顺手，近期就要再做手术等等，并且说明《梦游人说诗》等书，待出版社送来样书即寄，还给我留了住宅电话。先生在视力极弱的情况下，给我写了整整两页纸的信，字迹潇洒流畅，话语亲切感人，内容极富启示性和指导性，让我读后深受感动。2003年3月10日，先生再次来信，并寄给我《梦游人说诗》《牛汉诗文补编》等相关研究材料。他在信中告诉我，首都师大新诗研究中心为他的诗歌召开了一次研讨会，马其顿共和国授予他一个文学奖等。得知我在研究郑敏诗歌，他特地在信中提醒我："郑敏大姐的诗比拙作完美，她长于哲理思考，我正缺少这种管束自己心灵的大智慧。"这是何等谦逊的品格，何等宽阔的胸襟！这段时间，我一方面在阅读他的诗作、散文、诗论，另一方面在阅读郑敏的诗歌、诗论及相关研究资料，并开始对郑敏先生诗歌进行研究。直到2009年我主持申报安徽省教育厅人文社科研究项目"郑敏与牛汉诗歌比较研究"获准立项，我又回到对牛汉诗歌的研究。后来我购得人民文学出版社出版的《牛汉诗文集》（1—5卷）、何启治等编撰的牛汉口述录《我仍在苦苦跋涉》（生活·读书·新知三联书店），认真研读之后，打算将牛汉研究继续进行下去。

我于2000年开始阅读郑敏的诗歌及诗论。于2003年撰写三万多字的论文《论郑敏的诗歌艺术》。考虑到郑敏先生既是著名诗人，又是著名学者、诗论家，北京师范大学外文系博士生导师，我便并将论文寄给她，征求她的意见。她在百忙当中还是抽空认真读了论文，在回信中称："近日读后深感这是一篇扎实深透的论文，十分可贵。"认为"自己的诗风欠通俗，虽有些青年人喜欢，但论述起来总有些困难。您这篇却有深度，在艺术分析上很到位。"随信她还寄给我几本她的诗集及诗论集《结构—解构视角：语言·文化·评论》。这给我很大的鼓舞，下决心集中研究郑敏诗歌及诗论，并于2005年主持申报安徽省教育厅人文社科研究项目"郑敏诗歌及诗论研究"获准立项。郑敏先生的诗歌具有世界眼光、历史视野，关注自然与人类的命运，重视对人的内心世界的深入发掘，有着深厚的文化与哲学的底蕴。郑敏先生又是当代杰出的诗论家、诗评家。她的诗论贯通中西，衔接古今，对中国现代诗学建设有着重要的指导作用。她的诗歌批评，有着鲜明的问题意识和强烈的责任感。在步入老年的岁月里，她倾注大量心血研究中国新诗存在的问题，潜心寻找拯救中国新诗之道。在中国诗人当中，郑敏是将诗歌创作与诗歌研究、诗歌批评有效结合的突出代表。她的诗歌和诗论都有极大的研究价值，尽管有一定难度，我还是坚持分专题进行研究，先后写下17万字的系列论文。有些论文节选发表后收入首都师范大学中国诗歌研究中心吴思敬、宋晓冬编的《郑敏诗歌研究论集》（学苑出版社，2011年1月版），如《论郑敏诗歌的语言魅力》《论郑敏诗歌的艺术特征》《论郑敏诗歌的创造意识与超越意识》《知性的塑形——论郑敏诗歌的意象化与结构形态》等。其中《论郑敏诗歌的艺术特征》发表于《安徽大学学报》（哲社版），郑敏先生读后，在给我的信中给予了鼓励："读了安大学报中大作《论郑敏诗歌的艺术特征》，我细读后十分感动。因为这篇论文又使我认识到中国的诗学理论已经真正地走出以往的简单化和肤浅的审美水平。”“应当承认，这篇文章如此分析在文学艺术的创造过程无意识与上意识的合作，也出乎我的意料，因为总的说来，我们的人文学科在现代意识方面，十分落后于今天全球化的艺术理论水平，尤其是诗学与哲学、美学的不相通，造成我们的诗歌思想平庸、艺术缺席、作者和读者还依恋于19世纪的抒情。”这些都极大地激励我克服困难，坚持继续研究的郑敏诗歌及诗论，继续发表相关研究论文。

我对牛汉、郑敏先生的诗歌研究，曾有过各写一本专著的打算，特别是对郑敏先生诗歌及诗论研究，我是做了较为系统的研究，论述也是多层面展开的，所写的论述文字有近17万字，通过重新拟纲，构建体系，还是容易将其拓展、细化一本专著的。之所以放弃，一是我当时的工作特别忙，担心没有完整时间去完成，二是受到郑敏先生有关著书观念的影响。郑敏认为“写书有两种途径。其一是先拟好大纲，而后收集资料，查参考，依纲，对各章进行填充。书成后以纲领突出，体系醒目著称。这类书似乎能吸引追求系统知识或一般入门的读者。”认为这种“专著”最佳状态“有作者独创的体系，深入浅出，堪称思想巨著。”“但这种巨著几个世纪也难出几册”；次之“则是体系多因袭传统，填充部分资料充实，论述清晰，算得上一本稳妥但没有多少创见的参考书”；“下乘，则往往或食而不化，或更有甚者，空泛拼凑，纯属学术次品。”“另一类著述途径则并不预制纲领。作者在落笔之前往往早已落入‘野外’进行勘测，边思考，边追究，直至感触累积，喷发为系列论文，当考察到一段时间时，文章落入各个范畴，经过组装，成为书籍。”“这类著作的特点不在体系的完美，而在与对探讨过程的展开。”“总之体系派强调全、稳，非体系派则倾向不受前人体系的束缚，打开新的疆域，对具体现象提出新的阐释，较之系统派更重发现，而非知识的系统排列。”③毫无疑问，无论是对郑敏、牛汉两位先生诗歌及诗论的研究，还是本书所涉及的其他研究，我所做的都属于“野外”“勘测”，不成体系，只是出乎个人对新诗的爱好与关注，时有思考，发而为文而已。

我为一些诗人的诗作写评析文字，源于著名诗人公木先生在20世纪80年代末主编《新诗鉴赏辞典》，这在当时是一项非常有意义的诗歌工程，我有幸应邀参与。所选的诗歌篇目都是主编选定，由上海辞书出版社提供给我的，每篇都有字数限定。我为十多位诗人诗作写了评析文字。其中也有少数诗评因受辞典篇幅限制没有收入。原文没有标题，本次收入集子补加了标题。还有一些诗作的评析文字，是安徽大学中文系方铭教授主编《新编大学语文》，邀请我担任副主编，并负责撰写有关现当代诗歌评析文字而形成的。也有少数篇目是因自己的偏爱而写的，如对流沙河长诗《太阳》的评析等。对这些新诗名篇，我力求根据每首诗歌自身的特征，侧重诗歌意蕴和诗歌艺术进行评析，以便读者更好地阅读欣赏。在写作过程中，我深切体会到：为一两首诗写评析不难，为多首诗写评析不易。需要对诗歌文本进行反复认真地细读，需要了解作者的创作情况，需要关注诗人本人的解说或他人的评论，需要对不同的诗歌进行比较，发现其独特之处、创新之处，需要联系诗歌文本而又超越诗歌文本，将作品分析与诗歌理论阐述有机地融为一体，努力带领读者从更高的层次上去领悟诗歌精神、诗歌美学、诗歌艺术。

以上是对自己从事新诗研究情况的一次回顾和交代。陆游说过："六十年来妄学诗，工夫深处独心知。"这里说的是学诗、写诗的不易，其实研究诗、评诗又何尝不是这样。就自己粗浅的体会来看，诗歌研究者至少要做到：其一，爱诗，懂诗，敬重诗，是诗人和诗作的知音，最好像郑敏先生那样，自己就是诗人，或者有过诗歌创作经历。这样研究诗歌就有切身体验，冷暖自知，不至于隔靴搔痒，尽说外行话。其二，要有广阔的诗歌视野、诗学视野和诗史的眼光，对古今中外的诗歌发展状况、诗学发展状况有较全面、深入的了解，能将研究对象置于中外诗歌发展、诗学发展进程中进行考察和分析，以便从纵向和横向比较中发现其特征，揭示其价值。其三，要有敏锐的审美发现力和准确的价值判断力，能够在浩如烟海的诗人诗作中发现具有较高精神价值和艺术价值的研究对象，通过自己的深入发掘和科学阐释，使诗人的艺术地位、诗作的意义与价值得以充分显现。这样的研究既具有学术价值，又能对当下的诗歌创作产生积极影响。其四，要有多学科的理论视野和扎实的理论功底，以便从不同的理论视角观照和研究诗歌，拓展诗歌研究空间，丰富诗歌研究内容，揭示诗歌研究的多元价值，扩大诗歌研究的影响力。其五，要有灵活的思维方式和多样化的研究方法，以便在观照诗歌时既能入乎其内，又能出乎其外，对诗歌做出联系文本而又超越文本的阐释和评价。具体而言，研究者既要运用诗人的艺术思维，进入诗歌所创造的艺术境界，具体感受其中的意象、结构和细节，把握意象或意象群的特征，同时调动自己的生活积累，通过联想、想象和思考，感悟其中蕴含的信息，又要运用理论家的思维，穿越诗歌境界，发掘诗歌境界中蕴含的深层意蕴，并运用多种研究方法，从不同的背景和理论层面，对诗歌的思想内涵、艺术个性、美学特征、精神价值、诗学价值等做出具体分析和科学评价。此外，在这崇尚物质、轻视精神的时代，诗歌早已远离了人们的视野与生活，从事诗歌研究更注定是一项寂寞而又艰难的事业，需要研究者有一种甘于寂寞、勇于坚守的精神。

感谢各位诗人，是他们为我提供了优秀的诗歌作品，才激发了我的研究兴趣，写出这些评论文章。特别要感谢郑敏、牛汉两位先生对我的大力支持和帮助。郑敏先生在给我的信中说过：“科研、写作是终生大事，比爱情还冷暖自知。”我将铭记此言，始终与诗相伴相随，并尽力在诗歌研究的路上继续前行。

本书的出版，得到蚌埠学院教授科研项目支持，在此表示感谢。合肥工业大学出版社编辑王磊老师为出版此书付出了辛勤劳动，在此表示诚挚的谢意！

姚国建

2016年10月6日

参考文献

① 郑敏：《忆冯至吾师》，《当代作家评论》，2002年第3期，第87页。

② 王富仁：《〈跋涉的梦游者〉·序》，孙晓娅《跋涉的梦游者——牛汉诗歌研究》，北方妇女儿童出版社，2003年版，第2页。

③ 郑敏：《诗歌与哲学是近邻——结构—解构诗论·前言》，北京大学出版社，1999年版，第1、2页。

目　录

第四辑 诗人诗作论

第五辑 诗人诗作评析

第一辑　中国新诗研究

中国新诗发展的三大问题及其解决路径

中国新诗自诞生以来，已有近百年历史，伴随着中国社会的历史进程，中国新诗走过了一条艰难曲折的发展道路，取得了令人瞩目的成就。但是，毋庸讳言，中国新诗在发展过程中也存在着诸多的问题和失误。自20世纪70年代末开始，随着思想的解放，观念的更新，人们开始用反思的目光重新审视中国新诗发展进程中不同时期的诗歌运动、诗歌观念、诗人思潮、诗人诗作、诗歌流派等，人们开始发现，一旦排除种种非诗的因素，新诗的诸多问题都要重新认识和评价(包括对具体的诗人及诗作)。进入90年代，研究者不仅提出了“重写中国新诗史”的主张，还对当下五花八门、低迷混乱的诗歌创作充满忧虑。年轻的诗人们正以急先锋的姿态肆意颠覆传统文化，颠覆传统的诗歌价值观、审美观、艺术观，诗歌写作已失去标准，诗人已放弃对读者、对民族、对社会的任何责任，诗写得越来越不像诗，诗也越来越失去读者，诗歌既失去了昔日的辉煌，也与世界诗歌水平相距甚远。新诗的地位一落千丈，新诗的危机悄然来临。正如著名诗人、诗论家郑敏所说的那样：“我对中国当代诗歌有一种很强烈的危机感。”① “我对新诗发展感到非常忧虑。”② 许多关心新诗前途和命运的诗人、诗论家开始清醒地认识到，无论是历史还是现状，中国新诗暴露出的种种问题已使新诗之路越走越窄，如不认真加以研究和解决，中国新诗的前景就不容乐观。因此，着眼于整体、聚焦于问题、集思于对策式的对新诗展开研究，为新诗把脉问诊，寻求医治的良方，是新诗研究最重要、最迫切的课题。

那么，中国新诗在发展过程中存在哪些问题呢？能不能找到解决这些问题的路径呢？思考这个问题，既要着眼于新诗发展史，更要观察当前新诗所面临的困境和危机；既要从诗歌外部查找时代背景、社会变革、文化转型、诗歌生态环境

---

①郑敏：《诗歌与哲学是近邻——结构一解构诗论》，北京大学出版社，1999年2月版，第468页。

②郑敏：《诗歌与哲学是近邻——结构一解构诗论》，北京大学出版社，1999年2月版，第470页。

等方面的原因，更要从诗歌内部进行查找和追问。本文侧重从诗歌内部进行考察，选择几个主要问题论述之。

一

中国新诗是在20世纪初那场诗歌“革命”中诞生的。那场诗歌革命，实现了古典诗歌的现代转型，中国新诗以冲破一切藩篱、不可阻挡之势登上了历史的舞台。然而，由于新诗倡导者们过激的反叛与彻底革命的姿态，新诗的诞生又是以全盘否定、抛弃古典汉语文化、古典诗歌为代价的，这就出乎预料地为新诗后来的发展留下了隐患，造成新诗与古典诗歌艺术的断裂，其负面影响始终阴云般笼罩着新诗的前进之路，最终导致新诗诗体特征的丢失和诗歌艺术质量的下降。这是中国新诗始终无法与古典诗歌相抗衡，获得广大读者认同的重要原因，也是新诗发展过程中始终没有得到解决的首要问题。

从19世纪末梁启超首倡“诗界革命”，黄遵宪等人主张“我手写我口”，“用俗话作诗”，到“五四”前后胡适等人倡导诗歌革命，中国新诗自诞生之日起，就面临着激进者对中国古典诗歌的全盘否定以及对新诗简单而片面的设想。他们运用的是新旧对立的思维方式，认为不破不立，不把古典诗歌彻底埋葬，就不能换取新诗的诞生。于是他们以势不两立的决绝态度，向包括古典诗歌在内的古典汉语文化发起了猛烈的进攻，他们全盘否定文言文及古典诗歌，倡导白话文及白话诗（新诗）。1917年1月，胡适在《新青年》上发表了《文学改良刍议》一文，拉开了新诗革命的序幕。他在文中主张诗歌“不用典”“不讲对仗”“不避俗事俗语”。此文发表后，立即得到钱玄同、刘半农等人的响应。钱玄同甚至主张“宁可失之于俗，不可失之于文。”① 胡适在《建设的文学革命论》中则明确指出：中国“两千年的文人所做的文学都是死的，都是用已经死了的语言文字做的。死文字决不能产生新文学。”“中国若想有活文学，必须用白话，必须用国语，必须做白话的文学。”② 1919年10月，胡适发表长篇论文《谈新诗》，进一步强调指出：“中国近年的新诗运动可算得是一种‘诗体大解放’。”“不但打破五言七言的诗体，并且推翻词调曲谱的种种束缚；不拘格律，不拘平仄，不拘长短；有什么题目，做什么诗；诗该怎么做，就怎样做。”③ 不仅如此，胡适还依据进化论的观点，认为打破旧诗的一切规矩，换来新诗的绝对自由是一种“自然

①转引自王永生主编：《中国现代文论选》（一），贵州人民出版社，1982年版，第3—8页。

②胡适：《建设的文学革命论》，《新青年》，1918年第4期，第4页。

③胡适：《谈新诗》，杨匡汉、刘福春编《中国现代诗论》（上编），花城出版社，1986年4月版，第2、6页。

的进化”，这就不仅把新诗与旧诗对立化，而且断定新的就是进步的，旧的就是落后的，必欲毁之而催新。胡适的主张得到不少新诗人的赞同。康白情认为：“新诗破除一切桎梏人性的陈套，只求其无悖诗的精神罢了。”① 郭沫若认为：“我所著的一些东西，只不过尽我一时的冲动，随便他乱跳舞罢了。”② 他主张新诗形式“绝端的自由，绝对的自主”，“诗应该是纯粹的内在律，表示他的工具用外在律也可，便不用外在律，也正是裸体的美人。”③ 可见，这些新诗开创者都在以极端的姿态反叛古典诗歌，正如叶公超在谈到新诗发生初期情况时所说的那样：有的人“因为酷爱‘新’的热情高于一切，竟对于旧诗产生一种类乎仇视的态度：至少是认为新诗应当极力避开旧诗的一切。”④

当我们回顾这段新诗开创时期的历史，不难看出，这些新诗开创者依据二元对立的思维方式，在白话/文言、现代/传统、新诗/旧诗之间做出了充分肯定一方、彻底否定另一方的历史性选择，并且从理论主张到创作实践都努力实施这一选择。如果说这是出于新诗倡导者们良好的“革命”动机以及对未来新诗形式的大胆设计，那么，百年新诗走过的历程已经证明，这种良好的动机与后来的效果适得其反，对新诗极端白话化、自由化的设计也使新诗逐渐走入“非诗”的歧途。简而言之，当新诗开创者们在极力拒斥古典文化、拒斥古典诗歌、极力倡导白话、倡导用白话写自由诗时，就已无形中给新诗的发展留下了历史的隐患。那就是造成了新诗与古典文化、古典诗歌的艺术断裂。尽管我们知道，新诗后来并没有完全按照开创者们的设想去发展，不少有识之士自它诞生之日起就不断出来纠正否定传统、否定古典诗歌的偏见，也有不少诗人恰恰意识到传统的重要，在继承古典诗歌艺术的基础上，再借鉴西方诗歌的艺术因素，使新诗在艺术上取得了积极的进展。但是，从总体上来看，由于二元对立思维方式的长期影响，反对传统、反对古典诗歌的强势力量一直扭曲着新诗发展的历史轨道。直到 20 世纪 80 年代，“崛起”论者仍强调“一种新的艺术倾向的兴起，总是以否定传统的面目出现，总是表现反对原有旧秩序的强侵入!”⑤ 一些人主张反叛传统、疏离古典诗歌而转向外国诗歌去发展新诗。朦胧诗之后的“新诗潮”，更是以反传统、反文化、反崇高的面目出现。他们没有意识到这样做的结果只能造成新诗本体特

---

①康白情：《新诗底我见》，刘福春编《中国现代诗论》（上编），花城出版社，1986 年 4 月版，第 33 页。

②郭沫若：《文艺论集》，人民文学出版社，1979 年版，第 108 页。

③郭沫若：《郭沫若论创作》，上海文艺出版社，1983 年版，第 234 页。

④叶公超：《谈新诗》，杨匡汉、刘福春编《中国现代诗论》（上编），花城出版社，1985 年 12 月版，第 320 页。

⑤徐敬亚：《崛起的诗群》，杨匡汉、刘福春编《中国现代诗论》（下编），花城出版社，1986 年 4 月版，第 400、401 页。

征的弱化，诗歌艺术质量的下降，以致新诗在人们的接受心理上更加“渐行渐远”。季羡林先生在总结百年新诗成败时甚至认为：“至于新诗，我则认为是一个失败。”[①] 这一观点，在诗坛内外，有一定代表性，不能不引起我们的警醒和反思。

今天，我们应当追本溯源，正视新诗发展历程中这一问题的存在，探讨解决这一问题的对策。我们认为：必须对新诗背离古典诗歌传统所造成的隐患及负面影响做出科学的分析，必须对两者的关系有一个正确的认识，并在此基础上认真探讨如何继承、开发、利用古典诗歌艺术智慧，来激活当前新诗创作，提高中国新诗的艺术水准，使之既是民族的又是世界的，从而让中国新诗走出历史的误区，成为中华文化的重要代表而迈向世界文化之林。

第一，过激的反传统，反古典诗歌，倡导新诗绝对的口语化、自由化、散文化，从根本上背离了诗歌的艺术规律。这是新诗开创以来一直存在并影响新诗健康发展的较大隐患，其负面影响表现在各个方面：年轻人不读古文、古诗，不接触古典诗学、古汉语文化，缺少古典诗歌、古典诗学、古汉语文化的基本修养，诗歌写作过于自由化、简单化，缺少深厚的文化根基和必要的艺术规范。可以说，从“五四”诗歌革命到今天个人化、口语化、自由化的诗歌写作，新诗创作者所走过的是一条破坏诗歌传统和艺术规范的道路，而没有深刻地意识到新诗要想获得更好的发展，必须在对旧诗艺术规范有所破坏的同时，更要重视新诗艺术规范的建立。任何艺术形式都有它特定的艺术规范，完全没有艺术规范就不能成其为艺术。那种想彻底切断与古典诗歌的联系，凭空创造一种新诗的想法是不切实际的，也是违背艺术规律的。

第二，我们应当清醒而明确地认识到，古典诗歌、古典诗学的艺术智慧对我们创建新诗的艺术规范仍有强大的影响力和启示力。我们还应当看到一个事实，自新诗草创以来，在诗歌创作上真正取得成就的诗人，恰恰是那些继承古典诗歌传统，纠正新诗过于自由散漫、过于口语化的那些诗人。古典诗歌在漫长岁月中形成的艺术规范，在不少方面仍有其合理性，符合诗的艺术规律和广大读者对诗美的欣赏习惯。如古典诗歌讲究诗的意象、意境的创造，讲究用词炼句，特别是动词的锤炼与活用，讲究诗的对仗、诗句的凝练、诗的内在结构的严密、表达的含蓄、诗意的空白，讲究各种艺术手法的运用，特别是讲究诗的节奏和押韵，使诗歌易记易诵等。这些都是几千年形成的中华民族诗歌传统，而新诗要想形成与古典诗歌相抗衡的艺术地位，必须建立自己的新的艺术规范，而这种艺术规范的建立不可能完全脱离古典诗歌的艺术传统。尽管借鉴外国诗歌，也是必要的、有

---

①季羡林：《生命沉思录》，国际文化出版公司，2008年版。

益的，但归根结底，我们是用汉语写作，是写中国的现代诗，就不能不继承古典诗歌宝贵的艺术资源来创建新诗的艺术规范。换句话说，新诗只能在中国传统诗歌的土壤中才能成长壮大。正如郑敏所言："我们应当总是在传统中写新诗，就好像鱼儿只能游在水中，大树只能长在泥土里。所以脱离了传统，我们还能从哪儿创新？"[①]

第三，我们强调古典诗歌传统对当代新诗重建的重要性，指的是让新诗回到传统的河流中更好地前行，或者说是汲取传统诗歌的艺术营养更好地培育当代新诗，让新诗更好地强身健骨，而不是回归传统，回到古典诗歌，不是搞艺术的复古，我们发掘传统的诗歌的宝库，是为了开辟当代诗歌的新途。正如郑敏所说的那样："我们可以断言，在21世纪中国新诗的能否存活就看我们能否意识到自身传统的复活进入现代，与吸收外来因素之间的本末关系，没有传统，谈何创新？"[②]

第四，我们应当加强对古典诗歌、古典诗论的研究，努力发掘其中的艺术智慧并做出现代阐释，以便更好地领会其精髓，发挥其效力，医治新诗的顽疾，增强新诗的创造力。中华民族有着悠久的诗歌传统，诗学资源也极为丰富，其中大量的诗话、词话、更是凝聚着一代代诗人、学者的艺术智慧，对新诗创作同样有着巨大的启示作用。我们年轻一代诗人如果对此视而不见，仅仅把目光投向西方诗歌、西方诗学，那正如郑敏所批评的那样"岂非有揣着金饭碗要饭之嫌？"一些有使命感的诗人、诗论家为此发出了强烈的呼声。如郑敏就曾强调指出："中国当代新诗一个首要的、关系到自身存亡的任务就是重新寻找自己的诗歌传统，激活它的心跳、挖掘出它尘封土埋的泉眼。读古典文史哲及诗词、诗论，想现代问题。使一息尚存的古典诗论进入当代的空间，贡献出它的智慧，协调解决新诗的问题。"[③] 不仅如此，她还潜心对古典诗歌、古典诗学展开全面、深入的研究，并对传统诗学的精髓做出具有独创性的现代阐释，引导人们更明了地认识古典诗歌的艺术智慧对当代诗歌创作的重要作用。她在多篇论文中对古典诗歌的诸多艺术特征如"简而不竭""曲而不妄""境界""意象""对偶""时空的跳跃""强度与浓缩""时空的转变与心灵的飞跃""格律的活力""用字"等，做了透彻的分析。比如她对古典诗歌的对偶（对仗）艺术做了如下阐释："古典诗的对偶是一种极有承受力与开拓力的诗的结构设计。它要求矛盾而共存，在诗句中如梁柱承担着屋瓴，将生活中许多貌似矛盾的现象和诗人生命中复杂的经历带入诗句中，

---

①郑敏：《思维·文化·诗学》，河南人民出版社，2004年8月版。

②郑敏：《诗歌与哲学是近邻——结构—解构诗论》，北京大学出版社，1999年2月版，第468页。

③郑敏：《诗歌与哲学是近邻——结构—解构诗论》，北京大学出版社，1999年2月版，第339页。

大大增强了诗的强度、张力的内涵。”[①] 她进一步分析对仗在诗歌中的重要作用：“对仗对于平庸的诗人只是一个可借以使诗站立的框架，但对于真正的诗人，对仗是对自己想象力的一次挑战。对仗可以使诗的空间猛然扩大，横跨阴阳两极，使相反的两元结成一个结构，诗的空间加大了，能在56个字，或40个字内包容天地，绵延古今，跨越生死，打通天人。时空的拉大自然就加强了诗的力度和强度，丰富了诗的内涵。因此对真正的诗人，对仗并不是枷锁，而是诗歌运转的一次神奇的解放，一次对创造性的挑战。”[②] 这种对古典诗艺的阐释深刻而独到，明确而易解。事实上，当代优秀的诗人在诗歌创作中经常用到对仗。如北岛《回答》中的诗句“卑鄙是卑鄙者的通行证，/高尚是高尚者的墓志铭”，舒婷《致橡树》中的诗句：“我们分担寒潮、风霜、霹雳；/我们共享雾霭、流岚、虹霓。”等等，这些很有古典质地感的诗句连接了两种不同的人生境界，形成鲜明的对比，非常凝练地表现了两种既对立又统一的人生体验。可见，古典诗艺在当代新诗创作中仍然焕发出独特的魅力。

第五，应当对当代青年，特别是青年诗作者加强古典诗歌、古典诗学教育，让他们亲身感受中国诗学的博大精深，切实提高他们的诗学素养。郑敏先生甚至提出“为了摆脱当前新诗的困境，我希望高等学府要为诗学普及，和写作艺术的提高做些什么。”[③] “五四”时期的中国新诗人，都拥有深厚的文化底蕴和传统诗学的功底，有的人尽管观点激进，但在诗歌的创作实践中，其深厚的古典诗学修养还是潜在地影响着他们的诗歌创作，致使其诗歌创作没有完全脱离传统诗歌的艺术轨道。今天的不少青年诗作者，尽管有不少人接受过高等教育，但也没有获得系统的诗歌教育，特别是古典诗歌、古典诗学教育，其古典文化的修养更是无法与五四时期诗人相比。无知者无畏，现在的一些先锋诗人肆无忌惮地蔑视传统、否定古典诗歌，这样会导致他们的写作失去传统诗歌艺术的根基，缺少开阔的视野、超越的眼光。他们大都孤独地在黑暗中写作，他们的才华不能得到最佳的发挥，甚至会迷失于黑暗中。

二

百年新诗发展中的另一个突出问题，是新诗的诗体建设因种种非诗因素的干扰而始终没有受到应有的重视，没有获得有效的解决。这是中国新诗诞生以来一直难以攻克的难题，导致新诗难以相对定型化和规范化，直接影响新诗走向稳定

①郑敏：《诗歌与哲学是近邻——结构一解构诗论》，北京大学出版社，1999年2月版，第324页。
②郑敏：《中国新诗八十年》，《文学评论》，2002年第5期，第73页。
③郑敏：《中国新诗八十年》，《文学评论》，2002年第5期，第72页。

和成熟。因此，我们必须认真总结百年新诗在诗体建设方面的经验教训，从诗学建设和诗歌创作两个方面，高度重视新诗诗体建设问题，大力倡导人们对诗体形式进行多方面的探索，不断寻求和创造出符合现代中国人审美需求的新诗艺术形式，以推动中国新诗的健康发展。

我们应当看到，新诗的诗体建设中存在的问题，是根植于新诗的发生期。由于新诗的倡导者们提出的“诗体大解放”，极力主张诗的绝对自由，对经过两千多年发展建立起来的古典诗歌的艺术规范进行全面否定和彻底破坏，其结果是旧诗的体式摧毁了，新诗的体式却没有建立，旧诗的约束摆脱了，但新诗却变得散漫无序，诗的艺术特性也就消失了。其隐患一直影响着新诗后来的发展，对此，从中国新诗发生期开始就不断有人提出忠告和批评，不少诗人开始重视新诗的诗体建设，并以自己的探索予以纠正。

早在1918年6月5日，朱经农在美国给胡适写信，向胡适提出忠告：“想想‘白话诗’发达，规律是不可不用的。此事不特汉诗为然，西文何尝不是一样？如果诗无规律，不如把诗废了，去做‘白话文’的为是。”① 就连曾追随胡适创作新诗的周作人也开始质疑胡适极端的观点：“新诗运动的起来，侧重白话的一方面，而未曾注意到诗的艺术和原理的一面。一般写诗的人以打破旧诗的范围为唯一的职志。提起笔来固然无拘无束，但是什么标准都没有了，结果是散漫无忌。”②

后来，闻一多、徐志摩、饶孟侃、朱湘等人极力倡导和实验新诗的格律化，就是对新诗自由化、白话化、散文化的一种强力反拨。徐志摩认为“迄今为止的尝试无所成就但到处都有。”③ 闻一多批评新诗“已够乏形式的了”，“若变本加厉，将来定有不可救药的一天。”他认为“美的灵魂若不附丽于美的形体，就失去它的美了。”④ 闻一多提出诗的“三美”（即“音乐的美”“绘画的美”“建筑的美”），主张诗人要“戴着脚镣跳舞”，不能再随便的自由表现，实际上是在为新诗寻求新的艺术规范，也是诗歌转型期对传统诗歌艺术的有意回归。虽然他们的理论探索和创作实验时间不长，但在中国新诗发展史上却有着重要的意义。梁宗岱更是一针见血地指出：“所谓‘有什么话说什么话’——不仅是反旧诗，简直是反诗的；不仅是对于旧诗和旧诗体的流弊之洗刷和革除，简直是把一切纯粹永久的诗的真元全盘误解与抹煞了。”⑤ 中华人民共和国成立后，文艺界仍十分关

①《朱经农致胡适》，见《中国新文学大系·文学论争集》，上海良友出版公司，1935年版，第51页。
②黎志敏：《中国新诗的形式迷茫与探索评析》，见《中外诗歌研究》，2008年第3期，第14页。
③《徐志摩研究资料》，陕西人民出版社，1988年版，第78页。
④《闻一多论新诗》，武汉大学出版社，1985年版，第74页；第5页。
⑤梁宗岱：《新诗底分歧路口》，见《诗与真·诗与真二集》，外国文学出版社，1984年版。

注新诗与古典诗歌脱节所带来的诸多问题。《文艺报》于1950年发起关于“新诗歌的一些问题”的“笔谈”讨论，诗人萧三在讨论中就明确指出：“我总觉得，现在我们的新诗和中国几千年以来的诗的形式（或者说习惯）太脱节了。所谓‘自由诗’也太‘自由’到完全不像诗了。和中国古典的诗脱节，和民间的诗歌也脱节，因此新诗直到现在还没有能在这块土壤里生根。”① 诗人田间甚至提出创建新诗的格律问题：“我有一个冒昧的提议。我的提议是，我们写诗的人，也可注意格律，创造格律。”② 1951年梁实秋在台北也谈道：新诗一开头“不但打破了旧诗的规律，实在是打破了一切诗的规律。这是不幸的，因为一切艺术品总要有它的规律，有它的形式，格律形式不可改变，但是不能根本取消。我们的新诗，三十年代不能达到成熟之境，就是吃了这个亏。”③

正因为有上述这些清醒的认识和创作上的探索，新诗在诗体建构方面也取得了一些成绩。这主要表现在：第一，重视诗的节奏，并形成了不同的节奏体系。如自由诗的旋律化节奏、格律诗的节拍式节奏、格律诗的对称式节奏等；第二，在诗的格式方面，形成了均行式和长短句式两种格律形式；第三，讲究诗的音韵，形成了传统式和现代式两种用韵方式，前者为一韵到底和一种韵式到底，后者为频繁换韵，韵式多变；第四，借鉴外国十四行体，创建了中国式的十四行体；第五，出现了20余种以诗人命名的诗体。如田间体、林庚的“九言诗”、郭小川体、贺敬之体等；第六，还出现少量的图像诗；等等。但从总体上看，新诗的诗体建设由于受到各种因素的影响，仍没有取得明显的进展。那些以诗人名义命名的诗体也未能在诗坛获得共认和推广。这是20世纪诗歌发展中始终没有得到解决的最大的问题。在新的世纪，我们必须面对这个问题，分析其原因，寻求解决问题的对策和途径。

造成新诗诗体“建设难”“定型难”“规范难”的原因是多方面的，如新诗草创时期对诗歌传统、诗歌艺术规范的全面破坏；过于强调诗歌的政治影响、教化功能，轻视诗歌的审美性和艺术功能；从内容到形式盲目学习外国诗歌所造成的负面影响；简单化地学习民歌严重抑制了诗人艺术化的诗体创建；年轻诗人的偏激、无知和艺术上的惰性，片面强调诗歌写作的自由和随意；过于重视诗歌的内容而轻视诗歌的艺术形式，对诗歌的文体实验不够；对诗体研究的薄弱，未能提供有效的理论指导，等等。

在总结新诗经验教训的同时，我们也应当看到，进入21世纪以来，随着社

---

①引自《新诗歌的一些问题》，《文艺报》，1950年第1卷第12期。

②引自《新诗歌的一些问题》，《文艺报》，1950年第1卷第12期。

③梁实秋：《文学讲话》，见徐静波《梁实秋批评文集》，珠海出版社，1998年。

会的发展，政治生态的优化，文化建设的推进，科学发展的实施等，在诗坛内外，影响新诗诗体建设的消极因素正在减少，推动新诗诗体建设的积极因素正在增强，不少专家、学者都十分重视新诗诗体建设，并展开多层面的理论研究，不少诗人也在创作上不断进行实验。因此，我们应当珍惜并抓住这难得的历史机遇，大力推进新诗的诗体建设。为此，我们应当采取如下对策：

第一，提高认识，明确诗体建设是新诗发展的必然要求。首先，从诗歌发展规律来看，新诗是从破坏古典诗歌的艺术体式中诞生的，虽获得了表达的自由，但却丧失了艺术的规范，而没有艺术规范、没有形体特征的诗歌是没有艺术生命力的，也无法形成民族共认的审美标准，因此，寻求新的艺术规范，建立新的诗体，是中国新诗再造辉煌的必由之路。其次。从诗歌创作规律来看，诗歌的内容和形式是相互依存、相互转化、相互促进的。我们过去片面强调“内容决定形式”，过多地强调诗的内容，即“写什么”，而忽视了诗的艺术形式，即“怎么写”，没有看到在一定条件下，轻视形式可能成为影响诗歌艺术发展的主要方面。因为无论诗的内容多么正确，多么进步，如果诗人不能挑战“艺术的不自由”，不能通过诗的艺术规范去转换，不能通过有形的诗体去抓住无形的诗思，所写出来的就必然不是真正的诗。从这个意义上看，重视诗体建设，有利于通过“艺术的不自由”去诱发和激活诗人的创造力，精心铸造完美的诗篇。再其次，从诗歌的欣赏角度来看，诗体能满足人们对形式、秩序及规范的需求和依赖，那种有着形式美的诗体，对读者有着更强的吸引力和感染力。

当前，在诗歌界仍有不少人漠视新诗的诗体建设，有的认为诗体建设难以奏效，心存疑虑，有的坚持新诗写作的绝对自由，对此不屑一顾。我们必须明辨是非，充分认识诗体建设的重要性和迫切性，以便营造一个有利于诗体建设的良好环境。

第二，加强研究，为新诗诗体建设提供多元理论指导和多种参照体式。21世纪的新诗是在现代汉语的基础上发展的现代汉语诗歌，其诗体建设绝不是一项简单的诗歌工程，而是一项受到多元文化、多元理论、多元诗歌的渗透和影响的极为复杂的系统工程。在诗体建设的过程中。不仅要借鉴古典诗学、现代诗学、外国诗学、民间诗学的理论资源，还必然要借鉴现代语言学、美学、思维学、心理学、音乐学甚至建筑学等学科的理论资源。因此，我们首先要加强理论研究，多方借鉴对新诗诗体建设能产生直接和间接影响的理论资源，在多元理论的观照和指导下构建能适应我们民族审美习惯和欣赏心理的新诗体式。其次，我们要全面加强对已有新诗体式的研究，从中梳理、归纳出那些较为成功的新诗体式，并认真分析其优点和不足，为21世纪的新诗诗体建设作参照。

第三，抓住要点，把握新诗诗体建设的基本原则和主要途径。新诗诗体建设是一项复杂的艰巨的诗歌工程。在实施这项工程中，我们要把握如下基本原则：一是要坚持在多种诗体并存、相互参照、相互竞争中创建具有多种职能的新诗诗体；二是要在多元文化影响下，借鉴古今中外诗歌经验创建当代中国新诗诗体；三是要创建符合汉语规律、符合民族审美习惯和阅读习惯的新诗诗体；四是要创建具有新的艺术规范、相对定型化、具有现代特色和推广价值的新诗诗体。

新诗诗体建设的主要途径是要科学地把握影响诗体建构的各个因素以及各个因素之间的关系，包括语言、节奏、音韵、诗行排列等，要通过各要素有规律的组合来创建新诗的常规模式，以增强新诗的视听效果。其关键是：一是要锤炼词语和诗句，使之具有现代感和精练美；二是要把握好诗的内节奏与外节奏，注意押大致相近的韵，使之体现现代诗的音乐美；三是要对诗行的排列图式进行精心设计和巧妙的安排，使之体现排列美；四是在诗行、音顿、诗节的排列上要体现变化和稳定相结合，诗形的视觉效果与潜在寓意相结合。

此外，我们还要根据诗歌职能的不同、长短的不同去创建不同的诗歌体式。如诗歌有抒情的职能、言理的职能、游戏的职能，有长诗，有短诗，还有图案体诗等，我们要根据不同的表达需求、审美需求创建相对规范的诗歌模式。

第四，加大实验力度，在实验中不断探索多种相对定型化和规范化的新诗体式。新诗诗体建设能否成功，关键还是看诗人能否加快实验力度，在实验中勇于探索，敢于突破，善于创新，以诗歌创作的实绩来证明新诗规范的必要，定型的优越，并由实验的成功上升到诗学理论的概括，形成多种相对定型、具有普适性和推广价值的新诗体式。为此，我们应当鼓励诗人特别是富有才华的青年诗人积极投身新诗的诗体实验，不断用自己的智慧开创诗体建设的新局面。我们的诗歌研究者也要不断追踪诗歌实验的实绩，从中研究和概括出多种行之有效的新诗体式，为促进新诗的繁荣做出应有的贡献。

三

自20世纪80年代中期至今，新诗发展中出现一个新的越来越难以解决的问题：诗人观、诗歌观出现了前所未有的混乱，导致诗人形象的自毁，诗歌精神的滑坡，诗歌创作出现了严重的非诗化倾向。新诗创作方向出现了严重的偏差，新诗和广大读者之间产生了巨大的鸿沟。诗人自我标榜，自我炫耀，自我发泄，自我炒作，无视甚至蔑视读者的存在；读者也越来越冷落诗人，疏远新诗。诗人已失去了读者的尊敬，诗歌已失去了读者的关注。新诗除了在圈子里喧闹一时外，已沦落到无人问津的地步。这些问题主要表现在如下方面：

首先，诗人观的变异导致诗歌精神的下滑、诗人人格的下降、创作方向的迷失。诗人曾被誉为先知、预言家、时代的歌者、社会良知的代言人、民族心灵的书写者，是传播真善美的天使，是鞭挞假恶丑的勇士。诗人对人类、对社会、对民族、对读者都怀有赤诚的爱心和强烈的责任感。在人们心中，特别在广大青年心中，诗人有着崇高的地位。可是，20世纪80年代中期以来，中国社会进入全面转型时期，市场经济的运行，西方各种思潮的泛滥，都给诗人的心灵带来巨大的冲击。相当多的青年诗人心态浮躁，言行极端，在排挤他人、争当先锋中迷失了创作的方向。他们打着各种旗号，发表各种离奇的宣言，全面解构传统意义上的诗人观，颠覆诗人的价值观、艺术观以及使命感、责任感。何为诗人？诗人何为？何需诗人？这些最基本的问题，他们都觉得无需思考，无需承担，更无需回答。他们宣称自己“是一群小人物，是一群凡人，抽烟、跳迪斯科、性爱，甚至有时酗酒、打架……”[①] 有的诗派强调“非崇高”“非理性”，主张“逃避知识、逃避思想、逃避意义”，有的诗派主张反传统、反文化、反理想、反崇高、反审美、反抒情，强调“形而下”写作。更有甚者，一些诗人竟别出心裁地策划裸体朗诵会，让诗人全裸朗诵诗歌来制造一点诗坛奇闻，以吸引公众的注意。诗人堕落至此，真让人感到悲哀和沉痛。由此可见，诗人抛弃了尊严和崇高，放弃了对自我的要求和诗人的责任，也丢掉了诗人的人格和诗格，而是自甘沉沦，自我亵渎，精神滑坡，方向迷失。如果说当代新诗患了重病，首先是当代诗人患了重病，他们自己发着高烧说着胡话，疯疯癫癫地折腾新诗，把新诗引向了歧途，他们是自己打倒了自己也打倒了他们的诗歌。一切关注诗人、关心新诗命运的人，无不为此感到痛心和忧虑。人们不能不想：指望这样的诗人能写出什么好诗，又怎么能拯救新诗于困境之中？

其次，诗歌观念的混乱导致诗歌内容的殖民化、世俗化、粗鄙化、欲望化。

诗曾被誉为文学皇冠上的明珠，诗是美的代名词，人们常用“诗美”“诗境”“诗格”“诗性”“诗味”“诗意”“诗感”等来形容自然界、人类界、艺术界种种难以言表的美好。海德格尔有一句名言：“人，诗意地栖息在大地上。”这里的“诗意”对协调、沟通人与人、人与自然的关系，起着非常重要的作用。“诗意地栖息”更是人类向往和追求的一种非常美好的生存境界。所以，古往今来，真正的诗人都是以虔诚而敬畏的心态对待诗歌创作，丝毫不敢亵渎美丽的诗神。可是，在众声喧哗，宣言四起的当代诗坛，诗仿佛就是诗人手中的泥团，想捏成什么样就捏成什么样。什么是诗，什么是好诗，已完全失去了标准。诗人宣称“怎么写都是诗”，认为写作就是“游戏场”，诗歌创作就是语言的游戏，有的认为写诗就是个人欲望的宣泄，主张扫除一切“知识、文化、传统、诗意、抒情、哲

---

①引自罗振亚：《后朦胧诗整体观》，《文学评论》，2002年第2期。

理、思考、承担、使命、大师、经典、余味深长、回味无穷”①。这些混乱的诗歌观已完全消解了诗的神圣与崇高，致使诗歌创作呈现出种种不健康的状况。

诗歌内容的殖民化。一些诗人依附于西方的文化语境、知识体系、话语方式，表达的是西方民族的生存体验、情感体验、思维方式和审美感受。他们虽然用的是现代汉语写作，所表达的都不是与民族传统文化相连的当代中国人的生存体验、思想感情、审美感受与精神特质，而是以西方文化资源、西方的经验为写作对象。他们不是关注当下中国的现状和中国人的心灵，不是努力发现与发掘中国的现代性经验，而是甘心匍匐于西方，做一个“机械复制时代的艺术家”，其“鹦鹉学舌”式的写作，从根本上失去了民族的特性。在西方文化霸权话语下，我们对这类诗歌写作要保持足够的警惕并力促其回归民族化写作。

诗歌内容的世俗化。不少诗人在解构了诗的庄严、神圣、高雅之后，把诗歌写作转向了表现世俗化的日常生活，从平民化的视角，以原态复制及口语化的写作方式，展示出一幅幅平庸琐碎、浅薄无聊的生活图景。本来，贴近生活、表现日常生活也是诗歌创作的一种选项，可以使诗歌充满生活气息，有着较强的人间烟火味。但这种写作同样需要诗人独具慧眼，对生活中蕴藏的美或诗意有着独特的发现，并且经过艺术的提炼和加工再转化为富有意味的生活图景，让人读之有所触动，有所感悟，有所启迪，可以深化人们对生活的体验和认识。可是，这些诗人却有意降低诗境，放逐诗意，采用近乎自然主义手法，随心所欲地罗列一些饮食男女的生活琐事或细节，用大白话原生态地表现出来。在这些诗里，除了看到吃喝拉撒睡等世俗化的生活原态，人们看不到诗人向读者提供了任何新的东西。诗人失去了对生活的洞察和发现，诗失去了与生活应有的距离及必要的艺术转换，诗缺少对生活的穿越和升华，也看不到诗人创造诗的艺术眼光和智慧，诗也就不再成为诗。这些粗制滥造、以庸俗为趣的诗歌，除了浪费读者的时间，就是对读者审美能力和鉴赏能力的亵渎。

诗歌内容的粗鄙化。一些先锋的诗人为了反崇高、反文化、反审美、反诗意，在选择写什么或怎么写的问题上，都一致地转向粗鄙化写作。他们不再关注国家、民族的重大事件，不关注中国社会发展进程中所遇到的种种问题，不关注当下中国人的生存体验和心灵搏动，对人类和民族的命运缺少关怀和思考。他们既不歌颂美好进步的一面，也不批判丑陋落后的一面，而是放浪形骸，以玩世不恭的姿态、解构的手法、调侃的语言去写生活的粗鄙之事。即使是面对庄严、神圣的事物，他们在写作时也是一反常态，有意恶作剧般地予以解构或颠覆。如侯马在《现代文学馆》一诗中写道：“我的老乡/站在一头毛驴旁/小芹的背部/有一

①沈浩波：《下半身写作及反对上半身》，《下半身》创刊号，2000年7月。

种北方乡村的/情感味道/艾青坐在圆墩上/像罗丹的思想者/夏尔说/他在拉屎吧”，在现代文学馆这么神圣崇高的地方，面对著名的作家、诗人，作者却用如此粗俗的笔调，一下子解构了场所的神圣与人物的尊严。

诗歌内容的欲望化。热衷于此类诗歌写作的诗人，完全放弃了诗歌对社会、对读者的责任，从根本上抛弃了诗歌精神，把诗歌当成展示个人“绝对隐私”、宣泄个人欲望的工具。他们打着“下半身”“垃圾派”“低诗歌”等旗号进行写作。特别是“70后”的诗人，为了在诗坛争得自己的一席之地，彰显自己与“第三代”诗人的不同，在诗歌观念上更是大胆地将“身体诗学”推进到“肉体诗学”。他们创办《下半身》诗刊，主张“下半身写作”，公开声称：“诗歌从肉体开始，到肉体结束”[①]。“那些相信和追求崇高的写作为我不齿，那些期待神灵拯救的写作也为我不齿”，“诗歌中的悲悯情怀是诗人最可耻的一种情结。”[②] 而他们的写作对象主要是性器官、性意识、性观念、性事件、性细节等，写作所遵循的是快感原则。连女诗人都大胆表白：“我在2000年之后的诗有一个比较坚定的主题，那就是写性，女性的性，”[③] 他们在“肉体诗歌”与“色情诗歌”之间巧妙地打着擦边球，以一种自以为高明的写作策略在诗坛争当先锋，谋得诗名。如尹丽川的《为什么不再舒服一点》《花天酒地》等诗就是赤裸裸地写做爱、写自己的欲望。沈浩波的《朋友妻》更是抒写有悖道德的肮脏心理：“要是能把/这个女人/抱上床/那该多爽”，其《肉体》一诗更是展示男女之间动物式的性交过程。这类诗歌割裂了灵与肉的关系，放弃崇高的心灵，片面强调个人肉欲。正如郑敏所批评的那样：“我深信每种动物和植物都拥有它的灵肉的完整，唯独在‘下半身’诗派的笔下人竟沦为万物中最低下者，一团丧失灵魂的死肉。”[④] 这样的诗歌，除了把诗歌引向歧途，还能为读者、为社会带来什么？

不难看出，上述问题的存在，使中国新诗的生存和发展出现了新的严重的危机。这些来自诗人本体、诗歌自身的问题对中国新诗的发展具有更大的杀伤力、破坏力。要想解决这些问题，必须对诗坛混乱的诗人观、诗歌观进行清理与分析，明辨是非，正本清源，走出认识的误区，让新诗回归健康发展的艺术轨道。

首先，要树立正确的诗人观，重塑诗人美好的灵魂，高尚的人格，倡导健康向上的诗歌精神，自觉承担诗人应肩负的艺术使命和社会责任。诗人是通过诗来建立自己与读者、与整个外部世界联系的，也是通过诗中所凝聚的思想感情来影

---

①沈浩波：《下半身写作及反对上半身》，《下半身》创刊号，2000年7月。

②沈浩波：《下半身写作及反对上半身》，《下半身》创刊号，2000年7月。

③巫昂：《我为什么写性》，黄礼孩、江涛主编《诗歌与人：2002中国女性诗歌大扫描》（民刊），2002年版，第385页。

④郑敏：《思维·文化·诗学》，河南人民出版社，2004年8月版，第170页。

响人类的心灵及其精神世界的。诗歌写作虽属个人行为，但诗歌的公开发表及传播却具有鲜明的社会性，诗歌精神质量的优劣必然对读者、对社会产生不同的影响。因此诗人必须树立正确的世界观、人生观及诗人观，注意培养自己高尚的情操，以人格的提升来带动诗格的提升。任何一位忠诚于艺术、对读者及社会有责任感的诗人，都应当对自己的写作事业负责，必须对自己的写作对象、写作意图、写作目的、写作方式及其所要表达的思想感情有所选择，而不能肆意把那些丑陋的、病态的甚至脏脏的个人情感与欲望写入诗歌让读者去接受。诗人提供给读者的应当是有益的精神食粮，而不应当泼给读者一盆脏水。诗人应当严于自律，有所为有所不为，在任何情况下，都应当把引导人们向真、向善、向美作为自己最高的艺术追求。

其次，要树立正确的诗歌观，倡导境界高远、健康向上的诗歌精神。诗歌肩负着塑造人类美好心灵的艺术使命，诗歌也是一个民族的心灵史。作为当代中国诗人，要想重铸中国诗歌的辉煌，就应当立足当代，衔接古今，放眼世界，以塑造当代中国人的心灵、振奋民族精神为己任，为中华民族的伟大复兴不断谱写心灵的交响和壮丽的史诗。为此，我们应当在如下几个方面做出努力：

第一，纠正错误诗观，恢复诗的尊严。为了使新诗尽快走出误区，当务之急就是要从诗歌理论和诗歌创作实践两个层面纠正种种狭隘的、偏激的、低级的甚至荒谬的诗歌观，充分尊重诗歌的艺术规律，让诗回到正确的艺术轨道，恢复诗的尊严。诗是艺术的最高境界，诗有着自身的艺术特征、审美标准和独特的作用。任何一首好诗的创作及发表，都寄托着诗人鲜明的动机和强烈的渴望——渴望被发现、被交流、被欣赏，渴望自己的诗歌能起到感人情怀、启人深思以致影响和改变人的精神世界的作用。因此，在优秀的诗人心目中，诗绝不是玩偶，绝不是游戏，也绝不是诗人自我情绪的随意发泄物。人有人格和人品，诗也有诗格和诗品，优秀的诗人总是以虔诚而敬畏的精神维护着诗的艺术尊严和艺术品位，优秀的诗歌总是以高尚的格调、健康向上的精神去感化和提升读者的灵魂。相反，有些人以急先锋的姿态出现在诗坛，却有意颠覆传统的诗歌观，肆意玩弄诗歌，亵渎诗歌，扭曲诗歌，放逐诗性与诗美，也放弃诗歌对读者、对社会应有的责任。他们把诗当成宣泄个人欲望的工具，赤裸裸地展示自己怪诞、丑陋、阴暗、病态甚至无耻的内心世界，完全不顾及读者及社会影响。在爱诗群体相对集中的高等院校讲授当代文学的老师都羞于向学生介绍并展示这类诗歌。对此，我们的诗歌理论界要展开研究，以正确的诗歌观予以引导，以正常的诗歌批评予以纠正，我们的诗歌编辑和诗歌出版部门也应予以必要的把关，年轻的诗作者们也应当尽快猛醒，自觉走出狭隘的精神黑洞，以共同营造健康的诗坛生态环境。

第二，关注当下现实，发掘中国经验。中国新诗要想走出被冷遇的低谷，重获读者的信任和青睐，就不应当逃避现实，逃避政治，逃避民众，逃避问题，只津津乐道于个人化写作，表达个人的体验和欲望，也不应当一味追逐西方消费文化，用汉语移植西方的经验，再贩卖给中国的读者。中国的当代诗人应当密切关注中国的现实，关注中国大地上发生的巨大变化及存在的弊端，关注人民大众的生存体验和心理诉求。特别是要注意倾听底层人民的呼声，关注弱势群体的生存境遇，对现实中存在的种种问题，要敏于发现，善于思考，敢于揭露，敢于批判。诗人既要乐于为生活的美好而放声歌唱，也要敢于为人间的不平而大声呐喊。这样，中国诗人就能获得丰富的生活体验与人生体验，立足于无限广阔的现实土壤，发掘丰富的"中国情感""中国思想""中国经验"，再用"中国的话语""中国的艺术方式"将这些民族的精神资源转化为具有中国特质的诗歌，成为感应中国的神经，让中国人读后获得高度的认同与强烈的共鸣。

第三，立足高远境界，抒写民族大诗。中华民族有着悠久的诗歌传统，曾经有过唐诗、宋词、元曲那样辉煌的时代，涌现出许多享誉世界的诗人和诗作。可是，自从废除文言，与古典诗歌断裂，改用白话文写新诗以来，中国诗歌并没有创造出新的奇迹，没有出现新的诗歌高峰，没有产生世界级的大诗人、世界级的大诗。这与我们这个诗歌大国是极不相称的。今天，我们要解决这个问题，就要从多方面着手，尽快走出新诗底蕴不足、境界狭小的格局。要立足高远的境界，树立远大的目标，培育民族的大诗人，不断创造出具有中国精神和中国气派的大诗。可以说，没有这样的大诗人、大诗作的出现，中国新诗既不能与古典诗歌相媲美，也无法挺立于世界诗歌之林。为此，当代诗人既要重视新诗与传统文化、古典诗歌的接流，也要加强中国新诗与世界诗歌的沟通，使中国新诗具有传统文化的底蕴和世界的眼光；诗人要重视自身的生命体验、生活感受、独特发现和独立思考，写出具有鲜明个性的作品；诗人要具有开放的心胸和现代的思维，注重汲取多种文化的营养，以便融会贯通，创造出既是民族的又是世界的大诗；诗人要敢于超越自身，超越个人化写作，密切关注和思考自然和人类的现状和问题，努力探索人与自然、人与世界、人与宇宙、人与人之间如何和谐相处，共同发展的重大命题；等等。总之，诗人要树立一种融生命诗学、文化诗学、哲学诗学于一体并具有世界眼光的大诗歌观，由为个人写作升华到为民族写作、为人类写作，不断以大手笔写出具有大视野、大气派、大境界的诗作，这样才能造就出有代表性的世界级的大诗人，才能在世界诗歌之林中展现出中国诗歌苍劲挺拔的雄姿。

第四，树立艺术高标，创造诗歌精品。诗歌是艺术的至境，创作诗歌有着很高的艺术标准，需要诗人具有惊人的才力和对艺术执著追求的精神。任何一首诗的创作都是对诗人精神世界、艺术智慧、艺术责任感的考验，都需要诗人为之殚精竭虑，呕心沥血。“语不惊人死不休”正是古人对诗歌艺术严格要求、追求完美的精神写照。可惜我们今天的一些诗人却主张诗歌想怎么写就怎么写，怎么写都是诗，甚至不要意象，不要意境，不用修辞，连语言都主张口语化、直白化，这种随意降低诗歌艺术标准的做法，导致诗歌艺术质量严重下滑，使诗歌丧失诗境、诗味、诗意和诗美。因此我们要想振兴中国新诗，必须对新诗设立较高的艺术标准，必须树立诗歌创作的难度意识、精品意识。没有对艺术难度的设置与跨越，没有想象力的飞升和艺术创造力的爆发，没有艺术手法的丰富和更新，没有实现从生活境界到艺术境界、从生活形象到诗的意象、从直白的口语到富有意味的诗语等方面的转换，就很难创造出高质量的诗歌，也就无法抵达诗歌艺术的高峰。在这方面，我们既要以古典诗歌艺术的高度作标杆，又要以当代世界诗歌艺术的高度作标杆；我们既要立足民族艺术的深厚土壤，又要广泛汲取世界艺术的丰富营养，努力实现对这两者的跨越，才能创造中国新诗的奇迹，重铸中国诗歌的辉煌。

中国新诗的精神危机及其解救之道

自20世纪80年代中期以来，中国新诗获得了极大的发展空间和空前的写作自由，但同时也遭遇读者空前的冷遇和不满。一方面，年轻的诗人如雨后春笋拔地而起，各种诗歌主张如万花筒般令人目不暇接，大量诗歌作品如潮水般泛滥诗坛；另一方面，诗人的身份在不断受到质疑，诗人的主张在不断受到批评，诗人的作品在不断遭到读者的冷漠、反感和嘲讽。总之，新诗在一片“乱花渐欲迷人眼”的表面繁荣的背后，却隐藏着巨大的危机——一种诗歌精神、诗歌品格和诗歌信誉的危机。这么多年过去了，人们非但没有看到大诗人、大诗作的出现，也没有读到那种吸引目光、震撼心灵、提升精神的作品，反而看到诗歌精神在不断的萎靡和堕落。一些诗人肆意亵渎新诗，将新诗变成庸俗无聊的精神玩物，使新诗丧失了应有的精神品质和艺术高度，失去了可贵的吸引力和感召力，与读者的心灵期待渐行渐远，广大读者对此由不满、失望到“怒其不争”之后，以一种“无可奈何花落去”的心态弃诗而去。

总之，新诗精神危机的问题，已直接影响到诗的品质、诗的价值、诗的社会效应以及读者对诗的信任度和接受度的大问题，只有正视这个问题，分析、探讨解决这个问题的有效途径，才能大力提升诗的精神境界，发挥新诗在重铸民族精神方面的重要作用，同时也有利于造就代表民族最高水准的大诗人、大诗作，让中国新诗在世界诗歌之林中有着重要的地位和影响。

一

我们之所以在当下提出诗的精神危机问题，是因为近二十多年来，一些新诗潮的追逐者极端轻视诗的精神品质，不断下调诗的精神品位，以放弃诗歌理想、诗歌责任、诗歌价值为荣，把新诗引向一条拒绝思考、拒绝崇高、拒绝意义、拒绝责任、拒绝批判、拒绝关怀、拒绝文化、拒绝审美的歧途，以彻底颠覆传统意义上的诗歌，让新诗堕入琐屑、紊乱、平庸、低俗的境地，造成诗歌精神严重滑坡、诗歌境界严重缺失的后果，使新诗失去了应有的真诚、大气、敏锐和深刻，失去了思想的光芒、情感的热流和艺术的芬芳，人为地在诗与读者之间造成了巨大的鸿沟，不仅严重败坏了新诗的形象，而且预示着新诗在发展过程中出现了新的危机。如果说新诗在先前的危机是由于社会环境、政治背景使之然，那么这次出现的危机则是诗人在极其宽松的环境中抛弃诗歌的基本原则，肆意放纵自己使之然，是一种“自作自受”造成的后果。凡是关心新诗命运、具有艺术良知的诗人、诗歌批评家及读者，都应当对此给予格外的关注和思考，并且以一种庄严的责任感警醒这些放浪新诗的浪子尽快回头，切莫在背离诗的歧途越走越远。

应当说，20 世纪 80 年代是一个令人怀念的诗的年代，在中华民族“复活”的土地上，复活的还有诗的传统、诗的精神，新诗以庄严的社会责任感、强烈的批判意识、鲜明的人道主义精神和勇于探索的艺术精神获得了广大读者的强烈共鸣，诗人和诗歌也受到读者空前的尊重和期待。正当新诗发展势头看好的时候，一股反驳朦胧诗的后新诗潮（第三代诗歌）迅速涌起。一些更年轻的诗人喊着“PASS 北岛”“打到舒婷”的口号，企图以激进的方式超越朦胧诗，抢占诗歌的高地。他们进攻心切，急于求成，又不能沉静下来，创造出有深度有说服力的作品，便搞标新立异，花样翻新，打出各种旗号，自立门户，提出各种稀奇古怪、似是而非的诗歌主张，写出五花八门、令人眼花缭乱的诗歌。可以说，这是新一代诗歌颇为混乱的“群体大展”，它的意义是实现了诗歌观念的解放和诗歌的多元发展，但它也预示着传统的诗歌观念、诗歌精神、诗歌价值受到极大的挑战，诗人的精神品位、诗歌的精神境界开始下滑。进入 90 年代，随着社会的转型、观念的转变、多元文化的碰撞、网络时代信息极为便捷的传播，新诗获得了更大更自由的发展空间，诗人的个性空前解放，思想空前活跃，各种诗歌主张相继抛出，各种民间诗刊相继创办，自费诗集层出不穷，谁都能写诗，谁都自封诗人，谁都以自我为中心，谁也不把谁放在眼里，诗坛派系林立，纷争不断，内部热闹，外部沉寂。诚然，我们认为第三代诗人的全方位探索，不受任何束缚地把诗的触角伸向各个方面，特别是日常生活的各个细节以及人的心灵的隐秘之处，极大地拓展了诗歌的表现空间，为诗歌写作增添了各种可能性。这方面的有益尝试和成功经验还有待于我们研究和总结。但与此同时，我们也不无遗憾地看到，新诗在表面繁荣的背后，已显示出新的危机，这种危机的关键是传统诗人观、诗歌观的崩溃，是诗人对诗歌精神的漠视、对诗歌境界的放弃，使新诗陷入诗内“众声喧哗”“自我迷恋”“自我喝彩”以及诗外无人问津的尴尬境地。

诗人放弃对诗歌理想、诗歌精神的追求，直接导致诗歌内涵的平庸、诗歌格调的下降、诗歌感染力和启示力的丧失。其主要表现在以下几个方面：

（1）停留于对日常生活的琐屑叙述。一些诗人调整诗的立场，立足于民间的视角，放弃对社会发展问题和重大事件的关注，放弃对涉及民族前途、人类命运等重要问题的思考等，总之是放弃严肃的主题、宏大的叙事方式和崇高的心灵书写，把诗歌关注的重心转向身边的日常生活，特别是被过去诗歌所忽略的世俗生活的方方面面，试图用日常叙述的方式，录下平民生活中的众生相、众生态，表达世俗生活中的平民意绪。本来，诗贴近平民，贴近日常生活，是有利于体察现实，发现问题，表达民愿的，不仅可以增加诗的人间烟火色，还可以拉近诗与百姓的距离，获得他们的共鸣和赞许。但这些诗人只是一种民间的姿态，在浮光掠影地罗列一些现象，叙述一些琐事，而且大都是鸡毛蒜皮、无关痛痒的琐事，像一个老太婆一样絮絮叨叨，啰里啰唆，没有穿越表象，没有挖掘和提炼，没有思考和发现，没有正视现实中的阴暗、腐败和不公，更没有心贴心地写出他们生存的困境、无奈和挣扎，没有为改变他们的命运而沉思，没有喊出他们的心声。他们以轻松、调侃、捉弄的笔调叙述生活中的俗人俗事，消解生活的严峻性、沉重感，不去追问，更不屑于为民代言。他们甚至对底层不幸缺乏基本的同情心，表现出惊人的冷漠、蔑视和高傲。如沈浩波的《乞丐面前》："乞丐来到/我的面前/我没有/避让/昂首向天/一言不发/任由他/百般哀告/在垂下头颅的/他的面前/我显得/十分高大//这种感觉/足以让我/这种鸟人/爽上/好一阵子"这种把自己的高傲和快感建立在对不幸者的蔑视上，显然是有违诗歌的人文精神的。这类诗歌连郑板桥的"衙斋卧听萧萧竹，疑是民间疾苦声"（《潍县署中画竹呈年伯包大中丞括》）的精神境界都没有达到，又怎么能感动底层读者呢？

（2）沉湎于对低级趣味的追逐赏玩。第三代诗人中，有不少诗人背离传统的诗意追求，放逐诗歌崇高的灵魂，以前所未有的叛逆精神，把诗歌写作转向对低级趣味的追逐和赏玩上，特别是用诗去赤裸裸地描写肉体和性事，以"肉体狂欢"的"乌托邦"去取代传统的诗歌境界。诗歌在这些人手中，逐步由"民间写作""身体写作"降为"肉体写作"。其中的"下半身写作"更是一马当先，将宣言和写作实践紧密结合，将肉体写作、低级趣味写作推向了极端。他们宣称："那些相信和追求崇高的写作为我不齿，那些期待神灵拯救的写作也为我不齿"，"诗歌中的悲悯情怀是诗人最可耻的一种情结"，"诗歌从肉体开始，到肉体为止"。[①] 女诗人巫昂就公开宣称："我在2000年之后的诗有一个比较明确坚定的主题，那就是写性，女性的性。"[②] 李师江的《一个臀部很大的女人》，写自己在协

---

①沈浩波：《下半身写作及反对上半身》，《下半身》创刊号，2000年7月。

②巫昂：《我为什么写性》，黄礼孩、江涛主编《诗歌与人：2002年中国女性诗歌大扫描》，民刊，2002年版，第385页。

和医院的病房里看到一个正在为患病的亲人忙上忙下的女人，作者没有为她的行动所感动，却以浓厚的兴趣欣赏其臀部，并且想入非非，多年不忘。沈浩波的大量诗作都是在消解严肃的生活，书写自己对女性肉体的追寻和欣赏。他的《生活如此严肃》先写女性穿着、工作都很严肃，接着便把目光转向女性屁股底下的软垫，以此来消解生活的严肃性："在她们严肃的/屁股底下/散发出/温热的气息/生活如此严肃/但你不能说/这股气息/也是严肃的"。他的《一把好乳》则直露地表达自己的偷窥欲："她一上车/我就盯住她了/胸脯高耸/屁股隆起/真是让人/垂涎欲滴/我盯住她的胸/死死盯住/那鼓胀的胸啊/我要能把它看穿就好了"。他的《肉体》《双人生活》等诗则是赤裸裸地写男女做爱。尤其是《强奸犯》一诗更是令人意外："他猛扑上去/一把撕开/这可怜女人/的衣衫//天哪/他惨叫一声/又是一个平胸"。作者完全消解了传统诗歌的批判立场，仍从强奸犯的视角去表达对肉体的关注。阿蜚的《交易》则以纪实的手法，录下了男女性交易的全过程。伊丽川的《爱情故事》则纯粹从性感的角度去写男女的性体验，她的《为什么不再舒服一点》更是以一种娇嗲、幽默的笔调，抒写做爱的方式和感受。此外，南人的《压死在床上》、张守刚的《女人的尖叫》等诗，都是沉浸在对肉体和性爱的追逐及赏玩上。这种庸俗低级的诗歌写作，是诗歌灵魂的空前缺席、诗歌精神的彻底堕落。人们不禁要问，这样的诗歌能带给读者什么样的影响？

（3）陶醉于个人欲望的肆意宣泄。一些诗人放弃了诗的社会责任感，不在乎诗在读者心中产生什么样的反应，一味坚持极端的个人化写作立场，置国家命运、民族事业、社会发展、民生问题、人类命运于不顾，弃人格、品性、道德和良知于一旁，毫无顾忌地用诗宣泄阴暗、丑陋的个人欲望。如沈浩波的《静物》："卖肉的少妇坐着/敞着怀/露出雪白的奶子//案板前面/买肉的我，站着/张着嘴，像一个饕餮之徒"，这就赤裸裸地宣泄出作者内心的欲望。他的《朋友妻》，写自己与美丽丰满的朋友之妻在酒吧对坐，此时他满脑子都一直在想："要是能把/这个女人/抱上床/那该多爽"这种有违道德的个人欲望，仍被作者轻松地毫无顾忌地表达了出来。而在《挂牌女郎》中，作者发挥超人的想象，表达自己内心贪婪的欲望，他呼吁把"普天下女人的胸"划分为"可以随便摸的"和"不可以随便摸的"两种，并且给每个女人胸前"都挂一大牌"，这样，"当我走在大街上/看到那些/丰乳肥臀的女人/就不用犹豫/不用彷徨/更不用把脸色/憋得像猪肝一样"，这种为了一己私欲，肆意亵渎女性的恶念竟以诗的形式呈现出来，不能不让人为诗感到悲哀。这样的诗会像病毒一样损害人们的精神健康，导致灵魂的沉沦与腐败。

（4）满足于简单表达的语言游戏。好诗都是以境界吸引人、感染人、提升人的精神的，而一首诗境界的形成，是要靠诗人发挥自己的才能，调动已有的精神资源，通过主观世界与客观世界的巧妙契合，精心寻找意象、结构、语言及独特的营造方式，构成一个自足的诗性空间，才能让读者充满好奇与期待地进入这个空间，自然而然地从中获得独特的感悟和启迪。这是一个极其艰辛的创造过程，需要诗人有极强的艺术转换能力。可是，一些诗人把写诗看作是一件极自由、极轻松、极简单、可以随意而为的事情，认为写诗只是诗人的信手涂鸦，即兴得之，结果弄得诗粗糙别扭、直白浅露，没有语言上的创新，没有意象的创造，没有艺术的转换，更谈不上有艺术魅力的意境，既不能给读者带来审美的享受，也不能给读者任何思想的启迪。如尹丽川的《青春之歌》："小王喜欢于莉/于莉喜欢小张/小张不一定喜欢于莉/于莉不一定不喜欢小王/小王很快不再喜欢于莉/于莉只记得一直被小王喜欢/小张终于喜欢上了于莉/但于莉终于嫁给了小刘/小张的同事现在叫他老张/小王五年后被一辆东风牌卡车撞死/于莉第四年生下了她第三个孩子"，作者用直白、类似绕口令、让人猜谜似的口语叙说，除了说明青春期男女复杂、无常的恋爱关系外，没有诗语的转换，没有诗境的创造，缺乏诗的意味。乌青的《对白云的赞美》："天上的白云真白啊/真的，很白很/很白非常白/非常非常十分白/特别白特白/极其白/贼白/简直白死了/啊——"这里，除了语言的重复啰唆外，不能带给我们任何诗意的感受。

通过以上分析，不难看出，新诗的精神危机已到了相当严重的地步，直接导致了原本美好的诗歌精神、艺术特性、诗歌价值观的崩溃，使刚刚获得进展的新诗再次跌入低谷，使对新诗抱有极大热情和极高期待的读者（包括一些诗人、诗歌批评家）感到无比的痛心和失望。曾经为崛起的诗群而摇旗呐喊的孙绍振先生早在 1997 年就撰文，极为罕见地"向艺术的败家子发出警告"，一针见血地指出，诗人的"过分浮躁""把任意性当作艺术""有的人甚至公开提出'反艺术'的口号"，其结果只能导致新诗的"危机"。他甚至发出沉重的预言："一些艺术的败家子至今还不清醒。哀哉！在可以预见的未来，我们八九十年代的诗歌，必然受到历史的嘲笑。"① 十多年过去了，这些人不仅没有清醒，而且大有在一条道上走到黑的劲头，固守自己偏激的诗歌观，坚持以反叛的姿态把新诗推向了非诗化的尴尬境地。

二

要想解决问题，我们首先要思考造成新诗精神危机的因素有哪些。从总体上看，既有诗的外部原因，也有诗的内部原因。外部原因主要是中国社会变革带来

①孙绍振：《向艺术的败家子发出警告》，见《星星》，1997 年第 8 期，第 66 页。

的各种变化，不可避免地对中国当代诗人、当代诗歌产生巨大的影响。

第一，社会转型带来诗人观念的变化。在市场经济大潮的冲击下，中国社会发生了一系列深刻的变化，人们的生存环境、精神状态也随之受到巨大的影响，传统的思维方式、认知方式、工作方式、生活方式及世界观、人生观、价值观都在这场大潮中受到冲击，人们的精神面貌也日益商业化、世俗化、功利化、复杂化，人们一方面面临激烈的生存竞争，一方面又渴望迅速发财，一夜成功。许多人为了利益甚至不择手段，投机钻研。诗坛也不例外，这种外在的冲击使得很多诗人变得心态浮躁，欲望频生。不少诗人迅速弃诗而去，或投身商海，或改谋他业，或远飞异国他乡。即使是对诗歌不离不弃的诗人，也开始把写诗当作自己的副业或兴趣，他们很难做到处变不惊，潜心写作，创造出感动读者、足以传世的诗歌精品。而一些年轻诗人，则难耐寂寞，一门心思追逐时尚，寻求捷径，梦想以自娱自慰式的轻轻松松的写作，迅速加入诗人俱乐部。这是社会的变化促成了诗人观念的变化，也为他们的人生及其诗歌写作提供了多种选择的可能性。

第二，多元文化带来诗歌追求的变化。改革开放以来，随着商品经济的活跃，各种外来文化如潮水涌进，加上国内传统文化、各民族文化的全面激活，中外文化的碰撞和交融，形成了一股巨大的文化创造力，深刻地影响到各种艺术形式的创造。可以说，这种多元共生的文化格局培育和激活了人们各种各样的艺术追求，大量时尚的、猎奇的、怪诞的、庸俗的、游戏的快餐式文艺作品应运而生。作为感应最灵敏的中国新诗，在这场历史的变革期，更是以其活跃的身姿、强大的阵容、大胆的宣言、强劲的出击，一路呼啸，狂歌猛进，从而直接导致中国新诗面貌的变局。各种各样的诗歌宣言，颠覆了传统的诗歌观，多种形式、多种格调、多种品味的诗歌作品令人惊异地呈现在人们面前。一些非诗的作品当然也充斥其中。

第三，环境宽松带来诗歌写作的自由。20 世纪 90 年代以来，中国社会的政治环境和文化环境更加宽松，学术自由、创作自由的氛围日益浓厚，国家对文化事业的管理采取了更加宽松、开放、理性的态度。管理部门再也不像极“左”年代那样，用政治的放大镜去寻找作品的疑点，以便扼杀作品、批判作者。不仅如此，随着我国经济的繁荣、科技的进步、社会的发展以及综合国力的增强，人们越来越认识到，发展民族文化是提升综合国力的重要组成部分。为此，国家不断出台各种政策，推动文化战略的实施，支持和激励我国文化事业的大繁荣、大发展。这是百年难得的机遇，也是一个民族走向成熟和强盛的标致。中国新诗正是在这样一个良好的政治生态与文化生态下获得了极佳的发展机遇。诗人的写作获得了空前的自由，诗人的艺术主张、诗人的创作个性得到空前的张扬，诗人的思想、情感和内心欲望都得到自由的表达。诗歌发表和出版的空间也较过去广阔和自由，各类民间诗刊极为活跃，各种自费诗集获得自由出版。即使诗歌鱼龙混杂，问题不少，但批评家们在讨论这些问题时，也都是自觉地将这些问题置于学术语境，再也没有人因为一首诗、一本诗集或一种诗歌观而遭到政治的打压。可以说，没有这种宽松的政治环境、文化环境，大量的新诗之花，就无法在中国的大地上自由开放。但在这种宽松的环境下，诗歌也呈现出丰富而芜杂、缺少精品与力作的态势。

第四，网络时代带来诗歌传播的便捷。比起传统纸质媒体（公开出版物）的传播速度和广度，网络时代以无与伦比的优势，为诗歌的传播打开了神奇的网络大门，只要鼠标轻轻一点，诗歌就以第一速度到达诗歌现场，出现在各类诗歌网站，进入网上读者的视野。这中间省略了纸质媒体的那种层层审阅和把关，使诗歌的发布、传播极为便捷，并且还可以借助网络媒体实现现时互动，开展诗歌的交流与讨论。这是一个崭新的时代，为诗歌的写作和传播敞开了无限广阔的空间。很多年轻人顺应时代的潮流，纷纷搭上这种网络特快，迅速实现了自己发表诗歌、做一个诗人的梦想。当然，网络诗歌的缺陷也是明显的，很多人都忽视了诗歌艺术的挑战性和写作难度，降低诗歌的精神追求，把诗歌写作当作口语表白或简单的文字游戏，致使大量粗制滥造、毫无精神品位、毫无诗意甚至是文字垃圾的诗歌泛滥网络，最终使读者望而生畏，对网络诗歌产生厌倦和反感。

以上几点都是试图从外部寻找造成诗歌精神危机的原因，很显然，这些外部因素只有通过与诗人的主观因素相结合，才能对诗歌产生实质性的影响。因为这些外部因素本身从客观上为新诗发展提供了极为有利的条件和机遇，但如果有人对此做出错误的判断，以为诗歌到了一个可以不要诗魂、不要诗格，可以随意写作、任意把玩的年代，其结果必然适得其反，造成对新诗的极大伤害。不幸的是，中国新诗在迎来了一个百年难得的发展机遇时，却恰恰被这些新诗的玩家们弄得失魂落魄，狼狈不堪。

可见，造成新诗精神危机的主要原因还在诗的内部，主要在诗人的主观方面。其中主要表现在：

（1）责任感的缺失造成诗歌精神的下滑。诗人不仅没有抓住有利的外部条件和机遇，把它转化为自己写作的动力、责任和使命，反而有意解构传统意义上的诗人角色，主张低姿态的向下写作，这本来也有利于新诗回归人本写作、真实写作、自然写作，但是，诗人在一致推进这种向下写作的同时，也产生了严重的负面效应：诗人普遍降低对自身的要求，放弃诗人的社会理想和责任，直接导致了诗歌精神和诗歌品位的严重下滑。责任感的缺失具体表现在：首先，诗人放弃了自己的社会责任和使命。在他们看来，“责任”“使命”这些都是过于宏大、过于虚伪的陈词滥调，诗人不必去理会。韩东认为“诗到语言为止”，“写诗就是写诗”，不必有其他更大的目的、责任和义务。沈浩波认为：“承担和使命，这是两个更土更傻的词，我都懒得去说它们了。”[①] 在他们看来，诗人不必思考，不必做思想者，除了关心自我，竭力写另类的诗以突显自己外，不必过问人间冷暖、世道人心，不必把关怀底层人民、批判社会黑暗、呼唤公平正义、塑造人类灵魂、推动社会进步等重任扛到自己肩上。他们放弃做一个严肃、高尚、有正义感、责任感的诗人，也放弃做一个品格纯正、充满热情、健康向上的人，而是以桀骜不驯、玩世不恭的态度，做蔑视传统、反抗权威、解构崇高、拒绝文化、放弃责任、迎合世俗的诗坛急先锋。这就导致诗人精神境界、人格魅力及诗歌追求的下降，也直接影响诗人对写作对象的态度和感情。例如沈浩波的《乞婆》一诗：“趴在地上/一蜷成团/屁股撅着/脑袋藏到了/脖子下面/只有一摊头发/暴露了/她是个母的//真是好玩/这个狗一样的东西/居然也是人”，面对底层一个卑微、可怜的生命，诗人没有一点同情心也罢，何至于用如此尖刻、鄙夷、谩骂的口吻，去嘲弄她，侮辱她。这是以前诗歌里从没有出现过的，读后令人震惊，充分说明诗人悲悯之心和人性关怀的缺失。这样的诗人怎么可能心系民众，写出感动民众的诗篇。正如谢冕指出的那样：“诗人只关心自己”，“于是民众也就自然而然地疏远甚至拒绝了诗。”[②]

其次，诗人放弃了写诗的责任。由于诗人放弃了崇高的诗歌理想和庄严的诗歌使命，他们在写什么和怎么写的问题上都变得毫无顾忌，为所欲为。特别在写什么的问题上，他们已经自我降格，没有精神的底线。他们主张诗歌取消思想、取消意义、取消审美、取消价值、取消诗意等，把诗歌追求引向语言实验、日常记录、肉体展览、欲望表达甚至“下半身”书写等。在一些人看来，一切严肃的、重大的、沉重的、美好的主题书写，都是不可靠的、虚假的、骗人的、过时的，他们对此不屑一顾，极力贬低。他们认为“艺术的内容也是唯一的——形而下。”[③] 他们如此对待诗歌，怎么能创造出高格调、高境界的诗？

再其次，诗人放弃了对读者的尊重和责任。一些诗人无视读者的存在，根本不考虑他写的诗对读者会产生什么样的影响，不会顾及读者的接受度和容忍度。他们按照自己的诗歌设想，以一种随意、猎奇、游戏的态度对待新诗写作，既不会在艺术上呕心沥血、孜孜以求，也不会在思想内容上认真选择，精心提炼，力求以健康的精神、完美的诗境带给读者诗意的享受。他们以自己随手炮制的劣诗、伪诗或歪诗，来败坏读者的胃口，摧毁读者的期待甚至污染读者的精神。他

①沈浩波：《下半身写作及反对上半身》，《下半身》创刊号，2000年7月。

②谢冕：《诗歌理想的转换》，《郑州大学学报》（哲学社会科学版），1998年第1期。

③沈浩波：《下半身写作及反对上半身》，《下半身》创刊号，2000年7月。

们还容不得读者的批评，仿佛他们泼给读者一盆脏水，读者也得默默忍受。

（2）诗歌观的偏激导致诗歌内涵的平庸。20 世纪 80 年代中期以来，各种诗歌观蜂拥而出，令人目不暇接。特别是 1986 年《诗歌报》和《深圳青年报》联合举办的“现代群体大展”，一下子推出六十多个社团，各个社团纷纷亮出自己稀奇古怪的名称及五花八门的诗歌主张。进入 90 年代后，“中年写作”“红色写作”“个人化写作”“知识分子写作”“民间写作”“下半身写作”“肉身写作”等相继而出，不同诗派之间还就观点的分歧展开过激烈的论战。应当说，这些诗歌观的提出，有利于打破“朦胧诗”所形成的诗歌格局，激活新诗的创造力，形成多彩多姿的诗歌面貌，产生了一批新异的诗歌作品，大大拓展了新诗的发展空间。但是，由于这些诗歌观的提出，没有经过严密的思考、科学的论证及大量的创作实证，有的仅是某个代表人物为了标新立异所做的宣言式的表达，显得非常偏激或片面，这就影响到诗人的精神状态和写作时的价值取向，导致诗歌内涵的平庸。如从“非非主义”提出“逃避知识、逃避思想、逃避意义”[①] 到“下半身写作”则延伸为：“知识、文化、传统、诗意、抒情、哲理、思考、承担、使命、大师、经典、余味深长、回味无穷……这些属于上半身的词汇与艺术无关，这些文人词典里的东西与具备当下性的先锋诗歌无关，让他们去当文人吧，让他们去当知识分子吧，我们是艺术家，不是一回事。”[②] 不仅如此，他们还特别强调拒绝思想、消除诗意，认为：“只有找不着快感的人才去找思想”，“什么叫作诗意，这个词足以让人从牙根酸起，一直酸到舌根。这个一点现代感都没有的酸词只能被那些学院派的冬烘先生奉为至宝。而对于现代艺术来说，取消诗意将成为一个前提。”“我们要让诗意死得很难看。”否定和排除了这一切后，他们把诗歌写作定位在一种“贴近肉身状态”的“下半身写作”，追求“一种贴近肉体，呈现的将定是一种带有原始、野蛮的本质力量的生命状态”[③]。如果说，这些观点是出自诗人对僵化的意识形态、落后的文化观念、保守的诗学观念长期束缚诗歌的反抗，力求恢复诗的生命感、本真感，这还是可以理解的，也是有一定意义的，但是这些观点本身把话说得过于绝对，为了强调自己的一点，却不惜否定一切，显然是极端偏激的。难道诗人及诗真的与“知识、文化、传统、诗意、抒情、哲理、思考、承担、使命”等脱得了干系吗？一些诗人在排斥别人的诗歌观，极力宣扬自己的诗歌观，并用各种办法推行同类的诗歌，不也是在进行自己的诗学思考，履行自己的诗歌职责吗？一些诗人挖空心思，用亵渎一切美好的语言，写着

---

①引自罗振亚：《朦胧诗后先锋诗歌研究》，中国社会科学出版社，2005 年 6 月，第 1 版，第 84 页。

②沈浩波：《下半身写作及反对上半身》，《下半身》创刊号，2000 年 7 月。

③沈浩波：《下半身写作及反对上半身》，《下半身》创刊号，2000 年 7 月。

解构“崇高”和“庄严”的诗，不也是受西方文化及解构主义的影响吗？今天的人们对“诗意”的理解早已非常宽泛，取消一切“诗意”，诗还剩下什么，诗还靠什么来吸引读者，感动读者？诗人周伦佑也强调“诗歌是灵魂的事业”，难道“下半身写作”能将“灵”与“肉”分开吗？失去灵魂的肉体能带给我们什么？还有“诗到语言为止”，“写诗就是为了写诗”（韩东语），“怎么写都是诗”，“诗语言，应如驴叫，怎么得劲怎么嗥”[①]。其本身强调语言对写诗的重要性，强调诗歌写作的独立性，都是有意义的，但是在实践中，有人误以为写诗就是语言游戏，就是玩语言，就是在语言形式上花样翻新，甚至用未经提炼的口语、大白话直接拼凑，忽视语言背后的生命体验、心灵感悟等诗意的凝聚，这就导致有些诗徒有语言的形式而缺乏诗美特征和精神深度。何况真正的诗歌语言一定是与诗人的生命和灵魂息息相依，一定是发自诗人生命内部和灵魂深处的语言。诗人生命的方式和灵魂的向度直接决定着语言的生成。任何人以游戏语言的态度写诗，都注定写不出有生命感、有思想深度的诗。总之，我们认为一些偏激的诗歌观已直接影响到诗人的价值取向和精神追求，容易使他们从一个极端走向另一个极端，在反叛意识的支配下，一阵风似地倒向“向下写作”，忽视提升灵魂和凝聚诗意的“向上写作”，这就难免造成诗歌精神的整体下滑。

（3）心态的浮躁引发诗歌竞争的错位。在市场经济大潮的冲击下，一些诗人也耐不住寂寞，他们心态浮躁，渴望快速成名，出人头地。而诗坛同样也是充满激烈竞争的赛场，没有过人的精神修养、艺术禀赋，不经过一番辛勤的耕耘是难有收获、难以脱颖而出甚至超越他人的。于是一些人便不在诗本身的竞争上下功夫，而是极力施展“诗外功夫”。首先，他们打出各种诗派的旗号，发表各种新奇的宣言，拉帮结伙，大造声势，用类似搞运动的方式，获得公众的注意。其次，他们无法创造出具有思想深度和艺术高度的作品，又想尽快戴上诗人的桂冠，便大写另类的诗歌，怎么出格怎么写，怎么引起关注怎么写（哪怕挨骂）。正如于坚所指出的那样：“这是机会主义。对有些诗人，他觉得怎么能引起注意，怎么抢眼怎么写。”[②] 他们追逐时尚，迎合世俗，以大量庸俗、粗鄙、低级的诗歌吸引一些眼球。“还有一部分新诗人不甘寂寞，搞起一些‘下半身写作’，或者‘裸体行为艺术’之类的创作活动，结果的确在社会上搅起一些水花——不过同时也招来不少口水。”[③] 再其次，他们写文章，发表谈话，以二元对立的思维方式，自诩代表新的诗歌流派，要取代原有的诗歌流派。他们批判别人，抬高自

---

①徐敬亚等：《中国现代主义诗群大观》，同济大学出版社，1988 年版。

②于坚，傅元峰：《寻回日常生活的神性》，《当代作家评论》，2010 年第 3 期，第 135 页。

③黎志敏：《诗学建构：形式与意象》，人民出版社，2008 年 5 月版，第 165 页。

己，认为别人的诗歌观念早已落伍了，别人的诗歌早该淘汰了，企图以揭竿换代的方式，为自己在诗坛争得席位。如沈浩波就以“下半身写作”向“他们”诗派宣称：“语言的时代结束了，身体的时代开始了。”[①] 而以解构思维写出《车过黄河》的伊沙，就津津乐道于自己的大胆和写作策略。他在《车过黄河》中把“列车经过黄河”与自己“在厕所小便”联系起来，以一种亵渎性的语言，彻底颠覆黄河身上所承载的厚重的历史与文化：“只一泡尿功夫/黄河已经流远”。由此，他不仅获得了解构的快感，还无比自豪地宣称：“我为汉诗贡献了一种无赖的气质并使之充满了庄严感……我使先锋与前卫姿态变成了常态——汉诗的‘后现代’由我开创……”[②] 你看，用“身体”就能打倒“语言”，用一泡尿亵渎一次黄河就能获得一首颠覆传统的诗，还能开创一个诗的时代，写诗成名是多么容易，多么快捷。诗人朵渔也承认：“如果能够让人们谈论，这件事已经做成了一半，我是相信‘功夫在诗外’的。”[③] 可见，一些诗人由于心态浮躁，不是在正道上展开诗的竞争，不是在提升自己的灵魂、提高诗歌艺术质量上竞争，而是在做你过时我先锋、你下台我上场的竞争，这既不符合艺术发展的规律，也不符合诗人应有的气度和心胸。对此，诗人、诗论家郑敏早就告诫过青年诗人：“诗坛不是坟场，而是超越时间的角力场”，诗的竞争关键是“质量的优劣”的竞争，“每颗新星要多想如何增添天空的灿烂，而不是如何击落哪一颗已存在的星星。总是想着一个流派，一个代的诞生就意味着前者的死亡，恰恰是统治我们多年的一元化逻辑的翻版。”[④] 当然，诗的内部原因除了诗人主观因素外，也还有诗坛本身生态环境的问题，例如，在诗坛内部，有的人悄然离诗而去，有的人对诗的热情日益下降，诗歌界针对新诗出现的种种问题展开研究和讨论不够，不少诗歌批评家也表现出对新诗的失望和冷漠，以致形成诗歌批评的失语，这些都使得诗人放松了对自己的要求，降低了诗的精神品位和艺术标准，使新诗在一种放任自流、恣意生长的状态下，渐渐失去了往日的精神风采和撼人心魄的艺术力量。

三

当我们对造成新诗精神危机的历史背景及其种种表现做了具体分析，并且找到了造成危机的种种原因之后，我们就要着力思考如何解决问题，将新诗从这场旷日持久的精神危机中解救出来。

---

①沈浩波：《下半身写作及反对上半身》，《下半身》创刊号，2000年7月。

②伊沙：《我整明白了吗——笔答〈葵〉的十七个问题》，《东方艺术》，1999年第1期。

③朵渔：《是干，而不是搞》，《诗江湖》创刊号，2001年。

④郑敏：《诗歌与哲学是近邻——结构—解构诗论》，北京大学出版社，1999年2月版，第413页。

当然，解决新诗的精神危机需要综合治理。从外部看，至少需要创造一个有利于新诗健康成长的生态环境。首先，国家有关部门和全社会都要关心新诗发展问题，都要认识到新诗在民族精神建设中的重要地位和作用，为新诗发展提供必要的支持和创造良好的文化环境，让新诗在一种充满活力的文化“场”中爆发出空前的创造力。其次，要加强诗歌教育和诗歌批评，引领诗人从中国古典诗歌传统、西方诗歌传统及其相互融合的视角，去重新认识诗的本质、诗的价值、诗的作用、诗的艺术等，以便站在人类文化的高度，站在中国诗歌、世界诗歌的高度，去认识什么是好诗，什么是大诗，以便确立更高的诗歌标准，树立更高的诗歌理想，激励诗人去攀登中国乃至世界的诗歌高峰。对于一些错误的诗人观、诗歌观及其创作倾向，则通过正常的诗歌批评，予以及时引导，促其迷途知返，回归诗的正道。再其次，要通过舆论引导，使得优秀诗歌广为传播，进入更多心灵，充分发挥诗的社会效应、精神效应。同时，要通过开展各种有益的诗歌活动，引导诗人在如何提高自己的精神境界、如何创造诗歌精品、如何创造出无愧于时代和民族的大诗上进行一场持久的角力，一场衡量诗人虔诚程度、灵魂深度、智慧大小、艺术高低的角力，从而让新诗在良性竞争中获得更好的发展。

除此以外，我们认为决定新诗命运的关键还在诗人本身，诗人只有凭着为中国诗人争气、为中国新诗争气的精神展开精神的“自救”，才能迅速走出精神危机的阴影，才能有效地解救“危机”中的新诗。

在这方面，当务之急，是要做到如下几点：

（1）明确诗人的艺术使命，增强诗人的责任意识。在中华民族的传统意识中，诗人有着崇高的地位和社会影响力。诗人凭着自己的真诚和良知进行呕心沥血的创作，以饱含敏锐体验和深刻洞察的诗篇影响着人的灵魂，“润物细无声”地改变着人的精神结构。在很长一段时间，我们一些杰出诗人都被誉为“时代的歌者”“人民诗人”“民族的灵魂”“战士诗人”等光荣称号。然而，在市场经济大潮及西方解构主义思潮的冲击下，一些诗人主动把这些彻底颠覆，推倒重来。他们不屑做这样的诗人，更不屑承担这样的使命。和过去那种片面拔高诗人地位、极度夸大诗的社会功能、忽视诗的个性特征相比，现在一些诗人又极力矮化诗人，甚至极力自贬诗人，不断降低诗人的标准。其目的就是不断弱化或放弃诗人的责任和使命，以便诗人可以在当今社会从俗如流，可以毫无顾忌地自说自话，随心所欲，想怎么写就怎么写，想写什么就写什么，就像随地吐痰一样，毫不在乎周围的眼睛。这样的想法和做法无疑从一个极端走向了另一个极端，为有追求有抱负的诗人所不为。诗人应当清醒地认识到，无论在什么时代，在什么样的环境下，只要你还写诗，只要你还想把诗拿出来发表、出版、放在网上传播，你写诗就不完全是个人行为，你就应当自觉履行自己的责任和使命——你的诗对读者产生积极而不是消极的作用，对社会产生促进而不是促退的作用，对人类精神产生向上而不是向下的作用。这是作为一个诗人最基本的精神底线。

为此，诗人首先要树立远大的诗歌理想，明确自己的艺术使命。诗人的事业是从事人类的精神创造，诗人的使命就是用诗去提振人类的精神，放飞人类的梦想，用诗去塑造人类美好的灵魂，进而改善人与自然、人与社会、人与宇宙的关系，推进人类文明的发展和社会的进步，共建人类诗意家园。诗人不能仅仅满足于为自己写诗，而是要超越自我，情牵天地万物，心系人类命运，为所有精神求助者送去诗的关爱和援助。诚如台湾诗人洛夫所强调的那样："诗人应具有一颗世界的心"①，诗人写诗应当"是对人类灵魂与命运的探讨，或者诠释"②。而在如何看待诗人的使命与作用方面，诗人大荒更是有着深刻的见解："诗人使人升高，不是往高处拉，而应从最低处往上托。当众人被你的诗拍击、搏动，将你所呈现的意义化人生活，他们就有勇气挺立天地之间，就有富贵不能淫、贫贱不能移、威武不能屈的气质。"③ 诗人只有正确认识到自己负有崇高的艺术使命，才能倍感责任重大，才能从严要求，自我加压，自觉承担，不辱使命。

其次，诗人要敢于担当社会责任，做人民喜爱的诗人。从新诗诞生以来，虽然中间有过挫折，但其中一些优秀的诗人，由于一直亲近民众、关注社会，承担着社会责任，所以受到人民的爱戴和拥护。诗人在处理与外部世界、现实人生的关系上，不仅要保持与之密切的联系，还要融人其中，身体力行，甘于付出，勇于担当。正如诗人大荒所指出的那样："诗人应当参与'救护队'的工作，用所有的热爱，炼五色石为药物，世界缺少理性，诗人献出理性；世界残破，诗人给予完善；世界一片混乱，诗人弹奏和谐；世界一团黑暗，诗人点燃火把。"④

再其次，诗人要澡雪精神，以无比虔诚和敬畏之心对待诗歌写作。诗人不仅要以敬业的精神，还要以高尚的境界对待诗歌写作。要维护诗歌的形象、品质和精神，不要做亵渎诗歌、玩弄诗歌、扭曲诗歌的蠢事。此外，有责任感的诗人写出的诗，常常能产生巨大的人格力量，具有征服人心的感染力。

（2）纠正诗歌的价值偏向，提升诗歌的精神境界。如前所述，由于一些诗人诗歌观的偏激、混乱，在诗歌写作中极力解构传统诗歌的价值取向，把一切崇高的、诗意的、庄严的、有思想的、有积极意义的，涉及人间道义、社会责任、国计民生、人类命运的"向上"写作都排除在外，或主张个人化写作，或主张非诗意写作，或主张语言游戏写作，或主张身体写作，或主张肉体写作，等等，其总

①沈奇，王荣：《台湾诗论精华》，陕西人民教育出版社，1995 年 7 月第 1 版，第 71 页。
②沈奇，王荣：《台湾诗论精华》，陕西人民教育出版社，1995 年 7 月第 1 版，第 103 页。
③沈奇，王荣：《台湾诗论精华》，陕西人民教育出版社，1995 年 7 月第 1 版，第 103 页。
④沈奇，王荣：《台湾诗论精华》，陕西人民教育出版社，1995 年 7 月第 1 版，第 81 页。

体倾向是要把诗歌引向放逐灵魂、放弃责任的“向下”写作，这就难免造成诗歌内涵平庸，精神下滑，缺少感动人心、震撼心灵、提升灵魂的力作。这与当下读者对中国新诗的精神期待相差甚远。对此，我们希望诗人纠正这种片面的诗歌观，尽快调整诗歌的价值取向，不要一味沉迷于这种追逐世俗、格调低下、灵魂缺失的诗歌写作，而是要大胆突破，不断超越，以广阔的心胸、博爱的情怀、敏锐的目光、深邃的思考和敢于解剖的勇气，去关注中国的现实人生，去洞察巨大变革中的社会问题，去感受历史转折时期人们心灵的震颤，去发现现代社会在物质繁荣的背后所隐藏的精神黑洞，去探究人与自然、宇宙关系的变化给人类心灵及未来带来的影响……这样，我们的诗人就能站在新的高度，立足新的视野，就能不断创造出有灵魂、有热心、有眼力、有胆识、有骨头、有气魄、有境界的大诗，就能大大丰富和提升诗的精神内涵，使之具有极大的吸引力、感召力、震撼力和启示力。

为此，诗人要做到：第一，要坚持“灵魂写作”的立场。面对各种花样翻新的诗歌观，诗人要旗帜鲜明，立场坚定，不受某些解构者的误导，盲目解构诗的精神、诗的特性，把诗变成诗人手中的精神玩偶。要相信诗歌是灵魂的事业，无论诗坛内外刮什么样的风，我们都要坚信为“灵魂写作”的诗歌是诗的高格，是诗的最高境界。用诗去改善人类的精神，塑造人类美好的灵魂，是诗人的光荣，也是诗的骄傲。第二，要维护诗歌的精神品质。诗人在写什么、表达什么的问题上要明辨是非，分清优劣，有所为有所不为。和那些片面的诗歌观相反，诗人要理直气壮地坚持“诗意写作”“深度写作”“崇高写作”“审美写作”“人道写作”“人文关怀写作”“社会批判写作”“自我剖析写作”“心灵探索写作”“终极思考写作”等，要坚决反对那些损害诗歌形象、亵渎诗歌精神、践踏诗歌灵魂式的写作，总之，要倡导一切严肃的有价值的“向上写作”，以保证诗的精神品质，提升诗的精神境界。第三，要努力创造出代表民族精神高度的大诗。诗人不仅要树立诗歌的精品意识，还要胸怀远大的诗歌理想，以中华文化、中华诗歌为底蕴，以西方文化、西方诗歌为参照，以历史变革时期中国人的心灵轨迹、精神风貌为魂魄，再融入诗人与时代同呼吸、共命运的切身体验与思考，创造出具有时代精神、代表民族精神高度的大诗，让中国新诗昂然挺立于世界诗歌之林。

（3）加大诗歌的现实关注，扩大诗歌的社会影响。关注现实是中国诗歌的优良传统，也是新诗受到社会关注、人民欢迎的重要原因。在不同的历史时期，也都有敢于担当的诗人凭借自己的胆识和良知，以深刻的洞察和敏锐的发现，以燃烧的激情和犀利的思考写下了许多直面现实、直击痛处、直揭黑暗的诗篇，在中国社会激起巨大的反响，成为人们对中国新诗最美好最难忘的记忆。如北岛的《回答》、舒婷的《风暴过去之后》、杨牧的《我是青年》、白桦的《阳光，谁也不能垄断》、叶文福的《将军，不能这样做》、熊召政的《请举起森林般的手，制止!》、李瑛的《我的另一个祖国》等。这些诗都以强烈的现实感和深刻的思想穿透力而震撼过一代人的心灵，人们也给予这些诗以极高的评价。可是，20世纪90年代以来，诗人受到社会环境、文化思潮、艺术观念等诸多因素的影响，让诗歌有意远离中国的社会改革及其与改革有关的人和事，远离中国社会现实，不再关注现实中存在的各种弊端和问题，不再关心百姓的冷暖和民族的命运。诗歌变得疏远、冷漠和轻飘。即与现实疏远、与矛盾疏远、与民众疏远；对大局冷漠、对大事冷漠、对他人冷漠；内容轻飘、情感轻飘、思想轻飘。总之，新诗已不能承担中国民众在巨变中的生活之重与心灵之重。这种现状如不尽快改变，中国新诗将很难获得社会的关注和民众的认可，其结果也只能是在民众的抛弃中走向衰微。我们之所以强调这一点，是希望诗人们认真总结历史的经验教训，尽快加大新诗对现实的关注力度，改变新诗的现状，重新获得读者对新诗的信任和支持，扩大新诗的社会影响力和精神效应。其关键可以落实在如下几个方面：

第一，用诗真实地表现当下中国的现状。作为生活在中国大地上的诗人，不能对中国社会发生的一切采取无动于衷、熟视无睹、回避表现的态度。诗人的心应当与中国社会的现实一起跳动，并且用诗去及时感应现实、思考现实、表现现实，以积极的人生态度参与改变现实的伟大实践。可以说，改革及其产生的历史巨变是当代中国最大的现状。改革是翻天覆地的，也是无所不及的，其产生的后果带来了史无前例的辉煌，但也带来了许多新的危机和矛盾。一方面，改革使中国社会、人民的物质生活及精神面貌发生了巨大的变化，综合国力不断提升，世界影响日益壮大；另一方面，改革也使中国进入一个既充满活力、充满希望也充满矛盾、充满危机的历史时期。多种体制的共生，多种经济的构成，多元文化的碰撞，多种思想的交锋，多种人物的表现，多种事件的突发，多种现象的滋生，多种欲望的喷发，等等，这一切构成了中国社会多姿多彩、明暗交织、矛盾统一的现状。这是亿万人民用自己的激情和智慧在中国大地上精心绘制的最新最美最壮阔的历史画卷。我们的诗人有幸生活在这样的时代，更应当用自己的诗笔去参与这个画卷的描绘，以无愧于时代的诗篇，为当代中国塑像，为当代历史存照。

第二，用诗大胆地表达底层民众的心声。诗要想走进民众的心灵，获得他们的共鸣，就要关注他们的生存现状，了解他们的喜怒哀乐，敢于站在他们的立场，维护他们的权益，表达他们的心声。就像当年彭德怀面对极“左”路线带给百姓的困顿和痛苦，敢于写出《故乡行》：“谷撒地，薯叶枯，青壮炼铁去，收禾童与姑。来年日子怎么过？我为人民鼓与呼！”这种忧百姓之所忧，急百姓之所急，想百姓之所想的诗，充分体现作者的爱民情怀和敢于为民代言的勇气，自然能引起民众的强烈共鸣。在当下中国，巨大的变革改变了中国的面貌，也改善了民众的生活，但在市场经济大潮的冲击下，各种消极因素和负面影响也接踵而来，如金钱至上、道德沦丧、精神滑坡、社会不公、贫富悬殊、心理焦虑、坑蒙拐骗、制假造假、就业压力等，这一切也都是底层民众必须面对的社会存在，给他们的心灵留下了难以承受的重负和难以抚平的创伤，导致一些人精神失衡，怨愤频生。诗歌在反映现实时，就应当更多地贴近民众、关注民生、体察民情、表达民意，从而更好地发挥诗歌为民呐喊、为民请命、为民解忧的先锋作用。

第三，用诗尖锐地针砭当今社会的时弊。很长一段时间以来，一些诗人采取回避政治、回避矛盾、回避问题的方式写诗，放弃了诗对社会时弊和各种问题的介入或干预，大大削弱了诗的社会功能，使人再也感受不到诗歌的锋芒和力量。这也是诗歌失去了社会效应的一个十分重要的原因，每个有正义感、有良知、勇于承担社会责任的诗人，都要从中吸取教训，在坚持诗歌多样化的同时，也要敢于用诗去表现社会存在的各种弊端和问题，并且通过独立思考对其做出深入的剖析，找出问题的症结所在，提出解决问题的设想，从而让诗起到发现问题、针砭时弊、匡正世风、救治灵魂的作用。当前，中国社会在快速发展的过程中，各种深层次的矛盾逐渐暴露，社会弊端不断显现，如信仰危机、信任危机、权力腐败、制度缺陷、干群矛盾、拜金主义、享乐主义等。这些都是中国社会在发展进程中出现的问题，但它严重影响社会风气、生存环境和人们的心理，诗人如果能以自己的良知、胆识、智慧和勇气对此进行表现，呼唤全社会都来进行反思和纠正，将有助于匡正时弊，也会扩大诗的社会影响。

以上我们从新诗发展的角度，透视历史转折时期中国新诗所呈现的种种精神危机，具体分析了造成这种危机的外部原因和诗的内部原因，提醒当今诗人要有强烈的忧患意识，不能让这种危机任意蔓延影响新诗的健康发展，同时着重探讨并提出一些举措，试图通过外部和内部相结合的途径，找到一条解救之道，让新诗走出精神的迷谷，不断登上高远的境界，以崭新的姿态，开创中国新诗的辉煌时代。这是当代诗人应尽的责任，也是我们撰写此文所寄予的期待。

走出背离传统的误区

——对中国新诗发展路径的反思

当前，中国新诗出现了新的危机。诗的精神质地在不断下降，诗的艺术特征在不断丧失，诗的田园越来越冷清，诗的读者越来越少。诗不再是文学中的文学，诗人写诗越来越随意，诗也越来越不像诗，诗除了在写诗者的圈子里哄闹一时外，广大读者对新诗是愈来愈不买账。这与中华民族泱泱诗国极不相称，不少人（包括诗歌批评家）为此感到痛心。新诗出现这种危机的原因很多，需要多方努力综合治理，但其中很重要的一点，就是要认真反思中国新诗与古典诗歌彻底决裂造成的负面影响，走出背离传统的误区，重新回归中华民族诗的传统，重视对古典诗歌艺术的研究与传承，用古典诗歌艺术智慧去激活新诗的创造力，从而找到一条发展中国新诗的正确道路。

一

中国新诗从它诞生之日起就走上了一条坎坷不平之路。在这条道路上，有很多的因素影响到它的成长，其中有一个很重要的因素，就是它与古典诗歌时断时续、时隐时现的关系。当新诗的开创者要彻底斩断与古典诗歌的关系，完全摧毁几千年形成的古典诗歌艺术传统，主张白手起家，用白话写自由诗，其结果必然导致对诗歌艺术的损毁，造成诗歌特性的丧失，诗就变得直白乏味，缺少诗的境界和诗味，毫无诗的光彩、生气和魅力。

1917 年 1 月胡适在《新青年》发表《文学改良刍议》，就对包括古典诗歌在内的古典文化发起猛攻。他在文中极力主张诗歌废除旧的艺术形式，“不用典”，“不讲对仗”，“不避俗事俗语”。事实上，胡适发起的得到众人响应的这场革命实际上是一场新文化革命，其目标是要用白话文代替文言文，用口语写作代替文言写作，但由于古典诗歌是古代文化、文言写作的集大成者，地位最高，影响最大，不极力否定之，彻底摧毁之，则不能达到这场文化革命的目的，因此，古典诗歌成了胡适等人首选的攻击对象。在他看来，中国两千多年的文人所做的文学都是“用已经死了的语言文字做的”，“都是死的”，没有任何价值和存在的必要，而文学的出路就在于“必须用白话，必须用国语，必须做白话的文学。”[①] 按照他的这种逻辑，最讲究艺术规范、在形式上确有诸多不自由的古典诗歌自然是罪不容恕，必欲置之死地而后快。他在长篇论文《谈新诗》中，更是极力主张“诗体大解放”，“不但打破五言七言的诗体，并且推翻词调曲谱的种种束缚；不拘格律，不拘平仄，不拘长短；有什么题目，做什么诗；诗该怎么做，就怎样做。”[②] 他在其《尝试集》的自序中则进一步解释：“诗体大解放，就是把从前一切束缚自由的枷锁镣铐，一切打破：有什么话说什么话；话怎么说，就怎么说。这方才可有真正的白话诗，方才可以表现白话的文学可能性。”[③] 为了从理论上说明他的这种极端的诗歌革命论的正确性，他引用进化论的观点，认为破除旧诗的所有规矩，换来新诗的绝对自由是一种“自然的进化”，是一种历史的进步，这就不仅把新诗与旧诗对立化，而且断定新的就是进步的，旧的就是落后的，必欲毁之而催新。胡适的主张得到不少新诗人的赞同。康白情认为：“新诗破除一切桎梏人性的陈套，只求其无悖诗的精神罢了。”[④] 为了从创作上取得突破，以证明其新诗主张的正确性和可行性，他还带头进行新诗创作的大胆“尝试”，带头用白话写自由诗，率先在《新青年》上发表新诗，率先出版中国第一本新诗集《尝试集》，胡适的这一主张和实践适应了当时的时代氛围和人们的精神追求，所以他振臂一呼，应者云集，形成了一股势不可挡的新诗潮流。今天，当我们重新审视这段新诗诞生的历史时，我们应当看到，胡适在推动新文化运动、诗歌革命方面的确发挥了急先锋的作用。由于他揭竿而起式的反叛，以摧枯拉朽之势实现了古典诗歌的现代转型，在传统势力异常强大、传统意识非常浓厚的中国，这是一件非常重大而不易的事，我们应当肯定胡适及其追随者这种为新诗开疆辟土的历史贡献。

但与此同时，我们也应当十分清醒地看到，胡适这种全盘否定古代文化、古典诗歌，极力主张用白话自由写诗的言行，是一种为倒洗澡水连孩子也一起倒掉的过激行为，为新诗的发展留下了历史的隐患，其负面效应不仅在当时就显现出来，而且一直阴魂不散般地影响着百年新诗的健康发展。为了让新诗走出背离传统的误区，更好地推进新诗发展，必须对其诗歌主张进行分析，总结其失误及造成的危害，以矫正新诗发展的历史航向。

---

①胡适：《建设的文学革命论》，见《新青年》，1918年第4期，第4页。

②杨匡汉，刘福春：《中国现代诗论》（上编），花城出版社，1991年版，第6页。

③胡适：《胡适文集》（9），北京大学出版社，1998年版，第81页。

④杨匡汉，刘福春：《中国现代诗论》（上编），花城出版社，1991年版，第33页。

第一，胡适的观点忽视了文化发展的特殊性。文化的发展不同于科学技术的发展，不能简单地用进化论的观点来解释，不能认为新的就是进步的，旧的就是落后的。就诗歌而言，不要说草创时期的新诗无法与旧诗相比，就是经过了近百年的发展，新诗也还是处在探索阶段，无法与古典诗歌相抗衡。新诗至今没有产生具有世界影响的大诗人、大诗作，真正具有广泛影响的诗歌仍然是中国的古典诗歌。可以说，新诗在相当长的时间里也难以创造出唐诗的辉煌，又怎敢说新诗就代表进步超越旧诗呢？

第二，胡适的主张违背了诗歌发展的内在规律。中国古典诗歌是在传统文化的土壤里成长的，经过数千年的发展，形成了优良的艺术传统和非常成熟的艺术形式。中国新诗是从旧诗脱胎而出，无论有着怎样的变化，身上也只能流淌着传统的血液，才能健壮的成长，这是诗歌发展的内在规律。胡适出于极端的革命理想，企图违背这个规律，去斩断新诗与传统文化、古典诗歌的联系，企图凭空创造出一种不要任何艺术规范，想用什么语言就用什么语言，想怎么写就怎么写的自由诗，其结果必然导致诗歌特性的丧失，诗也就不成其为诗。这实际上是以自由的名义摧毁了诗的特征，也杀害了诗的生命。

第三，胡适的主张只强调破坏而忽视了建设。胡适在对待古代文化、古典诗歌的态度上，运用的是新旧对立、不破不立的思维方式，而在实施过程中，他只是片面地强调对旧诗艺术规范的破坏，而没有认真地思考在破坏的同时如何在旧诗的基础上提出新诗的标准，重建新诗的艺术规范。他只是简单地认为只要把旧诗打到了，新诗就自然站立起来了。这种只重视破坏不重视建设的主张，使新诗从诞生之日起就存在着先天不足，并且深深影响着新诗后来的发展。事实证明，新诗的建设工作远比对古典诗歌的破坏要复杂得多，艰难得多。

由于胡适及其追随者在对待古典文化、古典诗歌的问题上存在着极大的片面性，其结果给新诗建设带来了极大的负面影响，主要表现在：

其一，使新诗作者在对待古代文化、古典诗歌的认识上陷入误区。由于受胡适等人的影响，一部分人认为古代文化、古典诗歌是僵死的、没用的，可以视而不见，弃而不用，这就使得相当一部分新诗作者失去了传统文化、古典诗歌这个深厚的艺术根基，而没有根基是很难长成诗的参天大树的。

其二，使新诗作者在探索新诗出路上陷入误区。既然古典诗歌弃之不用了，那么新诗的出路在哪里？一部分人开始把目光转向西方，企图以西方诗歌为参照来建设新诗。尽管借鉴西方诗歌也是有益的，但由于中西语言的差异，难以创造出适合中国人审美需求和欣赏习惯的汉语诗歌。一些人热衷模仿西方诗歌，盲目地移植西方诗歌，对自己民族优秀的诗歌传统视而不见，这无异于舍本求末，舍近求远，正如郑敏先生所批评的那样：“岂非有揣着金饭碗要饭之嫌？”另外一部分人则选择向民歌学习，把新诗写成了直白浅露、单调乏味的顺口溜，缺少诗的意蕴与魅力。这些都直接导致诗人在寻求新诗出路时迷失了方向，结果自然无益于新诗的发展。

其三，导致新诗艺术性的缺失。在胡适主张的影响下，新诗作者获得了空前的写作自由，想怎么写就怎么写，既脱离了旧诗的艺术规范，也没有新诗的艺术标准，他们无需再以严肃的态度、执著的精神对待诗歌写作，不再重视诗的艺术转换，不重视诗的结构的经营，不再讲究诗意的提炼、诗境的创造和诗语的推敲，不再追求诗的形象美和诗的音乐美，而是信手拈来，听任诗思的乱跳、诗情的狂泻，结果导致有些新诗艺术性的消解，显得思想、激情有余而形象、韵味不足。胡适本人的“尝试诗”，就显得粗糙浅露，直白乏味，缺少诗的艺术魅力。即使是郭沫若，由于他主张新诗形式的“绝端的自由，绝对的自主”，并且自称：“我所著的一些东西，只不过尽我一时的冲动，随便他乱跳罢了。”① 结果导致他的诗歌结构松散，语言直白，类似分行排列的口号，正如著名诗人、诗论家郑敏所指出的那样：郭诗的根本缺陷是缺少“诗的转换”，“以《笔立山头展望》一诗为例，在16行中有8行以‘呀’结尾，全诗几乎成为一组没有深度的浪漫主义口号。”②

可见，由于诗人对古典诗歌艺术规范的彻底背离，又极度忽视新诗艺术规范的建立，造成了新诗艺术性的丧失，严重影响了新诗的发展。可是，在新诗跌跌撞撞前行的过程中，仍然有人在不同时期跳出来重弹胡适的老调，极力反对恢复新诗与古典诗歌的关系，反对新诗艺术形式的建设，使得新诗在漫长的时间里没有建立起新的艺术规范。尽管在20世纪80年代新诗获得了新生和进展，但“崛起”论者仍强调“一种新的艺术倾向的兴起，总是以否定传统的面目出现，总是表现反对原有的旧秩序的强侵入!”③ 一些人仍然主张反叛传统、疏离古典诗歌而转向外国诗歌去发展新诗。进入20世纪90年代以来，由于社会转型带来的文化观念的转变，新诗又一次遭遇新的危机。不少年轻诗人打出各种诗的旗号，提出五花八门的诗歌主张，全面颠覆传统的诗歌内涵，造成诗歌观念的空前混乱，他们宣称“怎么写都是诗”，诗歌写作就是“语言的游戏”，就是个人欲望的任意宣泄，其结果造成新一轮诗歌艺术的集体滑坡。正因为如此，我们感到有必要彻底清算胡适及其追随者的诗歌主张给中国新诗造成的影响和危害，有必要大力倡导恢复新诗的艺术传统，在传承、激活和开发古典诗歌艺术的基础上创建新诗的

---

①郭沫若：《文艺论集》，人民文学出版社，1979年版，第108页。

②郑敏：《结构—解构视角：语言·文化·评论》，清华大学出版社，1998年版，第104页。

③杨匡汉，刘福春：《中国现代诗论》（上编），花城出版社，1991年版，第400、401页。

艺术规范，以拯救危机中的新诗，让她以崭新的艺术姿态活跃于文学的舞台，进入广大读者的心灵，并屹立于世界诗歌之林。

二

在探索新诗发展路径的过程中，我们也应当看到，自新诗诞生以来，也一直有人对全盘否定传统诗歌的观点和做法持批评态度，其中不少人也一直在呼吁新诗要恢复与传统诗歌的关系，注意吸取古典诗歌的长处，加强新诗的艺术形式建设，提高新诗的艺术质量，以此来矫正新诗背离传统诗歌的发展方向。早在1918年6月5日，朱经农在美国给胡适写信，向胡适提出忠告："想想'白话诗'发达，规律是不可不有的。此事不特汉诗为然，西文何尝不是一样？如果诗无规律，不如把诗废了，去做'白话文'的为是。"[①] 陆志韦针对当时那些"为新诗运动的先生们"连节奏和押韵都排斥的现象指出："自由诗有一种极大的危险，就是丧失节奏的本意"，"文学而没有节奏，必不是好诗"，"诗的美必超乎寻常语言美之上，必须经过一番锻炼的功夫。"[②] 就连曾追随胡适创作新诗的周作人也明确指出："新诗运动的起来，侧重白话的一方面，而未曾注意到诗的艺术和原理的一面。一般写诗的人以打破旧诗的范围为唯一的职志。提起笔来固然无拘无束，但是什么标准都没有了，结果是散漫无忌。"[③]

为了纠正新诗倡导者偏激的新诗观，不少诗人开始了新诗理论上的探索和新诗创作上的实验。如闻一多、徐志摩、饶孟侃、朱湘等人极力倡导和实验新诗的格律化，就是对新诗自由化、白话化、散文化的一种强力反拨。徐志摩认为"迄今为止的尝试无所成就但到处都有。"[④] 闻一多针对胡适把诗歌形式比作"枷锁镣铐"的说法，明确指出："恐怕越有魄力的作家，越是要戴着脚镣跳舞才跳得痛快，跳得好。只有不会跳舞的人才怪脚镣碍事，只有不会做诗的人才感觉到格律的束缚。对不会做诗的，格律是表现的障碍物；对一个作家，格律便成了表现的利器。"[⑤] 为此，闻一多提出著名的"三美"论，主张诗要有"音乐的美""绘画的美""建筑的美"，强调诗人要"戴着脚镣跳舞"，不能再随便地自由表现，实际上是在为新诗寻求新的艺术规范，也是在诗歌转型期对传统诗歌艺术的有意回归。梁宗岱更是一针见血地指出："所谓'有什么话说什么话'——不仅是反

---

①《朱经农致胡适》，见《中国新文学大系·文学论争集》，上海良友出版公司，1935年版，第51页。

②王永生：《中国现代文论选》(1)，贵州人民出版社，1982年版。

③黎志敏：《中国新诗的形式迷茫与探索评析》，见《中外诗歌研究》，2008年第3期，第14页。

④《徐志摩研究资料》，陕西人民出版社，1988年版，第78页。

⑤闻一多：《闻一多诗全编》，浙江文艺出版社，1995年版，第353页。

旧诗，简直是反诗的；不仅是对于旧诗和旧诗体的流弊之洗刷和革除，简直是把一切纯粹永久的诗的真元全盘误解与抹煞了。”[①] 为了实现新诗“音乐的美”和“建筑的美”，闻一多提出了“音尺”的概念，何其芳提出了“音顿”的概念，孙大雨和叶公超提出了“音组”的概念，林庚提出了“字组”的概念，他们开始寻找和尝试各种新格律诗的形式，闻一多、徐志摩、朱湘等人还写出了非常成功的实验诗。虽然他们的理论探索和创作实验时间不长，但在中国新诗发展过程中却起到了纠偏的重要作用。

中华人民共和国成立后，文艺界仍十分关注新诗与古典诗歌脱节所带来的诸多问题。《文艺报》于 1950 年发起关于“新诗歌的一些问题”的“笔谈”讨论，诗人萧三在讨论中就明确指出：“我总觉得，现在我们的新诗和中国几千年以来的诗的形式（或者说习惯）太脱节了。所谓‘自由诗’也太‘自由’到完全不像诗了。和中国古典的诗脱节，和民间的诗歌也脱节，因此新诗直到现在还没有能在这块土壤里生根。”[②] 诗人田间甚至提出创建新诗的格律问题：“我有一个冒昧的提议。我的提议是，我们写诗的人，也可注意格律，创造格律。”[③] 新时期以来，诗人、诗论家郑敏一直以强烈的使命感和责任感在呼吁新诗要寻回自己的艺术传统，在传统中发展新诗。她特别指出：“中国当代新诗一个首要的、关系到自身存亡的任务就是重新寻找自己的诗歌传统，激活它的心跳、挖掘出它尘封土埋的泉眼。读古典文史哲及诗词、诗论，想现代问题。使一息尚存的古典诗论进入当代的空间，贡献出它的智慧，协调解决新诗的问题。”[④] 不仅如此，她还潜心对古典诗歌、古典诗学展开全面、深入的研究，并对传统诗学的精髓做出具有独创性的现代阐释，引导人们更明了地认识古典诗歌的艺术智慧对当代诗歌创作的重要作用。

可见，在新诗发展征途中，这些有识之士都对新诗与传统的关系保持着清醒的认识，都以自己的艺术良知在自觉纠正错误的新诗观。虽然他们势单力薄，并且受到时局变化和政治因素的干扰，未能从根本上改变新诗逐渐脱离传统诗歌的趋势，但由于他们的坚守，使得新诗与传统诗歌之间还保留着一定的联系，古典诗歌的艺术特性在部分新诗中还得以保存，这在一定程度上起到了拯救中国新诗的作用。

---

①梁宗岱：《诗与真・诗与真二集》，外国文学出版社，1984 年版，第 167、168 页。

②《新诗歌的一些问题》，《文艺报》，1950 年第 12 期。

③引自《新诗歌的一些问题》，《文艺报》，1950 年第 12 期。

④郑敏：《诗歌与哲学是近邻——结构—解构诗论》，北京大学出版社，1999 年版，第 339 页。

三

从新诗的创作实践看，也有不少诗人逐渐意识到，在失去传统的沙漠里无法培育新诗的森林，他们有意或无意受到古典诗歌的影响和启迪（他们当中很多人都具有深厚的古代文化、古典诗歌修养），在其诗歌创作中注意汲取古典诗歌的艺术营养，保留某些古典诗歌艺术特征，其结果诗就变得含蓄隽永，具有诗的境界和诗味，充满诗的光彩、生气和魅力。可以说，正是这些人的坚守和努力，才使新诗走出迷途，迈入艺术的正道，他们以自己对诗艺的执著追求和创作出的优秀诗作，为并不景气、也不为广大读者看好的新诗注入了新的活力，带来了新的希望。

如果从横向来看，中国台湾地区的诗人由于一直重视诗的传统，较好地保持了新诗与古典诗歌的内在联系，使得他们的诗歌明显比大陆诗歌更具古诗艺术质地感，也更具诗的艺术性。

新诗努力向古典诗歌学习，汲取其艺术营养来恢复诗的根本特性，取得了明显的成效，其主要表现在如下几个方面：

第一，使新诗具有一定的格律形式，增加了新诗的音乐美和建筑美。在中国诗歌发展史上，最早提出新诗格律的是陆志韦，后有朱湘、饶孟侃、徐志摩、陈梦家、叶公超、梁宗岱、朱光潜、何其芳、萧三、田间、郑敏等人的探索，说明对新诗格律化的重视从未间断。而新诗的“格律化”也是在新诗“自由化”的背景下产生的，是一部分诗人为了矫正新诗过于自由、丧失诗性特征而提出的。他们不仅从理论上思考构建新格律诗的必要性和可能性，还带头实践，创作出了具有代表性的新格律诗，如闻一多的《死水》与《忘掉她》、徐志摩的《雪花的快乐》与《再别康桥》、朱湘的《采莲曲》与《雨景》、戴望舒的《雨巷》与《寻梦者》、陈梦家的《自己的歌》与《鸡鸣寺的野路》、何其芳的《预言》与《欢乐》等，这些诗都努力探索新诗的格律化，克服了新诗自由和散漫的毛病，增强了新诗的音乐美和建筑美。如戴望舒的一首短诗《烦忧》：“说是寂寞的悒郁，/说是辽远的海的怀念。/假如有人问我烦忧的原故，/我不敢说出你的名字。//我不敢说出你的名字，/假如有人问我烦忧的原故。//说是辽远的海的怀念。/说是寂寞的悒郁。”诗的第二节与第一节字句完全相同，只是将第一节诗倒写而成，却取得了全新的表达效果，读之有一种回环反复、一唱三叹的美感。这无疑是受到古典诗歌的“回文体”启发（古诗“回文”是以字为单位，此诗以句为单位），对诗的结构和句式的排列做了调整，使诗获得了古诗的韵味感。

尽管在中国新诗发展过程中，更多的诗人还是在追求诗的自由化甚至散文化，尽管因种种非诗因素的干扰，对新诗格律化的探索时有中断并且进展不大，但重视诗的格律，追求较完美的艺术形式来提升新诗的艺术质量，仍是一些优秀诗人执著追求的艺术理想。从20世纪80年代“崛起”的诗人诗作看，不少诗人还是受到古典诗歌的影响，讲究诗的节奏和诗行排列，使诗具有鲜明的音乐美和建筑美。如北岛《回答》中的诗句：“卑鄙是卑鄙者的通行证，/高尚是高尚者的墓志铭。/看吧，在镀金的天空中，/飘满了死者弯曲的倒影。//如果海洋注定要决堤，/就让所有的苦水都注入我心中。/如果陆地注定要上升，/就让人类重新选择生存的峰顶。”相对整齐甚至对仗的句式，增强了诗的音乐美和视觉美。再如舒婷的《土地情诗》，不仅从父亲、母亲两大对称的视角去透视土地，去抒写土地对人类之爱，而且前后诗节中都贯穿着类似对仗的诗句和诗节，如第二节中有：“血运旺盛的热乎乎的土地啊/汗水发酵的油浸浸的土地啊/……我的/冰封的、泥泞的、龟裂的土地啊/我的/忧愤的、宽厚的、严厉的土地啊/给我肤色和语言的土地/给我智慧和力量的土地”，到了诗的第四节又有：“布满太阳之吻的丰满的土地啊/挥霍着乳汁的慷慨的土地啊/……我的/黑沉沉的、血汪汪的、白花花的土地啊/我的/葳蕤的、寂寞的、坎坷的土地啊/给我爱情和仇恨的土地/给我痛苦和欢乐的土地”，这些诗的节奏整齐中有变化，跳跃中有关联，前后呼应，读起来朗朗上口，大大增强了诗的音乐美和视觉上的对称美，也深化了诗人对土地的理解和挚爱。

第二，使新诗具有鲜明的意象，强化了新诗的境界感和表现力。中国古典诗歌擅长用意象来表现诗人难以言传的体验和感悟。意象是诗人感性和知性在瞬间结合而产生的具象，运用意象可以使诗避免冗长、直露的表白，取得形象、含蓄、深刻的艺术效果。明代诗论家胡应麟在《诗薮·内篇》中“古诗之妙，专求意象。”在新诗创作中，一些诗人受到古典诗歌的启发，开始自觉运用意象来克服主观感情的泛滥、诗语的直白、诗歌结构松散等弊端，使诗歌获得鲜明的艺术形体、独立的艺术空间，增强诗的境界感和表现力，造成非常含蓄的艺术效果。如戴望舒的《雨巷》，就创造了一个由狭窄的雨巷、忧郁的丁香姑娘和孤独的彷徨者构成的独特的艺术境界，其中的丁香姑娘，就是诗人超越古典诗歌中的“丁香”“丁香结”意象而大胆创造出来的新意象，象征性地表现出诗人极度失望中萌生出的一线希望以及深感希望难以实现的惆怅感、幻灭感。全诗凭借鲜明的意象、朦胧的诗境暗示出诗人极其复杂的心路历程，取得了异常凝练、含蓄的艺术效果。

再如“九叶派”著名女诗人陈敬容的《珠和觅珠人》，创造了珠和觅珠人的意象，通过两者关系，构成了一个富有象征性的艺术境界。在这里，珠“知道最高的幸福就是/给予，不是苦苦地沉埋”，为此，它在成长的过程中，经历过许多风雨巨浪，并且懂得这“给予”应当有所选择，“光，不在不适当的时候闪露”，而一旦认准了“觅珠人”，看清了方向，“它便要揭起/隐蔽的纱网，庄严地向生命/展开，投进一个崭新的世界。”诗人避开了情感的直抒，而是借助珠和觅珠人的意象构成诗的境界，通过象征性的叙事，把一种深邃的人生哲理形象地表现出来，给人以想象和思考的余地。此外，冯至的《蛇》、徐志摩的《云游》、郑敏的《金黄的稻束》、舒婷的《墙》、北岛的《迷途》、芒克的《雪地上的夜》、蓝海文的《永恒的雕像》、席慕蓉的《一棵开花的树》等，都是擅用意象的佳作。

第三，使新诗变得精练，增强了新诗的含蓄美。中国古典诗歌是高度精练的，常常几行诗，就能表现丰富的内容和深刻的思想，体现出以少胜多的艺术特征。不少新诗却缺少节制和凝练，听任感情的泛滥，诗显得散漫拖沓，篇幅过长，缺少含蓄美。为了克服这种毛病，有些诗人自觉地学习古典诗歌，力求把诗写得精练含蓄。如戴望舒的《萧红墓畔口占》：“走六小时寂寞的长途，/到你头边放一束红山茶，/我等待着，长夜漫漫，/你却卧听着海涛闲话。”诗以极其凝练的诗行表达出诗人对女作家萧红的深切怀念，并且通过生不如死的强烈对比，表现出对当时社会黑暗的不满。鲁黎的《泥土》：“老是把自己当作珍珠/就时时有被埋没的痛苦//把自己当作泥土吧/让众人把你踩成一条道路”短短四行诗，包含着诗人对人生的独特思考和追求，把自己“当作珍珠”还是“当作泥土”是两种完全不同的人生境界，诗人在比较中做出了自己明确的选择，表明自己的人生理想是把个体融入整体，以甘于牺牲和奉献的精神去实现自己的人生价值，去获得自己所追求的真正的幸福。质朴的意象和简短的诗行，却大大提升了诗的境界，读之给人深刻的启迪。此外，徐志摩的《沙扬娜拉——赠日本女郎》、艾青的《礁石》、曾卓的《悬崖边的树》、韩瀚的《重量》、臧克家的《老马》、余光中的《乡愁》、郑愁予的《错误》、顾城的《一代人》等，也都是因诗写得精练而获得广大读者的喜爱和传诵。

第四，使新诗语言获得古典质地感，增强了新诗的艺术魅力。由于新诗倡导者主张话怎么说，诗就怎么写，其结果导致诗语的粗糙、直白、啰唆、浅露，缺少古诗的优雅、形象、凝练、含蓄，消解了诗语的特性，严重影响了新诗的美学价值。一些有艺术理想的诗人意识到这个问题后，重新学习古典诗语的长处，甚至直接化用古典诗语，用来表达现代人的思想感情，取得了良好的艺术效果。如朱湘的《采莲曲》就以大量形象、精美、优雅、凝练的语言，描绘一群少男少女在一个宁静优美、充满诗情画意的世界里欢快采莲的情景，读之令人流连，神往不已。全诗共五节，以第一节为例：“小船呀轻摇/杨柳呀风里摇/荷叶呀翠盖，/荷花呀人样妖娆/日落/微波/金丝闪动小河。/左行/右撑/莲舟上扬起歌声。”这里，“小船”“杨柳”“荷叶”“荷花”“日落”“微波”“金丝”等形象语的运用以及相关形容词、动词的恰当选用，创造了一幅有声有色、有动有静的采莲图，具有极强的古典诗歌意境美，大大增强了诗的艺术魅力。此外，如戴望舒笔下的诗句："我夜坐听风，昼眠听雨，/悟得月如何缺，天如何老"（《寂寞》）；柏桦笔下的诗句："哦，后主/林荫雨昏，/落日楼头/你摸过的栏杆/已变成一首诗的细节或珍珠//你用刀割美酒，割着衣袖/你还用小窗的灯光/吹燃竹林的风，书生的抱负/同时也吹燃了一个风中的女巫"（《李后主》）；丁莉笔下的诗句："我要为你梳妆/梳高高的发髻/让你记住每一个阴柔的女子/古典仍是她的锋芒//……我是盛唐的女人　发髻盘得高高的/长安的落日拢得低低的/正如被时间淡忘的一本本史书/丰腴　仍是我/楔入现实的唯一的美啊"（《石榴花开》）……无需再多举例，读读这些诗句，不难看出古典诗词对这些诗人的浸润所产生的积极效应。古色古香的诗语经过他们慧心独运，巧妙化合，形成一种"熟悉的陌生化"效果，极大地提升了新诗语言的表现力和美感，读之如品古诗，深感诗语典雅，意境优美，回味无穷。

通过以上分析，我们可以进一步看清：第一，胡适等人在新诗开创期提出全盘否定古典诗歌，彻底斩断新诗与古典诗歌关联的主张，有其特定的历史背景，对实现古典诗歌的现代转型起到了明显的推动作用，但由于其观点的偏激，忽视了文化发展的特殊性以及诗歌发展的内在规律，对后来的新诗发展造成了极大的负面影响，因此认真总结并汲取其历史教训是非常必要的；第二，从新诗诞生到现在，也都有有识之士认识到胡适等人的偏颇和失误，对极端否定古典诗歌、轻视诗的艺术形式、主张新诗绝对自由的主张提出了不同意见，这些意见在不同时期和一定范围内对匡正新诗观、维系新诗与古典诗歌关系起到了积极的作用；第三，从新诗的创作实践看，由于一些优秀诗人意识到古典诗歌传统的重要性，注意汲取古典诗歌艺术营养，用古典诗歌艺术智慧激活新诗创造力，创作出一批有代表性的能体现诗歌艺术特征的新诗佳作，这在一定程度上起到了矫正新诗发展方向、拯救中国新诗的作用。总之，我们只有走出背离传统的误区，从根本上恢复新诗与传统的关系，才能找到一条发展中国新诗的正确路径。

在传承古典诗歌艺术中发展新诗

自新诗诞生以来，在如何发展中国新诗的问题上一直存在着争议，其中最大的争议是如何处理新诗与古典诗歌的关系。从胡适倡导诗歌革命到20世纪90年代以来，始终有人主张否定和抛弃古典诗歌，彻底斩断新诗与古典诗歌的关系，以便白手起家，用白话写自由诗，话怎么说，诗就怎么写，或者一味模仿西方诗歌，用西方的文化资源、审美经验、知识体系、话语方式、表现方法来写一些“鹦鹉学舌”式的新诗，使新诗沦为西方诗歌的复制品或附庸，其结果直接导致新诗的艺术特性、民族特征的丧失，让新诗跌入背离传统的误区，造成了新诗越来越不像诗，越来越失去读者的严重后果，以致季羡林先生在总结百年新诗成败时发出沉重的感叹：“至于新诗，我则认为是一个失败。”①

总结新诗发展的历史教训，我们认为，从根本上恢复新诗与传统诗歌的关系，注重在传承古典诗歌艺术中发展新诗，是矫正新诗发展方向、拯救中国新诗的唯一正确的途径。事实上，自新诗开创以来，也一直有人反对割断新诗与传统诗歌的关系，主张新诗要借鉴古典诗歌的长处，加强新诗的形式建设，恢复新诗的艺术特征。尽管由于种种非诗因素的干扰，这些主张未能形成诗的主流认识，但却对部分诗人的诗歌创作产生了积极影响。他们注意学习和研究古典诗歌，把握古典诗歌的艺术精髓，在创作中注意采用古典诗歌的艺术手法，大大提高了新诗的艺术质量，增强了新诗的艺术魅力。他们的探索和实验，为中国新诗提供了代表性作品，极大地提升了新诗的地位和声誉，增强了人们对新诗的信心，同时也有力的证明：让新诗与古典诗歌接流，汲取古典诗歌艺术智慧来全面提升新诗的艺术质量，是切实可行的，也是拯救中国新诗，再创民族诗歌辉煌的唯一正确的选择。

那么，新诗在哪些方面传承和借鉴了古典诗歌艺术，并且取得明显实效呢？

---

①季羡林：《生命沉思录》，国际文化出版公司，2008年版。

下面我们选择几个主要方面，采用古今对比的方式，结合典型作品分析，对此做出具体的论述。

一、创造诗的意象与追求诗的境界

（1）创造诗的意象。中国古典诗歌重视创造诗的意象，常用独特的意象来表达诗人难以言传的体验与感悟，以取得凝练含蓄、言近旨远的表达效果。这是中国古典诗歌特有的表现方式，也是中国文字所特有的功能。意象一词最早出自《周易·系辞》："立象以尽意"。后来《文心雕龙·神思》篇中讲到创作运思时则明确强调"窥意象而运斤"。明代诗论家胡应麟在总结古诗艺术魅力产生的原因时指出："古诗之妙，专求意象。"① 20世纪初在英美两国产生的意象派诗歌，就是庞德等人受到中国古诗的启发而产生的艺术追求，以致形成一个有影响的诗歌流派。所谓意象，主要是指意中之象，意化为象，是诗人的主观情意与客观物象之间瞬间契合而创造出来的一种内含主观色彩却能让人感知的具象。运用意象来表现诗人的情思，可以克服诗歌冗长、直露的弊端，取得节制、含蓄的艺术效果。如温庭筠的"鸡声茅店月，人迹板桥霜"，就是将六个意象组合起来，不露痕迹地表现出早行者的艰辛劳顿。"雨中黄叶树，灯下白头人"，同样将几个意象对比式组合起来，表现出一种苍老、孤独、凄凉的境遇。再如马致远《天净沙·秋思》："枯藤老树昏鸦，/小桥流水人家，/古道西风瘦马。/夕阳西下，/断肠人在天涯。"这首元曲表现的是漂泊天涯的游子在秋天极度思乡念家之情。全诗思绪复杂而流动，但却没有采用直抒胸臆的写法，而是精心选取了不同的意象构成快速流动的四幅画面，在对比中构成诗的意境，去暗示诗人复杂的"秋思"。第一幅画面由"枯藤""老树""乌鸦"等意象构成，表现出秋天的萧瑟及游子衰老的心境；第二幅画面由"小桥""流水""人家"等意象构成，表现出游子对那种安恬、温馨生活的向往；第三幅画面由"古道""西风""瘦马"等意象构成，表现出游子浪迹天涯的凄怆与疲惫；第四幅画面由"夕阳""断肠人""天涯"等意象构成，表现出游子的忧伤、惆怅和无奈。众多不同意象的巧妙组合，把复杂的"秋思"表现得极有层次而又意味深长。

受古典诗歌的影响，很多诗人在写新诗时也重视意象创造，通过意象来表现自己复杂而微妙的情思。如戴望舒的《雨巷》，就是受到李商隐"芭蕉不展丁香结，同向春风各自愁"、李璟的"青鸟不传云外信，丁香空结雨中愁"等诗句的启发，创造出一个在雨中飘过的"丁香一样的结着愁怨的姑娘"，借此表现诗人在孤寂中还心怀着一个美好的希望。余光中的《乡愁四韵》，分别选取"一瓢长

---

①胡应麟：《诗薮》（卷二），上海古籍出版社，1979年版。

江水”“一张海棠红”“一片雪花白”“一朵腊梅香”作为每节诗的核心意象；然后通过想象，将每个意象加以拓展生发，形成四个各自独立又内在关联的意象群，从不同的视角，层层递进地表现自己刻骨铭心的乡愁以及对故土的深情眷念。舒婷在《祖国啊，我亲爱的祖国》一诗的开头，精心选取“破旧的老水车”“熏黑的矿灯”“干瘪的稻穗”“失修的路基”“淤滩上的驳船”等意象，把它们有机地组合在一起，构成诗人心中苦难深重、步履维艰的祖国形象，也由衷地表达出诗人对祖国的依恋和挚爱。此外，像冯至笔下的“蛇”、徐志摩笔下的“云”、闻一多笔下的“死水”、郑敏笔下的“金黄的稻束”、艾青笔下的“鱼化石”、舒婷笔下的“鸢尾花”、北岛笔下的“古寺”、顾城笔下的“弧线”、梁小斌笔下的“雪白的墙”、曾卓笔下的“悬崖边的树”、南野笔下的“犀牛”、翟永明笔下的“黑夜”、伊蕾笔下的“黄果树大瀑布”、牛汉笔下的“华南虎”“汗血马”、海子笔下的“村庄”“麦子”……这些诗人都力图通过创造新颖的意象来表达自己的人生体验和感悟，以增强诗的含蓄美。可以说，创造意象的能力是衡量诗人才能高低的重要标志，一个成功的意象创造需要诗人高度的生命敏感、敏锐的艺术直觉以及深厚的文化底蕴。凡是创造了经典意象的诗人及其诗作往往都给读者留下深刻而久远的记忆。

（2）追求诗的境界。中国古典诗歌把追求高远的境界当作诗的灵魂。“境界”一词源于佛家哲学观，意在强调人在从事佛教活动时要竭力超脱一切外在的物质空间，回归自己的心灵空间与精神世界。到了唐朝被引入文学领域，王昌龄在《诗格》中强调“意高则格高”，“用意于古人之上，则天地之境，洞然可观。”这说明诗人的精神境界对诗格高低的形成起着决定性作用。他同时强调对大境界的追求：“意须出万人之境，望古人于格下，攒天海于方寸。诗人用心，当如此也。”这种让心灵世界与自然、宇宙、人类相通而又超越其上、独辟异境的气魄，是大诗的标志，也只有大诗人才能写出。清代王国维在《人间词话》中也强调：“词以境界为最上。有境界则自成高格，自有名句。”[①] 由此可见，古典诗歌是以境界为其灵魂的。境界蕴含着诗人对天地之道的体察，对世事人生的感悟，有着一种无形的力量，能震撼读者的心灵，引起读者的精神升华。如王之涣的《登鹳雀楼》：“白日依山尽，黄河入海流。欲穷千里目，更上一层楼。”不仅以壮丽的景象震撼着我们，还引导和启迪我们进一步登高远眺，看到更阔大的景象。诗中人的精神境界和天地自然境界的高度统一，饱含着一种积极向上的精神，能起到振奋和提升人的精神作用。柳宗元的《江雪》：“千山鸟飞绝，万径人踪灭。孤舟蓑笠翁，独钓寒江雪。”全诗以奇特的构思，为我们创造了一种高远、寂静、纯

---

①郭绍虞，罗根泽：《蕙风词话　人间词话》，人民文学出版社，1982年版。

洁、美好的境界，在人与自然的融会与对比中，可以体会到渔翁清高孤傲的性格，从中寄寓着诗人挣脱世俗、超然物外、特立独行的精神追求。这种独特奇美的诗的境界，对引领读者挣脱世俗的缰绊，维护心灵的纯洁，坚持人格的独立等，都能起到积极的作用。苏轼在《定风波》中则创造了一个不同凡响的诗的境界："莫听穿林打叶声，何妨吟啸且徐行。竹杖芒鞋轻胜马，谁怕？一蓑烟雨任平生。"这里有对自然风雨的感触，有对人生风雨的体验与彻悟，也有自己个性的流露，灵魂的表白，一起构成了旷达、潇洒的人生境界。这样的境界极具感染力与启示力，能引导人们以积极的心态面对人生的风雨。

同样，在不同时期，也都有新诗人不满那些格局狭小、格调低下的诗歌，他们传承了古典诗歌追求境界的精神，力图以更高的眼界、更大的魄力、更有力度的意象、更深刻的思想、更新的手法来创造具有大境界的诗歌。如黄翔写于1968年那个特殊时期的《野兽》，作者出人意外地以"野兽"自比："我是一只被追捕的野兽/我是一只刚捕获的野兽/我是被野兽践踏的野兽/我是践踏野兽的野兽//我的年代扑倒我/斜乜着眼睛/把脚踏在我的鼻梁架上/撕着/咬着/啃着/直啃到仅仅剩下我的骨头"，通过"野兽"的遭遇展示出人被践踏成非人的过程，极其传神地揭示出那个年代是何等的凶残与暴虐。但即便如此，这只倍受欺凌、面临灭顶之灾的"野兽"，也仍然以不惜牺牲的精神进行顽强的抗争："即使我只仅仅剩下一根骨头/我也要哽住我的可憎年代的咽喉"。在那个诗歌被政治扭曲，沦落为政治附庸的年代，此诗却忠实于对时代的真实感受，以罕见的胆识、勇气和艺术魄力创造出一个极富艺术魅力和精神高度的诗的境界，以"野兽"这个强有力的主体意象，表达出诗人对"文革"——这个肆意践踏人性、人格、人的肉体与灵魂的年代最强烈的控诉和不屈的抗争，诗中激荡着一股浩然正气，闪射着人的精神光辉。在当时，写这样的诗是要冒极大的风险的，没有为真理而献身的英雄气概是写不出这样诗的。它虽属"地下创作"，却以其冷峻而犀利的思想锋芒和崇高的精神境界获得了长久的艺术生命，它浓缩了一个时代的悲剧，更折射出人的精神坚不可摧。海子的《麦地》不仅创造了一个美丽、自由、和谐、宁静、自足、安详、惬意的乡村世界，还无比豁达、无限虔诚地表示："收割这天我和仇人/握手言和"，一起在麦地分享丰收的喜悦，共过和平富足的生活。到最后，诗人甚至超越现实，将这种理想的精神状态扩展到更为广阔的世界："这时正当月光普照大地。/我们各自领着尼罗河，巴比伦或黄河/的孩子　在河流两岸/在群蜂飞舞的岛屿或平原洗了手/准备吃饭"，诗人打破了一切界限，消弭了一切隔阂，让不同民族、不同国度的孩子都在月光普照的大地上，一同享受这种自由、安详、富足和惬意的生活。可见，海子通过麦地意象创造了一个童话般迷人的诗的境界，在这里，人与自然，人与人之间都变得和谐融洽，亲如一家，人的精神光照使平凡的乡村麦地变成了诺亚方舟式的乐土。整首诗以高远的境界启迪人们如何做人，如何处理人与自然、人与人之间的关系，如何创造共同幸福的生活。此外，戴望舒的《我用残损的手掌》、冯至的《有多少面容，有多少语声》、艾青的《光的赞歌》、昌耀的《划呀，划呀，父亲们!》、杨炼的《蓝色狂想曲》、江河的《射日》、郑敏的《诗的交响》、傅天琳的《结束与开始》等，都创造了诗的大境界。

二、创建诗的格律与讲究诗的精练

（1）创建诗的格律。中国古典诗歌重视诗的格律，并且在漫长的写作实践中创建了完整的格律规则。它们是古典诗歌艺术规范的重要组成部分，主要体现在诗歌音节数量的整齐与规律的参差以及讲究平仄和押韵等，从而使诗歌获得鲜明的节奏感和音乐美。可以说，正因为有了这些格律规则，才有效地避免了诗的散文化，维护着汉语诗歌的艺术特征，更好地适应中国人的审美习惯和欣赏习惯。一些新诗倡导者只看到格律规则对诗具有约束性的一面，主张彻底废除以获得新诗写作的绝对自由，岂知任何艺术都有它的基本规则，诗歌也不例外。没有对规则的遵守和在规则内发挥惊人的才华展现奇特的创造力，就无法创造出令人惊叹的诗歌。从这个角度看，格律除了从形式上有约束诗的一面，也还有引发诗人创造潜能的一面。它能激发诗人挑战艺术难度，在不自由中激活新的思路，寻找新的发现，诱发新的创造，使诗歌抵达常人难以抵达的高度，从而提升诗的境界和艺术品位。

在新诗发展历程中，不少诗人都或早或迟地意识到这一点，注意在继承古典诗歌格律的基础上，努力创建新诗的格律形式，不断创造出多种形式的新格律诗，也留下了不少成功之作。梁宗岱在《新诗的岔路口》一文中也强调："如果我们不受严格的、单调的诗律底束缚，我们也丢掉一切可以帮助我们把捉和抟造我们底情调和意境的凭借……""形式是一切艺术品永生的原理，只有形式能够保存精神底经营，因为只有形式能够抵抗时间底侵蚀。"[①] 闻一多在《诗的格律》中更是对新诗的格律问题做了集中的探讨，他认为新格律诗的要素包括"听觉的"和"视觉的"，并且还有"建筑的美（节的匀称和句的均齐）"。[②] 他还通过创作实践和理论研究，提出"音尺"说来解决新诗的节奏问题。所谓"音尺"，是指诗行里因意念关系由几个字组成的音组或音步。他认为组织诗行和节奏的基本单位是"音尺"（音步），而且诗歌常用的是"二字尺"（二音步）和"三字尺"

①梁宗岱：《诗与真·诗与真》（二集），外国文学出版社，1984年版。
②杨匡汉，刘福春：《中国现代诗论》（上编），花城出版社，1991年版。

（三音步），诗人在诗行中有意识地将长短不同的“音尺”（音步）进行有机地配合，就能强化和活跃诗的节奏，增强诗的音乐美。他的《死水》《夜歌》《也许》等，都是这方面的代表作品。如曹葆华的《她这一点头》：“她这一点头，/是一杯蔷薇酒；/倾进了我的咽喉，/散一阵凉风的清幽；/我细玩滋味，意态悠悠，/像湖上青鱼在雨后浮游。//她这一点头，/像一只象牙舟；/载去了我的烦愁，/转运来茉莉的芳秀；/我伫立台阶，情波荡流，/刹那间瞧见美丽的宇宙。”全诗音步大致整齐或有规律的变化，前后两节对应，一韵到底，读起来有极强的节奏感和音乐美，丝毫不比古诗逊色。此外，徐志摩的《雪花的快乐》、戴望舒的《雨巷》、卞之琳的《断章》、余光中的《乡愁四韵》、食指的《相信未来》、北岛的《回答》、舒婷的《心愿》、海子的《面朝大海，春暖花开》等，都深受古典诗歌的影响，有着对新诗格律的独特追求，大大增强了新诗的艺术性和音乐美。

（2）讲究诗的精练。诗是精练的艺术，中国古典诗歌特别讲究诗的精练，常常几行诗，就表现出丰富深广的自然景象、社会生活和人类情思，充分显示出诗歌以少胜多，在有限中求无限的文体特征和独特优势。同时精练还使古典诗歌具有易记易诵、便于流传的优点。把诗写得精练不是一件易事，需要很深的文化修养和很高的艺术功力，同时还要有执著的艺术追求。首先，从思维方式上，要懂得和把握中国古典哲学、美学、诗学理论、诗歌艺术的精髓是“以少胜多”“贵无轻有”“以有示无”，这与老子所说“大象无形”“大音希声”以及“道”即“无”、无而生有的道家思想是一致的；其次，在诗境构成上，要处理好诗境的“露”与“藏”、“实”与“虚”的关系，对“露”与“实”的部分要减而又减，以扩大“藏”与“虚”的容量，给人留下无限想象和沉思的空间；再次，在艺术处理上，要特别强调诗的提炼——炼字、炼句、炼象、炼意等，要去掉一切杂质和多余部分，使之从多到少，从粗到精，从平到奇、从旧到新，以取得以少胜多，“含不尽之意于言外”的艺术效果。如陈子昂的《登幽州台歌》：“前不见古人，后不见来者。念天地之悠悠，独怆然而涕下！”短短四行诗，藏起过去与未来，也藏起诗人现实的遭遇，只将诗的镜头对准那个孤独无助、怆然流泪的诗人形象，在一片苍茫辽阔的北方原野的背景下，他显得那么渺小，那么无奈，那么不幸。透过这有限的诗人自画像，很容易激发人们想象：在无限广阔的历史时空中，有多少这样生不逢时、报国无门的志士仁人，都有相同的境遇和命运。读之怎能不引人扼腕叹息，发出不平之声。这样的诗，写的是诗人悲怆流泪的场面，但引发人们想象的却是无垠的时间，漫长的历史，世世代代英才的悲剧，以及回荡千古的悲叹和追问。再如宋代词人蒋捷的《虞美人》一词：“少年听雨楼上，红烛昏罗帐。壮年听雨客舟中，江阔云低断雁叫西风。而今听雨僧庐下，鬓已星星也。悲欢离合总无情，一任阶前点滴到天明。”词以“听雨”为构思的核心，精心选择了三幅不同时空下听雨的画面，高速跳跃地组接在一起，高度凝练地概括了词人少年得意、壮年漂泊、老年失意的一生，其中具体的遭遇、人生挫折的原因以及个人的认识和感慨等，都作为大片空白留给读者去想象，去揣摩，去思考。可见，诗的精练，使诗变得更加精致，更有表现力，也大大增强了诗的含蓄美。

相比古人作诗追求精练而言，一些新诗作者却不以为然，他们写诗跟着感觉和情绪走，信马由缰，下笔直泻，不加节制，不加提炼，不留空白，诗越写越长，诗句越来越直白，成了分行排列的散文，缺少诗象之异、诗境之美、诗句之奇、诗意之新、诗韵之谐等诗的要素，不能给人留下想象和回味的余地。可以说，这是目前新诗的通病，也因此造成新诗难以与古诗相抗衡。

当然，在新诗作者队伍中，也不乏有人把诗写得很精练，很纯粹，充分体现了“以少胜多”“贵无轻有”“以有示无”的古典诗歌精神。卞之琳的《断章》，就将一首长诗删成了四行：“你站在桥上看风景/看风景的人在楼上看你//明月装饰了你的窗子/你装饰了别人的梦”，诗行大大减少了，诗却变得更纯粹、更精致了。它以两幅对比式的画面，暗示宇宙万物普遍存在一种相对、平衡的规律，启发人们明了这个规律，懂得无论是自然界还是人类社会，万事万物之间都息息相依，互为依存，从而引导人们参透宇宙人生的真谛，以旷达的心胸对待世事人生，不再处处对立，怨天尤人。这首诗以极少的画面暗示了宇宙人生的大境界，它打通了人与自然、人与宇宙、人与人之间的关系，传递了一种相对、平衡、和谐的宇宙观、人生观。可以说，这首诗以精练取胜，也以精练而流传甚广。桑恒昌的《人生十字架》也只有短短四行：“如果/一句诗竖起来//何惧/一具尸横下去”这里，极度凝练的诗行却造成强烈的对比，形象地表明诗人应当为写出真正的诗而不惜以生命为代价，从而揭示出真正的诗人所应有的精神境界和艺术理想，读之令人震撼，给人以极大的启迪和鞭策。

再如孔孚的《高原夜》：

1

星星也不见

墨气也把时间淹没了

2

寂灭之深渊

宇宙孵卵

在一般人看来，高原夜该有多少雄伟奇丽的景象值得诗人纵笔描绘，该有多少独特的感受值得诗人酣畅抒发。但在孔孚的笔下，却果断地减去了一切与“高原夜”有关的实物和景色，没有高原奇美的夜景，没有高原特有的风，没有星星，没有美丽的夜空，连时间也被墨气“淹没了”，更没有诗人在场，没有诗人情感的介入，仿佛是一个无形无声无色的“深渊”般“寂灭”的另一个世界，另一个宇宙。这是诗人“用无”创造的一个奇异的无边无际没有时间没有实物的宇宙，而在这里却有着“宇宙孵卵”的超常存在。诗人排除写实，把“无”用到了极致，为我们留下了一个宏大的可以驰骋想象和感悟的艺术空间。可以说，这是孔孚心灵的“高原夜”，是他独自坚守、沉浸其中的精神宇宙，是他远离尘世的喧闹，甘于在“寂灭”中创造的精神写照。对孔孚而言，只有让自己沉入“寂灭之深渊”，才能如“宇宙孵卵”那样创造出一首首大境界的诗，才能催生出新诗的大宇宙；而对读者而言，也会由此联想到任何惊人的创造都离不开这种大孤独，大沉寂，大坚守，大付出。由此可见，诗的精练增加了写作的难度，需要诗人精心锤炼，去尽杂质，才能实现诗的艺术转换，但精练的诗更能体现诗的艺术特性，能带给读者更新的审美享受，更多的思考和回味。顾城的《一代人》、黄翔的《独唱》、舒婷的《路遇》、流沙河的《焚书》、韩瀚的《重量》、余光中的《乡愁》、张错的《红豆》、蓝海文的《三个月亮》、昌耀的《斯人》等，也都是以精练著称的精美之作。

三、注重炼字与巧用对偶

（1）注重炼字。中国古典诗歌特别注重炼字，常着眼于诗的整体效果（也就是诗的意象、境界和诗意等），通过细心地揣摩、斟酌、推敲和比较，千方百计寻找到那最妥帖、最生动、最有力度的字词，最大限度地发挥汉语的潜能、弹性和活力，以增强诗的表达效果和艺术魅力。为此，古人在写诗时，已把锤炼字词当作自己十分自觉的艺术追求，哪怕呕心沥血也要达到“语不惊人死不休”的艺术境界。“为求一字稳，耐得半宵寒”，“吟安一个字，捻断数根须”，“新诗一联出，白发数茎生”，“两句三年得，一吟双泪流”，“看似平常最奇崛，成如容易却艰辛”等，这些都是前人竭力锤炼字词，确保诗歌完美无瑕的真实体验和精神写照。在古诗写作中，因用好、用活一个字词而喜获佳句甚至使诗全篇生辉的例子比比皆是。如王维的“大漠孤烟直，长河落日圆”（《使至塞上》），“直”和“圆”用得恰到好处，生动逼真地描绘出大漠孤烟，长河落日特有的形态，展现出一幅奇美壮丽的塞外风景图。杜甫的“江间波浪兼天涌，塞上风云接地阴”（《秋兴八首》之一），其中的“兼”“接”二字运用出人意料，十分微妙而传神地表现出秋天的巫峡、巫山令人震惊的奇景：仿佛江里的波浪也在天上涌动，塞上的风云也与地面相接，从而创造出一幅境界壮阔、气势恢宏的超现实图景，显示出诗人非凡的艺术魄力。同样，他的“细雨鱼儿出，微风燕子斜”（《水槛遣心》之一）中的“细”“微”“出”“斜”都用得十分贴切，精细，说明诗人体物入微，用词微妙。王安石的“春风又绿江南岸，明月何时照我还”（《泊船瓜舟》），其中“绿”字是几经修改、反复推敲而定，极其形象地表现了江南春天的色彩美，容易唤起人们丰富的联想。宋祁的“绿杨烟外晓寒轻，红杏枝头春意闹”（《玉楼春》）一个“闹”字，将“春意”写得有声有色，活力四射，正如王国维所评：“著一‘闹’字，而境界全出。”从举例中不难看出，炼字的根本还是为了使诗的意象更鲜明，诗的意境更开阔，诗的内在结构更合理，诗的意蕴更丰厚，诗的韵味更浓郁，以获得最佳的整体效果。

在新诗作者中，有不少人受到用口语写诗，“话怎么说诗就怎么写”的影响，不讲究诗的炼字，致使诗语直白松散，含混芜杂，严重削弱了诗歌的艺术性。但也有的诗人有着很深的古典诗歌修养，在诗歌写作中注重对字词的苦心经营，写出了不少优秀之作。如闻一多的“鸦背驮着夕阳，/黄昏里织满了蝙蝠的翅膀”（《口供》），这里“驮”“织”是精心锤炼的动词，将古诗的意境转换成了更富表现力的现代诗的意境，前者化用了温庭筠的“蝶翎朝粉尽，鸦背夕阳多”（《春日野行》），后者化用了韩愈的“山石荦确行径微，黄昏到寺蝙蝠飞”（《山石》）。徐志摩的“那一声声珍重里有蜜甜的忧愁”（《沙扬娜拉——赠日本女郎》），用“蜜甜”来形容“忧愁”，是诗人的独创，显得别致而新颖，恰如其分地表达出诗人对送别时日本女郎复杂的情感世界的细心体会。舒婷的“笑容锈在脸上很久了/孤独蚀进心里很深了”（《那一年七月》），其中的“锈”是名词动词化，与“笑容”及“脸上”的反常搭配，获得了陌生化的表达效果，增强了形象表现的力度和深度，给人以想象和思考的更大空间。欧阳江河的“死于一夜肖邦，/然后慢慢地、用整整一生的时间活过来”（《一夜肖邦》），其中的“死”与“活”两字的巧妙运用及构成的对应，强有力地表现出肖邦音乐的魅力之大以及对人的生命和灵魂的影响之深远。同样，他在另一首诗中写道：“她的眼睛对我们是太亮了/为了这一夜，我们的一生将瞎掉”（《美人》），其中“瞎掉”一词别出心裁，特别是与“一生”搭配，形象地表现出美的超常的震撼力和影响力。桑恒昌的“每当写到母亲/我的笔/总是/跪着行走”（《除夕之忆》），诗中这一内涵饱满、极具情感强度的“跪”字，以罕见的力度，打开了一个动人的诗的境界，将笔的写作姿态与人的精神状态都表现得活灵活现，极其虔诚，从中可以真切地感受到诗人对慈母无言的感激、无限的挚爱和无尽的怀念。此外，像台湾诗人林怡翠的“这城市/正孵出一些新的招牌”（《九份五记》），“孵出”一词用得生动形象，增加了诗的情趣和韵味。

（2）巧用对偶。对偶是汉语诗歌和汉语特有的艺术。它产生于中华文化特定的土壤，体现出中国古代阴阳两极、相反相成的哲学思想，在美学上符合中国人喜欢对称的审美需求。在古诗写作中，诗人巧用对偶艺术，建构了诗的内在联系，强化了诗的整体功能，拓展了诗的境界，增添了诗的神采。对偶为诗人设置了写作的难度，但也激发了诗人挑战艺术难度的勇气，以自己过人的智慧、才华和艺术魄力去将各种相反或矛盾的事物有机地统一在一起，构成一个跨越时空、容纳宇宙、包容万物、连接天人的复合的艺术空间，以此来实现诗人的艺术追求和审美理想。因此，对真正的诗人来说，对偶不仅是满足诗歌艺术规范的需要，也是寻求新的突破，追求创造奇迹的需要。当一行诗诞生的时候，它就是一个自在的生命，对偶如同生命内在的规律，在不断催生和呼唤着另一行诗的诞生。对偶对诗人既是压力更是动力，它不断地由一种意象的出现召唤着另一个意象的出现，由一种境界的敞开召唤着另一种境界的敞开，由一种诗意的出场召唤着另一种诗意的出场。一首诗常常因奇妙的对偶句而夺人眼目，传诵天下。如王维的“草枯鹰眼疾，雪尽马蹄轻”（《观猎》），两句诗在词性、结构上都是对称的，通过画面的快速连接和转换，构成了对应式的动态画面，将一幅幅对比鲜明、形象生动、场面壮观的狩猎图展现在我们面前：在雪已融化、草未发青的茫茫原野，有目光锐利的猎鹰，有马蹄如飞的骏马，有英姿豪迈的将军，透过这些画面还能感受到狩猎者轻松欢快的心情。范云的“昔去雪如花，今来花似雪”（《范广州宅联句》），通过巧妙的对偶，将昔与今、离别与重逢、冬天与春天连接起来，不仅暗示时间的跨度是整整一年，也将冬景与春景描绘得同样美丽，借以烘托出诗人达观的心境和独有的审美情趣。刘希夷的“年年岁岁花相似，岁岁年年人不同”（《白头吟》），更是别出心裁地运用对偶，将不断推移的时间、相似的花、不同的人连接起来，形成强烈的对比，暗示人要格外珍惜时间、青春和生命的哲理。杜甫的“笔落惊风雨，诗成泣鬼神”（《寄李白二十韵》），诗连接了“笔落”时的动与“诗成”时的静，说李白写作时令风雨吃惊，写成的诗连鬼神读后都哭泣，这就创造了一个融诗人、诗、自然、鬼神于一体的艺术空间，借此表现李白超人的胆识、才华以及感动天地鬼神的诗的力量。刘禹锡的“沉舟侧畔千帆过，病树前头万木春”（《酬乐天扬州初逢席上见赠》），通过巧妙的对偶，由动到静，由近及远，由点到面，不断拓宽诗的境界，展现出一幅对比鲜明却又有机统一的巨大画卷：沉舟旁边有千帆竞过，病树前面有万木争春，暗示一种新生的力量必然会出现，自然与人类永远都会充满生机与活力。

在新诗写作中，对偶的运用不可能像古诗那样普遍，这与新诗采用的是现代语言、追求的是自由体式有着密切的关联。但这不等于新诗写作就可以完全放弃这种有效的艺术形式，不等于这种古诗特有的优势在新诗中就找不到用武之地。事实上，一些诗人适当保持对偶的思维方式，在新诗写作中有意识地采用一些对偶（这种对偶比古诗的要求要宽松些），同样能增强诗的艺术表现力和感染力。如刘半农的“枯树在冷风里摇，野火在暮色中烧”（《教我如何不想她》），运用对偶，创造了一幅有声有色、冷暖交织的画面，表现出海外游子对故土的美好记忆与深切怀念。戴望舒的“像是寂寞的秋的清愁，/像是辽远的海的相思”（《烦忧》），通过对偶，将两幅不同的画面、两种不同的烦忧巧妙地组合起来，能唤起人们无限的联想与沉思。食指的“她有拨开历史风尘的睫毛，/她有看透岁月篇章的瞳孔”（《相信未来》），诗以对偶的形式，对“未来人们的眼睛”做了生动形象的刻画，将“相信未来”的信念和力量有效地传递给了读者。北岛的“卑鄙是卑鄙者的通行证，/高尚是高尚者的墓志铭”（《回答》），慧心独具地巧用对偶，将两种人格、两种追求、两种命运对立统一在一起，构成对荒唐存在的高度概括与辛辣嘲讽。舒婷的“夜，藏进了你的身影像坟墓也像摇篮/风，淹没了你的足迹像送丧也像吹号”（《心愿》），诗人运用对偶，将夜与风、身影与足迹、坟墓与送丧、摇篮与吹号等这些相关与不相关的形象组合在一起，构成了相互矛盾而又统一的诗的境界，十分含蓄地表现出诗人对友人的牵挂与期待。此外，她的“蓓蕾一般默默地等待/夕阳一般遥遥地注目”（《思念》）、“你在我的航程上/我在你的视线里”（《双桅船》）、“聆听时不知是真是假/回味里莫辨是甜是辣”（《自画像》）、“撒出去——失败者的心头血，/矗起来——胜利者的纪念碑”（《珠贝——大海的眼泪》）等，都是自觉地运用对偶，大大拓展了诗的境界，扩大了诗的内涵，增强了诗的古典质地感和艺术魅力。

综上所述，我们可以得出如下几点结论：第一，任何简单、粗暴地否定古典诗歌传统、否定古典诗歌艺术规范对新诗有借鉴作用的观点，都是错误的和有害的，其结果必然导致一些人对诗歌规律、诗歌特性、诗歌写作难度的漠视以及诗歌境界、诗歌艺术质量的严重下降。纠正这些错误认识，意在吸取历史的教训，让新诗回到民族传统的土壤，确立在传承古典诗歌艺术中发展新诗的正确途径，以解决新诗长期以来误入种种歧途而迷失方向的问题。第二，中国古典诗歌的艺术思维、艺术规范、艺术手法等，是在几千年的写作实践中积累起来的，是前人留给我们的十分宝贵的精神财富。它们源远流长，博大精深，是中华文化的重要组成部分，具有极强的生命力，对培育和发展中国新诗必将产生深远的影响和积极作用。通过持续不断的研究、传承和开发，一旦实现新诗和古典诗歌艺术的有效对接，古典诗歌的艺术精神、艺术智慧必将给新诗注入强大的活力，从而催动新诗更加茁壮地成长。第三，自中国新诗诞生到现在，由于一些诗人的坚持和探索，中国古典诗歌艺术对新诗的影响始终存在。尽管在其曲曲折折行进的途中，总有人反对新诗继承古典诗歌传统，排斥学习古典诗歌艺术，但也总有人以其过人的胆识和独到的艺术眼光，在悄悄地汲取古典诗歌艺术营养，并在自己的写作实践中转化为自觉的艺术追求，从而大大提高了诗歌的艺术质量，留下了不少成功之作。这一点，从我们前面的论述中可以获得具体感受。这样的诗人虽然人数不多，留下的作品也有限，但他们是新诗历史的见证人和创造者。他们在各种高压或蛊惑下没有迷失方向，他们在非诗的年代，以自己高尚的人格和艺术的良知，维护着诗的传统以及和传统血脉相连的新诗，他们代表着新诗发展的正确方向。今天，当我们在不断讨论新诗发展途径的时候，我们不应当受到种种鼓噪而再次偏离这个方向。第四，我们强调对古典诗歌艺术的传承，不是要倡导复古，不是要回到古典诗歌，不是要否定诗歌革命和新诗成就，也不是要排除借鉴外国诗歌的艺术经验，而是要针对新诗发展中出现的问题，寻根溯源，总结历史的教训，探索有利于新诗发展的正确途径。在经历种种挫折之后，我们终于醒悟和明白，我们要发展具有民族特色、让中国人喜爱的新诗，要写出表达中国经验、中国人思想和情感的新诗，要创造出具有中华文化高度又能与世界诗歌相抗衡、相媲美的大诗，我们只有回归民族文化传统、回归古典诗歌深厚的土壤，以便站在更高的层次上对古典诗歌艺术进行开发、激活和化用，将古典诗歌的艺术智慧转化为新诗强大的再生力与创造力，全面提升新诗的艺术水准和美学品位。除此而外，我们别无选择。

漂泊、反思与追寻：转型时代打工者的精神写照

——论中国“打工诗歌”的精神特征及写作局限

近三十年来，中国新诗虽然获得了更大的写作自由和表达空间（如各种民间诗刊的创办、诗歌网站的建立、网络传播的迅捷等），大量诗作潮水般涌现，令人目不暇接。但在表面的繁荣、喧闹的背后，新诗却遭遇空前的冷遇。究其原因，是一些诗人在诗歌立场、诗歌主张、写作取向上进行了调整，他们放弃了诗的社会责任和精神使命，坚持个人化的写作立场，使诗离社会现实越来越远，离民众对诗的精神期待越来越远。他们一味沉溺于世俗化、粗鄙化、欲望化、肉体化的书写，使诗的精神境界、艺术境界不断下滑，失去了对读者的吸引力、感召力和启示力。许多原本热爱新诗、关心新诗的读者在对新诗失望之余不得不弃诗而去。在这种情况下，当我们把目光投向非主流诗歌创作的另一片天地——一群生活在中国社会最底层的打工者创作的“打工诗歌”，我们不能不感到意外、震撼和鼓舞。尽管这些原生态的诗，因缺少艺术上的精心打磨而显得不够完美，但仍然充分显示出它奇异的光彩和独特的价值。张未民称打工诗歌是“一种孤独而执拗的写作力量在用尽生存之力呼喊着敲打着文学之门”，“他们给‘文学’带来了文学”[①]。我们认为，“打工诗歌”是伴随着中国改革开放的现代化进程和数亿农民工向城市进军的历史足迹而产生的，是打工者用自己的生命、血泪和铮铮铁骨书写的最贴近底层、最真实、最具有时代特征的诗歌，它是转型时代打工者的精神写照，从中不仅可以观照一代代打工者从漂泊、反思到追寻的奋斗历程和心路历程，也可以从中看到中华民族一段艰难跋涉、负重前行的身世史。可以说，打工诗歌是打工者自己为我们这个民族留下的一份最珍贵的文字、最独特的文化遗产，也为我们留下了一个个新的重要研究课题，足以让不同的学者从社会学、心理学、精神学、文学、诗学、文化学等角度去研究，去观照当代中国历史进程和中国底层民众的生存状态和精神状态。同时，打工诗歌的写作立场和价值取向

---

①许强，罗德远，陈忠村：《中国打工诗歌精选》，珠海出版社，2007年5月版，第453页。

也为拯救中国新诗提供了有益的启示。诚如李长空所言："打工诗歌以其当前性、现实性和血性，影响着当代诗坛的走向。"① 这里，我们仅就打工诗歌的精神特征及写作局限做一些初步探讨。

一、在漂泊中体验生命之痛与精神之伤

只要我们读一读打工诗歌，就不难发现，"漂泊""流浪"是其最先呈现的关键词，也是最能深刻表现打工者最初的生存状态和精神状态的形象写照，是千千万万进城打工者命运的象征。当现代化的大潮席卷中国大地时，亿万农民以前所未有的觉悟和勇气，冲出束缚他们命运的乡村的土地，怀揣着梦想和未来，潮水般涌进中国大大小小的城市，以自己的青春、热血、汗水和智慧参与中国现代化建设，也试图改变自己的命运，过上幸福、美好且有着生命尊严的生活。可是，当他们忍痛别离故乡和亲人，来到陌生的城市，却难以找到立足之地和劳动岗位。城市在需要他们、接纳他们的过程中又给了他们无尽的歧视和伤害。他们的躯体和心灵在融入城市的工业文明的过程中经历了种种冲突、撕裂和摧残，他们在城市间漂泊，在一切可能的缝隙间寻找自己生存的机遇。他们在漫长的漂泊中切实体验到生命之痛和精神之伤。他们无言的忍耐，默默地承受，默默地将自己最真实的体验写进诗歌，让诗歌去见证他们的漂泊之愁、漂泊之痛、漂泊之伤。

漂泊从离开故乡开始，躯体和灵魂就体验到那种难以割舍的阵痛。"一辆等不及一辆/严实实，不能再上了/燥热、窒息，快点开吧/而一张张爬满皱纹的脸还在窗外/千交代万叮嘱，悄悄背过身去抹眼泪"。这几乎是中国千千万万农民告别乡村父老、踏上漂泊之途的真实写照。而在进城漂泊的日子里，对故乡和亲人的思念又无时无刻不扎痛他们的心："我被绑在秒针上艰难地思念着故乡/思念着我年迈古稀目光昏花的婆婆/思念我呀呀学语哇哇哭叫的女儿/……/乡愁如重拳啊拳拳打在我心中……"（许强《乡愁》）蓝紫《漂泊卷·十四行之五》书写青春在漂泊中逝去的感伤、一无所有的悲叹以及仍在漂泊中的感受："我惊恐地望着我所生活的环境/一切都渐渐陌生"。"惊恐"和"陌生"真切地表达出打工者身处异乡的心理状态。

而在城市漂泊的过程中，这些来自乡村的农民工首先感受到生命的迷失和前途的渺茫："感觉的岔路失去了姓名/欲望的镜子将人变为事物/将事物变为数目，如遥远的满天繁星/街心广场　车站　立交桥下/空气在弯成问号的造型里歇息/一谈论家，就产生裂纹/光明是阴影阴影是光明/在想象中折叠的存在之城沦为废

①许强，罗德远，陈忠村：《2009－2010中国打工诗歌精选》，上海文艺出版社，2010年5月版，第235页。

墟”（柳冬妩《正月的开始或结局》）。诗写出了打工者在城市找不到工作时的艰难以及自我生命的迷失与异化、对进城前景的疑问和担忧。这些在城市没有任何根基和依靠的打工者，他们面临的常常是陌生的环境、陌生的人群和未知的去处，他们不得不谨小慎微，过着提心吊胆的生活：“在异乡/我们注定是一群睁眼的瞎子/反复推敲人生占卜命运/所有的去向都是试探/移动的脚不得不小心翼翼/生命的岔路上/总会生出某种开始某种结束”（柳冬妩《盲流》）。诗真实地表现出打工者初进城市的困惑、恐惧和担忧。接下来，他们很快体验到在城市漂泊，是充满屈辱和苦难的生命之旅。凹汉的《一直在路上》写自己以打工身份“漂泊十年”，“一双脚磨平如镜　磨红如血/一次次风雨兼程”。徐强《在深圳流浪的日子》通过许多细节描写，书写出自己在深圳漂泊所经历的艰难、孤独、怅惘和失望，以及那种“无形的”“最彻骨的痛”，感到“苦难硫酸一样漫过我的膝头”，“每一条路都是光明之路/每一条路都是毁灭之路”。安子的《飞翔的姐妹》既写出了女性在南方城市“飞翔”给城市带来的“光波”，也写出了女性打工者在城市打拼的艰辛与失落：“串门走户的一次次拼搏/往左跳往右跳的一次次开拓/像一支遥远的小号/每一个揿键都爬满沧桑与落魄”。唐以洪《我在异乡做陀螺》：“我在异乡做陀螺/飞快地旋转着。流水线，生活与命运/是鞭子，一下，一下地抽打我/其实不抽打，我也要转动/我也是一条鞭子，在抽打着自己/为生活而旋，为命运而转/从一年旋到另一年。从一个城市转到/另一个城市。我不能，也不敢/停下来——我的底盘很小/只能触摸小指头大的一个底盘/停下来我就站不稳/在异乡，我只有飞快地旋转着/用旋转的速度和力量，把深处的苦/一次，又一次，甩远”。诗以独特的意象、巧妙的构思，高度凝练地表现出漂泊者为了生存和改变命运，在异乡不停地“旋转着”的生活状态，那种不断“抽打着自己”，不敢稍加停顿，“停下来，我就站不稳”，透露出他们难以承受的压力和内心的焦虑与不安。

由于打工者大多数都是在恶劣的工作环境下从事最繁重、最艰苦、最单调的体力劳动，加上厂主或私营老板对他们进行肆意的压榨，不顾死活地让他们进行加班加点，劳动的强度和工作的时间都大大超过了他们的身体承受力，直接造成身体伤痛、意外伤残甚至累极而亡。打工诗歌不仅全方位地、真实地记录下了这些底层的劳动者为中国的现代化事业所倾注的大量的血汗，而且也贴近真相地写出了他们身体的受难、生命的疼痛或生命的毁灭。如“清晨　西岭下的兄弟/像蚂蚁一样倾巢而出/在高高的脚手架上/他们像蜘蛛一样爬来爬去/在坚硬的水泥地板上/他们像蚯蚓一样挥汗如雨/在疲倦的卸货码头/他们像蜗牛一样气喘吁吁/在物产丰富的垃圾场/他们苍蝇一样搜寻生存的战利品”。诗中通过“蚂蚁”“蜘蛛”“蚯蚓”“蜗牛”“苍蝇”这些来自乡村的最卑微的形象，淋漓尽致地表现出打工者的地位、处境以及劳动的强度和辛苦度。罗占勇的《午夜三点的切割工》，书写切割工在油污和金属的声响里如何抗拒困倦，“让双手和一双眼睛”高度专注地劳作，将“5米长的钢管加工成0.5厘米的电子元件”。“午夜三点”这一超常规的时间节点，暗示出切割工被加班剥夺了正常的休息时间。诗中一些看似重复的诗句却十分微妙地传达出切割工真实的心理感受，从中可以观照他们难以承受的劳累和困倦以及不得不挺住的努力。何真宗在《纪念碑》中用诗的形式再现种种有关民工不幸“从楼顶摔下”的新闻事实：“一根或数根如大拇指粗的钢筋从其/大腿　臀部　斜插进肌体/穿肉而过/命根险遭不测……”。这种命运的不测、事故的频发、身体的伤残和精神的创伤，是笼罩在打工者心头的阴影。据报道，在珠江三角地区的工厂里，每年被机器切断的农民工手指超过四万根。宋显仁的《四万根手指》就是据此书写出农民工对自己不幸命运的悲叹。诗注意将拥有手指时的欢乐和痛失手指后的悲哀对照书写，增加了诗的悲剧氛围和震撼力。此外，苏琦的《断指之痛》、孙海涛的《伤口》、姚继军的《一只残存的手掌》等，也都从不同角度表现出打工者的身体之伤、心灵之痛。而罗德远的《苦难的打工兄弟》则以纪实的手法，书写出一个外来打工者在东莞的一家毛纺厂因连续加班导致昏迷吐血而亡的故事。这位年仅23岁的打工者在昏迷过程中有过苏醒，可醒后的第一句话是：“别拦我，我要打卡!”诗中的细节陈述让人读之心如锥扎。

打工诗歌在书写身体疼痛和伤害的同时，还将笔触更多地深入人的心灵深处，揭示打工者心灵之痛与精神之伤。叶才生的《出租屋查夜》，书写民工在出租屋被查房时的惊惶与尴尬：“突然一阵雷鸣脚步匆匆”“身份证　暂住证　工作证结婚证依次从左到右站好/手电一一掠过尚不明事儿的睡民/出租屋人影晃动唏唏　嗦嗦淹没/婴啼时强时弱的变化”，“鼓一样的眼睛继续搜查罚款的蛛丝马迹/直至有所收获　方扬长而去”。这种深夜突查，给疲惫的打工者带来了很大的惊扰和伤害，使他们心灵经受着一场“深夜的暴风骤雨”。李长空的《拒绝回家的玉米》，则采用象征、隐喻的方式，形象地表现出农民工进城的心态和不得不采取委屈求生的方式：“玉米揣着朴素的梦想，跋山涉水来到/陌生的城市。它们小心翼翼地沿着大街小巷行走/尽量不去惊扰每一个人前行的脚步/它们知道，要在钢筋水泥地上生根/进入城市挑剔的胃/不是一件容易的事情//它们裹紧身子，规规矩矩地在角落中排列着/等待着别人来挑拣。市场的风向摇摆不定/它们为了更好地迎合消费节拍/不得不长成甜的、糯的或者其他类型的/不得不以煮着、蒸着或者烤着自己来适应/它们忍受着那些无奈和悲哀/一言不发”。作者观察细致，体验深刻，表达含蓄，透过许多生活化、象征性的细节，充分表现出打工者所处的弱势地位，并形象地揭示出他们被扭曲、被伤害的灵魂，读之令人感到打工者的痛楚和悲哀。刘付云的《与老板谈加薪》模拟与老板谈加薪的过程，仅仅几句简单的交谈，打工者就不得不放弃加薪的要求，反映出不平等的谈判无法改变自己被宰割的命运。郁金的《狗一样的生活》，透过一个外省的打工青年在北京"远不如一条狗那样轻易找到归宿"的鲜明对比，揭示出打工者不及一条宠物狗那样有生命的尊严。张守刚的《在监控器下上班》则反映出女打工者被监视的恐慌心理："总感觉有双眼睛/在背后偷偷地看/她的脊梁阵阵发凉"，"连打哈哈伸懒腰/也得小心翼翼/这个大大咧咧的野丫头/妈妈从小就让她/挺直腰杆做人"，"走进洗手间/她差点小便失禁/她怀疑厕所里/也装上了暗处的眼睛"。诗深刻地表现出打工者人权被侵犯、精神受压抑的生存状态。

二、在反思中追问体制弊端与社会不公

如果说早期的打工诗歌更多侧重于"漂泊"叙事，讲述的都是打工者的苦难遭遇，倾诉的也是他们难以承受的生命之痛和心灵之伤，那么，接下来的打工诗歌则超越"漂泊"叙事和苦难诉说，进入生命价值、个人命运的反思，并在反思中加强了诗歌介入现实的力度，在不断发现问题、深入剖析问题的基础上，揭示出打工者不幸命运的根本原因是体制的弊端、社会不公和人文关怀的缺失。在打工诗歌中，反映打工者居无定所、身份歧视、应聘无奈、突遭查夜、被炒鱿鱼、房租暴涨、讨薪艰难、爱情危机、人性异化、子女入学难、获得城市居民权更难等问题的，占了不少比例，他们都是中国现代化历史进程中的另一种存在。例如刘虹的《打工的名字》，以宏大的构思、广视角的透视和解析打工者的名字，将打工者的身份问题置于广阔的历史语境下进行考察，多角度、多层次地剖析出中国社会存在的弊端和不公："它作复数，被称作人民/君临于许多报告，属于客串性质/它作单数，就自称老乡/穿过城市的冷与硬，以便相互认领//它发高烧打摆子都在媒体/高兴时，被摆在'维权'的前面做状语/生气时，又成了'严管整治的宾语'/过年最露脸，在标题上与市长联合做了一天主语//此外，它总是和鱼建立借代关系——/车厢里的沙丁鱼，老板嘴边的炒鱿鱼/信访办缘木求鱼，医疗社保的漏网之鱼/还有美梦中总想翻身的咸鱼……"诗嘲讽和批判了当下中国社会存在的极为荒谬的一面。柳冬妩的《试用》反映出打工者工作难以稳定、内心时刻紧张的生存状态："要认真地过好每一分钟/每一天都是一张考卷/每一分钟都是考卷的一道题目/打工的所有岁月/其实都叫试用"。叶才生的《代课教师》，则反映出因身份歧视而滋生的分配不公："从北方到南方，一位中年妇女，知识分子/放弃大学讲台的理想，放弃家的呵护/到南方一所小学试图改善生活/她把思念的空隙都抽空了/试图把一切献给孩子，她懂得了寂寞/她的业绩的果实是别人的两倍/而照到她身上的阳光只有一半"。诗直接触及当下用工体制的不合理。

郑小琼的《生活》则以亲身经历和体验书写出现代工业对人的异化："你们不知道，我的姓名隐进了一张工卡里/我的双手成为流水线的一部分，身体签给了/合同，头发正由黑变白，剩下喧哗，奔波/加班，薪水……我透过寂静的白炽灯光/看见疲倦的影子投影在机台上，它慢慢地/移动转身，弓下来，沉默如一块铸铁/啊，哑语的铁，挂满了异乡人的失望与忧伤/这些在时间中生锈的铁，在现实中颤栗的铁/——我不知道该如何保护一种无声的生活/这丧失姓名与性别的生活，这合同包养的生活……"。现代工业的管理模式和流水线的生产方式固然为创造现代文明做出了贡献，但也无形中让劳动者异化为非人，人的主体地位及其原有的个性、独立与自由都被剥夺殆尽，人应有的轻松、自由和快乐的生活却可望而不可即。诗以沉重的笔触，反映出生活异常严酷的真相，也表达出打工者对扼杀人性的现代工业体制的不满。李凌的《在广东还要暂住多久》则申述了打工者的贡献之大及遭遇的不公："我们像燕子一样进入城市的腹地/以青春进入广东的血脉/像珠江一样流过它的心脏/青春热血般被广东换掉/城市。这个资本家可爱又可恨/我手捧《围城》进入围城/城市居民权利/离我们还要多远?"很显然，诗触及打工者对暂住证制度的不满，也表达出他们对城市居民权的迫切期盼。郑小琼的《打工，一个沧桑的词》，则以切身体验为基础，代表一个庞大的打工群体叙说了他们的苦难历程以及种种不公正的遭遇在他们的身心烙下的疼痛和创伤。全诗通过叙述打工者疼彻心扉的经历，将批判的锋芒直接刺向社会存在的弊端。

作为优秀的打工诗人，郑小琼对孤独、疼痛与无助有着刻骨的体验，也有着大量令人震惊的书写。如"这些年，我在失语中度日，面对/世俗，善恶，承受着比哑巴更深的痛/把自己站成从不开口的树木，孤独的活着"（《树木：黄桷村的记忆》），而她对"疼"的反复书写更是令人过目难忘："疼压着她的干渴的喉间，疼压着她白色的纱布，疼压着/她的断指，疼压着她的眼神，疼压着/她的眺望，疼压着她低声的哭泣/疼压着她……/没有谁帮她卸下肉体的，内心的，现实的，未来的/疼/机器不会，老板不会，报纸不会，/连那脆弱的《劳动法》也不会"（《疼》）。诗不仅表达疼极之感，更表达出无助之感，绝望之感，说明在我们社会的某些领域，人文关怀还严重缺失。

三、在追寻中实现精神自救与自我重塑

打工诗歌是打工者精神状态的独特书写，其目的是为打工者塑像，替失语者立言。打工诗歌呈现给我们的，不只是苦难和伤痛、反思和追问，也还有反思后的觉醒，觉醒后的追寻。他们在诉苦得不到同情、求助得不到回应的情况下，对自身的处境及改变命运的方式有了新的透彻的感悟——那就是靠自己拯救自己。这一新的觉悟、新的追求，在打工诗歌中得到充分的表达，是打工诗歌精神内涵

的拓展和深化，并且凝聚成一股强大的具有时代特征的“打工精神”。这种精神不仅激励着他们自身改变命运的努力，也对当代中国的现代化进程及民族命运产生重要而深远的影响。从某种意义上看，中国现代化的历史进程也是在这种精神的激励下而曲折前行的。罗德远的《我们是打工者》不仅对自我身份有着清醒而明确的认同，而且旗帜鲜明地表达出觉醒后的追求：“我们是铁骨铮铮的漂泊者/高举流浪的旗帜勇往直前”“我们曾经沉沦我们又奋起/我们落寞我们曾悲壮地呼喊/我们遭受歧视但我们决不/抛弃自己//我们是打工者/我们也喜欢谈论金钱和美女/但我们更看重人格和尊严/我们拥有苦难的思想和朴素的情感/青春流水线 我们用笔用沉甸甸的责任/构筑不朽的打工精神/通向我们幸福理想的家园”。从诗中可以看出，打工者不再自卑，不再屈从命运的摆布，不再忍容人格和尊严受到侵犯，而是要靠自身迸发出来的打工精神去实现精神自救，去改变自己的命运。许强在《为几千万打工者立碑》中则把这种自我拯救、奋力一搏、再造新我表达得斩钉截铁，掷地有声：“让我们自己给自己光/让我们自己 给我们自己舞台/筑一座精神的烛台吧 让一种光芒/照耀或缝补 我们内心的千疮百孔……南方不相信眼泪。那就让我们像沙漠中的/仙人掌一样 长出叶刺/刺向现实这个无情的对手吧”。

这些诗歌所倡导的自信、自强、自救、自立精神深刻地反映了打工者心态和行动的变化。他们不再战战兢兢地乞求，不再低三下四地屈从，而是执著地维护自己人格的尊严，坚决捍卫自身应有的公民权以及劳动者合法的地位与权益。他们以人格的独立、精神的自强，大胆宣示自己铁骨铮铮的存在：“我出卖青春/但绝不出卖灵魂/我为无奈的生活而流泪/但绝不会为蒙羞的黄金/下跪”（李晃《打工宣言》）；“异乡，生命的起跑线/你不要轻视我们的背影/我们向命运弯下腰去/是为了站立起来/前进”（柳冬妩《打工宣言》）。孙文涛的《“站住，把你的暂住证掏出来!”——1997 年的一天，首都西客站——纪念取消违反宪法的〈暂住证〉制度》一诗，在痛快淋漓的反击中表达出劳动者对公民权的捍卫：“尊敬的警察先生，您粗暴的语言在对谁讲话?! /是呵斥，是侮辱，还是命令/在中国，您以为谁才是具有‘暂住’身份的外来民/这城邦下奠基着我父祖百年人民革命的鲜血/这广厦万千矗立着我双手艰辛劳动的功勋/这是我自己亲手建立并行使公民权的国家/在这里，我从什么时候起，由主人翁变成了/被您吆来喝去的暂住民陌生民外来民//……我还不得不告诉您——/我只能和必须/生在中国、活在中国、死在中国/永远居住！——/中国的每块石头/都铭刻着我本土劳动者/坚如磐石的法律地位”。全诗以磅礴的气势、透彻的说理，无可辩驳地表达出打工者同样拥有主人翁地位和公民所有权。

寒江雪的《老板，你给俺听着》则采用对话方式，直接表达出打工者与老板人格尊严的平等，并且理直气壮地表明，宁可放弃这份工作，也要坚定地维护自己人格的尊严。这既是打工者觉悟的提高，也是打工诗歌精神内涵的提升。经过生活的磨练，打工者的意志得到锤炼，眼界得以开阔，树立了新的生活信念和目标，心胸变得宽广豁达，精神境界有了新的飞跃。陈忠村的《穿行在上海的外乡人》以真诚、坦荡的心胸表达出外乡人对上海的倾力奉献和无私之爱。当上海需要时，无论是险活、苦活、累活、脏活，都全力去干，为上海的繁荣和发展做出自己的贡献："金茂大厦第1876块玻璃是我安装的/卢浦大桥底3216根钢筋是我绑扎/苏州河边第121个垃圾桶是我清理/外滩今天我捡到的物品交给了失主"。尽管"上海，能给我们的太少"，但"我能做到的就是爱你"，"如果有一天你想赶我走/就厌倦地斜着眼看我一眼/露水消失的时候会离开你的体温"。诗表现了打工者豁达的心胸和崇高的精神境界，这里没有怨天尤人，没有对城市的仇视和指责，有的是深埋心底的体谅和挚爱。孙海涛的《因为我是你血管里的一滴血》，从一个新的视角书写打工者与祖国的关系。全诗没有丝毫的不满和责怪，反而以赤子之心表达出对祖国的感恩和热爱，感恩祖国给了他们进入城市、为国家建设出力的机会，也给了他们改变命运、创造幸福的机遇。诗热情地讴歌劳动光荣、工作幸福，充分展现出打工者质朴、善良、美丽而崇高的精神境界。

不仅如此，打工诗歌还充分表现出打工者主体意识的觉醒、对自身历史使命和社会责任的担当。他们是国家的建设者，为国家的发展做出了突出的贡献。他们是中国社会前进的动力，他们的付出影响着民族的命运，而民族的命运又和他们个人的命运紧密相连："在我祖国的大地，每个打工者/都是一列前进的火车，准确说/是每个打工者都带着一列火车/前进……祖国需要前进，打工者同样需要前进/只有打工者前进了祖国才能前进/只有祖国前进了打工者才能前进/在我祖国的大地，火车前进得越来越快，打工者也前进得越来越快"（白连春《在我祖国的大地，每个打工者》）。这表明打工者已经超越诉苦和反思，开始以新的精神面貌、新的形象、新的姿态活跃在中国的舞台上，用自己勤劳的双手去推动民族的复兴，同时也改变自己的命运。

以上我们对打工诗歌精神内涵做了初步的分析，透过这些分析，我们不难看出，尽管打工诗歌所涉及的内容异常庞杂，所表现的精神意蕴也十分丰富，但漂泊、反思与追寻是贯穿全部打工诗歌的主要精神特征。漂泊，是打工者最初的生存状态和精神特征，他们在漂泊中深深体验到生命之痛和精神之伤，并由此引发了他们对自身命运为何如此的反思和追问，在反思和追问中他们发现了体制的弊端和社会不公是造成他们不幸命运的根本原因。于是打工诗歌在尖锐地针砭时弊的同时，强烈地呼吁社会的公平正义，呼吁给弱势群体更多的理解和关怀。当他们发现自己无力改变现实、期待又是遥遥无期时，他们终于觉醒，认识到改变命运的主动权只能掌握在自己手中，于是他们不再诉苦，不再求告，而是开始执著地寻找自我疗伤、自我拯救、自我发展之道。他们开始重视生命的价值、人格的尊严、公民的权力、平等的地位、合法的权益等，并且理直气壮地予以维护和追求。这些在后期的打工诗歌中表现得尤为明显。可以说，漂泊、反思和追寻是打工者的精神三部曲，充分反映了打工者在不同阶段的精神特征，三者之间既有联系，又不断推进，显示出打工者认识的提高和精神的升华。

当然，由于种种主客观原因，打工诗歌在精神意蕴的发掘上也存在明显的不足和写作局限。这主要表现在：首先，打工诗歌尚缺乏深厚的文化底蕴和开阔的精神视野，在发掘精神意蕴的深度和广度上都存在不足，未能穿越自身命运书写上升到多向度的精神书写。即使在追问打工者命运、批判体制弊端和社会不公方面，也缺少深刻的文化反思，未能切中要害，提出新的参照和科学构想。其次，打工诗歌深陷自身的苦难诉说、命运书写，缺少对自身之外更大世界、更广人群的关注和思考。事实上，打工者的命运和国家的发展、民族的命运、人类的命运都是紧密相连、息息相依的。如何由关注自身或打工群体的命运上升到对自然、社会、国家前途、人类命运的关注，将是打工诗歌克服格局狭小、提升境界的必由之路；再次，打工诗歌缺少对打工者自身精神弱点的观照和揭示，缺少一种深刻的反省精神和解剖精神。事实上，任何群体都有其自身的弱点，打工者也不例外。这些弱点或深或浅地影响到他们的物质生活和精神生活，也在一定程度上影响到他人的生活和社会发展。打工诗歌在这方面几乎是毫无涉及，这在一定程度上影响着打工诗歌的深度。我们之所以指出这些不足，是真诚希望打工诗歌在取得已有成就的基础上，认真总结和克服现有的不足和写作局限，进一步走向丰富和深刻，以更宏大的作品、更辉煌的成就，为中国新诗增光添彩。

在沉稳求索中前行的蚌埠诗歌

进入新时期以来，安徽涌现出一大批实力诗人。他们以其敢为人先、勇于探索的精神创作出许多风格各异、思想新锐、艺术精湛的诗歌作品，这些作品在全国产生了巨大而深远的影响，使安徽成为名副其实的诗歌大省。如果从城市的视角来看，合肥市的诗歌创作一路领先，安庆市、芜湖市、淮南市、淮北市、马鞍山市、铜陵市的诗歌创作也奋起直追，显示出更为强劲的活力。作为皖北重镇的蚌埠市，在诗歌创作方面虽然起步较晚，但经过一番沉寂之后，其积蓄许久的力量突然迸发，充分展示出蚌埠诗歌的整体实力和特有风貌。可以说，博大厚重的淮河文化孕育了沉稳、求实、宽容、开放而又极富进取心的蚌埠诗人。他们不跟风，不打旗号，不争流派，不搞哗众取宠，而是始终坚守自己的诗歌信仰和追求，在市场经济的大潮和诗坛此起彼伏的潮流中沉稳求索，默默前行。他们或土生土长，或从外地而来，都扎根这片热土，用自己的生命和智慧为这座城市增光添彩，也用自己手中的诗笔，为这座城市谱写壮丽的诗篇。他们中的不少人已走出蚌埠，成为在全国都具有影响力的诗人，其诗歌作品更是在祖国广袤的土地上茁壮生长。他们为诗歌的发展开辟了更为广阔的空间，也为蚌埠诗坛赢得了难得的声誉。

由蚌埠市作家协会诗歌委员会、安徽省诗歌学会蚌埠分会编辑的《淮上作家群·诗歌卷》即将出版，诗选收录了 90 多位诗人的诗歌作品，它们从一个侧面反映了蚌埠市诗歌创作的整体风貌，是蚌埠市新时期以来诗歌创作的一次群体大展，是诗人们为蚌埠市留下的一道亮丽的精神风景。它们是淮河儿女精神的写照，心灵的塑像，是激励淮河儿女自强不息、攻坚克难、追求美好生活的精神动力。值得指出的是，诗集还特别收入了王明韵、赵红兴、何冰凌、阿翔四位“特邀名家”的诗作。他们都是活跃在中国诗坛、具有广泛影响的诗人。他们的诗以其鲜明的个性特征和独特的艺术风貌，为本诗集增添了新的光彩。诗集的出版，是蚌埠市文学界的一件盛事，不仅有利于推动蚌埠市的当下诗歌创作，也必将为广大学者研究蚌埠诗歌留下珍贵的版本。

作为蚌埠诗歌作者中的一员和一名诗歌研究者，我一直关注蚌埠诗歌，但苦于自身工作的繁忙，很难较多地接触蚌埠诗人，较集中地阅读蚌埠诗人诗作。这次受编者的委托，我有幸较早地阅读了这本诗选。我为蚌埠诗歌已取得的成就感到高兴，更为许多年轻诗人迅速成长，成为蚌埠诗坛乃至中国诗坛的中坚力量倍感振奋。掩卷遐思，我在思考蚌埠诗歌究竟有哪些鲜明的特征？它为安徽诗歌乃至中国诗歌增添了怎样的光彩？回答这个问题需要更宽阔的研究视野，更系统、更全面地考查蚌埠诗歌的发展状况、诗歌生态以及更多的诗人诗作，这无疑是一个新的较为艰难的课题。但这本诗选毕竟为我们提供了一个观察蚌埠诗歌的窗口，从中可以大致把握蚌埠诗歌的精神概貌和艺术特质。这里，想结合我对诗选的阅读以及对蚌埠诗坛的有限了解，对此做一点初步的论述，以引发更多的人来关注和研究蚌埠诗歌。

一、立足本土，不断拓展诗的精神向度

蚌埠地处安徽东北部、淮河中游，现辖龙子湖区、蚌山区、禹会区、淮上区四区和怀远、固镇、五河三县，总面积5917平方千米，总人口330万人。中国历史上的涂山氏国和钟离国都曾建在这个区域。距今7000年左右的“双墩文化”遗址的发掘，更是表明蚌埠市有着极为悠久的淮河文明。大禹治水，以及他在今怀远县境涂山娶涂山氏为妻，并生启（公元前21世纪，启建立夏朝，为华夏第一代帝王）的故事更是在这片土地上广为流传。而《吕氏春秋·音初篇》中记载禹时涂山氏之女娇所唱出的“候人兮猗”，则被认为是中国第一首情诗，其被候的就是闻名天下的治水英雄禹。源远流长的淮河文化，古老而深情的诗歌源头，哺育着朴实憨厚、勤劳勇敢、聪明智慧、敢想敢闯、敢爱敢恨的淮河儿女，他们为淮河流域创造了美好的生活，也为人们留下“走千走万，不如淮河两岸”的美誉。

正是在这样深厚的文化背景和诗歌背景下，蚌埠诗人既热爱故土，注重发掘生于斯、长于斯、爱于斯的本土体验，同时又以开放的眼光，宽阔的胸怀，紧跟时代的脚步，努力捕捉和表现中国大地所呈现的日新月异的变化以及在这个巨变年代人们心灵的律动，不断拓展诗的精神向度，丰富诗的精神内涵，提升诗的精神品质。

阅读这本诗选，扑面而来的是浓郁的乡土气息、乡土风貌、乡土文化、乡土人物、乡土情怀，从中切身感受到蚌埠诗歌特有的地域色彩和文化特征。如陈忠村的《把故乡还给故乡》《时间把我与故乡的距离删掉》，宋家伟的《淮河上，有一支古老的曲调》《淮河恋曲》，武稚的《村庄》，马祖培的《栖霞寺的菩提树》，朱学银的《淮河正流过蚌埠》，周士明的《石巷》《水乡》《炊烟——乡村的魂》《芳香花博园》《龙湖夜色》《珠城三月》《五月榴花开》《去五河》，何吉发的《故乡的老井》《故乡的山》《故乡的河流》《石头记》，张义和的《栖霞寺》，朱金杰

的《观淮河》，张新文的《天井湖》《五河之恋》，顾晓梅的《我走不出你，淮河》，花田半亩的《麦田》，李继育的《荆涂大桥》，王星存的《踏上故乡的土地》等，都以饱蘸深情的笔触，描绘出家乡特有的风貌，不仅表达出诗人对家乡山山水水、一草一木的挚爱和牵念，也表达出诗人对故乡精神上的归依以及渴望倾情报答的情怀。周士明的《拉魂腔》、李桂珍的《情系花鼓灯》、张冰的《望夫石》等诗，则表达出乡土文明与古老的传说对淮河儿女精神的哺育和心灵的启迪。范仁豪的《淮河之梦》，则以高度概括的笔力和精练的诗行，浓缩了蚌埠的沧桑历史和新时代的画卷，从“禹王踏平汤汤之水的吼声和气概”“垓下绝唱的余音”“昏天黑地的淮海炮火”到“涌动着改革的波浪卷起欢乐的花瓣”，展现出蚌埠厚重的历史，谱写出淮河儿女自强不息，追求不止的崇高梦想。陈忠村的《父亲来城》、周士明的《母亲》、何吉发的《清明时节的雨，祭祀父亲》、武稚的《父亲的咳嗽》、于邦的《母亲在绑豆角架子》、李星涛的《我和你不同》、肖建华的《珍藏一个人》等诗，都为我们细腻而传神地刻画出朴实憨厚、吃苦耐劳、甘于奉献的乡土人物，他们是与诗人血脉相连的父母、心心相印的恋人，更是千千万万淮北大地父老乡亲的诗意写照。

诗选中，爱情诗也占了相当的比例。如阿翔的《美人诗》《准情诗》《彼此，或拟情诗》《隐身于暗中，最情诗》等，以饱满的情思、富有张力的语言以及柔婉深沉的语调，向我们娓娓诉说有关爱情的隐秘体验和独特沉思。赵子云的《在爱河上》，以“两只小船”为象征，表现它们在爱河里因“意外的风浪”或“人为的耽搁”而造成“失约”的遗憾。他的《爱的风波》别具一格，以一页爱情诗引发的误会来抒写一对夫妻对爱的执著与坚守。何吉发的组诗《心中有爱是幸福的》，其中大多篇幅是写爱情的。诗从不同的视角捕捉多种场景下的爱情体验，从爱的萌动、爱的甜蜜体验到最终的“伤离别”，为我们展示了一段美好而又遗憾的爱之旅。张冰的《年龄》《电话响起》，将一种独特的爱情体验表现得极富情趣和意趣。周翠芝的《等你》，以时空的跳跃和背景的转换构成爱的蒙太奇，将爱的深沉、等待的执著表现得酣畅淋漓，委婉动人。李凤山的叙事诗《石榴坡》为我们叙述的是一个在现实社会仍在上演的爱情悲剧，其批判的矛头直指那张“几千年织成的蛛网”。葛梅英的《给我一个拥抱》，则大胆地敞开心扉，直接表达自己对爱的渴望和追求。此外，陈传万的《百合花》、姚国建的《现在，我闭上眼睛》、胡向玲的《自己作画》、王君的《观槐抱桑》、宋文武的《那一场邂逅》、蔡玉荣的《野菊花》等诗，也都从独特的视角，抒写出对爱情的微妙体验和独特思考。

在注重本土经验发掘与爱情抒写的同时，蚌埠诗人还追随着中国改革的大潮，以不甘人后、锐意进取的精神，把诗的视野投向更阔大的世界，不断发现新的写作题材，开辟新的写作空间，以拓展诗的精神向度，丰富诗的精神内涵。特别注意从时代的潮涌、社会转型、现实巨变和人心的律动中去发现和提炼新的诗意，力求让诗歌贴近时代、贴近现实、贴近底层、贴近人心，让诗歌起到塑造灵魂、鼓舞人心、提振精神的作用。值得指出的是，受市场经济大潮和外来文化的影响，诗坛的生态环境也一度遭到破坏，传统的诗歌价值观受到前所未有的解构和颠覆，诗歌创作陷入严重的精神危机。种种偏激甚至错误的诗歌观甚嚣尘上。如“非非主义”提出诗歌要“逃避知识、逃避思想、逃避意义”[①]“下半身写作”则进一步强调：“知识、文化、传统、诗意、抒情、哲理、思考、承担、使命、大师、经典、余味深长、回味无穷……这些属于上半身的词汇与艺术无关，这些文人词典里的东西与具备当下性的先锋诗歌无关……”[②] 在否定和排除了这一切后，他们把诗歌写作定位在一种“贴近肉身状态”的“下半身写作”，追求“一种贴近肉体，呈现的将定是一种带有原始、野蛮的本质力量的生命状态。”[③] 其后果造成诗歌精神严重滑坡，导致大量个人化、欲望化、粗鄙化、肉体化的写作泛滥成灾，也导致广大读者对诗歌的疏远或厌弃。可喜的是，蚌埠诗人没有受到这类“先锋诗歌”观的影响。他们自觉地与中国当代诗坛的种种纷争保持着距离。他们坚信诗歌是影响灵魂的事业，在诗歌创作上始终坚守诗歌的精神品位，追求较高的精神境界，表达积极健康的思想感情，传递诗歌正能量。

在这当中，简宁是较早产生全国性影响的诗人。他是朦胧诗之后新生代诗人中的重要一员。他童年的乡村生活体验、中国科技大学理工科教育背景以及后来的军营生活经历、图书出版工作经历等，都大大开阔了他的人生视域，丰富了他诗歌的精神内涵。他的诗涉及乡土书写、生命体验、文化反思、现实批判、军旅生涯等众多领域。他长于从文化的视角审视和思考人生、社会、历史及现实中的种种问题，也试图以自己独特的诗歌创作肩负起当代诗人的文化使命。他既是传统文化、传统生存方式的叛逆者，又渴望在回溯源头时能够珍视和接通其中依然鲜活而极具生命力的文化血脉、精神血脉。他出版有《倾听阳光》《天真》等多种诗集，其中《简宁的诗》于 1997 年由人民文学出版社出版。诗选中的《小平，您好》，是他在《诗刊》上发表的早期作品。这首诗的最大的特点和价值，就是破除了昔日歌颂领袖人物时那种固有的思维方式、构思模式和夸饰式语言，将仰视角改为平视视角，将邓小平当作人民眼中“天真的孩子”，以平淡质朴的语言抒写他和人民的关系：“天真的孩子/就那样有力地伸出手臂/改革/像轻轻摘来一朵雏菊/缀插在祖国有些苍老的浓密头发上/顿时青春的血液/又在她的身体里涌

①罗振亚：《朦胧诗后先锋诗歌研究》，中国社会科学出版社，2005 年 6 月，第 1 版，第 84 页。

②沈浩波：《下半身写作及反对上半身》，《下半身》创刊号，2000 年 7 月。

③沈浩波：《下半身写作及反对上半身》，《下半身》创刊号，2000 年 7 月。

流/今天她年轻地娇娆地走过你的面前/你像个孩子看着母亲那样/露出骄傲甚至娇憨的笑容”。诗形象地表现出小平同志为人民所做出的巨大贡献，也暗示出他深受人民爱戴的原因。诗将领袖与人民的关系定位为孩子与母亲的关系，即使在今天读来，也有极强的现实意义，是值得我们一些领导干部对照和反思的。

陈忠村是在简宁之后，从蚌埠这片土地上开始了他的诗歌耕耘，并且凭借自己的艺术才华、坚韧的意志和超人的勤奋，一路踏平人生的坎坷，跨过种种在别人看来难以逾越的沟壑，在取得个人事业不断攀升的同时，以赤子之心钟情于缪斯，以令人惊异的诗歌爆发力，创造了大量令人瞩目的诗歌作品，成为中国诗坛的一名闯将。他参加了《诗刊》社举办的第27届“青春诗会”，系中国作家协会会员、中国美术家协会会员，同时还是同济大学的美学博士、同济大学诗学研究中心副主任兼研究员等。在繁忙的工作之余，他硬是争分夺秒，挤出本该休息的时间，沉浸于写诗、绘画和学术研究，并且力求在三者之间左右逢源，融会贯通，让它们相互携手，共同进步。迄今为止，他已出版了《壁画中流淌的河》《城中村》《城市的暂居者》《短夜》等7部诗画集，主编了10余本诗歌选集。他的诗歌《母亲的冬天》《穿行在上海的外乡人》还入选《大学语文》教材。特别值得指出的是，他还是中国打工诗人的重要代表，为打工诗歌的创作、出版和研究做出了突出的贡献。省内外的诗人、学者为他的诗歌召开过多次研讨会，数十位国内外著名诗人、诗歌评论家对他的诗歌给予了高度评价。他曾对诗歌艺术许下赤诚的誓言：“艺术养活不了我的血液时，我愿用我的血液养活艺术。”① 可见他对诗的虔诚与执著，正如台湾著名诗人洛夫所言：“忠村的诗可以用来洗涤世人喧嚣、疲惫的心灵，给予灵魂更美的空间生活。忠村对诗的热爱、执著已达到痴迷的程度，真不愧为诗的圣徒。”②

收在这本诗选的诗是忠村2011年部分作品，它们是诗人在奔走、忙碌的人生旅途中偶尔摄下的生活场景和沉思的火花，是诗人敏感的心灵与漂泊都市的打工生涯相遇合、相碰撞时所获得的诗意发现。在现实生活中，孙庄是他的故乡，蚌埠是他的家，上海是他寻求生计、发展事业的“异乡”，他的生命和灵魂就在这三者之间来回地旋转。他置身于都市文明，却又眷念乡村文明，他打拼于异乡，却又皈心于故乡。为此，他要用写诗来调节、平衡他身心的矛盾，以诗来作为支撑他的精神支柱，也用诗来矫正他人生的方向，磨砺他生活的意志，证明他人生的价值。例如他在诗中宣称自己是生活的“赶路者”，尽管“有一半的日子是黑色的”，也要以“赶路者的姿态”奔跑在路上，并且“只能在路上疲惫”，因

①陈忠村：《活着，让日子充满诗意》，见《诗刊》，2011年12月，上半月刊，第52页。
②陈忠村：《城市的暂住者》，上海文艺出版社，2007年7月第1版，第200页。

为他坚信“方向总在向路的前方延伸”（《方向总在向路的前方延伸》）。在他看来，中国社会已进入飞速发展的年代，也是充满激烈竞争的年代：“穿鞋　赶路　一个必须奔跑的年代/背上的压力越来越重　但越重得越跑”，并且强调“要把头低下来”（《低下头来　我不是做错事的孩子》），这样才能更好地辨路，更好地奔跑，跑得更快。可以说，这是忠村所追求的做人的姿态，生活的姿态，也是一切追求成功者应有的精神境界。《累，是一个干净的词》是劳动者对劳累的切身体验与精神自慰，也是对劳动价值的独特赞美。《比划着一个字的几种写法》把一种漂泊异乡的孤寂感写得入木三分，读来令人动容：“那是一个灯和一个人对话的形状”“今夜组成的句子躺在床上病着”“让它顺着雨水往地下渗透/深渗在土中　渗在岩石中消失”。总之，忠村以他独特的生活经历和诗歌创作，为我们开辟了一个新的更为广阔的诗意空间，让我们从中看到一群在中国的都市奔忙的打工者的身影，以及他们的汗水、血泪、创造的价值和坚强挺立的灵魂，从而大大拓展了诗歌的精神领域，让诗直接触及中国社会的现实和底层民众的心灵。

姚国建的《守护灵魂的家园》，表达的是作者对中国社会转型期种种“反常气候”的冷静思考、自觉抉择以及对崇高的人生境界的向往和追求。在“做官风出国风经商风轮番吹来/人们闻风而动趋之若鹜/眨眼便变成一团升起的红云”的“多风季节”，不少人面对呼啸而来的潮流以及种种诱惑，内心陷入矛盾的漩涡。在这种情况下，宁愿选择“沉入一汪透明的孤独”，做“执著的红烛”“在无人光顾的角落默默地燃烧”，哪怕这种选择“依然不能改变生存的气候”，也要坚守精神的底线，让“灵魂的家园/芳草如茵　绿水长流”。可以说，“守护灵魂的家园”是特殊时代背景下我们应有的精神姿态，也是我们要用生命去书写、用诗歌去表现的永恒主题。其《嘴》一诗，从多种视角观照“功能各异的嘴巴”及其带来的功效，高度凝练地揭示出各类“人”的本质特征，为人们更深刻地了解人、认识人提供了有益的经验。他的《诗人之忧》则直接触及社会现实、诗坛现状及诗人内心，体现出强烈的忧患意识以及渴望改变现状的期待。在市场经济大潮冲击下，人们的价值观念发生巨大的变化：“国人一夜间发现　金钱才是真正的太阳/照到哪里哪里灿烂/即使你的诗句美得像滴露的水仙花/也抵不上几枚硬币在口袋里发出悦耳的歌唱”，由此表现出作者对诗坛生态的恶化、诗人处境的尴尬、诗歌命运的堪忧等，呼吁人们要“好好守护诗歌的田园/多多为诗开辟生存的空间”，以便改善诗歌环境，“重振诗国雄风/重振诗国雄风/”。他的《热爱写作》，表达的是对写作精神的坚守和写作境界的追求：“笔拖着瘦弱而又沉重的身子/抵抗着人间的风雨和无边的诱惑/把饱吸酸甜苦辣的心/交给无数露珠般闪烁的眼睛/用笔尖　这黄金的头颅/去开垦沉寂的岁月　播种生命的童话”。认为写作是“开掘一条通向世界　通向人心的道路/这条道路能让普通的灵魂抵达太阳”，写作只有注意“倾听世界的回响和我内心的声音”，才能“步步逼近/人类深邃的天空”，才能让生命及写作的岁月化成“一片风风雨雨都抹不掉的/生命最美丽的风景”，诗中融会了作者对写作价值、写作作用、写作毅力、写作心态等方面的感受和思考。

此外，苗子的《人生感赋》，则高度凝练地表达出诗人对“人生操守”“人生晚节”“人生价值”的感悟和理解，诗中蕴含的哲理对人有很强的启迪和警醒作用。孙子夜的《生命十四行》，从不同的视角去观照和发掘生命的体验，包括生命的活力、灵感、激情、痛苦、幸福、友情、爱情等，为我们谱写了一曲优美动人、启人深思的生命之歌。杨春云的《黄叶》，以“翩然落向大地怀中”的黄叶为象征，表现一种坚强、洒脱的生命“秉性”，抒发出诗人充满“感恩”、乐于奉献的人生情怀。凌志兵的《西南边陲的风》则把诗的目光投向息烽集中营旧址、黄果树大瀑布、遵义会址、苗寨、中国蜡染第一村，使诗的意蕴既充满历史意识、革命情怀，又洋溢着独特的边陲风情。范仁豪的诗涉及众多题材，他善于将一个个自然物象或社会景象转化为自己抒情寄意的对应物，借此不断拓展诗的精神意蕴。如《城市猫的孤独》，就通过写城市猫“从乡野幽灵进化为城市宠儿”后的生存状态，象征性地表现出生命被异化的悲哀，其中透露出诗人对城市文明的反思和批判。他的《走在都市的大街上》，同样是写自己置身于魔幻般生成的都市大街上所引起的惶惑、不安和失落感。他的《不要相信自己的眼睛》则从异向发掘诗意，告诫人们认识世界的方法不应是单向的、片面的、肤浅的，而应是多维的、全面的、深入的。

武稚的诗在寻常的题材上有自己不同寻常的发现，她敏于感受，勤于思考，善于从大处着眼，从小处落笔，在诗境的拓展和诗意的升华上下足了功夫，常常出人意外地为我们打开更加宽阔、深邃的诗意空间。阅读她的诗常常带给我们许多陌生的感受和意外的惊喜。一个个微不足道的写作题材在她的笔下常常闪烁出异样的光彩。她的诗是感性和理性的有机结合，是诗情和哲理的深度交融。如她的《屋顶》写的是“屋顶”在时代风雨中的变迁，折射的是诗人对人类命运的思考。“常常想起屋顶的从前/不放低自己　不拔高自己　平淡从容”，这是对从前屋顶的眷念，更是对一种人生境界的追寻。她的《高处》《低处》《叶子》《乌鸦》《水》《根》《铁轨》《盐》《尘》等诗，都是对人类某种生存状态、精神状态的独特审视和反思。她对“高处”充满忧患意识，担心“高处会不会最终赢得天空”，“一直怕被高处放手/所以我站在低处　我保持一种向上的境界”（《高处》）。她对“低处”有自己的理解的选择：“低处在掩埋　也在成全”“低处难于斧凿/在低处我们主宰自己/我们把生的力量传递给别人”（《低处》）。她对“树”和“乌鸦”有自己的发现：“一棵树有一棵树向上的事业/一棵树有一棵树向下的光芒”（《叶子》），“它在冷眼中飞行/大地衬托着它的坚强”“也许乌鸦不是黑的/它有着光明的心”（《乌鸦》）。这些都表明诗人对人生有着透彻的感悟和理解，也使诗歌意蕴饱含哲理，大大提升了诗的精神向度和思想含量，读来给人启迪，引人深思。

二、博采众长，兼容并蓄的艺术追求

20 世纪 90 年代以来，随着社会转型、多元文化碰撞、人们观念的变化、网络时代诗歌传播的自由与便捷等因素的影响，使中国新诗获得了更加自由、更加开阔的发展空间，也更加激发了诗人的创作个性和创造活力。但与此同时，也有不少人心态极度浮躁，渴望一夜成名，引人注目。他们不愿在诗歌艺术上下功夫，而是热衷于在诗之外花功夫，以反叛的姿态、解构的手段，彻底颠覆传统的诗歌艺术观，提出了一系列反文化、反诗意、反诗境、反审美、反诗语的诗歌观，宣称“怎么写都是诗”，认为写作就是“游戏场”，诗歌创作就是语言的游戏。他们还随意地发表宣言，自立派别，以“先锋”自居，抬高自己，贬低别人。他们无视诗歌艺术规律，肆意亵渎诗歌艺术的尊严，把诗歌弄得面目全非，导致诗歌艺术的严重滑坡，引起读者对新诗的反感。可喜的是，蚌埠诗人对这种“乱花渐欲迷人眼”的现状保持着清醒的头脑，没有去跟风逐浪，争当先锋。他们认为诗就是诗，在任何时候，它都是文学艺术的最高境界，诗人必须竭尽全力去提升自身的艺术功力，以高标准去对待每一首诗的写作，以无限虔诚的心态和呕心沥血的精神去挑战诗歌艺术的难度，才能创造出真正的诗歌精品。为此，蚌埠诗人广开视野，注重学人所长，避人所短，注意汲取前人和同代诗人的艺术智慧，形成自己博采众长、兼容并蓄的艺术追求。可以说，很多有利于提升诗歌艺术质量的表现方式和艺术手段，在蚌埠诗人的诗歌创作中都有很好的体现。限于篇幅，这里仅选几点略做论述。

（1）创造新的诗歌意象。诗靠意象寄情寓意，能否创造出独特新奇的诗歌意象，是衡量诗人才力和诗歌艺术质量高低的重要标准。创造意象也是中国诗歌的一个重要特征，凡是优秀的诗作都为我们创造了经久难忘的诗歌意象，并靠这些意象去触发和引领我们去感悟诗中深远的境界、无穷的意味，从中获得异常新鲜的审美享受。与一些反对意象的主张相反，蚌埠诗人始终重视诗的意象，力图在诗中创造出个性鲜明、生动感人的意象。如范仁豪的《城市猫的孤独》，就为我们创造了一个“城市猫”的意象，诗以简练传神的笔法，勾勒出它的形态、情态及其生命与精神的退化：“刁起娇滴滴，添舐主人的呵护/懒腰中展着无忧无虑的自尊/爬树的机灵已成断续的记忆/抓鼠的敏捷早已丢弃到荒野”，这个“城市猫”的意象很典型，它能唤起读者许多类似的联想和想象，从中领悟诗的寓意。南南千雪的《小野兽》，把有着“高贵睡姿”的孩子形象转化为诗的意象“我的小野兽”，写他睡时“令狮群都安静下来/变成石头”，并由此展开诗的境界，写出一位母亲内心涌动的幸福感、责任感和期待感。再如武稚的《铁轨》，将寻常的铁轨经过诗人情思的转化，升华为诗的意象：“我相信它是爱着那枚浑圆落日/才沦落风尘的//长长的句子　不是呼喊　只是低语/并且发自内心”，“火车在的时候　让火车行走/火车不在的时候　让自己行走”，这个“铁轨”的意象是属于诗人的发现和独创，它是人类某种生存状态和精神状态的艺术写照。武稚特别善于发现和创造诗的意象，它的诗汇集在一起，就是精彩纷呈的意象展。她创造的意象常常别具慧心，出手不凡，给人留下过目难忘的印象。如：“乌鸦紧缩着小小的头颅/巫师一样深藏面孔”（《乌鸦》）；“尘坐在影子里　黯淡无声/更多的时候　尘踮起脚尖/在光中曼舞//尘睁着微寒的小眼睛/在空中和碎石缝中寻觅/尘还知道　什么时候借助风”（《尘》）；“这是一道惊心闪电/这是一条嘶嘶叫的小蛇/裂纹在唱歌　它们早就在唱歌了/我握紧拳头/却不知　如何防止它再扑过来”（《尘》）；“阳光和月光在屋顶走来走去/这银亮亮的马蹄　把屋顶走矮了　走锈了/人在屋子里也走来走去/把地走陷了　把自己走旧了”（《屋顶》）。这些意象新奇、别致，生动形象地表现出诗人对世界、对人生的敏锐洞察、微妙感觉和独特思考。可见，由于重视诗的意象创造，诗就显得形象含蓄，意味无穷，也大大增强了诗的审美效果。此外，范仁豪的《一棵被折断的松树》、张冰的《鹰》、王治林的《燃烧的杨树》等，也都为我们创造了具有象征性的意象。

（2）营造诗的意境。意境是中国诗歌的美学追求，无论是古典诗歌还是现代诗歌，都是通过营造诗的意境来提升诗歌的艺术表现力和感染力。意境就是诗人将所要表达的主观情思与诗中所要描绘的客观外物进行有机融合而形成的艺术境界，它是诗人为读者营造的一种情景交融的诗意空间。通过这个空间读者就能感受诗的氛围、境界以及渗透其中的情感信息和精神意蕴。蚌埠诗人在诗歌写作中普遍注重营造诗的意境，特别是那些抒写乡土风貌、乡土人物、乡土情怀以及讴歌爱情的诗作，更是以意境见长。如周士明就是一位最具蚌埠地域特色的诗人，无论是故乡的人物，还是故乡的村庄、水乡、古镇、石巷、炊烟、花博园、龙湖夜色、怀远石榴、五河风景，抑或是“陈年老窖”般的拉魂腔，等等，他都以饱蘸深情的笔触摄入笔端，构成极具本土特色的诗的意境，像一幅幅风俗画一般展现在我们面前。他的“母亲倒背着双手站在阳光下/饱满的麦穗列队向母亲致敬”（《母亲》）更是给人留下深刻的印象。胡向玲的《野花的妙言》，以精巧的构思，灵动的意象，创造了优美的意境，读来情趣盎然，意味深长。王青的《江南同乡》《江南渔歌》《江南雨》，精选江南特有的景象，创造出具有江南特色的意境，让人读后久久流连于魅力无穷的江南美。诗构想别致，精练优美，极具古典诗词韵味。何吉发的《向日葵》，以多彩的画笔向我们展示了一个美丽、迷人的向日葵世界："它们带着黄金的项链/穿着绿玉的披风，对着太阳昂首欢笑"，而在这个世界里，"大肚子蝈蝈"一边晒太阳，一边"给心上人"唱情歌；"两只红蜻蜓""正在旅行度蜜月"；"一只蝴蝶"正"静静等待心爱的恋人像花朵一样飞来"……而置身其中的人物也受到感染，"我情景交融地把你揽入怀中，我们成为一株四条腿的向日葵"。全诗所营造的是一个人与物都充满爱的世界，渲染了浓郁的爱的氛围，大大增强了诗的艺术感染力。总之，由于蚌埠诗人重视意境的创造，避免了诗的直露以及诗语的直白表达，有效提升了诗的美学品位。

（3）幻象与实象并置。采用幻象与实象并置的方式，便于构造虚实相生的艺术境界，使之产生一种陌生化的审美效果。如简宁的《打谷场上》，除了描述母亲在打谷场上簸打麦子的实象外，还不断穿插置入"一架奔跑的梯子"的虚象，使之虚实交相辉映，给读者留下想象与思考的空间。又如何吉发的《红樱桃》的第一节："你说我们将来的女儿/名字就叫樱桃吧/我抬头仰望，一树/红樱桃低头微笑/笑容比露珠清澈/比春风轻盈"，诗的前两句是写实，后四句是突然置入一个虚写的幻象，以幻象映衬实象，构成了虚实相生的艺术美，容易激活读者的想象与联想，大大强化了诗的表现功能。再如姚国建的《曾经有过那种感觉》，在写城墙的实象时，也置入一个错觉中的幻象："墙像巨大的黑蛇/扭动着绷紧的躯体/缓慢地向我游来/渐渐地向我逼近/好像在积蓄千年的力量/凝聚万年的仇恨/仿佛一眨眼/它就要猛扑过来"，直到我"抓起一块石头""舍命地"向"墙"砸去，"一声撕裂夜空的哀叫/赶走了我心头的阴影"之后，才发现"墙竟像一条僵死的毛虫"。诗通过实象与幻象的并置，构成了虚实相生的艺术境界，留下想象与联想的空间，让读者去领悟诗中的寓意。

（4）词语配置的陌生化。诗歌是语言艺术的尖端，诗人只有在语言运用上惨淡经营，大胆创新，才能取得超越常规、出奇制胜的艺术效果。为此，蚌埠诗人在写作实践中，除了追求语言的生动、形象外，还敢于打破常规，有意颠覆人们习惯化的词语配置，采取陌生化的词语配置方式，使诗歌产生新奇感，以便带给读者一种新的、陌生化的审美感受。正如英国学者伦斯·霍克斯所言："诗歌的目的就是要颠倒习惯化的过程，使我们如此熟悉的东西'陌生化'，'创造性损坏'习以为常的、标准的东西，以便把一种新的、童稚的、生气盎然的前景灌输给我们。"① 如"同事戴戴，那没有添加剂的/脸庞"（胡向玲的《五月二日，下午四点的阳光》），其中"没有添加剂"与"脸庞"的配置就显得超常化，给人带来陌生化的效果，使人在惊奇之余能够感悟其中的纯真之美。"它们代表父亲的某个器官说话/并且在晨起的那一段时光里，经常不作战略性撤退""我开始收藏这经

①［英］特劳斯·霍克斯：《结构主义和符号学》，上海译文出版社，1987年版，第61页。

久不息的声音”（武稚《父亲的咳嗽》）。这里，“战略性撤退”与“它们”（父亲的咳嗽）之间的搭置是属于陌生化配置，也是大词小用，增添了诗歌的幽默情趣。“收藏”与“经久不息的声音”之间的搭配也很反常，因为收藏的不是珍贵的文物，而是父亲的咳嗽。然而，恰恰是这种陌生化的词语配置，大大增强了诗歌的艺术表现力，从中感悟到女儿对父亲那种无言、细腻、深沉之爱。此外，如“时间把锋利的刀刃吃掉”（陈忠村《时间把我和故乡的距离删掉》），“对着一面镜子容忍傲慢/就像千疮百孔的修辞”（阿翔《清晨》），“命运的穿帮不在乎东缝西补”（阿翔《美人诗》），“用笔尖　这黄金的头颅/去开垦沉寂的岁月　播种生命的童话”（姚国建《热爱写作》），等等，也都是采用了陌生化的词语配置法，使诗的语言突破常规，新颖别致，大大提升了诗歌的艺术质量。

此外，蚌埠诗人还注意运用象征来增强诗的暗示性和含蓄性，采取多样化的结构来丰富诗歌的审美形态，借助幻觉、错觉描写来折射人的深层心理及潜意识活动，等等，以不断增强诗歌的艺术表现功能，使诗歌呈现出多彩多姿、风格各异的艺术风貌。

综上所述，蚌埠诗歌既产生于有着深厚文化背景和诗歌背景的皖北大地，又与浩荡奔腾的时代潮流、急剧变革的中国社会现实息息相依。在诗的精神内涵的发掘上，蚌埠诗歌由本土体验向民族的生存体验拓展，由抒写个人的主观情怀转向对人类命运的观照和沉思，使诗的境界不断提升，诗的意蕴不断丰富和深化。在诗歌艺术上，蚌埠诗人对诗歌怀有一颗虔诚敬畏之心，注意汲取各类艺术智慧，借鉴古今中外一切优秀诗歌的艺术经验，不断提升诗歌的艺术质量，写出不少优秀之作。与此同时，我们也应看到，蚌埠诗歌也存在一些不足之处：一是对现实的关注度不够，特别是对变革年代出现的种种矛盾和问题反映不够，对社会转型期人们心灵的阵痛和期盼也缺少揭示，诗缺少忧患意识和批判精神；二是诗的格局还不够开阔，多数诗还停留于对自我的关注和抒写，缺少将自我与自然、人类、宇宙联系起来进行观照和抒写，诗缺少阔大的视野和高远的境界；三是诗的艺术转换不够，有些诗还没有采取有效的艺术手段，将生活情境转换成富有意味的艺术境界，诗缺少有魄力的想象、陌生化的构思和虚实相生的意象。我真诚地期待蚌埠诗人在已取得成绩的基础上，通过加强学习，全面提升自身的综合素养和诗艺水平，以昂扬的精神状态投身诗歌事业，以敏感的心灵去感应时代的脉搏和人们前进的脚步，以更加执著的精神去潜心创作，写出无愧于我们这个伟大的时代，也无愧于我们脚下这片热土的诗歌。

第二辑　郑敏诗歌诗论研究

论郑敏诗歌的主导性精神意识

作为九叶派的著名诗人，郑敏在中华人民共和国成立后的诗歌创作完全中断，从1949年至1979年，出现了30年的空白。在这漫长的30年中，由于不断的政治运动，郑敏的创作个性、艺术追求无疑都显得不合时宜，加上她又不愿随波逐流，违背自己的艺术良知，去写些应景之作，于是她只好选择了沉默和搁笔。她的才华，她的个性，在漫长的岁月里，既受到外部环境的扼制，又受到内心世界的自我压抑。一颗诗星就这样黯淡了。幸好，粉碎“四人帮”后，中国政治的春天已经来临，诗人埋在心灵中诗的种子已经全面发芽，在春风的呼唤下已破土而出，且生机盎然，令人瞩目。自1979年开始，她的诗歌创作获得了新的转机，进入了一个新的全盛阶段。无论从思想内涵上，还是从艺术表现手法上，她的诗歌都进入了一个新的全方位探索阶段。她既注重吸收中国传统诗歌的艺术营养，又广泛汲取了西方诗歌，特别是美国当代诗歌的艺术营养。在忠实于自己生命体验的基础上，她特别注重在中西文化的参照系中，思考人与自然、人与社会、人与历史、人与宇宙、人与时间之间的关系，打通人的显意识与潜意识之间的关系，从多种维度去发现和捕捉属于自己特有的诗感和诗意，并运用各种艺术手段（例如讲究诗的整体结构，追求诗的意象创新及多种组合，摄取潜意识中的心灵幻象，发掘内心神秘的超现实体验，探索诗的绘画美，捕捉富有生命感的语言等等），去构筑自己诗歌的艺术世界，从而使她的诗歌创作进入了最成熟的阶段，攀上了一个新的高峰。从1979年至今，她在《人民文学》《诗刊》等全国一流的文学期刊上发表了一系列有影响的组诗，先后出版了《寻觅集》（四川文艺出版社出版）、《心象》（人民文学出版社出版）、《早晨，我在雨中采花》（中国香港突破出版社出版）、《郑敏诗集》（人民文学出版社出版）等诗集。其中《寻觅集》还曾获得中国作协以及诗刊社1987年最佳10册诗集奖。1986年诗人还在美国西岸举行过个人诗歌朗诵，并获得圣河西（Sano Jose）名誉市民的称号。她以自己一系列丰硕的创作成果，使她成为中国最杰出的诗人之一。著名诗歌评论家谢冕在《新中国诗歌五十年行进的轨迹》一文中，盛赞“郑敏和牛汉是当今创造力最为旺盛的代表性诗人。”①

今天，当我们在研究郑敏这样一位跨世纪诗人的创作成就时，我们首先要注重探寻她的诗歌在精神向度上与其他诗人相比，究竟有哪些独特性，注重探寻她在哪些精神层面上，为中国当代诗歌做出了突出性的开掘，以总结她用诗歌为我们留下的最宝贵的精神财富。同时，我们也想通过对郑敏诗歌中丰富而又多彩的精神意识的研究，提醒今天的诗人们：当你的精神世界贫乏而单调，缺乏深厚与广阔的精神资源时，你的诗歌就会缺乏思想和灵魂，缺少旺盛的生命力和久远的震撼力，你的诗歌无论如何也长不成参天大树，诗的根须无法伸进民族深广的大地和广大读者的心田。特别是那些身心浮躁，急功近利，主动放弃诗歌创作的严肃性和精神品位，以种种非诗的、非艺术的诗歌制作而浪得诗名的人，更应该沉静下来，从郑敏的诗歌创作中获得宝贵的启迪。

从 1979 年开始，中国文学界进入了反思阶段，诗坛也不例外，何况郑敏本人就是长于沉思的诗人，有着“一个装满沉思的心灵”（《水仙花已经含苞》）。她的诗歌创作始终伴随着她对历史、社会、自然、人类等复杂命题的思考而不断走向丰富和深刻。和其他诗人比较起来，她在新时期诗歌创作的起点就超越了对自身伤痕的叙说和对个人不幸的倾诉，也超越了简单的喜悦和狂欢，而把沉思的目光投向了广阔的历史时空和人类精神世界的各个层面。她的目光是明亮而锐利的，沉思是冷静而深刻的。她的思考摆脱了简单和偏爱，她“爱从复杂里开采真金/真金教给她矿层的复杂”（《一株辩证的树》），因此，从她那颗装满沉思的心灵上，辐射出那么多令人夺目的主导性精神意识，使我们在阅读她的诗作时，不能不感到她的诗包容着无限广阔的精神空间和丰富多彩的主体意识，能够引领我们在步入她的诗歌世界时，也步入她为我们开辟的沉思的境界。这在当代诗人当中无疑是罕见而独特的。有感于此，我们在认真、全面地研读郑敏诗歌的基础上，从中探寻、梳理和概括出她诗歌中所包容的如下九种主导性精神意识，并试图结合她的诗歌文本，对每种精神意识的内涵、特点做出具体的探讨和论述。

一、历史意识

诗歌是民族心灵的历史，鲜明的历史意识是中国诗歌的优良传统。每一代优秀的诗人都曾用诗笔记录下了时代的变迁，历史的风云，也记下了历史在突变或遭受挫折时期的伤痛和人民心灵所经受的磨难。这样的诗是历史结出的果实，我们咀嚼它，可以引发我们对历史美好或悲伤的记忆，可以回味历史的甜蜜或苦

①张炯：《新中国文学五十年》，山东教育出版社，1999 年版，第 67 页。

涩，可以引起我们对历史的审视和反思。在中国古代，杜甫的诗因记录了历史的灾难，人民的疾苦被后人誉为“诗史”。美国诗人艾略特说过：历史意识“对于任何人想在二十五岁以上还要继续作诗人的差不多是不可缺少的。”① 甚至美国解构主义奠基人德里达也认为文学可以提炼出历史的精粹。他还将个人看成是历史这伟大的总书写者笔下的一件产品，从个人性格、感受、内心的波动中都不难搜索出“历史的痕迹”②。作为九叶派著名诗人的郑敏，在 1979 年重返诗坛后所创作的诗歌，明显带有沉重的历史感。她自称从 1979 年至 1999 年这 20 年间所创作的诗歌“是一个知识分子的个案，携带着近 80 年的世纪痕迹，经历了半个世纪的历史跌宕起伏，现在进行着回忆和沉思，记下了生命的痕迹。”③ 诗人既把个人命运放在历史的背景下去考察，又通过自己的切身体验去透视历史的病根和灾难，去总结历史的经验教训，以警示后人：永远不要忘了我们曾有过那样荒唐的历史，永远不能让这样的历史悲剧在我们的国土上再度重演。在长诗《诗的交响》中，诗人用沉痛的笔触向我们展现了一场可怕的历史灾难：

庙宇为什么倒塌？神像折断
鼓乐掩息，吉他狂嚣
信条是飓风中的冬枝
少年们孩童的眼泪化成疯笑

精神逃走像兔群，熏黄的书页
残缺中遭皮靴的疯狂践踏
留下依稀墨迹一息奄奄
祖先被一次次不停地咒骂

这是对“文革”践踏传统文化，践踏祖国文明，摧毁人类精神支柱的灾难记忆和形象表现；而直接造成这场灾难的原因是“疯狂　一个神圣的光环/加冕给魔鬼”“巫术使一切变形”“十几亿人都在吮饮/麻醉的咒语”“十几亿的智慧都被麻醉剂/降服　抹去　消失　人们如行尸”；灾难造成的直接后果是：等“高烧退后　十几亿的面孔/消瘦　枯黄/怅然　木然　面对/面对破碎的梦中王国。”这些形象而又高度概括的诗句，既表现了十年“文革”的历史真实，也表现出诗人对这段疯狂历史的深刻反思。《在流血》则大胆地把诗笔伸进历史的暗角，对那段

①[美] 艾略特：《传统与个人才能》，见杨匡汉、刘福春编《西方现代诗论》，花城出版社，1988 年版，第 73 页。

②郑敏：《郑敏诗集·序》，人民文学出版社，2000 年版，第 2 页。

③郑敏：《郑敏诗集·序》，人民文学出版社，2000 年版，第 2 页。

浮夸和盲干的历史以及这段历史给人们带来的巨大伤害，做了勇敢的揭露：

脸是蜡黄的
笑容是刻上的
手脚是冰凉的
我们沉重地来到田里
看到庄稼黄了
金矿被凌乱地挖掘
祖坟被剥开

他只说：还有潜力，还有潜力
直到你们的血都流到我的血管
在太阳下，在如昼的手术灯下，
我们在被点滴入他的血管
直到我们被变成美丽的苍白尸体
同时被抛入存放英雄的殿堂

从这里我们可以看到，在那段扭曲、变态的历史中，人们从肉体到灵魂受到何等严重的压榨、摧残和愚弄。诗句以冷峻而锐利的锋芒解剖着那段病态的历史，病态的灵魂，读后令我们的心灵久久的颤栗。《每当我走过这条小径》通过描写被冤死的幽灵在黑夜里出现，对那段疯狂的历史夺去了许多年轻的生命发出了历史性的追问："啊！上天赐给的生命/竟成一场狞笑的误会/即使有人的良心抽搐/谁又能将风雨摧落的苹果/重新接上枝头，还给我们/那青青的嫩颊，还给母亲们/那曾在腹中蠕动的胎儿？"不仅如此，郑敏还在诗中真实地记录了20世纪60年代大饥饿中流浪城市街头的农村儿童形象。诗人久久难以忘怀的是他们那可怜无助的身影："1962年的饥馑中，农村的儿童流浪城市街头，在别人的餐桌边等候残羹剩饭，终于被驱赶回农村的形象，今日仍历历在目，促使我在诗中保留下了他们无助的身影。"①《给失去哭泣权力的孩子们》则通过母亲的视角，回忆一群孩子"在暴力呼啸的日子里"所经受的苦难遭遇，他们没有安宁，没有得到家庭的温暖，失去了父母之爱，只是在"饥饿、辱骂、躲藏流浪中长大"，甚至连哭泣的权力也被剥夺，从而提醒人们要"拒绝遗忘！"从中汲取历史的教训。《永远的谜》则直接追问那场灾难中究竟"有多少双眼睛永远阖上？"诗人对此发出冷峻而深沉的慨叹："没有人能告诉我，也许/永远找不到司马迁的笔/为

①郑敏：《郑敏诗集·序》，人民文学出版社，2000年版，第6页。

此记下一个真实的数字。”而组诗《蓝色的诗》更是“一组十分沉重的诗，是历史忧郁的画像。”[①]《被遗忘的昨天》通过亚历山大图书馆被焚（象征着古希腊文化的衰落），向人们敲响了警钟。总之，郑敏的诗善于从广阔的时空中去记录历史的真相，去剖析历史的悲剧，去总结历史的经验教训，为我们留下了历史的画像和回声，读后能引起我们对历史的反思，对现实和未来更美好的期望。

二、忧患意识

每一个热爱生活，热爱人生，热爱事业，追求理想的人，总是要把目光投向广阔的社会和人生，总是要对阻碍人类和社会进步，妨碍人类健康发展的各种阴暗势力和负面因素充满强烈的忧患意识。在中国，那种深深根植于心灵深处的忧患意识，从古至今都凝聚在诗人的作品中，犹如警钟长鸣，响彻在广大读者的心中。正因为中国诗歌充满着强烈的忧患意识（已成为民族精神的重要组成部分），才使得中国诗歌在情感和思想内涵上获得了相当的厚重感。从某种意义上讲，一个诗人及其作品是否具有忧患意识，也是衡量一个诗人品位高下的重要标准。在中国古代，钟嵘的《诗品》就以忧患哀怨作为诗歌评估的基本标准，以诗歌所包容的忧患意识、忧患情感的强弱作为排列诗人、诗歌品位的重要依据。例如屈原对国家、民族、个人命运的深深的忧虑，杜甫、白居易等对社会现实的批判，对民众生存状态的焦虑和关注，等等，都曾使他们的诗歌赢得了人民的拥护，也使他们跨进了大诗人的行列。对于郑敏来说，早在20世纪40年代，她的诗歌《寂寞》《贫穷》《生的美：痛苦·斗争·忍受》《小漆匠》《清道夫》《人力车夫》等，就充满了对生命及下层人民生存处境的忧患意识。

进入新时期以来，特别是改革开放以后，我们一方面有经济的腾飞，创造了举世瞩目的奇迹和辉煌；另一方面，在物欲横流的冲击下，也有精神的滑坡、人格的扭曲、灵魂的堕落等。在这样的时代背景下，忧患就是清醒，忧患就是责任，忧患就是改变现实的动力。而对于一个诗人来说，有着清醒的忧患意识，并且敢于在自己的诗歌创作中表现这种忧患意识，则更是难能可贵的，它至少代表着诗人的正直、良知和强烈的社会责任感。值得指出的是，郑敏的忧患意识是在广阔的历史背景或现实背景下产生的，充满了对民族命运、社会发展、人民生存处境、人际关系、环境保护等方面的忧思，也包括了民族文化、诗坛现状、诗人表现的忧思。例如在长诗《诗的交响》中，诗人在反思历史，透视现实的基础上，在多种维度上展开了自己的忧思。第一，诗人把人置于自然界的生物，如老虎、孔雀、白鹤、羚羊等的对比中，展示出它们对天地的奉献，然后发出意味深

---

①郑敏：《郑敏诗集·序》，人民文学出版社，2000年版，第8页。

长的追问："人们人们/什么是你对天地的奉献/什么时候洗尽你的贪婪和权欲?"这一追问，可以说是诗人对人生于天地之间永恒的忧思。第二，诗人在清点历史灾难的同时，对破坏民族文化传统的行为充满忧患意识："两次，我们摧毁自己的画梁/换上西方的钢筋，冬宫挂灯的光华/两次，我们否定自己来谋求光荣"，"历史总是珍宝与渣滓的储藏/我们否定的却是生命的胚芽/渣滓当上涂料，让神秘的宫墙更红"，同时，还对这种盲目否定民族优秀文化传统的行为进行了嘲讽和批判："我们是五千年文化的大户/却向垃圾抛弃东方花瓣/从零开始被引为民族的骄傲"。第三，在对抗洪英雄进行热烈讴歌的同时，也对一些人"冒烟的贪婪"，肆意破坏人类生存环境的行为进行有力的谴责和批判："在这片土地上是一些人的神圣高尚/和另外一些人的罪恶卑鄙与无耻/看那混浊的滚滚洪涛/谁能分得清泥沙与清流""野兽在人群中　披着假发与法衣"。第四，诗人对诗坛脱离现实和人民的现状，对诗歌失去真诚，沦为名利的工具，对诗人不关心民族的命运和人民的疾苦，只计较着个人的得失，在"华丽的包装"下，藏着"一个冷漠的灵魂"等不良现象，充满着忧患和焦虑：

眼睛里消失了先祖的星光
鲜艳的嘴唇是捕捉猎物的花朵
耳朵听不见风声　雨声
四马之车载着荣誉隆隆而过
心跳与人们无关
一个被占用的算盘
一进一退　一上一下
自有口诀在支配

作为一名老诗人，郑敏时刻关注着我国诗坛的变化与青年诗人的健康成长，关注着中国诗歌在人民心中的地位以及在重塑民族灵魂、关注现实人生、推动社会发展等方面所应起的作用，也关注着中国诗歌的前途和命运，因此，她对诗坛的不正之风，对诗人在艺术的道路上越滑越远，甚至因摆脱不了"魔鬼的诱惑"而误入歧途，感到痛心疾首，禁不住发出内心的忧愤：

我看见　你的眼睛里
同时燃烧着生命的青春
和野心家的野火
我看见你的嘴唇
同时像花朵样鲜红
和吐出虚伪的辞藻

我看见你的手　不再
向诗坛奉献它自己　却
只想摘走庸俗的桂冠
当诗歌失掉真诚的时候
诗人　我为你哭泣

诗人敢于直面现实，以足够的勇气，一针见血地指出了某些诗人病症之所在，这真是爱之深，责之切，向一些诗人敲响了警钟，有着振聋发聩的作用。第五，诗人面对现实中某些反常现象，感到痛心和不安："这个时代　不能容纳/抒情和庄严/哑了钟声/熄了烛光　枯了/莫奈的百合的灵魂//灯火辉煌　卡拉 OK 舞厅/生活垃圾的倾倒场/疯狂　癫狂在激光的云雾中/人们用颤抖　痉挛洗涤自己/一次精神的桑那浴"。诗人对严肃高雅的艺术得不到应有的尊重和容纳，低级、庸俗、无聊的艺术却充斥市场，令一些人为之痴迷和疯狂等，感到深深的忧虑和担心。她怀着纯真、美好的期望，向这个时代，向人们发出追问：

为什么不能：天空纯蓝
山溪清澈　人单纯　爱真挚
友谊如回旋曲　纵使有千重山水
也能相逢如初　然而
消失了　这一切
谁让它　只是人间的
夜曲、赋格、百合？

诗人的追问也许充满着忧伤和无奈感，说明她对现实的认识并不是盲目的乐观，而是有着清醒的头脑。通过这首诗，我们不难看到，诗人对现实的各个层面，特别是人的精神领域中出现的种种异常现象，充满着强烈的忧患意识。她冷峻的目光穿过现实的表象，看到了种种隐藏的弊端和危机。作为一位正直的诗人，她没有回避矛盾，没有去粉饰现实，更没有躲在象牙塔里，去编织神话和谎言，而是用自己饱含忧患意识的诗篇，去鞭笞社会丑恶现象，去唤醒人们麻木的灵魂。在他人的一片赞歌声中，她以自己特异的声音加入了时代的合唱。透过她的诗歌，我们可以感到她有着一颗博大的爱心，爱祖国，爱人民，爱一切进步的事业和优秀的文化，可以说，若没有这种大爱，诗人不可能有这种强烈的忧患意识。因此，忧患意识使诗人超越了个人的生存体验，把忧思的目光和火热的爱心投向了广阔的社会和人生，大大增强了诗歌对现实的透视力和解剖功能，使诗的思想具有厚重感、深刻性和犀利性。毫无疑问，这样的诗会更加受到广大读者的欢迎，诗人也会因此受到人民加倍的尊重和爱戴。

三、生命意识

郑敏的诗歌渗透着强烈的生命意识，这与她热爱生命、重视生命与诗歌的关系，自觉地从自己的生命体验出发，听从生命的召唤去写诗有着密切的关联。郑敏不像浪漫主义诗人那样，用慷慨激昂、声泪俱下的激情去煽动人心，以追求诗歌的震撼力，也不像某些人把诗歌视为“旗帜和炸弹”“时代的传声筒”“人民的代言人”等，以擂响战鼓般的诗句去激励和鞭策人心，以追求诗歌的轰动效应。郑敏不属于这类诗人，虽然她在创作上也有过不同的探索，但在本质上，她是一个有着极强的生命感的诗人。她在《生命与诗》一文中这样概括自己：“对于我，诗和生命之间划着互相转换的符号。所谓生命是人的神经思维肌肤对生活的强烈感受，而诗人在这方面是超常的敏感的。”① 在另外一篇文章《我的爱丽丝》中，她也强调：“艺术的最终源泉是对生命的感受。爱护你的艺术就是爱护你对生命的感受。”② 在她看来，脱离自己生命的切身感受写出来的诗，“它的果实就突然变成塑料的装饰品了。那无非是一些仿制品，一些套话，一些陈词滥调，一些自我重复。这就是创作的危机。你的生命在警告你：你已经停止创作，你在抄袭你自己！我一生至少经历过三次这样的危机。如果能走出危机，就是说将我生命的女孩放开，任她自由的嬉戏，直到她又充满诗的真情和兴致。于是我又找到一条新的小径。”③ 在诗人看来，最佳的诗歌创作，最好的诗歌。都是从生命的内部自然结出的果实。因此，她特别喜欢读里尔克那充满生命感的诗。她特别提到里尔克的《古老的阿波罗躯像》，那是一首关于一座挖掘出来的公元前 5 世纪初的少年雕塑的残躯。里尔克却从那大理石的躯体里看见了生命的光辉“爆炸如一颗星辰”，并且及时写下了这首著名的诗篇。郑敏从里尔克这首诗中获得了重要的启示和强烈的共鸣：“对于一尊残缺的阿波罗像，里尔克能感觉到这么强烈的生命力的放射，说明诗人对生命的超常敏感，也正因此里尔克对于神秘的生命之美常怀着宗教式的崇敬。”④ “由于诗和生命是这样密切的相关联，我在诗里往往寻找生命的强烈震波。”⑤ 她甚至这样强调：“当一个诗人失掉对自己生命敏感的时候，他就只能写着别人的或已经成为客观的道理。”⑥ 早在 20 世纪 40 年代，她写的《寂寞》一诗，就敞开自己的五官和心灵，以一系列人生的幻景，写出了生命

①郑敏：《诗歌与哲学是近邻——结构—解构诗论》，北京大学出版社，1999 年版，第 417 页。

②郑敏：《诗歌与哲学是近邻——结构—解构诗论》，北京大学出版社，1999 年版，第 413 页。

③郑敏：《诗歌与哲学是近邻——结构—解构诗论》，北京大学出版社，1999 年版，第 415 页。

④郑敏：《诗歌与哲学是近邻——结构—解构诗论》，北京大学出版社，1999 年版，第 418、419 页。

⑤郑敏：《诗歌与哲学是近邻——结构—解构诗论》，北京大学出版社，1999 年版，第 418 页。

⑥郑敏：《诗歌与哲学是近邻——结构—解构诗论》，北京大学出版社，1999 年版，第 470 页。

的寂寞感，并且表示：“我也将在‘寂寞’的咬噬里/寻得‘生命’最严肃的意义”。在她看来，每一个生命都是独立的存在，都是单独而寂寞地面对着世界，生命与生命之间，是不可能完全沟通和交融的：

谁能把别人，
他的朋友，甚至爱人，
那用誓约和他锁在一起的人
装在他的身躯里，
伴着他同
听那生命吩咐给他一人的话，
看那生命显示给他一人的颜容，
感着他的心所感觉的
恐怖、痛苦、憧憬和快乐呢？

于是诗人觉得要坦然地面对寂寞，与寂寞为伴，一起探索和领悟生命的真谛：“生命原来是一条滚滚的河流。”如果说，在这个时期，年青的诗人已认识到寂寞与生命如影相随，密不可分，是生命存在的必然规律，人们要甘于寂寞，并在寂寞中寻找生命的意义，那么，在经过了近半个世纪的历史风暴后，在她的生命经过岁月的冲刷，诗歌创作生命经过漫长的扼杀之后，她又“重新找到了诗和寂寞，感觉到它对一个人心灵的重要，它是心灵深处的圣殿”①，于是她又写下了一首非常重要的作品《成熟的寂寞》。这首诗以多变的视角，更加开阔的思维空间，在自然与人类之间，在现实与幻觉之间，多维度地表现了诗人对“成熟的寂寞”这一更高层次的生命的体验，形象地揭示了“成熟的寂寞”是生命深处“强烈的愿望”，是“深渊中的湍流”“滚动的意识”“她没有变老，更没有死”“她拿着秋天成熟的果实”“成熟的寂寞长着翅膀”“成熟的寂寞喜爱变异的世界”等生命的内蕴，并且由此直接升华为诗人对这种生命境界的向往和追求：

我带着成熟的寂寞
走向人群，在喧嚣的存在中
听着她轻轻的呼吸
那不存在的使你充满想象和信心
假如你翻开那寂寞的巨石
你窥见永远存在的不存在
像赤红的熔岩

---

①郑敏：《诗歌与哲学是近邻——结构—解构诗论》，北京大学出版社，1999年版，第421页。

在带着白雪帽子的额头下
翻腾，旋转，思考着的湍流

在这种境界里，生命是一种不动声色的厚实、从容和大气，有着一种可以抵抗风雨、庇护灵魂的内在力量，有着一种超越喧嚣、超越世俗的乐观与自信，有着一种内蕴丰盈、活力充沛的创造潜能，就像一座沉默的大山一样，这样的生命已是任何人间风雨都难以撼动的。这是诗人在步入老年后所获得的更高层次的生命体验，它大大超越和深化了诗人年轻时对寂寞的感受和认识。在她看来，只有精心守护这种成熟的寂寞，才更有利于诗人实现生命的价值，发挥自己的创造性才能，诗人才能“维持其独立的人格和思维的无边”，“在那里他和历史、自然、人群自由地对话”，才能使“真情、智慧，在寂寞中会向你显示出它那‘赤红的熔岩/在带着白雪帽子的额头下/翻腾……’”[①] 在由13节组成的长诗《生命之赐》中，诗人多角度、多层次地表现了自己对生命的感受和沉思。在诗的结束，诗人甚至这样讴歌生命：“纵使上天没有赐给最好的基因/生命的涌现仍令人震颤”。在《云》中诗人认为“生命的创造始于搏斗/在爱与恨之间/白云与乌云之间”。就像里尔克一样，郑敏对生命高度敏感，常常在极寻常的题材里投射上了自己强烈的生命震波。如在《两座雕塑》里，不仅用极富力度感的诗句刻画了雕塑的形象，而且从雕像中看到了生命所发出的如箭的目光与愤怒的火焰：“眼睛早已飞向未来/在朱庇特的边缘旋转/嘴也许是天堂和地狱接吻的地方/愤怒的火从那里/烧塌神的睡榻/没有保佑，没有祈祷，没有祝福”；从一幅当代荷兰画中，她竟然感到“两把空了的椅子/仍然维持着对话的姿态”，甚至觉得两把椅子上，还留有坐者的“体温/一种看不见的电波/微微颤动”（《两把空了的椅子——一幅当代荷兰画》）；在参观新疆古尸展后，她的目光触及古尸时，投射出异常强烈的生命力，使古尸在诗人的眼中闪现出神奇的生命活力：“在你的棕黄色的沉默里/有青春的笑声像银铃/在你的棕黄色的枯干里/有青春的玫瑰含着朝露”，“呵，它曾经半闭也还流露星光，/还有那鲜红、温柔的嘴唇，/曾经吻过、笑过、微嗔过，/那隆鼻一座青山样端庄”（《古尸》）；当她凝视一朵花苞从“紧闭到微微露齿/到舒展卷瓣/到开怀大笑”时，感到花的生命力是顽强而不可阻挡的：“你的生命发出玻璃相撞的声音/钢琴和弦和殿帘的风铃/你喧啸而过，是/白杨林丛上的风声/千万双脚飞跑而过”（《开花》）；在《跑者》一诗中，诗人首先向我们叙述自己快接近生命的终点，往日勇敢的日子“光辉已尽”，“我以为我应当躺下/在一棵棕榈树下/只听自然的呼吸/只看夜星的光亮/只向往海鸥的追逐/只等待宁静的终结”，然后笔锋一转：“但我全错了/有一个声音在告诉我：/必须站起来睁开眼睛

①郑敏：《诗歌与哲学是近邻——结构—解构诗论》，北京大学出版社，1999年版，第422页。

/看准道路　这里是/没有终结　没有输赢/没有奖品　没有名次的/生命的赛场　每个生命/只有不停地跑。跑。跑。”这是一位已跋涉过千山万水，已到人生辉煌峰巅的老诗人的生命体验，她所听到的那种内心的“声音”，是清醒的生命意识在向她发出的呼唤，是一种“生命不息，追求不止”的精神对生命这匹老马的自我鞭策，读后我们不能不为之动容，从中获得教益；在《锚》这首诗里，老诗人则对生命有着更加沉重的感受，更加自觉的追求：“年龄，这沉甸甸的铁锚，/压在我的背上，/我背着年龄/像一个码头工人，/我要把铁锚/背上渔轮。”并且要把这“铁锚”抛进大海，“用我的身体，我的年龄，/抓住那流动的时间”以期待船回到港湾时，“满载着银白和鲜红”，这里，生命的沉重感和强烈的使命感、奉献精神相结合，大大增强了诗的感染力。

我们还必须看到，郑敏表现生命意识的诗歌在 20 世纪 80 年代中期以后还有很大的转变，她开始有意把诗笔伸向自己心灵的深处，去努力发掘潜意识中的原始生命力，大大丰富和深化了她的诗歌创作，拓宽了诗歌的审美空间。1985 年她应邀到美国加州大学圣地亚哥文学院作访问教授，受到那个国家的年轻国民的气质的启发，意识到自己的诗歌创作充满着危机，“我的爱丽丝被装扮成一个没有色彩没有光亮的女性，我必须解放她。”① 1986 年她再次到美国明尼苏达大学访问，听到诗人罗伯特·布莱的一次讲演，心灵再次受到强烈的震撼。特别是布莱在课堂上要求每位听众在毫无思想准备的情况之下看入自己内心深处，寻找那曾经是自己童年的象征的小女孩或小男孩。布莱深信这个童年如今虽然已深埋在无意识中，但仍对今后的道路有着深刻的影响。这给诗人的诗歌创作带来宝贵的启示，从此她的诗歌创作发生了重大转变，开始“意识到自己的原始的生命力受到‘超我’（Super－ego）的过分压制，已逃到无意识里去，于是我开始和它联系、交谈。因为原始的生命力是丰富的创作源泉，这样我就写了《心象组诗》，我竭力避免理性逻辑的干扰，而让积淀在我的无意识中的力量活跃起来，形成图像和幻景出现在我的心的眼前。”② 例如她的《渴望：一只雄狮》：

在我的身体里有一张张得大大的嘴
它像一只在吼叫的雄狮
它冲到大江的桥头
看着桥下的湍流
那静静滑过桥洞的轮船
它听见时代在吼叫

①郑敏：《诗歌与哲学是近邻——结构—解构诗论》，北京大学出版社，1999 年版，第 415 页。
②郑敏：《诗歌与哲学是近邻——结构—解构诗论》，北京大学出版社，1999 年版，第 423 页。

好像森林里象在吼叫
它回头看着我
又走回我身体的笼子里
那狮子的金毛像日光
那象的吼声像鼓鸣
开花样的活力回到我的体内
狮子带我去桥头
那里，我去赴一个约会

这首超现实主义的诗，通过迅速摄取的心灵幻象，表现的是自己潜意识中被久久压抑的生命，正以一头雄狮的形状出现，它有着“一张张得大大的嘴”“日光”般的“金毛”、发出大象一般的“吼声”，这是久久被压抑，随时要冲出无意识黑洞、反抗现实的“原我”的强大生命力。正因为有它的存在，“我的狮子和大象以它们美丽的金光闪闪的毛发和吼声击败了外界对我的压力”①，“我”的体内才充满了“开花样的活力”，才能享受到心灵解放和精神自由的欢愉，才能超越种种压力而保持精神的强健与丰满，维持生命的平衡与和谐。类似这样表现潜在生命力的诗，在郑敏后来的诗歌创作中还有很多。例如“我的体内/生命的源泉上涌/只有一只夜鸟/划破沉寂/它的尖叫声/触摸到/无力、低垂的叶子/描绘下夜的踪迹”（《“我们站在”》），“穿过穿不透的铁甲/它回到我的意识里/在那儿放出/只有我看得见的光”（《“它”》）等，它们从不同的角度展示了诗人潜在的生命意识，从而大大丰富了她诗歌的生命感。当然，用诗歌来表现生命意识，探索生命的意义和价值，也会因人因时代的不同而有所不同，正如郑敏所说的那样：“生命的意义和价值是个千古的话题，却也是个难题，因为各个时代面对的生存挑战各不相同，因此没有永恒的答案，然而参与寻找答案在任何时代都应当是诗人的本能。”②

四、创造意识

每一个诗人都有强烈的创造欲望，诗人本身就是精神文明的创造者。每一首好诗，都是诗人对人类物质世界和精神世界的一次发现和创造，也是展现诗人创造性才华的窗口。因此，创造是诗之根本，旺盛勃发的创造力是永葆诗人创造青春的原动力。在这一点上，诗人同科学家殊途同归，都有强烈的创造意识，都希望通过自己的创造性劳动，为人类的物质文明和精神文明做出自己的贡献，以自

①郑敏：《诗歌与哲学是近邻——结构—解构诗论》，北京大学出版社，1999年版，第424页。
②郑敏：《郑敏诗集·序》，人民文学出版社，2000年版，第14页。

己的才华为人类造福。但是，在非正常的年代，由于政治和社会背景的不同，诗人的创造性劳动不仅没有受到应有的尊重，反而受到种种束缚和扼制，诗人的创造性意识不仅没有得到很好的培育和开发，反而在一场场政治风暴的袭击下，变得枯萎与凋零。于是，一方面迫于外部世界的压力，一方面来自诗人的自我压抑，诗人的创造性意识渐渐昏迷了，沉睡了，诗人的创造生命也被扼杀了，停止了。这既是时代的悲剧，也是诗人个人的悲剧。郑敏正是这样一位有着强烈的创造意识，却又受到漫长扼制和压抑的诗人。她早在20世纪40年代就享有诗名，然而在中华人民共和国成立后，从1949年至1979年，她的创造意识、诗歌才华却因种种外在的原因而久久地被抑制，创作上出现了30年的空白，这无论对于诗人自己，还是对于我们的诗歌事业，无疑都是难以弥补的损失。自1979年开始，漫长的冬季已经过去，春天已经降临中国的大地和亿万人民的心田，我们伟大的祖国和诗人的心态都在发生历史性的巨变："我发现自己从黑暗中走出，夜过去了，我处在初醒，涉出黑暗，走向黎明的心态。"① 与此同时，诗人在黑夜里久久沉睡的创造意识也一下苏醒起来，全面复活了。诗人这样表述她当时的感觉："1979年对我是一个十分重要的一年。当我知道我又可以投入写作时，那种艺术的再生的强烈感觉使我产生一种飘飘然的感觉，好像我又开始了第二次生命。时代分配给我的任务是我自青年时期开始而没有时间完成的心愿。"② 在一次"九叶"诗人碰头会后，诗人乘公共汽车驰回北京西郊，由于时代气氛的感染和友人的鼓舞，她显得分外的激动，早已离去的诗神仿佛一下子又回到了她的身边："我觉得仿佛又回到了诗的王国，在汽车里这首'诗啊，我又找到了你'突然连同它的题目、声调、感情、诗行，完整地走入我的头脑。回家后我很快就把它写下。"③ 这首被诗人称为"再生之歌"的诗，是诗人经过漫长的"冬眠"，苏醒之后的第一首诗，是诗人在新时期创作的重要起点，也是诗人的创造意识瞬间引爆，即将全面喷发的先兆。在这首诗里，诗人一方面回忆创造被扼杀，诗歌被埋葬的痛苦："啊，我不是埋葬了你?! 诗，当秋风萧瑟，/草枯了，叶枯了，我的笔被摧折，/我把你抱到荒郊，山坡/那里我把心爱的人埋葬，/回头，抹泪，我只看见野狗的饥饿。"一方面又满怀喜悦之情，纵情欢呼诗神的回归："呵，我又找到了你，我的爱人，泪珠满面，/当我飞奔向前，把你拥抱"，"我吻着你坟头的泥土，充满了欢喜。/让我的心变绿吧，我又找到了你，/哪里有绿色的春天，/哪儿就有你，/就在我的心里，你永远在我心里。"不仅如此，诗人

①郑敏：《郑敏诗集·序》，人民文学出版社，2000年版，第1页。

②郑敏：《诗歌与哲学是近邻——结构—解构诗论》，北京大学出版社，1999年版，第87页。

③郑敏：《郑敏诗集·序》，人民文学出版社，2000年版，第9页。

还赤诚地表白："如有你在我身边，我将幸福地前去……"这里，被剥夺了创造权的痛苦与获得创造权的幸福，两种感受对比鲜明，它形象有力地表明，诗人的艺术生命在于创造，诗人的欢乐和幸福在于创造；失去创造的生命是枯萎的，没有创造的日子是黯淡的。因此，她不仅以自己一系列富有个性的诗歌创作，充分展现出诗人旺盛的创造力，而且在自己的诗歌中不断地讴歌创造，呼唤人们创造力的苏醒：

奔放吧　当青春给予了你弹跳的优美
一瞬间的旋转令宇宙也为之眩晕
地球不过是你展现力量的舞台
……………………………………
啊，生命的飞箭，生命的弦琴
再度苏醒，起飞，欢唱，吟诵
率领着洪荒远古时代的恐龙
和深海的五彩藻丛，高高的黑色森林
在渺小的人类的心灵的广阔天空
画下一道道的智慧：无形、无影、无踪。

——《生命之赐》

在诗人看来，只有创造，才能给人类社会留下智慧的结晶；富有创造的生命，哪怕是瞬间的闪光，也能给人类增添夺目的光彩。在《读柳永词》一诗中，诗人通过阅读柳永的词，感悟到只有富有创造的生命才能走向永恒："即使已化成泥土/纵然已无处寻找尸骨/那留下的一段段痛楚/仍然断断续续　续续断断/弹拨着今天的筝弦/在江上　在峰顶/在洞里　在柳间/千年万年也不会消失/风声雨迹　又何必/追问什么是永恒?"诗人把创造与生命的永恒、精神的不朽联结起来，表达了生命的终极意义在于创造。不仅如此，诗人在《夏日蝉声与蝉语》中，还把生命的个体放在宇宙本体的宏大背景下进行考察，去揭示创造的意义：

我的存在如果有一天
摆在宇宙的案头　水盂中
在众多的石头间
有自己的花纹
生命的意义
就像花样开了

诗人形象地表现了生存的最高意义在于创造，在于为世界留下"自己的花纹”，生命的最大欢乐也在于享受创造的欢乐。此外，她的《诗》《诗人》《诗的挖掘》《诗啊，请原谅我》《诗人的心愿——致寻找真和美的人》等，都充满着强烈的创造意识。总之，无论从民族发展的角度，还是从个体生命价值实现的角度，郑敏如此看重创造，用诗歌去唤醒人们的创造意识，都有着十分重要的现实意义和深远的历史意义。今天，当我们极力倡导创造意识、创新精神是一个民族的灵魂时，我们更应该从郑敏的人生经历和诗歌创作中，去总结历史的经验，去获得如下宝贵的启示：第一，我们应该为富有创造力的人才提供宽松的环境，让他们创造性的才华得到充分的发挥，并且要创造各种有利的条件，最大限度地激发和开掘人们潜在的创造力，再也不能用各种政治权力和各种有形或无形的条条框框去扼杀人的创造力，去磨灭人们的创造积极性；第二，我们要充分尊重人们的创造个性，对于诗歌创作来说，我们就是要尊重诗人的艺术个性，不能用一种模式，一种思维，一种尺度，去衡量和要求我们的诗人和诗歌作品，不能在标举、肯定一种创造个性的同时，压制和否定另一种创造个性；第三，对于诗人来说，不仅要充分发挥自己的创造才能，创造出优秀的诗歌作品，还要在诗歌创作中去唤醒和激发人们的创造精神，用自己的创造之火去点燃民族的创造之火，为实现中华民族的伟大复兴做出自己应有的贡献。

五、超越意识

改革开放后的中国，社会有了很大的进步和发展，物质出现了空前的繁荣，人民生活水平有了极大的提高。但另一方面，市场经济的大潮也冲击着人们的精神世界，人们的精神重心开始倾向追逐金钱，追逐财富，最后是追逐个人享乐，甚至也放弃高雅的艺术，开始信仰金钱才是一切，“金钱是他自己的身份证”（郑敏引自某小报的社论语）。于是，一些人的精神世界完全被金钱化、物质化了，拜金主义、享乐主义一时盛行，其后果是带来人际关系的冷淡，人的精神品位的下滑。在这样的背景下，作为一个诗人要想坚守自己的精神品位，坚守自己严肃的创作立场，就要有一种强烈的超越意识，即超越世俗，超越名利，超越困境，超越世间的种种诱惑和个人的享乐，以内心的充实来抗击外界的繁华和喧嚣，以精神的创造来丰富自己的人生追求。在这方面，郑敏显得十分清醒，有着非常自觉的超越意识。面对滚滚红尘，滔滔商海，她仍泰然自若，处变不惊，冷眼看人间，热心著诗文。她异常执著地坚守自己的人生价值观：“生命的价值对于我不是时装，我是一个不可救药的诗歌、哲学、艺术的迷恋者，我尊重它们独立自主，以它自己的方式爱着人类，包括那些竭力要征服它们的人。在这一点上我是顽固不化、不可救药的知识分子。在大陆还有这么一层精神的迷恋者，智慧的迷恋者，知识是非的迷恋者，无论公共媒体怎样炫耀着财富的闪光，他们兴奋中心永远是问一个为什么。”[①] 郑敏不仅如此做人，她还在自己的诗歌创作中，不断地灌输超越意识，希望以此来净化读者的灵魂，提升人们的精神世界，引导人们追求美好的生活和崇高的精神。如诗人在《诗人与死》之十四中写道：

人间原来是一条鸡肠
绕绕曲曲臭臭烘烘
塞满了泥沙和掠来的不消化

只有在你被完全逐出鸡厂
来到洗净污染的遗忘湖
才能走近天体的耀眼光华

把人间比作“鸡肠”，而且“绕绕曲曲臭臭烘烘”，这是绝妙的意象，也是诗人对人间丑恶、肮脏的一面有着切身的感受和清醒的认识；在她看来，只有逃离“鸡厂”，从中超脱出来，并且洗净“鸡厂”对心灵的污染，人的灵魂才能进入崭新的境界，生命才能迸发出“耀眼的光华”。这是人的超越意识对人间丑陋和肮脏的征服，是诗人面对人类生存困境时的大彻大悟，读后无疑对我们有着宝贵的启迪。此外，郑敏富有超越意识的诗歌还有很多，如：“尽管天空见到各种飞翔的奇迹/真正能飞，从昨天到明天的/只有想象和记忆/它们的翅膀比羽毛轻，比钢铁硬”（《给 M. L. 罗森萨的复信》），这是写人的精神世界对物质世界的超越；“你的灵魂也许掠过　帕纳萨斯山峰/音符去寻找云霄/余音挂在橄榄枝上/也许有敲不开的门扉/你的歌声却/让海浪凝成山峰/在沉寂中伫停的云彩。”（《卡拉斯的不朽》），这是写卡拉斯的歌声对肉体生命的超越，获得了不朽的艺术生命；“合上焦黄的史书　抹去记忆/梦，你比喧嚣的市场更是/人的希望　希望中纯洁的明天”（《小鼠的语言》），这是写梦想是对现实处境的超越；“我祈求自然/将我还原成顽石/用雨水冲去/点金术赐给我的/黄金外衣”（《当我打开门时》），这是写本真对矫饰的超越；“生命不动之动像排山倒海/自天边滚滚而来的海潮/用它无声的尊严和强烈压倒了我”（《君子兰，火之球》），这是写静对动的超越；“你一个紧紧被地球吸引/却又向往外空的双重自我/你酷爱生命却又要超越肉体/在那绷紧的琴弦上你演出/欢乐痛苦焦虑逍遥，你的谜/终于在演奏中断弦的霎那/嘭然一声/化为无需解答的寂静/只有这时/你才像一只鸟，一条鲸样自在”（《这感觉》），这是写艺术的自由与欢乐来自艺术家对现实的超越，等等。当我们阅读这些具有超越意识的诗歌时，我们的内心也渐渐地筑起了一座心灵的城堡，抵挡着

---

①郑敏：《诗歌与哲学是近邻——结构—解构诗论》，北京大学出版社，1999 年版，第 138 页。

世俗、风雨狂潮对我们的冲击，让我们的心灵保持纯洁与宁静，以便在一个更高的境界去实现生命的最大价值。

六、母爱意识

在中国文学中，母爱是一个永恒的话题。从古到今，诗人们也留下了无数讴歌母爱的动人诗章。在人类历史的发展进程中，母爱的光辉始终照亮了人类的灵魂，给人们送去温暖的精神抚慰。人类因母爱的庇荫而获得了巨大的精神栖息地，因母爱的滋润而获得了永不枯竭的生命原动力。母爱温暖和修复着一颗颗受伤的心灵，维系和整合着社会的和谐与安宁。因为有母爱，人世间的亲情、友情、爱情、人情，才有了切实的根基。可以说，母爱是人世间一切真情的源泉；因为有母爱，才增强了人们战胜黑暗与苦难、挑战命运的毅力与信心，才以更加乐观的心态去拥抱生活和未来。不仅如此，人们还进一步将母爱意识升华为对祖国、民族和人民之爱，并且延伸到自然宇宙、万事万物的博大之爱。这种爱超越了政治与时代，有着宗教般的虔诚，对人们世界观和人格的形成有着重要的影响。正因为如此，郑敏在自己的诗歌创作中，有着十分自觉的母爱意识。在她看来："母爱，它是根深蒂固的人性的一个方面，并且深深地影响人类文明、伦理，及各方面的理想和审美。""它本身应该成为人类文学中丰富广博的一支，是人类教育文明的发展中成为一个充满生命力的文化动力。""'母爱'实际上是人类博爱思想之源头，大而化之，是和平、平等、互助、扶弱济贫、仁爱、慈爱、宽恕等人类一切高尚理想和品德的原型与基础。""当母爱衰落时人变得何等无人性，失去母爱的基础的恻隐心，人不如兽，一切残暴的行为自此而始。"① 不仅如此，她还对当前我国女性诗歌中，只倾向于女性在爱情、性、婚姻方面的自我解放，而把母爱看作是"一种带有奴性烙印的旧式妇女美德，它意味着自我牺牲、缺乏反抗、缺少女权意识的妇女形象"，因而"弃之如过时的服装，羞于再开发自己这种灵魂中的财富"等，表达了深深的忧虑，提出了中肯的批评。而在她自己的诗歌创作中，她是十分珍视并注意开采母爱题材这笔宝贵的财富。她有不少诗就直接以自己的切身体验，写一个母亲，一个祖母对孩子的种种情感，向读者敞开了母爱的心扉。如《没有尽头的路》，就将自己的童年与孩子的童年相比："在世纪初/我有一个寂寞的童年/在世纪中/我给你一个寂寞的童年/寂寞与寂寞/像山里的羊肠小道/是我们共同的命运"这里，有母亲的歉疚与无奈；而现实又如何呢："这是一条没有终点的路/一个路标，又一个路标/我们仍在摸索着走"，于是，她告诫自己，也叮嘱孩子要正视现实，学会探索，"默默中/寻找希望和平

①郑敏：《郑敏诗集·序》，人民文学出版社，2000年版，第4、5页。

衡”，诗人以朴素而真诚的诗句，沟通了母亲与孩子的心灵世界，寄托了自己对孩子的爱和期望。《外面秋雨下湿了夜》写自己与儿子相别的揪心之感：“雨，天上的、人间的、一样压抑/悲痛只能小声低语”，“我们各在长室的一隅/隔着的是波涛狂潮/海洋的一岸，我看着你低沉的眉毛”，于是，瞬间的离别牵动着母亲的愁肠：“命运只给若干假期/停车场上两辆，暂时相依/相近又相远，在街的另一端/孩子，你已走出了母亲的路灯”，并且慨叹这种别离是在“各自走向生或死的召唤”，有一种人世的恍惚感、苍凉感。《后悔》则从时光不可倒流，相聚不可回头的角度，写出了母亲对与孩子相聚的那段时光的刻骨思念：“‘现在’总是在它凋谢之后才会令人思念/当我握住你的手，孩子，那时/我仿佛再也不会离开你/你是这样的真实，怎么消失”“我翻开手掌，再也找不到花朵/只有记忆在捕捉生命的宝贵碎片/花瓣早已在夜间纷纷飘落/曾存在的‘现在’似是一场欺骗”，诗人后悔没有好好把握那段美好的时光，痛感时光无情，相聚难再，字里行间跳动着一颗慈母的心。而《生命的距离》的写作背景是诗人于 1995 年访问美国时，在波士顿与多年不见的儿子短暂相聚，在自美回国的飞机中，诗人饱满深情地写下了这首感慨万分、情思复杂的诗。诗人首先感到的是强烈的生命距离感：“告别时无数拥抱，孩子，也不能/将你再融入我的生命，变成/山坡上的雪，终将融入黄土/陪伴着黄昏松树的孤独”，这是一位年迈的母亲与孩子被空间隔在异国他乡，再也难以相伴的无奈感、痛楚感；接着是写母亲对孩子的理解和关注：“向你伸出手的力量太多，争夺注意/是风从四面八方带来兴奋的消息/我只有引颈倾听，湖边公路电闪雷驰/知道你的车正在繁忙的生存中行驶”，诗句表现了一位通情达理、善解人意的母亲，对孩子在美国这样一个高度紧张、充满激烈竞争的社会的生存境遇表示理解和格外关注。但这并不能排除诗人内心的遗憾和向往：

> 多羡慕松树在树荫下把种子飘洒
> 小松村一天天在近根处长大
> 共同铺盖苍绿的山峦，无论阴雨晴霁
> 山风殷切地传递彼此的信息

诗人形象地表达了内心仍渴望与儿子相近相伴，但现实是无情的，空间的距离也是无法冲破的，“现在我失去了你今天的姿态/高高瘦长的身材/永远幼稚的微笑/只剩下机窗外云层的缥缈”，于是，诗人只好在回忆中，在想象中，去捕捉孩子的身影，去探寻美好的记忆：“那逝去的你的影子仍站在风前/操场上，课堂外，马路边/朦胧地走着、踢着石子，难解/这小命运和大命运的结”，整首诗写得一波三折，情思摇曳，从多种角度写出了母亲对孩子的难舍、理解、关爱、回忆和牵挂，处处显示出母亲博大的胸怀和深藏的厚爱。而组诗《留给孩子们的诗：天真之歌》，则通过一组写孙儿的诗，表现了诗人作为一位祖母对下一代的无比喜爱和无限温情。每一首诗都写得自然灵巧，优美生动，神采飞扬，亲切感人，处处闪烁着母爱的光辉。如当孙子闻斐诞生于波士顿的消息传来，诗人无比激动，写下了《闻斐的诞生》，其中的一些诗句非常优美，具有感染力：

你牵来另一个世界，遥远而朦胧
如一只纯洁的小羊，一只神鸟
衔来仙草　我们都注视你刚睁开的眼睛
羡慕你曾是一个有翅膀的

小天使，啊请不要遗忘
遗忘那个遥远的世界，虽然它离你日远
让它如一片不会消失的彩云
祝福你，保护你，你的小小的心灵

诗中每一个形象的比喻都渗透着诗人强烈的母爱意识。当诗人看到从国外寄回的孙儿闻森的照片时，便瞬间激活了自身爱的感觉以及这种爱对自身生命力的激活：

你从童年伸出纯洁而真诚的手
要我穿过时间之雾和你紧握

你的邀请如此真诚
你带来返回童年的魔术
我仿佛闻到奇特的清香
世界变得透明，物体失去混浊
亲爱的孩子
我终于触到你鲜嫩的小手

当老年和童稚相握手
干涸的河流又咆哮
荒芜的山峰突然变绿
智慧如嫩笋从地下涌出
从我的手到你的手
生命找到不会停息的循环

——《从童年伸出的小手——看闻森的照片》

而在享受与孙儿相聚的欢乐时，又暗暗地想到了分别的痛苦：“上帝让你的朦胧成为美丽的谜/清澄的大眼睛，一双蝴蝶样忽闪/我们轮流亲吻你的小手，心里/暗暗痛苦地想到将来到的分散”（《你的小手》）。从这些诗句中，我们处处可以体验到母爱的博大、深沉、细腻，处处闪耀着人性美的光辉。

值得指出的是，在郑敏开掘母爱资源时，还有一类诗歌是侧重写母亲的痛苦和内疚的。在非常的历史时期，特别是在“文革”的动乱日子里，有的父母被揪斗，被打倒，他们已完全丧失了保护孩子的权利。在那时，有许多孩子因父母的牵连而流浪街头，饱经磨难，受尽屈辱，根本没有享受到母爱的温暖和家庭的幸福；有许多母亲在经受着骨肉分离，有家难归的精神折磨，更无力去爱自己的孩子，为自己的孩子尽到母亲的天职。这既在孩子的成长历程中留下精神的创伤，也在母亲的心灵上留下了永远难以愈合的伤口。例如《给失去哭泣权力的孩子们》一诗，则表现了母亲在冬去春来的日子里，看到别人的孩子穿着“彩色的童装嬉戏而过”时，眼前立即浮现出那段灾难的岁月中，自己孩子的情形：“但她却看见/一件染成黑色的上衣/黑洞的眼睛，迷惘的眼神/一只迷路的小鸭/自远处踯躅而来/唯一的鲜艳是那颈上/滴血的领巾”，“在恐怖的岁月里/儿童的颈上滴着父母的血/在饥饿、辱骂、躲藏流浪中长大/失去哭泣权力的孩子！/失落了上天赐给的童年/在梦里也看见那践踏一切的皮靴，/痴呆、木立、短暂的会晤/牛栏后牛样温厚的目光/伸出去，却永远得不到回握的手……还有那沉默在死亡中的身体/嘴角悬浮着没有说完的话/没有闭上的眼睛永远隐藏/最后的秘密，听不见哭泣的耳朵……”这就是被迫失去母爱的孩子苦难的遭遇，它使每一位经历过这段苦难岁月的母亲，回首往事时都感到锥心的疼痛：“母亲的心在秋天/仍感到疼痛/仍在流血/充满歉意与不安/只祈祷/在他们的不哭泣中/有铁锤样的勇敢/去击碎令人永远诅咒的暴力”。这是另一种带着创伤和疼痛感的母爱，透过它，诗人向那段践踏人性、人的尊严，也践踏母爱的岁月发出深深的诅咒。同时，我们也从中感到，当母爱的光辉被阴云吞没时，大地是一片多么可怕的阴暗与寒冷，人性又是遭到多么严重的摧残和扭曲。唯其如此，我们的诗人更应该珍惜母爱，讴歌母爱，让母爱题材的诗歌在诗歌的花园里散发出独特的芬芳，更要让母爱的光辉照亮生活的每一片领地，每一颗灵魂，让我们的生活变得更加和谐与安宁，让每一颗心都变得更加圣洁与温馨。

七、宇宙意识

郑敏深受中国哲学及古代文化的影响，信奉“天人合一”，认为人是自然、宇宙的一部分，人应当注意倾听自然、宇宙的信息，以便保持人与自然、宇宙的沟通与和谐，因而她常常注意凝神捕捉宇宙信息，使自己的一部分诗歌具有强烈的宇宙意识。在中国古代，司空图就把他的诗歌观拓展到对宇宙本体的感知上，把诗学放进了一个宏伟的宇宙观的框架中考察。对此，清人孙联奎在《诗品臆说》中写道："谈诗小技，然司空氏往往论及天地。如'天地与立，神化攸同'及'荒荒坤轴，悠悠天枢'等语，即终以'载要其端，载闻其符'。则欲人之因小技而窥天地也。"[①] "因小技而窥天地"，就是将诗与自然、宇宙联系起来，要求诗歌能窥视并揭示自然、宇宙之道。而在对待自然的关系上，中国哲学家常常强调人必须和自然保持协调生存。英国地理学家普雷斯顿·詹姆斯认为："中国哲学家对自然的态度，和希腊人所持有的态度基本上不同。对中国人来说，个人和自然是分不开的……他是自然的一部分。"[②] 这种"天人合一"的思想深深影响了中国诗人的宇宙观、人生观和自然观，也对郑敏的诗歌创作产生了深刻的影响。她认为人要把自然、宇宙看作是与人类有着密切关联的大的生命整体，世间的万事万物都与自然、宇宙相互渗透，相互感应，息息相通，因而她十分强调人与自然、宇宙的沟通，强调诗人要排除人间俗事的缠绕，滤净尘世的浮躁，静心聆听自然、宇宙的声音，保持人与自然、宇宙的对话，以便让人与自然、宇宙和谐的共存。正如英国著名历史学家汤因比所说的那样："人的目的不是狂妄地支配自己以外的自然，而是有一种必须和自然保持协调而生存的信念。"[③] 郑敏对此也有感悟地指出："如果我们记得自然万物都是有自己生命运动和选择地球居住者，在人和自然万物的对话中便会有不少可贵的诗的信息。只是当人们为喧嚣的市声所干扰，为琐碎的俗事所缠身，又有谁还有心思去倾听树木花鸟同声向我们说些什么？但珍惜宇宙信息的诗人却常常能倾听那无声之声。"[④] 正因为如此，她在诗歌创作中十分注重寻觅人与自然、宇宙的感应点，注重探索自然与宇宙的奥秘。例如："现在已入冬季/写出那皑皑白雪之诗/它的松软的松杉之尖/等待神的歇息/虽然我仍看不见他的赤足/但我会细读那雪中的风痕/一阵微风洒给我的雪花/我将捧着那宇宙的奥秘"（《诗以栖神》），在诗人奇特的感应中，她所写的诗是与大自然密切相关的"皑皑白雪之诗"，目的是等待"神的歇息"——让宇宙无形之身在诗中栖息，并且自信通过细读"雪中的风痕"，手捧微风洒给的"雪花"，就能感悟"宇宙的奥秘"，这是诗人之心在雪天里，与宇宙之心相结合、相交融所产生的顿悟；

朦胧　半睡半醒中
意识到　梦还没有走远

---

①《司空图〈诗品〉解说二种》，齐鲁书社，1980年版，第22页。
②普雷斯顿·詹姆斯：《地理学思想》中译本，商务印书馆，1982年版，第69页。
③汤因比：《展望二十一世纪》中译本，国际文化出版公司，1986年版，第287页。
④郑敏：《郑敏诗集·序》，人民文学出版社，2000年版，第8页。

瓶里的一朵兰花突然
落在玻璃的桌面上
在完全的黑暗中　它在说
一句你似懂非懂的话

在身体里　如月光
吸取潮水　一颤而醒
兰花离开冬夜之瓶
为它颤抖的不只是
你　小屋　玻璃咖啡桌
是一整个养育万物的宇宙

——《叶落花落在深夜》

诗人不仅将一朵兰花的突然落下与人的生命联系在一起，写出生命为之“颤抖”的超常感受，而且还将其升华到与宏大的宇宙整体有关的角度来感受，写出“整个养育万物的宇宙”也同时为之“颤抖”，这就写出了自然与人、与宇宙的息息相通，相依共存，具有强烈的宇宙意识；“你，我心中的声音在呼唤/永恒的宇宙，无际的黑暗深处/储藏着你的、我的、我们的声音”（《心中的声音》），诗人把宇宙看作是与人类密切相关的整体，当人的生命消逝的时候，永恒的宇宙会为人类“储藏着你的、我的、我们的声音”；“我如果注视天空的眼睛/它从群星中向你送来记忆/和沦落年月中的神秘”（《被幽禁的太阳》），这同样是写宇宙与人间相互默契与交流；当诗人乘坐飞机，在高空上观看宇宙景象变化时，感到“宇宙生命之源/在机窗外/云山、云海、云鳞、云流/顷刻万变/夕阳渗出，一片流金。/赤色涂满太空/造物就在火烧的夕阳中/傲慢的人类不再争吵/静聆这宇宙的光的音乐/惊愕这宇宙的色的变幻/无穷无尽星星的组合”，当人的心灵被宇宙的宏大和奇异所震慑时，人们再也不敢狂妄，不敢藐视宇宙与自然，甚至产生了一种敬畏宇宙、敬畏自然的虔诚心态和清醒认识：

不，万种智慧，千种理性
也造不出这些真实的云
若没有那夕阳神圣的光源
谁给地球披上这
镶有金边，绣着峰峦
万变而长存的铁甲，
谁征服谁？
沉默是人类最高的智慧，

静聆自然的声音
静观星辰们的旋转
人终于找到了自己的位置
不再问道：
谁征服谁？

——《谁征服谁？飞鱼与云团的对话》

这样的诗，从宏大的背景下透视人类与宇宙、自然的关系，揭示了人类与宇宙、自然之间只能相互尊重，和谐共存的哲学观，因此人类只能找准自己的位置，发挥自己的作用，而不要再盲目地提谁征服谁，谁战胜谁等愚蠢的口号，以免在盲目地挑战宇宙和自然的同时，也给人类带来灭顶之灾；“用毕生来解读这山的凝重/这云的潇洒，教给我/雾里如何走向自然无形的踪迹”（《夏日蝉声与禅语》），这是写人要从自然中获得做人的感悟，人要虔诚地向自然学习。总之，郑敏的诗歌有着自觉的宇宙意识和自然观念，能把读者的视线和思维引向广阔的宇宙和自然，以摆脱人类的狭隘和偏见，浅薄和狂妄，去把握宇宙和自然跳动的脉搏，在宇宙、自然更宏大的生命整体中去摆正人类的位置，以寻求人类与宇宙、自然的互通、默契与和谐，从而更好地引导人们树立正确的宇宙观、人生观和价值观。

八、时间意识

中国诗人对时间非常敏感和关注，时间意识是中国诗人永恒的主题。只不过在中国诗歌艺术中的时间意识，历来都与诗人的生命意识密不可分，或者说，在中国诗歌的时间意识中，都渗透着强烈的生命意识。在中国古代，诗人们常常通过吟咏白发、朝露、野草、落花等意象来表现诗人对个体生命的时间意识，通过吟咏太阳、月亮、河水等意象，来表现诗人对宇宙生命的时间意识。在中国诗歌中，还有大量的“惜春”和“伤秋”类的诗歌，其中写的都是由时间而引发的诗人的感伤和沉思；也还有的诗人把目光投向超自然界，表现出一种朴素的相对论时间观。如“自是人间一周岁，何妨天上只黄昏”（崔涂《七夕》）；“洞里仙人方七日，千年已过几多时”（张联奎《七夕》）；等等。面对似水流年，青春不再，中国诗人常常对时间充满着强烈的恐怖感、无奈感和悲哀感。如屈原的诗句：“日月忽其不淹兮，春与秋其代序。惟草木之零落兮，恐美人之迟暮”（《离骚》）；阮籍的诗句：“朝为美少年，夕暮成丑老”（《咏怀》其四）；李贺的诗句：“况是青春将日暮，桃花乱落如红雨”（《将进酒》）、“吾不识青天高，黄地厚，惟见月寒日暖，来煎人寿”（《苦昼短》）；李白的诗句：“君不见高堂明镜悲白发，朝如青丝暮成雪！”（《将进酒》）……强烈的时间意识曾唤醒了一代代中国诗人对生命、对未来如焚的忧患与悲凉的感慨。正如车尔尼雪夫斯基所说的那样："……然而要是这种事物在我们看来不是永久的，而是要毁灭的，那么我们就会产生这个念头：时间这是无穷的奔流，这是吞噬一切的无底洞——这正是时间方面消极崇高的形式。"[①] 中国传统诗歌中的时间意识，基调也是如此。既熟悉中国传统诗歌，又经历了漫长的人生跋涉，对生命的真谛有着深刻感悟的老诗人郑敏，她在晚年对时间有着特殊的敏感，她的诗中处处流露出她对时间的感悟和慨叹。如："童年是一只无言的黑天鹅/在秋天的湖里浮飘/然后起飞，忽扇着翅膀/永远不会回来/你又失去了一次机会/认识自己"（《童年》），这是对童年美好时光的伤逝和眷恋；"当北风狂摇着枯枝树/和拍打着封紧的门窗/遗忘从冻僵的花园深处/踏过荷花睡眠的冰床//来到我的面前，一个/青春的影子，微笑无语/一位骄傲的美貌少年//他展开一本画册/我们都是水里的鱼/让时间将一切浸淹"（《生命之赐》），这是通过潜意识中的幻觉，形象地写出了记忆的难以割舍和时间的无情，突然展开的结句"我们都是水里的鱼/让时间将一切浸淹"，一下子把人的有限的生命与无限的时间突然联系起来，于对比中让你领悟人是何等的渺小、无奈与可悲，也引发了人们对时间的恐怖感和认知感；"时间的钟摆下悬挂着文明/也许钟摆总是机械地左右摇摆，/时间却是一去不复返的变化着的河水，/每一个漩涡有着自己的花纹，/自己的典型，/文明比电脑更有记忆"（《第二个童年与海》），这是在思考时间与人类的关系；而《太阳，时间的眼睛》则通过太阳这个宇宙的时间意象，表现了诗人对时间、空间、生命、历史的多角度沉思，最后升华到时间与宇宙、人类的关系上："太阳，时间的眼睛，/宇宙的一个记忆宝库，/人类在你的眼睛里存储了亿万年的程序/你的投影使荒野和顽石都有记忆/我们向你伸出探索的触须/接收你的信息，然而你的秘密/和智慧同样深沉。"这就写出了时间的永恒、神秘和人类对时间的探索和思考；而在《时间的不可逆转》一诗中，诗人对今天、明天和未来的关系展开思考，通过一系列幻觉的记忆形象，揭示出一个深刻的感悟：即使记忆还能复活，但时间已不可逆转，昨天的"我"已"不认得"今天的"我"，"不相信我就是她"了，于是"我只能转过身离开她/走向门外的明天"，并且由"一种莫名的力量/将我吸向山坡下"。诗人想象着自己的明天，感到时间对自己生命的巨大的吞噬力量，于是只好把眼光投向超现实的境界：

那里并不寂寞
山上有松树
山下是海湾
在一块巨大的岩石边

---

①《论崇高和滑稽》，《车尔尼雪夫斯基论文学》中卷，人民文学出版社，1965年版，第53页。

我叩了叩松树的门
走进去，我成了
一只美丽的昆虫
被凝固在厚厚的松脂里

这是诗人对时间的无奈，又希望以一种洒脱、达观的心态看待时间对生命的凝固，以精神的超然去对抗时间的吞噬；《时间没有现在》一诗，则从不同的角度表达了诗人对时间的理性思考："每瓣'现在'都酿着未来/暮色寻找朝霞"；"'现在'穿过岩洞，/我们/每分钟呼吸着现在"；"时间没有现在/现在只在追忆中"；"我与现在相遇在街头/当我转过闹市，突然忆起/现在的眼睛。没有接到它的信息"；"现在，无法留下的浪潮/只剩下退潮后，痛苦地望着/深深印在沙上的脚印——昨天"诗人的这种"现在"观充满着辩证思维和哲学意味。此外，像"现在，芦花摇摆着灰白的头/你已经无法索回全部的贷款：时空。"（《只有一种》）；"当海面反映出赤金/我站在山崖上眺望/自己的昨天和一切/糅入我的欢乐和痛苦的/昨天的笑声和呼唤/所有的美丽都随着赤金/落入无边的渐暗海中/我也将隐去在/变得模糊的时间里"（《隐去》），这是诗人回首生命的历程时，对流逝的岁月终究无法挽回的慨叹，是诗人对生命的辉煌终将被时间遮暗的彻悟。这里，强烈的时间意识是和诗人的生命意识渗透在一起的，是通过个体有限的生命终究无法抵抗永恒的时间这一维度来体察时间，思考时间的。每一个热爱生命，富有追求的诗人，都不可能不敬畏时间，不珍惜时间。时间是无情的，时间也是公正的。只有经得起时间淘洗的才是真金，只有能征服时间的艺术才是真正的艺术。和传统诗歌对时间认识不同的是，郑敏既对时间有着清醒的认识，认识到它的本质，它的规律，它的无情；认识到所有的生命，所有的追求和梦想，所有的成功与辉煌，在时间巨手的操纵下，都将化为粉末，化为轻烟，化为虚无……但另一方面，郑敏并不悲观，并不绝望，并不颓唐，而是要用诗来引导人们坦然地面对时间，加倍地珍惜和把握时间，以执着的追求和不朽的创造来挑战时间，征服时间，与时间抗衡，让不朽的精神之光去穿越时间的黑洞，去照亮未来的生命。因此，郑敏在诗中所表达的时间观是通达的、乐观的，也是能引导人们积极向上的，正如她在长诗《诗的交响》的尾声《穿过窄门》中所表达的那样：

昨日何尝消逝
未来其中蕴存
我携着这些诗
穿过今日窄门
惊讶地再看见
星空海潮峰巅

从中我们可以进一步领略到老诗人对挑战时间，对自己诗歌艺术生命的自信与乐观。

九、死亡意识

死亡是生命不可避免的自然现象，是人类无法跨越的鸿沟，它对人类的精神世界有着强大的震撼力和威胁力，古今中外的思想家和艺术家都对死亡有过深刻的哲学思考和艺术表现，诗人更不例外。在中国古代，庄子把人的生死放在宇宙的宏大背景下进行形而上的思考，认为宇宙人生不过气之聚散，气“聚则为生，散则为死”（《庄子·知北游》）；人在宇宙间，只有“然而往，悠然而来而已矣。不忘其所始，不求其所终。”因而“古之真人，不知说生，不知恶死。”（《庄子·大宗师》）庄子这种对待死亡的态度，的确是超脱的，潇洒的。而儒家一些代表人物则把生死纳入人生的思考，使生死具有更多的道德内涵。如荀子认为：“生，人之始也；死，人之终也。终始俱善，人道毕矣。”因此“君子敬始而慎终”“终始如一，是君子之道，礼义之文也。”（《荀子·礼论》）由于死亡为中外诗人提供了丰富的想象空间和超现实的陌生体验，它极大地刺激了诗人的好奇、想象和沉思。17世纪诗人姜顿（John Donne）就曾特地穿上尸衣在镜前沉思“死亡”。诗人里尔克在他的《杜依诺哀歌》之八中甚至将死亡看成是生命的一部分，是生命在完善自己的使命后超越狭隘的自身回归浩然天宇的必然过程。同时，诗人们在自己的诗歌作品中还通过想象创造天堂或地狱以及灵魂可以任意栖息或游荡的空间，从中可以折射出某种民族的精神信息。郑敏是一位生命感、时间感都很强的诗人，她在一些诗歌作品中常常流露出她对死亡的心态和认识。她认为她有一部分诗写的是“我内心所听到的一些超验力量的声音，及我对这些声音的对答。这些声音是一些来自无形而常在的超验的力量，如‘死亡’，当我在精神上和它们相遇时就发生一种尘世与非尘世力量相对话时的撞击。有时这种对话在一种真诚、和谐、类宗教的气氛中进行，因此诗歌的情感色调有些近乎爱情诗，如《我从来没有见过你》，这里写出我对‘死亡’一种宗教式的接受的虔诚心态，因为像里尔克一样，人们在思考后将‘死亡’看成生命的一部分而给予接受，同时好奇地想和这种神秘经验建立一种在世的友谊。”因而她称自己“在进入中年后她常想应当培养一种对‘死亡’的友好心态。”① 特别是步入老年后，郑敏时常“觉得已经很接近死亡了。”在悼念另一位九叶派诗人唐祈的长诗《诗人与死》之十七中，她甚至这样写自己：“眼睛是冰冻的荷塘/流水已经枯干，我的第69个冬天/站在死亡的边卡送走死亡/天边的驼队向无人熟悉的国度迁移。”这里，诗

①郑敏：《郑敏诗集·序》，人民文学出版社，2000年版，第3页。

人对死亡已经有了十分清醒的认识。

当然，诗人对“死亡”态度和认识也是经历了一个变化的过程。在《“那个字”》里，她这样写道：“我看不见他的眼睛/和他的五官/因此更觉得幸福……//太阳一天天冷下去/黄昏的微光在流连/我正在走向消逝，消逝……/不，我还没有准备好/去迎接那最后的音符/我是如此的困倦/当我日渐接近那个地方/我耳边响着/‘G弦上的旋律’/它不想停下来，/延续、延续，直到……/不，请不要说出那个字/让它留连吧/像古瓶上的新娘/因为在那个字之后/一切将只有沉寂”。这里，诗人还没有做好迎接“死亡”的心理准备，对“死亡”充满着恐怖感，仍然盼望与“死亡”拉开距离，足见诗人是如何眷恋生之美好与幸福。而在《生命之赐》之二中，她通过对秋天的感受，则表达了自己对“死亡”的赞美：“秋天的死亡是如此迷人/像群群飞鸟，四散飘下/落在微吐着浅黄的草上//秋天的死亡是如此深沉/纷纷扬扬的落叶是潇潇洒洒/留给你的是无边的默想”，这里已透露出诗人对“死亡”所特有的潇洒心态；在《我从来没有见过你》一诗中，诗人则直接抒发了自己对“死亡”的友好心态：

我从来没有见过你
因此你神秘无边
你的美无穷
只像一缕幽香
渗透我的肺腑

当我散步在无人的花园
你的无声的振波
像湖水传给我消息
我静静聆听那说给我的话
仍然，我没有看见你
也许在蔷薇篱外的影子。

不要求你留下
但你要一次次地显灵
让我感到你的存在
人们能从我沐浴着夕阳的脸上
知道我又遇到了你
听见你的呼吸

虽然我们从未相见
我知道有一刹那
一种奇异的存在在我身边
我们的聚会是无声的缄默
然而山也不够巍峨
海也不够盈溢。

诗人在这里不仅转向对“死亡”的赞美，而且敞开了心扉，虔诚地与“死亡”进行交流与对话，与“死亡”达成一种默契与神往，并且想象着与“死亡”聚会时的美好。这是对“死亡”的认同与亲近，是诗人对“死亡”认识发生的深刻变化；而在《对春阴的愤怒》一诗中，诗人则宣称“死亡可能是最富有生命的”，这是对“死亡”认识的进一步升华；而在另一首《我不会颤抖，死亡!》中，诗人则以更加乐观、迎战的心态面对死亡：“我不会颤抖/当一个早上，你突然来到/我每天都知道你就在我身边……我不会颤抖/当你像瑞士高山的云雾/缠绕我的身体/我的眼睑慢慢垂下/一切属于我的/你都叫我抛弃/跟着你，我们一起消失”。不仅如此，诗人还在《告别》（当一位敬爱的诗人离开尘世时）一诗中，还通过想象，创造出一个供诗人灵魂新生的“彼岸”世界，在那里，诗人“再一次青春，再一次睡醒”“踩着这片托着你的流水/来到一条幽异的小溪”，“你恍惚记忆，一些乌云，一些暴雨/然而眼前的阳光如此耀眼/万片绿色闪烁着生命的春叶/像细雨洗净你遗留的忧郁//没有依恋没有悲伤/变轻的脚步蹬着/一层层的石阶//眺望那谷中的众生/你惊异自己也曾寄托/无涯的幻想在其间”，这是诗人通过想象创造出一个美如神话的超现实的境界，让死者的灵魂寄托其中，完全摆脱了尘世的喧嚣与烦恼，进入了超凡脱俗，翩然如仙的境界。这是通过想象死后的彼岸世界与生存的此岸世界进行对比，引导人们从另一个视角去看待“死亡”，以摆脱对“死亡”阴影的恐怖感，以一种超然、洒脱、乐观的心态去对待死亡。同时，这种对“死亡”超脱的想象也是对生者悲伤灵魂的最好安抚。通过这些诗，我们可以看到，郑敏对待“死亡”的态度是冷静的，理智的，豁达的，超脱的，甚至是虔诚的，友好的，这是对生命的彻悟。有了这种彻悟，我们就能更好地善待自己，善待他人，善待人生，处理好人与自然，人与社会，人与世界的关系，就能把一切生之艰难与困苦踩在脚下，就能勇敢地斩断一切有形或无形的精神羁绊，让生命之火在熄灭之前闪烁出更加耀眼的光辉。从这个意义上看，郑敏这类感悟“死亡”的诗篇，的确从另一个角度为我们补上了一堂很难得的生命之课，能引领我们更透彻地反思生命与人生，树立正确的生命观、人生观。

以上我们对郑敏诗歌中的主导性精神意识做了具体论述。当然，郑敏诗歌所涉及的精神向度极为宽广，例如还有鲜明的理想意识：“理想是我的根，/它扎在中国的土地里，深深。/爱是我的呼吸，它呼应着高山的气息。”还有强烈的爱国意识：“祖国呵，我紧紧依附在你的身上，/我不能没有你，不能失掉你，/不能离开你……/不管寒冬多冷，他乡的暖流/引不起我的幻想/不管那里多么富丽/她永远代替不了你。/我们冒着风雪回到你的怀抱，/我们知道必须等待自己的春天来到。/……我们的山，我们的水/我的手抚摸着结结实实的大地。/没有你，吉卜赛人饱尝流浪的痛苦，/没有你，我们能扎根在哪里？/我曾流浪他乡，看见/诗人发狂，青年吸毒/人们预言人类末日的来到。/我们只有在自己的土地上/建立理想！”（《我紧紧拥抱你》），等等。作为20世纪50年代从美国学成归来的游子，郑敏这种对祖国的归依和炽爱是发自内心的真情实感；而坚定的理想又是支撑她数十年来战胜一场又一场人生风暴的参天大树。尽管她在这片土地上饱经磨难，但她依然不改初衷，理想依旧爱依旧，时刻不忘以自己的才华和学识去报效养育自己的祖国。诗中所流露的情感对今天的读者来说，依然有很大的教育作用和鼓舞作用。这类诗歌在郑敏的诗歌创作中虽然不占主导地位，但它仍然从另外的层面，丰富了郑敏诗歌的精神世界。

综上所述，我们对贯穿于郑敏诗歌中的主导性精神意识做了梳理、归纳和论述，从中我们可以感到诗人精神空间的广阔与深邃，也可以感到她特有的创作个性和精神向度。她的创作心态是自由而沉静的，精神是饱满而多彩的，目光是独特而敏锐的。她虽身居大都市，心灵却超越了大都市的繁华与诱惑。她的创作早已洗净了名利的污染，远离了种种权力话语、政治话语对诗歌的侵蚀，也摆脱了诗坛的种种喧闹与时髦。她在潜心倾听、捕捉发自自己生命内部的声音和来自自然、宇宙、社会、历史的种种最可珍贵的信息。她看重的已不是自己在尘世获得多少鲜花和喝彩，而是自己的诗歌能否穿越时间的河流抵达未来的心灵。因此，她沉思的钟摆，常常在人类、自然、宇宙、历史等宏大的时空里不息地摆动，在多维的审美空间里碰撞出绚丽的火花。她的诗歌所开掘的精神向度都直接指向了人类永远要为之探索的重大命题，例如上述的历史意识、忧患意识、生命意识、创造意识、超越意识、母爱意识、宇宙意识、时间意识、死亡意识，等等，这些命题无不时时关联着我们人类的精神世界，无不直接影响着我们人类的生存境遇和精神状态。人们对这些命题的求索和认识，将不断推动人类加深对自身、对自然和宇宙的认识，从而使人类保持文明、乐观、健康、积极、向上的生命状态、精神状态，并与自然、宇宙达成和谐与默契，以便在更高的层次上使人类获得最佳的生存状态，最好的发展空间。郑敏的诗歌，在这一系列重大的命题上做出了自己特有的探索，获得了丰富而深刻的感悟和认识，这些感悟和认识为我们留下了一笔宝贵的精神财富。在这物质丰富、精神贫乏的年代，在这诗坛缺少精品，诗歌精神品位不断下滑的年代，在这诗人抛弃思想如废纸，只追逐感官刺激的年代，郑敏的诗歌创作为我们提供了精神的钙质和丰富的营养，一切有志于诗歌创作的同志，都应当从郑敏的创作经历、创作思想、精神追求上去获得宝贵的启迪。

一个诗人，一个像郑敏这样穿过了八十多年历史和人生风雨的诗人，一个经历过许多磨难依然信念不折、理想不变、真爱依旧、追求更加执着的诗人，她在不断地燃烧自己的生命熬尽自己的心血，为我们点亮一盏盏精神之灯，为在昏暗中摸索前行的人类照亮脚下的道路，送去闪烁的希望和温暖的抚慰。为此，我们更应该向她投去关注的目光，更应该凝神倾听郑敏用人类之心、自然之气、宇宙之魂，为我们谱写的一曲曲生命之歌……

郑敏诗歌艺术论

郑敏是九叶派的著名诗人。中华人民共和国成立后长期担任北京师范大学外语系教授，从事英美文学的教学与研究。从1949年至1979年，她的诗歌创作进入了漫长的“冬眠阶段”，出现了30年的空白。粉碎“四人帮”后，中国政治的天空已扫尽阴霾，露出和煦的阳光，诗人心灵的土地已化解了冬天的冰凌而勃发出春草一般的生机。已经步入老年的诗人却如枯木逢春，再度焕发出光彩夺目的艺术青春。诗神的翅膀不断地在她的心灵上盘旋，煽旺了她如火的激情，如潮的思绪。半个多世纪的人生体验，饱尽磨难的心灵之旅，加上她刚从黑夜走向黎明，从恶梦走向清醒的激动和喜悦，以及她对诗歌艺术固有的敏感和长期的艺术积累，使她的诗歌创作像久蓄的熔岩一般喷发出来，且一发而不可收。从1979年至1999年，她在《人民文学》《诗刊》等全国一流的文学期刊上发表了大量有影响的诗作，并且出版了多部诗集，其中《寻觅集》还曾获得中国作协以及诗刊社1987年最佳10册诗集奖。1986年诗人还在美国西岸举行过个人诗歌朗诵，并获得圣河西（San Jose）名誉市民称号。她以自己辛勤的创作再度铸造了自己诗歌艺术的辉煌，也在广大读者的心中留下了一道奇异而亮丽的风景。著名诗歌评论家谢冕在《新中国诗歌五十年行进的轨迹》一文中，盛赞“郑敏和牛汉是当今创造力最为旺盛的代表性诗人。”① 与此同时，她还从事多方面的文艺研究，发表了大量的学术论文，出版了多本学术论集，翻译了《美国当代诗选》等。她在诗学研究、诗歌评论方面，也成就卓著，她是我国著名的诗论家、诗评家。本文主要想结合她1979年至1999年的诗歌创作，对其诗歌艺术做出较系统的探讨。

一、诗美的熔铸：在借鉴与独创中形成自己的艺术特征

郑敏早年就读于昆明的西南联大。当时这所学校里聚集了一批著名的诗人，

---

①张炯：《新中国文学五十年》，山东教育出版社，1999年版，第67页。

如闻一多、冯至、卞之琳、陈梦家等，他们深厚的西方文学功底、独特的艺术气质和富有个性的创作，无疑对诗人都产生过潜移默化的影响。但就直接的师承关系来说，郑敏更多的是受到诗人冯至的影响。回首往事，82 岁的诗人依然清晰而又满怀深情地回忆道："那时我的智力还有些浑沌未开，只隐隐觉得冯至先生有些不同一般的超越气质，却并不能提出什么想法和他切磋。但是这种不平凡的超越气质对我的潜移默化却是不可估量的，几乎是我的《诗集 1942—1947》的基调，当时我们精神营养主要来自几个渠道，文学上以冯先生所译的里尔克信札和教授的歌德的诗与浮士德为主要，此外自己大量的阅读了 20 世纪初的英国意识流小说，哲学方面受益最多的是冯友兰先生、汤用彤、郑昕诸师。这些都使我追随冯至先生以哲学作为诗歌的底蕴，而以人文的感情为诗歌的经纬。这是我与其他九叶诗人很大不同的起点。"① 从这段话里，我们可以看到，郑敏所吸收的文化营养是多方面的，但直接影响她并使她后来成为一个有追求、极富个性的诗人的主要因素有：第一，冯至的超越气质；第二，通过冯至开设的里尔克专题研究课，她非常喜爱奥地利西方现代派诗人里尔克的诗并深受其影响，她后来用诗来掌握世界的方式也是里尔克式的；第三，她一直以冯至先生为榜样，始终追求诗歌的哲学底蕴，创造一种令人沉思的玄远的艺术境界；第四，根据我们对郑敏经历的了解，她还非常喜欢绘画、雕塑和音乐，这对她养成诗的形象思维、新奇的想象以及追求诗的音乐美起着十分重要的作用。由此可见，她的诗歌创作有着开阔的知识背景、丰富的艺术借鉴以及明确的艺术追求。在此基础上，诗人开始了她漫长而艰辛的艺术探索，把不断追求艺术创新，不断超越他人，也超越自己作为奋斗的目标。和一些老一辈的诗人相比，郑敏首先在诗歌观念上、诗歌艺术上从不故步自封，也不随波逐流，而是有着自己坚定执著的艺术追求；其次，她热爱生活，热爱人生，密切关注诗坛，潜心研究诗艺，因而她虽已年迈，却对生活和人生仍然保持着异常敏锐的艺术感觉；再其次，她学贯中西，精通外语，有着深厚的文化学养和诗学理论功底，在中外多种诗歌及其理论的参照下，能够选优汰劣，融会贯通，使自己的诗歌创作保持着旺盛的后劲，呈现出自己鲜明的艺术特征。

（一）在诗与哲学的交汇处发掘独特的诗意

郑敏在西南联大读书时，就是主修哲学，加上她深受冯至和里尔克、艾略特、歌德、奥登等诗人的影响，在诗歌创作上有意追求以哲学为底蕴，在感受生活、感受人生时，喜欢从哲学的角度去思考问题，追求在诗与哲学的交汇处发掘

①郑敏：《忆冯至吾师——重读十四行集》，《当代作家评论》，2002 年第 3 期。

独特的诗意。正如她在《生命之赐》一诗中所表述的那样："我说：/诗，我追求/哲学，我在寻觅/，然而诗与哲学/并非鱼与熊掌/也许是鱼烹熊掌/也许是熊掌烩鱼/在一个中有另一个的厚味。"艾略特曾针对浪漫主义的抒情发表了自己不同的看法："诗不是感情，也不是回忆，也不是宁静（如不曲解字义）。诗是许多经验的集中，集中后所产生的新东西。"[①] 这对郑敏等九叶派诗人都产生过积极的影响。里尔克在罗丹现代雕塑的启发下，也由一个浪漫主义转向现代主义者，并且追求将诗歌由"音乐的变为雕刻的，流动的变为结晶的，从浩无涯涘的海洋转向沉重的山岳。"郑敏受到里尔克的启发，在自己的诗歌创作中，有意放弃浪漫主义那种或以抒情或以气势或以辞藻取胜的方式，而是追求生命本体对客观世界的静观默察，由情感的倾诉转移到体验的凝聚，注意在诗与哲学之间寻找一条通道，使诗歌呈现出感性和知性的结合，具有很强的哲学意味和哲理色彩。例如《诗的话语长在疼痛的创伤中》，通过沉思人在成长历程中，必然要经过的幼稚、孤独、寂寞和种种磨难，也必然要在生命的途中常常"无助地面对自己生命的谜"，用自己"黑葡萄的眼睛""在黑夜里向星光询问道路"。进而从自然和人类的双重视角去获得自己独特的认识："不能：没有孤独去承受创伤/没有寒暑去刻下年轮/没有骨节让竹林听风雨/没有浸泡与曝晒而成良材//人是什么雕刻成的？/歌颂那枯皱的面庞变形的手指/它们是竹林和原始的树干/记载了历史的风雨和内心的创伤"，最后从宏观的角度一下子升华了自己的认识：

造物没有允许任何生命长生在
恒温与不变的蓝天、海洋
一切生命带着自己的创伤
带着诗的语言行走和飞翔、在大地、天空。

这里，诗人把人的成长与整个生命系统联系起来，从人类的生存哲学升华到整个宇宙的生命哲学，引领我们树立正确的人生观、生命观，以良好的心态去跋涉自己的生命长途。《圆的窒息》首先向我们描述了圆形是宇宙和人类理想的一种形态，诗人感受到它的好处是："圆，带给人们信任/它不会跌出轨道/在开始里就有了终结/终结又回到了开始"。但圆又是封闭和窒息的象征，因而自然界和人类界都有向圆的挑战："轰隆的响声，狂风撼树/地髓在冲破圆的封锁/刺目的亮光，宇航员/冲出引力的密封圈""虫子冲出苹果的圆/胎儿冲出母腹的圆""每一条自圆心发出的力量/咬破、冲破、剪破、突破/无数层懒惰的围墙/与相切的墙外力量结合"。诗人围绕着"圆形"，从自然和人类两个角度展开了正反两个方

①［美］艾略特：《传统与个人才能》，《西方现代诗论》，花城出版社，1988年版，第80页。

面的思考，按理已使诗获得了一定的理性深度，但诗人的沉思没有停止，她仍然运用她擅长的辩证思维，把诗思推向了新的更深的层次：

在磨擦中熔化了围墙
解放了的精灵从缺口飞出
却又凝固成一颗新星
在宇宙中开始自己的圆！
这打不破的
圆的窒息

这就从哲学的层面上揭示了自然和人类的普遍规律，使诗的主旨摆脱了单一性、平面性，获得了复合性、多层次性。此外，像《“门”》中对“存在于虚无中”以及“存在于有些人的命运中”的“门”做了理性的思考；《理想的完美不曾存在》则表达了诗人对事物的矛盾性、对立统一性规律的清醒认识；《对自己的悼词》则对真与假、宇宙与历史、灵魂的一面与另一面的矛盾与冲突等做了多层次的沉思；《如果咒骂没有带来沉思》，则通过“大洋此岸”与“大洋彼岸”在历史不同阶段所作所为的对比，揭示出一个深刻的道理：如果诅咒没有带来沉思，其后果必然是“忘记寻找真正的自己”。在郑敏的诗歌中，类似这样的深入思考，处处闪烁着哲理光芒的诗句还有很多。例如“太强的生命是死的亲吻，吻干生命之流”（《让我们在树荫下行走》）；“愈伟大的心愈知道什么是寂寞”（《生命之赐》）；“沉默是人类最高的智慧”（《谁征服谁？飞鱼与云团的对话》）；“有些人永远感到饥渴/只要身边有天真的小鹿”（《你是一朵野花》）；“找到了森林的小鹿/不会再怀念御园内的鹿苑”（《第二个童年与海》）；“而我们习惯地畏惧明朗/却让无聊的复杂交织成/最大而安全的空洞”（《死了的强者》）；“因为只有记得冬天的根/在春天才更渴望开花”（《母亲的心在冬天》）；“十年可以留不下一丝痕迹/一眼却可能意味着永恒”（《“门”》）；“那最近的也许最远/那最远的也许相邻”（《夏日蝉声与禅语》）……这些诗句凝聚着诗人深刻而独特的人生体验，也是诗人智慧的结晶，读来令人震撼、沉思和警醒。

总之，郑敏的诗深受冯至、里尔克等诗人的影响，充满睿智的观察和独特的沉思，具有强烈的文化与哲学意味。她的沉思常常超越了个人的遭遇与悲欢，而是进入了广阔的历史时空与博大的生活空间。其思考常常围绕着自然与人类、个体与整体、简单与复杂、现象与本质、优势与劣势、存在与虚无、真理与谬误、时间与空间、自由与束缚、肉体与灵魂、希望与绝望、青春与衰老、生存与死亡等关系而多层展开，步步深化。她长于在矛盾的解剖中，在诗与哲学的交汇处发现别人不易发现的诗意。读她的诗，我们如同在凝神欣赏一部诗与哲学合奏的交响曲：境界博大，内蕴深邃，余音玄远，意味深长，具有提升我们灵魂的巨大作用。当然，由于这类诗不是以浪漫主义的抒情来取得感人的效果，而是通过对情感的“间离”，达到在理智上启人深思的艺术效果，其诗歌的艺术力量是潜在的。这就决定了阅读者要有较高的文化素养和相应的智力水准，还需要有一颗沉静的心和善思的头脑。在当前诗坛浮躁、精品罕见、劣诗泛滥的情况下，我们更应该高度重视和研究郑敏的诗歌创作。

（二）潜心捕捉无意识中的心灵幻象

郑敏在自己的诗歌创作中，为了寻求新的突破，她注意更新自己的诗歌观念，解放思想，大胆开辟新的诗歌领域，寻求新的诗歌资源，以便更好地释放自己的诗歌潜能。为此她勇敢地把笔触伸向了无意识这个黑暗的世界，潜心捕捉这个世界中丰富多彩、变幻莫测、恍惚迷离、奇异诡诞的心灵幻象，来构造自己神奇诡异的艺术世界。1986 年，她在弗洛伊德有关无意识与文艺创作理论的影响下，并且从美国当代诗歌中受到极大的启发，“使我意识到自己尚拥有一片受忽视受压迫的沃土。我们的写作习惯于由预设的逻辑程序控制思路和情绪。如何能让月亮那不朝向地球的另一面——无意识——也能参加写作呢?”① 可见，此时她已自觉地意识到无意识对诗歌创作的重要意义。长期以来，由于受单一、僵化的诗歌观念的束缚，我们的诗歌创作常常满足于在意识的原野上去做无休无止的开采，而忽视了在无意识的大海中，还有一大片未被发现的珍奇。这就使我们浪费了大量有价值的诗歌创作资源，丧失了一笔宝贵的精神财富。

所谓无意识，按弗洛伊德的说法是：“一种历程活动于某一时间内，而在那一时间之内我们又无所觉，我们便称这种历程为无意识。”② 无意识是一种特殊的精神状态和心理过程，是构成人的心理实质的重要组成部分，比意识具有更为复杂的作用。在这个“特殊的精神领域”隐藏着各种“既令人惊奇又令人迷惑不解”的精神活动。而无意识中的心灵幻象，实际上是指主体意识放弃了有意控制，久积于主体心理的潜象乘虚活跃起来，在新的信息碰撞中，各种潜象因子重新组合，释放较高的能量，因此有跃入显意识层呈现于人的内感觉中演示幻象。

对于这种幻象的体验，文学史上不乏典型的例证。如法国作家罗曼·罗兰在二十岁那年，在罗马城郊的霞尼古勒山冈上，俯瞰夕阳照耀下的罗马城，忽然心有所动，在漫天彩霞中，他看见克里斯朵夫这个人物“顿时涌现”。他后来回忆道：“起先那前额从地下冒起。接着是那双眼睛，克里斯朵夫的眼睛。其余的身

---

①郑敏：《郑敏诗集·序》，人民文学出版社，2000 年版，第 2 页。

②引自文化部教育局编：《西方现代哲学与文艺思潮》，上海文艺出版社，1987 年版，第 73 页。

体在以后的年月中逐渐而从容地涌现。可是我对他的幻象是从那一天开始的。”①罗曼·罗兰把这一瞬间的幻象比喻为“一道闪电”，认为《约翰·克里斯朵夫》就在那时被开始孕育。巴尔扎克也曾生动地描述过这种幻象产生的偶发性、变幻性、奇特性、瞬间性：“巧逢一团热火触及这个脑门，这双手，这条舌头；顿时，一个字唤起了一整套意念；从这个意念的滋长、发育和酝酿中，诞生了显露匕首的悲剧、富于色彩的画幅、线条分明的塑像、风趣横生的喜剧。这是转眼即逝、短促如生死的一种幻象。”② 正因为如此，西方现代派作家茨维格论述道：“艺术家从千百次艺术创作实践中体验到，每当他放弃了意识的有意控制时，一种新的意象便会奇迹般地涌现出来，一种长期要解决而未得到解决的问题便突然得到解决。”③

必须指出，这种艺术家的幻象体验决不等于精神病患者神经功能紊乱而产生的幻视幻听，艺术家的幻象体验是在艺术家长期为艺术殚精竭虑的求索之中，于无意控制中导致了潜象自由活动才能演变为幻象。对于诗人来说，在凭借自己敏锐的感觉捕捉到这种幻象之后，还不能顺利地进入创作状态。诗人还要自觉地把这种潜意识的幻象与显意识相结合，对幻象进行新的追寻、新的组合，使之建构成诗的审美意象。如《死的幻象》（致被暴力屠杀的她们的冤魂），就是向我们描述了在纷飞的迷蒙的原野上，由“15世纪的火焰和柴禾的噼啪”所照亮的“殉难者的黑夜”场景：“没有能喊出愤怒的破裂喉管/蓬乱的头发和血迹/白雪化成翅膀/慢慢地、慢慢地/圣桑的白天鹅向死亡/女性的柔韧的钢的肢体/头颅滚落在白雪中/……头颅滚向星空/在宇宙中/留下一颗卫星//有的白雪变成血泥/有的眼睛变成不闭的星辰/有的歌声被切断在喉管/剩给人们无声的黑暗/……//缠绕着活人的心灵/那鸡样被切断的喉管/木桩样被烧焦的身体/失去头部的青蛙/暴力在狂笑中饮醉了/残酷像花一样开满原野/死的幻象/不宽恕我们，懦弱的生者”。诗人从自己潜意识的自由活动中，捕捉了那么多历史的幻象，其中有暴力者手段的残忍，被屠杀者的种种惨状，还穿插着一个舞者忧郁的目光，飘逝的身影，并将它们与飘飞的大雪、迷蒙的原野等现实背景交织在一起，组成一幅幅飘忽不定、看似纷乱实则已与诗人的显意识有密切关联的审美意象，透过它们，我们仿佛看到了一幕幕历史的惨剧，那是生命、灵魂和美在暴力者肆意践踏下的可怕下场，其中凝聚着血的教训。她的《心象组诗》，更是向我们展示了许多“自我涌现”

---

①《约翰·克里斯朵夫之诞生》，见《罗曼·罗兰文抄》，上海译文出版社，1985年版，第208、209页。

②《论艺术家》，见《古典文艺理论译丛》，人民文学出版社，第10册，第97页。

③茨维格：《艺术中隐藏的秩序》，转引自李普曼《当代美学》，光明日报出版社，1986年版，第423页。

的“坚实而又虚幻”的“心象”。如《渴望：一只雄狮》：

在我的身体里有一张张得大大的嘴
它像一只在吼叫的雄狮
它冲到大江的桥头
看着桥下的湍流
那静静滑过桥洞的轮船
它听见时代在吼叫
好像森林里象在吼叫
它回头看着我
又走回我身体的笼子里
那狮子的金毛像日光
那象的吼声像鼓鸣
开花样的活力回到我的体内
狮子带我去桥头
那里，我去赴自然的约会

这里的幻象，形象鲜明，有声有色，有动有静，似乎可触可感，它是诗人各种潜在渴望的形象化演示；“穿过穿不透的铁甲/它回到我的意识里/在那儿放出/只有我看得见的光”（《“它”（记忆）》），这是对“记忆”幻象的把握；“那里/大地发出痉挛/那里/新的生命开始了黎明/那里/男人、女人深深扎根/那里/冬季和春季/相会、跳舞/……//热的、甜的血液/沸腾在黑暗的深处/那里/生命和死亡进行一次/火山的爆发”（《“那里”》），这是诗人揣想另一种生命状态的幻觉形象。此外，像“在那黑暗中，一双/回忆的眼睛会看见/吞吐着白雾的高山，和一切/云层之上那无所阻拦的/蓝色的道路，通向/没有引力的永恒”（《“雷雨之夜”》）；“每当我走过这条小径/幽灵就缠住我的脚步”（《每当我走过这条小径》）；等等，都是诗人从潜意识中捕捉的心灵幻象。作者称这些诗的写作“解放了自己长期受意识压抑的无意识，从那里涌现出一批心象的画面，在经过书写后仍多少保存其初始的朦胧、非逻辑的特点。这些图像并非经过理智刻意组织的象征体，也非由理性编成的符号表象。它们自动的涌现，说明无意识是创造的初始源泉，语言之根在其中。”作者同时又指出：“但纯粹的无意识写作也同样不可能。意识与无意识的对话如何能为作者所窃听是写作艺术转换的关键。每一位大作家在这方面的能力一定是十分纯熟卓越的。而我的尝试只是一次大胆的偷桃行为。”[①] 这说明，

①郑敏：《郑敏诗集·序》，人民文学出版社，2000年版，第2、3页。

诗人既重视开发和利用好无意识领域的创作资源，也对无意识的精神活动进入诗歌创作，保持着清醒的头脑——它不可能是无意识活动（包括心灵幻象）的自然陈列，而是要注意与显意识中的某些信息相碰撞，相交融，从而转换成既保留其原有的朦胧性、非逻辑性，又具有一定的暗示性、可感悟性的审美意象，这样，无意识的精神活动才能有效地进入诗的世界。郑敏在这方面的探索是富有成效的，值得我们借鉴的。

（三）努力发掘内心神秘的超现实体验

超现实的体验，是西方超现实主义诗歌流派所倡导的艺术追求。他们所强调的“神秘的超现实主义艺术的秘密”，就是要超现实性，超理性，追求梦幻、错觉、恍惚、模糊的预感、彼岸世界、无意识的精神活动等，并竭力从中寻找诗歌的灵感，捕获新奇怪诞的诗歌意象。这些观点有合理的见解，也有违背艺术规律的偏见。这个流派的领袖人物法国诗人安德烈·勃勃东在《超现实主义宣言》中指出：“如果在我们的内心深处，蕴藏着一种奇异的力量，它能够增强，或者克服外在的力量，最好能抓住这种力量——首先抓住它，然后，如果需要，就用我们的理智加以检验。那些进行自我分析的人只有靠这个才能获得成就。”① 勃勃东这里所说的“内心深处”的“奇异的力量”，就是一种超现实的体验，如果及时抓住它，并把它引进诗歌写作，不仅能创造一种神妙的超现实境界，也有着非常重要的社会意义，正如英国超现实主义诗人赫伯特·里德所说的那样：“这些自我的秘密平时深埋在每个人的内心中，只有敏感的艺术家才能替我们表现出来……这些秘密的大部分由无意识的因素构成，我们对自我的无意识研究得越多，便愈能表现人类集体的无意识。”② 深谙西方现代派诗歌艺术的郑敏，对此有着清醒的认识和适当的借鉴。她说自己有部分诗写的是“我内心所听到的一些超验力量的声音，及我对这些声音的对答。这些声音是一些来自无形而常在的超验的力量，如‘死亡’。当我在精神上和它们相遇时就发生一种尘世与非尘世力量相对话时的撞击。”③ 例如她的《心中的声音》，就是写自己在寂静的夜晚，让灵魂沉静下来，默默地与宇宙交流，聆听宇宙的信息，获得了一种超现实的体验：“在这仲夏夜晚/心中的声音/好像那突然飘来的白鹤/用它的翅膀从沉睡中/扇来浓郁的白玉簪芳香/呼唤着记忆中的名字/划出神秘的符号/它在我的天空翻飞，盘旋/留连，迟迟不肯离去/……这么洁白，它藐视死亡/有一天会变成夜空的星

---

①［法］安德烈·勃勃东：《超现实主义宣言》，见《法国作家论文学》，生活·读书·新知三联书店，1984年版，第60页。

②转引自爱德华·杰尔曼：《英美超现实主义诗选·前言》，企鹅丛书社，1978年版，第28页。

③郑敏：《郑敏诗集·序》，人民文学出版社，2000年版，第2、3页。

星/也还是充满人们听不到的音乐/疯狂地旋转，向我飞来/你，我心中的声音在呼唤/永恒的宇宙，无际的黑暗深处/储藏着你的、我的、我们的声音”，这是静心沉思时，人已超越了自我而与自然、宇宙、历史相融合时所聆听到的一种超验的声音。

再如对“死亡”的神秘感，也常常引起诗人的好奇。17世纪诗人姜·顿（John Donne）就曾穿上尸衣在镜前沉思“死亡”。诗人里尔克在他的《杜依诺哀歌》之八中甚至将死亡看成是生命的一部分，是生命在完善自己的使命后超越狭隘的自身回归浩然天宇的必然过程。郑敏在进入中年后，“也常常想应当培养一种对‘死亡’的友好心态”，因而她也同样在诗歌创作中涉足“死亡”这一陌生区域，用诗歌表现自己对“死亡”这一无法预知的超现实体验。例如《我从来没有见过你》：“我从来没有见过你/因此你神秘无边/你的美无穷/只像一缕幽香/渗透我的肺腑//当我散步在无人的花园/你的无声的振波/像湖水传给我消息/我静静聆听那说给我的话/仍然，我没有看见你/也许在蔷薇篱外的影子。//不要求你留下/但你要一次次地显灵/让我感到你的存在/人们能从我沐浴着夕阳的脸上/知道我又遇到了你/听见你的呼吸//虽然我们从未相见/我知道有一刹那/一种奇异的存在在我身边/我们的聚会是无声的缄默/然而山也不够巍峨/海也不够盈溢”。这里，诗人以一种非常虔诚、“近乎爱情诗”的情感色调，写“死亡”之美，“死亡”之语，并且真诚地敞开心扉，友好地接待“死亡”，与“死亡”对话，向“死亡”提出要求，并且想象着与“死亡”聚会时的美好。她的另一首《我不会颤抖，死亡！》更以一种乐观、迎战的心态对待死亡：“我不会颤抖/当一个早上，你突然来到/我每天都知道你就在我身边/……/当你像瑞士高山的云雾/缠绕我的身体/我的眼睑慢慢垂下/一切属于我的/你都叫我抛弃/跟着你，我们一起消失/……”这些诗句都是诗人在发掘内心深处对“死亡”的种种神秘体验并且想与之“建立一种在世的友谊”，因为在诗人看来，“诗美能转换人对死亡的陌生畏惧感，而将它看成生命中亲密的伴侣，因为它引导你回归所自来的大自然。”[①] 此外，像《灵魂的低语》《昨夜》《神秘的小屋》《孤寂的城堡》《开花》《跑者》等，都是或写灵魂的低语，“寂静”的呼吸，神秘的箴言；或写赐给我“一双穿越地狱/瞧向星空”眼眼的神秘存在；或写一种神奇的赐予，伸进“我”怀里，捉住我手腕的春天的手，引领我走出孤寂城堡的看不见的手等。它们都是作者从自己内心发掘出的种种超验的声音或超验的力量，写进诗中无疑增强了诗的陌生感、神秘感，读后能引领我们由此岸去想象彼岸，由已知去探索未知，把个体生命与宇宙本体联系起来，以一种虔诚、旷达、洒脱的心态去对待生活和人生。

---

①郑敏：《郑敏诗集·序》，人民文学出版社，2000年版，第4页。

（四）大胆探索绘画型的“试验诗”

郑敏对诗歌艺术的探索是多方面的。例如在内容和形式的关系问题上，她既重视诗歌内容的丰富与刷新，也注意形式的变化与创新。她认为形式与内容是辩证的统一，形式的多样性将有利于增强内容的表现力，吸引力。为此，她大胆探索形式的变革，写出了一些带有试验性质的诗。她的试验诗包括三种形式：一种是让诗与画结合起来，让诗具有线条节奏，诗行具有更多的感性形象，可以走进居室悬挂起来；第二种是借用中国古典绝句的形式写短诗；第三种是在口头白话中加入一些非口头的古典话语。这里主要谈谈她对绘画诗的思考和探索。在她看来：“白话诗的形式我一直觉得有些欠缺，有时想如果诗的长相和它的内容有密切联系，是否会更富表达力呢？而且如果诗能在外形上有画的某些魅力，是否就会从书架上走下来被悬于壁上或置于案头呢？”“古典诗的传播常借助于书法，如今也还占据着不少人家的墙壁与精美的画一起平分主人的生活空间，而白话诗却很少有这种幸运。这是我尝试写这类诗的一个主要原因。今天在我海外的孩子的家里就有几首这种‘画诗’陈设在他们的壁上和案头，那些诗让我们之间常有一种生活在一起的感觉，也许比相片更多几分深意吧。”[①] 例如《秋天的街景》就用秋雨、枯叶、冷风、小鸟、街心、雁群、天空、红灯、绿灯等物象，为我们描绘了一幅秋雨迷蒙中的街景图，其中还唤起了诗人对童年的神秘记忆，而在艺术形式上，则采用了类似雨丝断断续续斜穿而过的形式去排列诗行。《舞》则运用错落多变的诗行排列，表达诗人对舞者舞姿的动态感受。特别是《流血的圣树》（献给巴赫、亨德尔、米开朗琪罗）：

冬天让我幻想新生
幻想那蓬松碧绿微颤的
春天像梦样来到你这棵枯树
我感到饥饿疯狂受压抑寒冷的冬
已被驱逐出我的肢体头脑和我的灵魂
给我忍耐吧，像钉死的圣人在十字架上等待
母亲的手，只有母亲的手能将愚昧残酷
和钉子自他流血的手脚上拔下来
拔下来，擦干血迹，让她的儿子
苍白的肢体回到膝上
母亲的膝上世间

①郑敏：《郑敏诗集·序》，人民文学出版社，2000年版，第4页。

唯一的圣地
流血的
树
用
你
的
根
紧抓住
大地的泥土
承受人类的痛苦

这首诗表现一切伟大的艺术家都要有宽广的胸怀、顽强的意志，既接受人类慈母般的关爱，又要心系人类境遇，敢于承担人类的痛苦，于风吹雨打中为人类撑开一片绿色的希望，成为人类坚强可靠的精神之树。为了有效地表现这一主旨，诗人在诗的形式上精心构思，诗行首先由短到长，其次由长到短，接下来改用竖行，最后三行结尾又改用由短到长的横行，其中竖行和最后三行用的都是黑体字。整首诗的诗行排列造成的形状，就像一棵深深扎根大地、苍劲挺拔、枝繁叶茂的大树。它给读者带来强烈的视觉效果，像一幅具有象征性的图画，能唤起读者的想象和联想，激发读者多方面的沉思。

又如她写给身在美国的儿子童朗的一首诗《1995.9.16 朗 33 岁诞辰赠诗》：

朗
秋天
一片蓝
有白云浮
过你的胸前
载着远方的爱
没有什么能
遮住你远
眺之目
总是
朗

这首诗创造了开阔的意境，其中渗透着母亲对儿子的爱以及对儿子远大的期望和强烈的信心。在诗的形式上，诗人有意将诗行排成形似一个箭头，一个不停地朝前飞去的箭头，造成很强的形象感、动态感、力度感，寄寓着诗人真诚祝愿儿子锐意进取，不断前进的殷切期望。

二、知性的塑形：多种感知、体验的意象化与灵活多变的结构

作为九叶派的成员之一，郑敏写于20世纪40年代的诗，就受到里尔克、瑞恰兹、歌德、冯至等诗人的影响，主动放弃浪漫主义的抒情，不追求以情感人，而是以冷静的眼光去观察客观世界，对万事万物采取静思默想的方式，去探索事物所包含的意蕴，目的在于以一种富有知性的现代性诗去启迪和引起读者的沉思。她后来曾这样谈到自己的艺术追求："我希望能走入物的世界，静观其所含的深意，里尔克的咏物诗对我很有吸引力，物的雕塑中静的姿态出现在我们的眼前，但它的静中是包含着生命的世界的真义和隐藏在静中的动。"① 这表现在诗歌艺术上，就是诗人自觉追求知性和感性的统一，创造一种塑像式的沉思，也就是从形象中找到思想，使"思想知觉化""像你闻到玫瑰花香味那样地感知思想"(艾略特)。九叶派诗人、诗论家袁可嘉曾结合分析郑敏的诗《金黄的稻束》，概括其诗歌艺术的特点是："注意雕塑或油画的效果：以连绵不绝的新颖意象表达蕴藉含蓄的意念，通过气氛的渲染，构成一幅想象的图景。它的效果是细微、缓慢、持久而又留有想象余地的，就像细雨滋润禾苗，渗入了土地一样。"并称之为"郑敏塑像式的沉思默想。"② 进入新时期以来，郑敏的诗歌创作仍然继承和发展了她这一艺术追求。

知性是英美现代主义诗歌所强调的特质，其概念本身有着丰富复杂的内涵，艾略特说它是："许多经验的集中，集中后所发生的新东西。"③ 倡导知性诗主要是为了对抗感情泛滥的弊病，尽量在诗中减少抒情的分量。尽管知性与感情有别，但也并非完全排斥感情；知性诗歌也不是单纯追求思想性，知性诗不等于哲理诗、警句诗。知性必须与感性相融合，才能创造出富有深度的艺术境界。

为了有效地实现这种结合，郑敏在以下两个方面做出了努力：

（一）将多种感知、体验转化成一个个新奇的意象

郑敏十分重视意象的创造，在她看来：诗的魅力的来源"是它的充满感性魅力和理性光辉的意象。""只有当概念在诗人的灵感的催化下转化成有血肉，有色、声、味，有感性魅力的一个意象，或甚至一幅幻景，它才能成为诗。""意象是呼吸着的思想，思想着的身体。"④ 其次是运用诗人的智慧，通过多种组合方

---

①引自袁可嘉：《现代诗论·英美诗论》，中国社会科学出版社，1987年版，第383页。

②袁可嘉：《九叶集·序》，作家出版社，2000年版，第9、13页。

③[美] 艾略特：《传统与个人才能》，《西方现代诗论》，花城出版社，1988年版，第80页。

④郑敏：《诗歌与哲学是近邻——结构—解构诗论》，北京大学出版社，1999年版，第62、63、64页。

式，结构形式，将这些意象以及诗人的思想感情进行集中、协调、平衡、组合，使之按照新的秩序凝聚成新的富有意蕴的艺术境界。

郑敏的诗歌在意象创造上体现了如下鲜明的艺术特征：

1. 客观物象意象化

郑敏在诗歌中写到了大量的客观物象，如太阳、大海、飞鸟、火烈鸟、白鹤、小鹿、鸽子、天鹅、海鸥、夏蝉、田鼠、章鱼、鲸鱼、荷花、水仙花、野花、石像、白蔷薇、槐树、君子兰、落叶、垂柳、珍珠、白杨、雪山、电缆、锚、窗、灯等。但这些客观物象在进入诗人的艺术世界时，无疑都经过了诗人思想感情的过滤、催化和变形，异变为一个个能表现诗人情思和审美情趣的意象，它们共同组成了郑敏丰富而又独特的意象世界，从不同的层面上表现了郑敏对客观世界的观照和感悟。例如，太阳这个客观物象在诗人的笔下异变成了一个崭新的意象：

太阳，时间的眼睛
宇宙的一个记忆宝库
人类在你的眼睛里存储了亿万年的程序
你的投影使荒野和顽石都有记忆

——《太阳，时间的眼睛》

通过这些意象寄寓了诗人对时间、空间、宇宙、地球、历史、生命等多方面的沉思；大海在诗人的笔下或变成了“一只墨绿的玉盘。/船在玉盘上微摇，倾斜”（《海的肖像》），或变成了“一块微微颤抖的墨蓝的绸缎”（《和海的幽会》），这表现了诗人对大海特有的审美情趣。此外，君子兰在诗人笔下变成了“释放几千年的生命火山”“向宇宙闪出那无法扑灭的火光”（《我的君子兰》）；槐树在诗人的笔下变成了“张开翅膀/袒露胸骨/抖动那窸窣的嫩叶/在黑色的树身里蕴藏着焦急”（《四月的槐树》）；一匹唐三彩的黑马在诗人笔下异变成“你闪光的黑色身躯藏着/历史的神秘时间/在四蹄下流过，浓雾里/你突然出现在我的眼前”（《黑马》）；等等，这些客观物象的意象化，大大增强了诗的形象表现力。

2. 内心体验意象化

诗人在漫长的人生征途中获得了许多宝贵的人生体验，这些体验的发生有时是瞬间的、直觉的，但却凝聚了诗人长期而独特的人生体验。要把这些体验有效地传达给读者，就需要诗人通过创造的途径，把这些体验转化为一个个具体可感的意象，通过意象去激活读者的感知、想象、联想、思考，进而去领悟蕴含其中的人生体验。郑敏是注重抒写内心体验的诗人，在把内心体验转化成新颖鲜活的意象方面有着极强的创造力。例如，当她写到自己老年的手与外孙童稚的手相握时，内心细腻而奇特的感觉便转化成了有声有色、活力四射的意象：

当老年和童稚相握手
干涸的河流又咆哮
荒芜的山峰突然变绿
智慧如嫩笋从地下涌出

虽然我们紧紧相握，
我的船正奔下泡沫纷飞的虎跳峡而去……
你的船在等待
喷薄而出的一轮新日

——《从童年伸出的小手——看闻森的相片》

诗人正是凭借这些新颖的意象才使自己内心的感觉与体验迅速外化，透过它们，我们分明感到了孩子的纯洁与天真给诗人带来的激动与喜悦，同时也更加激活了诗人的爱心、智慧以及对生命的沉思。而对“死亡”这种超验的感觉，诗人也将其转化成了独特的意象：

黄昏的鸟儿飞回树林去歇栖
等待着的心灵垂下双翼
催眠从天空洒下死亡的月光

——《诗人与死》之六

诗人通过独创的意象，表达了对“死亡”平静、自然、洒脱的心境，它使人想起英国诗人史蒂文生在《安魂曲》中所表达的对“死亡”的乐观感受：

好像水手离开大海归故乡，
又像猎人下山回归了家园。

此外，诗人还将许多内心的感觉与体验转化成了诗的意象，如

我的体内
生命的源泉上涌
只有一只夜鸟
划破沉寂
它的尖叫声
触摸到
无力、低垂的叶子
描绘下夜的踪迹

——《“我们站在”》

秋天在我的身体里
放下一块镇石
沉沉的、沉沉的
山也压弯了腰
湖也失去了水波
——《落叶》

在我的血管里
嫩嫩的青芽在冒出
——《在我的血管里》

在我的心的峭壁上
长着一株古松
——《秋天的组曲》

嘴也许是天堂和地狱接吻的地方
——《两座雕塑》

春天的脸
半边哭泣，半边欢笑
——《对春阴的愤怒》

这些意象将诗人内心的独特感觉和体验形象生动地传达给了读者。

3. 主体思想意象化

知性诗的特点之一是具有较强的思想性。知性诗人也长于用沉思默想来取代浪漫诗人对感情的直抒。但知性诗人对思想的表达不是赤裸裸的，而是尽量转化为具体的意象，通过意象使“思想知觉化”。例如“假如你翻开那寂寞的巨石/你窥见永远存在的不存在/像赤红的熔岩/在带着白雪帽子的额头下/翻腾，旋转，思考着的湍流”（《成熟的寂寞》）。这里，诗人将寂寞掩盖下的强烈的思想活动转化成了新奇的意象——“寂寞的巨石”“赤红的熔岩”“带着白雪帽子的额头”，翻腾、旋转的“湍流”，真是有色，有声，还有滚烫的感觉，其意象的组合所产生的整体效应，带给我们强烈的震撼和巨大的冲击，使我们感到寂寞中的喧腾，冷峻中的灼热，平静中的湍流。这里，高度意象化的诗句，十分生动形象地表达了诗人对“成熟的寂寞”所具有的本质特征的思考和发现。

我们都是火烈鸟
终生踩着赤色的火焰
穿过地狱，烧断了天桥
没有发出失去身份的呻吟

——《诗人与死》之十

诗人借助“火烈鸟”这一具有象征意义的意象，表现了一代诗人坎坷的命运和正直、不屈的灵魂；“生命是一幅水中的图画/随着漩涡的刻刀变幻/变形，宁静，沉沦”（《敲门》），闪烁、变幻的意象表达了诗人对生命多层次的沉思；“让狐狸在墙外咬牙，/野狼在墙外哀嚎吧，/我们修补了自己的长城”（《修墙》）。这里，“狐狸”“墙”“野狼”“长城”都是具有象征性的意象，组合在一起表现了诗人对某种社会现实的沉思和美好的期望。

4. 幻觉意象化

郑敏善于借助幻觉描写来拓宽诗歌的审美空间，增强诗的表现力。成功的幻觉描写，首先就要求诗人善于将幻觉转换成具有表现力的意象，通过意象来创造一种幻觉境界。如“从古墓里升起诸多先圣/胡须飘然、衣袂飞扬/缓慢地睁开眼睛，从睡梦/中起来，看望子孙们的战场”（《诗的交响》），这里，诗人潜意识的幻觉已转化成了幻觉意象，通过“先圣”的视角来审察“文革”的“战场”，从而引领人们去看清：“文革”是一场令我们的祖先都感到无比痛心的大灾难、大悲剧。在《儿童群的塑像》中，诗人为我们描写了一群失去父母爱护的儿童，“在那不幸的年月”到处流浪，受人歧视的悲惨境遇。为了有效地揭示造成这场悲剧的原因，深刻地展示他们幼小的心灵所承受的巨大创伤，诗人通过儿童“踯躅在街头”产生幻觉的独特角度，为我们展现了一个令人惊心动魄的幻境：

朦胧的灵魂
在雷电中被划破
白光中展开一片荒冢
父母睡在
泥土里　铁槛后　只留下钥匙
他们幼小身体失去拥抱
偎倚　雷电之夜
黑暗与电闪交替
柳枝在狂摆
母亲的长发披散

这里，诗人将幻觉转化成一个个形象可感的意象，并通过意象的组合创造了独特的幻觉境界，不仅拓宽了诗的艺术空间，也增强了诗歌的表现力，其中所蕴含的深意，读者通过对幻境的感受和沉思，自然能领悟到。

5. 画与音乐意象化

郑敏爱好绘画与音乐，她写了一些观赏绘画与音乐的诗，在这些诗里，她用神奇的彩笔，把绘画与音乐的形象转换成诗的意象，并在这些意象中融入了自己的想象、生命意识、情感与沉思，大大拓宽了形象的审美表现力。如《戴项链的女人》，这是一幅意大利画家莫迪里阿尼的画，诗人用多彩的诗笔将画面转换成诗的意象：

火红的头发
一朵燃烧着的大丽花
长在黑色的土地上
那里丝绒长袍裹着
秋天的身体，下溜的
半露的肩，微胖的臂膀
和那联结着思维和躯体的
细长、棕色的脖子
腰却仍在留恋着少女的年月。

深隽的一双黑眸子
醒悟了的意识又被
世纪初西方的迷惘催眠
怔怔地半垂着视线
然而眼睑却没有松弛
时间的脱节引起了肌理的失调

项链断断续续地挂在胸前
珠子、希望、眼泪、多情的凝视
都从这胸前滴下

这里，不仅有画面的再现，更有着诗人对画面上人物精神世界的理解和把握，其中“燃烧着的大丽花”“黑色的土地”“秋天的身体”“深隽的一双黑眸子”“怔怔地半垂着的视线”，从“胸前滴下”的“珠子、希望、眼泪与多情的凝视”等，都是浸透着诗人想象与情思的意象，大大地提高和丰富了画面的表现力。到诗的结尾，诗人索性超越绘画，突破画面的时空限制，用想象的画面去深化绘画的意境：

从粉红色的婴儿走向
长着鹰爪样关节的风湿老年
她正瞧着一扇半开的时间的门
从那里通向
晚霞消逝后冷静的晚空

诗人打通了画面人物的“过去—现在—未来”，用创造性的意象表现了诗人对画面上人物命运的理解与沉思，其间渗透着诗人强烈的时间意识与生命意识。可见，诗的创造性意象大大强化了绘画的表现效果。

在音乐意象化方面，郑敏善于将听觉效果转换为视觉形象。如她在《贝多芬的寻找》中，将贝多芬《欢乐颂》的听觉效果转化成一连串创造性意象：

解放了的火柱，将深渊抛在后面
无法阻拦的火焰河流
琥珀色的长河映着白雪
蚕蚀了绿树和村庄
把肥沃的灰尘洒满土地
赤马的火蹄在绿野上奔驰
在时间里消耗了自己
死了，寂静了
剩下张得大大的嘴的火山
朝着天空，等待

这样，读者通过感受这些流动的视觉性意象，去想象、揣摩和体会音乐的节奏感、旋律美，感受其雄浑、奔放、热烈的气势。此外，像《卡拉斯的歌声》《听尺八》等，都成功地将音乐意象化，取得了良好的艺术效果。

（二）对诗歌内在结构的重视与探索

在知性、感觉转化为新奇的意象之后，为了有效地体现诗的暗示性、含蓄性、启发性等艺术特征，郑敏十分注意在诗的内在结构上下功夫，对诗的意象以及由意象所滋生的独特的感受、体验、情感、意识等进行艺术的集中、协调、平衡和重组，使诗人的“知性和感性”在诗的内在结构中得到和谐的统一，使缤纷的意象和情思，在多变的结构中凝聚为一个个极富意蕴和暗示魅力的艺术境界。这样做的优势是摆脱了诗意的松散随意，一览无余，缺少层次感、含蓄性，使诗获得了神奇的内在聚合力、弹性和张力，增强了诗歌整体的审美效应和表现功能，使诗具有极大的新奇性、暗示性、含蓄性和多层次性，让读者在读诗时产生一种惊奇感，从而激活读者的情感和思绪，产生强烈而持久的阅读兴趣。

郑敏不仅重视诗的结构，而且还曾密切联系古今中外的诗歌，对诗的结构做过深入的研究。她在《诗的内在结构——兼论诗与散文的区别》一文中曾强调指出："我们常常碰见这种缺乏诗的结构的所谓'好诗'，读后总觉得像做了一次没有目的的旅行，或者始终没能将我们带到目的地的旅行。""在诗里意念、意象的安排（即诗的内在结构），也是诗的灵魂，它决定一首诗的生命的开始、展开和终结。""结构的诞生是诗创作的关键时刻。只有词或只有意都不能保证一首诗的诞生，只有当诗人对所要写的诗有一个整体的结构感时才能有把握的动笔疾书"①。正因为如此，她自己在诗歌创作中，也努力寻找和探索多种结构方式，以使自己丰富复杂的精神世界得到多姿多彩的客观表现。

郑敏常用的主要结构方式有如下几种。

1. 展开式

展开式就是采用移步换景的方式，将人或事物在不同时空下的活动或形态一步步展开，组成类似电影蒙太奇镜头的流动画面。这种结构方式如同现代展览大厅，由第一厅到第二厅再到第三厅……每个厅里都有不同的布局和展品，使你每走进一厅都有新奇的发现和独特的感受。展开式有层层展开、突然展开和在结尾的高潮中突然提出新思想等三种方式。展开式结构常常在诗的高潮中突然结束，给读者造成了强烈的刺激，以激发读者去思考诗的内涵，感悟诗中的寓意。如《海的肖像》，就是通过描述自己乘船在海上朝夕观看海的变化，运用层层展开式的结构，一步步展示了海的形象和性格。全诗分"海的宁静""海的愤怒""海的讥讽""人们的等待"四个部分，一层层展示了海的形象的多侧面性、海的性格中复杂的因素、品质以及人们对海的寻找、等待和感激，最后抒发了诗人对海的主观感受："你，这活力的象征/活的海，又回来了，给人们的身体/和心灵带来新的/颤抖，/摆动，/和不可扼制的：/震波"，使诗歌掀起感情的高潮。《早春的冬树》先写"春"从东海起步，顺着江、河、海湾来到北京的树梢上，而"那分着墨线般细桠的冬树/像神经的末梢，敏感地/颤抖在晨风里"，接着用多彩的笔客观地描写冬树的形象："有着墨色树身的冬树/是从矿层深处伸出来/拥抱阳光的油黑的手臂；/那有着银白树身的白杨/是海豹从海面突然跃起/溅着水珠，笔直上升/让阳光在湿滑的皮肤上/照出一片耀眼的银白"，诗人由远到近地向我们

①郑敏：《诗歌与哲学是近邻——结构一解构诗论》，北京大学出版社，1999年版，第7、23、24页。

描绘了她眼中的冬树形象，但到诗的结尾，在客观描写的同时又突然写了诗人的主观感受：

黑色的，银色的树身
有一股微微的暖流流过
人们神经的末梢：
我们都是早春的冬树。

这后两句诗有一种给读者突然打开一扇天窗的感觉，它由客观描写升华到主观感受，给读者以意外的刺激，使读者情不自禁地要回头再看看作者笔下的冬树形象，按照由树到人的内在脉络去重新感悟冬树的内涵，从而激发了读者思考的兴趣，也使前面的冬树描写增添了深意。

《君子兰，火之球》也采用了层层展开式结构，先依次写君子兰“燃烧着一团火”“哑静　绿叶　修长”“挺拔，开展生动的运动”“在呼吸　在喷放　在欢乐　在散发”等四节诗，一步步展现了君子兰“燃烧”“哑静”“挺拔”“喷放”等形象特征，但到诗的最后，诗人却掀起意外的高潮：

生命不动之动像排山倒海
自天边滚滚而来的海潮
用它无声的尊严和强烈压倒了我

这里，诗人把君子兰与整个自然与人类的生命本体联系在一起，把自己的感受和思考推向了哲学的高度：人类对它只能充满着虔诚和敬畏。这样，不仅深化了诗的意蕴，也将读者引进一个新的思想境界，获得心灵的顿悟和提高。

2. 层进式

层进式就是采取层层递进，向深处拓展的方式，来安排诗的结构。如《诗的挖掘》：

我伸手向心灵深处，
挖出那鲜红跳动的心，
它像鱼儿样欢跃。

我又伸向更深的深处
挖出感情的化石
上面有童年的云雾，
像大理石记载着大地的情思。

我又伸向更深，更深的深处
这次找到一块汉镜，
它在泥污的下面
正努力映出几千年不褪色的蓝天，
真理和美、人类心灵深处的烛光。

诗人以伸手挖掘为构思的核心，通过形象化的比喻“鲜红跳动的心”“感情的化石”“一块汉镜”，来一步步推进挖掘的深度及其结果，形象地表明诗人对诗意的探寻是多方面的而且是步步深入的，特别是把表现“真理和美、人类心灵深处的烛光”作为自己最高的艺术追求，更是体现了诗人的严肃的艺术态度。此外，像《寻找》《诗人》《寄情》《真正的故乡》《只有一种》等，都采用了这种方式。

3. 意象组合式

意象组合就是运用一个接一个的意象，像电影中的蒙太奇，按照生活逻辑和美学原则，把它们有机地组合成一幅幅跳跃的有空间距离的有层次的画面，使它们产生连贯、对比、联想、衬托、暗示等作用，让读者通过画面去揣摩和领悟诗中的深意。例如：

疯狂　有着火热的红色
每天朝拜　诵经　祷祝
十几亿的智慧都被麻醉剂
降服　抹去　消失　人们如行尸
举着旗帜　浩浩荡荡
太阳是金黄色的　海洋是红色的
大地上还有人吗　这一群疯狂的
朝圣者驮着“神圣”的咒语　走过
鉴证了几千年历史的城楼
祖宗们在坟里呻吟　辗转不安
找不见他们的子孙　巫术使一切变形
——《从疯狂中醒来》

诗用一个个意象组合成梦幻一般闪烁跳跃的带有“文革”特征的蒙太奇镜头，使人仿佛目睹了一幕疯狂的历史、变态的表演。而等这段历史结束之后：

人们慢慢醒来　扔去
旗帜　缓缓地走回家中
从十年疯狂中醒来　发现

儿童已长成少年　壮丁已长出
白发　老人都已消失了
他们痴呆地看着窗外
第一次意识到盛夏已过
冬天在角落窥视
高烧退后　十几亿的面孔
消瘦　枯黄
怅然　木然　面对
破碎的梦中王国

这些高速跳跃的蒙太奇画面，前后连贯，形成对比，极富暗示性和讽喻性，读后令人触目惊心，引起广泛的联想和沉思，使人痛感“文革”的荒唐以及它给人们心灵所造成的巨大的创伤。又如：“一些面容闪现如不安的星辰/一些手臂从深渊处伸向我/一缕黑发，一片浅蓝的衣袂//啊，还有眼睛，目光的深沉/还有声音，像风飘过小河/最后是嘴唇，它封锁了生命的秘密”（《生命之赐》之八）。这用的是幻觉意象并列组合的方式，向我们展示了那些在灾难岁月中被无辜摧残的生命，在诗人心目中已留下了永远无法磨灭的印象。

4. 荒诞式

荒诞式就是采用荒诞的手法来展开叙述，结构全诗。这种方法完全打破了传统的诗歌章法，用荒诞的形式表现荒诞的内容，诗的情境奇奇怪怪，似真似幻，给读者以强烈的陌生感、惊奇感。例如《章鱼》，开篇就写：

那用来缠绕着侵犯者的触觉漂浮
在每座大楼内，每张桌子前，
在相互凝视中，从各自的女墙内，
在瞄准对方的炮口里，
在嘴角微笑的神经内，
在轻轻的抬起，几乎不被觉察的
额头的细纹中
无形的，轻轻漂游着触脚
在敏感地保卫着每一分水域

大家用着章鱼的触脚
握手、微笑、点头、轻咳、点烟……

接着写孩子从大班走进小学，“在他小小的身体内开始长出/嫩嫩的触脚”，成了“小章鱼”；每个办公室都是“一片水域”“没有声音的捕捉在进行”：

当尤物出现在自己的水域里
躯体的神经中枢发出命令
缠住他、她、它，拥抱他、她、它，
拉住他、她、它，卷起他、她、它
所有的触脚都出动！
带着你们的温柔的抚摸，
迷人的媚笑，甜蜜的舌头
捉住它、他、她，这是
一切，把那竞争的小鱼
一起卷进没有底的口腔

于是章鱼“彩带样的触觉跳着/庆丰收的舞”。然后“轻轻回到珊瑚穴内”，等着“看海底什么时候又搅起/宝贵的时机，漂漂沉沉的异物”。不仅如此，作者在诗的后面再次把镜头对准办公大楼：“在每支静静地袅袅燃烧着烟的后面，/每杯香喷喷的茉莉花茶的热气中/忽然会露出章鱼，一条章鱼，/一条充满生机和策划的章鱼……”并且创造了更加荒诞的情境：

“为什么我的手不能动了？”
一位会计这样惊呼，
“啊我的笔折断了”
一位记者惊呼
忽然墨汁将整个大楼淹没
那想用镜头抓住溜走的章鱼
的摄影者，对准，按……
啊他的照相机忽然被打落
被卷走，在整个墨汁涂染过的海水中
他揉着眼睛，看不见蓝色
看不见珊瑚和海藻，只有惊呼：
章鱼在逃跑，它卷走了见证
卷走了，卷走了照相机……
章鱼醒来了！无形的触脚在每个角落
漂游，出击，卷回，吞吃
因为海域里有了新情况

很显然，这首诗是写人异化为“美丽的、丑恶的/章人鱼”，但作者在构思上、结构上却另辟蹊径，采用荒诞的手法。构成全诗情境的有两个不同的世界：人类世界、章鱼世界，其创作意图是要用章鱼来比拟人类的某些本性和恶习，但作者并没有采用习惯的构思和结构方式，先描写章鱼的某些特征，再由此想到人类的某些特性，由物到人，升华诗意，而是按照作者主观创作意图，依据想象的逻辑，艺术地创造了两个不同的形象世界，并有意将两个世界进行穿插、迭印、交融，创造出一种忽人忽鱼，人鱼交融，是人亦鱼，是鱼亦人，人鱼难分，真正成了“章人鱼”的艺术世界，而作者的创作意图也就在这诡谲莫测、扑朔迷离的荒诞情节中得到形象的展示。这首诗在郑敏的诗歌中是颇具特色的，它在荒诞的形式中有着一种黑色幽默的意味，更能吸引读者的注意力，激发读者的兴趣和思考。

5. 实幻交织式

实幻交织式指的是在现实描述的基础上，投上幻觉的光影，形成实境与幻境互相交织的超现实主义境界。如《成熟的寂寞》，一方面客观地描述自己所感到的寂寞：

月亮变得真的冰冷了
当然没有露水和年轻的眼泪
只有寂寞是存在着的不存在
或者，不存在的真正存在
它弥漫在翻动的云中
追寻着未发生的
而人们的足迹只留在于
没有风和雨的月尘中，死亡中。

另一方面又在这种实境的描述中投射上大量的幻觉形象：

在镜子里寻找自己和别人
听见许多声音，却没有容貌
镜子昏暗了，灭了
你打开屋门，却看见那坐在室内的是
久已逝去的亲人，少女和孩童
你走在闹市，却听见身后寂寞的脚步
那你曾经在树林的小径中等待的脚步
当你旋转过身子，都市的噪音像黑浪
吞没了你，和已逝者的目光。

这里，除第一行诗和最后两行诗是写实境外，中间的诗行写的都是幻境。

“现在她在敲门，一声，又一声/她没有变老，更没有死/因此不需要再生。/她拿着秋天成熟的果子/当我合上眼，门就开了”，这写的依然是诗人在潜意识作用下所产生的幻觉形象。全诗把实境与幻境迭印、交织在一起，在实境中有幻象的投影，在幻象中有人生经验的折射，它们互相渗透，彼此关联，构成全诗完整的、带有超现实主义色彩的艺术境界，从不同的侧面，丰富和深化了诗人的内涵，也增添了诗歌特有的情调。又如《对自己的悼词》，在写实的同时，也迭印了一个“亡者从园里走进来”所讲的一句话“真的宝石似假/假的宝石似真”，这样的幻境不仅给诗涂上了异样的色彩，也引发了诗人对自己灵魂的反思，从而拓展了诗的境界。到最后，灵魂“一旦走出这真假的谜团”就获得了“应有的自由”：“在那变幻莫测的云端里/你沐着夕阳的微笑/飘渺而自由地翱翔/在太空的黑暗中/你的羽毛也像星辰样发光”，这又回到了幻境的描写。全诗在实境与幻境交织中表现了诗人对自己灵魂的审察、反思和醒悟。

6. 比喻式

比喻式结构指的是用一个接一个的比喻形象，或并列或迅速转换的方式来结构全诗。和诗歌语言上运用比喻使之形象化的不同之处在于，语言上的比喻是局部的，甚至是单句形式上的，而比喻式的结构，是从全诗整体建构出发的，比喻是支撑整首诗能够站立的骨架。

例如《诗人》一诗：

每一次你的出海都带回
满网的银鱼
欢跃在我的甲板上；
每一次你的展开
都使我的心身
颤抖像初春的小溪；
每一次你像白鹤样耸立，腾飞
我的心随你的展翅去远。
每一次，啊，每一次
我听到你无声的歌唱，
那是最可贵的时刻，
我像聋了的乐圣
用心的耳朵听见云外的歌声，
人的歌声，
我在静穆的思考中
只有遗忘形骸。

整首诗以一个个比喻形象并列铺排的方式来构造全诗，形象地表达了作者对“诗人”多层次的感受。

再如《诗》：

从你的血管里流出
我是
一片白帆，航出
落日染红了的红河；
在你的心的眼睛前展开，
我是
一幅画，白杨用燃烧着的绿色火焰，
亲吻着激动的天空；
从心跳动的心房中吐出，
我是
一首没有声音的歌曲。
我飘流，
燃烧，
奔腾，
歌唱，
当生命使我从你的身体里
长出，耸立，举翅，远飞。

诗人以四个不断转换的比喻形象“一片白帆”、一株燃烧着绿色火焰的“白杨”、一只“从丛林中腾空的苍鹰”、“一首没有声音的歌曲”作链接，环环相扣，层层展开，首尾相连，使全诗内在结构自然巧妙，完整谨严，艺术地表现了诗人特有的诗歌追求。

7. 音乐式结构

音乐式结构就是采用交响乐的结构方式，根据感情色调的不同和节奏的变化来安排诗的内容，形成错综复杂、波涛起伏的诗的旋律，以便多角度、多层次地表现诗人对自然和人类社会的透视和沉思。郑敏爱好音乐，她在美国留学期间曾在纽约业余进修音乐，熟悉音乐结构。她在诗歌创作中，有时借助交响乐的结构方式来凝聚自己丰富复杂的人生体验和多角度的思考，构成一部境界博大、气势恢宏的诗的交响乐。

如《诗的交响》，就由六大单元构成：

《序曲　诗以神栖》

《第一乐章　快板：历史的声音》
《第二乐章　如歌的行板：沉思》
《第三乐章　有力的快板：痛苦、愤怒》
《第四乐章　回旋曲：回归沉思》
《尾声　穿过窄门》

而每一乐章中又由若干小单元构成。它们从不同的视角，表现了诗人对现实与历史、生活与艺术、英雄与败类等重大问题的关注和沉思，其间渗透着诗人强烈的忧患意识与批判意识，其基调是痛苦、愤怒、焦虑的，也蕴含着诗人对英雄的礼赞和对崇高艺术的挚爱和呼唤。这样的结构开阖自如，展开有序，容纳了极其广阔的历史空间、现实空间、生命空间、艺术空间以及诗人的情感空间和思维空间，富有多变的情感色调，诗的内在节奏时缓时急，起伏有致，且首尾呼应，回环往复，余音不绝。读这样的诗，读者所获得的刺激所产生的感受是多方面的，立体的，强烈的，如同聆听一首大型交响乐，整个身心都受到强烈的震撼，会激荡起情感的高潮，引发长久的沉思和回味。

除上述以外，郑敏常用的结构方式还有象征式、兴起式、矛盾语并置组合式等。这些结构方式在具体运用时，大都不是孤立的、静止的、单一的，而是相互联系的、变化的、复合的。因为归根结底，结构是为表现诗的内容服务的，任何一种结构，一旦被模式化被大量套用，都会影响诗歌内容的表达，也会削弱诗歌的艺术魅力。郑敏的可贵之处，在于她既追求诗歌的结构效果，又注意打破结构的模式化，探索结构的变化性、多重组合性，强调诗歌结构的自由化与个性化，以摆脱结构上的形式主义，追求内容与形式的有机统一，将无限丰富的精神意识熔铸进千姿百态的结构之中，使诗歌获得种种奇异的质感和亮色，以增强诗歌的吸引力。

三、魅力的凝聚：语言的形象化、陌生化、张力感与玄远感

郑敏诗歌的艺术魅力还集中体现在她的诗歌语言上，她的诗歌语言渗透着她强烈的生命意识、哲学精神和文化意味，有着独特的创造性和鲜明的艺术个性，读之有一种令人流连忘返、沉思不已、品味再三的艺术魅力。作为一位长期生活在高等学府，从事着东西方诗歌研究和教学工作，有着很高文化素养的诗人，她的诗歌语言既受到中国古典诗歌的浸润，又受到西方诗歌，特别是里尔克、艾略特诗歌的浇灌，因此，她的诗歌语言既有着古典诗歌的深沉、质朴、凝重、典雅，又有着西方诗歌的玄远、飘逸、陌生、超验等艺术特征。特别是 1986 年以后，她受到美国当代诗歌以及后现代的理论核心解构主义的巨大影响，诗歌的语言更是发生了较大的变化："从那里我找到了自己当前诗歌写作的诗歌语言，结

束了20世纪40年代的带有古典后现代主义色彩和里尔克式的诗歌语言，但在骨子里我的审美观还是渗透着东西方的玄远境界，因此不会介入市民化的口语形式。”[①] 诗从语言开始，语言的优劣，直接决定着诗歌品位的高低。从20世纪80年代后期到90年代，中国的诗坛风云变幻，流派纷起，诗歌语言也日趋随意化、口语化、世俗化，但郑敏却完全摆脱了诸如晦涩、艰深、造作、混乱、虚浮、矫饰、随意、狂傲、口语化、俗语化、庸俗化等诗坛流行病的影响。和一些人粗暴的蹂躏语言，破坏语言的形象性和审美性相比，郑敏的诗歌语言始终是纯净、含蓄、形象、生动、庄重、典雅的书面语言。可以说，她以自己的诗歌创作捍卫了诗歌语言的本色，维护了诗歌艺术的尊严。

这种语言之所以能引起我们的关注和深思，其魅力之源在于：

第一，她的诗歌语言不是来自某些概念和流行话语，而是来自自己生命的体验，是从生命深处自然喷发出的活的语言，这就摆脱了理性对语言的干扰，避免了官方话语、流行话语、时髦话语、世俗话语等对诗歌语言的侵蚀，使诗歌语言保持着生命的底色和个性。

第二，她根据自己的悟性和判断力，对这种源于生命的语言进行再度的提炼和净化，既保持其原始的活力和本色，又排除其原始的混沌和杂质。

第三，她善于运用自己的智慧和想象，再次对这种语言进行“诗的转换”，使之变成生动形象的极富生命感和表现力的诗的语言，具有形象化、陌生化、张力感、玄远感的诗的语言，强化了诗歌对读者的刺激性、诱惑性、暗示力和启示力。总之，郑敏的诗歌在很多方面都能充分展示其语言的魅力，限于篇幅，这里只能择要论述之一。

（1）形象化。郑敏的诗歌语言是生动形象，有声有色，富有动态感和表现力的，这主要得力于她善于运用多种修辞手段，善于运用动词和富有色彩感的词，对自己诗的语言进行形象化的转换。

第一，她的诗里大量运用比喻。例如：“不眠的夜，/大地，我守着你，好像/母亲守着一个熟睡的孩子”（《雨夜遐想》），通过一个比喻把诗人与雨夜，与沉默的大地联系起来，“不眠”“守着”，则写出了诗人真挚的爱和无限的柔情；“眼睛　夜的花　阖上/黑暗　夜的雨　洒下/一叶扁舟　飘逸飞来/梦是彼岸的舟子”（《留下》），通过新颖的比喻，写出了夜的柔美和梦的飘逸；“我的骨骼是石林，/我的心是天池，/我的思想是/武夷深处的浓雾”（《寄情》），三个暗喻形象地表现了诗人独特的自我；“年龄，这沉甸甸的铁锚，/压在我的背上，/我背着年龄/像一个码头工人，/我要把铁锚/背上渔轮”（《锚》），用“铁锚”来比喻年龄，异常

①郑敏：《郑敏诗集·序》，人民文学出版社，2000年版，第14页。

新鲜，又说自己要像码头工人那样把“铁锚”背上“渔轮”，更是奇想，十分含蓄地表现了诗人对年龄的特殊感受以及不畏年龄的重压，依然要为社会做出奉献的崇高精神；“人间原来只是一条鸡肠/绕绕曲曲臭臭烘烘/塞满泥沙和掠来的不消化”（《诗人与死》之十四），用“鸡肠”这个独创性的比喻来形容“人间”，真是别出心裁，一下了概括了人类生存环境的丑陋与肮脏；“生活在这个世界里/成人永远是/被脐带绕颈的胎儿”（《死了的强者》），一个比喻，道尽了自由的灵魂被束缚的痛苦与悲哀；她写早晨的海面，变得“不可触摸，不可接近”时，用了这样的比喻语言：“你像一只怀孕的母虎/敌视着饲养员的走近/一只受伤的老象，暗怀着/最后的殊死的冲击”（《海的讥讽》），两个比喻形象，写活了大海，也写出了大海的性格、大海的个性，充分展现了大海的凛然不可侵犯性；“我的存在如果有一天/摆在宇宙的案头　水盂中/在众多的石头间/有自己的花纹/生命的意义/就像花样开了”（《夏日蝉声与禅语》），这里，暗喻与明喻连用，形象地表现了诗人对生命的价值、生命的终极意义的思考追求，“有人必须每天把自己涂上/乌鸦的玄色，又像蝙蝠，只在/昏黄的天幕下飞旋/白天躲在阴湿的岩洞/倒悬着自己的良知”（《你是幸运儿，荷花》），诗人运用比喻，表现了在特殊的历史背景下，人们的无奈和灵魂的阵痛。

第二，运用拟人。例如：“我以为我们都老了/但你一次又一次/从天边飞跑而来/伸着你长长的泡沫的手臂/追寻我站在沙滩上的双脚/你送给我苍白的嘴唇”（《一次约会》），诗人借助拟人的手法，开辟了人与自然（大海）的通道，把大海写得如此美丽，如此富有情意，从而让人与大海完成了一次意外而甜美的“约会”；“秋天，在发狂之前/散下她的金黄的长发/……秋天真的发狂了/烧得满山遍野通红/两颊的鲜艳和目光的疯狂/摄住了人们的灵魂/缠住人们的脚步/她的遗言写在黄栌叶上/被寒冷烧成血红的火焰”（《秋天在发狂之前》），诗人通过拟人化的语言，写出了秋天的多种色彩、动态和情态，给人留下深刻的印象；“我瞧着你，目不转睛/从花苞紧闭到微微露齿/到舒展卷瓣/到开怀大笑”（《开花》），拟人化的语言，绘声绘色地写出了开花的过程以及诗人从中感到的情趣。此外，把秋天比拟为“我的爱人”（《我的爱人》）；把树干上的“疤痕”拟为一只只“美丽的眼睛”（《白杨的眼睛》）；等等，用的都是拟人法来增强语言的形象性。

第三，善用通感。例如：“当尺八的最后长音颤抖着/将光亮投入黑郁的湖面”（《听尺八》），这是将听觉形象“长音”转换成视觉形象“光亮”，增强了语言的形象感，“也许是黑的痛苦和/灰的寂寞”（《雪，它不是白色的》），这是将视觉与人的内在感觉打通，似乎痛苦与寂寞也是有颜色的，增强了语言的表现力。

第四，运用象征手法增强语言的形象性。如“根从很远处伸来/走过了几千年的地下通道/当我想起去除掉它/好种上光辉的花朵/……我知道我挖不了它/它是我们的坟墓的母亲/已诞生了最专横的幼婴”（《根》），在现实生活中，诗人可能处处感受到某种传统的观念和势力还顽固的存在，并且处处扼制着人们的灵魂，诗人想彻底消除它却往往难以奏效。在这里，通过象征，诗人把这种感受转换成了诗的形象语言，增强了语言的弹性和暗示力，使表层的文字获得了深层的内蕴。又如《愤怒的马匹》，写一匹愤怒的马，举起了前蹄，长吟着，要奔驰向前，因为“在灵魂的深处有它们的跑道/它们的广袤的草原”，这里的“跑道”“广袤的草原”“奔驰向前”无疑都具有象征意义，象征着知识分子对精神自由的渴望，对远大的理想的执著追求，可后来遇到无情的现实，屈于世俗的力量，又自己扼杀了自己的愿望：“你紧紧扣住那愤怒的马颈/绊住那渴望的马蹄/直到它倒在地，和你的/影子一起/失去了纯真的愿望”，等后来清醒了，才明白自己是“用绳索绊倒了自己/现在只剩下被俘的悲哀和耻辱”，于是出现了如下超现实的情境：“愤怒的马匹冲出了你的身体/驰回辽远，它们诞生的地方。”这无疑象征着人们精神、理想与愿望的复活。象征手法的运用，使全诗语言充满形象感、动态感、力度感，也强化了诗的暗示性、启示性，读后使人联想到老一代知识分子的精神历程。

第五，运用富有色彩感和富有动态感的词语，增强了诗歌语言的形象性，便于创造诗的意境。例如“最后的一朵月季格外猩红，/最后一片野菊格外娇黄，/最后一片荷田、金的梗上垂着枯叶，/松林在山坡上低语，/枫树伸长着赭色的手臂……”（《秋的组曲》），这里的“猩红”“娇黄”“金的梗”“赭色的手臂”的连用，创造了色彩鲜明，令人流连不已的秋景图。

又如《较量》中的诗句：

金色的飘发
棕色的肩头
踩着冲浪板
被白色浪山吞没
又钻出水雾
太平洋露出
一排排白色的牙齿
只轻轻地一摇
就抖落了冲浪者
只有海鸟
乘海浪没有露出她的白牙时
在碧绿的镜子里敏捷地
顾盼自己迷人的姿态

那宝贵的刹那，只几秒钟

诗人通过细心地观察，精心运用了“金色”“棕色”“白色”“碧绿”等富有色彩感的词语，“踩着”“吞没”“钻出”“露出”“一摇”“抖落”“顾盼”等动态感的词语，创造了一幅人与海鸟在大海上进行较量的壮丽图画，使人读后如临其境，过目难忘。此外，像“地还没有松软，/铁犁就咬着土地，/一行行啃开黑土/撒上种子，/掩好浮土”（《诗人的心愿——致寻找真和美的人》），这里的“咬”“啃”都是精心锤炼的动词。总之，郑敏善于运用多种手法，对语言进行“诗的转换”，变无形为有形，变抽象为具象，增强了诗的审美性和表现力。

（2）陌生化。所谓陌生化，就是极力避免那种共性的人所熟知的用语方式，自觉追求富有个性的陌生化的用语方式去写诗，给读者造成阅读感受与语言理解上的陌生感，以引起读者的惊奇、震惊和思考。正如英国学者特伦斯·霍克斯所说的那样：“诗歌的目的就是要颠倒习惯化的过程，使我们如此熟悉的东西‘陌生化’，‘创造性地损坏’习以为常的、标准的东西，以便把一种新的、童稚的、生气盎然的前景灌输给我们。因此，诗人意在瓦解‘常备的反应’，创造一种升华了的意识：重新构造我们对‘现实’的普通感觉，以便我们最终看到世界而不是糊里糊涂承认它；或者至少我们最终设计出‘新’的现实以代替我们已经继承的而且习惯了的（并非不是虚构的）现实。”①

要实现这样的陌生化，第一，诗人首先要对事物常常保持一种好奇心，经常产生好奇的感受与体验，这是实现陌生化的基础；第二，诗人要采取各种艺术手段，大胆颠覆人们对事物的习惯性认识和“常备反应”；第三，在语法结构上，要敢于打破常规，进行新的语言配置，使语言在重新组合中产生新的形态、新的审美价值、新的表现力。

郑敏以自己的智慧和对语言的敏感，在自己的诗歌创作中处处体现了这种陌生化的效果。如“青年时/站在镜子前/就是站在上帝的画布前”（《镜子》），这里，“上帝的画布”，就是诗人对“镜子”全新的感觉，全新的意象创造，它在读者与熟悉之物“镜子”之间迅速造成了陌生化的效果，使人过目一惊，目光久久停留，停留在这个崭新的意象上，因为人们习惯性的认识和“常备反应”不能理解其新增加的内涵了，这就容易引起读者的好奇和思考，进而产生思而感悟的审美愉悦；“时空的镜子前/没有掩盖错误的面具/除非掩住自己体内的眼睛”（《罪与罚》），“自己体内的眼睛”，新鲜而形象，朦胧而含蓄，比说“自己的良知”之类的话，具有明显的陌生化效果；“母亲，永远是黑色的/她拥抱了一切光/在她的胸脯上吸着乳汁/她还没有找来三棱镜//孩子，永远是白色的/疯狂地往外跑/

①［英］特伦斯·霍克斯：《结构主义和符号学》，上海译文出版社，1987年版，第61、62页。

当他们吸足了乳汁时”（《黑色的母亲》），这里，“黑色”的母亲与永远“白色”的孩子，想象新奇，突兀，出人意料，给读者造成强烈的震惊感、陌生感，读后恍然大悟，十分佩服诗人别具慧心，表达机智；“黑夜到来时他看见他/分解成许多大大小小的/他、非他、反他、正他、负他/平方的、立方的、X方的他”，这里，诗人运用数学语言来形容人物，突破了语法常规，造成陌生化的效果，能引起读者的注意，唤起读者的联想，十分有效地表现了在特殊的历史背景下人的异化。

（3）张力感。现代诗讲究诗的张力。约翰·杜威说过：“如果没有内在张力，诗将流于直叙铺陈，一泻无遗；当没有所谓发展生长与完成。抗力的存在，在主体的创造中，阐示了智境之所在。”① 张力是借助于物理学名词，指物体受到拉力作用时，存在于其内部而垂直于两相邻部分接触面上的向上牵引力。如一杯倒得满满的水，再小心翼翼地又注入一些，水高出杯面，并不溢出，这是水表面的分子之间产生了张力的缘故。美国新批评派学者阿伦·泰特将张力这个词汇引进诗学，他说：“诗的意义，全在于诗的张力，就是我们在诗中所能找到的一切外延力和内涵力的完整有机体。”②

郑敏在自己的诗歌创作中运用了多种方法来增强诗的张力，如在诗的整体构件与个体构件之间，诗的意象与意象之间，实象与幻象之间，具象与抽象之间，含蓄和明朗之间，实感和超验之间，蓄势和突转之间，对立与和谐之间，荒谬与真切之间，等等，使其相互之间产生网状抗力，使诗的外延力和内涵力构成诗的完整有机体。这样就不会使诗歌陷于随意、松散、虚浮、混乱，使诗获得了密度和弹性。

这里，我们着重指出的是，郑敏在诗歌语言上，特别善于运用矛盾语制造诗的张力感。例如：“安全的平静是最危险的死亡/充满危险的波涛才是生命”（《第二个童年和海》）；“没有香味的香，没有音符的乐曲”（《君子兰，火之球》）；“是那遗失的使你富有/是那现存的使你贫乏”（《生命之赐》）；“黑夜似的白天，/富贵中的空虚”（《我紧紧拥抱你》）；“有是无的影子，无是有的心灵”（《这感觉》）；“切断那想永远维系你的/崇高的流言和神圣的欺骗”（《给失去哭泣权力的孩子们》）；“只有寂寞是存在着的不存在/或者，不存在的真正存在”（《成熟的寂寞》）；“言语可以是浅薄的/意义可以是无意义”（《听尺八》）；“在死的火里曾找到生/在生的火里遇见了死”（《两种火》）；“将你的丰富显示成贫穷/你的贫穷点

①引自李英豪《论现代诗之张力》，见杨匡汉、刘福春《中国现代诗论》下编，花城出版社，1991年版，第176页。

②引自李英豪《论现代诗之张力》，见杨匡汉、刘福春《中国现代诗论》下编，花城出版社，1991年版，第176页。

化成丰富”（《小精灵》），等等。这些充满矛盾的语言，构成了郑敏诗歌内在的张力场，有效地揭示了事物之间相互矛盾、运动和转化的规律，也能刺激读者产生巨大的想象空间，去进一步感悟诗中所凝聚的宝贵的人生经验。其次，她还善于运用特殊反语来构造诗的张力。例如：“圣地亚哥，你的美是残酷的/因为我必须离开，/我对你的最后赞美//是我的抗议/你的美这样恼人”（《抗议》），这里的“残酷”“抗议”“恼人”，都是特殊反语，在诗中取得了特殊的表达效果，可以说，这是一种令人惊异、促人思考、令人回味的深层赞美。

（4）玄远感。郑敏是一位善于沉思默想的诗人，又深受东西方哲学和解构主义理论的影响，使得她在诗歌意境的创造上，有意追求创造一种玄远的艺术境界，以便留给读者更多想象与思考的空间，激发读者的兴趣和沉思。与之密切相连的是她在诗歌语言上，极力避免官方话语、公共话语、世俗话语以及大众口语等对她诗歌语言的侵害，极力追求以一种源于生命的喷发，经过个性过滤，具有悟性、禅意、玄奥的书面语言来创造诗的意境，使诗的意境呈现出朦胧、含蓄、幽玄、深远的艺术效果。

例如：“当黑夜降临/向上的地气和/下沉的黑色对话/我准备飞鸟样远行”（《一天的阴晴》），诗人用充满悟性的语言，表达了自己对黑夜降临时细腻而又独特的感觉，并出人意料地表达了自己富于创造的灵魂惯于在夜间飞翔的玄思；“你，我心中的声音在呼唤/永恒的宇宙，无际的黑暗深处/储藏着你的、我的、我们的声音”（《心中的声音》），诗人用充满冥想、发自生命深处的语言，表现了自己对人与宇宙关系的思考。

再如：

我们看不见什么
但意识着她的存在
在我们之外
要求进入我们体内
丰收的歌栖息在
黑郁的树林上
美丽的养育者的乳房

寂静填满着空虚
寂静、默契者的无声的国土
生命的汇流，外在的、内在的
你，我、宇宙

——《“我们站在”》

诗人以切断理性的语言，表现了潜意识中人与宇宙相通、天人感应、天人合一的内涵；“当北风狂摇着枯枝树/和拍打着封紧的门窗/遗忘从冻僵的花园深处/踏过荷花睡眠的冰床//来到我的面前，一个/青春的影子，微笑无语/一位骄傲的美貌少年//他展开一本画册/我们都是水里的鱼/让时间将一切浸淹”（《生命之赐》之三），诗人用形象、生动、纯美、典雅的语言，描述了心灵中的幻象，创造了一种带有朦胧感，恍惚感、流动感、神秘感的诗的意境，表现了诗人内心对生命与时间的彻悟，读后令人沉思不已；“炎热里阵阵蝉噪/却像饮山谷里的寒泉/山之幽灵的纯粹　谁是喧嚣　谁是玄远//谁是静　谁是闹/蝉鸣林更静/风息水更流”（《夏日蝉声与蝉语》），诗人用带有禅意的语言，写出了自己于夏日山中听蝉声时的妙悟；“再相见时/他们都是复眼的昆虫/一排排影像/已经不再能合成整体/只听见碎裂的地壳下/传来窒息的呼声”（《认识》），这里，语言虚虚实实，充满朦胧感、玄奥感，读后令人想象、揣测和沉思。

总之，郑敏的诗歌语言是独特而富有魅力的语言，它真诚亲切，纯净优美，生动形象、庄重典雅，幽玄深远，做到了含蓄而不晦涩，陌生而不造作，创新而不逾规，显示了诗人深厚的艺术功底，大大增强了郑敏诗歌的语言表现力和艺术感染力。这既源于她的艺术自觉，也体现了她对诗歌语言的特别尊重和有意追求。她特别强调语言的生命感、个性化，她多次在诗论中引用海德格尔的话，在创作时诗人首先是听语言，而不是说给语言听；不是表达自己而是被告之。也就是说，诗人要靠自己的悟性和艺术敏感，去倾听，去捕捉那种发自生命深处，和生命一起律动的活的语言，才能写出富有个性的诗作。她强调指出：“诗的语言的诞生和诗人感到生命的震波是同时的。这时所有的字不再是单个的符号，而成为特殊使命的载体，它们成了诗人自己独一无二的诗语，好像一根丝线变成刺绣中的一个有自己意向的踪迹，或者是一种颜料变成油画中一个充满自己的生命的一笔。这时符号成了语言，这期间载有潜存的语言自己的声音。”[①] 她认为，诗人对这样的语言，态度应该是谦逊的，而不是傲慢的。每一个诗人，都应该倾其一生的心血去倾听和捕捉这种渗透着生命的语言，诗人的创造力才不会枯竭和死亡。当前，诗坛上某些人不尊重诗歌语言的独特性、审美性，肆意扭曲、破坏诗歌语言，甚至随意玩弄诗歌语言，对诗歌语言施暴，还向诗歌语言泼洒污泥浊水，把诗歌语言弄得面目全非，丑陋不堪。与此相比，郑敏的创作实践，以及她对诗歌语言的虔诚、尊重和大力倡导，对我们的诗歌创作和诗歌批评，无疑都具有宝贵的启迪作用。

以上是我们对郑敏进入新时期以来的诗歌创作所作的初步的探讨和分析。我

---

①郑敏：《诗歌与哲学是近邻——结构一解构诗论》，北京大学出版社，1999年版，第272页。

们的分析还只是侧重于她诗歌的主要艺术特征，对于她的诗歌所涉及的广阔而深邃的精神层面，我们将另文进行分析。最后，我们想强调指出，在当前诗歌创作越来越精神滑坡、好诗越来越少的情况下，我们的诗歌评论界，更应该对郑敏这样杰出的诗人给予格外的关注，对其作品作深入细致的研究和评价，以继承和发扬老一辈诗人崇高而执著的诗歌精神和独特的诗歌艺术，不断地提高我们的诗歌品位和诗歌艺术，把我们的诗歌创作不断推向新的更高的历史阶段。

（本文第三部分与李桦合撰）

论郑敏的诗学理论

郑敏是九叶派著名诗人。进入新时期以来，她不仅以一系列丰硕的创作成果再次铸造了自己诗歌艺术的辉煌，成为中国“当今创造力最为旺盛的代表性诗人”（谢冕语），而且还是一位学养深厚、治学严谨、富有个性、成就卓越的诗歌理论家、诗歌评论家。她在创作之余，潜心研究中外诗歌，翻译外国诗歌，为介绍外国诗歌、诗学理论、探索现代诗的艺术规律，分析诗人作品、评论诗坛现象，总结中国诗歌的发展经验，探寻中国诗歌未来的发展趋势等，都做了大量艰苦细致的工作，写下了大量的诗学理论文章、诗歌评论文章，为中国诗学理论做出了自己独特的贡献。这些文章大都发表在《文学评论》《文艺研究》《中国社会科学》《外国文学评论》《学术月刊》《世界文学》以及海外的重点学术期刊上，并先后结集出版了《英美诗歌戏剧研究》（北京师范大学出版社）、《结构—解构视角：语言·文化·评论》（清华大学出版社）、《诗歌与哲学是近邻——结构—解构诗论》（北京大学出版社）。作为一位已经83岁的老诗人，她至今仍笔耕不辍，并坚持创作与研究并重，诗作与论文齐飞。可以说，诗歌创作与诗学研究，仍是她的生命在坚韧飞翔的两翼。但是，目前的学术界对她的诗学理论还没有引起足够的重视，更谈不上进行深入研究和适当评价。因此，笔者在对她的诗歌做出系统研究的基础上，对她的诗学理论、诗歌评论文章进行了认真的研读，感到非常有必要对她的诗学理论进行系统的梳理、归纳，特别是要对她那些闪烁在各种文章中的极富个性的诗学见解，进行认真的提炼、鉴别和总结，以尽快继承老诗人用毕生的心血为我们留下的这笔非常宝贵的诗学财富，为我们的诗歌创作和诗歌批评增添新的活力。

一、知识背景、文化结构和诗论特色

郑敏于1920年生于北京，父亲曾留学法国与比利时，学的是数学，回国后曾供职于当时的“外交部”。在她两岁时，她因父亲的离职、家里兄弟姐妹多、家庭生活陷入困境而被过继给姨妈，成了姨妈的独女。养父是一位极具自由、平等、博爱思想的工程师（是她生父的留法好友），他以最开明的思想教育郑敏，使她“成长成一个重视独立思考的人”，这深深影响了她后来的人生，“我觉得自己是靠着那点独立思考的本能摸索着自己的道路。”① 从此，她跟随着父母在河南的一个矿山度过了她相当寂寞的童年。十岁那年母亲和她一起又移居当时的北平，在那里读完了小学。九一八事件后全家又迁往南京，在南京读完了关键的中学。教她国文的教师是一个北京大学毕业生，她强调坚强刻苦地自学和独立思考的能力，深深地影响着郑敏。在这位老师的鼓励下，她打开了阅读的广阔天地，通过当时的“世界文库”，接触到了大量西方文学的精华和有哲学深度的散文。1939 年，她进了西南联大，主修哲学，同时选修和旁听了闻一多先生的“楚辞”、沈从文先生的“中国小说史”、冯至先生的“歌德”。在这里，她扩大了文学和哲学的视野，获得了丰富的精神营养。文学上，她通过冯至所译的里尔克这位奥地利现代派诗人的诗并深受其影响，同时还大量阅读了 20 世纪初的英国意识流小说；哲学上她受益最多的是冯友兰先生、汤用彤先生、郑昕诸师；特别是诗人冯至的超越气质，以及他以哲学作为诗歌底蕴的艺术追求，更是直接影响了她的诗歌观念和诗歌创作。在此期间，她以自己富有个性的诗歌创作而引起当时诗坛的注目，成为九叶派诗人中重要的一员。1948 年她赴美留学，于 1952 年完成论文《姜·顿的玄学诗》，获得布朗大学英国文学硕士学位。在美期间，她经常去观看艺术画廊，并在纽约业余进修她十分喜爱的音乐。1955 年她从美国回国，先在中国社会科学院外文所任助理研究员，以后一直在北师大外语系任英美文学教授。和大多数中国知识分子的命运一样，郑敏回国后即被卷入一场场政治风暴，饱经忧患与创伤，其诗歌创作与诗学研究进入了漫长的“冬眠时期”。从 1999 年开始，她的诗歌创作和诗学研究开始全面复苏，发表了大量有影响的诗作和诗歌理论文章。1981 年开始担任硕士生导师，1986 年开始担任博士生导师。1985 年她曾到美国加州大学圣地亚哥文学院任访问教授。1986 年还担任美国明尼苏达州立大学名誉研究员。1986 年她作为中国杰出学者，应美国科学院对华学术交流委员会邀请，去美作了两个月的学术访问。美国之行，大大拓宽了她的艺术视野和理论视野，她不仅深受美国当代诗歌的启发，也受到了当时美国开始风行来自法国的解构主义理论的影响。她开始潜心研究美国当代诗歌，翻译美国当代诗歌，并从理论上开始深入研究解构理论，从新的理论视野来拓展自己诗学研究领域，取得了显著的成果。

---

①郑敏：《诗歌自传（一）闷葫芦之旅》，见《诗歌与哲学是近邻——结构—解构诗论》，北京大学出版社，1999 年版，第 478 页。

综观郑敏的成长历程，她受到了良好的家庭教育以及中方、西方文化的双重教育，有着异常开阔的知识背景，并且养成了独立思考的习惯。在她的文化结构中，哲学、文学、艺术真正是三位一体，并通过她的生命感受和深沉的思考，贯穿于她一生的创作与科研。她精通外语，能熟练地阅读和翻译外文原著，对中国传统文化又情有独钟，这使得她在学术研究上，以更加开放的眼光，去寻求和发现中西诗学的相同点与不同点，以便融会贯通，博采众长，构筑自己坚实而又富有个性的诗学理论基础。加上她集诗人与学者于一身，融深厚的理论修养与独特的创作经验于一炉，形成了自己独到的、别人很难替代的诗学理论。具体说来，她的诗学理论呈现出如下一些主要特色：

第一，郑敏的诗学理论并不是借助于纲目突出、系统完整的理论专著的形式完成，而是伴随着她对诗歌探索的历程，“边思考，边追究，直至感触累积，喷发为系列论文。”[①] 相比而言，那些表面看起来结构宏大、系统完整的理论专著，大都因袭传统，依纲填充资料，内容水分较大，缺少创见，而郑敏的诗学理论虽不属那种体系大而全的专著，但却不受前人体系的束缚，一步步打开了新的疆域，对诗坛现象、诗歌流派、诗人诗作、诗歌艺术规律等，都提出了自己新的阐释，新的发现，具有较强的创见，因此也更具学术价值。

第二，郑敏学贯中西，有着极其开阔的艺术视野和理论视野，她将自己的诗学研究放在中西文化的背景下，追随着世界诗歌思潮，顺着浪漫主义、现代主义、后现代主义一步步走来，反映出她对许多诗学问题的认识、思考、理解是动态的、变化的、发展的，有着历时性的特点。她从攻读西方哲学、文学出发，潜心研究、介绍、翻译外国诗歌（特别是美国当代诗歌）、外国诗学理论，不断总结外国诗歌的发展规律、艺术特征，后又受解构理论的启发，回首研究汉文化（特别是古典诗歌）的艺术魅力、艺术特征。她的诗学理论冲破了时空阻隔，打通了中西障碍，在多种文化的参照下，努力寻求中西融合、优势互补。经过半个多世纪的探索与思考、写作与科研，她在衔接古今中外诗学方面做出了突出的贡献。

第三，由于郑敏有着诗人与学者的双重身份，对诗歌创作与诗歌研究都有着半个多世纪的切身经验，且创作与研究常常是相辅相成，互相促进，共同提高。因此，她的诗学研究常常能从自己的创作体验、写作实践出发，其中凝聚着诗人数十年积累的创作经验，具有很强的艺术悟性和独特的智慧，她对有关诗歌问题的思考与分析都能击中要害，有着独特的发现，读后能给人极大的启迪。特别是她那些有关诗歌创作规律、创作方法、写作技巧等方面的论述，更是极富创见，

---

①郑敏：《诗歌与哲学是近邻——结构—解构诗论·前言》，第1页。

读后令人耳目一新，能给人以切实的指导。在这方面，她虽然执教于高等学府，却完全不同于某些学院派的学者。她说过："我不是一个将知识看成身外的财富，加以收集的学院派学者，因为作为一个诗人，我常常渴望有新的智慧观照生活，而这不是收集具体知识就能得到的，对于一个作家，不能没有知识，却又不能光有知识，他需要将知识还原为生活感受，再超越具体感受，得到自己特有的精神境界。"[①] 可以说，郑敏的诗论，是感性与理性的统一，是诗人的悟性与理论家的智慧最完美的结合。

第四，作为一个诗歌理论家，郑敏的诗学研究不仅敏锐、深刻，而且严谨、务实，对所论的问题都坚持言之有据，论述有理，力求公正客观，经得起诗歌实践的检验，其诗学理论的学术价值也不会随着时间的流逝而贬值。我们之所以在此强调这一点，是因为我们的诗坛上有那么一些诗歌批评家，常常耐不住寂寞，又不愿意仔细认真地研究诗坛现象、诗人诗作，而习惯于赶时髦、逐浪潮，写一些凌空高蹈、脱离实际、随意发挥、大而无当的文章。这些文章既缺少新意，又不能落到实处，除了在诗坛上挑起一些无谓的争论，就是根据亲疏远近，盲目地吹捧一些诗人，贬斥另一些诗人，常常无益于真正的诗歌创作与诗歌批评。郑敏的研究常常从实际出发，从提出问题、研究问题到探讨解决问题的方法等，都力争有助于诗歌的健康发展。她的文章从不故弄玄虚，哗众取宠，也不自以为是，高高在上。她研究诗坛现象、诗歌发展规律，常常尊重历史，放在历史的背景上去考察；她评价诗人诗作，无论名家还是刚出道的青年诗人，都是从作品本身出发，都是通过作品的分析来进行恰当的评判；她探讨诗歌创作艺术、写作方法，都是结合古今中外诗人的典型作品进行考察分析，再提炼、升华到理论上的概括；她探讨诗歌的发展趋势，总是根据时代的发展、艺术的变革、人们审美情趣的变化，结合中外诗歌理论、诗歌创作实际，去思考、探索中国诗歌的未来发展，等等。总之，她的诗歌理论文章常常是言之有物，审之有度，察之到位，说之有理，且文字朴实、严谨而又充满诗性的闪光，为我们树立了良好的学术风范。

二、对诗歌本质、艺术规律的思考

郑敏对涉及诗歌本质、艺术规律的一些重大诗学命题作了多方面的思考，这些思考有助于我们破除极"左"的、陈旧的或激进的诗学观念，树立新的、科学的、合乎艺术规律的诗学观念，这对我们进一步端正诗人的创作态度，强化诗人的自身素质，建立科学的评诗标准，创造良好的诗歌生长环境，净化诗坛风气，

---

①郑敏：《诗歌与哲学是近邻——结构—解构诗论·前言》，第2页。

乃至编写公正的、充分体现诗歌艺术性的诗歌史等，都有着十分重要的指导作用。这里，我们择要论述如下几点。

（一）诗与生命

郑敏从诗的本质、诗的生成角度出发，特别强调诗与生命的关系。在她看来，凡是优秀的、能给人以光亮与色彩、能引发人们想象和沉思的诗，都是那些具有强烈生命感的诗。诗的本质在于诗人要真实、准确、细腻、深刻、独特地传达出诗人的生命体验。最佳的诗歌创作状态，是诗人听从生命的召唤，用发自生命内部的语言，去对生命的体验进行艺术的转换，从而转化为诗。作为诗人的特殊素质，就是要养成对生命的超常敏感，以及对生命感受的奇异转换。这一诗观，也是她近半个世纪诗歌创作经验的总结。她在《生命与诗》中这样概括自己："对于我，诗和生命之间划着互相转换的符号。所谓生命是人的神经思维肌肤对生活的强烈感受，而诗人在这方面是超常的敏感。"[①] 早在20世纪40年代，她在西南联大读书时，她就深受里尔克的影响而深深爱上了他那充满生命感的诗，并且初步悟出了诗与生命的关系。她特别提到里尔克的《古老的阿波罗雕像》，那是一首关于一座挖掘出来的公元前2世纪初的少年雕塑的残躯。里尔克却从那大理石般的躯体里看见了生命的光辉"爆炸如一颗星辰"，并且及时写下了这首著名的诗篇。郑敏从里尔克这首诗中获得了重要的启示与心灵的共鸣："对于一尊残缺的阿波罗像，里尔克能感受到这么强烈的生命力的放射，说明诗人对生命的超常敏感，也正因此里尔克对于神秘的生命之美常怀着宗教式的崇敬。""由于诗和生命是这样密切的相关联，我在诗歌里往往寻找生命的强烈震波。"[②] 50年代，她在美国留学期间，有一次在纽约的路易斯露天体育场听世界四大小提琴家之一的艾尔曼演奏贝多芬的D大调小提琴协奏曲时，她再次从中悟出了艺术的真谛："当他拉出第三乐章那句时，那位当时已近70岁的提琴家就像地中海的太阳那么明亮，就像酒神那么遗忘忧虑，那么陶醉。从那时起，在我的无意识里就储存了一个无形的踪迹（trace）……艺术的最终源泉是对生命的感受。爱护你的艺术就是爱护你对生命的感受。"[③] 她认为诗歌是生命的搏动，脱离生命感的诗总是苍白无力的。"不少诗人到了中年就再也找不出生命的原始搏动。这就像海失去了波浪和日出、日落，也就失去了光亮和色彩和动力。即使是

---

①郑敏：《诗歌与哲学是近邻——结构—解构诗论·前言》，第2页。

②郑敏：《诗与生命》，见《诗歌与哲学是近邻——结构—解构诗论》，北京大学出版社，1999年版，第418。

③郑敏：《我的爱丽丝》，见《诗歌与哲学是近邻——结构—解构诗论》，北京大学出版社，1999年版，第413页。

一幅表达生命的灰暗的图画，也必须出自一位内心燃烧着生命的原始洞穴的火光的画家。它熄灭了，艺术也就离开了你，好像鸟儿不愿在死了的树上筑巢。”①在郑敏看来，脱离自己的切身感受写出来的诗，“它的果实就突然变成塑料的装饰品了。那无非是一些仿制品，一些套语，一些陈词滥调，一些自我重复。这就是创作的危机。你的生命在警告你：你已经停止创作，你在抄袭你自己！”②

值得指出的是，郑敏对诗与生命之间关系的认识，到了 20 世纪 80 年代中期以后又获得了新的更为深刻的认识。她开始强调诗人要把诗笔伸进心灵深处，去努力发掘潜意识中的原始生命力，拓展诗的审美空间，获得更为丰富的诗歌精神资源。1985 年她应邀到美国加州大学圣地亚哥文学院作访问教授，受到了那个国家的年轻国民的气质和美国当代诗歌的启发，开始意识到自己诗歌创作的危机，也引发了她诗歌观念的转变。她开始意识到，过多的理性干扰了诗歌的纯正的生命感，扭曲了原始生命力的搏动，使诗失去了原有的生命的光彩。她谈到自己的创作体验：“1979 年我的小道被太多来自批评家、理论家的警告所干扰，我将很多原是极美的果子变成笨拙的造形，在那最萌动的年月里，我破坏了我的爱丽丝的宁静，我干了很多破坏果实高贵品种的蠢事。1985 年我在美国那个充满年轻人活力的国家的短暂访问，提醒我，我的爱丽丝被我装扮成一个没有色彩没有光亮的女性，我必须解放它。”③ 1986 年她再次到美国明尼苏达州大学访问，听到诗人罗伯特·布莱的一次讲演，心灵再次受到强烈的震撼，开始“意识到自己的原始的生命力受到‘超我’（Super—ego）的过分压制，已逃到无意识里去，于是我开始和它联系、交谈。因为原始的生命力是丰富的创作源泉，这样我就写了《心象组诗》，我竭力避免理性逻辑的干扰，而让积淀在我的无意识中的力量活跃起来，形成图像和幻景出现在我的心的眼前。”④ 她总结自己的经验教训：“我一生至少经历过三次这样的危机。如果能走出危机，就是说将我生命的女孩放开，任她自由的嬉戏，直到她又充满诗的真情和兴致。于是我又找到了一条新的小径。”⑤

①郑敏：《我的爱丽丝》，见《诗歌与哲学是近邻——结构—解构诗论》，北京大学出版社，1999 年版，第 413 页。

②郑敏：《我的爱丽丝》，见《诗歌与哲学是近邻——结构—解构诗论》，北京大学出版社，1999 年版，第 414 页。

③郑敏：《我的爱丽丝》，见《诗歌与哲学是近邻——结构—解构诗论》，北京大学出版社，1999 年版，第 415 页。

④郑敏：《诗与生命》，见《诗歌与哲学是近邻——结构—解构诗论》，北京大学出版社，1999 年版，第 423 页。

⑤郑敏：《我的爱丽丝》，见《诗歌与哲学是近邻——结构—解构诗论》，北京大学出版社，1999 年版，第 415 页。

从上述中我们可以看到，郑敏是如此强调诗歌与生命的关系，在她看来，最佳的创作状态、最好的诗歌，都是从诗人生命内部甚至是潜意识中自然结出的果实。她甚至这样强调："我感到，与自己的生命对话，跟自己的生命的交流，把握对自己生命的体会，这是一个诗人在诗中要带给人们的东西。""当一个诗人失掉对自己生命敏感的时候，他就只能写着别人的或已经成为客观的道理。"① 我们认为，郑敏这一重要的诗学见解，是她一生从事诗歌创作和诗歌研究的经验总结，也凝聚了东西方诗学的精髓。无论对我们的诗歌创作还是诗歌批评，都将带来多方面的启迪。第一，这一观点将有利于我们摆脱过去那种遵命写作，或图解概念，或过多地听命于理性摆布的写作模式，让诗魂与生命的脉搏一起跳动，一起展翅自由地飞翔。即使是写哲理诗，如果我们离开了生命的感受去写某些哲理诗，那些哲理可能早就已经存在，根本谈不上什么新意。第二，我们在潜心捕捉诗感时，首先要潜心倾听生命内部的声音，这种声音是我们的生命在与世界相接触时发生的回声（包括潜意识中的回声），这种回声中渗透着诗人对世界的多方面的深刻体验，这是诗歌诞生的最佳时刻，也是诗人写诗的最佳起点。第三，我们强调诗的现实感、历史感、时代感时，也要注意让现实、历史、时代等与诗人的生命发生关联，即通过诗人的生命对现实、历史、时代的深入触及去表现诗的现实感、历史感、时代感，而不要超越生命的体验去泛泛地抒写。第四，诗人要想保持旺盛的创造力，写出充满生命感的好诗，就要以极大的热情去热爱生活，深入地体验生活，从生活中广泛汲取多种精神营养，既保持充沛的生命活力，又培养对生命的超常敏感，这是保持生命的独立性和创作个性的最好方法，而不要把功夫花在涵养生命、注重生命体验之外。第五，当我们衡量、评价诗人诗作时，我们不妨把有没有强烈的生命感作为一条重要的诗歌标准，去对诗人诗作做出恰当的判断和评价。

（二）诗与哲学

在诗的内蕴上，郑敏非常重视诗与哲学的关系，特别强调诗要有哲学的底蕴，哲学的意味，认为诗只有与哲学相沟通、融合，才能进入最高的境界，诗的内蕴才能变得丰富和深刻，才能给人带来更多的沉思与回味。她说："我一直认为哲学需要诗魂去其涩味，诗需要哲学的舍利子始能'意永'。大哲学家，尤其是东方的哲学家，无不是本质上的诗人，而大诗人，尤其是以'意境'突出的中国诗人，也都深得哲学的精髓。西方的柏拉图和现当代的尼采、海德格尔、德里

---

①郑敏：《遮蔽与差异》，见《诗歌与哲学是近邻——结构—解构诗论》，北京大学出版社，1999 年版，第 470 页。

达都是诗人哲学家。”[①] 从这里可以看出，她非常看重诗与哲学的沟通与互补作用。她非常欣赏海德格尔的一句话“诗与哲学是近邻”，并且用它来作为自己一本诗学论集的命名，觉得这句话“准确地概括了我读诗和哲学及写诗的经历”[②]。郑敏对诗与哲学关系的重视，其源头可以追溯到20世纪40年代她在西南联大读书时，那时她主修的就是哲学。根据她的回忆，她在哲学上受到“影响最大的是冯友兰先生的人生哲学、汤用彤先生的魏晋玄学、郑昕先生的康德和冯文潜先生的西洋哲学史。这些课给予我的东西方智慧深入我的潜意识，成为我一生中创作与思考的源泉。”[③] 加上她通过冯至开设的选修课，深受冯至、里尔克、艾略特、歌德、奥登等诗人的影响，在诗歌创作上有意追求以哲学为底蕴，在感受生活、感受人生时，喜欢从哲学的角度思考问题，追求在诗与哲学交汇、融合处发掘独特的诗意。这既影响了她的诗歌创作，也影响了她的诗学研究。在创作上，她一直深受冯至的影响，并通过冯至的讲座和翻译，她发现了里尔克并深深爱上了她的诗。她认为从里尔克到冯至，在诗歌创作上都追求以哲学为底蕴，创造了一种深沉、玄远的艺术境界。这对郑敏产生了终生的影响。她说过：“我觉得哲学是一盏夜行灯，诗歌、音乐、艺术是我的身体的寓所，而这一切都是为了了解人类在几千年的文明史中所走过的路。这种对人类命运的思考是我此生求知欲的最大动力。”[④] 此后，贯穿于她一生的诗歌创作，都在追求诗与哲学的融合，正如她在《生命之赐》一诗中所表述的那样：“我说：/诗，我追求/哲学，我在寻觅/然而诗与哲学/并非鱼与熊掌/也许是鱼烹熊掌/也许是熊掌烩鱼/在一个中有另一个的厚味”。这既影响了她诗歌观的形成，也影响了她对具体的诗人诗作的认识和评价。她认为一个诗人如果缺少对哲学的阅读和钻研，不能将诗与哲学有机地融合起来，就不可能写出大气的有深度的作品，也不可能成为大诗人。“因为诗歌和哲学是一个民族文化的塔尖，它们本身又必然是一个民族的高文化的标记。”[⑤]“只有健全的文、史、哲架构才能载起传世佳作。”[⑥] 这与柯勒律治在《文学传记》中所强调的观点是相似的：“一个人，如果同时不是一个深沉的哲学家，他决不是个伟大的诗人。”正因为如此，郑敏特别欣赏那些极具哲学意味的诗歌，

①郑敏：《诗歌与哲学是近邻——结构—解构诗论·前言》，第2页。

②郑敏：《诗歌与哲学是近邻——结构—解构诗论·前言》，第2页。

③郑敏：《关于我自己》，见《诗歌与哲学是近邻——结构—解构诗论》，北京大学出版社，1999年版，第473页。

④郑敏：《关于我自己》，见《诗歌与哲学是近邻——结构—解构诗论》，北京大学出版社，1999年版，第473页。

⑤郑敏：《诗人必须自救》，见《诗歌与哲学是近邻——结构—解构诗论》，北京大学出版社，1999年版，第297页。

⑥郑敏：《诗人必须自救》，见《诗歌与哲学是近邻——结构—解构诗论》，北京大学出版社，1999年版，第299页。

并给予高度的评价。例如她盛赞冯至的《十四行集》是“中国新诗里程碑的巨著，虽说全集只有十四行诗二十七首。”这绝不是溢美之词，而是她结合对冯至诗歌的深入分析得出的结论。她认为冯至的《十四行集》，从内容上讲，“融会了东西方文化：杜甫的敦厚沉雄、歌德的高瞻远瞩和里尔克特有的生命哲学的玄远。由于它不是慷慨激昂、声泪俱下的轰动性的浪漫主义诗歌，它的煽动力不是表面的，而更是一个深处沸浆滚滚的火山，它的力量是潜藏的，带有强烈的文化与哲学的韵味，感受到这类诗歌的威力是需要读者方面心理的调整，不能浮躁，在文化素养方面也要求更深厚，因此冯至先生的诗在今天相比之下可算曲高和寡，虽然《十四行集》中有多少关于生命、时代、宇宙丰富的、充满睿智的观察和感慨，却没有获得应有的、足够的注意，仍是一颗深藏的明珠。也许对今天读者的平均欣赏水平，冯至的诗仍是属于明天的吧?”① 她认为冯至的诗充满着哲学的“沉思”，而且“常常是紧紧围绕着个人的生命与大宇宙的关系。因此他经常从身边的喜、怒、哀、乐推向人类所赖以生存的大宇宙、自然界、天地之间的大空间。”② 她甚至为冯至这类充满哲学意味的诗没有引起诗界的重视、缺少人世的知音，做出了具体的分析，发出了不平的心声：“在这个崇尚浪漫主义和革命现实主义的强烈倾向的国家，百年来受颂扬的诗家多是以气势为长，或者以辞藻取胜，对冯至先生这种充满内在智慧、外观朴实的诗有所忽视。世间是浮躁喧嚣的，闪光刺目者在短时间内总是首先吸引镜头，这是常情，不是奇怪。”③

总之，郑敏对诗歌与哲学关系的强调和思考，她对具有哲学底蕴的诗人诗作的分析和评价，将对我们带来多方面的启迪。第一，诗人只有具有哲学家的底蕴，用哲学的眼光去看世界，去洞察和发现宇宙、自然、人生的奥秘与本质规律，才能具有胸纳宇宙的大视野，才能摆脱诗歌格局的狭小、平庸与琐屑，创造出大境界的诗，才能使诗具有拓展人们的眼界，提升人的精神境界的作用。第二，诗人强调诗要有哲学精神，并不是指写哲理诗，也不是简单地在诗里嵌进一些哲学思想，而是要追求哲学精神与诗歌艺术、诗歌美学的潜在融合、有机统一，并自然地贯通在诗的整体构思与结构中。在这一点上，郑敏有着清醒独到的见解：“诗则更侧重艺术，也就是哲学与美学最完美的结合。在诗中哲学是不能脱离美学而存在的，它永远只是一种来去不定的微光，闪烁在美学所建构的文字中。哲学在诗中只能是一种不存在的存在，无形的存在。”④ 第三，强调诗与哲

①郑敏：《忆冯至吾师——重读〈十四行集〉》，见《当代作家评论》，2002年第3期，第88页。

②郑敏：《忆冯至吾师——重读〈十四行集〉》，见《当代作家评论》，2002年第3期，第89页。

③郑敏：《忆冯至吾师——重读〈十四行集〉》，见《当代作家评论》，2002年第3期，第87页。

④郑敏：《诗人必须自救》，见《诗歌与哲学是近邻——结构—解构诗论》，北京大学出版社，1999年版，第300页。

学的沟通和融合，对于诗人的诗歌创作来说，就是要超越诗歌对个人情感的宣泄功能（尽管诗歌有宣泄情感的作用），把沉思的触觉伸向广泛的自然、人类、宇宙的空间，使诗歌广泛地契入对人类生存处境、人与自然、宇宙的关系、人类命运等重大而复杂命题的探索和思考，从而使诗歌走出个人情感抒发的狭小格局，进入关注世界和人类命运的博大境界。正如郑敏所强调的那样："诗更应该是诗人介入人类共同命运的'入口'，而不是诗人退出人类共同命运的'出口'。介入的意识愈强愈能写出有深度的诗，即便在创作的过程中诗人常需要一种超越现实的、独自在山海面前思考的暂时的退场，但这只是在强烈的介入之后，而且只是为深的介入作准备。"[①] 当前，一些青年诗人惯于用诗来宣泄自己琐屑、平庸、无聊的情感，甚至赤裸裸地展示自己怪诞、丑陋、阴暗、病态的内心世界，使诗歌的精神品位不断下滑，郑敏强调诗歌与哲学精神的融合与贯通，也许是医治诗歌精神病状的一剂良药。

（三）诗与文化

郑敏认为诗与文化的关系密切，文化的高低决定着诗歌底蕴的深浅。她结合中国诗歌史、世界诗歌史以及个人的创作经历，对这个问题做了多方面的探索和思考。第一，她认为"诗歌的斯芬克斯必须建立在文化的金字塔上"[②]，"失去文化的高峰的民族是不可能产生真正伟大诗人的。"[③] 她从中外诗歌发展的比较角度，阐明中国半个多世纪都未能拿出世界级的重要作品面对人类文明的检验，没有产生世界级的大诗人，根本原因是由于中国几经历史的风暴，诗人普遍缺乏深厚的文化基础，没有系统地学习中国的文、史、哲，更谈不上系统地学习世界的文、史、哲。这是中国诗人的先天不足，而缺少文化哺育的心灵将是脆弱的，缺少深刻的智慧，不能对世界的变化、历史的脚步以及人类的生活，做出深刻的剖析和独特的反应，也就写不出独特而深刻的作品。她认为：我们的诗歌大国半个世纪没有产生世界级的大诗人，而西方人数不多的诗人队伍却屡屡出现世界级的重要诗人，原因只有一个：文学艺术的较量是文化的较量"[④] "对世界文化所知甚少的状况下很难希望近期能出世界级的诗人。唐朝的李杜，春秋的诸子百家之

---

①郑敏：《诗人必须自救》，见《诗歌与哲学是近邻——结构—解构诗论》，北京大学出版社，1999年版，第300页。

②郑敏：《诗人必须自救》，见《诗歌与哲学是近邻——结构—解构诗论》，北京大学出版社，1999年版，第302页。

③郑敏：《诗歌与文化——诗歌·文化·语言》，见《诗歌与哲学是近邻——结构—解构诗论》，北京大学出版社，1999年版，第251页。

④郑敏：《诗人必须自救》，见《诗歌与哲学是近邻——结构—解构诗论》，北京大学出版社，1999年版，第298页。

所以是世界级的诗人和哲学家自然是因为他们是生活在中华文化高峰时代。”①她审视中国目前的诗人，大约成长在“文化大革命”中与改革开放后两代，前者从根本上轻视文化，后者受商业台风的影响，视金钱为成功的唯一标准，认为人文科学无用，甚至知识无用。在这样的文化低谷中怎能产生国际性的大诗人？第二，郑敏对商业狂潮中轻视文化的观念和行为进行了反思和澄清，提醒当代诗人要尽快通过文化补课而自救。改革开放后，在商业浪潮的冲击下，一些人指派给文化的角色“文化搭台商业唱戏”，这对诗歌创作是致命的，因为诗歌是一个民族文化的“塔尖”，高文化是诗歌获得发展的基石。看重商业的钱，轻视文化，必然离严肃的诗歌创作越来越远。对此，郑敏一针见血地予以批驳：“如果文化搭台只为了商业在其上唱戏，无异于说文化是歌女在商贾席间陪酒伴唱，这种地位的文学真有些沦落风尘的意味。”她认为：“一个国家的一切建设，自然包括商业，都是为了给这个国家的文化搭台。真正在历史舞台上永远留下声音的并非这个国家的贸易额、军火，而是她的文化、她的文明。古埃及如此，古希腊如此，中华民族如此。”② 她甚至特别强调：“最终决定人类命运的，不是科学，而是文化。在文化素质里，包含着人类要理解自然，要理解人与自然，人与人的关系；要理解互相依存的关系。不是说我消灭了你，我就可以神气了，其实没有什么神气的，因为自己也有被消灭的可能。”③ 对于诗人来说，重视文化，养成良好的文化素质，让文化渗透在感觉、意识、情感中，甚至无意识、下意识中，就能时时刻刻“站在最尖端的地方看人类”，就能获得对人类深刻的认识和反应。为此，郑敏结合分析“伤痕文学”为什么没有达到应有的高度时指出：“我们的伤痕文学之所以不能达到一个世界级的文学流派，因为他们除了诉苦之外，不能站在更高的角度上看中国的历史，看中国对人类文化的功绩。这些大的东西，只有站在人类文化的高度上才行，不能仅仅记录个人的痛苦，而不能启发人前瞻或后顾，仅仅让人知道你们是这么苦，却没有别的东西，不能取得划时代文学那样高的成就，因为它不仅记录了划时代的苦难，而且还应该指出人类为什么这样。”④ 而对文化的轻视，使得“我们的诗人们正在吃着一颗恶果。它是十年动乱及其后各

①郑敏：《我们的新诗遇到了什么问题?》，见《诗歌与哲学是近邻——结构—解构诗论》，北京大学出版社，1999年版，第274页。

②郑敏：《诗人必须自救》，见《诗歌与哲学是近邻——结构—解构诗论》，北京大学出版社，1999年版，第297页。

③郑敏：《诗歌与文化——诗歌·文化·语言》，见《诗歌与哲学是近邻——结构—解构诗论》，北京大学出版社，1999年版，第244页。

④郑敏：《诗歌与文化——诗歌·文化·语言》，见《诗歌与哲学是近邻——结构—解构诗论》，北京大学出版社，1999年版，第242页。

种更换包装的轻视文化、虐待文化、歪曲文化所馈赠给我们的恶果。”[①] 在郑敏看来，一些不在强化文化修养方面下功夫，而千方百计寻找成名捷径，以求一时红火、一时轰动的诗人，肯定写不出传世杰作。“1990 年卖出几十万册的某些诗集，今天不是如浪花样的不留痕迹吗?”[②] 这些人写的诗或光怪陆离，花样迭出，却缺少新意，或以“离奇”“古怪”“大胆”“恐怖”“青春偶像”“性刺激”等来撼动市场并不能达到新诗的真正突破；“至于那些来自诗外的脂粉，不论是名势、山头、财势都必然在历史中水落石出，黯然失色。”[③] 因此，郑敏希望“有志的 21 世纪的中国诗人，一定要自己补自己的文化课，自己去补”，“21 世纪的中国诗人应当更多倾注于耕耘那久已荒芜的自己的文化心灵，以它来养育自己的深厚的诗人品质和诗格，而后，作为真正能够比美于李、杜、但丁、莎士比亚、歌德的诗人，进入世界的诗歌大国。”[④] 她还从文化交流的角度，特别强调中国文化的重要：“一个人，如果他是中国人，中国文化就是踩在脚下的土地。如果没有这块土地，那他就是一个文化漂浮者，哪热闹往哪里去。他不踩在这片土地上，就不要想跟外国进行平等的交流，根本就没有平等；外国人告诉你怎么样就怎么样，这真是难受。”[⑤] 第三，郑敏在强调诗与文化关系重要性的同时，还特别指出要正确辨别和理解某些诗人所倡导的“非文化论”“反文化论”。她认为反文化至上是后现代主义的一大特征，主要是反商业化、机械化、文明对人们灵魂的污染，使人们失去人性的高贵。这并不意味着诗人可以不读书，不要文化，似乎诗歌创作可以建立在一片文化的沙漠上。“反文化的正确理解应当是对文化的扬弃，因此只有当每个诗人都有了充分的文化教育之后才谈得上反其中的致癌因素。反文化是反有害的部分，不能作为不需要文化的同义语。”[⑥] 这就从理论上澄清了是非，划清了界限，避免了这些观点对人的误导作用。

---

①郑敏：《诗人必须自救》，见《诗歌与哲学是近邻——结构—解构诗论》，北京大学出版社，1999 年版，第 97、298 页。

②郑敏：《我们的新诗遇到了什么问题?》，见《诗歌与哲学是近邻——结构—解构诗论》，北京大学出版社，1999 年版，第 275 页。

③郑敏：《诗人必须自救》，见《诗歌与哲学是近邻——结构—解构诗论》，北京大学出版社，1999 年版，第 298 页。

④郑敏：《我们的新诗遇到了什么问题?》，见《诗歌与哲学是近邻——结构—解构诗论》，北京大学出版社，1999 年版，第 275 页。

⑤郑敏：《诗歌与文化——诗歌・文化・语言》，见《诗歌与哲学是近邻——结构—解构诗论》，北京大学出版社，1999 年版，第 251 页。

⑥郑敏：《回顾中国现代主义新诗的发展，并谈当前先锋派新诗创作》，见《诗歌与哲学是近邻——结构—解构诗论》，北京大学出版社，1999 年版，第 236 页。

（四）诗与思维

郑敏涉及诗与思维关系的论述较多，这里主要强调她在两个方面的观点。首先，郑敏强调思维方式的变革对诗人摆脱传统思维的桎梏，以便从新的视角去审视已有的定论，获得新的认识，有着重要的指导作用。郑敏从1986年在美国受到解构主义理论的影响之后，开始深入研究解构主义理论，特别是对解构主义奠基人德里达的著作进行认真研读，引起强烈的共鸣，获得了多方面的感悟。她从解构主义的思维方法获得启迪，引发了她对中国文化、中国诗歌史、诗学观念、诗歌语言、诗人诗作、诗歌批评等方面的深刻反思，写出了一系列颇有新意的论文。她认为解构主义代表了人文科学思维的新倾向，“它的最大功绩在于解除了长期统治人们思维的传统一元推理方式，对人们打开思路的障碍，譬如冲击了执著于追求一个权威、一种绝对正确的标准、一个答案等单线式思维。它的多元、无中心、多变式的多维思路使得人们跳出传统的体系，从更高的更广角的位置观察和思考，从而发现了很多过去没有见到的可能的答案，同时也产生了不少新的怀疑。这种新的怀疑有时安于传统的思维失去安全感，然而这又是在今天的认识地平线上无法被忽视的。”① 她认为解构理论的诞生“结束了西方文化以结构思维模式作为正统的整个历史时期，而开始了结构—解构相反又相辅相成的时代。”“这个全新时代的到来使得西方文史哲学者猛然以一个全新的结构—解构视角重新审视过去的诸多学说和定论，特别是关于绝对真理起源与终极的可知性、历史记载的绝对客观性、文本解读的确凿性、权威性及可穷竭性、时空的隔离对立、知识的整体与绝对正确的可掌握性等，凡此类在形而上结构体系中被坚信不疑的学说都受到挑战和质疑。”② 郑敏深受这种解构思维的启发，开始重新审视、思考中国诗歌的许多问题，在很多方面获得了相当独到、深刻的见解，对某些已有的定论提出了尖锐的质疑，并进行了科学的分析。这里只择要概括几点：第一，她认为中国至今没有“一部健全公正的诗歌史”，没有“一部健全公正的各时代的新诗选”，“我们的诗史和诗选都患了偏瘫症。”我们做了“偏见的奴隶”，“我们的诗魂被庸俗的排位子的争夺战污染了。”其原因是我们深受二元对立思维的毒害，在编写诗史、出版诗选时，将诗歌简单粗暴地划分为进步诗歌与不进步诗歌，并以此作为分水岭来确定诗人与诗作的命运。郑敏认为：这是“从非文学、非诗歌的立场出发，将我们的诗歌江山一切两半，将其中的一半捧上了天，另一

①郑敏：《解构主义与文学批评》，见《结构—解构视角：语言·文化·评论》，清华大学出版社，1998年版，第17、18页。

②郑敏：《结构—解构视角：语言·文化·评论》，清华大学出版社，1998年版，第2页。

半则打入了地，加以活埋。”[①] 她认为不能以诗人的政治表现来代替诗人的诗歌本身。她提出“我们需要一部以诗歌本身特点为对象的诗歌发展史。在撰写的过程中我们会清洗自己的文学血液，加深诗歌艺术的意识。把诗歌看成政治加上艺术包装的时代早已过去了。为了向诗歌读者兜售自己的货物，加些艺术包装，是对读者的欺骗。”[②] 第二，她大胆消解对诗歌权威的迷信，从诗歌艺术、诗歌发展的角度去审视其作品，指出其不足，同时也对某些被长期冷落的诗人诗作做出历史的客观公正的评价。例如对在文学史上占中心地位的诗人郭沫若，她除了肯定其《女神》在当时的影响外，对其诗歌的艺术性及其诗歌语言所带来的负面影响进行了中肯的分析和批评。她认为郭的《女神》在“今天读来觉得在语言上他开了一个不太好的风气，就是一种松散、表面的浪漫主义口语诗。好像只要在每行上加上一个‘呀’字就能表达多少激昂的感情。以《笔立山头展望》一诗为例，在16行中有8行以‘呀’结尾，全诗几乎成为一组没有深度的浪漫主义口号。这种语言倾向预示了以后新诗中一直忽隐忽现的伪英雄气概和滥用失真的中式浪漫主义高调。”[③] 郑敏认为郭诗的根本缺陷是缺少“诗的转换”，也就是未能依靠灵感和创造力对诗进行艺术的转换，把口语、浪漫主义的激情直接当成了诗。与此同时，她高度评价了徐志摩、戴望舒、卞之琳、陈梦家、穆旦、冯至等人的诗作。例如，她认为“卞之琳成功地运用了思想的跳跃，以纪录在语言表层下面的复杂的内心，这种不连贯紧缩了语言，浓缩了感觉，也因此增加了诗感的强度。年轻诗人中穆旦完全摆脱了口语的要求。他的语言直接来自无秩序、充满矛盾、混乱的心灵深处，好像从一个烟雾弥漫的深渊升出，落在他的笔下，语言的扭曲、沉重、不正规更真实地表达了诗人的心态，但穆旦的诗语并不缺乏音乐性，只是这不是一种和谐的流畅的音乐。他是20世纪40年代最早一个诗人以语言宣告他已走出虚幻的理想，站在世界的纷乱复杂面前，思考自己的、民族的和人类的命运，即使在《诗八首》这样的情诗中，爱情也不再只是两个人间的事，它和冥冥中一种不可知的力量相连。”[④] 她认为被诗坛无意地遗忘了的诗人冯至是一位杰出的诗人，他的《十四行集》“是一部从形式到内容反映了中国新诗与世界诗潮的交流和渗透，是20世纪40年代新诗现代化的一座奇峰，它溶汇了古

---

①郑敏：《足迹和镜子》，见《诗歌与哲学是近邻——结构—解构诗论》，北京大学出版社，1999年版，第286页。

②郑敏：《足迹和镜子》，见《诗歌与哲学是近邻——结构—解构诗论》，北京大学出版社，1999年版，第286页。

③郑敏：《世纪末的回顾：汉语语言变革与中国新诗创作》，见《结构—解构视角：语言·文化·评论》，清华大学出版社，1998年版，第104页。

④郑敏：《世纪末的回顾：汉语语言变革与中国新诗创作》，见《结构—解构视角：语言·文化·评论》，清华大学出版社，1998年版，第105、106页。

典诗人杜甫的情怀、德国浪漫主义诗人歌德的高度哲理和奥地利早期现代主义诗人里尔克的沉思和敏感。”[①] 第三，她对诗歌批评界某些影响较大的具有权威性的诗歌观同样进行了独立的思考，指出其认识的不足之处。例如对有关 20 世纪 80 年代朦胧诗的著名的“崛起”论的观点，郑敏就进行了冷静的思考，她肯定朦胧诗的崛起“是一次心灵的苏醒和精神的抗争”，因此突破了假、大、空的封锁，吐新诗的新声。同时也明确指出，“崛起”论者没有把 80 年代的朦胧诗放在中国新诗发展的座标上去评估，只是孤立地考虑当代新诗，“没有重视朦胧之崛起与现代新诗的源由关系，80 年代的‘崛起’被夸大了，似乎是从天而降的崛起精神，并从此造成当代新诗的崛起情结，总是以‘揭竿而起’的心态推动当代汉诗的发展”。她认为：“如果将 80 年代朦胧及其追随者的诗作来与上半世纪已产生的新诗各派大师的力作对比，就可以看出朦胧诗实是 40 年代中国新诗库存的种子在新的历史阶段的重播与收获，仍是以西方诗歌为原形的汉诗，从诗歌艺术上讲并没有多少崛起。”在她看来，诗歌理论界对“崛起”热缺少冷静的评估，“带来一种很大的负面作用，就是将中国新诗成长中面临的各种本质问题搁置不顾，而一味追求新的崛起，拔苗助长之风盛行，仿佛当代诗史必须从一个个崛起串起成龙，为了崛起，必须挖空心思制造‘新’，甚至仿西昔日之新，使之成为中国诗坛今日之新。”“这无形造成今日诗坛泡沫繁荣假象，各届崛起的喧嚣远远超过其诗的实质更新。”[②] 第四，她呼吁诗歌创作界、诗歌批评界都要尽快消解中心，破除那些诸如革新/保守、现代/传统、民间写作/知识分子写作等二元对立思维方式，共同营造一种非中心、多元共存、优势互补的创作与批评环境。她说：“既然主张多元，就应当允许个人、不同流派对艺术的不同趣味，容忍他人的偏爱与偏见，只要不是伪诗，每种诗都会在时间里不断被评价、再评价，遗忘又发现。我们新诗家底极薄，怎能经得淘汰制的教条运作。至于批评，只要出于对诗的关注，不论其是否逆耳，是否正确，都应当得到感谢，这与前面所说的非诗的干扰是有区别的。新诗尚在寻找自己的阶段，多元的心态可以促进理论的切磋。”[③] 郑敏的上述见解都是以科学的思维方式在引导人们破除陈旧观念对人们心灵的钳制，引导人们树立正确的诗歌观、诗史观、诗歌批评观。这些见解充分显示了她敏锐深刻的洞察力和卓尔不群的胆识，读之令人耳目一新，受到多方面

---

①郑敏：《回顾中国现代主义新诗的发展，并谈当前先锋派新诗创作》，见《诗歌与哲学是近邻——结构—解构诗论》，北京大学出版社，1999 年版，第 225 页。

②郑敏：《新诗百年探索与后新诗潮》，见《诗歌与哲学是近邻——结构—解构诗论》，北京大学出版社，1999 年版，第 333、334 页。

③郑敏：《新诗百年探索与后新诗潮》，见《诗歌与哲学是近邻——结构—解构诗论》，北京大学出版社，1999 年版，第 344 页。

的启迪。

其次，郑敏强调思维在诗人创作过程中的重要作用，以纠正一些诗人只重感觉、感受而轻视思维的倾向。20世纪80年代以来，一些诗人出于对教条主义创作观的反抗心理，出于对理性的厌恶畏惧，盲目地“跟着感觉走”，只强调写个人的感觉与感受，而忽视了思维在诗歌创作中的重要作用，使“‘思维’因之蒙受不白之冤。”针对这种从一个极端走向另一个极端的错误倾向，郑敏及时予以批评和指正。第一，她认为强调感觉、感受，如果是与诗人的悟性相结合，增强诗的感性描述，使诗人的感觉、感受出新，这自然是好的，但如果是出于“对感觉的虚荣而盲目追求，这样他将抛出一些刺激性强而属捏造的感觉，终于不可能写出一首真正的诗。”“浮躁地拼贴一堆不属于自己的感觉、隐喻，即使诗的表层显得花哨耀眼，但一旦因为它没有自己的说法，没有自己的声音而没有存活下去的生命。”① 第二，她认为思维与感觉、感受不是对抗的，而是互相关联的，它们的有机结合，才能进入最佳的诗歌创作境界。“思维与感受不是对抗的，思维与感情是互相渗透的。思维在运动中是一种悟性；没有悟性的参与感觉是零乱无味的，感情是盲目的。悟性和诗歌是不可分的，不幸在极端逆反心态下，一些诗人抛弃了悟性，任一些杂乱的感觉泛滥在诗行中。”② 她认为“当感觉与思维相互召唤时，创作的神奇就开始了，很多诗人都以一行好诗突然进入一首完整的真正的诗。在写的过程感觉领先，但它只是悟性露出海面的岛屿，具体、含蕴而强烈。”③ 第三，在尊重、联系感觉、感受前提下，诗人更重视思维在诗歌创作中的关键作用。她认为：“对于诗人，深沉的思维送来诗行，对思想者来讲每一首不朽的诗都是思维新颖的肉身。但并不是说每个诗人都明确地意识到这一情况。不过，真的诗人是有这种本能，是悟性使诗人听见诗行，发现诗的踪迹。所以，不培养自己的悟性，一味陷入感觉的拼贴游戏中，是对所谓后现代主义艺术的一种误解，在一些当代诗人的大陆新诗中我们已经觉出这种倾向。”④ 她甚至认为勤于感受，懒于思维的后果是不利于诗歌创作的，也不可能写出有深度的力作。

---

①郑敏：《我们的新诗遇到了什么问题?》，见《诗歌与哲学是近邻——结构—解构诗论》，北京大学出版社，1999年版，277页。

②郑敏：《我们的新诗遇到了什么问题?》，见《诗歌与哲学是近邻——结构—解构诗论》，北京大学出版社，1999年版，276页。

③郑敏：《我们的新诗遇到了什么问题?》，见《诗歌与哲学是近邻——结构—解构诗论》，北京大学出版社，1999年版，277页。

④郑敏：《我们的新诗遇到了什么问题?》，见《诗歌与哲学是近邻——结构—解构诗论》，北京大学出版社，1999年版，276页。

（五）诗与传统

这主要涉及诗的继承与创新问题。自 1979 年后，中国的先锋派对诗歌和诗歌评论极力否定崇尚传统，认为在 1979 年朦胧诗诞生以前中国没有真正的新诗，对中国古典诗歌的优秀传统更是持否定态度。有的青年诗人甚至宣称诗坛新一代的诞生就是老一代的死亡。针对这种类似于“不破不立”的思维方式，郑敏联系古今中外的诗歌发展，结合自己的切身体验，写了一系列文章，指出否定传统的危害性，并多角度强调继承传统对新诗发展的重要作用，呼吁青年诗人们要正确认识继承和创新的辩证关系。第一，她强调传统是我们当今诗歌生长的文化土壤，是诗歌创新的立足点。“一位诗人只有真正知道自己，知道他的祖先，知道他的土地方能写出扎下根的诗。无论生活在世界的那一角，他总应当带着自己的遗产，用它来丰富世界的诗坛，丰富读者，丰富自己。文化传统，几千年的文化遗产是我们和世界交流的资本，是我们能跻身世界文化之林的立足点，也是我们的文化创新的起点。”① 第二，她认为我们过去否定传统，与传统对抗是一种愚蠢的无知和短见的行为，其后果是造成几代人文化素质的下降，直接影响了诗歌创作质量。“整个 20 世纪，在文化战线上，我们的努力不是去开发遗产，更多的时间和精力是用在与强大的文化传统进行敌对的较量，我们认为只有压倒古文化才能进入现代化，并且几次发起运动去埋葬它，砸烂它。一直到今天在改革开放与国际文化经济交流中，我们猛然认识到几千年的文化遗产是世界人民尊重我们的重要原因之一。”② 她批评一些诗人读不懂文言文，也不读古诗，不钻研古代的诗歌艺术，忽略汉语诗的特点和中华文化的特点，盲目地去写“西式新诗”，是一种舍本求末的行为。她提醒诗人们：“写新诗的人只想写‘西式新诗’，而忘记自己应当写‘中国新诗’，横向参考西诗的艺术文化特点是好的、有益的，但如不能将西方的诗艺溶化在汉诗自己的诗艺中，只是‘移植’，是不会写出好的中国新诗。”其写出的诗只能是“一批非汉语的汉语式和非西语的西方诗，对于汉西两个诗歌体系而言都是难以接纳的。”③ 为此，她专门写了《试论汉诗的某些传统艺术特点——新诗能向古典诗歌学些什么?》《中国诗歌的古典与现代》等论文，对古典诗歌的一些艺术特征，如“简而不竭”“曲而不妄”“境界”“意象”

---

①郑敏：《我们的新诗遇到了什么问题?》，见《诗歌与哲学是近邻——结构—解构诗论》，北京大学出版社，1999 年版，第 274 页。

②郑敏：《我们的新诗遇到了什么问题?》，见《诗歌与哲学是近邻——结构—解构诗论》，北京大学出版社，1999 年版，第 274 页。

③郑敏：《试论汉诗的某些传统艺术特点——新诗能向古典诗歌学些什么?》，见《诗歌与哲学是近邻——结构—解构诗论》，北京大学出版社，1999 年版，第 346、347 页。

“对偶”“时空的跳跃”“强度与浓缩”“时空的转变与心灵的飞跃”“格律的活力”“用字”等艺术特征作了透彻的分析，试图古为今用，促进汉语诗歌创作。第三，她强调新诗要与传统接流，并不是像某些人所说的新诗要回归传统，而是要激活传统的心跳，让新诗创作充满新的活力。她认为：“今天需要的是中华文化古典与现代的接轨，传统一朝开通，文化的昨天便会营养文化的今天和明天。没有人要回归，也没有回归的可能，流水瞬变，哪有凝固的传统等我们去回归？”① 她特别强调：“中国当代新诗一个首要的、关系到自身存亡的任务就是要重新寻找自己的诗歌传统，激活它的心跳，挖掘出它久被尘封土埋的泉眼。读古典文史哲及诗词、诗论，想现代问题。使一息尚存的古典诗论进入当代的空间，贡献出它的智慧，协同解决新诗面对的问题。”② 不仅如此，郑敏还比较了中国古代诗论与西方文论各自的特点和长处，要求我们“同时拉开窗帏，扩大视野”，在恢复自己传统活力的同时，更好地吸收外来的营养，以利当代汉语诗歌的创作。第四，郑敏认为文学领域的淘汰制有自己特殊的规律，每个诗人要以正确的心态去对待。“淘汰制在文学领域内的运用与电子工业不同，新不一定能淘汰古，关键不是时间的新旧，而是质量的优劣在进行着对古今诗歌的选择和淘汰。诗坛不是坟场，而是超越时间的角力场。好的留下，次的退出。一首诗歌的名字能在这角力场上停留多久，多少诗人能共存，都不是谁的宣言所能决定的。只有历史能揭示读者怎样抉择。一个名字可以显赫一时，也可以在一夜被遗忘后又重返回人们的审美上空。”因此，她认为：“从心理状态上每颗新星要多想如何增添星空的灿烂，而不是如何击落哪一颗已存在的星星。总是想一个流派，一个代的诞生就意味着前者的死亡，恰恰是统治我们多年的一元化逻辑的翻版。文学是重积累的，要开拓新疆必须像庞德所说的那样在古书中寻找古人边界线，而后才知道新疆的起点，知古方能拓新。”③

（六）关于女性诗歌

作为著名的女诗人和诗论家，郑敏非常关注女性诗歌，关注它的历史发展和创作现状，思考如何使女性诗歌摆脱狭隘和偏见，走向健康发展的道路。她在这方面的一些思考和观点同样值得我们重视。第一，她将女性诗歌放在中西不同的

---

①郑敏：《中国诗歌的古典与现代》，见《诗歌与哲学是近邻——结构—解构诗论》，北京大学出版社，1999 年版，第 331 页。

②郑敏：《新诗百年探索与后新诗潮》，见《诗歌与哲学是近邻——结构—解构诗论》，北京大学出版社，1999 年版，第 339 页。

③郑敏：《回顾中国现代主义新诗的发展，并谈当前先锋派新诗创作》，见《诗歌与哲学是近邻——结构—解构诗论》，北京大学出版社，1999 年版，第 233、234 页。

历史背景下考察，指出我国目前女性诗歌中存在的问题。她认为“女性诗歌是一个边缘模糊的名词”，如果仅从强调女诗人的特有心态和敏感，那么女性诗歌实际上古已有之。只不过在20世纪70年代，西方女权运动赋予了女性诗歌以显著的时代血液。这类诗歌主要是女权运动的战歌，“它呼喊出男性中心文化中妇女的苦闷、寂寞和愤怒，又进一步引出姐妹手足情与情感、心理的联盟。”这“给当代女性诗歌注入了新血液，丰富了它的内容，使它走出单纯的爱情主题、母性主题、婚姻主题，而使这些内容溶于一个要求完全参与人类命运的女性的生命中。”① 而今天西方女权主义者因受德里达解构思潮的影响，则“希望对男性中心的传统进行彻底解体，上自文字学到文学表达、文化意识，下至风俗习惯等方面都要求一次清洗，洗去无所不在的男性中心意识的暗影。”② 相比之下，中国的女权运动则与西方有很大的不同。经过五四启蒙的中国女权运动到中华人民共和国成立后本来已经发展成熟，但改革开放以来，随着市场经济大潮的冲击，“我们的女同胞们发生了思想混乱，有些女作家提出强迫妇女像男人一样参加生产劳动是不是不平等?”“在妇女中曾有过这样流行的看法，认为应当让妇女回到家庭中去过温暖柔软的生活。”③ 这种新的女性心态，既不同于当今西方女权主义者的追求，也不同于五四以来中国女权运动的追求，直接影响了女性诗歌的基调和“作品的底层的潜意识”，构成了我们与西方女性文学的调子有阴阳之别：“她们在反对阳性中心，而我们在寻找阴性的世界，一个愿意向阳性退赔若干领土的阴性国度。中国的女性在经历了普遍的偶像幻灭，又经历着特殊的对男性偶像的幻灭。”④ 因此，郑敏认为我们今后能不能产生重要的女性诗歌，关键“要看女诗人们怎样在今天的世界思潮和自己的生存环境中开发出有深度的女性的自我了。”⑤ 第二，她认为目前国内的女性小说与诗歌，存在着以庸俗趣味迎合市场需要的不良倾向，使女性文学缺少应有的深度而失去了独立价值。尽管国内文学界重视和扶持女性小说与诗歌，但其追踪的“热点”往往只倾向于女性在爱情、性、婚姻方面的自我解放和“女性个性”的挖掘及充分表述，缺少精神的深

①郑敏：《女性诗歌：解放的幻梦》，见《诗歌与哲学是近邻——结构—解构诗论》，北京大学出版社，1999年版，第394页。

②郑敏：《女性诗歌：解放的幻梦》，见《诗歌与哲学是近邻——结构—解构诗论》，北京大学出版社，1999年版，第394页。

③郑敏：《女性诗歌：解放的幻梦》，见《诗歌与哲学是近邻——结构—解构诗论》，北京大学出版社，1999年版，第395页。

④郑敏：《女性诗歌：解放的幻梦》，见《诗歌与哲学是近邻——结构—解构诗论》，北京大学出版社，1999年版，第395页。

⑤郑敏：《女性诗歌：解放的幻梦》，见《诗歌与哲学是近邻——结构—解构诗论》，北京大学出版社，1999年版，第395页。

度和广度。她提醒女性诗人："如果以为先锋文学只能取悦于庸俗趣味预设的女性性苦闷与娇纵、神经质等所谓女性文学的特性和'大胆'，那只是适应了市场的需要，而失去了女性文学的独立价值，那未免太可悲。"①第三，她认为当今的女性诗歌几乎"摈弃"母爱主题是一大误解，也是女性诗歌的一大损失。她分析其原因，是因为多数新生代的女作者们认为，"母爱几乎是一种带有奴性烙印的旧式妇女美德，它意味着自我牺牲、缺乏反抗、缺少女权意识的妇女形象"，"她们并不理解'母爱'实际上是人类博爱思想之源头，大而化之，是和平、平等、互助、扶弱济贫、仁爱、慈爱、宽恕等人类一切高尚理想和美德的原型与基础。"②她特别指出："今天对'母爱'那种狭隘的认识非常妨碍女性文学的发展，而它本应该成为人类文学中丰富广博的一支，在人类教育文明的发展中成为一个充满生命力的文化动力。""当母爱衰落时人变得何等无人性，失去母爱的基础的恻隐心，人不如兽，一切残暴的行为自此而始。女性能不以母爱为自己的荣耀、为人类的众德之德吗？为什么不用自己的笔为人间增添一些母爱，仅弃之如过时的服装，羞于开发自己这种灵魂的财富呢？"③

（七）关于好诗的特点

什么是好诗？这个问题今天恐怕谁也不能说出叫大家都认可的标准。诗人和诗评家对此各有各的说法，也许是公说公有理，婆说婆有理。尽管如此，郑敏作为著名的诗人、诗论家，她所提出的关于好诗所应具有的一些重要特点，还是值得我们重视并作为评判诗歌好坏的一个参照标准。对此，我们简要概括如下：第一，诗里有强烈的信息。也即海德格尔所谓的"揭示"。在她看来，一首好诗应该是诗人给读者带来强烈的信息，包括"他想告诉我们什么，他怎样告诉我？"而且这些信息应该是诗人的真情实感，蕴藏着最丰富的值得深思的信息，而不是"虚晃两枪溜之乎也，令读者深感受骗"。第二，诗人对语言的尊重与珍惜。"不要对语言施虐，拧断句子的脖子，强迫词字结合，任意玩弄，炫耀新奇，招摇过市以博得创新的美誉。"④第三，脱去逻辑的硬壳，用新鲜的语言呈现出极富内涵的心灵。郑敏强调诗人要"穿透可见、可数的事物的表面存在，悟到那潜在的

---

①郑敏：《郑敏诗集·序》，人民文学出版社，2000年版，第5、6页。

②郑敏：《郑敏诗集·序》，人民文学出版社，2000年版，第4、5页。

③郑敏：《郑敏诗集·序》，人民文学出版社，2000年版，第5页。

④郑敏：《探索当代诗风——我心目中的好诗》，见《诗歌与哲学是近邻——结构—解构诗论》，北京大学出版社，1999年版，第304页。

生命的力量，和自然的深邃不可测，与人的相对渺小。”[①] 第四，诗人要想方设法使诗歌语言获得最佳的艺术效果。其关键是“在‘直白’与‘朦胧’，‘显’与‘隐’之间如何形成令人满意的矛盾中互补。”她特别强调：“艺术的纯熟表现在使‘隐’增加‘显’的强度与丰富，‘显’而不失去‘隐’的多层次性，涵蕴的丰富性。直白之所以不艺术，因为它失去的信息内涵太多，晦涩到了浑浊不见底的程度，也同样失去艺术性，因为它已无法传达信息，朦胧的程度到了若隐若现，经过反复体会，愈觉大有深意，回味无穷，才是深邃的艺术。”[②] 第五，诗要让读者获得审美的满足。郑敏认为：“艺术之美是超出可见的物体的外层的封闭，它是隐于其上、其后、其下的能，一旦由读者、欣赏者将其从作品的有形存在中释放出来，就对欣赏者的身心起着强大的震撼，从而给予精神上心理上所长期等待的满足，这就是审美的快感。这种审美的创造与接收都是穿透事物之平凡，使事物突然升华到不平常的层面，人与物都经历着一种心灵的超越。”[③] 这就是说，好诗一定要贮有内在的审美能量，让读者欣赏时引发能量的释放而获得强烈的审美快感。第六，让诗歌体现汉语的音乐性。她认为：“由于长期忽略汉语的音乐性的教育，在走出古典诗歌后，新诗的作者仿佛爱怎么写就怎么写，长期的滥用自由造成语感的丧失，耳朵的麻木。”[④] 这就就要求我们的诗人要研究汉语的音乐性，找出一些规律，然后将它体现在新诗创作中。最后，郑敏还总述自己心目中的好诗：“诗可以浓妆艳抹，也可飘逸出尘；可以长篇累牍，也可凝练隽远；只要它能将人的心与宇宙间万物沟通起来，使它能领悟天、地、自然的意旨，有一次认识的飞跃，也就得到了审美的满足。这样的诗就是我心目中的好诗，因为它将我封闭狭隘的心灵引向无穷变幻的宇宙。”[⑤]

---

①郑敏：《探索当代诗风——我心目中的好诗》，见《诗歌与哲学是近邻——结构—解构诗论》，北京大学出版社，1999年版，第306页。

②郑敏：《探索当代诗风——我心目中的好诗》，见《诗歌与哲学是近邻——结构—解构诗论》，北京大学出版社，1999年版，第307页。

③郑敏：《探索当代诗风——我心目中的好诗》，见《诗歌与哲学是近邻——结构—解构诗论》，北京大学出版社，1999年版，第307页。

④郑敏：《探索当代诗风——我心目中的好诗》，见《诗歌与哲学是近邻——结构—解构诗论》，北京大学出版社，1999年版，第309页。

⑤郑敏：《探索当代诗风——我心目中的好诗》，见《诗歌与哲学是近邻——结构—解构诗论》，北京大学出版社，1999年版，第309页。

论郑敏诗歌创作观

作为一个诗人，郑敏从几十年的创作经验中深深懂得，诗歌的艺术质量是决定诗歌存亡的生命线。作为一个批评家，她以历史的眼光穿越古今中外的诗歌，发现真正留在人间、活在人心中的好诗，都是经过了诗人的呕心沥血，在艺术上有着独特的闪光；相反，某些风行一时的劣等诗歌，尽管当时有人为制造的轰动，哪怕获得“桂冠”显赫一时，都经不住时间的无情淘汰。因此，郑敏非常自觉地重视并积极追求诗歌的艺术质量，她终生都在不断思考着如何借鉴古今中外的各类艺术手法（特别是诗歌艺术手法）来提高诗歌的创作水平。她认为再好的诗歌内涵如果不经过艺术的转换，没有恰当的艺术手段、艺术技巧去呈现，也就失去诗的艺术生命。她认为：“技巧与内涵的相互转换的关系是一个诗人必须掌握的，舍技巧则内涵无以呈现，舍内涵则技巧失去生命。”① 她一生对诗歌创作艺术的探索是在两条线上展开：一条是沿着西方诗歌发展的道路，认真探索并向我国介绍西方现代诗歌、现代诗论，特别是英美现代诗歌的艺术经验、创作手法；另一条是回首东方，沿着中国古典诗歌的发展道路，多方探索，总结古代诗歌、古典诗论的宝贵经验、艺术手法。特别是在她进行诗学研究的后期，她更重视对我国古典诗歌艺术的研究、继承和借鉴。而她的诗学研究在这两条线上艰辛跋涉时，她都能融进自己的诗歌创作体验以及自己对诗歌的独特感悟，真正体现了“中西沟通，为我所悟”的诗歌特色。她在这方面的探索和理论建树是较多的，这里择要论述之。

一、对诗的内在结构的探索与强调

郑敏较早地发现和论述了诗的内在结构在诗歌创作中的重要地位。她在长篇

---

①郑敏：《诗人必须自救》，见《诗歌与哲学是近邻——结构—解构诗论》，北京大学出版社，1999 年版，第 301 页。

论文《诗的内在结构》中提出了自由诗与散文的区别，关键在于诗“有特殊的内在结构（非文字的、句法的结构）”。她认为：“缺乏诗的结构的所谓‘好诗’，读后总觉得像做了一次没有目的的旅行，或者始终没有能将我们带到目的地的旅行。”① “诗的魅力的另一个来源是诗的内在结构。诗是一座建筑物，诗人心灵、才智所建立起的精神建筑物。读一首诗就像由诗人引导着进入一座建筑物。”“当诗人有了诗思和诗情之后，他能不能写出一首好诗，就看他能不能设计一个建筑来体现他的诗思和诗情，诗的诞生是自外界的空间（现实）转变成诗人内在的时间（情、思），又以外界的空间（第二空间、诗的空间）来表现，这第二次空间要求一种符合于诗人的思想和感情的建筑设计。”② 在郑敏看来，一首好诗应该给读者带来某种暗示和启发，让人读懂后兴奋地感觉到认识的提高和伴随着提高而来的情感冲击波。而如果一首诗写得像标语样明朗、像论文一样清晰，它所传达的信息也会被读者收到，但因为缺少暗示和启发，不会引起读者智慧的爆发、心灵的突然豁亮。而诗的内在结构却具有这种暗示和启发的功能。她将诗的特点和读者的阅读效果结合起来考察，认为“诗的突出特点是它带给读者的‘领悟’是突然的，也因此特别集中和强烈，散文和小品文是达不到这种效果的。这种豁然开朗的顿悟给人们的强烈快感，是人们在读诗时所渴望得到的，而只有当一首诗具有诗所特有的内在结构时，它才能给读者这种满足。换言之，诗的内在结构是实现诗的这种特殊功能所必需要的有机组成部分，一首诗可以不押韵，却不能没有这种内在结构，修辞的美妙细微的观察，音调的铿锵都还不足以成为构成好诗的充分条件，正像美丽的窗棂，屋脊上的挂铃都还不能构成富丽的宫殿，只有结构才能保证一首诗站起来，存在下去。”③ 至于诗的内在结构在诗歌创作过程中所起的作用，主要体现在：第一，结构决定诗歌意念、意象的运转路线。“诗的内在结构是一首诗的线路、网络，它安排了这首诗里意念、意象的运转，也是一首诗的展开和运转的路线图。”④ 第二，诗的内涵及中心思想依靠结构的层层展开得以体现。“它使得诗的内容能层层展开，它与诗的内容的关系并不像瓶子

①郑敏：《诗的内在结构——兼论诗与散文的区别》，见《诗歌与哲学是近邻——结构—解构诗论》，北京大学出版社，1999年版，第3、7页。

②郑敏：《诗的魅力的来源》，见《诗歌与哲学是近邻——结构—解构诗论》，北京大学出版社，1999年版，第65、66页。

③郑敏：《诗的内在结构——兼论诗与散文的区别》，见《诗歌与哲学是近邻——结构—解构诗论》，北京大学出版社，1999年版，第23页。

④郑敏：《诗的内在结构——兼论诗与散文的区别》，见《诗歌与哲学是近邻——结构—解构诗论》，北京大学出版社，1999年版，第23页。

与酒，后者的结合是暂时的，形式的。”[①] 第三，结构的诞生是诗歌创作的关键时刻。“只有词与只有意都不能保证一首诗的诞生，只有当诗人对所要写的诗有一个整体的结构感时才能有把握地动笔疾书。”[②] 第四，结构与文字、思想、素材之间是一种相互依存与转换的关系，结构产生一种造形的力量。“让我们设想素材是一种溶液，文字、思想是溶化在其中的物质，在一定条件之下文字和思想就会相结合，并以晶体出现，这些晶体有它的结构，这样就产生了诗。”“只有当思想化成文字，文字化成思想，而两者又按一种诗的结构呈现时，才可能产生一首好诗。”[③] 第五，诗的结构是连接诗与读者的桥梁。郑敏从诗的结构与读者的阅读欣赏之间的关系，阐明了结构对诗的阅读、理解的重要作用：“诗的结构就像一座桥梁，连接了诗人的心灵与外界，连接了诗人与读者，诗人是通过这种结构给他的精神世界以客观的表现。诗的真意存在在它的结构里，在读诗时如果较清晰地掌握了一首诗的结构就可以对它有深刻的理解。在诗的欣赏中培养自己的结构感是很重要的。结构感是打开全诗的一把钥匙，即使个别词句，诗行费解，也能对诗的全局和要义有所理解，而不至有无从接近该作品的感觉。”[④] 与此同时，郑敏还在论文中，具体探索和概括了常用的两种结构方式：展开式和高层式。在展开式结构里，她结合对英国诗人华兹华斯、奥地利诗人里尔克、美国当代诗人詹姆斯·莱特、罗伯特·布莱以及中国唐代诗人杜甫的诗，具体论述了展开式结构又有三种形式，即层层展开、突然展开和诗的结尾高潮中突然提出一个全新的思想。在阐释高层式结构时，她具体结合美国现代诗人罗伯特·佛罗斯特、当代诗人罗伯特·布莱的诗歌，具体分析高层式结构的艺术特征及其超现实主义色彩。总之，郑敏提出的诗的内在结构观，对纠正一些诗人写诗过于随意、散漫，一任个人情感的泛滥，缺少结构的造形感以及结构所带来的诗的暗示性和启发性，有着重要的指导作用。同时，从诗歌批评的角度，也为我们提供了一条判断诗人才能高低、诗歌优劣的重要标准。

二、对诗的意象、意象诗、意象派的探索与思考

在郑敏的诗论中，有不少地方谈到诗的意象、意象诗、意象派的问题。她对

---

①郑敏：《诗的内在结构——兼论诗与散文的区别》，见《诗歌与哲学是近邻——结构—解构诗论》，北京大学出版社，1999年版，第24页。

②郑敏：《诗的内在结构——兼论诗与散文的区别》，见《诗歌与哲学是近邻——结构—解构诗论》，北京大学出版社，1999年版，第24页。

③郑敏：《诗的内在结构——兼论诗与散文的区别》，见《诗歌与哲学是近邻——结构—解构诗论》，北京大学出版社，1999年版，第25页。

④郑敏：《诗的内在结构——兼论诗与散文的区别》，见《诗歌与哲学是近邻——结构—解构诗论》，北京大学出版社，1999年版，第26页。

西方意象派的代表诗人诗作及中国古典诗歌中的意象运用等，都做了很好的研究和论述。在这些论述中，处处流露出她对意象、意象诗、意象派诗歌的真知灼见。第一，阐明“意象”的内涵及其对诗歌创作的重要意义。郑敏指明“意象”一词源于当代西方诗论的介入，是庞德在受到中国古典汉语和诗的启发后创立了意象派时提出的重要诗学概念，是意象派艺术观的核心。总结意象派的理论，郑敏这样概括“意象”的内涵：“意象是感性与知性在瞬间的结合而诞生。所以它总是用肉体去思考，思考中不舍弃肉体，也就是像抽象意念与具体的有机的结合。这也正是对中国方块字的图与义以及中国古典诗词中具体感性与悟性的溶合的科学概括。感性既包括肉体的魅力又包括感情，而知性则与理性逻辑有关。”① 中国古典诗词擅长于用意象来表述诗人难以言传的感受和领悟。在郑敏看来，“意象的使用成为中国古典诗词的特殊表述艺术。它避免了主体的冗长、笨拙的自白，而收到冷隽、深刻的效果，大大突出了言之不尽的内涵。”② 而英美意象派诗人极力倡导意象诗，其出发点是对浪漫主义的反感，使诗歌摆脱浪漫主义的感情泛滥和无病呻吟，以便“力求使诗具有艺术的凝练和客观性；文字要简洁，感情要含蓄，意象要鲜明具体；整个诗给人以雕塑感，线条明晰有力，坚实优美，同时又要兼有油画的浓郁色彩。”③ 意象诗论对于现代主义诗歌创作起了点铁成金的作用，使“诗歌走出了描述现实，外加抒情的老路子，而开始用一个到多个意象晶体管组成诗歌的线路，大大加强了诗篇的内涵和诗行的强度。”④ 第二，指出了意象与比喻、象征的不同。为了使人们把意象与比喻、象征有效地区分开来，郑敏引用意象派理论家庞德的观点后，对这几个概念进行了细致的辨别：“明喻和暗喻都是作家通过‘联想’这个桥梁将两个相似的事物联系在一起，如：人面和桃花；杨柳和头发。象征主义手法也是假设有两个对象，一个是另一个的代号。如桃花是人面的代号。但意象不是说人面像桃花，也不是说桃花可以代表人面，而是说人面就是桃花。人面和桃花有机地结合成一体，成为诗人思想感情的复合体。”⑤ 另外，郑敏根据庞德的意象理论，从中悟出：“意象的形成也

---

①郑敏：《中国诗歌的古典与现代》，见《诗歌与哲学是近邻——结构—解构诗论》，北京大学出版社，1999年版，第313页。

②郑敏：《中国诗歌的古典与现代》，见《诗歌与哲学是近邻——结构—解构诗论》，北京大学出版社，1999年版，第313页。

③郑敏：《意象派诗的创新、局限及对现代诗派诗的影响》，见《诗歌与哲学是近邻——结构—解构诗论》，北京大学出版社，1999年版，第98页。

④郑敏：《试论汉诗的某些传统艺术特点——新诗能向古典诗歌学些什么?》，见《诗歌与哲学是近邻——结构—解构诗论》，北京大学出版社，1999年版，第356页。

⑤郑敏：《意象派诗的创新、局限及对现代诗派诗的影响》，见《诗歌与哲学是近邻——结构—解构诗论》，北京大学出版社，1999年版，第99页。

是诗人内心的一次精神上的经验，因此它具有感性和理性两方面的内容，而比喻是不要求这种内心的精神上的经验的。”① 第三，分析了意象诗的优势与局限。郑敏认为，意象诗的优势可以克服浪漫主义派的主观感情泛滥以至于使诗失去独立、完整的艺术形体，“用意象的鲜明坚实形象约束住主观的感情，使它不能泛滥外溢。这是以客观约束主观。同时，意象派又要求意象渗透着诗人的思想感情，以诗人的情思为灵魂，就像那黑湿的树干上的花朵渗透着诗人的心情、幻想和愿望。这是主观给客观以情和神。”② 而对意象派的理论及意象诗的局限，郑敏也作了中肯的分析：“意象一旦由于过多借用而成了一个抽象的符号就可能沦为陈词滥调。”③ “意象派的理论，如果过于狭窄地加以理解，就可能束缚了诗人的创造，使他只能写一些虽然精美但单调贫乏的小诗，尤其因为限制发表议论，限制抒发主观感情，使得诗缺乏丰富的社会内容。”“意象派脱离了丰富的社会内容也就没有生命力。再者，意象派片面强调所谓‘客观’和意象的绝对清晰、明确，使得很多丰富的诗情和朦胧的情景都被排除在外。由于不敢放手表达主观感情，又不能单独写客观，不允许任何叙述，结果写出的诗很少有宏大的气魄和丰富的思想感情。”④ 第四，科学地总结了意象派诗的发展及其诗学意义。她认为意象派诗也经历了一个发展阶段，“意象的使用在意象派初期是简单而静止的，有时有一些唯美的倾向。到了 20 世纪 30 年代至 50 年代，在现代派诗人艾略特、克莱恩、罗伯特·罗维尔、威廉·C. 威廉斯等人的诗里，被大量而密集地使用，有时增加了诗的晦涩难懂，但 60 年代以后这种过多的意象重叠交错的现象在有些诗中缓和了。”⑤ 她认为意象派虽然存在时间不长，但却“像一个天体，本身虽然毁灭了，却放出了很大的能量，影响着诗的世界。它的特点：含蓄、集中、凝练、富感性，为现代派诗打开了一条全新的途径。尤其是他们关于意象的理论，被现代派诗人接过来，加以改造和利用，使得现代派诗和历来的诗都不一样，具有很独特的时代特点。”⑥ 第五，具体分析了意象在诗歌创作中的生成规

---

①郑敏：《意象派诗的创新、局限及对现代诗派诗的影响》，见《诗歌与哲学是近邻——结构—解构诗论》，北京大学出版社，1999 年版，第 103 页。

②郑敏：《意象派诗的创新、局限及对现代诗派诗的影响》，见《诗歌与哲学是近邻——结构—解构诗论》，北京大学出版社，1999 年版，第 101 页。

③郑敏：《中国诗歌的古典与现代》，见《诗歌与哲学是近邻——结构—解构诗论》，北京大学出版社，1999 年版，第 316 页。

④郑敏：《意象派诗的创新、局限及对现代诗派诗的影响》，见《诗歌与哲学是近邻——结构—解构诗论》，北京大学出版社，1999 年版，第 102 页。

⑤郑敏：《意象派诗的创新、局限及对现代诗派诗的影响》，见《诗歌与哲学是近邻——结构—解构诗论》，北京大学出版社，1999 年版，第 111 页。

⑥郑敏：《意象派诗的创新、局限及对现代诗派诗的影响》，见《诗歌与哲学是近邻——结构—解构诗论》，北京大学出版社，1999 年版，第 113、104 页。

律。例如她结合意象派诗的分析，阐明了“意象的派生”、“意象的重叠交溶”以及意象创造所必经的“心理时空”等。

三、对诗的“境界”做出新的阐释

传统诗歌讲究意境的创造。郑敏不满足于对“意境”的一般解释，为此她特别提出诗的“境界”说。她认为：“意境二字如果解释为情景交融的境界，就似乎浅显了。诗格之高低与诗中诗人的精神境界有很大的关系。中国诗与书、画确实以境界为其灵魂。不论诗中之具体内容是否有诗人自己本人的情，也即是否‘有我’，其境界必须是超我的，在抒情写物之外又有一重天，这重天是超我的，超人世间的，其超脱、自由、潇洒的程度愈大，也就是境界愈高，这种精神境界的追求是中国儒、道、释共同拥有的修行，它比西方的宗教修行要更虚、更空广。在境界中没有全能的主，没有权威，没有控制与被控制，人在境界中进入完全‘无待’的‘自在’状态，因此完全自由，完全的‘自在’意味着超我，超物，超神，也即完全超‘有’，与‘无’同在。或者说：无在无不在。”① 这种强调超越一切的精神境界在诗歌意境中的潜在作用，是对传统“意境”的深化认识。这种境界并不是靠诗人在创作时简单地让客观与主观相遇合、情与景相交融就能达到的，它靠的是诗人终生的修养，靠的是诗人平时必须有“贵在虚静疏瀹五藏，澡雪精神”的修行。正如郑敏指出的那样：“在创作时这种诗人的境界是从诗外影响诗作的，它并不直接出现在诗的具体情况中，但却决定诗的精神高度。境界本身是非具象的，是一种无形的力量，一种能，影响着诗篇。”“境界并不属于哪一首诗，并不是一时一刻可以形成的，但它是创作任何好诗所需要的精神状态，它如一种无形的烛光从诗中流出，但并不静止地有形地停留在哪一首诗中，因为它是一种运转的神思：‘夫神思方远，万涂竞萌’，如此看来，诗人有高的境界他的诗才能有这种高邈的精神内涵，而正是诗的这种精神内涵是人们读诗时最渴望接触到的，它使读者得到心灵的飞越。”② 诗人认为“境界是沙漠里的绿洲，它出现在沙漠的侵略与压抑中，但却代表沙漠的灵魂中暗存在的力量与追求。”③ 当前，我国的一些年轻诗人写诗，一味追求庸俗的刺激和平庸的琐碎，甚至向读者展示一些恶俗不堪的内容，没有意境可言，更谈不上高远的境界。郑

①郑敏：《试论汉诗的某些传统艺术特点——新诗能向古典诗歌学些什么?》，见《诗歌与哲学是近邻——结构—解构诗论》，北京大学出版社，1999年版，第357页。

②郑敏：《试论汉诗的某些传统艺术特点——新诗能向古典诗歌学些什么?》，见《诗歌与哲学是近邻——结构—解构诗论》，北京大学出版社，1999年版，第357、358页。

③郑敏：《探索当代诗风——我心目中的好诗》，见《诗歌与哲学是近邻——结构—解构诗论》，北京大学出版社，1999年版，第305页。

敏对诗歌意境、诗人境界的强调，无疑具有较强的现实意义和警醒作用。

四、对诗歌创作中的物我关系的思考

诗歌界曾就诗歌的物我关系展开过讨论。在讨论中，对于诗歌应当反映客观，大家没有疑问，但对诗歌能不能以“我”为主要表达对象，则有争论。反对者认为写“我”容易将诗歌引向脱离实际、逃避现实、怀疑现实的邪路上，写“我”还会助长自我中心、孤芳自赏、无病呻吟的错误的世界观。争论双方各执一词，似乎都能言之成理。郑敏却跳出物我割裂的看法，从研究英美诗歌中的物我关系入手，寻求物我之间的相互作用、内在联系，进而表达出她对诗歌创作中的物我关系的思考。

首先，她回顾和分析了一些英美诗歌中的物我关系。她认为，在创作实践中，由于诗人在观察和表达时有所侧重，就产生了重客观表现和主观抒情两种基本倾向。一般来说，现实主义诗人，虽不排斥写“我”，但更多写物，写客观，“隐我显物”，浪漫主义诗人更多地抒写“我”的情怀，形成“显我隐物”。而在正常的情况下，“强调客观表现或主观抒情都能写出伟大的作品，莎士比亚的诗剧基本上是强调再现客观，而很多浪漫主义抒情诗基本上是强调抒发主观。”[①]她认为，华兹华斯与济慈在物我关系上创造性最大，开了现代诗风。华兹华斯的《我飘荡如白云》《布谷鸟》等诗中都体现了物中有我的精神，济慈的《希腊古瓶赋》也借写事物抒发了主观的情怀。惠特曼虽以写我为主，但惠特曼并不是写一个与外界隔绝的我。“诗人俯视他自己的胸怀，他是要看映在他的胸怀这片湖水上的蓝天的映象；世界的倒影，客观的倒影。惠特曼的例子使我看到写我，当这个‘我’不脱离时代，不脱离人民时，是无碍于表达时代精神的。他的写‘我’是为了更生动地写客观。”“诗人在写‘我’时实际上要写‘我’怎样拥抱了世界，通晓宇宙的奥秘，从而引导读者通过观察一个人的心灵而理解他四周的世界。”[②] 罗伯特·佛罗斯特的诗，“具有多层结构，有摸得着的现实的架子，又有来自这现实的结构上主观投射的光影”（如《修墙》一诗），其作品既实又虚，既写客观又写主观，给读者带来无穷的吸引力。美国诗人罗伯特·布莱、詹姆斯·莱特的诗又强调描写主客观交流，即强调描写人的主观世界与来自自然、宇宙的生命、神秘的力量的交流。里尔克的“观看”诗，也是通过诗人的主观意识去认识和解释物的客观性。他那首著名的诗《豹》，在客观的描绘中始终贯穿着诗人

---

①郑敏：《英美诗歌创作中的物我关系》，见《诗歌与哲学是近邻——结构—解构诗论》，北京大学出版社，1999年版，第31页。

②郑敏：《英美诗歌创作中的物我关系》，见《诗歌与哲学是近邻——结构—解构诗论》，北京大学出版社，1999年版，第34页。

的主观意识，是物中有我的典型。至于意象派诗歌，更是强调物我的结合。因为意象派诗人强调意象的创造，强调诗要用意象去表现，而意象恰恰是感性和知性的瞬间结合物，意象派诗人就是要打破物我的割裂，企图将我与物在意象里有机地结合起来。总之，郑敏以历史的眼光去看待这些诗人诗作，去仔细辨别英美诗歌中物我关系的内在联系及发展脉络，这就为进一步思考诗歌创作中的物我关系奠定了坚实的基础。

其次，在此基础上，诗人对诗歌创作中的物我关系做了如下几个方面的概述：第一，诗歌创作中的物我之间有着不可分割的内在联系。"'我'的形成由空白到充满思想感情是由于'物'的影响，'物'或客观世界的存在也经常由于'我'对它的改造、'我'中有'物'的力量和影响。纯我、纯物是不存在的，主客观互相作用、互相影响，两者相矛盾而又相依存。"① 第二，从诗歌批评的角度来看，片面地强调任何一方都是不切实际的。"有的人也认为只要以客观为表现对象，就可以不犯脱离实际这种错误。但他忘记镜子里的映象不一定总是准确的，哈哈镜中的世界早已谈不上符合实际。有的人以为写自己的内心就可以不受外界的干扰，他不知道客观世界是一个无所不在的雕塑家，而诗人的心灵也早已留下这位雕塑家的指痕。"② 第三，从诗歌创作的角度来看，偏向任何一方都是有害的。"如果以为只要写我就产生深刻、真切的作品，向自己的内心寻找一切，就确实会愈走愈狭窄，如同钻入一个自我的迷宫，将自己的潜意识的一切都当作钟乳石岩洞来探讨，结果成了自己的俘虏，是不会产生很有意义的作品。但反之，以为要拥抱广大的天地就应当抛弃了'我'，也是一个幼稚的想法。在文学创作中和在对世界的认识中一样，我是媒介，没有'我'就无法感受外界。'我'像天线，灵敏的天线能收到很多的电波。……这个'我'收集了丰富的生活数据、便于分析、研究、分类、组合，并能通过理性加工，再现于感性的声、色、味艺术形式中。"③ 第四，诗人在创作中，要不断地提高和丰富自我。郑敏认为那些"忘记内省，以致内心杂草丛生、灰尘掩盖了镜头的诗人，虽然努力运用流行的某些公式进行创作，也是不可能深刻、准确地反映客观的。"因此，她希望诗人们要"有一个真实、敏感、高尚、有教养、有文化、有智慧的'我'。""诗

①郑敏：《英美诗歌创作中的物我关系》，见《诗歌与哲学是近邻——结构—解构诗论》，北京大学出版社，1999年版，第30页。

②郑敏：《英美诗歌创作中的物我关系》，见《诗歌与哲学是近邻——结构—解构诗论》，北京大学出版社，1999年版，第31页。

③郑敏：《英美诗歌创作中的物我关系》，见《诗歌与哲学是近邻——结构—解构诗论》，北京大学出版社，1999年版，第43页。

人在创作中要将我磨成利刃，磨成最精密的镜头。”① 因为诗人最终是要通过自我去感受和理解世界，“我”的差异直接决定了诗歌反映现实的深浅。

五、对诗歌语言的思考

郑敏非常重视诗歌的语言问题，她在后期的诗学研究中，更是花费了大量精力思考和探索诗歌的语言问题，写了不少有分量的论文。她对诗歌语言的研究，既重视从中国诗歌发展的角度，又参照西方文论对诗歌语言的特有阐述，还结合自己的创作经验，进行多视角的观照和思考，其中的许多见解值得我们重视。第一，她对中国新诗八十年来在语言上的成败得失进行了系统的反思和总结。她先后发表于《文学评论》的重要论文《世纪末的回顾：汉语语言变革与中国新诗创作》《中国新诗八十年反思》等，都对这个问题进行了集中的思考。她将中国新诗发展划分为四个阶段，第一阶段是 1920 年至 1930 年。“这是古典汉语文化彻底告别的分离阶段。绝对的反传统，要求埋葬古典诗词以换得新诗的诞生。”② 在这个时期，胡适、陈独秀倡导的白话文运动，强调要彻底切断与古代文学的联系，只用口语写诗，这就注定了日后的汉语语言的危机。郑敏认为：“胡、陈这种从零度开始用汉字白话文写诗的论调，为白话文的发展带来很大的障碍。使它虽是一次成功的政治运动，在文化上却因拒绝古典文学传统，使白话文与古典文学相对抗而自我饥饿，自我贫乏。”③ 因为“语言并非身外之物，而是民族本质的一种外化，它并不是一件可以随便更换的外衣，也不是一件人们可以得心应手的工具。一个民族永远无法跳出他自己的潜意识、无意识中无声的语言而生存，而认识世界。”④ 在她看来，完全割断与古典文学语言的联系，用纯的白话口语替代整个语言系统，“只是一种幼稚的幻想”，至于用这种语言来写诗，更是直接导致了诗歌语言的贫乏、诗歌艺术性的丧失。她以郭沫若的《晨安》一诗为例，指出其语言的单调乏味：“38 行诗有 38 个‘呀’，但并不能比一首 56 个字的经典汉诗激动人心，在今天读来甚至有些可笑。诗中概念只有一个，就是向全球道早安，如此单调的思维居然写成 38 行同类诗句。虽有 38 个惊叹号和‘呀’字，却只使人感到贫乏枯燥，可见如果没有找到合适的诗歌语言，即使诗人自觉感情汹涌澎湃，也无法使它外化为诗，就像一个失去了优美声音的歌手，是不可能歌唱

①郑敏：《英美诗歌创作中的物我关系》，见《诗歌与哲学是近邻——结构—解构诗论》，北京大学出版社，1999 年版，第 43 页。

②郑敏：《中国新诗八十年反思》，见《文学评论》，2002 年第 5 期，第 68 页。

③郑敏：《世纪末的回顾：汉语语言变革与中国新诗创作》，见《结构—解构视角：语言·文化·评论》，清华大学出版社，1998 年版，第 102 页。

④郑敏：《中国新诗八十年反思》，见《文学评论》，2002 年第 5 期，第 68 页。

的。”[1] 第二阶段是20世纪40年代，“这是引进西方诗学的高峰时期。诗歌语言基本上进入欧化口语阶段，与世纪初的京腔口语有很大的不同。”[2] 她高度评价了这个时期一些诗人的诗歌语言。例如，她认为冯至的《十四行集》的语言“既朴实又载有深邃的哲思。形成一种完全成熟的现代诗歌语言，这与冯至先生既深谙古典汉语，又拥有非常丰富的德国文学语言的素养有关”；她认为穆旦“以他特殊的思想感情，创造出一种略带聱异但很有力量的欧化语言”；认为“何其芳诗语的丰富和优美今天读来仍是审美享受；卞之琳的机智与口语的奇妙结合给予他的诗以独特的个性；闻一多的诗语的建筑美建立了和艾青式的流畅的散文诗线条相对称的诗学的平衡。”[3] 她认为40年代的诗“有着多元的诗美”，“正在走向一个新的高峰”。可惜到了第三个阶段却发生了异常的变化。第三阶段是1950年至1979年，“这是一个政治术语成为权威的阶段。”诗歌写作“除了用学院派的政治语言，就是民间的政治化口语。”完全丧失了诗歌语言应有的艺术表现和审美性。第四阶段，是1979年至今。郑敏认为这个阶段的诗歌语言是“对早期新诗的回归”，“语言摆脱了概念化，拥有丰富亲切的感性色彩，创作的想象力得到解放，在涉及深刻的思想时，做到语言凝练，意象新颖，表达有力。”[4] 但1985年后，诗坛争逐“先锋”，流派四起，宣言迭出，诗歌表面繁荣实则贫乏单调，诗歌语言的文学意味不断下降。进入90年代，诗坛掀起了更加激烈的“创新”浪潮，诗人们心态浮躁，自立门户，花样翻新，且互相排斥。在“先锋”旗帜下聚集着形形色色的诗歌观，如反抒情、都市化、平庸化、反诗语、泛散文化，后来还有口语写作、下半身写作等。诗人放弃崇高和宏大的主题，不再关心世界的、人类的命运，只津津乐道日常的生活琐事，或抒写个人的内心活动。与此有关的是“诗歌语言或泛散文化，或采用冗长的翻译句型，或唠唠叨叨，缺乏生命的闪光和想象力的飞翔。”郑敏痛心地感叹：“诗原本是最富奥义，耐人寻味，读后余音袅袅，给读者极大愉悦的，如今已失去它的鼓舞、启发、超越、出俗的功能和魅力。”[5] 郑敏从语言的角度，对中国新诗发展历程进行整体反思，总结其中的经验教训，是值得我们的诗人和批评家引以为鉴的。我们从中可以清楚地看到，新诗与传统文学的决裂，完全用白话口语写作，直接造成了新诗的先天不足，诗的艺术危机也就在所难免；学习西方诗歌语言，可以激活和增强诗歌的艺术表现力，若再能与传统诗歌语言相融通，就能像冯至那样创造出最佳的诗歌境

①郑敏：《中国新诗八十年反思》，见《文学评论》，2002年第5期，第68、69页。
②郑敏：《中国新诗八十年反思》，见《文学评论》，2002年第5期，第70页。
③郑敏：《中国新诗八十年反思》，见《文学评论》，2002年第5期，第70、71页。
④郑敏：《中国新诗八十年反思》，见《文学评论》，2002年第5期，第71页。
⑤郑敏：《中国新诗八十年反思》，见《文学评论》，2002年第5期，第72页。

界；当诗歌语言完全被政治化、概念化所代替时，诗歌就完全丧失了生命力；当诗歌语言重新回到感性，充满想象力与创造力时，就能大大增强诗歌的表现力和感染力；但如果让语言重返口语化、日常化、琐屑化，或者玩玩语言的新花样，不触及世界和人类的命运，不是和诗人的生命与创造力相契合，诗的语言就会毫无生气和意味，更不可能创造出富有深度的意境，那同样让诗走入死胡同。这个几代诗人换来的沉痛教训，早已向我们敲响了警钟，使我们不能不重视诗歌的语言问题。郑敏正是从这里出发，开始进一步思考，怎样从语言的角度去寻求诗歌的发展和出路。第二，认为诗歌语言应当是一种发自诗人生命内部的、富有生命感的语言，诗人应该注意倾听和捕捉这种语言，以摆脱有形语言的束缚。传统的语言观认为语言是工具，但郑敏后来受西方当代语言观的影响，认识到了语言的非工具性。传统的看法是语言受逻辑、理性的支配，认为只要受到良好的语言训练，就可以随心所欲支配语言，而今天西方的语言学重视无意识与语言产生的关系。郑敏受到弗洛伊德、海德格尔、德里达等人的启发，引发了自己对诗歌语言的深入思考。她认为，在无意识领域，尚有一大片潜在的、没有逻辑的，却负载着我们祖先和我们自身的文化沉淀，欲望沉淀的语言宝藏，“无意识是灵感之源，是语言的故乡”，作为诗人，应当尽量摆脱有形语言的束缚，深入地去把握这种无形的语言。而这种无形的语言，在海德格尔看来，是与人的生命密切相连，是生命存在的闪光。因此，海德格尔在教一个人写诗时，总是强调你不要说话，而要去听语言的声音，也就是要潜心倾听那种发自生命内部的潜意识中的语言。海德格尔甚至还讲过，不是你“说”语言，而是语言“说”你。德里达认为语言是一种心灵的书写，这与海德格尔所说的基本一致，都在强调无形的语言。郑敏引用德里达在《力量和意义》中的一句话：“真正的文学语言，就如诗歌，是通向自由语言的通行证。”她解释说：“这里的‘自由语言’指的是就是不受外界干扰，这种语言以自己的生命力存在，解除了它们作为符号的功能的重负。这种语言，不光是一种符号，符号的意思只是传达一种概念，而这种语言则是以它自己的生命而存在的，不再仅仅是一种符号。”[①] 她认为：“所谓‘套话’就是丧失了自身活力的符号。并不是说语言可以没有意义，但是不应该把语言整个的责任只看成是表达意义，只作为一种使用的工具，因而使得它非常干瘪。只有当写下的文字不只是作为传达工具之后，它才能作为语言而诞生。”“语言传达的是每一个人作为一个个体，他的生命的经验。这个生命不只是外形的生活，所以生活的经

①郑敏：《诗歌与文化——诗歌·文化·语言》，见《诗歌与哲学是近邻——结构—解构诗论》，北京大学出版社，1999年版，第263页。

验就看你怎么理解了。生命，真正的生命的感觉。"[1] 因此，诗人在创作时"得想办法让你那些非常有生命力的、活跃的经验能够进入你有形的文字，即那部分无形的语言能进入你有形的文字。这就需要放松，摆脱套式，不要压抑自己的创造力。"[2] 第三，认为语言的臻境是无声的，诗人应当注意倾听语言的背后之意，尽量避免使用那些浮躁喧嚣的语言，追求语言的质朴、深沉和玄远。她指出："海德格尔和德里达也都提到语言的臻境是无声的，中西哲人对于语言臻境有着相同的领悟，所以创作中过多追求喧嚣的字词与暗喻可能反而吓跑诗的精灵，反之若能倾听语言背后的'意'，那种虚怀若谷的境界就会使诗有其独到的领悟，也即所谓自己的语言经验。但这种'功'是很难的修养，是文化至高的硕果，它要求诗人的创作冲动不是浮躁的，而是一种透彻的激动。"[3] 第四，指出诗歌的语言不应当过分的透明，而应当是半透明的。她认为诗歌语言永远有显露的一部分，又有隐藏着的一部分，这就是它的半透明性。真正深刻的评论家和内行的读者，在阅读诗歌时，常常关注这半透明的一面，从中领悟很多深刻的内涵。"过分的透明恰恰是失真和虚伪，空洞无物最透明。因此破坏了很多美好的感觉和情感。"[4] 在她看来，"语言的透明度往往说明它的信息贫乏单调，在正常的情况下，文学语言所要表达的层次比口语多得多，它有明确的表层，也就是透明的部分，同时又有不确切的隐层而且不只一层，因此是耐人寻味的，含蕴深刻的。如果一句话里外透明，它如果不是一张漏走大量信息的符号网，就是它的作者完全不愿流露那受压抑的意义层。"[5] 第五，认为应当重新研究和借鉴中国古典诗歌的语言艺术。她结合自己半个世纪的阅读与写作体验，猛然回首，发现古典诗歌在诗语上有着许多特异的魅力，懊恼自己一生都在漫游西方诗歌，忽视了对古典诗歌艺术的研究和继承。"现在我的漫游已经走向自己的诗歌的故乡，中国古典的，发现了汉语的魅力与古典诗词在用字、语法方面的灵活与立体性，超时空限制所形成的强烈艺术动感与生命力。在漫游西方古今诗之山水后，我们自己的汉语古典诗词的艺术生命的丰富与强烈给了我极大的惊喜。古典汉语诗词由于它是'文'而非'语'，所以可以跳出日常的时空与逻辑秩序。'语'是口语，必然要符

①郑敏：《诗歌与文化——诗歌·文化·语言》，见《诗歌与哲学是近邻——结构—解构诗论》，北京大学出版社，1999年版，第264页。

②郑敏：《诗歌与文化——诗歌·文化·语言》，见《诗歌与哲学是近邻——结构—解构诗论》，北京大学出版社，1999年版，第259页。

③郑敏：《我们的新诗遇到了什么问题?》，见《诗歌与哲学是近邻——结构—解构诗论》，北京大学出版社，1999年版，第279页。

④郑敏：《诗歌与文化——诗歌·文化·语言》，见《诗歌与哲学是近邻——结构—解构诗论》，北京大学出版社，1999年版，第259页。

⑤郑敏：《世纪末的回顾：汉语语言变革与中国新诗创作》，见《结构—解构视角：语言·文化·评论》，清华大学出版社，1998年版，第108页。

合常识性的实用的时空与逻辑秩序，但在有了清晰的时空、逻辑后，文本的多重可变性就受到限制，减少了诗的不可解性，也就缩小了诗的可变性的艺术时空。”她认为：“如何能在离开几千年的古典诗歌语言的特殊性后的今天，从新找回汉语诗歌的‘文’字精神，这实在是一个21世纪我们必须面对的重要课题。”①

六、对诗歌的格律、音乐性、对偶等艺术形式的重新认识

诗的格律、音乐性、对偶等，都是古典诗歌十分讲究的艺术形式。在经过自由诗的冲击之后，这些艺术形式越来越被一些年轻诗人所忽视。郑敏从继承古典诗歌艺术传统、发展新诗的角度出发，认为要重新思考这些艺术形式对诗歌创作的重要作用。第一，她认为格律虽有不自由的一面，但也有诱发创造，挑战艺术难度的积极的一面。由于九叶派诗人唐祈的突然逝世，使同为九叶派诗人的郑敏受到“相当震动”，她开始写作组诗《诗人与死》，前后共写了19首。这组诗的写作，使她在实践中真切地感受到格律不是僵死、无用的形式，而是有着激活思路、诱发创新的重要作用。“在写的过程中我充分体会到了格律诗对写诗者的启发和诱导。形式的不自由往往迫使诗人越过普通的思路，进入一个更幽深隐蔽的记忆的深谷，来寻找所需要的内容，这样打断了单弦的逻辑推理式的思维，而在无意识的海底挖掘出久被自己遗忘了的一些感受和感情沉淀。诗的格律可以助你，迫使你打开自己灵魂深处的粮仓。”在她看来：“格律如同一个要求十分严格的艺术导师，不让学生在创造上偷懒、就便。格律不断地对你提出要求，在你的创作中成为一个监督的第三者。流畅、恰当、异彩等品质只有在满足格律的条件后才会诞生，诗的深度也因此增加了。诗的格律使诗人只有在克服不自由的设障后才真正放出能量，而不是信手拈来。没有‘高度’的跳高还有什么挑战和破纪录的喜悦呢。”② 她认为，对诗人来讲，“不自由”永远是创作的必要前提，只不过格律诗的“不自由”是显形的，使人很难忽视和藏拙，而自由诗的“不自由”是隐形的，因而难度更大，也容易被一些艺术感不强的作者和读者所忽视。第二，提出新诗在新世纪要研究、重视诗的音乐性。郑敏认为，在20世纪，诗歌走出古典诗的格律以后，再也很少考虑诗的音乐性，包括节奏和音调，使诗丧失了音乐美，很难与古典诗歌抗衡。这个问题在新的世纪必须引起足够的重视，必须加强诗歌的音乐性建设。她指出：“在走出格律诗后，中国新诗再也没有能拿出任何音调的设计，在这方面无法与跟讲究‘音乐耳朵’的西方自由诗相比，白

---

①郑敏：《胡“涂”篇》，见《诗歌与哲学是近邻——结构—解构诗论》，北京大学出版社，1999年版，第371页。

②郑敏：《郑敏诗集·序》，人民文学出版社，2000年版，第11页。

话自由诗在音乐性方面至多做到流畅，诗内并无旋律抑扬可言，在朗诵时往往由朗诵者自己用语调，根据内容为它外加上一些情绪的变化，使其获得某种话剧性。可是与律诗相比，律诗的音乐性是在诗本身内部的，只要吟诵，自然就带出诗作的抑扬顿挫。”① 她认为：“由于长期忽略汉语音乐性的教育，在走出古典诗歌后，新诗的作者仿佛爱怎么写就怎么写，长期的滥用自由造成语感的丧失、耳朵的麻木。”② “忽视这些形式的艺术就会使诗变得粗糙，减弱它的审美震撼力。形式与内容是不可分割的，过分强调其一，或完全忽视其另一，都难使诗达到巅峰的高度。”③ 因此，她提出研究的思路：要“彻底地研究汉语的音乐性，找出一些规律，而后才谈得上将它体现在新诗创作中。在研究过程中我们应当如何体现白话自由诗与格律诗，在语调字词方面的抑扬搭配与诗行的建构？在研究过程中我们也应当参考古典诗词的平仄搭配，和句子的长短搭配。”④ 第三，认为古典诗的对偶（对仗）是一种极富表现力的艺术手法。“古典诗的对偶是一种极有承受力与开拓性的诗的结构设计。它要求矛盾而共存，在诗句中如梁柱承担着屋瓴，将生活中许多貌似矛盾的现象和诗人生命中复杂的经历带入诗中，大大增加了诗的强度、张力和内涵。”⑤ 她对对仗在诗歌中的作用做了这样的概述：“对仗对于平庸的诗人只是一个可借以使诗站立的框架，但对于真正的诗人，对仗是对自己想象力的一次挑战。对仗可以使诗的空间猛然拉大，横跨阴阳两极，使相反的两元结成一个结构，诗的空间加大了，能在 56 个字，或 40 个字内包容天地，绵延古今，跨越生死，打通天人。时空的拉大自然就加强了诗的力度和强度，丰富了诗的内涵。因此对真的诗人，对仗并不是枷锁，而是诗歌运转的一次神奇的解放，一次对创造性的挑战。”⑥ 这些见解是独到而深刻的。郑敏认为新诗应当汲取古典诗歌的艺术营养，以增强新诗的艺术表现力。

以上我们对郑敏的诗歌理论做了初步的梳理、提炼和阐述。比起她丰富的诗学文章来，这里阐述的只是其中最主要的一些诗学观点，从中我们可以看到，她

①郑敏：《试论汉诗的某些传统艺术特点——新诗能向古典诗歌学些什么?》，见《诗歌与哲学是近邻——结构—解构诗论》，北京大学出版社，1999 年版，第 355 页。

②郑敏：《探索当代诗风——我心目中的好诗》，见《诗歌与哲学是近邻——结构—解构诗论》，北京大学出版社，1999 年版，第 309 页。

③郑敏：《探索当代诗风——我心目中的好诗》，见《诗歌与哲学是近邻——结构—解构诗论》，北京大学出版社，1999 年版，第 309 页。

④郑敏：《探索当代诗风——我心目中的好诗》，见《诗歌与哲学是近邻——结构—解构诗论》，北京大学出版社，1999 年版，第 309 页。

⑤郑敏：《中国诗歌的古典与现代》，见《诗歌与哲学是近邻——结构—解构诗论》，北京大学出版社，1999 年版，第 119 页。

⑥郑敏：《中国新诗八十年反思》，见《文学评论》，2002 年第 5 期，第 73 页。

对诗歌的思考和探索具有相当的广度和深度。无论是从宏观上思索诗歌的重大命题，还是从微观上探讨诗歌的创作艺术；无论是追寻西方诗学理论，还是返顾东方诗歌艺术，她都能别具慧眼，融会贯通，且独树一帜，颇多创见。值得指出的是，循着这些探索的足迹，她自己就是这些理论的实践者。她的诗歌创作，无论从感悟的激活上，还是从语言的生成上，都充满着强烈的生命感。她的诗歌创作，扎根于中西方深厚的文化土壤以及她所经历的生活土壤，既受到西方诗歌的艺术滋润，又汲取了中国古典诗歌的艺术营养，不断地在继承中创新，在融会中突破，形成了自己独特的艺术风格。她重视诗歌的意象创造，诗的结构的灵活多变，诗的知性与感性的统一，诗的雕塑感、色彩感、动态感，特别追求诗的高远、博大的境界，注重沟通人与自然、人与社会、人与历史、人与时间、人与宇宙之间的关系，使诗具有深厚的哲学底蕴。总之，她的诗学研究与她的诗歌创作是同步推进、互相激发的，她的许多独到的见解都融进了她半个多世纪的创作经验，以及她对中国新诗发展命脉的准确把握。她的理论文章也摆脱了学院派那种惯有的学究气，充满了灵性和智慧的闪光，对我们的诗歌创作和诗歌批评具有切实的指导作用。当前，我国诗歌创作界和理论界，都出现了诗歌观念的混乱和种种远离诗歌艺术的争论。诗界的领地旗帜如林，宣言四出，口号满天飞，且谁都自以为是，仿佛诗歌是他们手中的一个“玩偶”，可以任意颠来倒去。一些人不尊重诗歌应有的艺术规律，把诗歌原来固有的美好形象涂抹得面目全非，令广大读者生厌。而对诗人诗作的评论，有的论者不从作品实际出发，而是从个人的好恶出发，任意吹捧或者肆意棒杀。在这种情况下，如果我们的诗人、诗歌批评家能关注郑敏的诗歌理论，静下心来读一读她的文章，思考一下她的诗歌观点，聆听一下这位老诗人的教诲和忠告，也许能滤净自身的浮躁和狂妄，进而超越世俗的喧嚣与功利，真正把握诗歌的本质和艺术规律，并在提高自身的文化修养、艺术修养上下大的功夫，不断研究和借鉴古今中外的诗歌艺术，让我们的诗歌创作和诗歌批评都能回到正常的艺术轨道，那将大大促进中国诗歌的健康发展。这是郑敏从事诗学研究的目的，也是笔者写这篇长文的美好期待。

论郑敏对中国现代诗学的贡献

郑敏是跨越中国现当代文学的著名诗人，同时也是一位勤于探索、个性鲜明、成就卓越的诗歌理论家、诗歌批评家。自1979年以来，她以虔诚的心态，惊人的毅力，强烈的诗歌责任感和使命感，投入巨大的精力从事诗学研究。迄今为止，她已在海内外学术期刊发表了一百多万字的诗学论文，这些论文先后结集出版的有：《英美诗歌戏剧研究》《结构——解构视角：语言·文化·评论》《诗歌与哲学是近邻——结构—解构诗论》《思维·文化·诗学》等。其诗学研究，涉及面之广，思考之深，破解诗学难题之多，特别是对某些问题质疑之大胆，批评之犀利，见解之独创，都是前所未有的。可以说，无论从诗学研究的功底、境界、眼光、胆识、思维方式和研究方法上看，还是从已经获得的研究成果看，郑敏无疑是当代杰出的诗歌理论家，她为推进中国现代诗学的理论建设做出了突出的贡献。正如北京大学洪子诚教授在《中国当代新诗史》中所评的那样：郑敏“在诗歌写作和诗歌理论上，都有显著的建树。”①

一

郑敏对中国现代诗学的贡献，首先表现在她高度重视诗歌与生命、诗歌与文化、诗歌与哲学的关系，提出要建立一种融生命诗学、文化诗学、哲学诗学于一体的具有更高境界的大诗歌观。这是郑敏在论述诗人、诗作、诗歌现象、诗歌流派、诗歌发展史、诗歌前途、诗歌的艺术生命、中国新诗在世界诗林中的地位等问题时不断涉及的一个诗学主题。尤其是她在论及如何产生大诗人、大诗作的话题时，更是予以特别强调。它是郑敏根据自己半个多世纪的诗歌创作经验和对古今中外诗歌、诗学研究得出的结论，是她诗学研究的理论基石，也是她思考、探

①洪子诚、刘登翰：《中国当代新诗史》，北京大学出版社，2005年版，第169页。

索全部诗学问题的逻辑出发点。它既关系到诗人的主体素养，又关系到诗歌本身的艺术质量，既关系到每个诗人如何提升自己的精神档次，又关系到中华民族如何构筑自身的诗歌高峰。

郑敏提出这样的大诗歌观，与中国新诗研究的历史背景和现状有着密切的联系。长期以来，一些新诗研究者们为了适应现实的政治需要，提出了一套政治诗学的理论。这种政治诗学从1950年到1978年都处于主流地位，其要害是把政治与诗歌的关系扭曲化、狭窄化，让诗歌从属于政治，充当政治宣传的工具，从而使诗歌丧失了应有的艺术功能、艺术地位。在郑敏看来，这种狭隘的政治诗学理论把诗歌创作及诗学研究引向了一条背离诗歌艺术规律的歧途，无法使诗歌创作和诗学研究获得正常发展。进入90年代，中国诗坛掀起了更为激烈的"创新"竞争浪潮，诗学观念极为混乱，各种反传统、反经典、反审美的诗歌观念甚嚣尘上，如反崇高、反传统、反理性、反文化、反诗语、泛散文、口语化等等，使诗歌平庸化，甚至津津乐道于"下半身写作"等。这样，诗歌就从根本上失去了原有的地位、价值和尊严，不仅远离了传统的辉煌，也与世界诗歌的差距越来越大。

正是在这样的背景下，郑敏这位"九叶派"代表诗人才把关注的目光和研究重心转向了中国现代诗学。在她看来，"新诗在20世纪始终没有机会搞好基本建设，也就是说没有通过创作实践建立起一整套的诗学传统。"① 她认为要重建中国诗学的理论体系，必须首先建立中国新诗的价值标准，解决什么样的诗人才是真正的诗人，什么样的诗歌才是真正的诗歌；必须明确大诗人、大诗作与平庸的诗人、平庸的诗作之间的本质差别。只有这样，才能引导中国诗人树立正确的诗人观、诗歌观，才能不断提升自己的精神境界和创作水准，中国诗歌才能重铸辉煌，进入世界诗歌之林。正是基于这一点，郑敏结合观照中外诗歌，并立足于中外诗歌发展的高度，研究和强调诗与生命、诗与文化、诗与哲学之间的密切关系，提出了自己的大诗歌观，以谋求中国新诗发展之路。

郑敏着重从诗歌本质、诗的生成、好诗特质等角度来强调诗与生命的关系。在她看来，诗的本质在于诗人要真实、准确、细腻、深刻、独特地传达出诗人的生命体验。最佳的诗歌创作状态，是诗人听从生命的召唤，用发自生命内部的语言，去对生命的体验进行艺术的转换，从而转化为诗；作为诗人所应具备的特殊素质，就是要养成对生命的超常敏感，以及对生命感受的奇异转换能力。她认为，凡是优秀的、能给人以生命与色彩、能引发人们想象和沉思的诗，都是那些具有强烈生命感的诗。她在《生命与诗》中这样概括自己："对于我，诗和生命

①郑敏：《中国新诗八十年反思》，《文学评论》，2002年第5期，第72页。

之间划着互相转换的符号。所谓生命是诗人的神经思维肌肤对生活有强烈的感受，而诗人在这方面是超常的敏感。”① 早在20世纪40年代，她在西南联大读书时，就深受里尔克的影响并深深爱上了他那充满生命感的诗，并且初步悟出了诗与生命的关系。她特别提到里尔克的《古老的阿波罗雕像》，那是一首关于挖掘出来的公元2世纪初的少年雕像的残躯。里尔克却从那大理石板的身躯里看见了生命的光辉“爆炸如一颗星辰”，并且及时写下了这首诗。郑敏从里尔克这首诗中获得了重要的启示，认为里尔克从一尊残缺的阿波罗像中感受到这么强烈的生命力的放射，说明诗人对生命的超常敏感。由此也启发了她的创作：“我在诗歌里往往寻找生命的强烈震波。”50年代，她在美国留学期间，有一次在纽约的路易斯露天体育场听世界四大小提琴家之一的艾尔曼演奏贝多芬的D大调小提琴协奏曲时，她再次从艾尔曼陶醉式的演奏中悟出了艺术的真谛：“艺术的最终源泉是对生命的感受。爱护你的艺术就是爱护你的生命的感受。”② 在她看来，诗歌是生命的搏动，“诗和诗人最可贵的是他们那潺潺流水的生命力。”③ 而脱离生命感的诗总是苍白无力的。“不少诗人到了中年就再也找不出生命的原始搏动。这就像海失去了波浪和日出、日落，也就失去了光亮和色彩的动力。”④ 郑敏认为，那些脱离生命感受写出来的诗，“它的果实就突然变成塑料的装饰品了。那无非是一些仿制品，一些夸语，一些陈词滥调，一些自我重复。这就是创作的危机。你的生命在警告你：你已经停止创作，你在抄袭你自己!”⑤ 值得指出的是，郑敏对诗与生命之间关系的认识，到20世纪80年代中期以后又获得了新的更为深刻的认识。她开始强调诗人要把诗笔伸进心灵深处，去努力发掘潜意识中的原始生命力，拓展诗的审美空间，获得更为丰富的诗歌精神资源。1985年她应邀到美国加州大学圣地亚哥文学院做访问教授，受到美国年轻国民的气质和美国当代诗歌的启发，开始意识到过多的理性干扰了诗歌纯正的生命感，扭曲了原始生命力的搏动，使诗失去了原有的生命的光彩。由此引发了她诗歌观念的转变和对自己创作的反思。1986年她再次到美国明尼达州大学访问，听到诗人罗伯特·布莱的一次演讲，心灵再次受到了强烈的震撼，开始“意识到自己的原始的生命力受到‘超我’（Super—ego）的过分压制，已逃到无意识里去，于是我开始和他联系、交流。因为原始的生命力量是丰富的创作源泉，这样我就写了《心象组诗》，我竭力避免理性逻辑的干扰，而让积淀在我的无意识中的力量活跃起来，

①郑敏：《结构—解构视角：语言·文化·评论》，清华大学出版社，1998年版，第104页。
②郑敏：《诗歌与哲学是近邻——结构—解构诗论》，北京大学出版社，1999年版，第413页。
③郑敏：《结构—解构视角：语言·文化·评论》，清华大学出版社，1998年版，第215页。
④郑敏：《诗歌与哲学是近邻——结构—解构诗论》，北京大学出版社，1999年版，第413页。
⑤郑敏：《诗歌与哲学是近邻——结构—解构诗论》，北京大学出版社，1999年版，第415页。

形成图像和幻景出现在我心的眼前。”[①]

郑敏强调诗歌与生命的关系，对诗歌创作和诗学研究有着重要的意义。在她看来，最佳的创作状态，最好的诗歌，都是从诗人生命内部甚至是潜意识中自然结出的果实。她甚至这样强调：“我感到，与自己的生命对话，跟自己的生命的交流，把握对自己生命的体会，这是一个诗人在诗中要带给人们的东西。”“当一个诗人失掉对自己生命敏感的时候，他就只能写着别人的或已经成为客观的道理。”[②] 我们认为，郑敏这一重要的诗学见解，是她一生从事诗歌创作和诗歌研究的经验总结，也凝聚了东西方诗学的精髓。无论对我们的诗歌创作还是诗歌批评，都将带来多方面的启迪。第一，这一观点将有利于我们摆脱过去那种遵命写作，或图解概念，或过多地听命于理性摆布的写作模式，让诗魂与生命的脉搏一起跳动，一起展翅自由地飞翔。即使是写哲理诗，如果我们离开了生命的感受去写某些哲理诗，那些哲理可能早就已经存在，根本谈不上什么新意；第二，我们在潜心捕捉诗感时，首先要潜心倾听生命内部的声音，这种声音是我们的生命在与世界相接触时发生的回声（包括潜意识中的回声），这种回声中渗透着诗人对世界的多方面的深刻体验，这是诗歌诞生的最佳时刻，也是诗人写诗的最佳起点；第三，我们强调诗的现实感、历史感、时代感时，也要注意让现实、历史、时代等与诗人的生命发生关联，即通过诗人的生命对现实、历史、时代的深入触及去表现诗的现实感、历史感、时代感，而不要超越生命的体验去泛泛地抒写；第四，诗人要想保持旺盛的创造力，写出充满生命感的好诗，就要以极大的热情去热爱生活，深入地体验生活，从生活中广泛汲取多种精神营养，既保持充沛的生命活力，又培养对生命的超常敏感，这是保持生命的独立性和创作个性的最好方法，而不要把功夫花在涵养生命、注重生命体验之外；第五，当我们衡量、评价诗人诗作时，我们不妨把有没有强烈的生命感作为一条重要的诗歌标准，去对诗人诗作做出恰当的判断和评价。

在诗与文化的关系上，郑敏认为诗人与文化、诗歌与文化的关系极为密切。她结合中国诗歌史、世界诗歌史说明文化高低决定着诗人智慧的大小、诗歌底蕴的深浅，甚至强调指出一个民族只有高度重视文化建设，才能产生世界级的大诗人。她在这方面的探索和思考，集中在如下几个方面：第一，对于诗人来说，重视文化，养成良好的文化素质，让文化渗透在感觉、意识、情感中，甚至无意识、下意识中，就能时时刻刻“站在最尖端的地方看人类”，就能获得对人类深刻的认识和反应。相反，“失去文化的高峰的民族是不可能产生真正伟大诗人

---

①郑敏：《诗歌与哲学是近邻——结构—解构诗论》，北京大学出版社，1999年版，第423页。

②郑敏：《诗歌与哲学是近邻——结构—解构诗论》，北京大学出版社，1999年版，第470页。

的。”[1] 她从中外诗歌发展的比较视角，阐明中国半个多世纪未能写出世界级的重要作品面对人类文明的检验，没有产生世界级的大诗人，根本原因是由于中国几经历史的风暴，诗人普遍缺乏深厚的文化基础，没有系统地学习中国的文史哲。这是中国诗人的先天不足，而缺少文化哺育的心灵将是脆弱的，缺少深刻的智慧，不能对世界的变化、历史的脚步以及人类的生活，做出深刻的剖析和独特的反应，也就写不出独特而深刻的作品。她认为：“我们的诗歌大国半个世纪没有产生世界级的大诗人，而西方人数不多的诗人队伍却屡屡出现世界级的重要诗人，原因只有一个：“文学艺术的较量是文化的较量”[2] “对世界文化所知甚少的状况下很难希望近期能出世界级的诗人。唐朝的李杜，春秋的诸子百家之所以是世界级的诗人和哲学家自然是因为他们是生活在中华文化高峰时代。”[3] 为此，她希望“有志的21世纪的中国诗人，一定要自己补自己的文化课，自己去补”，“21世纪的中国诗人应当更多倾注于耕耘那久已荒芜的文化心灵，以它来养育自己的深厚的诗人品质和诗格，而后，作为真正能够比美于李、杜、但丁、莎士比亚、歌德的诗人，进入世界的诗歌大国。”[4] 第二，郑敏特别指出诗歌创作需要在“文化场”内运转才能得到更好的发挥：“诗歌创作并非只靠灵感与感情，正如艺术一样，它的灵感和感情需要在一个博大丰富的文化场内运转，缺少了这样一个文化场，诗人的天赋是无法发挥的。”[5] 郑敏的这个见解是深刻的，也是符合实际的。因为一个良好的文化场不仅对诗人产生吸引力，而且有着极强的刺激力和诱发力，能不断激活、引爆诗人内在的巨大的创造潜能。相反，一个连文化场甚至文化氛围都没有的地方，诗人的灵感、情感及创造性才能自然会受到抑制甚至泯灭。在中国历史上，诗歌出现过兴盛期与衰落期，实际上都与这种文化场的强弱有着直接的关系。第三，她认为“诗歌的斯芬克斯必须建立在文化的金字塔上”[6]，因为诗歌是一个民族文化的“塔尖”，高文化是诗歌获得发展的基石，文化的高度决定着诗歌的高度。有高等教育和深厚文化底蕴背景的人写出诗歌，作品就会具有“文化含蕴和世界性的目光，及对人类命运的关怀”。为此，她对商业狂潮中轻视文化的诗歌观念进行了批评，认为轻视文化的结果，必然离严肃的诗歌创作越来越远。她甚至强调：“最终决定人类命运的，不是科学，而是文化。在文化素质里，包含着人类要理解自然，要理解人与自然，人与人的关系；

---

①郑敏：《诗歌与哲学是近邻——结构一解构诗论》，北京大学出版社，1999年版，第251页。
②郑敏：《诗歌与哲学是近邻——结构一解构诗论》，北京大学出版社，1999年版，第298页。
③郑敏：《诗歌与哲学是近邻——结构一解构诗论》，北京大学出版社，1999年版，第274页。
④郑敏：《诗歌与哲学是近邻——结构一解构诗论》，北京大学出版社，1999年版，第275页。
⑤郑敏：《中国新诗八十年反思》，《文学评论》，2002年第5期，第72页。
⑥郑敏：《诗歌与哲学是近邻——结构一解构诗论》，北京大学出版社，1999年版，第300页。

要理解互相依存的关系。”[1] 她结合分析“伤痕文学”为什么没有达到应有的高度，因为他们除了“记录个人的痛苦”外，不能站在人类文化的高度看问题，思考问题，不能启发人前瞻后顾，揭示出人类为什么出现这种划时代的苦难。因此，“伤痕文学”没有达到应有的高度，与“十年动乱”及其对文化的轻视与虐待有着直接关系。与此同时，郑敏还指出，一些诗人不在强化文化修养上下功夫，而是千方百计寻找成名捷径，以求一时红火，一时轰动，肯定写不出传世杰作。第四，郑敏在强调诗与文化关系重要的同时，还特别指出要正确辨别和理解某些诗人所倡导的“非文化论”“反文化论”。她指出反文化至上是后现代主义的一大特征，主要是反商业化、机械化、文明对人们灵魂的污染，使人们失去人性的高贵。这并不意味着诗人可以不读书，不要文化，似乎诗歌创作可以建立在一片文化的沙漠上。“反文化的正确理解应当是对文化的扬弃，因此只有当每个诗人都有了充分的文化教育之后才谈得上反其中的致癌因素。反文化是反有害的部分，不能做为不需要文化的同义语。”[2] 这就从理论上澄清了是非，避免了这些观点对诗人的误导作用。

在诗与哲学关系上，郑敏强调诗人要具有哲学家的胸襟和眼光，诗歌要有哲学的底蕴，哲学的意味，认为大诗人在本质上都是哲学家，真正的诗只有与哲学相沟通、融合才能进入最高的境界，诗的内容才能变得丰富和深刻，才能给人带来更多的沉思和回味。她说：“我一直认为哲学需要诗魂去其涩味，诗需要哲学的舍利子始能‘意永’。大哲学家，尤其是东方的哲学家，无不在本质上是诗人，而大诗人，尤其是以‘意境’突出的中国诗人，也都深得哲学的精髓。西方的柏拉图和现当代的尼采、海德格尔、德里达都是诗人哲学家。”[3] 可见她非常看重诗与哲学的沟通和互补作用。她非常欣赏海德格尔的一句话：“诗与哲学是近邻”，并且用它来作为自己一本诗论集的命名，认为这句话准确地概括了她读诗和哲学及写诗的经历。郑敏对诗与哲学关系的重视，其源头可追溯到40年代她在西南联大读书时，那时她主修的就是哲学。冯友兰先生的人生哲学、汤用彤先生的魏晋玄学、郑昕先生的康德和冯文潜先生的西洋哲学史，都给她以很大的影响。加上她通过冯至上的选修课，又深受冯至、里尔克、艾略特、歌德、奥登等具有哲学底蕴诗歌的影响，特别是从里尔克到冯至，在诗歌创作上都追求以哲学为底蕴，创造了一种深沉、玄远的艺术境界，对郑敏的诗歌创作和诗学研究产生了终生影响。她说过：“我觉得哲学是一盏夜行灯，诗歌、音乐、艺术是我的身体的寓所，而这一切都为了了解人类在几千年的文明史中所走过的路。这种对人

---

①郑敏：《诗歌与哲学是近邻——结构—解构诗论》，北京大学出版社，1999年版，第242页。

②郑敏：《诗歌与哲学是近邻——结构—解构诗论》，北京大学出版社，1999年版，第236页。

③郑敏：《诗歌与哲学是近邻——结构—解构诗论》，北京大学出版社，1999年版，第2页。

类命运的思考是我此生求知欲的最大动力。”① 她认为一个诗人如果缺少对哲学的阅读和钻研，不能将诗与哲学有机地融合起来，就不可能写出大气的有深度的作品，也不可能成为大诗人。“只有健全的文、史、哲架构才能载起传世佳作。”②

郑敏对诗歌与哲学关系的思考和强调，她对具有哲学底蕴的诗人诗作所作的分析和评价，对中国现代诗学建设有着多方面的启迪。第一，诗人只有具有哲学家的底蕴，用哲学的眼光去看世界，去洞察和发现宇宙、自然、人生的奥秘与本质规律，才能具有胸纳宇宙的大视野，才能摆脱诗歌格局的狭小、平庸与琐屑，创造出大境界的诗，才能使诗具有拓展人们的眼界，提升人的精神境界的作用。第二，诗人强调诗要有哲学精神，并不是指写哲理诗，也不是简单地在诗里嵌进一些哲学思想，而是要追求哲学精神与诗歌艺术、诗歌美学的潜在融合、有机统一，并自然地贯通在诗的整体构思与结构中。在这一点上，郑敏有着清醒独到的见解：“诗则更侧重艺术，也就是哲学与美学最完美的结合。在诗中哲学是不能脱离美学而存在的，它永远只是一种来去不定的微光，闪烁在美学所建构的文字中。哲学在诗中只能是一种不存在的存在，无形的存在。”③ 第三，强调诗与哲学的沟通和融合，对于诗人的诗歌创作来说，就是要超越诗歌对个人情感的宣泄功能（尽管诗歌有宣泄情感的作用），把沉思的触觉伸向广泛的自然、人类、宇宙的空间，使诗歌广泛地契入对人类生存处境、人与自然及宇宙的关系、人类命运等重大而复杂命题的探索和思考，从而使诗歌走出个人情感抒发的狭小格局进入关注世界和人类命运的博大境界。正如郑敏所强调的那样：“诗更应该是诗人介入人类共同命运的‘入口’，而不是诗人退出人类共同命运的‘出口’。介入的意识愈强愈能写出有深度的诗，即便在创作的过程中诗人常需要一种超越现实的、独自在山海面前思考的暂时的退场，但这只是在强烈的介入之后，而且只是为深的介入作准备。”④

以上我们对郑敏有关诗与生命、诗与文化、诗与哲学之间关系的思考作了分别论述，它们可以分别代表郑敏生命诗学、文化诗学、哲学诗学的主要观点。但郑敏的意图显然不是让它们各自孤立，意在强调三者的相互影响，相互关联，共同作用于诗人及其诗歌创作，以便提升诗人及其诗歌创作的境界，促进大诗人、大作品的诞生。在这当中，生命诗学是基础。它从诗人的层面强调诗人要有敏锐的生命意识，要忠实于自己的生命感受；从诗歌的层面强调诗歌要体现生命感、生命意识，关注生命体验，包括潜意识体验。文化诗学是中坚。它从诗人层面强

---

①郑敏：《诗歌与哲学是近邻——结构—解构诗论》，北京大学出版社，1999年版，第473页。
②郑敏：《诗歌与哲学是近邻——结构—解构诗论》，北京大学出版社，1999年版，第473页。
③郑敏：《诗歌与哲学是近邻——结构—解构诗论》，北京大学出版社，1999年版，第300页。
④郑敏：《诗歌与哲学是近邻——结构—解构诗论》，北京大学出版社，1999年版，第300页。

调诗人要接受文化的滋养，具有深厚的文化修养，要善于站在文化的高峰看问题；从诗歌的层面，强调诗要有文化品位，要把诗歌创作当做文化建设、提升民族文化高度的层次来认识和对待。哲学诗学是顶尖，它从诗人的层面强调诗人要具有哲学家的境界和眼光，要站得高，看得远；从诗歌的层面，强调诗要有哲学的底蕴，给人带来更大的启迪。

比起过去强调的政治诗学以及传统诗学中强调的“抒情”“言志”来，郑敏的这一诗学观点显然是立足现代社会，站在世界诗歌的高度提出的，是对中国现代诗学研究的新收获，新贡献，有助于培养和造就中国的大诗人，推动中国新诗向更大的目标前进。特别是针对一些青年诗人惯于用诗来宣泄自己琐屑、平庸、无聊的情感，甚至赤裸裸地展示自己怪诞、丑陋、阴暗的病态的内心世界，使诗歌的精神品位不断下滑。郑敏的这一诗观，也许是医治诗歌精神病状的一剂良药。

二

郑敏对中国现代诗学的另一个重要贡献，是她在“结构—解构”的视角下，审视中国百年新诗的发展历程，对中国新诗的诸多问题进行全面清理和深入的反思，提出了许多崭新、深刻的见解，特别是对某些已有的定论提出了尖锐的质疑，并进行了科学的分析。可以说，郑敏在新的思维方式、新的理论视角影响下的诗学研究，开启了她诗学研究的全新历程，一步步打开了新的研究领域，获得了异常丰硕的成果。如果从中国现代诗学研究史的角度看，我们认为郑敏在这方面的探索具有革新诗学研究思维、诗学研究理论、诗学研究方法，使诗学研究真正步入科学轨道的重要意义。

郑敏早年考入西南联大外文系，以后转入哲学系，毕业后又赴美留学，攻读英国文学，完成的硕士论文是《姜·顿的玄学诗》。50 年代回国后在中国科学院外文所从事英国文学研究，以后调入北师大外文系任教，长期担任硕士生、博士生导师。她对中西哲学、英语有着深厚的造诣，并且精通英美诗歌和诗论。1979 年开始，她又研究西方思想的发展，由西方思潮步入后现代主义思潮，由研究当代美国诗，进入研究美国的后现代诗学，然后又由诗学进入西方现代主义文论，特别是后结构主义。她从 1986 年开始深入研究解构主义理论，特别是对解构主义奠基人德里达的著作进行认真研究，引起强烈的共鸣，获得许多新的启迪，并且长期在“结构—解构”思维影响下，对百年新诗进行新的研究和批评。她的两部重要的诗论集《结构—解构视角：语言·文化·评论》《诗歌与哲学是近邻——结构—解构诗论》，就是沿着这个方向进行研究所取得的最有特色的理论成果。郑敏在总结自己的诗学研究历程时，认为思维方式的变革对诗学研究者摆脱传统思维的桎梏，以便从新的视角去审视已有的定论，确定新的研究思路，获得新的认识，有着重要的启迪和指导作用。她认为解构主义代表了人文科学思维的新倾向，“它的最大功绩在于解除了长期统治人们思维的传统一元推理方式，对人们打开思路的障碍，譬如冲击了执着于追求一个权威，一种绝对正确的标准，一个答案等单线式思维。它的多元、无中心、多变式的多维思路使得人们跳出传统的体系，从更高的更广角的位置观察和思考，从而发现了很多过去没有见到的可能的答案，同时也产生了不少新的怀疑。”[①] 她认为解构理论的诞生“结束了西方文化以结构思维模式作为正统的整个历史时期，而开始了结构—解构相反又相辅相成的时代。”“这个全新时代的到来使得西方文史哲学者猛然以一个全新的结构—解构视角重新审视过去的诸多学说和定论”，使得过去那种“在形而上结构体系中被坚信不疑的学说”都受到挑战和质疑”[②] 郑敏深受这种解构思维的启发，并立足于新的时代，从新的理论视角，采用科学的研究方法，重新调整诗学研究思路，对中国现代诗学的诸多问题展开深入的反思，提出了许多令人耳目一新的见解。限于篇幅，这里只能择要论述之。

第一，认为要正确处理好继承和创新的关系，强调新诗要与传统接流。中国新诗自诞生之日起，就面临着激进者对中国传统文化、中国古典诗歌的全盘否定。至1979年后，中国的先锋派不仅对中国古典诗歌的优秀传统持否定态度，而且也对五四以来的新诗传统予以否定，认为1979年朦胧诗诞生以前中国没有真正的新诗。有的青年诗人甚至宣称诗坛新一代的诞生就是老一代的死亡。郑敏认为这是受二元对立思维影响，将传统与现代简单对立起来，是一种类似于“不破不立”的思维方式。对此，郑敏运用“结构—解构”理论为批评的武器，写了一系列文章，指出否定传统的危害性，呼吁青年诗人要正确认识和处理好继承和创新的辩证关系。在她看来，传统是我们当今诗歌生长的文化土壤，是诗歌的立足点。“一位诗人只有真正知道自己，知道他的祖先，知道他的土地才能写出扎下根的诗。……文化传统，几千年的文化遗产是我们和世界交流的资本，是我们能跻身世界文化之林的立足点，也是我们文化创新的起点。”[③] 她认为否定传统，与传统对抗是一种愚蠢的无知和短见的行为，其结果是造成几代人文化素质的下降，直接影响了诗歌创作质量。她批评一些诗人读不懂文言文，也不懂古诗，不钻研古典诗歌艺术，只盲目地写“西式新诗”，是一种舍本求木的行为。她还比

①郑敏：《诗歌与哲学是近邻——结构—解构诗论》，北京大学出版社，1999年版，第Ⅳ页。
②郑敏：《结构—解构视角：语言·文化·评论》，清华大学出版社，1998年版，第17、18页。
③郑敏：《诗歌与哲学是近邻——结构—解构诗论》，北京大学出版社，1999年版，第274页。

较了中国古代文论和西方文论各自的特点和长处，认为要“同时拉开窗帏，扩大视野”，在恢复自己传统活力的同时，更好地吸收外来营养。她特别强调：“中国当代新诗一个首要的、关系到自身存亡的任务就是要重新寻找自己的诗歌传统，激活它的心跳，挖掘它久被封存土埋的泉眼，读古典文史哲及诗词、诗论，想现代问题。使一息尚存的古典诗论进入当代的空间，贡献出它的智慧，协同解决新诗面对的问题。”① 为此，郑敏身体力行地研究古典诗歌，对古典诗歌的一些艺术特征，如“简而不竭”“曲而不妄”“境界”“意象”“对偶”“时空的跳跃”“强度与浓缩”“时空的转变与心灵的飞跃”“格律的活力”“用字”等做了透彻的现代解读，试图古为今用，促进新诗创作。她明确指出，她强调新诗与传统接流，并不像某些人所说的新诗要回归传统，而是要让“中华文化古典与现代的接轨，传统一朝开通，文化的昨天就会营养文化的今天和明天。”② 与此同时，她还从文学特殊规律的角度进行分析，破除诗坛进化论的错误观点：“淘汰制在文学领域内的运用与电子工业不同，新不一定能淘汰古，关键不是时间的新旧，而是质量的优劣在进行着古今诗歌的选择和淘汰。”她提醒年轻诗人：“从心理状态上每颗新星要多想如何增添星空的灿烂，而不是如何击落哪一颗已存在的星星。总是想一个流派，一个代的诞生就意味着前者的死亡，恰恰是统治我们多年的一元化逻辑的翻版。”③

第二，认为中国至今没有“一部健全公正的诗歌史”，没有“一部健全公正的各时代的新诗选”，“我们的诗史和诗选都患了偏瘫症。”④ 我们做了“偏见的奴隶”，“我们的诗魂被庸俗的排位子的争夺战污染了。”⑤ 其原因是我们深受二元对立思维的毒害，在编写诗史、出版诗选时，将诗歌简单粗暴地划分为进步诗歌与不进步诗歌，并以此作为分水岭来确定诗人与诗作的命运。郑敏认为：这是“从非文学、非诗歌的立场出发，将我们的诗歌江山一切两半，将其中的一半捧上了天，另一半则打入了地，加以活埋。”⑥ 她认为不能以诗人的政治表现来代替诗人的诗歌本身。她提出“我们需要一部以诗歌本身特点为对象的诗歌发展史。在撰写的过程中我们会清洗自己的文学血液，加深诗歌艺术的意识。把诗歌看成政治加上艺术包装的时代早已过去了。为了向诗歌读者兜售自己的货物，加

---

①郑敏：《诗歌与哲学是近邻——结构—解构诗论》，北京大学出版社，1999年版，第339页。
②郑敏：《诗歌与哲学是近邻——结构—解构诗论》，北京大学出版社，1999年版，第331页。
③郑敏：《诗歌与哲学是近邻——结构—解构诗论》，北京大学出版社，1999年版，第233页。
④郑敏：《诗歌与哲学是近邻——结构—解构诗论》，北京大学出版社，1999年版，第285页。
⑤郑敏：《诗歌与哲学是近邻——结构—解构诗论》，北京大学出版社，1999年版，第286页。
⑥郑敏：《诗歌与哲学是近邻——结构—解构诗论》，北京大学出版社，1999年版，第286页。

些艺术包装，是对读者的欺骗。"[1]

第三，她大胆消解对诗歌权威的迷信，从诗歌艺术、诗歌发展的角度去审视其作品，指出其不足，同时也对某些被长期冷落的诗人诗作作出历史的客观公正的评价。例如对在文学史上占中心地位的诗人郭沫若，她除了肯定其《女神》在当时的影响外，对其诗歌的艺术性及其诗歌语言所带来的负面影响进行了中肯的分析和批评。她认为郭的《女神》在"今天读来觉得在语言上他开了一个不太好的风气，就是一种松散、表面的浪漫主义口语诗。好像只要在每行上加上一个'呀'字就能表达多少激昂的感情。以《笔立山头展望》一诗为例，在16行中有8行以'呀'结尾，全诗几乎成为一组没有深度的浪漫主义口号。这种语言倾向预示了以后新诗中一直忽隐忽现的伪英雄气概和滥用失真的中式浪漫主义高调。"[2] 郑敏认为郭诗的根本缺陷是缺少"诗的转换"，也就是未能依靠灵感和创造力对诗进行艺术的转换，把口语、浪漫主义的激情直接当成了诗。这一见解是前所未有的，充分显示了诗人敢于质疑权威的勇气和胆识。与此同时，她具体分析和高度评价了徐志摩、戴望舒、卞之琳、陈梦家、穆旦、冯至等人的诗作。例如，她认为"卞之琳成功地运用了思想的跳跃，以纪录在语言表层下面的复杂的内心，这种不连贯紧缩了语言，浓缩了感觉，也因此增加了诗感的强度。年轻诗人中穆旦完全摆脱了口语的要求。他的语言直接来自无秩序、充满矛盾、混乱的心灵深处，好像从一个烟雾弥漫的深渊升出，落在他的笔下，语言的扭曲、沉重、不正规更真实地表达了诗人的心态，但穆旦的诗语并不缺乏音乐性，只是这不是一种和谐的流畅的音乐。他是40年代最早一个诗人以语言宣告他已走出虚幻的理想，站在世界的纷乱复杂面前，思考自己的、民族的和人类的命运，即使在《诗八首》这样的情诗中，爱情也不再只是两个人间的事，它和冥冥中一种不可知的力量相连。"[3] 她认为被诗坛无意地遗忘了的诗人冯至是一位杰出的诗人，他的《十四行集》"是一部从形式到内容反映了中国新诗与世界诗潮的交流和渗透，是40年代新诗现代化的一座奇峰，它溶汇了古典诗人杜甫的情怀，德国浪漫主义诗人歌德的高度哲理和奥地利早期现代主义诗人里尔克的沉思和敏感。"[4]

第四，她对诗歌理论界某些影响较大的具有权威性的诗歌观同样进行了独立的思考，指出其认识的不足之处。例如对有关20世纪80年代朦胧诗的著名的"崛起"论的观点，郑敏就进行了冷静的思考，她肯定了朦胧诗的崛起"是一次心灵的苏醒和精神的抗争"，因此突破了假、大、空的封锁，吐新诗的新声，同

---

①郑敏:《诗歌与哲学是近邻——结构—解构诗论》，北京大学出版社，1999年版，第286页。
②郑敏:《结构—解构视角：语言·文化·评论》，清华大学出版社，1998年版，第104页。
③郑敏:《结构—解构视角：语言·文化·评论》，清华大学出版社，1998年版，第105、106页。
④郑敏:《诗歌与哲学是近邻——结构—解构诗论》，北京大学出版社，1999年版，第224页。

时也明确指出，“崛起”论者没有把20世纪80年代的朦胧诗放在中国新诗发展的坐标上去评估，只是孤立地考虑当代新诗，没有重视朦胧之崛起与现代新诗的缘由关系，20世纪80年代的“崛起”被夸大了，似乎是从天而降的崛起精神。她认为：“如果将80年代朦胧及其追随者的诗作与上半世纪已产生的新诗各派大师的力作对比，就可以看出朦胧诗实是40年代中国新诗库存的种子在新的历史阶段的重播与收获，仍是以西方诗歌为原形的汉诗，从诗歌艺术上讲并没有多少崛起。”① 在她看来，诗歌理论界对“崛起”热缺少冷静的评估，“带来一种很大的负面作用，就是将中国新诗成长中面临的各种本质问题搁置不顾，而一味追求新的崛起，拔苗助长之风大盛，仿佛当代诗史必须以一个个崛起串起成龙，为了崛起，必须挖空心思制造‘新’，甚至仿西方昔日之新，使之成为中国诗坛今日之新。”“这无形中造成今日诗坛泡沫繁荣假象，各届崛起的喧嚣远远超过其诗的实质更新。”②

第五，她呼吁诗歌创作界、诗歌批评界都要尽快消解中心，破除那些诸如革新/保守、现代/传统、民间写作/知识分子写作等二元对立思维方式，共同营造一种非中心、多元共存、优势互补的创作与批评环境。她说：“既然主张多元，就应当允许个人、不同流派对艺术的不同趣味，容忍他人的偏爱与偏见，只要不是伪诗，每种诗都会在时间里不断被评价、再评价，遗忘又发现。我们新诗家底极薄，怎能经得淘汰制的教条运作。至于批评，只要出于对诗的关注，不论其是否逆耳，是否正确，都应当得到感谢，这与前面所说的非诗的干扰是有区别的。新诗尚在寻找自己的阶段，多元的心态可以促进理论的切磋。”③ 郑敏的上述见解都是以科学的思维方式在引导人们破除陈旧观念对人们心灵的钳制，引导人们树立正确的诗歌观、诗史观、诗歌批评观。这些见解充分显示了她敏锐深刻的洞察力和卓尔不群的胆识，读之令人耳目一新，受到多方面的启迪。

第六，她反对把思维与感觉对立起来，只强调写感觉、感受，反对思维介入的诗歌观。80年代以来，一些诗人出于对教条主义创作观的反抗心理，出于对理性的厌恶畏惧，盲目地“跟着感觉走”，只强调写个人的感觉与感受，而忽视了思维在诗歌创作中的重要作用，使“‘思维’因之蒙受不白之冤。”针对这种从一个极端走向另一个极端的错误倾向，郑敏及时予以批评和指正。首先，她认为强调感觉、感受，如果是与诗人的悟性相结合，增强诗的感性描述，使诗人的感觉、感受出新，这自然是好的，但如果是出于“对感觉的虚荣而盲目追求，这样

①郑敏：《诗歌与哲学是近邻——结构—解构诗论》，北京大学出版社，1999年版，第333页。

②郑敏：《诗歌与哲学是近邻——结构—解构诗论》，北京大学出版社，1999年版，第333、334页。

③郑敏：《诗歌与哲学是近邻——结构—解构诗论》，北京大学出版社，1999年版，第344页。

他将抛出一些刺激性强而属捏造的感觉，终于不可能写出一首真正的诗。”[①] 其次，她认为思维与感觉、感受不是对抗的，而是互相关联的，只有它们的有机结合，才能进入最佳的诗歌创作境界。她认为“当感觉与思维相互召唤时，创作的神奇就开始了，很多诗人都以一行好诗突然进入一首完整的真正的诗。在写的过程感觉领先，但它只是悟性露出海面的岛屿，具体、含蕴而强烈。”[②] 总之，在她看来，在尊重、联系感觉、感受前提下，诗人不仅不能排斥，而且应当重视思维在诗歌创作中的关键作用。她认为：“对于诗人，深沉的思维送来诗行，对思想者来讲每一首不朽的诗都是思维新颖的肉身。但并不是说每个诗人都明确地意识到这一情况。不过，真的诗人是有这种本能，是悟性使诗人听见诗行，发现诗的踪迹。所以，不培养自己的悟性，一味陷入感觉的拼贴游戏中，是对所谓后现代主义艺术的一种误解，在一些当代诗人的大量新诗中我们已经觉出这种倾向。”[③] 她甚至认为勤于感受，懒于思维的后果是不利于诗歌创作的，也不可能写出有深度的力作。

三

郑敏对中国现代诗学的贡献还突出地表现在：她十分重视从语言视角去审视中国百年新诗存在的问题，并力图运用西方语言学理论、中国古典诗歌语言艺术的现代阐发，去破解新诗面临的语言难题，努力从语言出发，去寻求中国新诗的发展之路。这是中国现代诗学研究最基本也是最重要的诗学难题，任何一个关心中国诗学建设、关心中国新诗前途的诗人和学者都无法绕开这道难题去另寻捷径。为此，郑敏花费了大量的时间和精力去研究，发表了不少引起强烈反响的论文。她在这方面的论述，反思深刻，批评尖锐，新见迭出，为构建中国现代语言诗学提供了重要的理论参照。

诗歌语言是文学语言的尖端。在数十年的诗歌创作和诗学研究生涯中，郑敏自觉地认识到诗歌语言对新诗建设的重要性，她对新诗语言研究具有异常开阔的视野，既立足于中国当代诗歌的现实，又放眼中国诗歌发展史，还参照世界诗歌的发展现状，以诗人和学者的双重目光去审视中国百年新诗，敏锐地发现，中国新诗最大的问题是语言问题。

中国新诗诞生有其特殊的历史背景，加上中国新诗在发展过程中与中国政治文化的密切关系，中国新诗的语言不仅与古典诗歌的语言割断了联系，而且逐渐

①郑敏：《诗歌与哲学是近邻——结构—解构诗论》，北京大学出版社，1999年版，第277页。
②郑敏：《诗歌与哲学是近邻——结构—解构诗论》，北京大学出版社，1999年版，第277页。
③郑敏：《诗歌与哲学是近邻——结构—解构诗论》，北京大学出版社，1999年版，第276页。

沦为政治和运动的工具。郑敏的多篇论文都对此作了全面的反思和总结。她将中国新诗发展分为四个阶段，第一阶段是1920年至1930年，这是新诗彻底告别古典汉语文化与传统彻底决裂的时期，而这种要求埋葬古典诗词换得新诗诞生的做法，其实是幼稚和不明智的。在这个时期，胡适、陈独秀倡导的白话文运动，强调要彻底切断与古代文学的联系，只用口语写诗，这就注定日后汉语语言的危机。郑敏认为："胡、陈这种从零度开始用汉字白话文写诗的论调，为白话文的发展带来很大的障碍。使它虽是一次成功的政治运动，在文化上却因拒绝古典文学传统，使白话文与古典文学相对抗而自我饥饿，自我贫乏。"① 因为"语言并非身外之物，而是民族本质的一种外化，它并不是一件可以随便更换的外衣，也不是一件人们可以得心应手的工具。一个民族永远无法跳出他自己的潜意识、无意识中无声的语言而生存，而认识世界。"② 在她看来，完全割断与古典文学语言的联系，用纯的白话口语代替整个语言系统，"只是一种幼稚的幻想"，至于用这种语言来写诗，更是直接导致了诗歌语言的贫乏，诗歌艺术的丧失。她以郭沫若的《晨安》一诗为例，指出其语言的单调乏味："39行诗有38个'呀'，但并不能比一首56个字的经典汉诗激动人心，在今天读来甚至有些可笑。诗中概念只有一个，就是向全球道早安。如此单调的思维居然写成38行同类诗句。虽有38个惊叹号和'呀'字，却只使人感到贫乏枯燥，可见如果没有找到合适的诗歌语言，即使诗人自觉感情汹涌澎湃，也无法使它外化为诗，就像一个失去了优美声音的歌手，是不可能歌唱的。"③ 应当说，郑敏的这个批评是尖锐的，也是言之有理的。

第二个阶段是20世纪40年代，认为这是引进西方诗学的的高峰时期，诗歌语言基本上进入欧化口语阶段，与世纪初的京腔口语有很大的不同。她高度评价了一些诗人的诗歌语言，如冯至的"既朴实又载有深邃的哲思"、穆旦的"略带聱异但很有力量的欧化语言"、卞之琳的机智与口语奇妙结合的语言，何其芳丰富而优美的语言等等，认为这个时期"有着多元的诗美"，"正在走向一个高峰"。可惜到了第三个阶段却发生了异常的变化。第三阶段是1950至1979年，"这是一个政治术语成为权威的阶段"，完全丧失了诗歌语言应有的表现性和审美性。第四阶段是1979年至今。郑敏认为这个阶段是对早期新诗的回归，诗歌语言有明显的进步，但1985年后，诗坛争逐"先锋"，流派四起，宣言迭出，诗歌表面繁荣实则贫乏单调，诗歌语言的文学意味不断下降。进入90年代，诗坛掀起了

①郑敏：《结构—解构视角：语言·文化·评论》，清华大学出版社，1998年版，第102页。

②郑敏：《中国新诗八十年反思》，《文学评论》，第68页。

③郑敏：《中国新诗八十年反思》，《文学评论》，68、69页。

更加激烈的“创新”浪潮，诗人们心态浮躁，自立门户，花样翻新，且互相排斥。在“先锋”旗帜下聚集着形形色色的诗歌观，如反抒情、都市化、平庸化、反诗语、泛散文，后来还有口语写作、下半身写作等等。诗人放弃崇高宏大的主题，不再关心世界的、人类的命运，只津津乐道日常的生活琐事，或抒写个人的内心生活。与此相关的是“诗歌语言或泛散文化，或采用冗长的翻译句型，或唠唠叨叨，缺乏生命的闪光和想象力的飞翔。”郑敏痛心地感叹：“诗原本是最富奥义，耐人寻味，读后余音袅袅，给读者极大愉悦的，如今已失去它的鼓舞、启发、超越、出俗的功能和魅力。”① 所以她再次指出；“后新诗潮的最大问题就是语言问题”“谁若想任意玩弄语言，必将受到惩罚。”② 郑敏从新诗发展史的角度，发现中国新诗在语言上的一次又一次失误，其结果严重地影响了中国新诗的艺术质量，制约了中国新诗的发展，使中国新诗无法恢复历史的辉煌，也无法屹立于世界诗歌之林。可以说，这是郑敏诗学研究中最重要的发现，也是许多诗人和诗学理论家没有引起关注和探讨的问题。

郑敏的发现给我们带来的启示是多方面的：当新诗和传统文学决裂，完全用白话口语写作，直接造成了新诗的先天不足，诗的艺术危机也就在所难免；学习西方诗歌语言，可以激活和增强诗歌的艺术表现力，若能再与古典诗歌语言相融通，就能像冯至那样创造出最佳的诗歌境界；当诗歌语言完全被政治化、概念化所代替，沦为政治和运动的工具时，诗歌就完全丧失了生命力；当诗歌语言重新回到感性，充满想象与创造力时，就能大大增强诗歌的表现力和感染力；但如果听任诗的语言重返口语化、日常化、琐屑化、庸俗化，或者玩玩语言的新花样，不触及世界和人类的命运，不和诗人的生命与创造力相契合，诗的语言就会毫无生气和意味，更不可能创造出富有深度的艺术境界，那样中国新诗就会走入死胡同。这是新诗曲折历程带给我们的沉痛教训，也向我们敲响了警钟，使我们不能不从民族语言的角度，来探讨一条适合中国新诗发展的新路。正如郑敏所说的那样：“依我所见，21世纪中国新诗的最大任务，就是寻找具有自己汉语语言特性的当代诗歌艺术，建立自己的新诗诗学，才能与英法德等当代诗人并驾齐驱于今日诗界诗坛。”③

郑敏的深刻性不仅在于她发现了问题，更在于她对中国新诗怀着一颗赤诚之心，以强烈的使命感，多方寻求拯救新诗语言的良方。

在郑敏看来，新诗再用陈旧的语言，借用没有生命的套话，或者使用故作离

①郑敏：《中国新诗八十年反思》，见《文学评论》，第72页。

②郑敏：《诗歌与哲学是近邻——结构—解构诗论》，北京大学出版社，1999年版，第259页。

③郑敏：《我与诗》，《诗刊》，下半月刊，2006年第2期。

奇怪诞的语言等等，都是没有出路的。那么，怎样恢复新诗的语言特性，并从语言的角度寻求新诗发展之路呢？郑敏的探索从两个方面展开：首先，她受到西方语言学理论的启发，结合自己的写诗体验，认为只有破除语言工具论，才能建立新诗的语言观。这些理论包括索绪尔的语言先在论，符号具有不可变性与可变性的观点，德里达的反逻各斯中心论，视口语和书写语为"心灵的书写"或"总书写"的观点，海德格尔的无形语言论，弗洛伊德的无意识论，即认为语言的实质不在它喧嚣的表层（意识），而是深处的无声（无意识），在"前语言"阶段的"无"中，等等。郑敏潜心研究这些语言学理论，以此来思考新诗的语言自救之途：

第一，认为诗歌语言应当是一种发自诗人生命内部的（包含潜意识）、富有生命感的语言，诗人应当重视倾听和捕捉这种语言，以摆脱有形语言的束缚。传统的语言观认为语言是工具，但郑敏受到西方语言学的启发，认识到语言的非工具性。传统的看法是语言受逻辑、理性的支配，认为只要受到良好的语言训练，就可以随心所欲支配语言，而今天西方的语言学重视无意识与语言产生的关系。郑敏受到弗洛伊德、海德格尔、德里达等人的启发，认识到"语言的根不在人的逻辑中，而是在人的无意识中。"在无意识领域，尚有一大片潜在的、没有逻辑的却负载着我们祖先和我们自身的文化沉淀、欲望沉淀的语言宝藏，"无意识是灵感之源，是语言的故乡"。作为诗人，应当尽量摆脱无形语言的束缚，深入地去把握这种无形的语言，而这种无形的语言，是与人的生命密切相连，"诗的语言的诞生和诗人感到生命的震波是同时的"，是生命存在的闪光。海德格尔认为诗语是神或生命的寓所。因此，海德格尔在教一个人写诗时，总是强调你不要说话，而是要去听语言的声音，也就是要潜心倾听那种发自生命内部的潜意识中的语言。海德格尔甚至还讲，不是你"说"语言，而是语言"说"你。德里达认为语言是一种心灵的书写，这和海德格尔所说的基本一致，都在强调无形的语言。德里达认为，语言这个被结构主义称为符号的东西，只有当它作为一个符号死亡的时候，它的有生命的内涵才会真正地存在，这个时候它才真正地打动人。郑敏引用德里达在《力量和意义》中的一句话："真正的文学语言，就如诗歌，是通向自由语言的通行证。"她解释说："这里的'自由语言'指的是不受外界干扰，这种语言以自己的生命力存在，解除了它们作为符号的功能的重负。这种语言，不光是一种符号，符号的意思只是传达一种概念，而这种语言则是以它自己的生命而存在的，不再仅仅是一种符号。"[①] 为此，郑敏特别强调："我们做诗人的，第一，注意不要刻意追求这种有形语言的怪诞，用它来制造刺激；第二，关键是

①郑敏：《结构—解构视角：语言·文化·评论》，清华大学出版社，1998年版，第263页。

培养自己内心的丰富，然后尽量去发掘自己的创造性。”①

第二，认为语言的臻境是无声的，诗人应当注意倾听语言的背后之意，尽量避免使用那些浮躁喧嚣的语言，追求语言的质朴、深沉和玄远。她指出：“创作中过多追求喧嚣的字词暗喻可能反而吓跑诗的精灵，反之若能倾听语言背后的‘意’，那种虚怀若谷的境界就会使诗有其独到的领悟，也即所谓自己的语言经验。但这种‘功’是很难的修养，是文化至高的硕果，它要求诗人的创作冲动不是浮躁的，而是一种透彻的激动。”②

第三，指出诗歌的语言不应当过分透明，而应当是半透明的。她认为诗歌语言永远有显明的一部分，又有隐藏着的一部分，这就是它的半透明性。真正深刻的评论家和内行的读者，在阅读诗歌时，常常关注着半透明的一面，从中领悟很多深刻的内涵。“过分的透明恰恰是失去和虚伪，空洞无物最透明。因此破坏了很多美好的感觉和情感。”③ 她认为语言的透明度往往说明它信息贫乏单调，文学语言所要表达的层次比口语多得多。

另一方面，她从西方回首东方，发现古典诗歌在诗语上有着许多特异的魅力。她从中受到极大的震撼和启发，认为应当重新研究和借鉴中国古典诗歌高超的语言艺术和深邃意境，并对其进行现代解说，发掘其现代性因素，努力将古典诗歌的语言艺术转换为今天的诗学研究资源和诗歌创作实践，目的是要借助传统诗歌长期积累的智慧来解决新诗的语言困境。在郑敏看来，新诗草创时期对母语进行“绝对的否定”是一种“弑母行为”。事实上，一种语言留存着民族全部历史文化踪迹，有着民族灵魂的基因，可以擦抹和增减，绝无消灭的可能。她认为古典诗词在炼字，特别是动词的使用达到出神入化之境，语法方面的灵活性与主题性，超越时空限制所形成的强烈的艺术动感与生命力，古典诗词由于它是“文”而非“语”，“可以跳出日常的时空与逻辑秩序”，可以增强诗的含蓄性，扩大诗的可变性的艺术时空。她明确提出：“如何能在离开几千年的古典诗歌语言的特殊性后的今天，从新找回汉语诗歌的‘文’字精神，这实在是一个 21 世纪我们必须面对的重要课题。”④

可以说，郑敏既运用西方语言学理论来破除语言工具论，阐明诗的语言特征，又吸收中国古典诗学精髓，对中国古典诗歌的语言艺术进行现代解读，让新诗与古典诗歌语言艺术进行接流，以寻求中国新诗发展新路，的确是极富创见的主张，也是解决中国新诗语言问题的必由之路。

---

①郑敏：《诗歌与哲学是近邻——结构—解构诗论》，北京大学出版社，1999 年版，第 263 页。
②郑敏：《诗歌与哲学是近邻——结构—解构诗论》，北京大学出版社，1999 年版，第 279 页。
③郑敏：《诗歌与哲学是近邻——结构—解构诗论》，北京大学出版社，1999 年版，第 259 页。
④郑敏：《诗歌与哲学是近邻——结构—解构诗论》，北京大学出版社，1999 年版，第 371 页。

以上我们对郑敏诗学研究的独特性，她对中国现代诗学的贡献做了初步考察，从中可以看出，郑敏高度重视诗与生命、诗与文化、诗与哲学的关系，她提出要建立一种融生命诗学、文化诗学、哲学诗学于一体的具有更高境界的大诗歌观，是要破除种种狭隘、偏激、庸俗的诗学观念，提升诗人和诗歌的精神境界，认为只有这样，中国现代诗才能同世界诗歌发展同步，才有可能进入世界诗歌之林；她以“结构—解构”思维重新审视新诗诸多问题，是要谋求解决中国诗学研究中必须面对也必须解决好的关键问题，使诗学研究回归诗的本身，充分尊重诗的艺术规律，促进诗歌研究得到科学、合理、健康的发展；她透视新诗语言问题并有针对性地提出解决办法，是抓住了诗学研究中的要害问题，对探索新诗在21世纪的出路有着重要的指导作用。总之，郑敏的诗学研究不仅对中国现代诗学建设做出了突出的贡献，产生了重要的影响，也为中国现代诗学研究提供了新的思路，开辟了新的对话空间和研究空间，将会启迪更多的研究者为此展开研究，共同推进中国现代诗学向前发展。

郑敏与牛汉诗歌意蕴比较

郑敏是九叶派著名诗人，牛汉是七月派著名诗人。他们都成名于20世纪40年代，共同经历过20世纪的风风雨雨和人生的各种磨难，都以百折不挠的精神、虔诚的心态和罕见的创造力从事诗歌创作，取得了令人瞩目的成就，成为我国诗坛上跨世纪的两位杰出诗人。虽然两位诗人在家庭出身、民族习性（牛汉是蒙古族人）、教育背景、人生经历、诗歌风格等方面都有所不同，但他们在创作道路、艺术追求、诗歌主张、感悟方式、艺术视角、诗歌意蕴、造境方式、结构方式、创造形象等方面都有许多相同点和不同点。从比较的视角，透视他们的创作历程和诗歌作品，找出其异同点，对深化两位诗人诗作研究、揭示其对中国现当代诗歌的独特贡献，是一个尚未被人涉足也是很有意义的研究课题。本文侧重从诗歌意蕴的角度，对两位诗人诗作的相同点和不同点做一些初步探讨，以期能更深入地理解两位杰出诗人及其诗歌的独特价值。

一

郑敏和牛汉都有着漫长而曲折的创作经历，都对诗歌有着虔诚执著的追求，都在创作上坚持独立思考保持艺术个性，都是以惊人的毅力和旺盛的创造力，不断挑战自我，突破自我，超越自我，再度创造了自己诗歌艺术的辉煌。这些都是影响两位诗人诗歌意蕴取向的重要因素，也是两位诗人及诗作具有可比性的基础。其具体体现在如下几个主要方面。

（一）诗歌创作开始于20世纪40年代，“复活”于1979年，至今仍活跃于诗坛

郑敏于1920年9月18日生于北京，父亲曾留学法国与比利时，学的是数学，回国后曾供职于当时的“外交部”。在她两岁时，她因父亲的离职、家里兄弟姐妹多、家庭生活陷入困境而被过继给姨妈，成了姨妈的独女。此后她跟随着

养父母在河南六河沟煤矿矿区度过了她相当寂寞的童年。十岁那年母亲和她一起又移居当时的北平，在那里读完了小学。九一八事件后全家又迁往南京，在南京读完了关键的中学。郑敏于1939年考入西南联大学习外国文学，后转入哲学系。由于学校规定哲学系学生必修德文，郑敏选择了冯至先生的德文班。冯先生富有哲学底蕴的诗歌以及他那“不平凡的超越气质”对她产生了不可估量的影响。冯先生所译的奥地利现代派诗人里尔克的信札和诗也深深地吸引了她。这注定了她一生与诗和哲学结下情缘。她开始写“以哲学为近邻”的诗，并经常把诗拿给冯先生看，得到冯先生的指点和鼓励。她开始不断发表诗作，并且成为20世纪40年代“九叶派”诗人的重要代表。她的第一部诗集《诗集1942—1948》是著名作家巴金亲自为之编辑出版的。1949年她赴美留学，在外国人的歧视和冷遇中过着半工半读的生活，饱尝了生活的困窘和艰辛。她于1952年获布朗大学英国文学硕士学位。为了报效祖国，她坚定地与丈夫放弃在美刚建的家，于1955年回国。一开始分在文学研究所工作。她满怀激情，报国心切，更想重拾诗笔，尽情歌唱。可是一场场政治风暴却突然袭来：“肃清胡风反党集团”，“反右派斗争”……她也被迫接受改造，“随着知识分子大军在风暴中旋转”。[①] 1960年她调入北师大教书，后又两次下农村，接受改造。虽然历经磨难，她总算挺过来了，但却失去了最宝贵的青春时光，诗歌创作也被迫搁置了30年。直到1979年，因为九叶派诗友的一次在北京聚会，使她激动不已，诗情喷发，写出了搁笔后的第一首诗《诗呵，我又找到了你》，从此一发不可收，迎来了她诗歌创作的第二个春天。

牛汉1923年10月23日出生于山西定襄县一个有着文化传统和革命传统的农民家庭。抗日战争初期流亡到陕甘地区求学。读中学时就曾因参与学潮运动被当局抓捕，坐过牢。1940年开始发表诗作，青年时期的代表作是长诗《鄂尔多斯草原》（当时他还是高二学生）。1943年入西北大学就读俄文专业。1946年因参加学生运动被铺入狱，出狱后从事党的地下工作，并坚持诗歌创作，是20世纪40年代以胡风为中心的“七月派”诗人的重要代表。中华人民共和国成立后他参加了抗美援朝，1953年调人民文学出版社工作。出版了诗集《祖国》《在祖国面前》《爱与歌》。1955年因胡风冤案的牵连而被捕入狱，出狱后又遇上反“右派”斗争；60年代他又被关入“牛棚”，屡遭管制和批斗；70年代，他又被下放到湖北咸宁干校，从事五年“苦役”般的劳动。从1955年到1970年整整15年，牛汉没有写诗。即使在“文革”后期的1971至1974年，牛汉在干校为了寻求精神慰藉偷偷写的那些诗，也是等到“四人帮”被粉碎后才得以问世。同郑敏一样，他也是在1979年才真正重返诗坛，获得写作和发表作品的权利。从那时

---

①郑敏：《诗歌与哲学是近邻——结构—解构诗论》，北京大学出版社，1999年版，第478页。

至今，他的新作不断，并在读者中产生了广泛的影响。

（二）对诗极为虔诚，视诗如命，以诗为伴

两位诗人都崇敬古今中外优秀的诗人及诗作，都对诗极为虔诚，把读诗写诗看作是自己生命的需要。诗哺育着他们的心灵，诗照亮了他们的灵魂，诗支撑着他们人生的信念，诗拯救了他们受伤的生命，诗也打开了他们的内心世界，书写出他们坎坷而闪亮的人生。可以说，诗和他们的生命已融为一体，相依相伴。郑敏认为，一个诗人“最重要的就是对诗要真诚，对诗要尊重。我最不能忍受把诗拿来玩弄，宣泄自己。”① 她回顾自己与诗的关系时强调：“我对诗已不是一般的感情了，不光是诗，对艺术，有一种宗教感，这些东西一直支撑着我的人生的。”② 她特别指出：“从我上初中开始，诗歌对我就好像生命的来源，我觉得我是不可能停下来的。”③ “对于我，诗和生命之间划着相互转换的符号。”④ “诗歌对于我几乎是生命的主要部分，但它不仅是为审美而存在，更多的是心灵在不同历史阶段的思考伴侣。”⑤ 可见，诗在她心中有着何等重要的地位和作用。

同样，牛汉在《诗与我相依为命一生》中也明确指出：“我与诗患难相交，真正到了狂热的地步，诗成为我的第二生命。”“诗成为我反抗命运的救星，企望能在创作的梦境中解脱苦难，心灵得到抚慰。”⑥ 他回顾自己充满艰辛和苦难的人生历程时，饱含深情地说道：“幸亏世界上有神圣的诗，使我的命运才出现了生机，消解了心中的一些晦气和块垒。如果没有碰到诗，或者说，诗没有找到我，我多半早已被厄运吞没，不在这个世界上了。诗在拯救我的同时，也找到了它自己的一个真身（诗至少有一千个自己）。于是，我与我的诗相依为命。”⑦ 在他的心中：“这些平凡的诗，在我长期孤独和濒于绝望之时，曾经激励和鞭策过我，让我清醒，让我切不能颓然倒下，要像一行行诗那样地站立着。”⑧

（三）甘于寂寞，坚持独立思考，具有鲜明的艺术个性

无论做人还是写诗，两位诗人都主动远离各种世俗的喧闹和诱惑，不跟风向转，不赶时髦不逐名利，不迎合主流话语、不图发表而写作，而是坚守独立的人

①郑敏：《思维·文化·诗学》，河南人民出版社，2004年版，第261页。
②郑敏：《思维·文化·诗学》，河南人民出版社，2004年版，第274页。
③郑敏：《思维·文化·诗学》，河南人民出版社，2004年版，第234页。
④郑敏：《诗歌与哲学是近邻——结构—解构诗论》，北京大学出版社，1999年版，第417页。
⑤罗雪村：《“九叶派”诗人郑敏：不老的最后“一叶”》，中国网 china.com.cn. 2010年1月。
⑥牛汉：《梦游人说诗》，华文出版社，2001年版，第6页。
⑦牛汉：《梦游人说诗》，华文出版社，2001年版，第1页。
⑧牛汉：《牛汉诗文补编》，作家出版社，2000年版，第253页。

格，甘于寂寞，在寂寞中默默地倾听、体验和捕捉那些来自自然、社会、宇宙以及诗人自身发出的种种珍贵的信息，再经过艺术的转换，将这些发现转化为富有个性的诗篇——这些诗篇凝聚着诗人鲜活的生命感和独特的精神意识。郑敏强调："理论家也好，诗人也好，要甘于寂寞，不要急于轰轰烈烈。"[①] 她认为："寂寞会使诗人突然面对赤裸的世界，惊讶地发现每一件平凡的事物忽然都充满了奇异的意义，寂寞打开心灵深处的眼睛，一些平日视而不见的东西好像放射出神秘的光，和诗人的生命对话。"[②] 同时郑敏认为坚持独立思考对诗人特别重要。她非常感激她的养父（她生父的留法好友）以最高明的教育方式使她"成长成一个重视独立思考的人"，"我觉得自己是靠着那点独立思考的本能摸索着走自己的道路。"[③] 她认为自己在诗歌创作方面"是一个不可救药的独立思考者"，为此她的作品长期被视为"不符合主流要求"。为了保持自己作品的艺术个性，她长期选择了沉默，"对任何一种误解、歪曲都无心反驳。"[④] 这充分体现了一位优秀诗人的可贵的精神品质。

相比而言，牛汉的人生充满着更多的苦难，"经历过战争、流亡、饥饿，以及几次地被囚禁"[⑤]，他的生命经历过太多的寂寞和孤独，但也有幸激活了沉睡在他内心的诗世界，使他与诗意外相遇。因为在寂寞和孤独中，他可以自由地"咀嚼苦难，反刍人生，诗突然地从心中觉醒和冲动上来。并不是我清醒地立意要把诗找回来，是诗如钟锤般撞醒了我，敲响了我。这时才感知有一个诗的世界，一直久久地被封闭在我的心里，几十年的人世沧桑并未把我和诗拆散。"[⑥] 同时，牛汉同样强调诗人要独立思考，不要人云亦云，要写自己真实的生命感受，要保持自己的艺术个性，甚至要保持自己诗歌的"野性"。在患难的岁月，他偷偷写诗只是为了"单纯地面对自己，面对诗歌，不需要发表，也不需要取悦什么人。"[⑦] 他认为写诗要"显示出你的人与诗的本性，显示出你的人与诗的原生的气质"，"诗要显示自己心灵素质的个性。"[⑧] 早在20世纪50年代初，当概念化、政治化诗风盛行时，他就在致胡风的信中表达了自己强烈的忧虑和不满，认为那是"真正的僵诗（尸）!"他直指当时诗界的弊端："现在是硬叫人走进一个

①郑敏：《思维·文化·诗学》，河南人民出版社，2004年版，第240页。

②郑敏：《诗歌与哲学是近邻——结构—解构诗论》，北京大学出版社，1999年版，第420页。

③郑敏：《诗歌与哲学是近邻——结构—解构诗论》，北京大学出版社，1999年版，第478页。

④郑敏：《诗歌与哲学是近邻——结构—解构诗论》，北京大学出版社，1999年版，第479页。

⑤牛汉：《梦游人说诗》，华文出版社，2001年版，第1页。

⑥牛汉：《梦游人说诗》，华文出版社，2001年版，第6页。

⑦阎延文：《把生命的火焰塑形为诗——牛汉访谈录》，见《诗刊》，2000年第10期。

⑧牛汉：《牛汉诗文补编》，作家出版社，2000年版，第188页。

木框子里，千篇一律。诗人都没有个性，更没有时代的性格。”① 纵观牛汉的创造历程，他始终都能坚持个性化创作，自由地书写自己的体验与沉思。即使生活迫使他沉默，“那种沉默在当时其实是抗争命运的奇特的‘声音’。”②

（四）老当益壮，大器晚成，创造了诗坛奇迹

郑敏与牛汉都不是专业作家，他们都是在繁重的工作之余从事诗歌创作。郑敏长期执教于北京师范大学外语系，1981 年担任硕士生导师，1986 年开始担任博士生导师。牛汉长期供职于人民文学出版社，1983 年评为编审，曾任《新文学史料》主编、《中国》执行副主编。虽然一场场政治风暴使他们失去了诗歌创作的黄金岁月，但他们有一个共同的特点，就是在他们的生命步入老年之际却焕发出更加灿烂的艺术青春，以岩浆般喷发的才情创作了一系列引人注目的作品，不仅使他们的诗歌创作出现了一个新的高峰，也为中国诗坛留下了一道奇特亮丽的风景——诗歌不仅属于青年，同样也可以属于老年。这就是诗坛上广为流传的“郑敏现象”“牛汉现象”。牛汉称自己和同代一些诗人为诗坛“老生代”。著名诗歌评论家谢冕曾称郑敏与牛汉是中国“当今创造力最为旺盛的代表性诗人”。③

郑敏的诗歌创作与诗歌研究同时“复活”于 1979 年。1980 年起开始大量发表作品，先后出版诗集《寻觅集》《心象》《早晨，我在雨中采花》《郑敏诗集：1979—1999》等，其中《寻觅集》获中国作家协会及诗刊社 1987 年最佳 10 册诗集奖，不少诗作被译成英、德、荷、日等文收入各国诗选。同时郑敏还在国内外发表了一百多万字诗学论文，在诗歌界产生了广泛影响，先后出版了《英美诗歌戏剧研究》（北京师范大学出版社）、《结构—解构视角：语言·文化·评论》（清华大学出版社）、《诗歌与哲学是近邻——结构—解构诗论》（北京大学出版社）、《思维·文化·诗学》（河南人民出版社）及译著《美国当代诗选》等。

牛汉虽然于 1971—1974 年在湖北咸宁干校时偷偷写下不少重要诗篇，但他作为诗人获得创作自由也是在 1979 年。1980 年起开始公开发表诗作，并且进入创作的活跃期，先后出版了《温泉》《海上蝴蝶》《蚯蚓与羽毛》《沉默的悬崖》《牛汉抒情诗选》《牛汉诗选》《牛汉诗文补编》，以及日译本《牛汉选》、韩译本《牛汉诗选集》和诗论集《学诗手记》《梦游人说诗》等，其中《温泉》获 1983—1984 年中国作家协会全国优秀新诗集奖。他的诗获得多种奖项并被译为俄、日、西班牙、德、英、法等文收入各国诗选。2003 年他获得马其顿共和国“文学节杖”奖。在《诗选刊》与搜狐网举办的中国首次诗歌读者普查中，有 68 万读者

---

①牛汉：《梦游人说诗》，华文出版社，2001 年版，第 188 页。

②牛汉：《牛汉诗文补编》，作家出版社，2000 年版，第 196 页。

③张炯：《新中国文学五十年》，山东教育出版社，1999 年版，第 67 页。

投了他的票，在评出的十大受喜爱的诗人中，牛汉排在第五位。同时，牛汉还开始一系列散文创作，出版了《滹沱河和我》《萤火集》《牛汉散文精选》《中华散文珍藏本·牛汉卷》等散文集。

如今郑敏已年过90，牛汉也已87岁高龄。但他们仍然诗心不老，文思活跃，坚持笔耕不辍，不断有新作问世，真正体现了生命不息、写作不止的创造精神。可以说，他们的人品与诗品的统一，对诗的忠诚与执著，对艺术的严要求与高标准，等等，不仅为中国当代诗人树立了典范，也使他们在诗歌意蕴的发掘上获得独特的深度与广度。

二

正因为郑敏与牛汉在人生经历、创作经历、诗歌主张、艺术追求等方面都有着许多相同点，所以他们在诗歌意蕴的开掘上也呈现出不少共同点。这主要表现在如下几个主要方面：

（一）深沉的历史感

两位诗人都经历了20世纪的风云变幻，历史的烟云都曾在他们心灵的天空翻卷而过。作为个体的生命，他们和大多数人一样承受过许多灾难、挫折、屈辱和伤害，也经历了中华人民共和国成立、“四人帮”被粉碎这样重要的历史时刻，两度亲身体验获得自由和新生，可以施展才华、报效祖国的胜利和喜悦；作为有着独立思考的诗人，他们自觉地把自己的命运和民族的命运紧密地联系在一起进行感受和思考，并寄予同样美好的梦想和期待，因而他们无论是在自由还是不自由状态下所写作的诗歌，都无形中记录着历史前进的身影、姿态和脚印，是一个民族心灵的回声，具有深沉的历史感。美国解构主义奠基人德里达将个人看成是历史这伟大的总书写者笔下的一件产品，从个人性格、感受、内心的波动中可以搜索出“历史的痕迹”。郑敏自己也强调：“历史感打通诗人的心灵与时代的联系。如果诗中有历史的声音和时代的痕迹，这种诗就属于大家之作。所谓历史感并非指作品写到历史事件，而是要反射人对于这些历史史迹的强烈深远的感受和领悟。”[①] 在这里，郑敏既强调了历史感对于诗人及诗作的重要性，也指明了历史感的实现方式，它不是表面的浮泛的描述历史事件，而是要让每一个历史事件都与诗人的生命、心灵和思维奇异契合，获得强烈的震撼和深刻的发现。郑敏自称自己数十年的诗歌创作“是一个知识分子的个案，携带着近80年的世纪痕迹，

---

①郑敏：《思维·文化·诗词》，河南人民出版社，2004年版，第167页。

经历了半个世纪的历史跌宕起伏。现在进行着回忆和思考，记下自己生命的痕迹。”① 郑敏有不少诗既从宏观的视角，也从微观的视角，去透视历史烟云下普通人的命运、遭遇和心灵的阵痛，大胆拨开层层迷雾，揭示历史真相，总结历史的经验和教训。如长诗《诗的交响》，就采用了交响乐式的结构，以全景式与特写式画面交替出现的方式，让历史的悲剧一幕幕呈现，让现实的怪状对比性地切入，再配之以诗人的沉思和追问，多角度多层次地表达出诗人对历史和现实的审视和反思。在诗中，我们既可以看到“文革”践踏中华文明、摧毁民族精神支柱的荒唐行径与可怕后果，也可以看到现实中的一些人（包括诗人）背离民族文化传统，放弃真诚、庄严和崇高，在“金钱和欲望”的驱使下所呈现出的种种丑陋的生存状态。诗人就这样为我们创造了一个历史与现实相复合的艺术空间，扩大了诗的容量，使诗获得深沉厚重的历史感。而《在流血》却真实地记录了那段浮夸和盲干的历史给人民带来的灾难：“脸是蜡黄的/笑容是刻上的/手脚是冰凉的/我们沉重地来到田里/看到庄稼黄了/金矿被凌乱地挖掘/祖坟被剥开”，而在“还有潜力，还有潜力”的愚弄、高压和摧残下，人们血已流尽：“直到我们被变成美丽的惨白的尸体/同时被抛入存放英雄的殿堂”。《每当我走过这条小径》通过“我”的感觉，描述被冤死的幽灵在黑夜里出现，折射出那段疯狂的岁月夺去了多少年轻的生命。《给失去哭泣权力的孩子们》则从母亲的视角，为我们留下了一幅在“暴力呼啸的日子里”，因受父母牵连而饱经磨难和屈辱的儿童形象：“在恐怖的岁月里/儿童的颈上滴着父母的血/在饥饿、辱骂、躲藏流浪中长大/失去哭泣权力的孩子！/失落了上天赐给的童年/在梦里也看见那践踏一切的皮靴/呆痴、木立、短暂的会晤/牛栏后牛样温厚的目光/伸出去，却永远得不到回握的手……”并且呼吁这一代人“拒绝遗忘！”以便“走出维谷/切断那想永远维系你的/崇高的留言和神圣的欺骗”。组诗《蓝色的诗》（16 首）则是“一组十分沉重地诗，是历史忧郁的画像”②，《诗呵，我又找到了你》则真实地记录了她经历了严寒回到了春天、回到了诗的身边时那种无法抑制的激动和喜悦。它是诗人的“再生之歌”，也是一代历经磨难而又重返诗坛的诗人的“再生之歌”。

牛汉的命运与祖国和人民的命运息息相关，他一生所经历的曲折和苦难，与我们伟大的民族和人民在前进的征途中遭遇过多的坎坷、付出过重的代价有着密切的关联。因此，他一生所写的诗既是他自己的命运之诗，也是我们民族的命运之诗。牛汉在日本参加第 16 届世界诗人大会发表演讲时说过：“在大千世界中，我渺小的如一粒游动的尘埃，但它是一粒蕴含着巨大痛苦的尘埃。也许从伤疤深

①郑敏：《郑敏诗集·序》，人民文学出版社，2000 年版，第 1 页。

②郑敏：《郑敏诗集·序》，人民文学出版社，2000 年版，第 8 页。

处，总能读到历史的真实和隐秘的语言。”[①] 他认为自己的诗“是历史结出的一枚果子”，“我所有的作品包括散文是历史的一个活生生的、新鲜的断层，有一种史诗的痛感。”[②] 牛汉写于20世纪40年代的诗，记录了一个青年革命者对专制和暴政的反抗、对侵略者的反击和对祖国和人民的热爱以及对自由和幸福的向往和追求。特别是1970—1974年在湖北咸宁干校那段“最没有诗意的时期，一个最没有诗意的地点”“几乎人人都以为诗神咽了气”（绿原语），牛汉却用他的笔为我们留下了那个时代以及中国知识分子命运与灵魂的画像。牛汉在这里“总共度过了五年零三个月的干校生活，进行超强度的、艰苦的体力劳动。”“干活对我来说不是惩罚；令人难受的是没有做人的资格和尊严。”“我那时的全部情感和生命都凝结在了诗歌中，写诗不为发表，也不为给任何人看，而是记下一段历史。其中不仅是我个人的体验，更有历史的悲剧，民族的呐喊。”[③] 他在这段时间写下的诗《鹰的诞生》《半棵树》《毛竹的根》《巨大的根块》《悼念一棵枫树》《华南虎》等，都是通过写受到种种摧残、伤害、压制而又顽强不屈、敢于抗争的动物、植物来表现自己的生命体验，从中也反映出当时受迫害的知识分子的命运和精神状态。而《在深夜……》则表现诗人在被剥夺了言论自由和创作自由之后，只能在深夜“用手指/使劲地在胸膛上/写着，划着/一些不留痕迹的思念和愿望。”“我觉得它们/透过坚硬的弧形的肋骨/一直落在跳动的心上/是无法投寄的信/是结绳记事年代的日记/是古洞穴岩壁上的图腾/是一粒粒发胀的诗的种子”，这是古今中外最无奈、最心酸的写作方式，也是诗人在被管制年代所采取的一种无声的反抗。《雪峰同志和斗笠》，则真实地留下了雪峰同志和诗人在湖北咸宁干校时的生活剪影。进入80年代，牛汉仍然常常用史家笔法，记录历史真相和普通人的命运。《一圈带血的年轮》，通过一棵“松树”的见证和自述，表现了“天安门事件”中人民对周总理的深情悼念以及对“四人帮”一伙所展开的英勇搏斗，在表现重大的历史事件中揭示出历史运行的必然规律：民心不可违，人民才是推动历史发展的根本动力。《阳光恋——一个真实的故事》，则向我们叙述了一个被囚者因缺少阳光而病、因苦恋从“天窗”洒进的阳光而不断纵跳的故事。因为有一年都没有见到触到阳光，这个囚徒病了，“生命像发了霉/面颊上手臂上长出了一块块灰斑。”后来，他发现一年中有那么二十多天，太阳恰巧擦着他的囚室而过，“从一个两尺见方的天窗”，他幸运地看到了阳光。于是，他经过精心计算，用指甲在水泥墙上画上阳光走动的轨迹。当阳光来临时，他立即脱掉棉衣，拼出全部生命力，张开双臂，“向上/纵身一跳，再跳……”由于天窗太高，阳光

---

①牛汉：《梦游人说诗》，华文出版社，2001年版，第4页。

②晓渡：《历史结出的果子——牛汉访谈录》，见《诗刊》，1996年第10期，第49页。

③阎延文：《把生命的火焰塑形为诗——牛汉访谈录》，见《诗刊》，2000年第10期，第57页。

照在高墙上，“第一年/只有手指触到阳光/第二年/前额触到阳光/三年以后/胸腔也能触到阳光”，即便如此，每次触到阳光的时间也只有二十几分钟。然而，他就是凭着这种年复一年顽强的纵跳，感触着这瞬间的阳光，维持生命的需要。后来，他平反回家了，在五六年的时间里，仍然保持这个向墙上阳光纵跳的习惯。这个真实的故事，折射出一段灾难的历史以及一个被戕害仍苦苦挣扎、艰难抗争的灵魂。《路翎和阳光》则记下了著名作家路翎平反归来后有些异常的行为，他避开“所有的阴影/连草帽也不戴”，在“三伏天的晌午”“独自在阳光里行走”，他已忘记了路，“找不到自己的家门”，他的女儿只好“眼泪汪汪/远远地跟在他的身后边……”这个令人心痛的细节，折射出那段蒙冤的岁月对作家身心的摧残，以致留下严重的后遗症，有着历史的痛感。

总之，从郑敏和牛汉的诗中，我们都能读到历史的血泪和一代知识分子的心灵历程。它们能引导人们透视民族的灾难和人民的伤痛，总结历史的经验教训，避免历史悲剧的重演。

（二）强烈的生命感

两位诗人都把写诗看作生命的需要，都特别重视诗歌和生命的关系，都强调诗要写生命的体验，都是生命诗学的倡导者和实践者。郑敏认为最好的诗歌是从诗人生命内部甚至潜意识中自然结出的果实。她认为自己的“诗和生命之间划着相互转换的符号”，写诗是“与自己的生命对话，跟自己的生命的交流，把握自己对生命的体会，这是一个诗人在诗中要带给人们的东西。”① 在她看来，脱离自己的生命感受写出来的诗，“它的果实突然变成塑料的装饰品了。那无非是一些仿制品，一些套语，一些陈词滥调，一些自我重复。这是创作的危机。你的生命在警告你：你已停止创作，你在抄袭你自己！”② 纵观郑敏的诗歌创作，她从20世纪40年代开始写诗时起，就着迷于里尔克“对生命的超常敏感”，能敏锐地感受到里尔克诗中那“强烈的生命力的放射”，并深受其影响，在写作中注意体现诗的生命感。例如写于1943年的《寂寞》，就以她年轻、敏感而又善思的心，写出了人类生命对“寂寞”的深切感受和沉思。诗人既感受到寂寞和生命与生俱来、无法分开的关系，又萌生出摆脱寂寞和孤独的渴望。当明了寂寞注定与生命相伴，摆脱终究是无法实现的梦想时，诗人开始醒悟，并思考寂寞的庄严的力量和“严肃的意义”，也就是化寂寞的消极因素为积极因素：“我把人类的一切渺小、可笑、猥琐/的情绪都掷入他的无边里/然后看见：/生命原来是一条滚滚

---

①郑敏：《诗歌与哲学是近邻——结构—解构诗论》，北京大学出版社，1999年版，第470页。
②郑敏：《诗歌与哲学是近邻——结构—解构诗论》，北京大学出版社，1999年版，第415页。

的河流”。这里，对生命的寂寞感转化成了一种抛弃缰绊、奋力拼搏、积极进取的力量。44 年后，郑敏又写出《成熟的寂寞》。无论做人还是作诗，岁月的历练早已使郑敏步入成熟的境界。但敏锐的诗人却从中感悟到一种更深广更无奈的寂寞。“成熟的寂寞长着透明的翅膀”带领诗人遨游八方，跨越生死，超越时空，似乎在茫茫宇宙中处处感到生命的存在与不存在，愿望的强烈与愿望的无法实现，“宇宙的实质被卷走”与“神圣不常驻”，“哪里是那另一个我？/另一个你？另一个他？”逝去生命潜在的“回声”与现存生命“身后寂寞的脚步”。最后，诗人同样感受到生命规律的无法改变，需要调整的是自己的心态和精神：“我带着成熟的寂寞/走向人群，在喧嚣的存在中/听着她轻轻的呼吸/那不存在的使你充满想象和信心/假如你翻开那寂寞的巨石/你窥见永远存在的不存在/像赤红的熔岩/在带着白雪帽子的额头下/翻腾，旋转，思考着的湍流”。可见，“成熟的寂寞”触及生命与宇宙、个体生命与群体生命、生命的喧腾与生命的沉寂（生与死）、生命的表层与生命的深层、生命的规律与生命的心态等。诗人在更高的层次上，拓展、丰富和深化了年轻时对“寂寞”的感受，有着对生命本质和特征的思考和发现。由 13 首十四行诗组成的长诗《生命之赐》，于广阔的时空中多角度地表现了诗人对生命的感悟和思考。由 19 首十四行诗组成的《诗人与死》，是由于“九叶派”诗人唐祈的“突然逝世”以及其去世前后所遭遇的不公正待遇使郑敏“相当震动”而引发的创作。全诗把诗人之死置于广阔而又特殊的历史背景下进行观照和审视，异常真诚、深刻甚至尖锐地表达出作者对诗人命运“也可以说是整个知识分子命运”（郑敏语）的感受和思考，其中也融入了作者自己曾经历过的那种“穿越炼狱”般的生命体验。此外，郑敏还有许多写亲情、友情的诗作更是有着强烈的生命感。如《生命之赐》写诗人访问美国时，在波士顿与多年不见的儿子相遇又相别，空间的距离使他们再也无法相近相伴的无奈和痛苦。《窗外秋雨下湿了夜》写自己与儿子相别时难以忍受的悲伤：“雨，天上的、人间的、一样压抑/悲痛只能小声低语”，并且慨叹这种别离是“各自走向生或死的召唤”，有一种挥之不去的苍凉感。《从童年伸出的小手——看闻森照片》，写出孙儿的纯洁和天真如“一种魔力”使她“返回童年”，生命、爱心和智慧全部被激活的美好感受。

牛汉在回顾自己创作经历、总结自己创作经验时多次明确指出：“诗歌是我的生命体验和痛苦经验。”诗歌“是一种生命的艺术，来不得半点虚假和伪饰，一定要把生命写进去。”“我每次写作，总是要调动全部生命写一首诗、一行字。”① 他认为写诗是自己的生命在燃烧，如果没有写好，是因为“我没有把自

①阎延文：《把生命的火焰塑形为诗——牛汉访谈录》，见《诗刊》，2000 年第 10 期，第 54、55 页。

己的生命燃烧起来”，或者燃烧还不够，“只有用火焰的手去捕捉火焰，才能抓到火焰。”① 由于牛汉经历过许多苦难，在20世纪40年代从事地下工作时，遭国民党追捕，军警击打他的头部致使颅内淤积血块压迫神经而患上梦游症，在70年代由于被管制阶段从事超常的体力劳动，他的手心结满老茧，皮肤上心灵上留有许多伤疤，浑身上下大大小小的骨头都时常隐隐作痛。因此，他说过：“我有许多诗，就是由痛疼的骨头和伤疤的灵敏感觉而生发而成的。每行诗，每个字，都带着痛苦和信心。”② 在牛汉的诗歌世界里，他为我们创造了虽遭遇不幸却始终坚强不屈、敢于挑战命运的强者形象。如华南虎、雄鹰、汗血马、荒原牛、半棵树、树的根块、黄河鲤鱼、海上蝴蝶等，在这些形象上都融入了诗人强烈的生命意识和情感体验，是诗人在被迫沉默的年代偷偷写作用来自我慰藉、自我激励的生命之歌。如《我是一颗早熟的枣子》描述一颗遭遇虫咬的枣子，在生命就要枯凋之前，因为渴望有一个美好的结局，便在短时间里悲壮地奋力一拼：“一夜之间由青变红/仓促地完成了我的一生”，成为“大树母亲绿色的胸前/凝结的一滴受伤的血”。这是牛汉生命体验和人生理想的真实写照。在牛汉的不少诗歌里，都涌现出这种血的意象，它既是诗人“血的记忆”，是创作原型，也说明诗人是在以鲜血和生命写诗。血照亮了他的诗，使他的诗闪烁着异样的光彩。他的《硬茧颂》为我们留下了他苦难岁月的遗照——那留在他右肩胛骨上“拳头大小/岩石般坚硬的茧子”，那被榆木扁担压得红肿和溃烂，那“一湾湾汗水和血滴/被体温和阳光蒸晒成红色的盐粒”，那“盐粒像千万颗牙齿噬啃着伤口”，那飘散在“生命周围的空气/凝滞着浓重的汗气/和更浓的血气”，这些散发着生命热气、血腥和汗味的诗句扑面而来，逼人眼目，夺人心魄，令人震撼！他的《长跑》一诗，以惊人的笔力，形象生动地描绘出长跑者的形象，他所遇到的重重阻力以及他不畏险阻、顽强拼搏、一往无前的精神：“他的每根骨骼向前弹射/他的每条肌腱向前冲刺/胸骨一张一张在喘息/哦，生命最顽强的喘息/他的手/向前刨，向前抓，向前砍杀/他的每一个血球/向前滚滚地飞驰，冒着火焰”，这里，灵敏而强烈的生命感受转化成一首强悍的生命之歌，它是牛汉这个有着蒙古族血统和习惯的诗人永远在奔跑的生命写照。《钟声》却写出了自己生命中一次奇异的体验：“有一口钟在天上悬着/正悬在每个人的头顶”，而“钟声像种子/在亿万颗心灵里发胀和蠕动”。此外，他的《梦游》《三危山下一片梦境》《童癖六首》等，都结合自己的人生经历，写出了自己独特而丰富的生命体验。它们或弥漫着生命的幻觉，或充满着生命的血性，或洋溢着生命的童趣。

郑敏和牛汉这两位跨世纪的杰出诗人，在他们漫长的创作生涯中，一直坚持

①牛汉：《梦游人说诗》，华文出版社，2001年版，第70页。

②牛汉：《梦游人说诗》，华文出版社，2001年版，第3页。

诗歌写作要源于自己的生命体验和感悟。他们都认为真正有生命力的诗歌不是为了迎合某种需要，按照某种模式制造出来的。这样，他们的诗歌就与那些遵命写作、跟风写作、迎合主流写作、赶潮流写作、求名写作、谋利写作等有着本质的区别，他们的诗歌常常以鲜活、强烈甚至原生态的生命感吸引和震撼读者的心灵，极易与读者产生共鸣。

（三）犀利的批判性

在现实生活中，两位诗人都甘于寂寞，本分做人，从不盲目跟风，追名逐利。他们正直、善良、好学、善思，身上也有着宁折不弯的信念和傲骨。无论生活的风暴多么无情地袭击他们，无论置身囚牢、荒野还是生活的边缘，他们始终坚守独立的人格，保持独立思考的习惯。面对诡谲多变的政治风云，面对形形色色的生命表演，面对阳光下的黑暗与花环下的陷阱，他们有着清醒的头脑，以一种怀疑和内省的思维方式去做出真实的判断，以维护自己独立的精神。正是这种性格和精神，使他们在诗歌写作上始终保持一种独立审视、大胆质疑、坚持真相的视角，也使得他们的作品都呈现出犀利的批判性。在这点上，他们传承了鲁迅敢于直面人生、敢于怀疑、敢于批判的文学精神。郑敏的长诗《诗的交响》就是一首着眼于反思、充满批判性的力作。在追寻“文革”灾难原因时，就显示出郑敏特有的胆识和批判的锋芒：“疯狂　一个神圣的光环/加冕给魔鬼”“巫术使一切变形”“十几亿人独自吮饮/麻醉的咒语”“十几亿的智慧都被麻醉//降服　抹去　消失　人们如行尸”，在她看来，对人们的精神进行奴役和麻醉，使人们散失独立思考、独立判断的能力，陷入散失理智的疯狂，是造成“文革”悲剧的重要原因。在这首诗中，诗人的目光常常穿越生活的表象，发现生活中的种种弊端和隐藏的丑恶，并进行大胆地揭露和无情的鞭挞。其中包括流淌不尽的“贪婪和权欲”，“摧毁自己的画梁/换上西方的钢筋”的不肖子孙，低级、庸俗、无聊的艺术泛滥成灾，抗洪救灾中一些人“冒烟的贪婪”，不关心民族的命运和人民的疾苦，只计较个人得失的诗人，“野兽在人群中　披着假发和法衣”，等等。尤其可贵的是，作为一名老诗人，她对诗坛出现的不正之风，对一些年轻诗人“受魔鬼的诱惑”误入歧途感到忧心如焚，她以一种强烈的责任感在诗中发出责问、批评和劝诫：“我看见你的眼睛里/同时燃烧着生命的青春/和野心家的野火/我看见你的嘴唇/同时像花朵样鲜红/和吐出虚伪的辞藻/我看见你的手　不再/向诗坛奉献它自己　却/只想摘走庸俗的桂冠/当诗歌失掉真诚的时候/诗人　我为你哭泣”。在《人们·历史·诗人》一诗中，诗人对诗坛上一些人对诗失去真诚，放弃诗人的责任和诗歌应有的精神，一味自以为是、追命逐利的行为给予严肃的追问和明确的否定。《诗人与死》在反思诗人命运的同时，也对那不公正的岁月以及某些人的错误行为给诗人甚至一代知识分子带来的不公正的待遇进行了深刻的反思和尖锐的批评。这首诗因思想的锐利和形式的独特而受到诗界广泛的好评。

牛汉在20世纪40年代开始写诗时就有鲜明的批判立场。不过那时他批判的对象是国民党反动统治以及日本侵略者的滔天罪行。中华人民共和国成立后，牛汉对当时诗坛盛行的政治化、概念化、颂诗化的诗歌十分不满。尽管他无力改变这个新时代带来的创造模式，但他还是以艺术的警惕与之保持距离。在70年代他开始写诗时，他已饱经苦难与屈辱，对真相与谎言、人性与兽性、正义与邪恶等有了切身的体验和深刻的感悟。因此，他在诗歌写作中更是自觉的贯穿着敢于批判也敢于自我解剖的精神。如《华南虎》一诗，诗人用主要笔墨描述了老虎失去自由后不堪摧残和凌辱，奋起反抗，以“石破天惊的咆哮”“腾空而去”，终于展现出“一个不羁的灵魂”，让人们一睹它重获自由后生命的本相：“火焰似的斑纹”“火焰似的眼睛”。毫无疑问，在华南虎身上寄寓着诗人对自由美好生活的向往。与此同时，诗人还用相当多的笔墨刻画出另一些丑恶、凶残者的形象，并寄寓辛辣的嘲讽和无情的批判。这些人主要有两类，一类是在明处围观老虎。他们对身陷囚笼的老虎，没有丝毫的同情与怜悯，更不会思考它受到的伤害和屈辱，他们对老虎要么“叽叽喳喳”的议论，要么“用石块砸它”，要么“向它厉声呵喝”，要么“苦苦劝诱”，形形色色的人出于各自的动机，借受害的老虎满足其阴暗的心理。这无疑是鲁迅笔下的“看客”形象在诗人笔下的重塑，从中寄寓着诗人对这类“看客”实则“帮凶”的憎恶和批判。另一类则是在暗处残害老虎。他们虽然没有出场亮相，但我们透过老虎那活活被铰掉依然“凝结着浓浓的鲜血”的趾爪，那被钢锯锯掉的牙齿，我们就不难看出残害者是多么凶狠。这里同样融进了饱经铁窗生涯的诗人对这类人物的深刻感受和认识。值得注意的是，诗中还有一个敢于自我解剖的诗人自我形象。牛汉写此诗时还是一个“不能入京的‘分子’”，“情绪是异常沉重的”。他来到桂林“原只是想在大自然无邪的怀抱中解脱一下，现在我居然还作为一个观众有兴趣地欣赏被囚禁的老虎。我没有老虎那派不驯的气派，不但自惭形秽，而且觉得心灵卑劣，于是，匆匆离开。”[①] 正因如此，才有了牛汉在诗中的内心解剖。他面对笼中的老虎用破碎的趾爪在水泥墙上刨出“一道一道的血淋淋的沟壑”时，他被强烈地震撼了：“我终于明白……/我羞愧地离开了动物园。”这是感同身受的灵魂在震颤时真诚的解剖，也是无声的忏悔。它传承了鲁迅那种自我拷问、自我解剖、自我净化、自我提升的精神，充分显示了中国优秀知识分子的良知、胆识和崇高的精神境界。《丰碑》一诗，针对有人建议“应当为‘四五’英雄/竖立一座高大的丰碑”，诗人以自己独特的思

---

①牛汉：《梦游人说诗》，华文出版社，2001年版，第29页。

考表达了不同的看法："不必千里迢迢/去遥远的深山/开采晶亮的大理石/也不必用千度的高温/烧制辉煌夺目的琉璃瓦"，"不必，也不须被人装饰，拜谒，悼念"，这里，诗人否定的是那种劳民伤财的形式主义的纪念，强调的是对"四五"精神的继承。写于1979年他刚复出诗坛时的《呼唤》，以饱含血泪的真情，以"众里寻他千百度"的执著，用各种各样的方式，使用各种各样的名字（小名、诨名、化名、诞生他的村庄名、一个个笔名、他诗集的名字甚至他诗篇的诗句、他喜欢唱的歌等）呼唤和寻找失散的诗友。为了这种寻找："几年来/我们认错了不知多少人/我们喊错了不知多少人"。面对诗人音讯全无，生死未卜，作者禁不住发出最悲哀的呼唤："/如果你不会说话，不会哭泣，不会欢笑，不会唱歌，不会走动……/你就碑石一般站立着/像一本有坚硬的脊椎的诗集/像一行竖立不倒的诗句"，从这些发自肺腑的呼唤中，我们不仅可以体会到作者对诗友的深情厚谊，更能体会到汹涌在他胸中的满腔悲愤，那是对历次政治运动造成诗人也是中国大多数知识分子悲剧命运的血泪控诉和无情批判。它是对失散的诗人的呼唤，也是对整个失落的知识分子群体和失落的民族精神、民族文化的呼唤。读着这样的诗，我们仿佛看到诗人站在祖国的高山、海岸，用他那撕裂的带血的嗓子，用一种苍凉而悲壮的调子，发出一声比一声急促的呼唤，那是一种来自历史深处的呼唤，也是来自无数受伤者心灵的呼唤，这声音将永远在祖国的天空与大地之间，在无数人的心海上发出波浪般的"回声"。

郑敏和牛汉这两位诗人在其漫长的创作生涯中都始终保持清醒的头脑，坚守知识分子的良知和敢于说真话的立场，因而当他们亲身感受或目睹一幕幕社会悲剧、一场场人间灾难、一副副人类丑态时，他们毫不迟疑地在诗歌写作中予以揭露、嘲讽和批判，这使得他们的诗歌在内蕴的提炼和发掘上获得不同凡响的深度，大大增强了他们作品的思想含量。

（四）真诚的关怀性

郑敏和牛汉是两位极具爱心的诗人。大而言之，他们爱祖国，爱人民，爱人类，爱自然，爱一切具有真善美特征的人、事、物，爱中华民族博大精深的文化，爱世界各民族优秀的文化成果，常常以严肃的态度思考一切有关人类社会进步和发展的命题，真诚地关心祖国和人类的前途，关心中华文化的传承和中国新诗的命运等；小而言之，他们爱母亲，爱孩子，爱在身边或不在身边的所有的亲人和友人，爱大自然的一花一木，一虫一鸟，爱事业，爱诗歌，常以慈母之怀、赤子之心和杜鹃啼血般的精神善待一切人事，善待自己的工作和诗歌创作。这一切都如阳光般汇入他们的诗歌，使他们的诗歌散发出神奇的热力——一种真诚、博大的人文关怀，能默默温暖人心，抚慰受伤的生命。郑敏写于40年代的《小漆匠》《清道夫》《人力车夫》等诗，就向底层人民投去关怀的目光，对他们的命运寄予深厚的同情。郑敏有不少诗从母亲的视角，表达自己对年轻一代的关爱。组诗《留给孩子们的诗：天真之歌》《母亲的心在秋天》《后悔》《没有尽头的路》《不是哀悼〈耶稣〉》（PIETA）等，在这些诗中有深沉的关爱，融进了诗人许多人生的感受和经验，从多方面启迪和教育年轻一代如何做人、如何正确对待人生。如《不是哀悼〈耶稣〉》（PIETA）就是从总结历史教训的视角，劝导年轻人不要做金钱的俘虏，因为那会导致："黄金将稚嫩的四肢编成金条/生命最后飞出/你的鼻孔/，你再也不会回来/当你已成一尊金像"。她还注重关切生活中受到伤害或遭遇不幸的人，在诗中为他们送去温情、激励和祝愿。值得指出的是，郑敏还写了不少有关"死亡"的诗，对"死亡"这个生命最严峻的命题做了深刻的思考，以透彻、达观的诗句，为生命送去临终关怀。郑敏还有不少诗直接写自己对自然界的动物、植物的关爱、沉思和感悟。她强调："人与自然的天人合一，善待一切生灵，包括动物植物的博爱。"① 作为一位喜爱哲学，写诗也追求哲学底蕴的诗人，郑敏常常思考人与宇宙的关系以及人类的前途和命运。她认为人类要以虔诚的心态敬畏宇宙、敬畏自然，要排除各种干扰，静听那"无声之声"——自然和宇宙最珍贵的信息，并且要诚心向宇宙学习，向自然学习，从中获得启迪，以正确处理好涉及人类生存、发展和前途的各种矛盾，谋求人类更好的前途。同时，作为一名热爱并重视民族文化传统的诗人，郑敏对商品经济大潮及拜金主义浪潮冲击传统文化的现象深表焦虑，对有人抛弃传统文化、一味追逐西方文化的行为表示极大的愤慨。于是，她在不少诗篇中都虔诚地呼吁人们要保护、开发好民族传统文化，让民族文化深厚的土壤培育出强健的民族精神，让年轻一代拥有良好的人文素养。正如她在《被遗忘的昨天》一诗中所告诫的那样："请不要如此麻木/如此轻浮/将美丽的绣袍遗忘/听任交易所计算机/偷走了古老的灵魂"。可以说，郑敏诗歌中所展现的这种真诚、博大的人文关怀，使得她的诗歌在内蕴的拓展上更具开阔性和超前性。

牛汉在写作中，常常把关怀的目光投向那些和自己命运相近的大自然物象中，自然中的物象与他心灵相通，命运相连，写它们就是写自己，关爱、激励它们也就是关爱、激励自己。这是苦难的命运培养了牛汉特有的自然观和诗歌观。牛汉回顾自己的创作经历时说过："我的命运与草木无异，才能顿悟到人与大自然本来有着许多相似的命运和习性，这些自然的本性，是永远不会因人类社会的什么因素而泯灭的。"② 他认为自己在湖北咸宁干校劳改时之所以能写出那几首

①郑敏：《郑敏诗集·序》，人民文学出版社，2000年版，第7页。

②牛汉：《梦游人说诗》，华文出版社，2001年版，第68页。

与“根”相关的诗，是因为自己“屈辱的处境、自恃高洁的人生理想境界”与富有特征的树根、根块、毛竹的根等突然相遇，心灵产生极大的震颤，于是他的感情“是一下子倾注在根上的，是两个相近的命运的邂逅。”① 不仅如此，牛汉还强调，要以极其虔诚的态度关爱自然界的动物、植物，和它们平等相待，和谐相处。牛汉结合自己的人生体验指出：“只有当你活成了一具生物时，你才能体会到猪、牛、羊、一花一草的神圣、纯洁和庄严，体会到猪的眼睛真有神，羊真善良。它们和人是平等的，有时甚至比人还高贵些。”② 的确，在牛汉的诗歌世界中，他为我们创造了一批生动感人的艺术形象，可这些形象都有一个共同的特点，无论是动物、植物还是人类，他们大都是弱小者、孤独者、受害者、无助者、伤残者等，这无疑与牛汉的命运和他所关怀的对象有关。他不但选择了它们而且向它们表达出自己切身的理解和真诚的关爱。《麂子》一诗，运用一组蒙太奇式的画面和悬念的技巧，将一只在金黄的麦海里奔跑的“似飞似飘的”“棕黄色的麂子”与埋伏在草丛里五六个猎人阴森的枪口构成强烈的对比和冲突。当一幅美丽和谐的自然图景就要被枪声击碎，当一个活泼可爱的生命就要倒在血泊中，而那只美丽的小精灵对此却毫无察觉。目睹这一瞬间的诗人一下子绷紧了心弦，在这千钧一发之际，一声救命的呐喊便冲出喉咙：“哦，麂子/不要朝这里奔跑”。这一救命的呐喊，表达出诗人对自然界生灵的无比怜惜与深切的关怀。《有这么一条路》写自己在劳改之地每日从山坡下到湖畔，上上下下地挑水。在路过一片茸茸草地时，看到草地上有盛开的小黄花小红花，为了不踩着花朵，他很重的脚步还是“不由地躲闪过它们”，几年下来，那里出现一条“弯弯曲曲的线/没有谁相信它是一条路”。这个很小的细节，真真切切地表现了诗人在罹难的岁月对花草感同身受，格外关怀的慈爱之心。《悼念一棵枫树》以异常冷静和克制的笔触，把一棵枫树被伐倒在自己心灵中引起的震撼、痛苦和悲哀表现得淋漓尽致，入木三分。这棵高大的枫树生长在湖北咸宁的一座山丘的顶端，因为作者每天在山间泥泞的路上“弓着腰拉七八百斤的板车，浑身的骨头（特别是背脊）劳损严重，睡觉翻身困难。”只要有点困闲，他就要去找这棵枫树“背靠它久久地坐着。我的疼痛的背脊贴着它结实而挺拔的身躯，弓形的背脊才能得已慢慢地竖直起来。生命得到了支持。”③ 可见，诗人与这棵枫树已有了“相依为命”之情。当他得知树被伐倒之后，立即飞奔过去“颓然地坐在深深的树坑边，失声痛哭起来。”而且在很多天“几乎失神落魄，生命像被连根拔起，过了好些天，我写下

①牛汉：《梦游人说诗》，华文出版社，2001 年版，第 68 页。

②晓渡：《历史结出的果子——牛汉访谈录》，见《诗刊》，1996 年第 10 期，第 53 页。

③牛汉：《梦游人说诗》，华文出版社，2001 年版，第 37 页。

了这首诗。”“我不能让它伟大的形象从天地间消失。我要把它重新竖立在天地间。”[①] 在这里，人与自然的关系是如此密切，如此亲近，如此难舍。从中我们更能体验到牛汉对树的虔诚之心，感恩之念，关爱与怀念之情。

两位诗人心系天下，情牵众生，把一种阳光般的关怀聚合在自己的诗歌中，不仅给读者带来了春天般的温暖，也展示了诗人崇高的人格美，同时还使他们的诗歌更具亲和力和感染力。

三

牛汉与郑敏的诗歌，在意蕴上也有不少不同点。这与他们的家庭出身、人生经历、教育背景、性格特征、接受中外诗歌影响、艺术追求、写作实践等存在差异有着密切关联。这主要体现在如下方面。

就诗的历史感而言，郑敏没有牛汉那样从事革命工作的经历，没有写过那些反抗暴政，反抗侵略，向往革命，投身革命，为民族解放而献身的诗歌。从1949年至1979年，郑敏中断了30年的诗歌创作，没有在自己的诗歌中留下那段历史的“回声”。相比而言，牛汉因为革命的经历、坎坷的命运以及在不同的历史阶段都有或明或暗的诗歌写作，是一个诗人的个案，也是历史的见证，他的诗中闪动着不同时期的历史风云，具有历史的“纵深感”。但郑敏在1979年复出诗坛后，却能从不同视角审视那段灾难的历史（特别是“文革”的灾难），写出不少具有反思性的诗歌作品。这些作品超越个人得失，进入对民族灾难的整体反思这样更高的层次，既追究灾难发生的根源，也思考如何防止悲剧的重演，使诗歌在意蕴开掘上具有与牛汉不同的历史感。相比而言，牛汉在复出诗坛后，对那段历史却缺少这样整体反思式的透视和书写。如果说牛汉的诗更多的是侧重亲身感受的历史书写，那么郑敏的诗就是超出个人，专门反思民族悲剧的历史书写。这既是他们的不同，又互为补充，体现了他们共有的历史眼光和诗歌责任。

就诗的生命感而言，郑敏诗的意蕴至少在如下几个方面有别于牛汉：第一，对生命的关注和沉思不局限于自己周围的人与物，她常常超越时空，打通人与自然、宇宙的关系，认为它们是相互依存、相互吸引、相互启迪甚至相互转换的，共同构成了宇宙的生命存在与生命循环。她就是在这样的生命观的指引下静静地观察人类界、自然界、宇宙界的生灵和物象，默默地沉思一切与生命相关的命题，不断发现和揭示生命存在的形态、矛盾、冲突以及协调的办法，不断寻求生命的价值和意义。由此可以看出，她所写的生命之歌诗思开阔，意蕴丰富，具有

---

①牛汉：《梦游人说诗》，华文出版社，2001年版，第68页。

一定的超越性。第二，郑敏是一位学贯中西的学者，是一位诗歌理论研究专家，她深受欧美诗歌影响，特别是受到美国诗人罗伯特·布莱的影响，她对诗的生命感有了新的认识和追求，开始重视和发掘“自己的原始的生命力”“因为原始的生命力是丰富的创作源泉，这样我就写了《心象》组诗，我竭力避免理性逻辑的干扰，而让积淀在我的无意识中的力量活跃起来，形成图像和幻景出现在我的心前。”[①] 不仅如此，郑敏后来还十分重视发掘内心神秘的超现实体验，写出了一批超现实主义的诗歌。可以说，郑敏是一位现代感很强的诗人。第三，郑敏作为著名的女性诗人，她非常重视和关注女性问题和女性诗歌，也对我国当代诗坛的女性诗歌提出过批评和忠告。同时，她也写出了一些有关女性（特别是母亲）的诗歌，表达女性的生命体验和心灵的颤动。

相比而言，牛汉所呈现的是特殊历史背景下个人真实的生命体验，诗中带有强烈的生命气息，诗歌的生命感与郑敏相比，也有所不同：第一，牛汉的诗歌是写个人在特殊的历史背景下真实的体验，是本真的自然显现，具有很强的纪实性。他在诗中所涉及的生命形态（植物、动物与人的形象等）都与他的生命发生过真实的联系，是诗人苦难的生命与这些相似的生命形态的偶然遇合，用他的话讲就是“相近命运的邂逅”。这种“邂逅”发而为诗后，他的生命获得某种救助似的解脱，这样的诗简直就是他生命的再生，或者说是他生命的另一种形态，是他生命中的伴侣，反过来可以拯救他苦难的生命。

第二，牛汉的诗展现出生命的痛苦与精神的强悍，具有很强的震撼力。一方面，牛汉的诗呈现出许多命运带给他的打击、伤害和屈辱，失去做人的权利和尊严，还要忍受无边的孤独与寂寞，他的诗中渗透着太多的血泪，有着过多的伤疤、硬茧、瘀血，还有“咯吱咯吱地咬着牙关”，为其“承受着厄运的骨头”，有着强烈的生命痛感；另一方面，牛汉又是一个自视高洁的理想主义者，加上他身上流淌着蒙古族的血统，有着倔强、永不服输的个性，有着向往自由、追求变化的天性，所以他愈遭压迫愈想反抗，愈受挫折愈想奋起，他就凭借这种发自生命内部的强悍的精神力量去挑战命运，向苦难突围，让生命闪光。因而他的生命之诗在充满痛感的同时又凝聚着一种坚韧、超拔、英勇、顽强的精神力量。

第三，牛汉的生命之诗中包含着历史的阴影和个人命运的悲剧，具有很强的感召力。我们从牛汉的诗中不仅感受到历史的悲痛，也能感受到虽九死而不悔，仍艰难跋涉、上下求索的“汗血诗人”形象。可以说，这个悲情诗人的自我形象，更容易打动人心。

就诗的批判性而言，郑敏的诗与牛汉有所不同：第一，她批判的视角主要是

①郑敏：《诗歌与哲学是近邻——结构—解构诗论》，北京大学出版社，1999年版，第422页。

针对历史和现实中存在的问题和弊端，涉及的面较广，涉及的问题也比较大。在历史问题反思方面，她重视反思 20 世纪 50 年代的浮夸风及“文革”给中华民族带来的灾难，注意揭示这场灾难对中华文化、民族精神的摧残及其严重后果。在关注现实方面，她密切关注当下中国的社会发展，在一片经济繁荣和赞美声中，她以深刻的洞察力，发现文化建设的不足、人文精神的衰落，权力造成腐败，金钱锈蚀灵魂，心与心之间难以沟通，人与自然之间失去了平衡，等等，她对这些发现的问题都能在诗中予以表现并提出善意的建议。第二，她的批判方式是秉笔直书，不绕弯子。她是一位长于沉思的诗人，敏于对现实问题的发现，又渴望予以最佳的表达。当她发现思想的火花已无法凭借单纯的意境所能表现时，她就采用秉笔直书的方式，单刀直入地予以揭露和批判，显示出诗人直面社会、直面人生的胆识和勇气。

牛汉的诗恰恰有所不同：第一，他的诗批判视角还是针对自己所熟悉的、与自己的命运有关联的人、事、物。他很少对历史作直接的透视、反思和批判，对现实社会出现的新问题也很少用诗的形式去表达他的关注和思考。第二，牛汉的诗，批评方式是寓思想于形象，是靠诗境表达的。他是生命体验型的诗人，重视诗的“情境”效果，思想的锋芒常常靠形象的暗示去体现。

就诗的关怀性而言，其不同主要表现在：郑敏关怀的面较宽广，涉及自然、人类、宇宙各个方面，其中对儿童教育、文化传统、文化建设、民族精神、诗人人格、诗歌精神、新诗前途等方面的关心和思考更具启迪性。牛汉更多的是关怀那些与他有相似命运的人与物，并把自己的生命与灵魂融入其中，变成一体，向天地奉献自己无私的爱。

除上述之外，两位诗人在诗歌意蕴上还有一点区别不同，那就是郑敏的诗具有更浓的哲学意味，牛汉的诗具有更强的生命气息。他们犹如两颗独特的星星，互相区别而又互相照耀，共同耀映着中国诗的星空。

（本文与李桦合撰）

第三辑　牛汉诗歌诗论研究

生命的火焰　灵魂的塑像

——论牛汉的诗歌创作

在当代诗人中，牛汉始终保持着旺盛的创造力，富有个性的艺术追求，以沉稳坚实的步伐，铁的意志，火的激情，汗血马一般不停地向诗的远景奔跑，并以一系列用胆汁和汗血书写的生命之歌，在广大读者心中引起强烈的反响，也在诗坛上赢得了“汗血诗人”的称号。

牛汉，这位身高 1 米 9 的蒙古族诗人，生于 1923 年，原名史成汉。早在 1940 年，他就开始发表诗作，青年时期的代表作是《鄂尔多斯草原》（当时他还是高二的学生）。中华人民共和国成立后，他以满腔的热情，歌唱新中国，歌唱人民当家做主的新生活。从 1951 年到 1954 年，他先后出版了《彩色的生活》《祖国》《在祖国面前》《爱与歌》等四本诗集。同时，他在人民文学出版社工作期间，还成了小说《保卫延安》《上海的早晨》《山乡巨变》，诗集《艾青诗选》，田间的《给战斗者》、陈辉的《十月的歌》等著名小说、著名诗集的责任编辑，为中华人民共和国成立初期的文学事业做出了自己应有的贡献。

正当他风华正茂，才情洋溢，生命的枝头将要绽放更多更美的花瓣时，一场场意外的风暴无情地向他袭来。20 世纪 50 年代，因胡风集团案的牵连，他遭受了牢狱之灾；20 世纪 60 年代，他又被关进“牛棚”，接受批斗，每日从事强制性劳动；20 世纪 70 年代，他又被下放到湖北咸宁“干校”，从事 5 年“苦役”般的劳动。他的一生，“经历过战争、流亡、饥饿，以及几次的被囚禁，从事过种地、拉板车、杀猪、宰牛等繁重劳动。”① 就连他的头颅也因被击打而淤积着血块，血块压迫着他的神经，使他成为一个梦游病患者，这种病已苦苦地折磨了他半个多世纪。

粉碎“四人帮”后，复出的诗人，发表了大量在“文革”期间悄悄创作的诗歌——那些曾和他“相依为命”，帮助他“消解了心中的一些晦气和块垒”，用来

---

①牛汉：《谈谈我这个人，以及我的诗》，见《诗选刊》，2000 年第 1 期。

抵抗当时厄运、拯救自我灵魂的诗歌，以自己独特的歌唱，引起诗坛的广泛注目，成为新时期诗坛的主潮人物之一，这在老一辈诗人当中是十分难能可贵的。新时期以来，他的工作是极其忙碌的，担任着人民文学出版社的编审、《新文学史料》的主编、中国作协主办的文学刊物《中国》的副主编到主编、中国诗歌学会副会长等。与此同时，他珍惜生命的每一个难忘的瞬间，勤奋创作，在国内外发表了大量诗作。他的诗先后获中国作协主办的全国第二届新诗集奖、《诗刊》《星星》《上海文学》《人民日报》等多种报刊作品奖，先后出版了《温泉》《海上蝴蝶》《蚯蚓与羽毛》《沉默的悬崖》《牛汉抒情诗选》《牛汉诗选》以及诗合集《待宵草》《白色花》和日译本《牛汉诗选》等诗集。同时还先后出版了诗话集《学诗手记》《滹沱河和我》《萤火集》《牛汉散文精选》等七本散文集。他以旺盛的创造力，多方面的才华，为新时期的文学建设和诗歌事业，做出了自己异常突出的贡献。

一

牛汉的一生，是经历了许多艰辛、坎坷和苦难的一生，也是不断战斗、拼搏和奋进的一生。他的诗歌创作伴随着他艰难跋涉的人生历程，从 20 世纪 40 年代初到现在，整整贯穿了诗人 60 年的生命之旅。60 年的人生风雨锤炼了他一颗不屈的诗魂，催生出一首首铿锵有力的诗歌；而一首首铿锵有力的诗歌，既书写出诗人生命的辉煌，也展示出他诗歌艺术的不同凡响。

他的诗，把草原的旷达、高原的险峻、大海的辽阔、黄河的雄浑，与蒙古族人那种豪放不羁、追求自由的性灵结合起来，在风雨、雷电、霹雳与泥泞、荆棘、陷阱交织的广阔时空中，描绘出历史运行的艰难足迹，生命和灵魂所承受的伤害和重压，展示出雄鹰的斗志、华南虎的搏击、汗血马的奔驰以及一颗颗受伤灵魂的顽强抗争等强悍有力的主体精神，处处显示出生命的壮丽与崇高。

牛汉的诗，融进了他痛楚的生命体验和独特的人生感悟，是他在浸透着苦难的土地上熊熊燃烧的生命之火，是他饱蘸热血和胆汁谱写的一曲曲交织着痛楚、悲壮、雄浑、高亢的生命之歌。这是他半个世纪以来诗歌创作的主旋律，也是他的诗歌最有魅力最能拨动读者心弦的地方。

诗如其人，牛汉是一位十分真诚、极富爱心和个性的诗人。他热爱生命，热爱生活，热爱祖国，热爱亲人，热爱大自然。他反抗压迫，追求自由；他渴望真诚，憎恶虚伪；他摒弃顺从，主张搏击……他写诗不看风向，不粉饰，不做作，不从空洞的概念出发，不唱虚伪的高调，也不搞忸怩作态，无病呻吟。他是一位本色诗人，忠实于自己生命的切肤体验，倾听自己心灵深处最真实的声音。他的诗歌创作，是和他坎坷多难，饱经忧患的人生同步发展的。他是“用心灵和血和梦/凝聚自己的诗”（《人啊 生命啊》）。早在40年代，在敌人的牢房里，他就以自己的诗歌“控诉上帝”，向暴政宣称自己“有一个不屈的/敢于犯罪的意志”（《在牢狱》）。他年轻的生命有着坚强的信念：“不怕/土地上的陷阱，监狱/心灵的种子/有翅膀”（《种子有翅膀》）；而面对被战争和寒冷封锁着的祖国，他则充满了赤子之心：“我可以为你的温暖/将自己当作一束木炭/燃烧起来……”（《落雪的夜》）。“祖国啊！一个人有一个灵魂，/一个人活着，就要呼喊你，和你一同呼吸，一/同受难，一同战斗，/祖国啊！祖国啊！/我在惨烈的肉搏里/护卫你，即使是匍匐地前进！”（《彩色的生活》）。这些写于40年代的诗句，发自诗人自觉的生命意识，炽烈的内心情感，今天读来，依旧十分感人。

中华人民共和国成立后，从50年代到70年代，诗人遭受了一连串不应有的打击，他的精神和肉体遭受了不应有的摧残，但这种摧残并不能扑灭他生命的火焰，并不能扼杀他顽强的生命之歌！关于那些苦难的岁月对他诗歌创作产生的影响，诗人是这样表述的：“我以为我比别人还多了一种感觉器官，这器官就是我的骨头，以及我的皮肤上和心灵上的伤疤。它们有的如小小的隆直的坟堆，里面埋着我的诗，不是埋葬。我以为生命里有很多伤疤的人比完美光洁的人更为敏感。伤疤形成的皮肉虽有点畸形，异常的细嫩，它生有百倍于正常人的神经和记忆。我有许多诗，就是由疼痛的骨头和伤疤的灵敏感觉生发而成的，每个字都带着痛苦和信心。”① 可见，苦难在诗人肉体和心灵上烙上了斑斑伤痕，也给诗人的生命之歌抹上了痛苦和悲壮的色彩。如《我是一颗早熟的枣子》，诗人这样描写这颗痛心的红枣：“一条小虫/钻进我的胸膛/一口一口/噬咬着我的心灵”，“我很快就要死去/在枯凋之前/一夜之间由青变红/仓促地完成了我的一生”。这颗遭受虫咬的枣子，因为渴望仍有一个辉煌的结局，便不惜在短时间内悲壮地耗尽生命，一夜变红，成了“大树母亲绿色的胸前/凝结的一滴受伤的血”，这既是诗人生命的写照，也是一代受难者的命运缩影。

在《长跑》一诗中，诗人一方面描写长跑者在冲刺途中面临的重重阻力：“路似乎直立了起来/用阔大的胸壁狠狠阻挡着他/他的胸膛/他的腿脚/感触到重重冲压”，“他第一次觉得空气是透明的实体/是千万层网/是灼热的火墙”；另一方面又用形象有力的语言，表现出长跑者的英勇和顽强，为奋不顾身地冲向终点而爆发出超常的生命力：

他的每根骨骼向前弹射
他的每条肌腱向前冲刺

---

①牛汉：《谈谈我这个人，以及我的诗》，见《诗选刊》，2000年第1期。

胸骨一张一张在喘息
哦，生命最顽强的喘息
他的手
向前刨，向前抓，向前砍杀
他的每一个血球
向前滚滚地飞驰，冒着火焰

这无疑包含着诗人独特的生命体验，也为我们奏响了强劲的生命之歌。这一点在他的长诗《三危山下一片梦境》中，也有类似的表述："我平生最憎恶那种祈求和期待的姿态/我的双手有力地托着肌腱隆起的膝部/随时可以一蹦而起，去奔跑或搏击"。此外，他的两首长诗《梦游》（第一稿和第二稿），则是根据自己被 40 年梦游症苦苦折磨的真实经历，把梦游时的感觉、幻觉、情绪和潜意识等交融在一起，写出了一种痛楚、苦涩的生命体验："常常在深更半夜/从床上猛地蹦起/心脏是起爆的火药"，"我挣脱了/压在心口的/一块巨大的岩石/凄厉地猛吼一阵/光着脚丫/裹着胸膛/从家屋里冲出/不管门外遍地冰雪/还是荆棘和泥泞"，"我像一个机敏而有经验的越狱者/旋开关闭的门/不磕不碰/通过窄长的楼道/飞步/真正的一跨三尺的飞步/走下几十级台阶"（第一稿），"我的躯体轻轻飘飘完完全全失重/挣脱了贮蓄血泪的脏腑/变成了一个空洞的人形"，"失去躯壳的生命/顿然感到异常的轻松/哈哈，压在胸口那块庞大而狰狞的岩石/被我摔得很远很远/我听见它碎裂的呻吟/这块镇心石/几十年来/它把我的肺叶/压成了血红的板岩/把呐喊把歌把笑把叹息把哭泣/从胸腔里/一滴不留地统统挤压净光"，"梦游的人不走看得见的路/我不信任路/陷阱都在路上"（第三稿），"感激/那一束白色的亮光/在漆黑的天地间/总那么一闪一闪/让我终于没有坠入/只差半步远的深渊"（第一稿）。透过这些沉甸甸的诗句，我们不难看出，在梦游症的幻觉中，已经融入了诗人痛楚的生命体验和人生感悟，是诗人感性和理性的深度交融，也是诗情和哲理的有机统一。这是诗人用生命换来的独特的人生体验，在牛汉的诗歌创作乃至中国当代诗歌创作中，都是别具一格，异常突出的。

他的另一首长诗《空旷在远方》，则通过描写惠特曼沿着特拉华河踽踽行走，走向岸和海的结合点为线索，把流动的河水与诗人的思绪结合起来，把对往昔峥嵘岁月的回忆与瞻望未来远景结合起来："惠特曼是由海一般的陆地走近这岸的/他是一个遥远的海角和岸的发现者/他曾攀越一座座高山/经受峰巅上闪电的痉挛/他渡过无数条湍急的流水"，如今，他终于站在"一个伟大而空旷的结合点"，他要去追求新的发现和新的海岸，因为他明白："空旷总在最远方/那里没有语言和歌/没有边界和轮廓/只有鸟的眼瞳和羽翼开拓的天空/只有风的脚趾感触的岸和波涛/空旷是个恼人的诱惑"。这里写的虽是惠特曼，但表现的却是诗人自己的生命体验。全诗于开阔的境界、博大的意象、典型的人物中融入了自己深沉的情思，展示了一位饱经沧桑的诗人参透了人生后旷达的胸怀、燃烧的激情、旺盛的生命力、远大的目光和永不停歇的探索和追求，使人处处感触到一个伟大生命的坚实、美丽和崇高。

值得一提的是，在他的晚年，70多岁的诗人还写了《童癖六首》，满怀深情地叙述了童年时代天真顽劣的六种“童癖”——弯腰从自己胯下倒看风景，翻着跟头行走，倒退着走路，站着不停地旋转，两眼一眨不眨地盯着太阳，悄悄把石子扔到井里等，这是诗人对童年生活的美好回忆，也是诗人的生命之歌，在经过一番人生的磨炼之后，再次回归生命的本真。

牛汉之所以为我们创作了那么多真挚感人、与众不同的诗篇，其奥秘就在于他是用自己的心血和生命在写诗，他的诗总是根植于他的生命体验和人生感受。他说过：“我不是依赖文化知识和理论导向写诗，我是以生命的体验和对人生感悟构思诗的。”[①] 他特别强调诗“是一种生命的艺术，来不得半点虚假和伪饰，一定要把生命写进去。”[②] “我每次创作，总是要调动全部生命写一首诗、一行字。”他的追求自由的心灵，饱尝痛楚的生命体验，不妥协、不服输的个性，都决定了他的生命体验和人生感受是独特的，不可重复的。他的诗总是表达出他生命的痛感和心灵的颤动，有着强烈的真实感和鲜明的个性特征。这一点，也许会给我们的诗歌创作带来有益的启示。

二

牛汉的诗，与祖国和人民的命运血脉相连，有着鲜明的时代特征和强烈的历史感，是历史结出的果子。作为一位已步入77岁高龄的诗人，牛汉经历了20世纪的风风雨雨，战争、流亡、监禁、劳改等在他的心灵上“布满了伤疤和阴影”，他是历史的见证人，他写诗的动机也非常明确：“我一生写诗就是虔诚地希望从灾难和阴影中突围出来。”他这样表白自己：“在大千世界中，我渺小的如一粒游动的尘埃，但它是一粒蕴含着巨大痛苦的尘埃。也许从伤疤深处，总能读到历史的真实和隐秘的语言。”[③] 他说自己的诗“有深深的根，深入到了一段历史的最隐秘处”[④]，“是历史结出的一枚果子”；“我所有的作品包括散文，是历史的一个

①牛汉：《谈谈我这个人，以及我的诗》，见《诗选刊》，2000年第1期。
②阎延文：《把生命的火焰塑形为诗——牛汉访谈录》，见《诗刊》，2000年第10期。
③牛汉：《谈谈我这个人，以及我的诗》，见《诗选刊》，2000年第1期。
④牛汉：《谈谈我这个人，以及我的诗》，见《诗选刊》，2000年第1期。

活生生的、新鲜的断层，有一种史诗的痛感。”[①]

牛汉写于20世纪40年代的那些诗，大都体现了诗人对祖国和人民命运的关注，既表现了祖国和人民所经受的深重的苦难，也表现了人民坚强的意志，英勇的反抗，对自由和幸福的憧憬和追求，并以如火的激情，讴歌那种不屈于压迫，为民族解放而献身的精神。在牛汉笔下，敌人常有的夜间偷袭，打破了人们宁静的生活，给人民带来了巨大的灾难：“在狗的吠声里/我们时常听见/远远近近突然响起/一阵叩门的声音/和爆发的/几声铭心的枪响”，“当正直而不屈的人倒下的时候”，“留在大地上一片一片的/人的血迹……”（《我憎恶的声音》）；而饥饿，又使人们的生存陷入严重的危机：“呵，我握着的是你的手吗？/黄灰的，干热的/青筋像钢条支撑在你的皮肤下面，/呵，悲愤的弟兄，垂头想什么呢？”（《饥饿——给C. S》）；在那些不自由的岁月里，诗人借鹰的形象表达了人民对自由的向往和追求：“鹰旋飞着，歌唱着：/‘自由飞翔才是生活呵……’”（《山城和鹰》）；当祖国的优秀儿女们为祖国的解放而牺牲时，诗人热情地讴歌道：“呵，祖国，祖国呵！/又一颗枪弹射在你身上；/又有一个人躺在血泊里，/为了你而牺牲。”（《默悼》）

牛汉在70年代“文革”期间虽遭受苦难，但仍然坚持偷偷创作，并且留下了许多优秀的作品。这些作品中处处闪动着历史的身影，留下了历史的回声，也使他的诗获得了特有的深度和广度。牛汉认为：“我觉得那一阶段的诗在我迄今的作品中仍然是属于最好的”。因为“当时在湖北咸宁干校，绝大多数人都回了北京，我已经完全绝望，或者说看不到任何希望，是诗拯救了我。”[②] 他的《鹰的诞生》《半棵树》《毛竹的根》《根》《巨大的根块》《悼念一棵枫树》《麂子》《华南虎》《伤疤》《蚯蚓的血》《反刍》等，都写于那个时期。其中《雪峰同志和斗笠》，则为我们留下了雪峰同志和诗人在湖北咸宁干校时的生活剪影；《在深夜……》则表现了诗人在那个没有言论自由和创作自由的年代心灵所经受的痛苦、无奈和抗争，他只能在深夜“用手指/使劲地在胸膛上/写着，划着/一些不留痕迹的/思念和愿望”，“我觉得它们/透过坚硬的弧形的肋骨/一直落在跳动的心上/是无法投寄的信/是结绳记事年代的日记/是古洞穴岩壁上的图腾/是一粒粒发胀的诗的种子”。这是时代的悲剧，也是一代知识分子悲剧命运及其不屈灵魂的写照。而《改不掉的习惯》，则通过“多难的诗人”所形成的许多令人悲伤的“习惯”，间接地反映了诗人悲惨的命运。

粉碎“四人帮”后，复出的诗人更是不忘用他那饱蘸血泪的笔，描绘那段扭曲的历史，表达一种痛定思痛的感受和思考。《一圈带血的年轮》，从一个独特的

---

①晓渡：《历史结出的果子——牛汉访谈录》，见《诗刊》，1996年第10期。

②晓渡：《历史结出的果子——牛汉访谈录》，见《诗刊》，1996年第10期。

视觉，通过一棵“松树”的见证和自述，表现了天安门事件中人民对周总理的深情悼念以及同“四人帮”一伙的英勇搏斗。尽管广场四周“猝然间/掀起了/一阵怪异的旋风”，“热的血”顿时渗进了松树的躯体，使松树“有了一圈/带血的年轮”，但这“汇进了我生命河水里的血/永远在燃烧/波浪变成了火焰”，诗篇不仅揭示了光明必将战胜黑暗，正义必将战胜邪恶的真理，而且融进了诗人对这段历史的思考，警示人们千万不要忘了这段血腥的历史，不要重蹈历史的覆辙：“我的年轮/像密纹唱片/安放在人们多血的心尖上/当旋转到那一圈带血的年轮时/颤颤地发出了/警笛一般/凄厉的声响”。《阳光恋——一个真实的故事》，描写一个被囚者在狱中苦恋阳光的令人痛楚的故事。他在狱中有一年都没有见到触到阳光，以至很快病了，“生命像发了霉/面颊上手臂上长出了一块块灰斑。”后来，他在一个囚室中，发现一年中有那么二十多天，太阳恰巧擦着他的囚室而过，“从一个两尺见方的天窗”，他幸运地看到了阳光。于是，他“像一个天文学家/在水泥墙上/用指甲/划了一道道/阳光走动的轨迹/计算得十分准确/阳光在哪儿落脚/又从哪条线上/依依地离开”，并且在阳光亮在墙上、横在头顶时，他立即脱掉棉衣，拼出全部生命力，张开双臂，“向上/纵身一跳，再跳……”他企图用这种奋力纵跳的方式去感触阳光，可是由于天窗太高，“第一年/只有手指触到阳光/第二年/前额触到阳光/三年以后/胸腔也能触到阳光”，即便如此，每次触到阳光的时间也只有二十几分钟。然而，他就是凭着这种年复一年顽强的纵跳，感触着这瞬间的阳光，让他的生命“仿佛注进温暖的鲜血”，以战胜周围的黑暗和人世的严寒。后来，他平反释放了，回到家里，在五六年的时间里，他还是“仍然天天纵跳/把双手高高举起/拼着生命/纵跳　再纵跳”。这个真实的故事，从一个侧面再现了一段灾难的历史，一颗受戕害的灵魂的苦苦挣扎，读后让人感慨万分，唏嘘不已。他的《硬茧颂》，则抒写了自己所经历的一段“苦役”般的劳动生活，榆木扁担反复磨烂他红肿的肩头，板车的皮带长久地勒在他肿胀难消的肩头，以至他右边肩胛骨上面，“隆起了一块拳头大小/岩石般坚硬的茧子”，它是生命经受磨难的象征，也“是充满鲜血和神经的岩石/是能经受住重压的生命的支点”，正是靠了它的支撑，诗人的生命和灵魂才没有被扭曲被“变形”。而《一把钥匙》则直写自己平反后，在归还的杂物里，有一把二十五年前的钥匙，并由此引发了诗人沉痛的回忆和悲喜交集的人生感慨。

总之，无论时代的风云如何变幻，历史的轨迹如何运行，牛汉的诗歌创作都始终忠实于自己所生活的时代，从一个侧面真实地记录出一段艰难的历史，一幕民族的悲剧。其中凝聚着诗人对祖国和人民命运的忧思与关切，有着厚重的历史感和较强的警世作用。

三

从艺术上看，牛汉诗歌最突出的艺术特征，就是为我们创造了一个色彩斑斓、无限广阔的形象世界。在这个形象世界里，他为我门精心创造了千姿百态、生动感人的诗的形象，这些形象充满了生命的活力，永远飞翔或扎根在读者心中。它们是牛汉生活经验和智慧的结晶，也负载着他沉重的生命意识和强烈的感情色彩，是他心灵的对应物，灵魂的塑像。可以说，牛汉在自己一生的诗歌创作中，能为我们创造出那么多令人难忘的独特形象，这实在是诗人在艺术上的成功和骄傲。

人们一提起牛汉，就自然想起他笔下多姿多彩的鄂尔多斯大草原，永远对心灵充满诱惑的三危山；想起他笔下不惧风暴、顽强搏击的雄鹰，被人铰掉趾爪、锯掉牙齿仍然渴望冲破囚笼的华南虎；想起他笔下流尽了最后一滴血也要奔向生命顶点的汗血马，临死也要用弯弯的尖角向天空和荒原发出呼唤的荒原牛；想起他笔下那只被锁定在猎人枪口下的美丽的麀子，那些虽没有坚硬的翅膀却敢于跟风暴雷雨搏击、向远远的大海飞去的海上蝴蝶；想起他笔下那些学会了在恶浪与恶浪之间从容呼吸、逆流冲刺的黄河鲤鱼，那只为了复仇、梦中吞食野猫的小鸟；想起他笔下那棵被伐倒，生命内部却贮满芬芳的枫树，那颗被一条小虫噬咬着心灵、早熟早枯凋的枣子；想起他笔下那棵被雷电从树尖到树根劈掉半边，依然直直挺立着的半棵树，那些艰难地扎入底层，以遒劲而扭曲的身躯默默支撑树木生存的巨大根块……诗人用简洁、近乎白描的手法，为我们刻画出一个个栩栩如生的形象，把我们带进了一个辽阔、苍茫、雄奇、壮丽，阳光与阴影交织、鲜花与荆棘并存，欢笑与血泪同在的艺术世界，让我们一次次目睹多种不同的生命形态，一次次体验生命的沉重感、痛楚感、悲壮感和崇高感。

在牛汉诗歌的形象世界里，无论是写动物还是写静物，都有着两个鲜明的特征：第一，其选择的形象绝大多数都是弱小者、受害者、无助者、伤残者等；第二，这些形象身上都有着坚韧不拔、勇于抗争、至死不屈、敢于挑战命运、挑战自我的精神。如《华南虎》，描写一只被囚禁的华南虎，受尽了屈辱和苦难："有人用石块砸它/有人向它厉声呵喝/有人还苦苦劝诱"，"我看见你的每个趾爪/全都是破碎的，/凝结着浓浓的鲜血，/你的趾爪/是被人捆绑着/活活地铰掉的吗?"然而，华南虎并不屈服，它要奋力反抗，企图冲出牢笼，重获自由："我看见铁笼里/灰灰的墙壁上/有一道一道的血淋林的沟壑/闪电那般耀眼刺目，/像血写的绝命诗!"《一只跋涉的雄鹰》，写一只荒漠上的草原鹰，突遇九级风暴，生命面临灭顶之灾，但它却"决不能顺从""这凶残的旋风"，而是"用巨大的羽翼支撑起创伤的生命”，“头颅和脊背淌着血/升起一片悲壮的复仇的火焰”。至于他笔下的那匹“血管与汗腺相通”的汗血马，则只是一个劲地在戈壁、荒漠上向前飞奔，终于耗尽体力，到了生命的极限，然而它却以顽强的信念和毅力去挑战自我：“汗水流尽了/胆汁流尽了/向空旷冲刺的目光/宽阔的抽搐的胸肌/沉默地向自己生命的内部求援/从肩胛和臀股/沁出一粒一粒的血珠”，“它只向前飞奔/浑身蒸腾出彤云似的血气/为了翻越雪封的大坂/和凝冻的云天/生命不停地自燃//流尽了最后一滴血/用筋骨还能飞奔一千里”，最后“汗血马/扑倒在生命的顶点/焚化成了一朵/雪白的花”（《汗血马》）。这是一个威武雄壮、奇光照人、夺人心魄的形象，它超越了生命的极限，创造了生命的奇迹和辉煌，更展示出生命的强悍和勇猛，忘我与执著，是一代追求者崇高灵魂的塑像；他笔下那棵挺立在山丘的树，却意外地“被三月的一次雷电/从树尖到树根齐楂楂劈了半边”，然而就是这样遭受严重伤残的半棵树，却依然以顽强的生命力愈合创伤，昂然挺立在山丘上，“长满了青青的枝叶”，“还是一整棵树那样高/还是一整棵树那样伟岸”（《半棵树》）；他笔下那叶在雷电、暴风和波涛中挣扎的帆，也仍然坚强不屈，奋力拼搏：“那横劈竖砍的闪电/把我砍杀得鲜血淋漓/因此太阳沉没很久之后/在黑色的大海上/我还在闪亮”，并且高高竖起永远折不断的信念：“我永远比海高/我就是不沉的岸”（《远去的帆影》）……总之，在诗人的笔下，平凡、弱小如一棵小草，一棵石榴，一块树根，一只雨燕，一只海鸥，一条黄河的鲤鱼，一只海上的蝴蝶，等等，都是以强者勇者的姿态进入了诗人的形象世界。

在牛汉诗歌的形象系列中，由华南虎、雄鹰、汗血马、荒原牛、半棵树、帆等形象组成了他诗歌的主要形象。其中华南虎的抗争，雄鹰的奋飞，汗血马的奔驰，更是牛汉诗歌中的核心形象，是强者生命形态的象征，它们不听从命运的摆布，追求美丽、崇高的生命境界；它们共同渴望燃烧，让生命“腾空而去”，变成“火焰似的斑纹/火焰似的眼睛”（《华南虎》）；或者是让生命“在霹雳中焚化/变成一朵云/变成一抹绚丽的朝霞”（《鹰的归宿》）；或者“扑倒在生命的顶点/焚化成了一朵/雪白的花”（《汗血马》）。可以说，“抗争—奋飞—奔驰—燃烧”是贯穿牛汉整个诗歌创作的精神魂魄，象征性地展示出牛汉那种类似屈原的“虽九死其犹未悔”“吾将上下而求索”的心灵历程，也是一代多难的追求者献身理想、执着追求、死而后已的灵魂塑像。

如果我们要深究一下牛汉在选择和创造诗的形象方面，为什么具有上述鲜明的特征呢？这当然与诗人独特的人生经历、坎坷的命运、鲜明的个性等有着密切的关联。他诗中的形象，总是客观外物的某种特征与他主观世界某种相似感受的自然遇合，并且总是经过了他个性的过滤，打上了他思想感情的烙印。他的一生，经历过许多苦难的折磨，肉体和心灵上都伤痕累累，但他的个性又是倔强的，不愿向命运妥协，不愿放弃对崇高理想的执著追求。这样，他就需要寻找一种能支撑他生命和信念的精神支柱，以便帮助他抵抗人生的风浪，守护心灵的火焰。于是，像华南虎、雄鹰、汗血马、荒原牛、半棵树、树的根块等坚韧不屈的自然形象；像贝多芬、海明威、海伦·凯勒、梵高等世界级强者的形象，便自然而然地走进了他的心灵和他的诗篇，成了他心灵的伴侣，给他带来了巨大的慰籍。可以说，诗人正是借助于这些能与自己生命相契合、心灵相对应的形象，在特殊的年代，特殊的环境中，为自己构造了一座精神的避难所，以便让自己的痛苦从中得以消解，并转化为一种能净化灵魂、砥砺意志、激励斗志的精神力量。牛汉在散文《我和石头的情谊》中，曾这样表述过："有不少年头，我抗不过天大的厄运，又妄想时刻冲破深深的窒闷，几乎如梦游人一样天天寻求心灵的慰籍。人世间难以获得的珍贵的情谊，居然在大自然中领受到了，于是我有了另一个属于心灵的隐秘而广阔的世界。鹰和它悲壮的一生，树和它神圣而高尚的根，囚笼中虎的不羁的灵魂，如暗夜闪电般绚丽的蚯蚓的血，还有此刻与我朝夕与共的这些石头——它们在那漫长而困厄的岁月中拯救过我，赐予我超人的力量。"①可见，诗人笔下的形象是和他的命运、个性以及特有的精神追求相合拍的。它们曾拯救过诗人苦难的灵魂，但诗人在创造它们的同时，也倾注了大量的心血，赋予它们以自己的生命、意志、个性、思想和激情，使之转化成了一个个不朽的灵魂的塑像，永远伫立在读者的心中，使读者能从中汲取巨大的精神力量，增强战胜艰难，向命运挑战的信心，以便更好地实现生命的价值，追求理想的人生。

①牛汉：《我和石头的情谊》，见《中华散文珍藏本·牛汉卷》，人民文学出版社，1997年版。

把生命的火焰塑形为诗

——论牛汉的诗歌创作

牛汉是七月派著名诗人。从1940年开始发表作品到现在，诗歌创作已伴随他走过了七十年的人生之旅。70年来，他的生命经历了20世纪的政治风暴和各种打击与磨难，但他始终像一匹汗血马那样在“朝向人类诗歌的圣境苦苦跋涉”，用自己的胆汁、鲜血、泪水和筋骨创造出一系列有着历史痛感的生命之诗，取得了令人瞩目的成就，成为我国诗坛上一位跨世纪的杰出诗人。

今天，当我们透视牛汉的人生历程和创作历程，力图揭示其人其诗的诗学意义和独特价值时，我们发现，在牛汉所有的诗歌作品中，那些浸透着他的血泪、裸露着他的伤疤、直立着他的硬骨、有着历史痛感的生命之歌，才是他最好最有价值的诗歌，也是他对中国诗坛特有的奉献。它们是隐含着牛汉命运的生命之歌，也是隐含着民族命运的一个庞大群体的生命之歌。这是苦难赋予牛汉的使命与光荣。与此同时，我们还发现，在牛汉身上，命运的压迫与精神的飞扬，生命的受创与精神的强悍，生活的低谷与艺术的高峰获得了对立的统一。

那么，牛汉的生命之诗是如何发生，其本身又呈现哪些形态与特征，又是如何把生命的火焰塑形为诗的呢？下面我们对此做一些探讨和论述。

一、承受苦难的生命与拯救生命的诗歌

从诗歌发生学的角度考察牛汉的生命之诗，至少要从他充满苦难的人生经历、他与自然的关系、他的民族性格和习性等方面去观照。

首先，曲折而又充满苦难的人生经历，决定他要与诗相伴。牛汉说他的一生，“经历过战争，流亡，饥饿，以及几次的被囚禁，从事过种地、拉板车、杀猪、宰牛等繁重劳动。”是什么力量支撑着他抗击厄运，征服苦难，走过风雨人生呢？牛汉明确回答：“是诗救了我。”①

①晓渡：《历史结出的果子——牛汉访谈录》，见《诗刊》，1996年第6期，第49页。

牛汉1923年10月23日出生于山西定襄县一个有着文化传统和革命传统的农民家庭。抗日战争初期流亡到陕甘地区求学。读中学时就曾因参与学潮运动被当局抓捕，坐过牢。1940年开始发表诗作，青年时期的代表作是长诗《鄂尔多斯草原》（当时他还是高二的学生）。1943年考入西北大学就读俄文专业。他是在清华大学读书的舅舅影响下参加革命的。1946年因参加学生运动被捕入狱，出狱后从事党的地下工作，并坚持诗歌创作，是20世纪40年代以胡风为中心的“七月派”诗人的重要代表。他在开封从事地下工作时，遭国民党逮捕，他的头颅也因军警的击打而淤积着血块，血块压迫着他的神经，使他成为一个梦游病患者（这种病已苦苦地折磨了他半个多世纪）。面对战争、饥饿和寒冷，他带着怀孕的妻子在特务和警察的追逐中，四处躲藏、颠簸在苦难的大地上，从事地下工作。那时他选择了写诗，就是要以诗歌为武器，去反抗国民党的反动统治，去揭露日本侵略者的滔天罪行，去激励人们的斗争，去追求自由美好的生活。

中华人民共和国成立后，牛汉这位天性追求自由的诗人，对诗坛上盛行的政治化、概念化、口号化、颂诗化的诗歌十分不满，他的个性及艺术追求与一个崭新的时代对诗人的要求难以合拍。他在致胡风的信中表达了自己对当时诗歌的看法，认为那是“真正的僵诗（尸）!”他直指当时诗界的弊端：“现在是硬叫人走进一个木框子里，千篇一律。诗人都没有个性，更没有时代的性格。”[①] 他还没有来得及找到解决这个问题的答案，一场意外的政治风暴突然降临他的头上——因所谓“胡风反党、反革命集团案”的牵连，牛汉于1955年5月14日在工作单位人民文学出版社被捕。从此，他经历了坐牢、被管制工作、被下放劳动改造等20年苦难的岁月。从1955年至1970年整整15年，牛汉在默默承受着生命和精神的重创，他没有再写诗。在无边的寂寞和孤独中，在毫无依靠与寄托中，牛汉于1970年开始偷偷尝试着写诗。在这阶段，中国公开流行的是那些红色的颂诗和口号诗，暗中潜流的是那些抵制主流话语的地下诗歌。可牛汉的写作却与这一切无关。他的诗悄悄地发生于他生命的内部，是在一种巨大的寂寞与孤独中诞生的。它们是牛汉用生命和鲜血创造的新的生命，也是牛汉渴盼的精神伴侣。从此他们相依为命，相互支撑，相互慰藉，相互激励，相互拯救，共同抵抗厄运和冷酷的岁月。也就从那时起，牛汉自觉选择了一条注定孤寂的诗歌之路——要么不写，要写就写自己的生命体验和感悟。可以说，是沉重的苦难造就了牛汉这样一位独特的诗人，也是这样一位独特的诗人在特殊的年代为我们创造出一系列独特的生命诗歌。时至今日，牛汉对自己的选择没有改变并且不断总结为自己的创造经验。他在《诗与我相依为命一生》中也明确指出：“我与诗患难相交，真正到

---

①牛汉：《梦游人说诗》，华文出版社，2001年版，第120页。

了狂热的地步，诗成为我的第二生命。”“诗成为我反抗命运的救星，企望能在创作的梦境中解脱苦难，心灵得到抚慰。”[①] 他回顾自己充满艰辛和苦难的人生历程时，饱含深情地说道：“幸亏世界上有神圣的诗，使我的命运才出现了生机，消解了心中的一些晦气和块垒。如果没有碰到诗，或者说，诗没有找到我，我多半早已被厄运吞没，不在这个世界上了。诗在拯救我的同时，也找到了它自己的一个真身（诗至少有一千个自己）。于是，我与我的诗相依为命。”[②] 在他的心中：“这些平凡的诗，在我长期孤独和濒于绝望之时，曾经激励和鞭策过我，让我清醒，让我切不能颓然倒下，要像一行行诗那样地站立着。”[③] 在当代中国诗人中，没有人像牛汉那样，让生命与苦难、诗歌发生那样密切的联系：苦难压迫着生命，生命需要创造诗歌来拯救，被拯救的生命又更好地创造了诗歌，于是诗歌和生命心连心，肩并肩，共同抗击苦难，突围苦难，超越苦难，最后诗人和诗歌都获得再生并向苦难露出动人的微笑。从这一点看，牛汉的诗歌写作是孤独特行的，是一个诗人的个案。在那非诗的年代，牛汉的选择却获得了后来诗界公认的成功。他的诗，为中国当代诗歌摆脱政治化、概念化写作开了先河，也填补了中国当代诗歌的一段空白。

其次，与自然的亲密接触，使他获得了写诗的契机与诗的形象。在失去人性的年代，在荒凉寂寞的劳改之地，他走进了大自然的怀抱，大自然的一切抚慰了他的受伤的心灵，他的心灵与大自然的动物与植物构成无声的默契，他孤苦的精神世界终于找到一个避难所，长久蓄积的情愫一下子有了表达的对应物。这一点对于牛汉的诗歌发生、诗歌创作非常重要。因为牛汉不是那种单纯靠幻想和想象写诗的人，在他的诗歌世界中，几乎主要形象都是诗人在现实生活中偶然相遇的——牛汉自称与它们是一种“相近的命运的邂逅”。只不过牛汉以他的敏感、多情、细心，及时发现并把它引入自己的精神世界，很快发展为“诗伴”。牛汉回顾自己的诗歌创作时，多次强调自然界对他的影响，并且认为自己和自然界的关系与别人不同，他不是从生物学的角度考察自然，也不是以诗人或画家的身份去欣赏自然，“因为那许多年我早已被剥夺了‘人的本性’，只能木木然地活着。”“我的命运与草木无异，才顿悟到人与大自然本来有着许多相似的命运与习性，这些自然的本性，是永远不会因人类社会的什么因素而泯灭的。”[④] 他认为自己在向阳湖写的那些诗《根》《毛竹的根》《巨大的根快》等，是其形象特征与自己“那时屈辱的处境、自恃高洁的人生理想境界”相遇合，“我的心被猛击一般地紧

①牛汉：《梦游人说诗》，华文出版社，2001年版，第6页。
②牛汉：《梦游人说诗》，华文出版社，2001年版，第1页。
③牛汉：《牛汉诗文补编》，作家出版社，2000年版，第253页。
④牛汉：《梦游人说诗》，华文出版社，2001年版，第68页。

缩与战栗起来。”[①] 情感“是一下子倾注在根上的，是两个相近的命运的邂逅。我从根的品性、姿态、苦难，获得了难以衡量的精神力量，其中有无言的慰藉，也有高远的启迪。”[②]

再其次，蒙古族的血统、习性和民歌，对他诗的“本真”与“野性”产生了影响。蒙古族是一个游牧民族，逐水草而居，与自然有着亲密融合的关系。这就养成了牛汉保持生命本真，不甘驯服、追求自由以及倔强、不服输的性格，培养了他亲近自然、与自然融为一体的习惯。牛汉自称自己从小就“顽皮得厉害，生性好动，总是追求变化和流动”，“我身上有游牧民族气质。”“我身上有游牧民族特色。游牧民族就是拒绝定居，永远寻找水草最丰美的地方”[③]，还有祖辈留下的那些民歌“有豪迈的气息，他们使我从童年时代起就贴近了诗歌。”[④] 这些不仅影响了他的性格和气质，也使他的诗歌创作始终保持着生命的“本真”和“野性”。

二、生命的形态与历史的果子

牛汉的诗歌，为我们展现了一个广阔、高远、奇特的生命世界，在这里活跃着一个个独特的生命，他们都是牛汉用心血和生命创造出来的，其中寄寓着牛汉在特定历史时期的生命感受和沉思。牛汉在回答自己的诗歌有何与众不同时说过：“是生命的痛感。这样的感受不可复制，不是用知识、灵感和词语技巧能够达到的。我一生的体验痛楚已极，苦乐悲欢，都是大地长出的果子。我是凝结着全部的精气、心血和生命写诗。”[⑤] 那么，牛汉诗歌中的生命形态有哪些类型？具有哪些特征？又有何种价值呢？

考察牛汉诗歌中的生命形态，我们发现主要由两大部分组成：自然界的生命形态与人类界的生命形态。在自然界的生命形态中，牛汉刻画得最多给人印象最强烈的是如下两种类型。

（一）植物界生命形态

在植物界生命形态中，牛汉用简洁、近乎白描的手法描绘出一个形象生动、个性鲜明的植物形象，从中寄寓着诗人感同身受的生命体验。如写于 1972 年的《车前草》，就向我们展示出一种卑微、沉默、隐忍而又甘于奉献和牺牲的生命形

①牛汉：《梦游人说诗》，华文出版社，2001 年版，第 67 页。
②牛汉：《梦游人说诗》，华文出版社，2001 年版，第 68 页。
③晓渡：《历史结出的果子——牛汉访谈录》，见《诗刊》，1996 年第 6 期，第 52 页。
④晓渡：《历史结出的果子——牛汉访谈录》，见《诗刊》，1996 年第 6 期，第 56 页。
⑤阎延文：《把生命的火焰塑形为诗——牛汉访谈录》，见《诗刊》，2000 年第 10 期，第 58 页。

态。车前草生存的环境极其恶劣，身份极其卑微："生长在乡间小道上/生长在牲口的蹄印里/生长在旅人的面前//几张椭圆的叶片/布满了厚厚的尘土/低低地贴着地面/远远望去/像一块块踏脚的石头。"可是，正因为有它的存在，跋涉的人们、负重的牲畜"才稳住了身子/才免于滑倒……"而它的枝叶、花朵，"还有细小细小的种子/默默地埋在脚印里。"这种甘于寂寞、甘于牺牲、甘于默默奉献的精神，读之令人感动，有一种净化人的灵魂的人格美。他的《毛竹的根》《根》《巨大的根快》等诗，同样向我们描述和赞美了那种置身底层、承受种种重压或伤害，却不甘屈服、积极进取、默默奉献的生命。《半棵树》向我们呈现的却是一种极其罕见的生命形态——一棵被雷电"齐楂楂劈掉了半边的树"，却依然顽强不屈地生存着："春天来到的时候/半棵树仍然直直地挺立着/长满了青青的枝叶"，虽然它的生命遭受重创，但"半棵树/还是一整棵树那样伟岸"。这里，生命遭受极度的摧残和精神得到极度的飞扬奇特地结合在一起，充分显示了生命的悲壮美与崇高美。《我是一棵早熟的枣子》呈现的却是一种因遭受不幸而早熟的生命形态。这颗枣子因遭受虫子钻胸的噬咬，生命"很快就要死了"，在枯凋之前，它渴望自己的生命有一个美好的结局，于是便在极短的时间奋力一拼："一夜之间由青变红/仓促地完成了我的一生"。面对这种无奈的选择，诗人调转笔锋，表达了自己的反思和悲情："我憎恶这悲哀的早熟/我是大树母亲绿色的胸前/凝结的一滴/受伤的血。"《虔诚的头颅》按照时间的推移，选取向日葵生命历程中几个关键的片段，特写镜头般组接在一起，表现孤孤单单的向日葵始终低垂着它虔诚的头颅，直到"完成了它的一生"，人们把它"从冰冻的土地里挖了出来/它的低垂的头颅多么沉重啊/数不清的生命的籽粒洒落着/像一串串命运的泪滴"。这无疑为那些甘于沉寂、默默追求、虔诚奉献的生命留下了动人的画像。《一盆小石榴》写石榴"在瓦盆里弯来弯去/处处碰壁"，却执著着梦想着寻找到"遥远而广阔的母亲大地"，这是被扼制的生命对自由而博大的生存境界的向往和追求。

（二）动物界生命形态

在动物生命形态中，牛汉用异样的色彩、遒劲的笔力，为我们刻画出许许多多英勇顽强、敢于搏击的动物形象，借以表现诗人独特的精神世界和对理想的执着追求。在这里，首先引人注目的是牛汉有关"鹰"的系列作品以及他倾注最多心血用力刻画的鹰的形象。无论他刻画的是何等状态下的鹰，展示的都是无畏、勇猛、强悍的生命形态。作为一名身上有着蒙古族血统的诗人，他本来就对鹰充满崇拜之情，在鹰身上寄托着他的强者之志、勇者之力、猛者之威以及对腾飞的渴望、对自由的向往。《鹰的诞生》就以暴雨、炸雷、飓风、炎阳作烘托，极力渲染出鹰的诞生不同凡响、鹰的生命出奇的强悍，它有着"明锐的眼睛""硬的翅膀”和“暴烈的心”。《一只跋涉的雄鹰》，写一只荒漠上的草原鹰，面对九级风暴带来的死亡般的恐怖，它没有丝毫的畏惧和退缩，而是独自迎战，与旋风展开殊死搏斗。即使被旋风“拔掉了所有的羽毛/还被血淋淋地舐去一层皮”，变成一只“秃鹰”，“头颅和背脊淌着血”，它依然毫不妥协，“升起一片悲壮的复仇的火焰”，最终战胜了旋风，“用巨大的羽翼支撑起创伤的生命/扑扇着/欢庆地扑扇着”。这就充分展示出鹰无所畏惧、敢于搏击的生命本色。《鹰是如何变成星的童话》则揭示出鹰的独特的命运和追求：“它的一生/只能在广阔的天空/不停地翱翔/唱着自己悲壮的歌”。《鹰的归宿》则揭示出鹰有着高远的志向以及为实现这个志向不怕牺牲的精神：“鹰的一生/最后不是向下坠落/而是幸福地飞升/在霹雳中焚化/变成一片火云/变成一抹绚丽的朝霞”。此外，《华南虎》描述一只遭受囚禁和极度摧残的老虎面对迫害、凌辱和劝诱，以鲜血和生命奋起反抗，以“石破天惊的咆哮”“腾空而去”，让人们一睹它昔日的雄姿：“火焰似的斑纹”“火焰似的眼睛”。这是对生命尊严的维护，是对独立精神的坚守，也是对残暴的憎恨，对自由和美好的追求。此外，他笔下的荒原牛集坚忍、勤劳、善良、爱心于一身，“因孤独因奔波因饥渴”倒在茫茫的砂碛上，它的“弯弯的尖角/从来没有伤害过世界”，“跋涉的一生使腿脚只剩下筋骨”“在死亡的边界/一个个没有干瘪的乳房/还是棕黄色的/还是湿润的/从陷落的命运深处/群峰一般/耸立而起”（《为荒原牛塑像》）；他笔下的雨燕虽然“翅膀很小很小”，却勇敢地穿过密云，“飞得快，像箭矢，像电光”，“搅乱厚厚的乌云”，“呼唤风雨”，“招引来一阵阵霹雳”（《雨燕的话语》），充分显示出弱者的自强，平凡中的不平凡；他笔下的海鸥为了“朝灯塔的亮光扑来”，不惜牺牲自己宝贵的生命，“连灯柱上也燃遍了斑斑的血迹”（《海鸥坟》）；他笔下的黄河鲤鱼不仅具有倔强的性格，还掌握了生存的智慧，练就了搏击的本领，更有着坚定的信念和远大的追求：“倔强的鲤鱼/经过千千万万代的死死生生/学会了在泥浆似的激流里/睁着圆圆的眼睛，一眨不眨/学会了在恶浪与恶浪的隙缝中/从容地呼吸/学会了迎着你的逆流冲刺”，直至“向太阳飞跃”（《黄河与鲤鱼》）。

总之，牛汉在诗中为我们创造了许许多多的植物、动物形象，显现出各种不同的生命形态，它们都来自牛汉与这些事物的相遇、相识和相知，其中融入了牛汉的生命体验与感悟，是一种“人化的自然”，既保留了各种形象的客观性、纪实性，又打上了牛汉生命的痕迹，实现了由生活境界向艺术境界的转换与升华，具有震撼人心、启人深思的艺术感染力。

在人类界的生命形态中，牛汉刻画得最多最令我们难忘的是以下两类人。

（一）与自己命运相近者

就是选择自己熟知的与自己有着相近命运的人物作为书写对象，通过描述他们的经历表现历史的悲剧和受难的生命形态。如《阳光恋——一个真实的故事》，就是真实地记录了一个蒙冤的囚徒在监狱渴望和追寻阳光的故事。这个和诗人命运相近的囚徒连享受阳光的权利也被剥夺了，以至很快生病，“生命像发了霉/面颊上手臂上长出了块块灰斑”。后来他发现一年中有二十多天时间，太阳擦着他的囚室而过，他能从“两尺见方的天窗”看到阳光，但由于天窗太高，阳光只能照到高墙上，于是他经过仔细观察，精心测算，用指甲在水泥墙上划上阳光走动的轨迹。当阳光来临时，他立即脱掉衣服，拼命向上纵跳，去感触这每次只有二十几分钟的阳光。这个囚徒后来平反回家后，还多年保持着这个向阳光纵跳的习惯。这个囚徒和阳光的故事，人物、事件、细节都是真实的，从中折射出一段灾难的历史，一个在灾难中仍苦苦挣扎、顽强抗争的灵魂，有着历史的痛感。又如《路翎和阳光》则记下了著名作家路翎平反归来后有些异常的行为，他避开“所有的阴影/连草帽也不戴”，在“三伏天的晌午”“独自在阳光里行走”，他已忘记了路，“找不到自己的家门”，他的女儿只好“眼泪汪汪/远远地跟在他的身后边……”这个令人心痛的细节，折射出那段蒙冤的岁月对作家身心的摧残，以致留下严重的后遗症，有着历史的痛感。《歌者》则为我们记录了一个生命里经历过“悲壮的颤动”，早已失去歌唱权利的“同龄朋友”，终于来到黄河边面对滔滔黄河放声歌唱的情形：“他唱的时候/嘴张成扁圆形/我看见他那仅有的/两颗门牙/不住的摇颤//他的胸骨/一起一伏的颤动着/眼角的泪珠颤颤地流淌/太阳穴弯曲的蓝色脉管/跳得像黄河的波浪”。从这里可以看到时代的复苏带来许多人生命的复苏，这个歌者重获歌唱权利时的喜悦和激动，与牛汉重获创作自由时的生命体验十分相似。他们都是历史转折时期人的精神状态的真实写照。

值得指出的是，牛汉在诗歌创作中，还特意把目光转向一些和他有着相近命运的世界名人，用饱含深情的笔触塑造了一个个敢于扼住命运的咽喉、创造生命奇迹的强者形象。他笔下的海明威，一生遭受无数重创，但他依然顽强地“站立着写字”，创作了许多不朽的小说；他笔下的贝多芬，在晚年忍受着失聪的巨大痛苦，依然凭借他“灵敏的感觉”，谱写出他伟大的生命乐章；他笔下的梵高在生命的最后一两天，忍受着巨大的痛苦，对着镜子“自焚”般的画他自己，留下了他“最后的形象/永不熄灭的火焰”。

（二）个人自画像

就是直接以自己的人生经历为表现对象，以本真的生命体验去见证灾难的岁月以及罹难者的生存状态与精神面貌。如《在深夜……》则表现诗人在被剥夺了言论自由和创作自由之后，只能在深夜“用手指/使劲地在胸膛上/写着，划着/一些不留痕迹的思念和愿望。”“我觉得它们/透过坚硬的弧形的肋骨/一直落在跳动的心上/是无法投寄的信/是结绳记事年代的日记/是古洞穴岩壁上的图腾/是一粒粒发胀的诗的种子”。这是古今中外最无奈、最心酸的写作方式，也是诗人在被管制年代所采取的一种无声的反抗。《蝴蝶梦》同样真实地记录了诗人在那段蒙难的岁月渴望写诗又不敢写诗的两难处境，他一边“默默地写着诗”，一边“又默默地撕了/撕成小小的碎片”，变成“数不清的蝴蝶”。他不断地以自己的生命和心血创造了诗的生命，又不断地迫于压力自毁了诗的生命。在这创造和毁灭之间，可以体验到时代的冷酷和诗人的悲哀。

纵观牛汉诗歌中所展现的各种生命形态，我们发现都有如下共同的特征：第一，这些生命都是弱势的不幸的，不是遭受意外的打击就是置身险恶的环境，生命承受着种种摧残和伤害。可以说，这是一群受难者的形象。第二，这些生命都是坚韧的不屈的，不畏惧厄运的打击，不甘于命运的摆布，而是依靠强悍的精神内力，去征服命运和苦难，去追求美丽、崇高的生命境界。可以说，这又是一群抗争者的形象。第三，这些受难而又勇于抗争的生命最终实现了生命的价值，创造了生命的辉煌。他们依靠自己顽强的意志和强悍的精神力量去反抗厄运，去征服苦难，让生命在抗争中闪亮，让精神在征服中高扬。

牛汉在诗中所展现的生命世界以及各种各样的生命形态，对于我们认识历史、认识生命及人类精神等都有着重要的价值。第一，牛汉诗歌中的各种具有痛感的生命形态为我们提供了一个个鲜活的历史个案，有助于我们从诗歌的视角研究和认识那段悲剧的历史。诚如牛汉反复强调的那样，他的诗中所呈现的一切“不仅是我个人的经验，更有历史的悲剧、民族的呐喊。”[①] 它们“是历史大传中的一个微小细节，是历史结出的一枚果子。”[②] 他诗中的各种生命形态，折射出历史的曲折运行，造成了对许多生命的漠视、抛弃、压制和摧残（包括剥夺生命的尊严和权利，掐断生命的梦想和追求等），折射出权力意志肆意扭曲和压制自由生命所造成的悲剧——不仅是个人的悲剧，也是时代的悲剧，历史的悲剧。它启示我们，应当充分尊重生命，爱护生命，保护生命，让每一朵生命之花都自由开放，展现出独特的美丽，散发出独特的芬芳。这样，个体的生命和群体的生命，主流意志和个人意志才能相互协调，和谐发展。第二，牛汉在诗中也展现出各种生命在打击、压制或迫害下所进行的抗争和搏击，并用血泪和欢笑证明：生命是不可征服的，潜藏在生命内部的尊严和追求是不可欺侮不可压制的，处处呈现出生命的坚韧、美丽和崇高。第三，透过牛汉诗歌中的生命形态，我们看到厄运和苦难可以让生命受伤，但却无法摧毁坚强的灵魂和强悍的精神，说明人的精

---

①阎延文：《把生命的火焰塑形为诗——牛汉访谈录》，见《诗刊》，2000 年第 10 期，第 57 页。

②晓渡：《历史结出的果子——牛汉访谈录》，见《诗刊》，1996 年第 6 期，第 49 页。

神世界是生命世界的坚强后盾，唯有通过强化和提升人的精神境界，才能不断战胜厄运和苦难，使受难的生命闪烁耀眼的光彩。

三、生命的燃烧与诗形的塑造

牛汉在诗中为我们创造了那么多异彩纷呈、活力四射、生动感人的艺术形象，这些形象都是诗人生命的火焰穿越黑夜和苦难时熊熊燃烧的艺术结晶。牛汉强调他写每一首诗都是他的生命在燃烧。他第一首诗《鄂尔多斯草原》就是“从我生命内部爆发出一束火光，带走了我的灵魂。”① 无论是为了人生理想还是为了庄严的诗歌，他都渴望“全身心地将自己燃烧干净：血浆、泪水、筋骨，还有不甘寂灭的灵魂，都无怨无悔地为之奉献。”② 他说：“我每次写作，总是要调动全部生命写一首诗、一行字。”③ 如果诗写不出来或者没有写好，是因为“我的生命还燃烧得不够灼热，还没有把血升华为火焰，像梵高画画那样”④。因为在他看来，“只有用火焰的手去捕捉火焰，才能抓住火焰。”⑤

那么，从熊熊燃烧的生命之火到形象鲜明的诗歌，牛汉如何去捕捉，又是运用何种方式去实现生命与诗的艺术转换呢？牛汉在一则“学诗手记”中道出了他的这个秘密——那就是“把生命的火焰塑形为诗”⑥。这句可谓经典的话语其实包含着诗歌创作的全部过程和艺术要领。我个人认为，这句话主要包含着两个重要阶段，即诗歌的发生阶段与诗歌的创造阶段。在诗歌的发生阶段，诗人的生命要充分燃烧，也就是诗人要调动他生命中的所有积累（包括生活积累、情感积累、文化积累、艺术积累等），让生命和灵魂的所有能量都燃烧起来，烧掉一切多余的杂质，让生命进入一种出神入化的境界，让每一根神经都剧烈地颤动，灵敏地捕捉火光中的奇景异象，神思妙想。于是，生命的燃烧孕育了诗，发现了诗，也捕捉到了诗。在诗的创造阶段，就要冷静下来，遵循诗歌创作的艺术规律，按照艺术转化的程序，灵活采用多种艺术手段，创造出各种各样的有“自在生命”的形象，把诗意的闪光凝聚为诗，也就是牛汉所说的“让它活生生地、而不是概念式或阐释性地呈现。”⑦ 当然，这两个阶段是相互依存，相互促进的，两者携手合作，才能让诗歌顺利地诞生。

①牛汉：《梦游人说诗》，华文出版社，2001年版，第31页。
②牛汉：《我仍在苦苦跋涉》，见《牛汉散文选》，人民文学出版社，2009年版，第267页。
③阎延文：《把生命的火焰塑形为诗——牛汉访谈录》，见《诗刊》，2000年第10期，第55页。
④阎延文：《把生命的火焰塑形为诗——牛汉访谈录》，见《诗刊》，2000年第10期，第54页。
⑤牛汉：《梦游人说诗》，华文出版社，2001年版，第70页。
⑥阎延文：《把生命的火焰塑形为诗——牛汉访谈录》，见《诗刊》，2000年第10期，第54页。
⑦晓渡：《历史结出的果子——牛汉访谈录》，见《诗刊》，1996年第6期，第52页。

我们进一步考察牛汉的诗歌，发现他的塑形方式的确很多，也很有效。为了从中获得宝贵的艺术启迪，也为了行文的方便，我们这里从大处着眼，结合他的代表性作品，分析其中几种主要方式，以窥其塑形的奥秘。

（一）客观纪实式

就是对生活中亲身经历或亲眼所见、亲耳所闻的那些打动过或震撼过自己心灵的事物，采用实录的方式对其进行描述，直接呈现事实的“真相”和生命的“本真”。这样的“诗形”不靠虚构和想象，而是靠事实的“真相”和生命的“本真”去打动或震撼读者。如《悼念一棵枫树》就以异常冷静和细致的笔触，真实地记录了诗人和一棵枫树的故事，为我们塑造了一棵高大、伟岸、挺拔且具有人情味、人性美的枫树形象，也把这棵树被伐倒在作者心灵中引起的震撼、痛苦和悲哀表现得淋漓尽致，入木三分。这棵高大的枫树生长在湖北咸宁的一座山丘的顶端，因为作者每天在山间泥泞的路上“弓着腰拉七八百斤的板车，浑身的骨头（特别是背脊）劳损严重，睡觉翻身困难。”只要有点空闲，他就要去找这棵枫树“背靠它久久地坐着。我的疼痛的背脊贴着它结实而挺拔的身躯，弓形的背脊才能得已慢慢地竖直起来。生命得到了支持。”[①] 可见，诗人与这棵枫树已有了“相依为命”之情。当他得知树被伐倒之后，立即飞奔过去“颓然地坐在深深的树坑边，失声痛哭起来。”而且在很多天“几乎失神落魄，生命像被连根拔起，过了好些天，我写下了这首诗。”“我不能让它伟大的形象从天地间消失。我要把它重新竖立在天地间。”[②] 在诗中，诗人突出描述了枫树的内在美、生命美：“表皮灰暗而粗犷/发着苦涩气息/但它生命内部/却储蓄了这么多的芬芳”，“它直挺挺的/躺在草丛和荆棘上/那么庞大，那么清脆/看上去比站着的时候/还要雄伟和美丽”，即使枫树被解成宽阔的木板，它“一圈圈年轮/涌出了一圈圈的/凝固的泪珠/泪珠/也发着芬芳”。在这里，诗人就是凭借真实的形象、真实的事件以及自己对树的真实情感塑造了这棵枫树形象。《雪峰同志和斗笠》，则真实地留下了雪峰同志和诗人在湖北咸宁干校时的生活剪影。此外，他的《毛竹的根》《根》《巨大的根块》《猞猁》等诗都采用了客观纪实式塑形。

（二）创设情境式

就是以诗人感触到的生活情境为基础，再融入自己感触时的各种生命反应——包括五官感受、被激活的情感、联想、想象、意识、潜意识等，然后创造出

①牛汉：《梦游人说诗》，华文出版社，2001年版，第37页。

②牛汉：《梦游人说诗》，华文出版社，2001年版，第38页。

一个融客观情境与主观心境为一体的艺术情境，借以表现诗人的生命体验和感悟。牛汉强调这种情境的发现要靠主客观的机缘，“如果主客观之间没有某种机缘，我是无法凭借冷静的技巧写一行诗的。”① 他之所以能写出许多这类诗，主要是苦难的人生为他意外地带来了不少这样的机缘，使他创造了许多独特的令人触目难忘的情境。牛汉认为：“对一个诗作者来说，他们应当写出与众不同的‘特殊’的情境与形象，他写的诗谁也无法模仿而且他自己以后也无法写出第二首相似的诗。”② 如《华南虎》就是在写实的基础上再叠加了一个诗人心灵的幻觉，构成了实境与虚境相谐相生、相得益彰的情境。一方面，诗人如实地展现了被囚禁的老虎屈辱的处境、各类人物对它的伤害和劝诱、老虎用破碎的趾爪在水泥墙上刨出“一道一道的血淋淋的沟壑”、诗人自己因感同身受而“羞愧”地离开等情景；另一方面又实在压抑不住自己类似的悲愤和反抗，诗人的精神之光终于冲破现实的黑暗化为一片惊天动地的幻境：“恍惚之中听见一声/石破天惊的咆哮/有一个不羁的灵魂/掠过我的头顶/腾空而去/我看见了火焰似的斑纹/火焰似的眼睛/还有破碎的/滴血的趾爪！”诗人正是创设了这样一个实幻交织的奇异的情境，十分有效地展示出生命的本相、生命的伟力以及对生命尊严的捍卫，也形象地宣示生命的不可征服。此外，他的《鹰的诞生》《一只跛涉的雄鹰》《鹰是如何变成星的童话》《鹰的归宿》《这里的落花》《关于大山与小草》《虎啸的回声》《空旷在远方》《三危山下一片梦境》等都是采用创设情境式完成诗的塑形，于广阔的境界中表现出各种生命的梦想和追求。

（三）心灵外化式

就是敞开心灵的大门，释放自己内部的生命力以及潜藏的渴望、意念、梦想和追求等，借助种种或相遇或熟知的客观对应物，将其转化为有声有色、可感可知的诗的世界。这样的塑形创境方式，其意象的力度、境界的广度如何，主要取决于诗人心灵的宽广度，换句话说，就是心灵的境界决定诗的境界。就牛汉而言，由于种种苦难的经历，他的心灵有着特殊的向往和追求：“我的心灵似乎更容易被那种辽阔与壮美的境界和大自然中某些能够引人震惊的、在困境中坚毅不屈的现象或生态所触动……”③ 在没有自由的日子里，他渴望自由；在孤独无依的年代，他渴望凭借强悍的精神力量去征服恶劣的环境；在躯体被囚禁被桎梏的情况下，他渴望灵魂的超越与腾飞；在生命黯淡的岁月，他渴望精神的闪光……

①牛汉：《梦游人说诗》，华文出版社，2001年版，第27页。
②牛汉：《梦游人说诗》，华文出版社，2001年版，第28页。
③牛汉：《梦游人说诗》，华文出版社，2001年版，第28页。

这一切的一切都汇成一股灼热的潜流，在他的内心奔腾咆哮，寻求着合适的机遇与可以负载这一切的诗的形象。这就是牛汉这类诗的诞生过程和塑形方式。如他的《鹰的诞生》《一只跋涉的雄鹰》《鹰的归宿》《鹰是如何变成星的童话》《汗血马》《华南虎》《半棵树》等诗中所呈现的博大境界和强悍勇猛的形象就是这样产生的。再如《汗血马》一诗中神奇的“汗血马”形象，就是牛汉这位身上有着蒙古族血统的诗人永远渴望飞奔渴望燃烧渴望精神升华的心灵外化。他用神奇的画笔刻画出一匹“血管与汗腺相通”的汗血马，在茫茫的戈壁、荒漠上向前飞奔，汗水和胆汁都流尽了，它就“沉默的向自己生命的内部求援”，凭借从身体中“沁出一粒一粒的血珠”，“浑身蒸腾出彤云似的血气”，让“生命不停地自燃”，一直向前飞奔，直至最后“扑倒在生命的顶点/焚化成了一朵/雪白的花”。这个威武雄壮、气壮山河、光彩照人的形象，就是诗人在逆境中敢于挑战自我、超越自我、勇创生命奇迹的精神塑像。此外，他的《潮水对礁石说》《小溪》《钟声》《幻听》《铸钟人的呐喊》《恐怖》等诗都是采用心灵外化式塑形。

（四）自我写照式

就是把艺术的视角直接对准诗人自己，留下自己在特殊年代特殊背景下的生命写照。它们是牛汉命运的缩影，也是他灵魂的真实塑像，从中可以看到历史的风霜打在诗人额上深深的刻痕。我认为，牛汉的诗之所以能深深地感动我们的生命，震撼我们的心灵，与诗中真实地摄下了诗人的自我形象有着密切的关联。如他在湖北咸宁干校劳改期间写的《反刍》一诗，就是一幅人牛对照、相互映衬的自画像。当他在劳动的歇晌时，看到一头母牛在呼哧呼哧的喘息，“鼓胀的肚囊里/似乎有盘石磨/隆隆作响”，他顿时明白那是母牛“正虔诚地反刍/红的血液/白的奶汁/在它的生命里流动……”这情景极大地冲击着诗人的心灵，他反顾自身，虽遭受厄运和苦难，虽被剥夺了做人的尊严和权利，但“我的不安的心灵里/也有母牛那种尖利的胃褶/和熔炉般的高温/也在揉搓着，熔炼着/不停地反刍”。只不过比起牛来，他的处境更为悲哀和不幸，但生命却更渴望着创造与奉献：“我反刍的/不是鲜嫩的青草/而是荆棘/我的生命/酿造出的/是苦咸的血液/甜蜜的奶汁”“血液的奶汁/一滴，一滴/哺育着/我饥渴的生活/和瘦弱的小诗”。这个像母牛一样虔诚奉献的自我形象，真实地展现了牛汉虽饱经磨难却依然美丽崇高的精神世界。他的《硬茧颂》为我们留下了他苦难岁月的遗照——那留在他右肩胛骨上“拳头大小/岩石般坚硬的茧子”，那被榆木扁担压得红肿和溃烂，那“一湾湾汗水和血滴/被体温和阳光蒸晒成红色的盐粒”，那“盐粒像千万颗牙齿噬啃着伤口”，那飘散在“生命周围的空气/凝滞着浓重的汗气/和更浓的血气”，透过这些散发着生命热气、血腥和汗味的诗句，一个苦难诗人的自我形象扑面而来，逼人眼目，夺人心魄，令人震撼！《长跑》一诗，以惊人的笔力，将灵敏而强烈的生命感受转化成一首强悍的生命之歌，它是牛汉这个有着蒙古族血统和习惯的诗人永远在奔跑的生命写照。他的《梦游》是一首独特而奇异的生命之歌，其中最震撼我们心灵的是被梦游症苦苦折磨的诗人自我形象。在诗中，诗人忠实于自己的生命体验，如实地描述出自己梦游前后的情景以及独特的感受。他常常在深更半夜“从床上猛地蹦起/心脏是起爆的火药”“凄厉地狂吼一阵/光着脚丫/裸着胸膛/从家屋里冲出/不管门外遍地的冰雪/还是荆棘或泥泞”，他觉得“像走入梦中/身躯失重/变成一个内囊空洞的人形/被感觉不到的风/轻轻地吹动”。他觉得“天地一片混沌/我仿佛潜入混浊的河流”“我觉得自己是冥冥黑海中一尾鳞光灿烂的鱼”“柔软的手/茸茸的翅羽/把我扶起/向上向前/轻轻地飞行”“我变成一个哑默的游动的音符”“我飘飘荡荡地在游走”，他觉得自己什么也听不见，仿佛变成了“出壳的魂灵”，等到“惊恐万状的亲人”在一个墙角找到他，“他们拍拍我窒息的心胸/抓住我舞动的手臂/我才怔怔地醒来/疲乏地瘫倒在地上”，这时他才感觉到坠落造成的“浑身疼痛/我不停地呻吟”。这里，诗人通过具体的细节和真实的生命体验，让一个梦游者的自我形象活生生地呈现在我们面前，使我们如见其人，如闻其声，如睹其状，如感其痛，情不自禁地为诗人担心并祈祷他平安。可以说，这个被梦游症苦苦折磨的诗人自我形象，更能打动我们，使我们在痛惜之余感慨不已。

以上我们对牛汉诗歌产生的客观因素与主观因素、他诗中所呈现的各种生命形态以及蕴含其中的历史价值和认识价值、他认为写诗就是生命的燃烧及其独特的塑形方式等，都做了初步的探讨和论述，从中可以看到诗人特有的精神风貌以及他诗歌独特的思想价值和艺术价值。无论做人还是作诗，牛汉都甘于寂寞，坚持独立的人格和诗格，不跟风向转，不屈从权力意志，不迎合主流话语，不粉饰生活，不赶潮流，不逐名利，他写诗只是源于自己的人生经历和生命体验，源于对自己苦难生命的自我拯救与自我激励，源于对生命尊严、生命权利、生命价值的捍卫和追求。他孤独特行的诗歌写作，既避开了那种“假大空”式的说教和抒情，也远离了那些五花八门的旗帜和宣言，因而，他超越了不同时期的种种非诗化写作，他充满历史痛感的生命之诗将会获得更久远的生命力和影响力。这一点，无论对诗歌创作还是诗歌研究、诗歌批评，都将具有宝贵的艺术启迪。

论牛汉诗歌的崇高美

牛汉是当代最杰出的诗人之一。他的诗融进了他痛楚的生命体验和独特的人生感悟，以大量表现历史的血泪、生命的痛楚、灵魂的抗争的诗篇而蜚声中国诗坛，在广大读者心中激起了强烈的反响，被人们誉为“汗血诗人”。

牛汉，这位身高 1 米 9 的蒙古族诗人，生于 1923 年，原名史成汉。早在 1940 年，他就开始发表诗作，青年时期的代表作是《鄂尔多斯草原》（当时他还是高二的学生）。中华人民共和国成立后，他以满腔的热情，歌唱新中国，歌唱人民当家做主的新生活。从 1951 年到 1954 年，他先后出版了《彩色的生活》《祖国》《在祖国面前》《爱与歌》等四本诗集。后来，因胡风集团案的牵连，他遭受了牢狱之灾；20 世纪 60 年代，他被关进“牛棚”，接受批斗，每日从事强制性劳动；70 年代，他又被下放到湖北咸宁“干校”，从事五年“苦役”般的劳动。他的一生，“经历过战争，流亡，饥饿，以及几次的被囚禁，从事过种地、拉板车、杀猪、宰牛等繁重劳动。”① 就连他的头颅也因被击打而淤积着血块，血块压迫着他的神经，使他成为一个梦游病患者，这种病已苦苦地折磨了他半个多世纪。粉碎“四人帮”后，复出的诗人，在国内外发表了大量有影响的诗作。他的诗先后获中国作协主办的全国第二届新诗集奖、《诗刊》《星星》《上海文学》《人民日报》等多种报刊作品奖，先后出版了《温泉》《海上蝴蝶》《蚯蚓与羽毛》《沉默的悬崖》《牛汉抒情诗选》《牛汉诗选》以及诗合集《待宵草》《白色花》以及日译本《牛汉诗选》等诗集。同时还先后出版了诗话集《学诗手记》《滹沱河和我》《萤火集》《牛汉散文精选》等七本散文集。他以旺盛的创造力，多方面的才华，为新时期的文学建设和诗歌事业，做出了自己异常突出的贡献。

从审美的角度看，牛汉的诗，展示的大都是悲壮的生命形态，表现了一种坚

①牛汉：《谈谈我这个人，以及我的诗》，见《牛汉诗选（代自序）》，人民文学出版社，1998 年版，第 1 页。

韧不拔、不屈不挠、愈挫愈奋的精神力量，有着震撼心灵的穿透力与净化灵魂的崇高美。和当前诗坛上某些人宣扬的“躲避崇高”“拒绝崇高”相比，牛汉的诗歌信念和艺术追求，更值得我们重视和倡导。

牛汉是一位理想主义者，他憧憬并积极追求一种理想的人生境界，他对生活，对人生，对未来，对诗歌艺术，都充满着热情和信心。他希望生活在不断创造中变得越来越美好，他坚信生命在不断进击中会迸发出最耀眼的光辉。在他漫长而坎坷的人生征途中，无论遇到怎样的艰难和厄运，他的内心世界都没有放弃对理想的执着追求，没有放弃依靠自己强健的精神力量，去维护生命的高洁与尊严——同时也维护诗歌的高洁与尊严。这体现在他的诗歌创作中，就是始终自觉地追求诗歌的崇高美。牛汉在《我与草木的根》中说过：“沉在向阳湖的那五年间，我感到一切都似乎在下沉，对大地之中的草木的根发生了异常的感情，先后写了几首赞美根的小诗：《毛竹的根》《伤疤》《巨大的根块》。平凡的根给予我的喜悦和力量远胜过枝叶和花朵。我把艰难地扎入地层的根，看作是默默地为永恒的大自然献身的崇高形象。为什么我会被这些潜隐于地下的根所吸引，而且又那么地强烈，当然与我那时屈辱的处境、自恃高洁的人生理想境界有关系。”[①] 这表明，诗人选择和钟情于大自然中的崇高形象，既和诗人当时屈辱的处境、独特的体验有关，更与诗人有着坚定的信念，自觉追求高洁的人生境界有关。

“崇高”是一个重要的美学概念。最早关于这个概念的论述是古罗马的学者郎加纳斯的《论崇高》。他认为“崇高就是伟大心灵的回声”。他阐述了构成崇高风格的五个要素：一是庄严伟大的思想；二是强烈而激动的情感；三是运用藻饰的技术；四是高雅的措辞；五是整个结构的堂皇卓越。他认为前两点是“天赋”，后三点是“技术”[②]。他指出：“一切日用必须的事物人们视为平淡无奇，他们真正欣赏的，却永远是惊心动魄的事物。”[③] 他还强调：“崇高却起着横扫千军、不可抗拒的作用；它会操纵一切读者，不论其愿从与否”“一个崇高的思想，如果在恰到好处的场合提出，就会以闪电般的光彩照彻整个问题，而在刹那间显出雄辩家的全部威力。”[④] 这就告诉我们，崇高美必须是非常事物才具有；崇高美能够产生震撼人心的艺术魅力，可以净化和提升人的灵魂，培养人高尚的人格，鼓舞人的斗志。后来英国经验派美学家柏克对崇高又作了这样的表述：凡是能够以某种方式适宜于引起苦痛或危险观念的事物，即凡是能以某种方式令人恐怖的，涉及可恐怖的对象的，或是类似恐怖那样发挥作用的事物，就是崇高的来源。我

---

①牛汉：《我与草木的根》，《诗刊》，1986年第3期。

②伍蠡甫：《西方文论选》，上卷，上海译文出版社，1979年版，第125页。

③伍蠡甫：《西方文论选》，上卷，上海译文出版社，1979年版，第129页。

④伍蠡甫：《西方文论选》，上卷，上海译文出版社，1979年版，第122页。

国美学家王朝闻在《美学概论》中，则对崇高作了这样的解释："崇高则不同，它主要体现实践主体的巨大力量，更多地展示着主体和客体在现阶段相冲突和相对立的状态，并且在这一对立的冲突中，显示客体和主体相统一的历史必然性。"①

根据中外美学家关于崇高美的基本观点，进一步考察牛汉的诗歌创作，他的诗歌无疑在如下几个方面达到了美学上的崇高。

一、善于创造强悍的诗歌意象，借以表现人类庄严而伟大的思想

牛汉的诗，从形象的选取，到意象的创造等，都极力追求创造一种强悍的力度，如同嘹亮的军号，激烈的战鼓，具有广阔的穿透力和震撼力。因而他在诗中喜欢选择鹰、华南虎、汗血马、荒原牛等强悍勇猛、桀骜不驯的形象作为诗歌的中心意象。如他写《鹰的诞生》，就用了一连串奔放有力的诗句，渲染了鹰奇特而壮观的诞生过程："鹰的蛋/是在暴风雨里催化的/隆隆的炸雷/唤醒蛋壳里沉睡的胚胎/满天闪电/给予雏鹰明锐的眼瞳/飓风十次百次地/激励它们长出硬的翅膀/炎炎的阳光/铸炼成它们一颗颗暴烈的心"。诗人用暴雨、炸雷、飓风、炎阳等这些博大的宇宙形象作烘托，创造了强健的雏鹰形象，它有着"明锐的眼瞳""硬的翅膀"和"暴烈的心"。又如《汗血马》，就极力描写汗血马只是一个劲地在如火的荒漠上飞奔，结果"汗水流尽了/胆汁流尽了"，但汗血马决不停顿，毅然"沉默地向自己生命的内部求援/从肩胛和臀股/沁出一粒一粒的血珠"，"它只向前飞奔/浑身蒸腾出彤云似的血气"，最后"汗血马/扑倒在生命的顶点/焚化成了一朵/雪白的花"，这个奇光照人、令人惊心动魄的形象，无疑是人类"生命不息、追求不止"精神的艺术象征。在牛汉笔下，即使选择了极其平凡、弱小的形象作为写作对象，诗人也要赋予它以强者的生命力、智慧和勇气。例如，他写黄河的鲤鱼，是"倔强的鲤鱼"，"经过千千万万代的死死生生""学会了在恶浪与恶浪的隙缝中"从容地呼吸、迎着逆流冲刺，并且还"学会了用剑一般的鳍/和闪着血光的锋利的鳞片"，划开黄河的胸膛，"向太阳飞跃"（《黄河与鲤鱼》）。这些富有象征意义的强者形象，都表达了人类庄严而伟大的思想，直接对读者的心灵产生了强烈的震撼作用和感染作用。

二、牛汉诗中的感情是发自内心的，并且是极其真诚炽烈的

牛汉早年就投身革命，为了革命事业四处奔波，上下求索。他对社会对人生始终抱有远大的理想，他的一生，都在为实现这个远大的理想而奋斗，即使吃了

---

①王朝闻：《美学概论》，人民出版社，1981年版，第49、50页。

再多的苦也无怨无悔。他的全部诗歌创作，都展示了他献身理想、执着追求的心灵轨迹。从反抗暴政，追求自由，到抗击厄运，坚守灵魂；从抚摸伤疤，沉思历史，到燃烧生命，渴望辉煌……牛汉诗中的思想感情是真诚炽烈，昂扬向上的，也是与祖国和人民的命运息息相通，和历史前进的脚步相合拍的。因此，牛汉诗歌既有鲜明的历史感和时代精神，又有强烈的主体意识和内在激情。早在20世纪40年代那些“魔鬼在周围凄厉的号叫/还有刀山剑树黑潮沸滚”的黑暗岁月里，诗人面对“秘密警察们”“狡猾的特务们”的紧紧“追逐”，“奔跑到哪里/受伤的血滴到哪里”的险恶环境，诗人仍然庄严宣告：“将生命/孤注一掷/在黑夜里押在太阳上/在混沌里押在信心上/在战争里押在真理上”（《锤炼》）。又如他在长诗《彩色的生活》中，写到自己“通过五道上锁的厚重的铁门”，走出牢房时，“忽然看见前面有一个敞开的门”，顿时百感交集，诗思喷涌：“透亮的门，一个火山口啊！/从那里，我爆炸地喷发而出。/生命啊！生命啊！/即使从牢狱跨出一步便倒下，我也有大喜悦：/一秒钟里拥抱住一生的欢欣，/一步跨进宽阔的世界。”这里既有重获自由的兴奋和激动，也有对生命、对自由的某种瞬间顿悟；他在长诗《锤炼》中，则写下了这样颇含哲理的诗句：“生命啊/不是在铁锤的打击下/发光/便是在铁锤和火光里死灭”。他在长诗《铁的山脉》中，借写铁的山脉，抒发了一种炽烈的情怀：“你一直坚忍地等待着，/等待着献身的时刻，/等待着粉身碎骨的幸福!”牛汉这些渗透着真情和哲理的诗句，包含着他对生活，对人生的真切感悟，是从他的内心喷涌而出的一股股热流，具有震撼人心、启人深思的艺术力量。

三、牛汉的诗所描写的事物能引起人们的苦痛、危险、恐怖等心理活动，并在主体和客体之间的尖锐冲突中展示了主体精神的强大

这说明，崇高美实际上与悲剧感有关，或者说，只有那种带有悲剧感的事物，才能闪射出令人惊异的崇高美。而牛汉的诗歌，总是长于表现一种痛楚的生命和灵魂，与苦难的命运之间的悲剧搏斗，进而展示生命的坚韧、顽强，最终征服苦难的命运，使生命和灵魂升华到一种理想的境界，闪烁出英雄主义的光辉。这是牛汉诗歌充满悲壮感、崇高美的最突出的显现。

先看写物。例如他的《一只跛涉的雄鹰——在天山南麓的荒原上所见》，就是通过描写一只雄鹰在“一望无际的荒漠上”，与“凶残的”“播种死亡的旋风”进行一场殊死的搏斗，谱写了一曲悲壮的生命之歌。本来，茫茫荒漠就是“一个窒息生灵无法解脱的噩梦”，雄鹰面临着可怕的生存环境，可“旋风又吼叫着”“浑身是利齿”地向鹰扑来，荒漠上到处闪着“恐怖的颜色”“牲畜的残肢飞溅着血”，诗人为我们展现了一幅可怕的、令人恐怖的荒漠旋风图，生命的主体与客体之间存在着尖锐的冲突和对立，两者之间也存在着巨大的力量悬殊，但鹰却绝

不屈服："鹰一步一步在跋涉/生命最强悍有力的羽翼/支撑住被旋风围击的躯体"，最终由于自身力量的弱小，无法抗击那此呼彼应的肆虐的旋风，鹰便孤注一掷，拼死一搏，用它"带钩的尖喙和利爪/锯齿似的翅梢/插入灼热的沙漠深处/它是一把尖端朝天的剑/等着剖杀向它扑来的旋风的腹腔"，于是荒漠便出现了极其悲壮的一幕："一个一个旋风/扑向这只鹰/鹰的头顶背脊/被拔掉了所有的羽毛/还被血淋淋地舐去一层皮/只有羽翼没有被撕碎/它像天空/亘古以来都是完整的"，最终这只草原鹰尽管变成了一只"秃鹰"，但它毕竟凭它的勇猛和机智，战胜了巨大的灾难和厄运，使"旋风绝望地遁走远方"，而它自己却"胜利了"，并且"抬起头/用巨大的羽翼支撑起创伤的生命/扑扇着/欢庆地扑扇着"，从而使生命在搏击中走向了辉煌，精神在奋飞中获得了高度。整首诗以生命的悲壮感和崇高美吸引和震撼着读者的心灵，能使人从中汲取巨大的精神力量。

再看写人。牛汉笔下的人物都是世界级的名人。他们都不约而同地遭受过厄运，其生存状态大都处于逆境之中，或先天不足，或环境险恶，或遭受挫折，或突遇灾难，等等。但无论其生存状态面临着何等的困境，何等的危机，他们都能凭借自己超人的意志、非凡的智慧与命运抗争，在默默承受苦难的同时仍奋力拼搏，一往无前，使生命闪烁出奇异而耀眼的光辉。如晚年失聪的贝多芬，虽默默忍受着巨大的痛苦、孤独和屈辱，但他却依然"梦想着寂灭已久的声音/白鸽般翩翩地向他飞来"，仍然凭借他"灵敏的感觉"去感触世界，并"向静默的世界/挥着拳头/仿佛猛击着/一排看不见的音键"，以继续谱写他伟大的生命乐章（《贝多芬的晚年》）；他笔下遭受重创的海明威，在战场上受过两次伤，头上缝了五十针，腿部中了二百三十七块弹片，四十七岁那年又摔断了六根肋骨，还有两年接连六次脑震荡，"多灾多难的脑壳几乎彻底破裂"，可他依然以顽强的意志战胜痛苦，呕心沥血地进行着他的文学创作："谁都担忧你膝盖头上那个创伤/可你偏偏用这条腿/站立着写字/一口气写一个短篇/你的头颅是坚固的/（即使有裂缝）/它硕大浑圆永不变形/颅腔里有另一个广阔的世界/幻梦如雄狮野马/奔驰在四度五度高耸的境界"（《冰山的风度》）；他笔下又聋又哑又瞎的海伦·凯勒，仿佛生活在一个无声无色的黑洞般的世界里，但她依然凭借着自己仅有的嗅觉和触觉，去感触这丰富多彩的大千世界，去体验生活的充实和美好，去探索和发现生命的意义和价值："不用语言和声音的节奏/不用色彩和光线的装饰/你用心灵和血和梦/凝聚自己的诗"（《人啊，生命啊》）；他笔下的梵高，在生命"最多只梦境般停留一天两天"的时刻，刚一清醒，便忍受巨大的痛苦，在"没有钱雇模特"的情况下，就对着镜子，"自焚"般地画他自己，向世界留下了最后的形象："苦痛把梵高鞭笞到爆炸点/他的头发眉头眼瞳/看不见的突然上升的血液/血液里的梦想/还有四周的天地/都飞腾起了蓝色和黄色的火焰/这就是梵高/最后的形象/永不熄灭的火焰”（《最后的形象》）……诗人用自己燃烧的生命以及自己对这些人物精神世界的理解和把握，为我们创造了一个个坚韧不拔、有着崇高灵魂的人物形象。他们身遭厄运而不低头，面对苦难而不气馁，以强悍的精神力量战胜了冷酷的现实，不断超越自我，创造生命的辉煌，处处显示出人类精神的美丽与崇高。读后使我们的心灵受到极大的震撼，起到了巨大的鼓舞和激励作用。

四、牛汉诗歌的措辞是庄严、圣洁、高雅的，并且富有力度和美感

这主要体现在他对诗歌语言的独特追求上。牛汉诗歌的语言既不像某些诗人那样故作深奥，弄得过分“朦胧”，甚至晦涩难懂，缺少与读者的亲和力；也不像某些诗人那样过分降低对诗歌语言的要求，追求诗歌语言的大众化，甚至是媚俗化，以随意、轻浮、矫揉、造作，甚至是庸俗、低级的语言来体现其“私人化”的写作立场，那就背离了诗歌审美性的艺术规律，降低了诗歌的艺术品位，败坏了读者对诗歌的审美情绪，削弱了诗歌的艺术感召力。而牛汉诗歌的语言风格是严肃庄重、圣洁高雅，并且是富有力度和美感的。首先，牛汉的诗喜欢运用富有力度的动词，创造一种先声夺人的气势，以便于表现一种庄严崇高的思想感情。例如他在《潮水对礁石说》一诗中，诗人写“站起来”的潮水，向“铁青着面孔/比鲸鱼还要庞大/比鲨鱼的牙齿还要坚硬”的礁石发出了强有力的叫喊：“我要不停地/鞭打你的心胸//噬啃你的肌肉与筋骨/一千年、一万年/总要把你变成/柔软的沙砾”。诗人运用了拟人化的手法以及“叫喊”“鞭打”“噬啃”等强有力的动词，造成一种压倒一切、无坚不摧的气势，这是弱者对强者的挑战，这是诗人在热烈讴歌一种坚韧的战斗精神，讴歌一种以柔克刚、以弱胜强的生命形态。其次，牛汉的诗，善于运用生动形象的语言，创造一种美好的意境，以增强诗歌的含蓄美。如他在《第一朵花》中写道：“几片白里透红的花瓣/支楞起来/像婴儿透明的耳朵/谛听着远方/听到了候鸟的羽翼拨动冻结的天空/天空也将蓓蕾般绽开”，诗人把“白里透红的花瓣”比作“婴儿透明的耳朵”，显得新奇美丽，生动形象，然后紧扣耳朵“谛听”这一中心意象生发开去，大大地拓宽了诗的意境，以至听到了“候鸟的羽翼拨动冻结的天空”“天空也将蓓蕾般绽开”，从而给读者留下异常广阔、无限美好的想象空间，也非常含蓄地表现了“第一朵花开”后，一个百花争艳、生气盎然的春天必然随之而来。透过牛汉的诗歌语言，处处体现出他对诗神的敬重，对读者的尊重，对生活的热爱，对万物的虔诚……例如他曾经特别谈到，他的诗歌“从不使用污辱动物的语言，以人类为中心的语言，比如‘蠢猪’‘笨驴’之类。这和我多少年来不被当人的经历有关。只有当你活成了一具生物时，你才能体会到猪、牛、羊、一花一草的神圣、纯洁和庄严，体会到猪的眼睛真有神，羊真善良。它们和人是平等的，有时甚至比人还高

贵些。人有什么权利污辱它们呢?”[1] 由此我们更能看清，牛汉诗歌的格调是高尚的，诗的意境是透亮而又深沉的。他有许多描写动物、植物的诗，都以简洁明朗的形象，表达了人类庄严、圣洁、美好的思想感情。

总之，由于牛汉的诗从上述四个主要方面体现了鲜明的崇高美，因而他的诗歌主旋律是豪放而粗犷，雄浑而高亢的，具有极强的震撼力，读来使人振奋精神，激发力量，鼓舞斗志，增强信心。从这一点上看，我们应该高度重视牛汉的诗歌，并且永远感激他用生命和心血为我们铸造了那么多富有力度和美感的诗篇。它们永远是高悬于我们头顶的星光，照耀我们穿越人生的阴云和迷雾，激励我们依靠自己强健的精神力量，去战胜人生途中的艰难和坎坷，去维护生命的高洁与尊严，自觉追求理想的人生。

①晓渡：《历史结出的果子——牛汉访谈录》，见《诗刊》，1996年第10期，第53页。

论牛汉的生命诗学观

作为一位杰出的诗人，牛汉正受到越来越多的关注，他那独特而奇异的生命之歌，不仅震撼着广大读者的灵魂，也为越来越多的学者所重视和研究。进入21世纪以来，对牛汉诗歌的研究热潮正在悄然掀起，也取得了一批令人瞩目的研究成果。但是，对其个性鲜明、具有民族特色、充满原创性的诗学思想、诗歌观的研究却没有引起足够的重视，甚至可以说是牛汉研究的一个空白地带。

牛汉的诗学研究有自己鲜明的特点。其一，他不是从诗学理论出发，也不拘泥于已有的诗人观、诗歌观，而是从自己的创作实践出发，注重从写作感悟的角度去思考诗歌问题，发现诗歌问题，去探索诗歌的奥秘，揭示诗歌的艺术规律，提出自己的诗学见解；其二，他的蒙古族血统和游牧民族的气质，养成了他不甘驯服、追求自由、保持生命“本真”和“野性”的性格，使他始终坚守自己的写作立场，旗帜鲜明地提出一系列生命诗学观；其三，他表达自己诗学思想、诗学主张的形式不是体系完整的理论专著，不是枯燥乏味的长篇大论，而是写下了许多随笔式的诗学文章、诗评文章，这些文章有的类似中国古代的诗话、词话，来自诗人的生命体验和写作感悟，语出性灵，文字活泼，言简意赅，慧心独具，处处闪烁着真知灼见，于不经意间播撒了牛汉独特而珍贵的诗学思想，具有极强的可读性与启迪性。它们是中国现代诗学建设的宝贵财富，应当引起我们高度重视和研究。这里，我们试图对其诗学思想的核心——生命诗学观，做初步的探讨，以揭示其内涵及其对中国现代诗学建设的重要价值和作用。

一

牛汉生命诗学观的核心是强调诗歌与生命的关系，他认为从诗的发生到诗的创造、诗的诞生都与诗人的生命息息相关，任何一首真正的诗都是源自诗人生命的体验，经过诗人心血的浇灌和生命的“充分燃烧”，才能转化为有血有肉有骨头有灵魂并散发着诗人强烈气息的诗歌。

这首先体现在牛汉所坚守的诗人观、诗歌观上。就诗人观而言，牛汉认为，如果把诗人分为第一义诗人和第二义诗人的话，他“一向是赞赏第一义的诗人”（尽管他不反对第二义诗人），认为他们的人格和诗格是统一的，“是表里一致堂堂正正的真诚而纯洁的诗人。”[①] 而要做这样的诗人就要“回到诗本身，用本真的生命来创作”[②]“每写一首诗，都是全生命的燃烧，不留下任何可燃烧的东西，他一定是真诚的，他的诗一定不会有自私或虚伪的阴影。”[③] 事实上，牛汉早在20世纪50年代初写给胡风的信中，就表达了对当时盛行的伪诗的反感和抵制：“好些‘诗人’在不动感情地编着纸扎的玩意儿。我要叫读者感到那些诗是假的。”[④]“他们只能千篇一律的干巴巴地套用成语和叙述现象过程。真正的僵诗（尸）！”[⑤] 在牛汉心中，一旦脱离诗人的生命体验和灵魂感悟去写诗，是注定没有生命力的。不仅如此，牛汉认为还“应当排除那些自命为第一义的伪诗人，他们讽刺与教训别人的生活态度，以卫道家的口气显示自己正确。他们的诗尽管是些粗糙而空洞的理念的宣传文字，也总受到某种权威的奖掖。这是最使人憎恶的现象。他们本身不属于诗人的行列。”[⑥] 就诗歌而言，牛汉认为真正的好诗只能源于诗人生命的体验和对心灵的发现，写成的诗是诗人的“另一个生命”，是一个独立自在的生命体。牛汉在谈及自己的诗歌创作时曾强调“诗歌是我的生命体验和痛苦经验”“我个人认为，诗歌仅靠知识和想象是不行的。它是一种生命的艺术，来不得半点虚假和伪饰，一定要把生命写进去。”[⑦]“每首诗都是诗人生命的结晶，语言浸透了真诚”[⑧]“每创作一首诗都是一次心灵的发现，人和诗真正地成为不可分割的息息相关的同体生命。”[⑨] 这是牛汉生命诗学的基础，根据我们的理解，至少涵盖如下几点：

第一，由诗意的萌动到产生写作欲望，都是发自诗人生命的内在驱使和灵魂自由表达的需要。也就是说，诗人写诗的动机很单纯，不是为了完成外在强加的某种任务（或遵命写作、宣传写作等），也不是为了谋求自身某种世俗的目的，而是来自诗人的生命与外在奇异的遇合产生了独特的体验，诗人的精神世界与外

---

①牛汉：《梦游人说诗》，华文出版社，2001年版，第61页。

②阎延文：《把生命的火焰塑形为诗——牛汉访谈录》，见《诗刊》，2000年第10期，第56页。

③牛汉：《梦游人说诗》，华文出版社，2001年版，第62页。

④牛汉：《梦游人说诗》，华文出版社，2001年版，第115页。

⑤牛汉：《梦游人说诗》，华文出版社，2001年版，第119页。

⑥牛汉：《梦游人说诗》，华文出版社，2001年版，第61页。

⑦牛汉：《梦游人说诗》，华文出版社，2001年版，第54、55页。

⑧牛汉：《梦游人说诗》，华文出版社，2001年版，第88页。

⑨牛汉：《牛汉诗文补编》，作家出版社，2000年版，第255页。

在客观世界相碰撞迸发某种思想的火花，这种发自诗人生命和心灵的诗的萌动，从源头上、动机上保证了诗的纯真性、天然性、原创性和自然生成性。为此，牛汉还倡导诗歌要有一点“野性”，不要“人工化、驯养化、规范化”，不要人为地扭曲或摧残诗的天然性。

第二，诗人在孕育诗的过程中，不能仅靠知识和想象，不能从概念出发，不能靠某种理论或技巧的导向，而是要侧重于忠实生命的体验以及心灵的感悟，让诗按照内在的驱动力自然生成。牛汉在总结自己写作经验时说过：“我不是依赖文化知识和理论导向写诗，我是以生命的体验和对人生的感悟构思诗的”[①]。“那些诗的生成，甚至可以说与任何技巧都无关，当时连想都不想写诗还需要考虑什么技巧的问题。”[②] 因此，他反对那些违背诗歌生成规律的做法：“对于‘制作’，‘试验’，‘营造’等谈创作的某些词语，我一直不能接受，与我的创作实际体验难有相通之处。”[③] 这说明，不是诗人在“写”诗，而是诗在呼唤着诗人，诗与诗人的生命在交融中互动，诗在叩击着诗人的生命，诗人的生命在竭力让诗脱胎而出。

第三，既然认定诗是“生命的艺术”，就要在诗中融入鲜活的生命感，把生命的各种体验写进去。他告诉我们：“我每次创作，总是要调动全部生命写一首诗、一行字。”[④] 牛汉一生经历了太多的苦难和屈辱，生命和心灵一次次受到厄运的打击和摧残，他头颅内淤积着的血块，梦游病症的折磨，生命中“血的记忆”，“生命的痛感”，手上的老茧，痛疼的骨头，皮肤和心灵上的伤疤等，都有灵敏的感觉和记忆，都是他生命深刻的体验和痛苦的经验，都被诗人写进他沉重、苦涩的诗行。他特别指出：“我有很多诗，都是由痛疼的骨头和伤疤的灵敏感觉生发而成的。每行诗，每个字，都带痛苦和信心，他们有深的根，深入到了一段历史最隐秘处。”[⑤] 在牛汉看来，只有调动全部生命体验写诗，诗才能成为“真正的诗”，“你读的同时，会在生命内部留下划痕和出血点，使人久久不能忘怀。”[⑥]

第四，在忠于生命体验的同时，要以极大的兴趣和坚韧的意志去探索人的心灵，发现心灵崭新的境界甚至隐秘的境界。这个“发现的瞬间就是诗的生命诞生的时刻”，不仅会给诗人带来意外的激动，也会给读者带来意外的惊喜。因为诗歌是生命的艺术更是心灵的艺术，每个诗人不仅要通过广泛的汲取涵养自己的心灵，使之深邃与辽阔，还要敢于好奇与探险，不断去发现去开掘心灵深处的宝

---

①牛汉：《梦游人说诗》，华文出版社，2001年版，第5页。

②牛汉：《梦游人说诗》，华文出版社，2001年版，第50页。

③牛汉：《梦游人说诗》，华文出版社，2001年版，第50页。

④牛汉：《梦游人说诗》，华文出版社，2001年版，第50页。

⑤牛汉：《梦游人说诗》，华文出版社，2001年版，第3页。

⑥牛汉：《牛汉诗文补编》，作家出版社，2000年版，第163页。

藏，写出震撼读者生命和灵魂的好诗。当然，这种发现是异常艰难的，因为每写一首诗都应当是一个新的发现，都应当去打开一个新的前人从未到达的境界。牛汉在自己的写作实践中，一次次体验到这种艰难，也一次次寻求着穿越和突破。特别是进入老年后，心灵难有年轻时代的潮涌，对心灵的探索愈加艰难。但只要诗心还在跳动，牛汉的探索就从来没有停止："现在写诗，必须艰难地探入心灵的深处，穿过一层层结疤的和没有结疤的创伤，穿过生活的激流沉没后沉淀的沙碛层，还有许多心灵上生出的某些铠甲似的自卫性'抗体'，还有别的杂质，都必须把它们穿透，这才能汲取出一点一滴的几乎凝为固体的姑且名之曰心灵的原汁。"① 牛汉这段话不仅向读者坦陈了自己宝贵的经验，同时也道出了许多诗人、诗歌理论家难以道出的诗学奥秘，显得异常精辟和深邃，它从生理学、社会学、心理学、创造学、美学等角度启示我们在难以发现的情况下如何探索、如何穿越、如何发现，又是如何坚持用"心灵的原汁"来酿造生命之诗。其间令我们肃然起敬的是他所坚守的那种人格与诗格高度一致的敬诗精神——即使再难，也不去写那些言不及生命和灵魂的伪诗和劣诗。

第五，诗是诗人创造的另一个生命，诗人和诗的关系是"相依为命"。牛汉认为，诗是他创造的"第二生命"，也是他生命中的伴侣。"如果没有碰到诗，或者说，诗没有找到我，我多半也找不到它自己的一个真身（诗至少有一千个自己）。于是，我和我的诗相依为命。""如果没有我的诗，我将气息奄奄，如果没有我的人生，我的诗也将平淡无奇"②，他极其真诚地坦言："没有诗，我活不成。"③ 这种爱诗如命、惜诗如伴的诗学观固然与牛汉饱经苦难的人生经历和写作体验分不开，但也体现了牛汉生命诗学最本真的追求，最高的境界：诗人摒弃了所有世俗的杂念，只是单纯地凭借一己生命（哪怕是受尽戕害、伤痕累累、忍辱负重的生命）去追寻、去创造、去呵护另一个诗的生命，并且互相扶持，相依为命。这真是古今中外十分罕见、震撼心灵的诗学观。诗人进入了这样的诗歌"圣境"，其诗怎能不真诚感人？

二

牛汉的生命诗学观还体现在他对诗歌创作过程、诗歌艺术追求的独特理解上，认为诗的创造关键在于诗人生命的燃烧和诗型的塑造。在牛汉看来，在诗的

---

①牛汉：《梦游人说诗》，华文出版社，2001年版，第39页。

②牛汉：《梦游人说诗》，华文出版社，2001年版，第1页。

③牛汉：《梦游人说诗》，华文出版社，2001年版，第198页。

创造过程中，要想获得诗意的深化、诗境的升华、诗格的提高，诗形的完美、诗语的动人等，只有依靠诗人生命的“充分燃烧”，才能“把生命的火焰塑形为诗”。这是牛汉提出的重要诗学观，是牛汉诗学思想的关键所在，它涵盖的内容十分丰富，涉及诗人及诗歌创作的方方面面，其中主要体现在如下几个方面：

第一，从诗人角度来看，让生命“充分燃烧”，就是要调动诗人全部生命积累去创造一首诗，以便丰富和深化诗的内涵，提升诗的境界和精神价值。在他看来，一个诗人以冷静的态度就事论事的写诗，是很难写出真诚的能震撼心灵的诗篇，只有“让每首诗都燃烧尽自己”，“只有那极珍贵的充分燃烧的短暂时间里，才能生成真正的诗，才能从燃烧的烈火中飞出那只美丽的永生的凤凰。”① 他说自己“实在是无法客观与冷凝地进行创作”②，“我是无法借冷静的技巧写一行诗的。”③ 他感叹自己有时诗写不出来或者写得不好，是因为“我的生命还燃烧得不够灼热，还没有把血升华为火焰，像梵高画画那样。”④ 牛汉的这种诗学观既来自他几十年的写作体验，也是他观察梵高自画像所受到的启发，或者说是他的诗人观与梵高的自画像相遇合产生了强烈的艺术共鸣。牛汉极喜欢梵高和他的画，特别欣赏1889年他逝世前一年画的一张。从其铁锈色的坚硬不驯的须发、紧蹙的浓眉、凝聚着火焰的眼神、飞腾着火焰的衣褶，感到“整个生命从里到外都在熊熊燃烧着”，“他周围的空间都因他的自燃而旋转着上升的火焰，这是他的生命从苦难的大地飞化之前一瞬间留下的最后的形象。”⑤ 那是坚毅的为理想献身的诚挚的火焰。牛汉由此更加坚定地悟出，只有像梵高那样燃尽自己的生命才能画出那火焰般的画像，“只有用火焰的手去捕捉火焰，才能抓到火焰。”⑥ 同样，诗人写诗，也只有燃尽自己的生命，才能捕捉到诗的火焰。

值得指出的是，牛汉所强调的“充分燃烧”，不能理解为诗人生命的冲动、感情的潮涌、情感的宣泄，不是指诗人写诗时要进入那种亢奋、激昂的精神状态，“‘充分燃烧’并非指一泄无余的疯狂状态，而是指诗人调动他全部的生活和文化积累来写一首诗。只有无所保留才能充分燃烧，说到底是一个境界问题。一首平静的诗是燃烧透了的平静，这比暴烈还难。”⑦ 可见，让生命“充分燃烧”，主要是指调动诗人全部的人生积累（包括生活积累、思想积累、文化积累、艺术

①牛汉：《梦游人说诗》，华文出版社，2001年版，第59页。
②牛汉：《梦游人说诗》，华文出版社，2001年版，第48页。
③牛汉：《梦游人说诗》，华文出版社，2001年版，第27页。
④牛汉：《梦游人说诗》，华文出版社，2001年版，第112页。
⑤牛汉：《梦游人说诗》，华文出版社，2001年版，第112页。
⑥牛汉：《梦游人说诗》，华文出版社，2001年版，第70页。
⑦晓渡：《历史结出的果子——牛汉访谈录》，见《诗刊》，1996年第10期，第52页。

积累以及人格修养、精神境界、思维方式、审美追求等），毫无保留地投入一首诗的创造，其结果自然排除了杂质，保持了诗的纯洁和真诚，提升了诗的境界和精神价值。正如牛汉所言："每写一首诗，都是生命的燃烧，不留下任何可燃的东西，他一定是真诚的，他的诗一定不会有自私或虚伪的阴影。"①

第二，从诗歌的艺术角度看，让生命"充分燃烧"，就是要倾注诗人全部的生活积累和艺术积累、心血和智慧，排除种种非诗的杂质，实现由生活的境界到诗的境界的艺术转换，让诗变得凝炼化、意象化，以增强诗的艺术生命力。牛汉结合自己的创作体验，认为诗的艺术性不足，形式粗糙，"主要是凝练与升华得不充分，没有去尽非诗的杂质，而要去掉，只有燃烧充分，经过更多地锤炼，只有这样，诗的意象才能更加美丽，更高地飞腾起来，而形式也就自然会严谨起来。"② 诗人要想创造出独特、鲜明而又极富表现力的诗的意象，构成一个和谐自足的诗的生命世界，更是需要诗人呕心沥血，倾其所有。"写诗难，难就难在要创造一个贴切的具象，还要把握好节奏、色彩，让它活活地而不是概念地或阐释性呈现。这时就有一种'连根拔起'的感觉，'倾盆而下''充分燃烧'的感觉。"③ 在牛汉看来，没有诗人的"充分燃烧"，就难以真正进入诗的创造，无法实现诗的艺术转换，也就无法完成诗的"塑形"，创造出真正的诗。

第三，从诗的语言角度看，让生命"充分燃烧"，就是要把诗当作是诗人创造的一个自在的生命，诗人要以"母性的虔诚"自觉抵制种种外在的非诗的语言，全力维护内在的由诗人生命生成的语言，以保证诗歌语言的原生态、鲜活性与生命感。牛汉认为，在创作中语言和诗人之间是一种"互动的关系"，语言有其自在的生成规律。他喜欢用"生""生成""母性的虔诚""原生的状态和声息""生命感"等词语来描述他创作时获得最佳诗语的真切感受。他解释道："所谓'母性的虔诚'是说一首诗从酝酿到诞生的过程，仿佛一个自在的生命。"④ 当这个生命需要借助文字的转换才能出世时，就不能使用那种现成的规范的僵死的文字（那样会扼杀诗的生命），而是要使用由诗人生命直接生成的活的语言，"每个字、词语，都是我生的，不是从传统的词典中取来的，我的散文和诗，没有取来的文字，都是我生成的，属于这个即将诞生的（艺术）生命所应有的。"⑤ 他在谈到创作《三危山下一片梦境》一诗时说过，诗中那"艰难喘息"的语言和节奏，"一步一个血印地跋涉"，是来自他"生命不停在颤抖，以及急促的喘息声"。

---

①牛汉：《梦游人说诗》，华文出版社，2001年版，第62页。

②牛汉：《梦游人说诗》，华文出版社，2001年版，第106页。

③晓渡：《历史结出的果子——牛汉访谈录》，见《诗刊》，1996年第10期，第52页。

④晓渡：《历史结出的果子——牛汉访谈录》，见《诗刊》，1996年第10期，第53页。

⑤牛汉：《梦游人说诗》，华文出版社，2001年版，第206页。

在谈到创作《麂子》一诗时，他认为诗中的结语完全发自诗人的生命和灵魂，也是诗歌自在生命的必然。当一只美丽灵巧的麂子在金黄的麦海“似飞似飘”时，那是多么宁静和谐的自然图景，可当诗人发现埋伏在草丛中五六个猎人阴森的枪口就要对准它时，诗人的心一下子绷紧了，一声发自心底的呐喊冲出喉咙，也自然形成了诗的结语：“哦，麂子/不要朝这里奔跑”。这就是牛汉反复强调的来自诗人生命和诗歌本身的语言。“这句诗似乎出自上帝之手，不是我忽然想起来的，而是诗到了这一步，必须写成这样，否则就背离了诗。”[①] 这是一种来自诗人生命和灵魂的语言，具有“原生的状态和声息”，体现了牛汉对诗歌语言的独特要求：“我看重直接的、原始的反应，要的是那种热腾腾地、刚蒸出来的语言，读来神完气足，富于音乐性，像一场豪雨一气呵成，而不是断断续续、零零散散的。”[②]

牛汉根据自己创作体验和对诗的理解，用最简明生动的语言向我们揭示了诗人、诗歌创作和语言之间复杂而微妙的关系。

首先，诗人的生命只有进入“充分燃烧”的状态，才能把诗的创造和诞生看作是一个自在的生命在生长，才能认识到为诗“塑形”的语言只能是与诗的生命相生相协的语言，这体现了牛汉对诗歌本质的理解和对诗歌艺术规律的把握，是牛汉试图科学揭示诗歌与语言关系的重要前提。

其次，既然诗是自在的生命，那显现诗歌生命的语言就有其自在的生成规律，任何现成的外在的强加于诗的语言都难以“天作之合”般地将躁动于诗人心中的诗的生命活活地接生出来。在创作实践中，诗人常常体验到两种完全不同的语言感受：“有时心心相印，双方融合无间，诗生成得痛快极了，有时语言跟我闹别扭，非得听从它不行。”[③] 如果诗人一味强行按照自己的意图驱使语言，会遭到语言的抵制，正如牛汉所说的那样：“你要欺侮了它，它会反抗的。”[④] 这说明，在诗歌创作过程中，诗人和语言之间，只能相互尊重，相互依存，相互协调，才能进入良性“互动”，诗人若破坏这种关系，一意孤行地凌驾于语言之上，企图用外在的僵死的文字来应付诗歌，只能扼杀诗的生命。

再次，要解决诗歌语言与诗人创作之间的矛盾，使之保持在相谐相生的良性状态，就要走出把语言当作工具可以任意驱使的误区，充分尊重语言的自在性和生成性，既保持诗歌语言与诗人生命之间的血肉联系与浓烈气息，也尊重诗歌作为独立生命在诞生过程所呈现的内在生成规律，使诗的语言呈现出强烈的生命感。

---

①晓渡：《历史结出的果子——牛汉访谈录》，见《诗刊》，1996年第10期，第53页。

②晓渡：《历史结出的果子——牛汉访谈录》，见《诗刊》，1996年第10期，第53页。

③牛汉：《梦游人说诗》，华文出版社，2001年版，第85页。

④牛汉：《梦游人说诗》，华文出版社，2001年版，第207页。

牛汉的上述观点，是对诗人、诗歌创作和诗歌语言之间关系的深刻发现和有力揭示，对中国现代诗学建设有着重要的价值，将为诗学研究开启新的窗口。著名诗人、诗论家郑敏在与牛汉通信中认为，牛汉提出的“关于文字和每篇作品的内在不可更改的关系，关于您自己如何在创作过程中和文字互动的关系，关于文字来自本身的生命等，都是当今我国文学语言界所忽视的诗学、美学、语言学的理论”，“真是尖锐而又确切的立论”，“它应证了多少理论家在费尽笔墨后，也没有说得如此真切的关于文学创作和语言关系的深刻理论。”①

三

牛汉的生命诗学观对中国现代诗学建设有着重要的理论价值和指导作用，它从一个独特的视角，打开了诗学建设的新窗口，引导我们从中国新诗发展的角度，反思何谓真正的诗人，何谓真正的诗歌创作，何谓真正的诗，从而科学建构新诗的美学标准和评价体系，有利于纠正中国新诗发展过程中种种片面或错误的诗人观、诗歌观，也有利于指导当前新诗创作走出种种误区而迈向正确的道路。在这里，我们主要从以下三个主要方面予以论述之。

第一，有利于坚守诗是生命和心灵的艺术，纠正种种错误的诗人观、诗歌观。牛汉强调诗与生命的血肉联系，认为诗人“只有用本真的生命来创作”，让生命“充分燃烧”，才能写出具有生命感的好诗，从根本上来说，就是在强调诗人要树立正确的诗人观、诗歌观，做真诚的诗人，写真诚的诗。在牛汉看来，诗人是不是真诚，就看他写诗时有没有让生命“充分燃烧”，这种燃烧不仅要调动生命的全部积累，还有烧掉全部“杂质”——首先是诗人灵魂的杂质和诗歌意蕴的杂质，然后经过提炼，升华为诗；诗歌是不是真诚，就看是不是来自诗人生命的自然生成，是不是诗格和人格的有机统一，是不是保留了强烈的原生状态和生命气息。这的确是十分珍贵的诗学思想，为我们提供了判断诗人和诗的一个标准，有利于从诗学理论上总结长期以来中国新诗屡遭挫折的教训，纠正各种片面或错误的认识。

在中国新诗发展进程中，由于种种原因特别是历次政治运动对诗歌的介入，扭曲了许多诗人的灵魂，使之沦落为政治的附庸和宣传的工具。他们放弃了诗人的艺术使命，丢弃了独立的人格和个性化的抒写，他们不再忠诚于诗，写诗也不再触及诗人的生命和灵魂，而是紧跟政治风向，揣摩上面意图，根据政治宣传的需要等，去作简单化的图解概念式的写作。在他们当中，有的习惯于图解政策，

①牛汉：《梦游人说诗》，华文出版社，2001年版，第208页。

作空泛的说教；有的善于逢迎投机，唱矫情的赞歌；有的密切配合斗争，把诗当作批判的武器；有的工于粉饰现实，用诗去虚造人间的神话……在相当长的时间里，就是这样一些失去“生命感”也失去灵魂的诗人，为中国诗坛制造了一大批罕见的“假大空”的诗歌。它们除了记录新诗曾有过的曲折和悲哀外，没有任何价值可言。可见，诗人立场的偏离，诗歌观念的失误，直接导致一代代诗人悲剧的命运，它们失去了创造的机遇，浪费了自己的生命与才华，也辜负了诗的期望。许多有才华的诗人甚至是著名的诗人都因此没有逃过这个厄运。例如郭沫若，这位创造了《女神》的新诗巨匠，在中华人民共和国成立后，由于诗人观、诗歌观的偏离，放弃了“五四”时期那种个性化的具有强烈生命感的写作立场，而走上了一条配合形势发展、迎合政治需要、图解政策的误区，从而直接导致他的大量诗作失去艺术生命力。如他《百花齐放》的写作，就是有意选择一百种花名，通过生硬、牵强的比附，为当时的政策作形象的图解，并且常常替花代言，喊出当时流行的政治口号。以《水仙花》为例，他在诗中代其呐喊：“我们是反保守、反浪费的先河，活得省，活得快，活得好，活得多”，“我们是促进派，而不是促退派，年年春节，为大家合唱春歌”。诗中毫无诗人的生命感悟，也看不到这些呐喊与水仙花形象之间有何联系，完全是借花之名去图解当时的政策。更有甚者，有的诗人把写诗当作政治投机，随着政治风向的变幻而变化，成了诗坛的“变色龙”。正如艾青所讽刺的那样：“有人夸张自己的政治敏感性，谁‘得势’了就捧谁，谁‘倒霉’了就骂谁。这种人好像是看天气变化在写‘诗’的，但是我们的世界是风云变幻的世界，这就使得‘诗人手忙脚乱，像一个投机商人似地奔走在市场上’。”①

相比而言，牛汉“经历过战争、流亡、饥饿，以及几次的被囚禁，从事过种地、拉平板车、杀猪、宰牛等繁重的劳动”②，他的生命承受过多的苦难、屈辱以及漫长的孤独和寂寞，但牛汉无论为人还是为诗都始终没有屈服，没有放弃维护人格与诗格的尊严。从 20 世纪 40 年代开始写诗到现在，牛汉没有写过那些言不由衷，不触及自己生命和灵魂的伪诗和劣诗，更没有写过那些跟风诗、投机诗、粉饰诗、浮夸诗，他排除了世俗的目的，写诗完全是出自自己生命的需要，就是要借助诗歌来拯救自己苦难的生命。特别在 20 世纪 70 年代，牛汉在湖北咸宁干校劳动的那段岁月，牛汉以“潜在”写作的方式维护着诗的生命，也维护诗人的人格和境界，“我那时的全部感情和生命都凝结在了诗歌中”③“我单纯地面

①谢冕：《浪漫星云》，广东人民出版社，1999 年版，第 95 页。

②牛汉：《梦游人说诗》，华文出版社，2001 年版，第 1 页。

③阎延文：《把生命的火焰塑形为诗——牛汉访谈录》，见《诗刊》，2000 年第 10 期，57 页。

对自己，面对诗歌，不需要发表，也不需要取悦什么人。”① 可见，牛汉是用自己的生命和写作实践维护和证明着自己的诗学观，也因为始终坚守自己的诗学观，他才能抵制住一场场政治风暴对他诗歌的侵害，让自己独特的生命之诗逃过劫难而获得了新生。这一点，对我们今天树立正确的诗人观、诗歌观将带来宝贵的启迪。

第二，有利于强化诗的艺术转换，实现诗的塑形。“把生命的火焰塑形为诗”，是牛汉提出的关于诗歌创造的重要命题，它不仅指明了诗歌创造的关键环节、审美追求、艺术目标，也指明了让生命“充分燃烧”与“塑形为诗”之间的辩证关系，旨在强调写诗不仅要善于发现有生命感的诗的意蕴，还要诗人倾注全部的心血和智慧去进行复杂微妙的艺术转换，实现诗的塑形，才能让诗的生命活活地诞生。很明显，这是牛汉对诗歌创造过程和诗歌艺术的高度重视。

我们认为，牛汉所说的让生命“充分燃烧”“去尽杂质”“用火焰的手捕捉火焰”“把生命的火焰塑形为诗”等，是一种形象的说法，旨在启示我们，诗人只有调动生命的全部积累，进入一种“惟我与诗同在”的境界，才能实现两个重要的转换：一是将生命的体验转化为有生命感有心灵发现的诗的意蕴；二是将诗的意蕴转化为独特的富有创造性的诗的意象，使之构成自然和谐的艺术境界。所谓“充分燃烧”“去尽杂质”“塑形为诗”，都是要求诗人千方百计排除种种非诗的因素，采取一切可能的艺术手段，实现诗的艺术转换，让诗的生命自然诞生。牛汉这一极富见解的诗学观，不仅使我们分享了他宝贵的经验，领略了诗歌创造的奥秘，也有利于纠正那种轻视诗的艺术转换、轻视诗的形象创造的错误观点和写作方式。

长期以来，不少诗人受到政治诗学的影响，只看重诗的主题思想而忽视诗的意蕴发掘、诗的形象创造，在诗的主题思想与诗人的生命之间、诗的主题思想与诗的艺术形象之间没有实现有效的转换。其结果自然造成两个脱节：一是诗的主题思想不是来自诗人的生命体验和灵魂的闪光，没有与诗人的生命相交融形成有机的统一，没有转换成有血有肉体现诗人个性的诗的意蕴，而是来自外在的某种政治概念或流行口号，这样的主题思想与诗的意蕴要求相距太远，是明显脱节的无法统一的，也就是说，这样的思想还没有经过牛汉所说的那种“充分燃烧”阶段，还没有出现生命的火焰与灵魂的闪光，自然不能有效地转化为诗的意蕴；二是诗的意蕴（或是未经转化的主题思想）没有找到相应的合适的艺术形式（包括意象、结构、境界、节奏等），也就是还没有经过诗人的艺术转换，没有完成诗的塑形，于是或牵强附会，强拉硬扭，把一些毫不相干的形象拉来与诗要表达的

①阎延文：《把生命的火焰塑形为诗——牛汉访谈录》，见《诗刊》，2000年第10期，56页。

意蕴相嫁接，形成诗的“怪胎”，或干脆就是抽象概念、流行口号的直接演绎，这样，诗的意蕴与诗的艺术形式之间没有有机联系，风马牛不相及。如果说在诗歌受到政治干扰的年代出现这种状况还可以情有可原的话，那么在诗歌观念自由的当下诗坛，不少人有过之而无不及，甚至提出反诗意、反意象、反境界等诗歌主张，认为诗不需要艺术转换，不需要创造诗的形象和境界，想怎么写就怎么写，这种轻视诗歌艺术规律的做法只能使其诗歌创作离诗越来越远。这些人应当从牛汉的经验和诗观中获得有益的启示。

第三，有利于尊重诗的“生成”规律，恢复诗歌语言的诗性特征。牛汉认为，诗的语言是诗人在创作时和诗进行“互动”的结晶，是由诗人的生命“生成”的，“具有原生的状态和声息”，而不应使用那种现成的规范的僵死的语言。从根本上说，牛汉这一诗歌语言观，其实就是在强调诗的语言不应受语言工具论的影响，不要将诗的语言变成现成的说教的语言而失去诗的新奇感和活力感，不要过于口语化、日常化、琐屑化、庸俗化而丧失诗美和诗味，而是要经过诗人生命的转换，才能变成有光彩有活力的诗的语言。这的确是非常重要的发现，是对诗歌语言特性、语言规律的深刻揭示，它触及了诗歌艺术的根本，是衡量诗与非诗的一个极其重要的艺术标准。因为诗是语言艺术的尖端，诗歌语言应当是最富创造力和表现力的语言，诗人应当为创造诗的语言而呕心沥血，追求“语不惊人死不休的”最佳境界。

可是，在中国新诗近百年的发展进程中，诗的语言问题始终没有得到解决，新诗的失误很多，其中最大的失误是诗的语言的失误。从新诗开创之初直到现在，新诗由于受到政治运动、错误的诗歌观及语言观的侵害，致使诗的语言一次次偏离了艺术的轨道。倡导用白话写新诗的胡适，一开始就认定新诗的语言是“更接近于说诗”的语言，并且进一步解释道：“有什么话，说什么话；话怎么说，就怎么说。这样方才可以有真正的白话诗。”[①] 这种极端的新诗语言观，为那场诗歌革命起到了鸣锣开道的作用，但却颠覆了诗歌语言应有的诗性特征，为以后的新诗发展埋下了历史的隐患。受此影响，许多诗人都强调写诗的极端自由，强调诗歌语言的大众化、口语化和随意化。如强调“绝端自由”的郭沫若就直言自己所写的诗：“只不过尽我一时的冲动，随便的乱跳舞罢了。”[②] 他的诗歌语言也由此过分的情绪化、口语化，松散化，显得单调乏味，缺少艺术感染力。中华人民共和国成立后，新诗在语言上又直接受到政治因素的干扰，大量的政治概念、政策术语、流行话语、宣传口号等侵入诗歌语言，直接导致诗歌语言的个

①胡适：《尝试集·自序》，安徽教育出版社，1999年版，第29、30页。

②田汉、宗白华、郭沫若：《三叶草》，上海书店影印本，1982年，第45页。

性特征、诗性特征散失殆尽，也使诗歌蒙受前所未有的灾难。进入新时期后，新诗在语言上有新的探索和进步，在一定程度上恢复了诗歌语言的诗性特征，也带来了新诗的空前繁荣。但进入 20 世纪 90 年代后，诗坛流派四起，宣言迭出，各种践踏诗歌艺术、诗歌语言的谬论再次泛滥。不少人打着“下半身”“垃圾派”“低诗歌”等旗号进行写作，宣称反诗意，反审美，反诗语，主张诗歌语言口语化、直白化、平庸化，“怎么写都是诗”，认为写作就是“游戏场”，诗歌创作就是语言的游戏等。这种极度轻视诗歌语言艺术的结果，使大量直白、琐碎、平庸、粗俗的语言直接进入诗歌，没有经过诗人生命和心灵的转换，没有提纯，没有凝练，没有创造与升华，也就没有了诗的意味和美感。可以说，诗歌语言的再次沦落已使当前的新诗创作陷入新的危机，将严重影响新诗的健康发展。许多诗人和诗歌理论家都在试图寻找如何解决新诗语言问题这一最大的难题。牛汉的诗歌语言观给我们带来宝贵的启示，有利于纠正种种错误的诗歌语言观，从根本上恢复新诗语言的诗性特征。

以上我们论述了牛汉生命诗学观的主要内涵及其重要的诗学价值，它不仅从多方面启发我们反思中国现代诗学理论的种种失误，纠正各种错误的诗人观、诗歌观，切实指导新诗的艺术创作和批评，而且还能引领我们科学地探讨和把握新诗发展的内在规律和新诗创造的艺术规律，以便构建现代的、民族的、开放的、审美的诗学理论体系，用健康、科学的诗学理论去引导和推动新诗更好更快的发展。

当然，牛汉的生命诗学观本身也还有一个如何深化、如何超越的问题。一方面，诗人应当广泛汲取人类先进的文化和理论知识，通过各种社会实践来拓宽视野，涵养生命，增强底蕴，时刻保持生命及心灵的渊深与活力；另一方面，要超越一己的生命体验，把目光投向更广阔的天地，以虔诚的心态去关爱天地万物及人类的命运与前途，使诗歌写作既发自个人生命体验又超越个人生命而进入对自然、人类、宇宙生命的感应、关怀和探索，进而写出具有大视野、大气象、大境界的诗。

（本文与李桦合撰）

第四辑　诗人诗作论

深沉的衷曲 玄远的沉思

——冯至诗歌论

冯至（1905—1993）早在20世纪20年代就以独特的个性，幽婉隽永的笔调，写下了近百首新诗，分别收入了《昨日之歌》《北游及其他》两个集子，从此登上了中国的诗坛，成为当时沉钟社最有影响、成就最突出的诗人，并被鲁迅誉为“中国最杰出的抒情诗人。”[①] 从1903—1935年夏，他在德国留学。30年代末他开始到昆明出任西南联大外文系教师，并在那里创作和出版了令人耳目一新、显示了诗人辉煌的艺术成就的《十四行集》（1942年）。此后，由于受当时抗战气候的影响，文艺界号召为抗战而写作，这与冯至的创作个性、艺术追求产生了冲突。经过痛苦的抉择，他一度中断了诗歌创作，转向了“现实性较强”的杂文和随笔的写作。中华人民共和国成立后，由于冯至那些具有现代主义特色的诗歌是属于独立化的个人写作，不属于那种革命派的诗歌，在这个崇尚浪漫主义和革命现实主义的国度里，他的那些具有现代感的诗歌受到了长期的冷遇。

半个多世纪过去了，今天，当人们超越了时空和种种非诗的偏见，站在诗歌艺术发展轨迹的历史高度，重新审视冯至的诗歌，不能不看到，冯至的诗为中国现代主义诗歌的发展做出了突出的贡献，特别是他的《十四行集》更是中国新诗里程碑式的代表作品。曾在昆明西南联大外文系读书期间深受冯至影响而走向诗歌创作，后来成为“九叶派”著名诗人的郑敏，在回顾中国新诗发展历程时认为：被诗坛无意地遗忘了的诗人冯至是一位杰出的诗人，他的《十四行集》“是一部从形式到内容反映了中国新诗与世界潮流的交流和渗透，是20世纪40年代新诗现代化的一座奇峰，它溶汇了古典诗人杜甫的情怀，德国浪漫主义诗人歌德的高度哲理和奥地利早期现代主义诗人里尔克的沉思和敏感。”[②] 她甚至为冯至

---

①鲁迅：《且介亭杂文二集·〈中国新文学大系〉小说二集序》。

②郑敏：《回顾中国现代主义新诗的发展，并谈及当前先锋派新诗创作》，见《诗歌与哲学是近邻——结构一解构诗论》，北京大学出版社，1999年版，第225页。

至今没有引起诗界的重视，缺少人世的知音发出遗憾和不平的心声：“冯至先生的诗在今天相比之下可算曲高和寡，虽然《十四行集》中有多少关于生命、时代、宇宙丰富的、充满睿智的观察和感慨，却没有获得应有的、足够的注意，仍是一颗深藏的明珠。也许对今天读者平均欣赏水平，冯至的诗仍是属于明天的吧?”[①] 这也说明我们对冯至诗的研究和认识还有待进一步提高。本文想结合冯至20世纪20年代至40年代的诗歌创作，对其诗歌的思想内涵及艺术成就做一些初步的探讨。

一、深沉的衷曲：冯至诗的情感色彩

冯至的诗有着较浓的抒情色彩，特别是20世纪20年代，他执著于抒情诗和叙事诗的创作，诗的抒情色彩更为鲜明。但他的诗不是像激流飞瀑那样以强烈的感情和气势震撼人心，相反，他有意避开了那种浪漫主义的直抒胸臆，不追求那种慷慨激昂、声泪俱下的外在煽动性效果。他的诗歌中的情感抒发，总是和他的所见、所闻、所思、所感紧密结合在一起，情感总是渗透在具体的场景、人物和细节之中，或通过写实，或通过想象，创造出独特的艺术境界，渲染出浓郁的抒情氛围，使得感情有所依托，有所凝聚。他的诗有着内在的情感力量，如同冰下的河流，深井中的涌泉，不露声色地展现出他丰富而又多彩的情感世界，从不同的角度向读者倾诉出他委婉深沉的衷曲，表达了他对现实人生的关注、热爱以及乐观向上、积极进取的人生追求。

1. 关注现实、悲悯众生的情怀

冯至的诗以写自我对生命的体验、对生存的思考为主，但他的诗中仍然有着现实的投影，处处体现了他关注现实，悲悯众生的情怀。写于20世纪20年代初的《绿衣人》，是他“青年时期第一部诗集里的第一首诗”。这首诗把关注的目光投向了一个“普通的邮夫”，通过他的忙忙碌碌的奔波，“日日的来来往往”，将他的来临与千千万万人的不幸命运联系在一起思考：“但是在这疮痍满目的时代，/他手里拿着多少不幸的消息？/当他正在敲人家的门时，/谁又留神或想，/‘这家人可怕的时候到了!’”冯至巧妙地将送信与特殊的时代背景联系起来，表现了千千万万家庭怕见邮夫，见信心惊的悲哀心境，反映了那时官匪横行，军阀混战，灾难随时降临每个家庭的历史真实。《瞽者的暗示》写自己在黄昏的深巷里偶遇一个瞎子：“来了一个瞽者，/弹着哀怨的三弦，/向没有尽头的/暗森森的巷中走去!”诗中通过描述瞽者“哀怨”的琴声，走向“暗森森的巷中”，表现了诗人对下层人民的同情以及对其命运的关注。《“晚报”——赠卖报童子》一诗描

---

①郑敏：《忆冯至吾师——重读〈十四行集〉》，见《当代作家评论》，2002年第3期，第88页。

述了卖报童子在夜半的北京长街，伴着狂风尽力地呼叫“晚报！晚报！晚报！”但是“没有一家把门开——”展示了卖报童子的辛酸以及人们生存处境的艰难，想献爱心而不能的无奈心理。而写于20世纪40年代的十四行诗之六《原野的哭声》，则把关注的目光投向了原野上令人难忘的情景：“我时常看见在原野里/一个村童，或一个农妇/向着无语的晴空啼哭”，并且“啼哭得那样没有停息”，这哭声牵动了诗人的忧思，引发了诗人对其悲哀命运的纵深思考：“像整个生命都嵌在/一个框子里，在框子外/没有人生，也没有世界//我觉得他们好像从古来/就一任眼泪不住地流/为了一个绝望的宇宙。”诗人把农民的命运放在广阔的历史背景下考察，深深感到他们的生命没有自由，没有多彩的人生，没有开阔的生活境界，他们一代又一代被束缚在脚下的那片黄土地，背负着多难的命运，面对一个“绝望的宇宙”，他们有着流不尽的眼泪，受不完的苦难。这里，同情和思考交织在一起，表明诗人对现实人生是关注的，他对普通人民的生活及命运充满着同情和忧思。当然，冯至毕竟不是以反映现实见长的诗人，他对生活的反映，也还缺乏广度和深度；他同情下层人民的不幸和苦难，却没有为他们指出一条改变现状的道路。尽管如此，冯至的这种关注现实、悲悯众生的情怀，仍然是他诗歌情感世界中最基本、最质朴的色彩，给人留下了过目难忘的印象。

2. 婉转微妙的爱情诉说

在冯至的情感世界中，向往并追求真挚美好的爱情，是他用墨最浓、色彩最为亮丽的部分，给人留下了最突出、最深刻的印象。他对爱情的变幻多姿、美丽诱人有着真切细致的体验和想象，他对爱情的追求也显得异常的热烈和执著。但他的诗却不是急风暴雨般地倾诉个人火热的情感，而是采取了婉转含蓄的表述方式，在看似平淡的言语中，非常婉转而微妙地表述自己对爱的感受、向往和追求。在他的诗歌创作道路上，爱情诗也最早为他赢得了声誉。写于1925年的《我是一条小河》和写于1926年的《蛇》都是他早期最有影响的代表作。《我是一条小河》以新颖含蓄的意象，清新质朴的语言，抒发了一种缠绵、深沉而又有些惆怅的情思。“我是一条小河/我无心从你身边流过；/你无心把你彩霞般的影儿/投入了河水的柔波。”诗人把一种无心而有情，自然而含蓄的恋情化作了流动着的“小河”与投入了河水中的“彩霞般的影儿”，在优美的意境中缓缓流动着感情的“柔波”。当小河流过一座森林，“柔波”便要“把那些碧绿的叶影儿，裁剪成你的衣裳”；当小河流过一座花丛时，“柔波”便要“把那些彩色的花影儿/编织成你的花冠。”然而，当小河流入大海时，便突遇风浪，掀起了波涛：“海上的风又厉，浪又狂，/吹折了花冠，击碎了衣裳！//我也随了海潮漂漾，/漂漾到无边的远方——你那彩霞般的影儿，/竟也同幻散了的彩霞一样！”全诗以新奇的想象，通过展现小河开始流动、遇到风浪直至漂漾到远方这样一个动态的过程，形象含蓄地表现了一种美好恋情从无意中产生到形影相伴、真诚奉献、忠贞不渝、心神相随的发展过程。全诗情感与意象相融，篇幅短小而又曲折有致。他的另一首《蛇》则更是以奇异的意象表现自己于寂寞中对恋人的思念。全诗大胆地把自己的寂寞比作“一条蛇”，通过描写蛇的形态、蛇的游动、蛇的衔梦，巧妙地表现了一种奇特而微妙的情思，读之令人惊异和叹服。《雪中》通过描绘缤纷的雪花，僵冻的小河，寂寞的路旁，路旁的“你”“我”，创造了一种圣洁的童话般的境界，而置身其中的人物在精神上却有着明显的差别：“我怀里是灰色的、岁暮的感伤，/你面上却浮荡着绯色的春光——”这种流露在外的差别，折射出恋爱的特殊阶段男女主人公心理的不同。诗人通过捕捉这样的细节，敏感地获得了一种新鲜的爱情体验：“你是深深地懂得我的深意，/你却淡淡地没有一半言语；/一任远远近近的有情无情，/都无主地飘蓬在风里雪里”，这样的诗句既表现了一种朦胧、含蓄、深沉的爱情美，也刻画了初恋阶段女孩子复杂微妙的心理。《什么能够使你欢喜》则围绕着“你怎么总不肯给我一点笑声/到底是什么东西能够使你欢喜?”的追问，不断设想，层层转折，步步递进地表现了诗人对爱情赤诚的期待和执著的追求。《暮春的花园》则以邀请恋人和他一同走进童年时代给了他无尽欢乐的花园为抒情主线，抒发了诗人对美好爱情的憧憬和向往：“我想，在你温暖的怀里，/比一切的花园都要美丽；/我的，却是沙漠一样地枯干。//我愿多多地落些泪珠，/来浸润我的心田，像是甘露，/准备着一条彩虹显在天边。”除此而外，诗人还在1923年至1924年分别写了《吹箫人的故事》《帷幔——一个民间的故事》两首长诗，通过两个凄婉动人的故事，热情讴歌了青年男女对理想爱情的执着追求。

20世纪40年代在昆明西南联大，冯至所写的爱情诗有了新的突破。在浓郁的抒情的同时，又多了一份深沉的思考。在忠实于自己的情感体验的同时，他还将爱情与生命、自然、宇宙、时间、创造等等联系起来，大大拓展了诗的情感空间和思维空间。如《我们有时度过一个亲密的夜》，抒写的是自己和妻子有时在一间生疏的房间里度过了一个亲密的夜晚，而对这个房间白昼时的模样，它的过去与未来，诗人都觉得“无从认识”，而且“明天走后，我们也不再回来”。诗人特别珍惜这种生命的偶然相遇，爱情的瞬间存在：

闭上眼吧！让那些亲密的夜
和生疏的地方织在我们心里：
我们的生命像那窗外的原野，

我们在朦胧的原野上认出来
一棵树、一闪湖光、它一望无际

藏着忘却的过去、隐约的将来。

诗人将爱与生命的存在、宇宙永恒的存在（一棵树、一闪湖光）、无垠的时空（忘却的过去、隐约的将来）衔接沟通起来，使得爱情获得了一种超越现实、超越世俗、超越时间的圣洁美、崇高美。这首诗因为将人间的爱情与永恒的宇宙存在相联系而获得了对爱情更深刻的体验。它的独特的思考与诉说方式，使得它成为一首不同凡响的爱情诗。他的另一首《别离》虽然抒发的是恋人之间的别离之情，但却境界高远，感受独特，情绪昂扬向上，是一首十分难得的情诗。在中国古典诗词中，有大量抒写离情别绪的佳作，但它们大都强调离愁的沉重，别离的痛苦，而冯至却以现代人的眼光去看待别离，显得异常的旷达与乐观：

我们招一招手，随着别离
我们的世界便变成两个，
身边感到冷，眼前忽然辽阔，
像刚刚降生的两个婴儿。

啊，一次别离，一次降生，
我们担负着工作的辛苦，
把冷的变成暖，生的变成熟，
各自把个人的世界耕耘，

为了再见，好像初次相逢，
怀着感谢的情怀想过去，
像初晤面时忽然感到前生。

一生里有几回春几回冬，
我们只感到时序的轮替，
感受不到人间规定的年龄。

在这首诗中，诗人婉转地向我们诉说了他对别离的多重感受和理解。第一，他认为别离是一种生命的再生，“像刚刚降生的两个婴儿”。冯至以现代人的眼光去看待别离，认为男女之间的暂时别离未尝不是一种追求事业成功的动力。“随着别离，我们的世界便变成两个”，虽然身边感到孤独与凄冷，但两人却因此获得了各自的天地，各自的事业，人生的境界将变得“忽然辽阔”。第二，他认为别离可以更好地发挥各人的个性与才能，在各自耕耘的世界里获得双倍的收获。冯至打破了传统观念中那种女性对男性依附性的关系，冲破了那种离别后女性终日陷入神思恍惚，以泪洗面的感情依赖式的抒情模式。在他看来，男女成天厮守在一起，反而束缚了双方的个性和创造性才能的发挥；离别可以解除这种束缚，使双方都获得自由的天地。“一次离别，一次降生”，这是说别离可以创造一次新的机会，可以激发出更大的创造激情，以便“把冷的变成暖，生的变成熟”，在各自耕耘的世界里创造更多的奇迹。第三，他认为别离的一切努力都是为了使重逢变得更加美好，富有特殊的意义。千辛万苦的离别将会使未来的重逢变得有如恋人初逢，有一种强烈的新生感和吸引力，仿佛使人感到前生有缘今生相逢，使人情不自禁地怀着最温柔的情怀向上苍感恩。这种深刻的情感体验，来自诗人对重逢与别离的辩证认识，它远远地超过了一般的恋情。第四，他将人的重逢与别离看成是人的一生中的春和冬，将人间的聚离与大自然的时序转换联系起来，使人觉得自然生命的年轮要远远超过“人间规定的年龄”，从而引领人们以自然规律作为参照，以超脱的精神和健康的心态去看待人间的别离。

总之，从20世纪20年代起到40年代初，冯至的爱情诗在不断走向成熟，感情变得越来越深沉，境界变得越来越高远，在以情动人的同时，还能引人沉思和回味。它们构成了冯至诗歌中的一道瑰丽而诱人的风景。

3. 积极进取的人生追求

在冯至诗的情感世界中，还处处闪动着火焰一般热烈的亮色，那就是他热爱生活，热爱人生，热爱工作，有着远大的理想和宏伟的抱负，有着强烈的事业心和积极进取的精神。例如，在《艰难的工作》一诗中，诗人反复诉说上帝把“艰难的工作”“放在我的身上”，并叮嘱道：“你要把你的夜填得有声有色!”诗人为此多方寻思开展工作的途径，这表明诗人有着强烈的使命感，愿意肩负重任，从事最艰难也是最有意义的工作，让自己的人生变得“有声有色”，并且愿意为之付出自己的一切代价。但是在那样的时代，冯至的理想和抱负很难实现，他所渴望从事的“艰难的工作”，也很难开展，甚至在现实面前不断触碓，“沉入深渊”，可他对工作的期待并没有放弃：“没有工作的身躯为什么不化作尘烟?”这里，既有对当时现实的不满，更有着诗人热爱从事艰难的工作，执著追求人生远大目标的强烈愿望。《夜半》则为我们创造了一个新奇的想象境界，在这个境界里，诗人的伙伴——稿纸、墨水瓶、铅笔、毛笔和钢笔、信封、哲学书等等统统都活跃起来，一起“义愤填膺”地向诗人发出种种不满和责难，从而形象地表现了诗人对自己工作状况的不满和自责。《无眠的夜半》则抒写自己在不眠之夜的一种特殊感觉：“在这疲倦的无眠的夜半，/总像远方正有个匆忙的使者，/不分昼夜地赶他的行程。”等到第二天清早，“他便跑到我的门前，/指着我的姓名呼唤。//他催我快快地起来，/从这张整夜无眠的空床；/他说，我现在有千山万水须行！//我不自主地跟随他走上征途，/永离了这无限的深夜，/像秋蝉把它的皮壳脱开。”这说明诗人内心深处有着强烈的使命感，愿为实现自己远大的人生目标，去赶他的“千山万水”的行程。再如《桥》在对话式的架构中，坚定地抒发了一种执著的追求：即使与理想的彼岸之间隔着一个宽广的大海，“我也要日夜搬运着灰色的砖泥，/在海上架起一座桥梁。”因为“我不能空空地怅望着彼岸的奇彩，/度过这样长、这样长久的一生。”

由此可见，在冯至的诗歌中潜藏着一股涌动的热流，那就是对事业与工作的热爱，对远大目标的憧憬，对庄严使命的自觉承担，对理想人生的执著追求，它们极大地丰富和深化了冯至诗歌的情感世界。

二、玄远的沉思：冯至诗的哲学意蕴

冯至的诗以“沉思”为主要特征，他善于以敏锐的感觉，从日常生活的细微之处捕捉诗意，并且从哲学的高度去观照和深思，努力发掘日常境界、平凡事物中的深邃哲理，因而他的诗具有深厚的哲学意蕴。在艺术上，他的诗歌融会了中国古典诗歌与西方现代诗歌的艺术精髓，既追求中国古典诗歌那种深沉、玄远的境界，那种人与自然宇宙相依共存的情怀，又深受歌德和里尔克及存在主义的影响，自觉开始“放逐抒情”，追求诗的知性和哲思的特征。特别是里尔克那种远离现实生活，沉浸在自己想象的境界中，全身心驰骋于自己的精神领地的艺术追求，对冯至产生了深刻的影响。抗战爆发后，冯至并没有像大多数诗人那样，将自己的诗歌创作纳入“抗日文学”的主流之中，而是继续用艺术的眼光去打量自然和现实中的一切，以自我生命去体验自然界与人类生活中丰富而又独特的意味，并且从哲学的层次，找到它们与人类的生存、命运、价值之间的相通性，努力发掘蕴藏其中的深刻哲理。正因为如此，1941 年在西南联大工作的冯至，面对思想自由的工作环境，昆明市郊林场美丽的山水（从 1940 年 10 月到 1941 年 11 月，冯至常住昆明市郊的林场茅屋），使他暂时忘却了“战争”和人间的苦难。一方面，他在课余时间能静下心来研究歌德和里尔克，另一方面能自觉地逃离都市的喧嚣，回归自然本体，能有机会静心聆听自然和宇宙的心跳，细心地体察和把握万物的灵魂及其深邃的本质。海德格尔在回答“我为什么住在乡下”这一问题时说过，住在乡下能“体会到的不是寂寞，而是孤独……孤独有某种原始的魔力，不是孤立我们，而是将我们整个存在抛入所有到场事物本质而确凿的近处。”[①] 正像海德格尔所说的那样，冯至住在昆明乡下的林场茅屋里，确实使他有机会在孤独和寂寞中更确凿地接近事物的本质，更细心地品味宇宙人生，更能多角度地观照自然和人类的万事万物，多层次地发掘出平常事物中的深邃的哲

①海德格尔：《人，诗意地安居》，郜元宝译，广西师范大学出版社，2000 年版，第 67 页。

理，因而他在1942年写下了不朽的《十四行集》。

1. 探寻生命存在的方式与意义

冯至受到存在主义的影响，对生命存在的方式与意义进行了多方面的观照、感悟和沉思。

第一，冯至感到生命在本质上是一种孤单而无助的存在。如《我们听着狂风里的暴雨》：

我们听着狂风里的暴雨，
我们在灯光下这样孤单，
我们在这小小的茅屋里
就是和我们用具的中间

也有了千里万里的距离：
铜炉在向往深山的矿苗
瓷壶在向往江边的陶泥，
它们都像风雨中的飞鸟

各自东西。我们紧紧抱住，
好像自身也都不能自主。
狂风把一切都吹入高空，

暴雨把一切又淋入泥土，
只剩下这点微弱的灯红，
在证实我们生命的暂住。

——《十四行集·二一》

面对自然界的狂风暴雨，面对小小茅屋，家中的用具，诗人感到人的生命与它们之间是那么疏远而无法接近，人的存在是那么孤独、寂寞而无助。这里，不仅人的个体生命与客观世界之间难以接近和沟通，就连家中的用具与用具之间“也有了千里万里的距离”，在这样的世界里，尽管主体通过自身的努力“紧紧抱住”，来维持生命的存在，但主体对生命的把握仍然是十分有限的，“好像自身也都不能自主”，这就揭示了生命存在的虚无，虽然有“微弱的灯红”，也只能证明“生命的暂住”。这说明人类的个体的生命在这个世界上只能是孤独、无助地存在着，这就触及了生命的本质。人类只有认清了这种本质、才能更好地确定人类生存的目标，探索人类向何处去，以便承担生命的责任。冯至的这种感受和思考，不仅受到存在主义的影响，也深受里尔克哲学思想的启迪。冯至在为里尔克《给一个青年诗人的十封信》译本作序时曾经这样写道："（里尔克）告诉我们，人到世上来，是艰难而孤单。一个个人在世上好似花园里的那些排着的树。枝枝叶叶也许有些呼应吧，但是它们的根、它们的盘结在地下摄取营养的根却各不相干，又沉静，又孤单。……谁若要真实地生活，就必须脱离开现成的习俗，自己独立成为一个生存者，担当生活的种种问题，和我们的始祖所担当过的一样，不能容有一些儿代替。"[①] 在里尔克看来，人来到世上是艰难而孤单的，要想真实地存在，就必须使自己成为一个独立的生存者，独立地承担责任，独立地完成使命，别指望任何人代替你。冯至无疑深深领悟了里尔克的这一观点，并且形象地表达在自己的诗歌中。

第二，冯至认为生命是相互关联的，并且应当相互沟通与交往。在冯至看来，尽管生命在本质上是孤独无助的，但人一生下来又总是置身于一个群体的社会环境中，生命与生命之间必然要产生这样或那样的关联，人也必然要与周围的存在发生这样或那样的关系，只有通过沟通才能相互了解，只有通过交往才能相互关怀，沟通和交往可以使生命的存在获得养分，变得充实和美好。如《有多少面容，有多少语声》：

有多少面容，有多少语声
在我们梦里是这般亲切，
不管是亲密的还是陌生：
是我自己的生命的分裂，

可是融合了许多的生命，
在融合后开了花，结了果？
谁能把自己的生命把定
对着这茫茫如水的夜色，

谁能让他的语声和面容
只在亲密的梦里萦回？
我们不知已经有多少回

被映在一个辽远的天空，
给船夫或沙漠里的行人

---

①冯至：《给一个青年诗人的十封信译者序》，北京三联书店，1994年版。

添了些新鲜的梦的养分。

——《十四行集·二十》

这首诗写的正是生命与生命之间的相互关联与融合。梦中的无数的音容笑貌“不管是亲密的还是陌生”，都与“我”的生命密切关联：“是我自己的生命的分裂”；而这梦中的人物形象又与许多生命密切关联，是许多生命相互“融合”后才开出的花，结出的果；最后，诗人又强调这生命同时与辽远的宇宙、忙碌的众生密切关联，并且一些生命常常给另一些生命“添了些新鲜的梦的养分”。诗人在一个广阔的生命空间里，表现了生命与生命之间的相互关联和影响。

在另一首《威尼斯》中，诗人则对生命之间的沟通与交往作了形象化的哲学思考：“我永远不会忘记/西方的那座水城/它是个人世的象征，/千百个寂寞的集体。//一个寂寞是一座岛，/一座座都结成朋友。/当你向我拉一拉手，/便像一座水上的桥；//当你向我笑一笑，/便是对面岛上/忽然开了一扇楼窗。//只担心夜深静悄，/楼上的窗儿关闭，/桥上也断了人迹。”（《十四行集·五》）这里，诗人以威尼斯作为“人世的象征”，展现了沟通与交往对生命存在的重要意义：拉一拉手，人与人之间的沟壑就变成了畅通的桥梁；笑一笑，人与人之间的壁垒就变成了敞开的窗口。可见，沟通与交流对人的生命存在多么重要，它使生命因相互照耀而闪光，变得更加美丽而迷人。

当然，这种交往并不能改变人的生命在本质上是孤独的处境：“只是担心夜深静悄，/楼上的窗儿关闭，/桥上也断了人迹。”最终，生命的存在还要归根于孤独，归根于独立承担生命的责任，独自完成人生庄严的使命。这与冯至前面所表述的生命是孤独的存在是一脉相承的。同时，我们还应看到，冯至的这种“交往”的观念也是受到了他的老师雅斯贝斯实在哲学思想的影响。雅斯贝斯认为：“理性的运动不能在孤立的个人中发生，而只能在个人与个人之间的交往中发生。”①

第三，冯至认为生命应当在蜕变中获得新生和发展。在哲学的层面上，冯至还深受歌德蜕变论的影响，认为生命在不断地蜕变中得到进化和发展。冯至自己也说过：“在变化多端的战争年代，我经常感到有抛弃旧我迎来新吾的迫切需要，所以我每逢读到歌德反映蜕变论思想的作品，无论是名篇巨著或是短小的诗句，都颇有同感。”② 他将这一“同感”也艺术地转化到了他的诗歌中。如《尤加利树》一诗，诗人首先描述了尤加利树对自己以及更多的人精神世界的巨大影响，它在秋风中奏起的“一片音乐”，“筑起一座严肃的庙堂，让我小心翼翼地走入”；

①施太格缪勒：《当代哲学主流》，商务印书馆，1986年版。

②冯至：《论歌德》，上海文艺出版社，1986年版。

它高高耸立的形象，“有如一个圣者的身体，升华了全城市的喧哗。”尤加利树为什么有如此巨大的生命魅力和精神感召力呢？诗人接下来写道：

你无时不脱你的躯壳，
凋零里只看着你生长；
在阡陌纵横的田野上

我把你看成我的引导：
祝你永生，我愿一步步
化身为你根下的泥土。

——《十四行集·三》

可见尤加利树正是在不断地蜕变中获得了新的生机，以崭新的姿态震撼和启迪着人们的灵魂，以至诗人要把它视为自己的精神导师。“我愿一步步/化身为你根下的泥土。”表明诗人在不断地蜕变中化为新的生命。而在《歌德》一诗中，诗人更是明确地写道：

好像宇宙在那儿寂寞地运行，
但是不曾有一分一秒的停息，
随时随处都演化出新的生命，
不管风风雨雨，或是日朗天晴。

从沉重的病中换来新的健康，
从绝望的爱里换来新的营养，
你知道飞蛾为什么投向火焰，

蛇为什么蜕去旧皮换来生长；
万物都在享用你的那句名言，
它道破一切生的意义："死和变"。

——《十四行集·十三》

歌德80年平静的岁月之所以创造了许多生命的辉煌，写下了许多不平凡的诗篇，就在于歌德在一生中始终以积极的人生态度，在寂寞中顽强不息地追求，在不断地蜕变中随时获得生命的生机，从而不断创造了自己生命的辉煌。这里，诗人将歌德在蜕变中获得生命的丰满与宇宙的运行、飞蛾的扑火、蛇的蜕皮等联系在一起，形象地揭示了蜕变是自然、宇宙、人类生存的最根本也是最普遍的规律，读后能给人以多方面的深刻启迪。

第四，冯至在关注生命诸多命题的同时，主张把死亡纳入生命的过程，认为死亡是生命的界限，也是生命最辉煌的顶点。他主张人应当用达观的态度对待死亡，将死亡看成生命的一个部分，这样人就能根据尚未确定但却必然来临的死亡来积极地安排自己的人生。冯至的这种主张显然受到里尔克的影响。里尔克曾说过："不要带否定意味来读解'死亡'这个词语"，因为"如同月亮一样，生活确实有不断规避我们的一面，但这并不是生活的对立面，而是对它的完美性和丰富性的充实。"① 里尔克在《杜依诺哀歌》之八中甚至将死亡看成是生命在完善自己的使命后超越狭隘的自身回归浩然天宇的必然过程。死亡使人类看清了个体生命的必然归宿，懂得了生存的过程实际上是在走向死亡的过程。死亡是一位冷静而理智的老师，时时在提醒人们要更好地珍惜生命的存在，更好地承担起生命的责任，最大限度地去实现生命的价值，以便在生命走向终点时体验到生命的完美与辉煌。《十四行集》的开篇第一首诗《我们准备着》就体现了冯至的这种思考：

我们准备着深深地领受
那些意想不到的奇迹，
在漫长的岁月里忽然有
彗星的出现，狂风乍起：

我们的生命在这一瞬间，
仿佛在第一次拥抱里
过去的悲欢忽然在眼前
凝结成屹然不动的形体。

我们赞颂那些小昆虫，
它们经过了一次交媾
或是抵御了一次危险，

便结束它们美妙的一生。
我们整个的生命在承受
狂风乍起，彗星的出现。

诗人以达观的态度把死亡看成是"意想不到的奇迹"，准备深深地领受"彗星的出现，狂风乍起"。正是因为有了这种良好的心理准备，诗人进一步设想在

①里尔克：《幕佐书简》，引自张弘《〈杜依诺哀歌〉及其他》，见《外国文学评论》，2000年第1期。

迎接死亡的瞬间，生命的感觉是那般美妙：“仿佛在第一次的拥抱里”，诗人把死亡的感觉与初恋的感觉迭印在一起，渲染了死亡是人类生存的一种高峰性体验，是从一种境界向另一种境界的转换和升华。这种体验，只有那些早有准备，并且经过艰苦的努力，承担了生命的责任，完成了人生使命的人才能有幸领略到。就像自然界的那些小昆虫那样，“经过一次交媾”，“或是抵御了一次危险”，虽然一生结束了，但生命却获得了充实和圆满。

2. 对人与自然关系的独特思考

冯至关注人与自然的关系，在诗中形象地表达了他对人与自然关系的独特思考。人是自然的产物，人与自然的关系是一种水乳交融般的关系。自然界不仅为人类的生存和发展提供了取之不尽、用之不竭的物质资源，而且人类的一切活动都与自然界本身息息相关，融为一体，二者本身存在着生命上的一致性。因此，古今中外的哲学家们都十分注重思考人与自然的关系。马克思就曾说过：“人靠自然界生活，这就是说，自然界是为了不致死亡必须与之不断交往的身体。所谓人的肉体生活和精神生活同自然界相联系，也就等于说，自然界同自身相联系，因为人是自然界的一部分。”①

中国传统哲学观更是强调“天人合一”的境界。在古人看来，自然和人类界的万事万物之间都是相互联系，相互渗透，相互感应，息息相通的。因此，人类要想更好地生存和发展，就必须高度重视人与自然、宇宙之间的相互沟通、相互协调，以求和谐共处，共同发展。深受古今中外哲学思想影响的冯至，对此深有所悟，并贯穿到他的诗歌创作中。

第一，他认为人与自然之间可以相互转化，相互融合，和谐共存。如《我们站在高高的山巅》：

我们站在高高的山巅
化身为一些无边的远景，
化成面前的广漠的平原，
化成平原上交错的蹊径。

哪条路、哪道水，没有关联，
哪阵风、哪片云，没有呼应，
我们走过的城市、山川，
都化成了我们的生命。

---

①《马克思恩格斯全集》42卷，第45页。

我们的生长、我们的忧愁
是某某山坡的一棵松树，
是某某城上的一片浓雾；

我们随着风吹，随着水流，
化成平原上交错的蹊径，
化成蹊径上行人的生命。

——《十四行集·十六》

在诗人为我们创造的无限广阔的境界里，人的生命化为一幅幅美丽的远景，而远处的道路与流水，清风与行云，城市与山川这些相互关联的事物又化成了人的生命；伴随着人的成长与生命的流逝，人的生命又融入了自然的远景。由此可见，在人与自然共存的生命系统中，人化为物，物又化为人，人的生命与自然万物之间息息相通，相互交融，相互转化，和谐共存，从而更好地保证了整个生命系统有规律地运转。

第二，主张人要从自然万物中获得感应和启迪，人要虔诚地师法自然外物的精神，成就自己完美的人生。如《鼠曲草》一诗：

我常常想到人的一生，
便不由得要向你祈祷。
你一丛白茸茸的小草
不曾辜负了一个名称；

但你躲避着一切名称，
过一个渺小的生活，
不辜负高贵和洁白，
默默地成就你的死生。

一切的形容、一切喧嚣
到你身边，有的就凋落，
有的化成了你的静默：

这是你伟大的骄傲
却在你的否定里完成。
我向你祈祷，为了人生。

——《十四行集·四》

在诗人看来，“一丛白茸茸的小草”，虽然平常渺小，却也有着高贵的灵魂和美好的品质，它既不辜负自己的“一个名称”，也躲避和拒绝外加的“一切名称”，宁愿过“渺小的生活”，默默地死生，也“不辜负高贵和洁白”；而对一切外在的“形容”和“喧嚣”，它都漠然置之，无动于衷。这种超越名利、坚守名节、默默生存的精神正是自然万物的可贵之处，也是它们“伟大的骄傲”。诗人认为人类应当虔诚地尊重自然万物，师法自然万物，以纯洁和提升自己的人生境界。

第三，主张人类应当与宇宙进行交流，研究和学习宇宙的经验，以便更好地服务于人类。如《一个旧日的梦想》：“是一个旧日的梦想，/眼前的人事太纷杂，/想依附着鹏鸟飞翔，/去和宁静的星辰谈话。//千年的梦像个老人，/期待着最好的儿孙——/如今有人飞向星辰，/却忘不了人事的纷纭。//他们常常为了学习，/怎样运行，怎样降落，好把星秩序排在人间，//便光一般投身空际。/如今那旧梦却化作，/远水荒山的陨石一片。”（《十四行集·八》）在诗中，我们可以看到人类旧日的梦想：“想依附着鹏鸟飞翔，/去和宁静的星辰谈话”，人类一直有着探索宇宙，想和宇宙进行交流的强烈愿望；随着科学技术的发展，人类终于“飞向星辰”，开始研究和学习星辰运行的规律，以便“把星秩序排在人间”，让人类社会也像那神秘浩瀚的星空一样按照内在的规律进行运行，以减少盲目性，保持良好的社会秩序。因为从根本意义上说，宇宙的规律和秩序与人类社会的规律和秩序是内在相连，息息相通的。冯至主张人类要研究宇宙，向宇宙学习，是一个进步的哲学观点，它无疑在启迪我们，人类不可妄自独尊，盲目自大，不能把“人定胜天”的思想强调到绝对化的程度。

3. 超越现实的意识与胸纳宇宙的境界

生命的存在并不是完美的，人生也充满着许多艰难和遗憾，所以哲学家们一直在探索和思考怎样使人生变得更为充实和美好。冯至在这方面同样作出了自己的思考，并且体现在他的诗歌创作中。

首先，他认为人应当有一种超越意识，即要有一种超越现实、超越世俗、超越功利、超越诱惑的精神，才能从现实的种种不幸与痛苦中超脱出来，保持一种独立而崇高的精神状态，以便在一个更高的层次上实现自己的人生价值。如《给一个战士》：

你长年在生死的边缘生长，
一旦你回到这堕落的城中，
听着这市上的愚蠢的歌唱，
你会像是一个古代的英雄

在千百年后他忽然回来，
从些变质的堕落的子孙
寻不出一些盛年的姿态，
他会出乎意外，感到眩昏。

你在战场上，像不朽的英雄
在另一个世界永向苍穹，
归终成为一支断线的纸鸢：

但是这个命运你不要埋怨，
你超越了他们，他们已不能
维系住你的向上，你的旷远。
——《十四行集·九》

战士在战场上出生入死，成了真正的英雄，可一旦回到现实中，处处感受到的却是“堕落”和“愚蠢”，这不能不使他感到“出乎意外，感到眩昏”，甚至他已与现实格格不入，成了现实世界中“一支断线的纸鸢”。但是在诗人的眼里，战士依然是英雄，他已超越了堕落的现实和愚蠢的众生，他有着“向上”的目标，“旷远”的境界，他的生命也因此变得充实而美丽。而在《杜甫》一诗中，诗人既写了杜甫的贫穷和不幸，更写了杜甫为人间不停地歌唱，由此引发了诗人对杜甫深刻的认识和由衷的赞美：

你的贫穷在闪铄发光
像一件圣者的烂衣裳，
就是一丝一缕在人间

也有无穷的神的力量。
一切冠盖在它的光前
只照出来可怜的形象。

在冯至看来，杜甫已超越了现实的贫穷和苦难，他的精神之光不仅使贫穷也闪烁出神圣的光彩，而且也照得“一切冠盖”露出“可怜的形象”。这是精神的富有对物质贫困的超越，是富有创造的生命对一切权贵的超越；有了这种超越，人生才变得充实而富有意义，生命才闪烁出神圣而不朽的光芒。此外《蔡元培》一诗写蔡元培像“长庚”和“启明”星一样指明了多少青年人的道路，使他们终于得到“正当的生死”，由此蔡元培的生命便焕发出超越他人的光彩：“你的姓名，常常排列在/许多的名姓里边，并没有/什么两样，但是你却永久/暗自保持住自己的光彩”。

其次，冯至认为人要顺利地实现对现实的种种超越，必须要有胸纳宇宙的大境界。没有这种大胸怀，大境界，其超越将是很难的，也是很有限的。如《深夜又是深山》，写诗人在深夜又是深山里听雨，想到“十年前的山川，念年前的梦幻/都在雨里沉睡。”现实处境的沉闷和压抑，使诗人产生了一个强烈的愿望：“四周是这样狭窄/好像回到母胎/我在深夜祈求//用迫切的声音/‘给我狭窄的心/一个大的宇宙！’”（《十四行集·二二》）在诗人看来，要有容纳宇宙的胸怀，才能超越周围的困境，让生命在更高的境界里乐观地翱翔，从而更好地在艰难的环境中实现人生的价值。这首诗写的就是冯至自身的体验。那时他正在昆明郊外山下的茅屋里，处境孤独，物质贫困，生活艰难，但冯至依然凭借他那宽广的胸怀，超越的精神去战胜眼前的困难，并且静心观照自然生命、宇宙万象和人类社会，用哲学和艺术的双重眼光去透视其间的奥秘，写下了辉煌的诗章《十四行集》。

他的另一首诗《案头摆设着用具》，写自己“终日在些静物里”“不住地思虑”，并且羡慕“窗外飞鸟的”的“振翼凌空”，这同样引发了诗人对大境界的向往：“只有睡着的身体/夜静时起了韵律/空气在身内游戏//海盐在血里游戏/睡梦里好像听得到/天和海向我们呼叫。”这说明诗人在睡梦中，在潜意识中都向往那种天高海阔的大境界。

除上述而外，冯至的哲学思考还进入了更深的层面。在他看来，作为个体的生命总是有限的，如何超越有限的生命，去把握存在的价值，让它在无限的时空中闪现光彩。对此，他在《从一片泛滥无形的水里》这样写道：“向何处安排我们的思、想/但愿这些诗像一面风旗/把住一些把不住的事体。”（《十四行集·二十七》）这就是说，诗人只有用不朽的精神创造去超越有限的生命，去把握那些不断产生、极易流逝的思想，让它凝固在永恒的诗歌中，从而让生命的价值通过诗歌而进入未来的时空，未来的心灵。

三、独特的魅力：冯至诗的艺术特征

冯至的诗有着鲜明的个性，独特的魅力。从1921年发表《绿衣人》开始，到40年代写下不朽的《十四行集》，他的诗逐步形成了自己特有的艺术追求：感情真挚，长于沉思，讲究诗艺，注重独创。他的诗既受到中国古典诗歌的影响，又受到西方现代派诗歌的启迪。深受冯至诗歌影响的九叶派著名诗人郑敏认为他的诗“深深地融会了杜甫的情，歌德的智和里尔克的‘玄’。这自然与诗人本身的学养、经历有关，说到底诗品和人品之间，在追求智、情、美上有着千丝万缕的联系。”① 冯至的诗外观朴实而充满内在智慧，形式简练而包孕丰富内含，取材寻常而意境高远，语言清丽而情味悠长。他的诗，无论从思想内涵的开掘上，还是从诗歌艺术美的创造上，都达到了当时诗歌创作的高峰。

1. 质朴隽永的艺术风格

一个成熟的诗人总是有着自己独特的艺术风格。风格是诗人在长期的创作实践中逐步形成的，是诗人的主体精神通过独创的艺术形式得以充分表现，是诗人通过全部作品所体现出来的基本特色。它是诗人在漫长的创作实践中所形成的精神体系与诗人在艺术创作中所习惯运用的艺术形式的高度统一。通过风格，我们可以看出诗人的创作个性。成熟的风格具有相对稳定性。法国文论家布封说过：“知识、事实与发现都很容易脱离作品而转到别人手里，它们经过更为巧妙的手笔一写，甚至会比原作还要出色些哩。这些东西都是身外物，风格却就是本人。因此，风格既不能脱离作品，又不能转借，也不能变换。”② 冯至的诗，无论是早期的诗歌，还是后来的《十四行集》，都始终体现出一种质朴隽永的艺术风格。这主要表现在：

第一，冯至为人是朴实谦和的，性格是较为内向的，他不喜欢张扬和狂傲，而是喜欢静谧的观照和沉思。这决定了他在写作时决不会狂呼滥喊地让感情一泻千里，也不会没有形象依托、没有迂回变化的赤裸裸地表露出来。他的诗不像郭沫若那样以强烈的气势震撼人心；不像李金发那样以晦涩神秘的意象折磨人。他的诗始终是质朴自然的，丝毫没有矫饰、夸大和雕琢，也没有过于激烈的情绪宣泄。例如写于1923年的诗《不能容忍了》，单看标题，感情色彩异常强烈，似乎有一股激烈的情绪要宣泄而出，一吐为快，但冯至写起来，却对强烈的感情进行了有效的节制和冷处理，仍然采取了他惯用的朴实、平和而简练的表达方式：“我不能容忍了/我把我的胸怀剖开/取出血红的心儿/捧着它到了人丛处//有的含着讥诮走远了/有的含着畏惧走远了/只剩下我一个人/我只得也慢慢地走去//到了十几处/十几处都是如此/抱着心儿暂时休息着，人们又在那聚集着。”诗人创造了一个想象的境界，以平淡朴实的笔调，通过叙述“我”捧着自己“血红的心儿”，到人丛中去寻找知音却遭冷遇的事实，深刻地表现出在那个黑暗的时代，纯洁真诚的心得不到理解、反遭讥诮的痛苦。全诗的感情不是外露的，而是凝聚在具体的情境中，却比任何外在的宣泄更具有内在的力量。

第二，在诗的取材上，他没有追奇猎新，也没有刻意去关注时代风云、民族

①郑敏：《忆冯至吾师——重读〈十四行集〉》，见《当代作家评论》，2002年第3期，第87页。
②布封：《论风格》，见《译文》，1959年9月号。

命运、国家大事等较大的题材，而是老老实实地从身边的日常生活中选取平常渺小的事物，并以敏锐的感觉和深刻的洞察力，从中发掘出一般人所忽视的诗意。例如《我们来到郊外》：“和暖的阳光内/我们来到郊外，/像不同的河水/融成一片大海。//有同样的警醒/在我们的心头，/是同样的运命/在我们的肩头。//要爱惜这个警醒，/要爱惜这个运命，/不要到危险过去，//那些分歧的街衢/又把我们吸回，/海水分成河水。”（《十四行集·七》）这首诗根据诗人注解，写的是敌机空袭警报时，昆明的市民躲到郊外这一具体的事实。但诗人并没有把这件事与抗战的主题直接联系起来，去强烈地表达对敌人的痛恨，对民族危亡的忧虑，对民众苦难的关切。而是把关注的目光投向逃难人群的汇合与分开这一极平常的现象上，并且极冷静地思索其中蕴藏的人生哲理。在他看来，人们由于同样的“警醒”和“命运”，才像不同的河水流到郊外，“融成一片大海”，大家很容易凝聚在一起；诗人呼吁人们要爱惜这种共同的“警醒”和“命运”，珍惜这种危难情况下彼此关爱的凝聚力，不要等到“危险过去”，又回到“分歧”的现实中，“海水分成河水”，人们又各自东西，形成陌路。

第三，冯至深受里尔克、歌德等人的影响，注重追求诗的哲学意蕴。他的那些长于“沉思”的诗，外观显得自然质朴，实则含蓄隽永，耐人寻味。尽管他所选择的都是日常生活中的平凡事物，但他特别注重激活自己对这些事物的独特体验，密切联系它们与生命存在的方式、价值以及人的命运、追求和梦想等层面进行观照和思考，并且注重寻找它们与自然、宇宙之间相通相连的关系，努力从新的角度去揭示蕴藏其中的深刻哲理。例如《鼠曲草》，就从鼠曲草“躲避着一切名称/过一个渺小的生活/不辜负高贵和洁白”想到人生也应当像鼠曲草那样，敢于否定和超越现实的“一切形容、一切喧嚣”，才能默默地生存和奋斗，成就自己完美的人生；《我们站在高高的山巅》，则由人化为自然的远景，自然的远景又化成了人的生命这一情景，从而探讨了人与自然息息相通、相互转化的关系；《我们听着狂风里的暴风》，通过写狂风暴雨中人与物都孤单的存在，人与物之间，物与物之间都很难沟通，揭示了生命存在的本质是孤独而寂寞的。

再如他写于20世纪30年代的《等待》一诗：“在我们未生之前，/天上的星，海里的水，/都抱着千年万里的心，/在那儿等待你。//如今一个丰饶的世界/在我的面前，/天上的星，海里的水，/把它们等待你的心，/整整地给了我。”这首短诗在无限广阔的时空中，打通了人与自然、宇宙的关系，通过写天上的星、海里的水对“你”漫长的等待和对“我”真诚的关爱，创造了一种人与自然、宇宙相互依存、相互关爱的美好境界，从而更生动形象地表现一种天长地久的等待、执著无言的深爱。再如他写于20世纪40年代的诗《看这一队队的驮马》：“看这一队队的驮马/驮来了远方的货物，/水也会冲来一些泥沙/从些不知名的远处，//风从千万里外也会/掠来些他乡的叹息；/我们走过无数的山水，/随时占有，随时又放弃，//仿佛鸟飞翔在空中，/它随时都管领太空，/随时都感到一无所有。//什么是我们的实在？/从远方把些事物带来，/从面前把些事物带走。”（《十四行集·十五》）诗人看到一队队驮马驮来远方的货物，这该是最平常的生活场景吧，但诗人却由此一路联想开去，沿着水—风—人—鸟的运动情况，深究其中的况味，觉得生命的存在，既有着实在感，又有着虚幻感，并由此悟出人生的哲理：要想把握生命的实在，就是要不断地行动，不断地求变：“从远方把些事物带来，/从面前把些事物带走。”

第四，他的诗无论是早期的诗歌，还是后来的《十四行集》，大都篇幅短小（叙事诗除外），内蕴深厚，情思曲折有致，语调平和优美。总之，从冯至的性格与气质、取材特点、善于哲思的习惯，到他诗歌形式上的一些特征等，都充分显示了他的诗有着较为稳定的艺术风格，那就是既自然质朴，又含蓄隽永，读后能启人深思，耐人寻味。这也是冯至的诗迥异他人、自成大家的重要标志。

2. 灵活巧妙的艺术构思

诗是讲究艺术构思的。越是篇幅短小的诗，越是要在构思上呕心沥血，惨淡经营。陆游说过：“诗无杰思知才尽。”构思依赖诗人的艺术智慧，构思的好坏直接决定着诗作艺术水准的高低。冯至深深懂得这一点，并以自己的智慧，千方百计地在构思上下功夫，以便将自己从日常生活中捕捉到的诗意转化成诗的艺术世界，大大增强作品的表现力和感染力。他的诗，从构思上看，大都是别具匠心、灵活巧妙的，其中呈现出一些鲜明的特点。

第一，从实境向虚境的转折与升华。在诗歌创作中，实境与虚境相互结合，可以使诗虚实相间，增强诗的张力，拓展诗的境界，使诗意获得突然的增值和升华。冯至的诗在构思上，常常是先写一些实境（这些实境大都取材于他所熟悉的日常生活），作为诗的基石，诗的铺垫，给读者造成一种诗的实在感，具体感，然后将诗思突然转入虚境（这种虚境常常来自诗人的顿悟或沉思），于瞬间突然拓宽了诗的境界，给读者造成一种震惊感，意外感，使你在佩服诗人智慧的同时，不知不觉被引入一片新的精神领地，从中获得意外的启迪和审美的愉悦。如《几只初生的小狗》：

接连落了半月的雨，
你们自从降生以来，
就不知道潮湿和阴郁。
一天雨云忽然散开，

太阳光照满了墙壁，

我看见你们的母亲
把你们衔到阳光里，
让你们用你们全身

第一次领受光和暖，
日落了，又衔你们回去。
你们不会有记忆，

但是这一次的经验
会融入将来的吠声，
你们在深夜吠出光明。

——《十四行集·二三》

诗的前三节写的都是实境。由于连落半月的雨，初生的小狗没有见过太阳；等到雨过天晴，小狗的母亲便衔着小狗去领受太阳的光和暖。这些都是生活中最平常的景象，不足为奇，但诗人却在如实描述这个实境的同时，突然转入诗的虚境，将现实与将来，现有的体验与未来的行动一下子连接起来，使诗突然呈现出一片崭新的天地，诗的精神境界发生了质的飞跃，直接进入了一个深刻的永恒的主题——“在黑夜中吠出光明”。可见，对光明的体验将化成生命的血肉，化成潜意识中对光明的苦恋，也必将化成未来为光明而献身的动力。全诗通过这种由实境向虚境的转折和升华，实现了诗意由此岸向彼岸的穿越和抵达。

第二，借助想象创造独特的意境。意境是指诗人主观情意与客观物象相互交融所形成的艺术境界。意境的创造将带来诗歌的含蓄美。创造意境既要对主观的情意进行艺术的提炼，又要精心寻找恰当的客观外物，并且使两者水乳交融，有机统一。例如《我是一条小河》，就构思巧妙，诗人借助想象创造了完美的意境：“我是一条小河，/我无心从你的身边流过，/你无心把你彩霞般的影儿/投入了河水的柔波。//我流过一座森林，/柔波便荡荡地/把那些碧绿的叶儿/裁剪成你的衣裳。//我流过一座座花丛，/柔波便粼粼地/把那些彩色的花影儿/编织成你的花冠。//最后我终于/流入无情的大海，/海上的风又厉，浪又狂，/吹折了花冠，击碎了衣裳！//我也随着海潮漂漾，/漂漾到无边的地方；/你那彩霞般的影儿/也和幻散了的彩霞一样!”诗人通过想象，把“我”比作一条小河，把心上人“你”比作“彩霞般的影儿”投入河水的柔波，创造了一幅迷人的意境，且随着河水的流动，诗的意境也在不断展开，不断呈现出新的面貌：当“我”流过森林，便把那些碧绿的叶影儿裁剪成“你”的衣裳；当“我”流过花丛，便把那些彩色的花影儿编织成“你”的花冠；当“我”流入无情的大海，狂浪击碎了花冠衣裳，“我”只有漂漾到无边的地方，“你那彩霞般的影儿”，也和“幻散了的彩霞”一样，暗示“你”和“我”已形神相随，心心相印。诗人以新奇的想象，贴切的比喻，创造了优美的意境，形象地抒发了一种浓郁而美好的恋情。此外，他的《狂风中》《雨夜》《夜半》《南方的夜》等诗也都采用了这种构思法。

第三，由自然界向人类界的巧妙联想。冯至的许多富有哲理的诗，都是他善于沉思的结晶。联想既是他沉思的推动力，也是他构思诗的重要手段。他常常眼光盯着自然界，心里想着人类界。在诗的构思上，也常常喜欢通过巧妙的联想，把自然界与人类界联系起来，于对照、关联、比拟中表现人生的哲理。《威尼斯》就是由西方那座充满着一个个岛屿的“水城”，联想到它是“人世的象征”，表现了人与人之间要通过沟通与交往来摆脱生命的孤独与寂寞。《有加利树》，有感于有加利树是在不断地脱掉躯壳的情况下健壮地生长，它在秋风中“高高耸起”的形象，“有如一个圣者的身体，/升华了全城市的喧哗。”由此诗人联想到人生也应当在不断地蜕变中求得更好的生存和发展。全诗就在这种自然巧妙的联想中表现了人生的哲理。再如《原野的小路》，有感于原野里那“一条条充满生命的小路”，是经过了“多少无名行人的步履”，才“踏出这些活泼的道路”，自然联想到人类的心灵也有这样的小路：“在我们心灵的原野里/也有几条宛转的小路，/但曾经在路上走过的/行人多半已不知去处：//寂寞的儿童、白发的夫妇，/还有些年纪轻轻的男女，/还有死去的朋友，他们都//给我们踏出这些道路；/我们纪念着他们的步履/不要荒芜了这几条小路。”（《十四行集·十七》）这种联想有效地将作品的主题拓展到人生的层面，它旨在启迪人们，不要忘记了我们的心灵的小路，也是由许多人的步履踏出来的，若没有他们的开拓，我们的灵魂还得四处漂泊，无路可循；在我们真诚纪念他们的同时，我们也要进一步守护并且拓宽这些心灵的小路，以便为后人留下更加宽阔的心灵之路。

第四，根据起、承、转、合安排好诗的内在结构。前人作诗，讲究诗的起、承、转、合。冯至深受古典诗歌的影响，加上他写的大都是精致短小的诗篇，因而他在构思中特别注意运用前人关于起、承、转、合的写诗原理，来安排好诗的内在结构，以便让诗思的运行起伏有致，脉络分明。例如《我们天天走着一条小路》：

我们天天走着一条熟路
回到我们居住的地方；
但是在这林里面还隐藏
许多小路，又深邃、又生疏。

走一条生的，便有些心慌，

怕越走越远，走入迷途，
但不知不觉从树疏处
忽然望见我们住的地方，

像座新的岛屿呈在天边。
我们的身边有多少事物，
向我们要求新的发现：

不要觉得一切都已熟悉，
到死时抚摸自己的发肤
生了疑问：这是谁的身体？

——《十四行集·二六》

这首诗首先写的是“我们”天天走着熟路，回到自己居住的地方，但林里还隐藏着许多尚未走过的生路，这是“起”；接着写走在生路上“心慌”的感觉以及望见“我们住的地方”，有一种异样的新奇感和强烈的发现感：那个“我们”曾经十分熟悉的住地，此刻竟“像座新的岛屿呈在天边”，诗人由此悟出，即使是身边再熟悉不过的事物也还潜藏着许多未知的内涵，也在期待和呼唤着人们去进行“新的发现”这是“转”，转出了新的境界，新的发现，使全诗的思想境界也发生了质的飞跃——由对个别事物的感悟进入了对人生普遍哲理的揭示。“转”在全诗的结构中非常重要，转得好，就能诗境拓宽，思想翻新；最后，诗人紧承“转”的内在精神，作进一步的强调，提醒人们不要昏然不觉，熟视无睹，哪怕是自己最熟悉不过的发肤，到死时也还有许多未知的地方，也还会生出新的疑问。这是“合”，强调越是熟悉的事物，人们的认识和发现越是有限。全诗就这样在起、承、转、合之中，把自己对平凡事物的感受与思考曲折有致的表现在诗中，使诗的境界不断拓展而内在脉络分明，情思跌宕起伏而又前后关联。再如他的《从一片泛滥无形的水里》，也同样是按照起、承、转、合的方式来构思全诗。先写取水人从一片泛滥无形的水里取得“椭圆的一瓶”，瓶把住了水，使“这点水”获得了定型，这是起；接着写“秋风里飘扬的风旗”，它同样“把住了一些把不住的事体”，如“远方的光、远方的黑夜/和些远方的草木的荣谢，/还有奔向远方的心意”，这是“承”；接下来写人的无奈，“我们空空听过一夜风声，/空看了一天的草黄叶红”，却无法把握听风声、看草黄叶红时的感受和思、想，这是“转”，转出了人的焦虑，人的思考；最后写人想出的办法，那就是要用富有创造性的诗歌去凝聚人的思、想，去“把住一些把不住的事体”，这是“合”。全诗在起、承、转、合之中，有效地表现了诗人对生命价值的思考。

第五，运用多种艺术手法，增强构思的灵活性和艺术感。为了避免构思的模式化，突出构思的个性化，多样化，冯至还善于运用多种艺术手法，来增强构思的灵活性和艺术感。例如《蛇》的构思，就以精妙的比喻为主要手段来创造全诗的意境：

我的寂寞是一条蛇，
静静的没有言语。
你万一梦到它时，
千万啊，不要悚惧！

它是我忠诚的侣伴，
心里害着热烈的乡思：
它想那茂密的草原——
你头上的、浓郁的乌丝。

它月影一般轻轻地
从你那儿轻轻走过；
它把你的梦境衔了来，
像一只绯红的花朵。

据冯至自己介绍，这首诗的创作灵感，来自他在 1926 年看到的一副黑白线条的画，画面上是一条黑白花纹的蛇，尾部盘在地上，身躯直立，头部上仰，口中衔着一朵花。“秀丽无邪”的蛇的形象，深深地刻在诗人的记忆中，后来竟化成了这首著名的诗篇《蛇》中的新奇的比喻意象。在诗中，诗人巧妙地把“我”的寂寞比作“一条蛇”，“静静地没有言语”，这种大胆的想象和新奇的比喻，确实前所未有，出人意料。全诗的境界也由此巧妙地展开：“我”在告诉心爱的姑娘，不要害怕，这样奇异的寂寞，正是因为爱你而生；它在想念你头上“浓郁的乌丝”，如同热烈地思念故乡“那茂密的草原”；它轻轻地游走到你那儿，正是为了要衔回你花朵般的“梦境”，以探究你的梦境里是否有爱“我”的信息。全诗就这样巧妙地把寂寞比作长蛇，把乌丝比作草原，把梦境比作花朵，都是绝妙的比喻。正是依靠这些比喻，全诗的构思才显得巧妙精致，虚实相生，不露痕迹。

《夜半》一诗，本是要表达诗人对自己现状的不满和自责，本来也可以直抒胸臆，但诗人却采用侧面描写的角度去构思，大量运用拟人的手法，创造了一幅奇特的“生命的狂欢”图：“月光慢慢地走到我的棹上，/棹上的文具都在那儿跳舞歌唱。/最先飞起的是那些雪白的稿纸，/一片片都飞到了屋顶，/它们一边飞一边说道：/‘最该诅咒的是我的主人，/他从不曾在我的身上留下一些美好的痕迹！’/墨水瓶也喷泉一般地涌了出来；/‘如果再不用我，我生命的力量已经无从发泄，/我要尽一夜的功夫把我的血液喷完，/明天，一个枯干的瓶子留给他看！’/铅笔、毛笔同钢笔，/都站起来像是跳舞的少女；/它们说：‘这样的主人耽误了我们的青春，/在他身边我们唱不出一支迷人歌曲。’/信封也在棹角上长嘘短叹：/‘我的绿衣裳已经变成了衰黄，/他从不曾把我送到那春风淡荡的花园/去游逛一趟！’——/最后它们都义愤填膺，/把一本厚重的哲学书推到地上：/‘你这猫头鹰一般、阴私的老人，/把我们的主人害得死气沉沉！’——//……/月光慢慢地越过我的棹上，/棹上的文具都那样地跳舞歌唱。”在这幅“生命狂欢”图中，诗人移情于外物，将棹上的文具全部拟人化了，它们一起行动，共同向主人发起了声讨，纷纷谴责主人的种种失职的行为：稿纸在诅咒主人“不曾在我身上留下一些儿美好的痕迹！”；墨水瓶在谴责主人没有好好用它，让它“生命的力量已经无从发泄”；铅笔、毛笔同钢笔一起责怪主人“耽误了我们的青春”，“在他身边我们唱不出一支迷人歌曲”；信封在嘘叹主人对它的长期冷落，让它的“绿衣裳已经变成衰黄”；最后它们还一起行动，把一本厚厚的哲学书推倒在地，因为在它们看来，都是哲学书“这猫头鹰一般、阴私的老人”害得主人死气沉沉，缺少创造，缺少活力。全诗运用拟人手法，把棹上的文具写得栩栩如生，幽默风趣，从一个侧面形象地表现了诗人对自我现状的不满，寄寓了诗人渴望回到那种充满激情、充满灵感、充满创造的生命状态。此外，像《桥》则运用了象征和对话体的方式进行构思；《在海水浴场》则运用了对比的方式进行构思，等等，这里不再一一论述。

3. 淡雅含蓄的语言美

冯至的诗在语言上也体现出鲜明的个性。他不以辞藻取胜，不以夸饰见长，不以雕琢为能事，而是顺其心意，追求一种淡雅含蓄、极富意味的语言，来增强他诗歌的艺术美。这与他的性格和为人，与他一贯保持的质朴隽永的艺术风格是合拍的。他的诗歌语言既来自他的生命和直觉，也是经过诗人精心的选择、锤炼和加工，同时，他的诗歌语言还明显受到中国古典诗歌和外国现代诗歌的影响。因此，他的诗歌语言是一种具有很高的文化修养、很深的艺术功底的书面语言，具有很强的艺术表现力和感染力。

首先，他的诗歌语言是淡雅的。淡雅，即平淡而高雅。冯至的诗歌语言看起来是平淡的，清浅的，但这绝不是直白、浅露、平庸、单薄，甚至口语化，随意化。他的诗歌语言淡在自然、清新，不事雕琢，平淡而富有意味，是“清水出芙蓉，天然去雕饰”（李白），是“一语天然万古新，豪华落尽见真淳”（元好问），是“扫除腻粉呈风骨，退却红衣学淡妆”（鲁迅）；雅在纯净、优美，淘尽杂质，脱俗而耐人欣赏。这种既保持了天然本色，又经过了诗人的选择、锤炼和巧妙组合的语言，十分有利于表现冯至那种感情深沉、极富哲理的诗思，也使读者从中获得一种质朴、真纯的审美享受。例如《别离》中的诗句：“我们招一招手，随着别离/我们的世界便变成两个，/身边感到冷，眼前忽然辽阔，/像刚刚降生的两个婴儿。”诗中的语言都非常朴实，平淡，没有形容词，没有感情的夸张和渲染，只是一种平静的叙述，但这种语言组合在一起，却极富张力和弹性，使人的目光要在诗行上流连往返，仔细品味和琢磨诗中潜藏的意味。“我们的世界便分成两个”“像刚刚降生的两个婴儿”，似乎在暗示人们，夫妻二人整天厮守在一起，可能束缚了人的个性和潜能的发挥，暂时的离别和分开反而是好事，可使两个人都获得新的发展空间，有利于各自个性和潜能的发挥。这样，面对离别，就不必忧伤，而应当感到庆幸，如同两个人都获得新生一样；“身边感到冷，眼前忽然辽阔”，这样洗练、清纯的语言，也在暗示人们，离别虽然给各自带来了冷清和寂寞，但却为夫妻双方都提供了新的更为开阔的生活舞台，每个人都可以在这个舞台上尽力施展自己的才华。这首诗下面的一些诗句，如“把冷的变成暖，生的变成熟”，“为了再见，好像初次相逢”，等等，都是平淡而极富意味的。离别后，各自为了耕耘自己的世界，为社会做出更大的贡献，以一种创造和超越的精神去看待别离，“冷”也会变成“暖”，“生”也会变成“熟”。况且，这种“离别”的生活还会成为将来重逢时的美好回忆。一切的努力，一切的成功，一切甘于孤寂的坚守，都会使未来的“再见”变得更为温馨和甜美，如同初恋般美好。此外，如“从沉重的病中换来新的健康，/从绝望的爱里换来新的营养”（《歌德》），质朴平淡的语言，概括了深刻的人生哲理；“言语里没有歌声，举动里没有舞蹈”（《案头摆设着用具》），凝练而朴素的语言，表达了宁静的书斋生活缺少生气和活力；“看那小的飞虫，/在它的飞翔内/时时都是新生。”（《这里几千年前》）平淡简洁的语言，揭示了生命的普遍规律：不断地运动就能获得新生的力量。总之，在冯至的诗中，特别是《十四行集》中，到处充满着这样平淡却耐人寻味的语言，它们深入浅出而又包含着丰富的情感和哲理。这样的语言看似平常，但诗人在写作时却“经过了千锤百炼的功夫”（臧克家）。

冯至诗歌语言的高雅性，主要体现在他的诗歌语言基本是非民间化、非口语化、非革命化的。民间的口语、俗语、俚语，革命化的政治术语，口号式的呐喊语，都没有进入冯至的诗歌。他的诗歌语言，基本上是来自他生命的直觉和感悟，同时又经过了提纯和加工的书面语言。他的诗歌语言虽然也受到了中国古典诗歌和外国现代诗歌的影响，但他却有效地排除了其中的负面因素（例如深奥、晦涩、离奇、怪诞等）对自己诗歌的影响，而是取其所长，化为自己的语言营养。他的诗歌语言融会了杜甫的质朴、简练、深沉、隽永，又汲取了里尔克、歌德等人的平和、超拔和玄远，保持了一种独立、纯正、高雅的艺术品位。例如：

"你是深深地懂得我的深意，/你却淡淡地没有一言半语；/一任远远近近的有情无情，/都无主地飘蓬在风里雪里。"(《雪中》) 诗中的语言深受古典诗词的影响，给人带来一股清纯、优美、含蓄、缠绵的情味和意味，特别是其中的"深深""淡淡""远远近近""有情无情"都非常传神地表现了一种纯真、羞涩、含蓄、优美的恋情，读之令人品味再三。

再如《什么能够使你欢喜》：

你怎么总不肯给我一点笑声，
到底是什么声音能够使你欢喜？
如果是雨啊，我的泪珠儿也流了许多；
如果是风呢，我也常秋风一般地叹气。
你可真像是那古代的骄傲的美女，
专爱听裂帛的声息——
啊，我的时光本也是有用的彩绸一匹，
我为着期待你，已把它扯成了千丝万缕！

你怎么总不肯给我一点笑声，
到底是什么东西能够使你欢喜？
如果是花啊，我的心也是花一般地开着；
如果是水呢，我的眼睛也不是一湾死水。
你可真像是那古代的骄傲的美女，
专爱看烽火的游戏——
啊，我心中的烽火早已高高地为你燃起，
燃得全身的血液奔腾，日夜都不得安息！

这首诗的角度选择、构思、情调、上下两节的对应等，都明显带有古典诗歌的韵味。单从语言上看，也是一种纯净、典雅、形象、优美的书面语言，其中的比喻及上下两节各有一处用典，也显得自然巧妙。全诗通过这种带有古典韵味的语言和情调，抒发了对心上人那种深沉、执著而又无奈的恋情。此外，像《十四行集》中的一些诗句："只有睡着的身体，/夜静时起了韵律：/空气在身内游戏，/海盐在血里游戏——"(《案头摆设着用具》) 这样的语言，是经过精心锤炼的，非常别致，特别是两个"游戏"的连用，显得风趣而幽默。

冯至的诗歌语言在追求淡雅的同时，也注重追求含蓄性。所谓含蓄，就是对所要表达的思想感情不作直接、明确的表达，而是通过间接、形象的语言去暗示，让读者充分发挥想象和联想，并结合自己的生活体验和知识积累去思索、品味和感悟，从而收到言有尽而意无穷的艺术效果。在写作中，他主要是通过多种艺术手法来实现语言的形象化，以取得以一当十，以少胜多的含蓄效果。第一，他的诗中运用了大量的比喻，增强语言的含蓄性。例如：“仿佛飞翔在空中，/它随时都管领太空，/随时都感到一无所有。”（《看这一队队的驮马》）诗人用了一个比喻，把生命的存生与虚无这样一个具有哲学意味的观点形象地表达了出来；“你的贫穷在闪铄发光/像一件圣者的烂衣裳，/就是一丝一缕在人间/也有无穷的力量。”（《杜甫》）一个比喻就揭示了杜甫虽然物质贫困、精神却富有和永恒；“你的热情到处燃起火，/你燃着了向日葵花，/燃着了浓郁的扁柏，/燃着了行人在烈日下——//他们都是那样热烘烘/向着高处呼吁的火焰；”（《画家梵高》）诗人用暗喻，生动地表现出梵高把生命的火焰、创作的激情全部融进了他笔下的画面，从而热情讴歌了梵高为艺术而献身的精神；“这时我胸中觉得有一朵花儿隐藏，/它在这静夜里火一样开放!”（《南方的夜》）比喻语言表达了诗人对美好事物的向往；“我愿多多落些泪珠，/来浸润我的心田，像是甘露，/准备着一条虹显在天边。”（《暮春的花园》）这是用比喻来暗示对美好爱情的期待。第二，用拟人。如：“在我们未生之前，/天上的星，海里的水/都抱着千年万里的心/在那儿等待你。”（《等待》）通过拟人，沟通了宇宙和人的关系，使得宇宙有情，充满对人类的关爱；“铜炉在向往深山的矿苗/瓷壶在向往江边的陶泥”（《我们听着狂风里的暴雨》），运用了拟人，使无生物具有人类的“向往”精神，富有情趣和哲理。另外，像《夜半》就通篇运用了拟人手法，增强语言的含蓄性和感染力。第三，用对仗。如：“眼前闪烁着天国的晴朗，/心理蕴积着地狱的阴森”（《湖滨》），对仗的巧妙运用，一下子把诗的境界从现实空间拓展到诗人的心理空间，在鲜明的对比中，让人透过“晴朗”的表象，去感触内心的“阴森”，在极富张力的语言中，让人去感悟诗人内心的痛苦以及对现实的强烈不满。第四，用意象并置。如：“我只能歌唱，/歌唱这音乐的黄昏——/它是空际的游丝，/它是水上的浮萍，/它是风中的黄叶，/它是残絮的飘零：/轻飘飘，没有爱情，/轻飘飘，没有生命!”（《我只能……》）诗人一连用“空际的游丝”“水上的浮萍”“风中的黄叶”“残絮的飘零”等意象并置在一起，含蓄地表现了生命和爱情的漂泊不定感。第五，虚实结合。例如：“在山丘上松柏的荫中，/轻睡着一个旧的希望。”（《希望》）希望本是抽象的，无生命的，诗人在这里用了一个动词“轻睡”，便化抽象为具体，变无生命为有生命，增强了语言的形象感。再如：“风吹着发，又长了一分，/苦闷也增了一寸”（《海滨》），由第一句的实境巧妙地关联第二句的虚境，使抽象的“苦闷”变得有了长度，增加了形象感。第六，运用富有色彩感的词。如：“我怀着灰色的、岁暮的感伤，/你面上却浮荡着绯色的春光——”（《雪中》）这里，“灰色”“绯色”，突现了视觉效果，特别是用“灰色”来形容抽象的“感伤”，造成了化无形为有形的艺术效果。

4. 流丽婉转的音乐美

冯至的诗，无论是早期的作品，还是后期的十四行诗，都能体现鲜明的音乐美。这与他对诗歌特征有着清醒的认识，以及重视对新诗形式的探索有着密切的关联。当中国新诗从古典的格律中走出，变成了用白话文写自由诗，一些诗人误以为想怎么写就怎么写，想怎么自由就怎么自由，甚至可以自由到像说话一样去写诗。而在冯至等诗人看来，新诗的自由同样存在着艺术上的不自由，诗的基本艺术形式，仍然要在不自由中去探索，去保持。例如诗的音乐性就不能放弃。音乐性不仅有利于诗歌表达思想感情，而且有利于增强诗的美感，让读者在吟诵中获得独特的审美愉悦，并且产生更深刻的理解和记忆。可以说，冯至是深深懂得诗与音乐密不可分的关系，并且在自己的诗歌创作中进行了多方探索，收到了显著的成效，获得了巨大的成功。他的诗读起来，情感自然起伏，曲折有致，节奏鲜明，音韵和谐，有着一种流丽婉转的音乐美。这与他不以表面的激情去煽动人心，不追求慷慨激昂的轰动效果，而是追求一种看似平淡而实则具有内在威力、充满文化与哲学意味的艺术个性有着密切关联。因而冯至诗歌的音乐性不是“惊涛裂岸”式的壮美，而是“小河柔波”似的柔美。

新诗的音乐性主要是通过节奏和韵律表现出来，而节奏更为重要。有些诗不押韵仍然可以成为诗，而没有节奏就根本不能成为诗。所谓节奏，主要是通过诗歌中的音步（顿）的间歇停顿和音韵（声音的轻重、缓急、长短、高低等）的抑扬起伏而形成的。中国古典诗歌的节奏主要靠平仄的调换体现出来。新诗的节奏主要是根据内容的变化和感情的起伏自然形成。在诗歌写作中，可采用多种方法来增强诗的音乐美。具体到冯至，主要运用了如下一些方法：

第一，根据感情的起伏变化，让诗的音步齐中有变，诗的音韵自由选择。如《我是一条小河》中的后四节诗：

我｜流过｜一座森林，
柔波｜便荡荡地
把｜那些｜碧绿的｜叶影儿
裁剪成｜你的衣裳。

我｜流过｜一座花丛，
柔波｜便鳞鳞地
把｜那些｜凄艳的｜花影儿
编织成｜你的花冠。

最后｜我终于

流入了｜无情的｜大海——
海上的｜风又厉，｜浪又狂，
吹折了｜花冠，｜击碎了｜裙裳！

我｜也随了｜海潮｜漂漾，
漂漾到｜无边的｜地方
你那｜彩霞般的｜影儿，
也和｜幻散了的｜彩霞｜一样！

诗中的一、二两节，主要表现“我”（小河）在流动中对“你”（彩霞般的影儿）的真诚相爱和执著追求，诗的音步间歇停顿完全一致，顿数是“三、二、四、二”；到诗的第三节，由于遇到了意外的阻力，诗情发生了转折和变化，诗的音步也随之发生了变化，顿数变成了“二、三、三、四”；到最后一节，写“我”与“你”尽管遇到外在环境的巨变，但双方仍心神相随，爱心不变，因此诗的音步停顿再次发生变化，变成了“四、三、三、四”，这样整齐又有变化的音步，读起来就有一种参差的节奏美。而诗的音韵则基本上是随着感情变化自由选择的。这样，全诗的调子就随着节奏和音韵的变化而显得舒缓柔曼，起伏有致，具有强烈的音乐美。《月下欢歌》一诗共六节，每节的句式排列基本相似，每节的音韵随情变化，但每节的最后两行“请你接受吧，/我的感谢!”则重复使用，前后关联。这样，全诗就以鲜明的节奏，欢快的基调，尽情抒发了诗人对自然、时代、民族、祖国、环境、宇宙的感恩以及由此激发出来的奉献精神。

第二，根据词的组合，按音步相同或不同两种方式来形成诗的节奏。例如他的十四行诗，除了采用了意大利和法国十四行体“四四三三”式的分节形式外，他放弃了西方拼音语言的音步规定，而是根据汉语的特点，依据词的组合来安排音步，形成诗的内在节奏。在《十四行集》中，诗的音步有时是相同的，有时是变化的，如：

案头｜摆设着｜用具，
架上｜陈列着｜书籍，
终日｜在些｜静物里
我们｜不住地｜思虑。

（第二五）

有多少｜面容｜，有多少｜语声
在我们｜梦里｜是这般｜真切，
不管是｜亲密的｜还是｜陌生：
是我｜自己的｜生命的｜分裂，

（第二十）

这里｜几千｜年前
处处｜好像｜已经
有我们的｜生命；
我们｜未降生前
（第二四）

前两节诗，音步相同，但一个采用的是每句三顿式的，另一个采用的是每句四顿式的，形成了整齐的节奏美。后一节诗音步有所变化，采用的是“三、三、二、二”式的，形成了一种参差的节奏美。

第三，采用了跨句的形式，造成音步的暂时停顿与跳跃连接，使诗的音节匀称，节奏徐缓而有跳宕。他的《十四行集》中有不少诗都采用了这种方式。如《蔡元培》中的后三节：

我们只在黎明和黄昏
认识了你是长庚，是启明，
到夜半你和一般的星星
也没有区分：多少青年人

赖你宁静的启示才得到
正当的死生。如今你死了，
我们深深感到，你已不能

参加人类将来的工作——
如果这个世界能够复活，
歪扭的事能够重新调整。

从诗中可以看到，诗的第一节中的最后一行与第二节的第一行之间，第二节的最后一行与第三节的第一行之间，都形成了音步的暂时中断与跨行连接，这既保证了十四行诗节奏的要求，又能造成音步的停顿，留下了阅读与思考的空间，使节奏张弛有致，变化多姿。

第四，采用反复的艺术手法，并且配合音韵的变换，增强诗歌节奏的流畅、和谐、回环之美。如《艰难的工作》，全诗共六节，这里仅举一、二节为例：“上帝啊给了我这样艰难的工作——/我的夜是这样的空旷，/正如那不曾开辟的洪荒：/他说，你要把你的夜填得有声有色！/从洪荒到如今是如此地久长，/如此久长的工作竟放在我的身上。/上帝啊给了我这样艰难的工作。//上帝啊给了我这样艰难的工作——/我一人是这样地赤手空拳，/我不知何处是工作的开端：/他只说，你要把你的夜填得有声有色：/我如果问何处是工作的开端，/他便板着面孔静默无言。/上帝给了我这样艰难的工作。”从诗中可看出，诗的首句“上帝啊给了我这样艰难的工作——”不仅在第一节的结句中反复，同时在第二节的首句与结句中反复；诗中的第四句“他说，你要把你的夜填得有声有色!”在一、二两节诗中都是有意反复，这就在诗行、诗节之间，形成音步的变中有同，环环相扣，加上他采取了特殊的押韵方式，即每节诗的二、三、五、六句押一个韵，一、四、七句换一个韵，且上下两节的押韵又有所不同。这样，诗句的反复与音韵的变化相结合，加强了诗行与诗节之间音乐旋律的连贯与回环，大大增强了诗的音乐美。

第五，采用了每节诗的结句在音步和押韵上都相同的方式，来增强诗的音乐感。如《风中》一诗，第一节的结句是：“一盏，两盏，三盏……”第二节的结句是：“一片，两片，三片……”第三节的结句是：“一闪，两闪、三闪……”等，在句型、音步、押韵上完全一致，造成了诗的婉转回环的音乐感。

第六，运用叠韵增加诗的音乐感。如“频频”“殷殷”（《风夜》）；“轻飘飘”“死沉沉”“欢腾腾”“苦苦地”“迟迟地”（《迟迟》）；“荡荡地”“粼粼地”（《我是一条小河》）等等，这些叠韵词的运用，不仅增加了诗的音乐感，而且有利于表现诗人缠绵的感情。

以上我们对冯至诗歌的思想内涵及艺术特征作了初步的探讨和论述。对于这样一位经受了时间的考验，有着独特个性和艺术风格的诗人，我们要以历史的眼光，去正确看待和评价他的诗，通过比较他和同时代诗人所走过的不同的创作道路，去总结中国新诗发展过程中的一些经验教训。同时也要用现代的眼光去观照他的诗歌，以便多角度、多层次地去发掘其诗歌的思想价值和艺术价值，从中汲取丰富的艺术营养。当前，在有关中国现代诗人诗作的研究中，冯至的研究还相对薄弱，甚至比较冷清。他的诗歌仍然是一座沉默的宝藏，我们热切地期待着更多的有志者前去开采，以便让他诗歌的艺术瑰宝不断地显现出来，并且闪烁出耀眼的光芒。

用嘶哑的喉咙唱着自己的歌

——论曾卓的诗歌创作

得知诗人曾卓去世的消息后，我在内心暗暗痛惜：中国又失去了一位优秀的抒情诗人。同时，我的脑海里，不断涌现出他的许多优秀的诗篇：《门》《铁栏与火》《悬崖边的树》《呵，有一只鹰》《是谁呢?》《有赠》《感激》《我遥望》《老水手的歌》等，这些诗篇曾深深地打动过广大读者的心灵，在诗坛内外产生了广泛的影响。记得他在《老水手的歌》中写道："老水手坐在岩石上/敞开衣襟，像敞开他的心/面向大海……"他也因此被人尊称为"老水手"。如今，饱经风浪的老水手已永远地离开了我们，飘向了更远更广阔的海洋……

曾卓是一位有着革命生涯的诗人，他从小生活在湖北汉口。早在"一二·九运动"中，他就参加了武汉抗日救亡活动的组织工作，而且是武汉"民族解放先锋队"的第一批成员。他从20世纪30年代开始写诗，是著名的"七月诗群"中的代表诗人之一。这个诗群在40年代的中国诗坛上产生过重要影响。1941年，他在重庆还参与了《诗垦地》丛刊的编辑工作。中华人民共和国成立后，他任武汉市文联副主席、长江日报社副社长。1955年，因受所谓"胡风反党集团"冤案的牵连，他被捕入狱，历经数十年的磨难。1979年平反后，调回武汉市文联工作。复出的诗人又开始了歌唱。他先后出版了诗集《门》《悬崖边的树》《老水手的歌》等，诗论集《诗人的两翼》，还有若干散文集；其中《老水手的歌》获全国第二届优秀新诗诗集奖。

他的朋友都盛赞他的为人和诗歌。绿原称"曾卓是个钟情的人"，牛汉则认为"他的人与诗都没有自己的甲胄，他是一个赤裸的'骑士'"；"也正因为他总是排斥情调高昂的虚伪和空洞的豪言壮语，直抒自己的胸臆，又极易蒙受误解和创伤。"① 的确，曾卓是一位真诚的诗人，无论是生活在战火纷飞、颠沛流离的20世纪三四十年代，还是在中华人民共和国成立后，他受到意外的打击，心灵

①牛汉：《一个钟情的人》，见《文汇月刊》，1983年第3期。

饱经屈辱和苦难的那些岁月，他都坚持“用嘶哑的喉咙唱着自己的歌”，“用真实的眼泪沐浴自己的灵魂”，用自己饱含深情的诗篇记录了他对苦难岁月的感受，对坎坷命运的抗争，对多味人生的体验，对复杂生活的沉思……可以说，他的诗句“用嘶哑的喉咙唱着自己的歌”（《我能给你的》），形象地概括了他一生的歌唱。一方面，他经历了20世纪三四十年代的战争、流亡和苦难，也经历了中华人民共和国成立后数十年的受诬、囚禁和磨难，他一生中的许多宝贵的时光都生活在阴影中，失去了自由，失去了工作，也失去了公开歌唱的权利，这使得他的歌唱变得嘶哑、忧郁、沉重，并且只能偷偷地在私下唱给自己听；另一方面，即使命运对他如此冷酷，如此不公，他也决不放弃歌唱的权利，不放弃自己一贯坚守的立场——他要唱自己的歌，真实的歌，饱含着血泪的歌，他要用这样的歌声去抗击世俗的风雨和多难的命运，他要用这样的歌安慰自己受伤、痛苦、孤独而又寂寞的灵魂。从这个角度看，曾卓的每首诗都是他灵魂的写照，有着鲜明的个性和独特的精神风貌。

一、苦难时代的印迹与青春岁月的写照

曾卓写于20世纪三四十年代的诗，既带有明显的时代的印迹，又是他青春时期生活经历与情感经历的写照。在那战火纷飞、山河破碎、人民流离失所、饱受战争之苦的岁月里，曾卓仍然心牵苦难的大地以及大地上受难的人民。他在《乡村》一诗中这样写道：“为什么我看到的/都只是深深的皱纹和愁苦的脸/我听到的/都只是叹息、悲愤和深夜的低泣呢？/为什么每一个白日/你们都只是背向苍天/不是仰起头来大声讲话/不是紧扣着背膀高笑欢歌呢？/为什么每一个夜间/都是如此黯黑和沉寂/没有一次火把高叠成篝火的舞会呢？//为什么在我为你写诗的乡间/感到了如此深深的、广阔的/不能摆脱的寂寞？”诗人的追问，直接触及了当时乡村的现实和农民的命运以及诗人无边的寂寞感。由于抗战的爆发，诗人被迫流亡到山城重庆，他所看到的依然是：“呵，大雾弥漫！/豪华、淫荡的山城/在我们，是沙漠/是狂风暴雨后的海岸/没有自己的呼吸/没有纵情的歌声/没有火焰的颜色/没有年青的爱情/它泛滥的正是我们所憎恶的/它缺少的正是我们所需要的”（《生活》），诗人对这样的生活感到厌恶和绝望。在《小城之冬》中，他看到的是死去的孩子，蓬乱的头发、幽幽哭泣的母亲，残缺了四肢，敞开着露骨胸膛的乞丐；在《行列》中，他看到的是骑着高头大马的监斩官和蓬头垢面，反缚了手，“口角挂着鲜红的血渍”的犯人；在《拍卖》中，他看到“四个赤脚的苗女/被包围在哗笑的人群中”，遭受廉价的拍卖；而《疯妇》一诗，则向我们描写了一个令人触目惊心的疯妇形象：她蓬乱的长发在晚风中飘散，她的带着红丝的眼中闪着愤怒的光芒，“她突然并发的狂笑如尖刀刺进人的胸膛”；她在远远

就闪避她的人群中乱跑，“如一匹野马狂奔在旷野”，而黄昏的风从江上来，雨滴和泥污已洒满她的破衣裳，她却“向天空伸出瘦削的双手/是向人们渴求一分温暖吗，/还是向不公平的命运索还报偿?”，最后她在风雨中倒下了，“泥潭做了她的摇床”，“沉睡的夜色/盖在她渐渐僵冷的身上……”《熟睡的兵》，则用纪实的手法，描写了一个士兵在秋天雨后的黄昏，随便地躺在公路旁，“这是他的绞缠着病容的脸/苍白、枯瘦、绝望/微微张开的嘴唇、和微微张开的眼睛：/向上翻着，发白，无神”，他穿着破烂的单军裤，骨头凸出的大腿上，一大块伤疤亮着：他白蜡似的手糊满了污泥，轻轻地颤动着；他的眼中，“突然涌出了泪水”，诗人用精选的细节，真实地刻画了这位用鲜血守护我们家乡的士兵的艰难的境遇。曾卓的这类诗充分体现了他对下层人民命运的关注，同情和怜爱，他为他们不幸的命运和遭遇感到痛心和不平，从中可以感到诗人善良的灵魂和强烈的正义感。

长诗《母亲》则用饱含深情的笔墨写出了母亲寂寞、悲哀的命运以及母亲对自己的严格的教育，无限的慈爱，抒发了自己对战乱中流离他乡、不知死活的母亲的深深的牵挂和思念。曾卓的母亲嫁到曾家的第三个春天，他的父亲就遗弃了他的母亲，离家出走了。她的母亲那年还不到二十五岁。这给曾卓幼小的心灵蒙上了一层阴影，使他过早地尝到了屈辱和凄凉的滋味。从此，他与母亲艰难度日，相依为命。母亲的遭遇和寂寞的命运对曾卓的性格和心灵产生了潜移默化的影响。她的母亲后来在抗日战争中，孤独地惨死在流浪的途中。在《母亲》这首长诗中，可以看到她对母亲的同情和挚爱：“想着您的一生/不幸的悲苦的遭遇，/我的泪水，如窗外的秋雨/凄然而落。”同时也可以看到，他善良、宽厚的母亲在坚韧、顽强地抗击着命运：“是什么封住了你的嘴呢？/没有一句诅咒，/您怨自己的苦命。/含着流不完的眼泪，/让你青春的花朵/在孤独中/在比利箭还要刺伤您的心的/旁人讥嘲的眼光下/暗暗地凋落。”于是，母亲把全部的希望寄托在曾卓身上，为了孩子的健康成长而拼命地干活：“从此一座阴暗的小楼/就是你的世界。/您在油污的厨房里/洗衣、切菜、煮饭，/或是俯身坐在窗口/做着各种刺绣。/窗外沸腾的喧嚣的大街，/大街上的遍地阳光，/和您拉上了宽阔的鸿沟。/您低着头，更深地低着头/一步一步，艰辛地/耕耘着坚硬的日月。”可是，当曾卓长大，却“高高地飞出了家的牢笼”，“将更无望的孤独留给您；/将更无温暖的无底的日子留给您；/将更沉重的悲哀和痛苦留给您；/我带走的，只是您的/曾在我身上寄托过高热的希望/而已被撕裂的心。”诗的字里行间，渗透着诗人对母亲心境的理解，对母亲生活的牵挂，也有自己内心的不安与歉疚。但另一方面，他在诗中也向母亲表明心迹，自己告别母亲，远离故乡，正是为了战胜敌人，争取民族的解放，正是为了“带给后来的母亲们/不再如您们一样悲惨的命运”。为此，诗人庄严地向母亲表明自己的理想和奋斗目标：“我/无数的您们的孩子们，/都在一滴一滴地/抛出自己的血汗，/用如石工一样的手/一凿一锤地敲打着/通向自由幸福世界的路。”到诗的最后，诗人满怀深情地告慰母亲：“母亲！/请相信我，/当祖国的大地/挣断了几千年来的锁链，/当我们的草野/那茂密的林间/不再拴有敌人的战马，/当你又跋涉着迢迢的路/回到家乡时，/我一定要随着黎明的光/去叩开故居的门，/我一定要跪倒在您的脚前/求您：即使是一点头的宽恕……”整首诗把母亲的不幸命运与祖国的不幸命运结合在一起，把爱母亲与爱祖国的感情结合在一起，把对母亲的歉疚与对理想的追求结合在一起，自然、真切地抒发了诗人复杂的情怀，读后既给人以温馨的抚慰，又能给人以鼓舞和力量。在 20 世纪 40 年代初写母亲的诗歌中，这是一首十分难得的，极具感染力的诗歌。

在曾卓 20 世纪三四十年代的诗中，不仅有国破家难的抒写，也有自己对生活、青春、爱情、理想等多方面的体验与沉思。如《生活》则写出了自己的忧郁和对命运的难以把握：“忧郁像一只小虫，/静静地蹲在我的心峰。/不愿说也不愿笑，/脸上挂着一片生之烦恼。//生活像一只小船，/航行在漫长的黑河。/没有桨也没有舵。/命运贴着大的漩涡。”这可能是家庭的不幸使诗人过早地品尝到了忧愁的滋味。《狱》则写出了他在狱中所见：“伸出了削瘦的手/从冰凉的铁栏格。/投出了激愤的眼光/从阴森的小屋”。他认为这些狱中囚禁的年轻的生命“负着苦难的祖国，/又负着祖国给你的苦难”，他们是无罪的，他为他们的遭遇发出愤怒而不平的呼声。《青春》则写出了自己对爱情的向往与执著：“不问是玫瑰生了刺，/还是荆棘中却开出了美丽的花，/——我折一支，为了你。/被刺伤的手指滴下的血珠，/揩上衣襟：/让玫瑰装饰你的青春，/血渍装饰我的青春。”《门》则是一种人生经验的总结：“曾经用美丽的谎言来哄骗我们的/是她；/曾经用前进的姿态来吸引我们的/是她。//而她/在并不汹涌的波涛中，/就投进了/残害我们的兄弟的人的怀抱”，当她“又要走进/我们友谊的圈子”时，诗人果断的、义正词严地宣称：“让她在门外哭泣，/我们的门/不为叛逆者开!”这样的诗以沉重的代价换来的教训，体现了诗人鲜明的爱憎观。《断弦的琴》，则表现了诗人为跟上时代的滔滔洪流，决定忍着痛苦，亲手“扼窒爱情的呼吸”，这表明诗人深明大义，为了民族的前途命运而主动放弃了个人的幸福。《别》则在抒写自己送友人参军，去保家卫国的同时，也抒发了自己的理想和抱负：“也许我将跟上你的足迹，/看一身军服把你装扮得英勇。/在抗战的巨浪中长大，/为民族，也为自己/准备头颅在战场上开花”这掷地有声的诗句，今天读来，仍然十分感人，它使我们看到了当时的热血青年，决心慷慨赴难，为国捐躯的赤胆忠心。《不是囚徒》，更是写出了自己险恶的处境以及自己反抗的声音：“不是囚徒。/而我的头上呼啸着皮鞭，/我的脚上锁着无形的铁链，/到处都有盯着我的黑色的眼……//但灵魂是能禁锢的吗？/梦想是能监视的吗？/我磨我的短剑，写我的诗篇。”这说明，诗人已开始自觉地以诗歌为武器，向那个极端专制的社会发出了战斗的宣言。总之，曾卓这段时期的诗歌，从不同的侧面真实地记录了他对苦难时代的切身感受，也真实地记录了他青春岁月的生活经历，情感经历和思想经历。多难的时代，不幸的家庭，流亡的经历，爱情的体验，抗战的召唤……这一切都锤炼了诗人的意志，拓宽了他的视野，增强了他的见识，他的思想和诗歌都在逐步摆脱个人狭小的天地迈向开阔的境界，他开始关注祖国的命运，民族的前途，他已自觉地将自己的生命以及诗歌创作融入反抗专制，争取民族解放的洪流中，他的诗歌已明显的有了昂扬的基调和战斗的色彩。

二、被囚禁的躯体与渴望飞翔的灵魂

中华人民共和国成立后，诗人以满怀喜悦的心情投入新的生活，进行新的歌唱。他渴望自己像一只鹰那样，做“蓝天的骑士，要更高更高地飞”，“生命的歌要唱得更响，更响”，“它的健壮的翅膀能够飞得多远/就有多么辽阔的蓝天”（《呵，有一只鹰……》）。然而，生活的暴风雨很快向他袭来，他万万没有想到，因所谓“胡风案”的牵连，他竟被捕入狱，一下子失去了人身自由。在漫长的囚禁岁月里，他受尽了冤屈和磨难，这对一个渴望新生活，渴望工作，渴望歌唱的诗人来说，该是多大的打击啊！而且，这次囚禁他的监狱，已不是国民党的监狱，这又令他感到无比的痛心和委屈。然而，尽管他的躯体被囚禁，失去了自由，但他的灵魂仍在抗争，仍在不屈不挠地苦斗，仍在渴望着飞翔，渴望着追求心中的理想。因此，他决心以坚强的意志战胜苦难：“我将嘴唇咬出血，挣扎着前进，/为了不被孤独的风暴压倒。”“我的身体让急雨鞭打，/我的灵魂让烈日曝晒，/在烈火熊熊的熔炉中，/我将取得第二次生命——真正的生命。”他仍然希望通过自我的思想改造，获得新的生命，投入新的事业。他从内心发出真诚的呼唤：“不要遗弃我呵，/神圣的集体，伟大的事业，/我是你的期待呼唤的浪子，/我是你的寻求战旗的士兵。”（《我期待，我寻求……》）尽管他觉得自己“灵魂负伤”，“失去了最珍贵的赖以生活的一切”，“但是，听呵，在我的内心/青春的歌声仍像当年一样轰鸣。/她烧灼着我的胸口，激情地呼唤我：/勇敢，奋斗，再前进！”（《凝望》）。曾卓是真诚的，坚强的，蒙受冤屈而没有怨恨，身处逆境而没有绝望，他相信自己的问题终究会得到公正的解决，他对未来仍然充满着信心和希望：“像我的影子一样守候在我的身旁。/我失去了一切，是的，一切，/但你从来没有离开我，/我也从没有失去你呵——希望！”（《希望》）“我的思想雷驰电闪/狂风暴雨似地拷问着我的一生”，他认为自己是无辜的，因而他要战胜眼前的黑暗，并且要“张开双臂迎接生命中的又一个黎明”（《醒来》）。然而，曾卓却一直被囚禁着，孤立在集体之外，隔绝在生活之外。直到 1970 年，他还被关在单人“牛棚”里，在孤独、无望、寂寞中写下了一首《无题》诗，表示了自己的愤懑和强烈的抗争：“我不是拿破仑/却也有我的厄尔巴——/一座小小的板壁房就是我的孤岛/外面：人的喧嚣，海的波涛//我渴望冲破黑暗/在浓雾中扬帆远出/去将我的‘百日’寻找/我倒下了，但动摇了一个封建王朝”。这样的诗，在当时无疑是“异端”的声音，但却显示了诗人的铮铮铁骨，它向世人表明：知识分子的肉体可以被囚禁，但灵魂是无法囚禁和扼杀的；知识分子的内心是渴望自由，渴望奉献的，是决不向任何势力妥协和屈服的，这充分显示了知识分子崇高而独立的人格意识。

就在同一年，诗人还写下了另一首后来被广为传诵的著名诗篇《悬崖边的树》：“不知是什么奇异的风/将一棵树吹到了那边——平原的尽头/临近山谷的悬崖上//它倾听远处森林的喧哗/和深谷中小溪的歌唱/它孤独地站在那里/显得寂寞而又倔强//它的弯曲的身体/留下了风的形状/它似乎即将跌进深谷里/却又像是要展翅飞翔……”诗人用十二行诗，为我们塑造出一棵饱经创伤、置身于险恶环境仍然渴望飞翔的树的形象，读后使人的灵魂久久的颤栗。可见，这棵悬崖边的树已经超越了自然树的特质，注入了诗人浓烈的情思，成了诗人心灵世界的“客观对应物”，一种包容着巨大思想容量的象征形象。在这里，一方面，来自天庭的“奇异的风”，以其神秘而绝对权威的力量，无情地将一棵树从森林中掀起，并将它吹刮到更加险恶的境地“临近深谷的悬崖上”，迫使它的身体弯曲，“留下了风的形状”，可见，这棵树处于完全被动的地位，无力抗拒命运的摆布，它的生命似乎面临着灭顶之灾；另一方面，树的灵魂并没有因风的强大而被摧垮，依然孤独、寂寞而又倔强地站在那里，仍然在“倾听远处森林的喧哗/和深谷中小溪的歌唱”，它没有低头，没有放弃希望和梦想，“它似乎即将跌进深谷里/却又像是要展翅飞翔……”这是逆境中的抗争，这是绝望中的希望，这是久久压抑中奋飞的梦想……可见，风的力量再奇异，再强大，再无情，也只能改变树的处境和命运，绝对摧毁不了树的精神魂魄，改变不了树独立的个性与独特的追求。由此可见，这棵树的形象，既是曾卓精神风貌的自我写照，也是一代受难的知识分子命运的象征，灵魂的塑像。在那些艰难的岁月里，曾卓就用这棵树的精神支撑着自己，激励自己，守护自己受伤的灵魂，抵抗人世的浊流。在他的内心深处有着一种坚定的信念，他不愿自己的生命在囚禁中黯淡：“灰暗不是她的色彩/铁链锁不住她的翅膀//在黑暗中发光/在痛苦中歌唱/在烈焰中飞翔”（《生命》），也不愿自己停止生命的歌唱：“我的口中有时停止歌唱，/我心中的歌声永远嘹亮……”（《我有两支歌》）他的诗，即使写伤痛，写屈辱，写苦难，也充满着昂扬向上的精神，读后能给人以信心和力量。由此可见，在这一漫长的时期，曾卓被囚禁的躯体与渴望飞翔的灵魂构成了他生命中最尖锐的冲突，也构成了他诗歌创作中最主要的精神取向。一方面，他无法改变现实，无法尽快地获得人身的自由；另一方面，他又不甘沉沦，不甘让精神陷入无边的黑暗，他要振作起来，在躯体的不自由中去寻求精神的自由，在狭窄的牢房里让灵魂飞向远方。现实对他越冷酷，他越要超越现实去攀登精神的高峰；对他迫害愈久，他的抗争、追求就更加执著。他用诗笔挖出了一条精神的通道，让他的灵魂不至于长久的窒息；他用血泪凝成的诗篇，向世人证实他坚韧、顽强的抗争与永不屈服的灵魂。在他的生命钉在十字架上受难的时刻，他的灵魂和诗歌却获得了意外的高度和永恒的生命。曾卓是不幸的，曾卓又是幸运的。

三、对真情的呼唤与对真爱的感激

在曾卓的诗歌中，有一类写爱情、友情的诗更是别具一格，具有极强的感染力，能深深地打动读者的心。特别是在曾卓被囚禁的漫长岁月里，他失去了自由，远离了火热的生活与可爱的集体，远离了战友和亲人，他完全被封闭在孤独、寂寞与悲哀的阴影中，更是渴望一份人间的真情，来抚平他心头的创伤，来支撑他挑战厄运，以足够的耐心期待自由而美好的明天。如《是谁呢?》一诗，就是发自诗人内心深处的最急切的声音，是诗人对人间真情的期待与呼唤：“愿用洁净的泉水为我沐浴的/是谁呢？/愿用带露的草叶医治我的伤痛的/是谁呢？/在狂风暴雨的鞭打中，仍紧紧地握住我的手，愿和/我一同在泥泞中跋涉的/是谁呢？/当我在人群的沙漠中飘泊，感到饥渴困顿，而又无/告无助，四顾茫然，愿和我分食最后一片面包，同/饮最后一杯水的/是谁呢？/当我被钉在十字架上，受尽众人的嘲笑凌辱，而仍/不舍弃我，用含着泪、充满爱的眼凝望我，并为我/祝福的/是谁呢?”诗人面临一个又一个的灾难和打击，在绝望与无助中，向人们发出了一连串悲伤的追问，这真是患难时刻盼理解，盼知己，它是诗人对爱的渴求，对真情的期待，读来令人心酸，令人感慨不已。而一旦获得这种真挚的爱情，诗人不但激动，而且惶恐，担心，甚至不敢相信，最后得到证实之后，诗人忍不住全身颤栗，以至啜泣。《有赠》一诗，就是真实地记录了诗人这段感情的经历，是诗人爱情诗中最有感染力的诗篇之一。诗人首先自称自己“是从感情的沙漠上来的旅客”，“饥渴、劳累、困顿”，看到心爱的人窗前的灯光，就认为它是“我生命的灯”。当他怀着“不安的心情”走进对方洁净的小屋时，尽管“赤着脚走得很慢，很轻，/但每一步还是留下了灰土和血印。”因为他当时背负着种种罪名，总觉得自惭形秽，忐忑不安；当对方让他在舒适的靠椅上坐下，“微现慌张”地为他倒茶，送水时，刚从黑暗中走出的他，“眯着眼，因为不习惯光亮/也不能习惯你母亲般温存的眼睛。”诗人欣喜之余又感到惶恐、担心，害怕连累对方："我的行囊很小，/但我背负着的东西很重，很重，/你看我头发斑白了，背脊佝偻了，/虽然我还年轻。"从中可以看到那场政治冤案对诗人身心的摧残是何等的严重。当爱情的雨露真的降临到他头上时，他一下子就陶醉、激动甚至怀疑其是否现实："一捧水就解救我的口渴，/一口酒就使我陶醉了，/一点温暖就使我全身灼热，/那么，我能有力量承担你如此的好意和温情么？//我全身颤栗，当你的手轻轻地握住我的。/我忍不住啜泣，当你的眼泪滴在我的手背。/你愿这样握着我的手走向人生的长途么？/你敢这样握着我的手穿过蔑视的人群么？"这是历经苦难的诗人在获得爱情滋润时的真实反应。于是，诗人从爱情中获得了神奇的"力量、勇气和信心"，决心忘却所有的屈辱和苦难："在一瞬间闪过了我的一生，/这神圣的时刻是结束也是开始"，诗人的生命因爱的光照而获得了光彩，诗人的灵魂因爱的滋润而获得了新的生机，开始升华到一种崭新的境界："你的含泪微笑着的眼睛是一座炼狱。/你的晶莹的泪光焚冶着我的灵魂。/我将在彩云般的烈焰中飞腾，/口中喷出痛苦而欢乐的歌声。"可以说，爱情挽救了诗人，也挽救了他的诗歌。在中国当代诗人中，流沙河、黄永玉都有类似的经历，也都写下了类似的诗歌。每当遭逢厄运，艰难困苦的时刻，中国的女性总是以其温柔真挚的爱情愈合着诗人们心灵的创伤，滋润着他们的生命和灵感，让他们活得尊严、充实并且爆发出更大的创造力，诗人们没有理由不对这样的女性长怀感激，没有理由不献给她们最美最真挚的赞歌！对于长期处于孤独、寂寞而又无告状态下的曾卓来说，这种真挚的爱情确实是一种巨大的精神力量，他在内心对这种爱充满着无言的感激："它培润我有时枯萎的勇气"，"我在你关切的目光中大步向前/即使道路坎坷，遍地荆棘//即使在炼狱的烈火中，我也决不呻吟/因为耳边响着你的一句话：我愿随你永不超生"（《感激》），诗人深深懂得这份感情的珍贵，这份爱的分量，并且愿意为此付出任何代价："我只知道那是一个神圣的字/说出它时，要有诚恳的心/而为了得到它/必需用烈焰焚冶自己的灵魂"（《一个少女的回答》），为了珍爱对方，他表示："我一口一口地到处为你衔草/温暖你，用自己的体温和自己的羽毛"（《我能给你的》），并且要"让我的无言的歌飞去陪伴你无言的寂寞/让我的无言的歌帮助你也帮助我的生活。"（《无言的歌》）值得指出的是，曾卓的这些爱情诗大都写于20世纪60年代或70年代初期，是诗人在受难时期偷偷写下的，不是为了发表（也不可能发表），只是为了倾诉自己内心的感情，慰藉自己寂寞的灵魂，因而诗的感情完全来自生活的实感，显得格外真实感人。这样的爱情诗，在当时是很难见到的。今天，当我们重新审视那一阶段的诗歌（包括爱情诗），其中有多少虚情假意的作品，早已失去了文学的价值，被湮没在岁月的尘埃中，而曾卓的诗歌却以其鲜明的个性，真挚的爱情穿越了时空，在诗歌的百花园中绽放异彩。这种历史的教训，是值得我们的诗人引以为戒的。

四、遥望的目光与敞开的心灵

早在1977年粉碎“四人帮”的第一个春天，曾卓就满怀喜悦地唱道：“复活的大地在我的泪光中/闪射着彩虹般的光华，/我祝福每一个人，每一片绿叶，/每一株幼苗，/我爱这田野，这江流，这阳光……”（《春的跃动》）诗人预感到一个新的时代即将来临，长期加在他身上的精神枷锁将有望解除，这是诗人经历了无数等待，无数期盼，渴望已久的日子。1979年诗人终于获得了平反，重新调回武汉市文联工作。他的精神面貌发生了很大的变化，诗歌创作也开始进入一个新的阶段。他开始公开发表作品，引起了诗坛的广泛注目。经过了长达数十年的禁锢，一旦重获自由后的诗人，虽然头发白了，脸上的皱纹增多了，但他依然有着“一颗孩子似的心”，对生活，对人生，对事业充满着赤诚的爱：“我爱，不像年轻时那样热烈/却比年轻时爱得更深沉/爱是我的青春”（《是的，我还爱着》）。在阔别重庆数十年后，他在一次重访重庆时百感交集，“多少如梦如烟的往事/一一浮现在眼前”，他坚持要去寻找靠近红岩村边的那棵大树（当年他就在那棵大树下举手宣誓，把生命和鲜血献给一个神圣的理想），“让它看一看/那个青年又回来了/他已不复年轻/但胸中跳动着的/还是那一颗火焰的心!”（《重庆，我又来到了你身边》）可见，曾卓是不服老的，他要追回逝去的青春和岁月，他要加倍地工作，他要为人民奉献更多更好的诗歌。经过数十年的磨砺，诗人更加成熟了，目光更加敏锐，思想更加活跃，诗的触角也开始向多方面伸展。1981年他写下了一首脍炙人口的短诗——《我遥望》。他开始回首往事，遥望逝去的岁月，总结人生的体验：“当我年轻的时候/在生活的海洋中，偶尔抬头/遥望六十岁，像遥望/一个远在异国的港口//经历了狂风暴雨，惊涛骇浪/而今我到达了，有时回头/遥望我年轻的时候，像遥望/迷失在烟雾中的故乡”。这首诗在短小的篇幅中，运用了对比的手法，从生命的两极（开端和终端）发掘了人生丰富的意味，其中凝聚着诗人独特的人生经验。贯穿全诗的是诗人“遥望”的目光和感受。从“年轻”时向“六十岁”遥望，即从开端向终端遥望，岁月悠悠，人生之路还长，而人尚年轻，梦想很多，抱负远大，正所谓前程似锦，不可限量。诗人用一个比喻“像遥望/一个远在异国的港口”，就表现了人在年轻时那种胸怀壮志，昂扬向上的精神状态；而从年老时向“年轻”时遥望，即从终端向开端遥望，这时人已经历过了生活的“狂风暴雨，惊涛骇浪”，已品尝过了生活的酸甜苦辣，已经体验了人生的成败得失，作为一位已历经沧桑的老人，他在大彻大悟之际，最为留恋的、常常眷顾的反而是年轻时那些难忘的岁月和经历，如今回首遥望，顿觉往事如烟，其中有多少美丽的记忆，激动的场景，难忘的人物，但也有遗憾的经历，未酬的壮志，未了的夙愿……而这一切一切如今都像“迷失在烟雾中的故乡”那样变得渐渐模糊了，远去了，再也无法挽回了，真是岁月无情，青春不再，思之令人若有所失，无限怅惘。全诗从生命的两极去透视人生，充满强烈的生命意识和时间意识，是诗人生活阅历和人生经验的浓缩和升华，读后令人怦然心动，能唤起我们沉睡的生命意识、时间意识和理想意识，激发我们热爱生命，珍惜时间，把握现在，创造未来，最大限度地实现自己的人生价值，让人们在回首往事时，少一份遗憾，多一份美好。

不仅如此，诗人还把遥望的目光投向了历史，从历史人物身上汲取巨大的精神力量。例如，在众多的古代诗人当中，曾卓独爱屈原，并且特地写了《吊屈原》一诗，以怀念、讴歌这位中国历史上最伟大的爱国诗人。也许是诗人的遭遇与屈原有某种类似之处，他更加深刻地感受到屈原险恶的处境、悲壮的命运以及宁死不屈、献身祖国的赤胆忠心。“群鸦聒噪/而白鹤孤立/野草丛生/而香花凋零”诗用形象对比暗示了屈原高洁的灵魂，远大的志向，孤独而又险恶的环境。尽管命运给屈原以沉重的打击，但屈原没有低下高贵的头颅：“你慨然地面对/沉重的命运/你被投掷于大荒/披发抚剑/开始了无尽的漂流/独立在苍茫的暮色里/仰天长啸/穿行于荒草蓬蓬的湖畔/低头苦吟/在你走过的道路上/每一步都留下了血迹/在你唱出的歌声中/每一句都掺和着泪痕”，曾卓在这里为我们塑造了一位置身荒野、披发抚剑、独立苍茫、仰天长啸的屈原形象，给人留下过目难忘的印象。“置身在阴暗的深渊中/你的灵魂飞跃出深谷/上下求索地翱翔/你叩问宇宙的奥秘/你寻求理想的乐土/你探索生活的真谛/你渴望照路的明灯……”然而，屈原不仅没有得到理解，反而遭到更沉重的打击，他已面临生死的抉择：“世道浑浊，众人皆醉/苟活是比死更可悲的生/你庄严地选择了你的道路/像一颗流星陨落于大海/一声爆裂，一阵青烟/你在滚滚的江流中/熄灭了自己的生命”，然而，在曾卓看来，屈原壮烈的死却获得了辉煌的永生：“你生命的火焰/一道炫目的霞光/从汨罗江上腾空而起/穿过漫漫的长空/永远在人民心中闪耀”。屈原的精神深深地影响着曾卓，在他自己经受屈辱和苦难的岁月里，他从屈原身上汲取了巨大的精神力量。全诗通过对屈原的讴歌，寄寓了诗人对独立的个性，不屈的意志，理想的人格的崇敬和追求。

值得我们关注的是，重返诗坛的曾卓，尽管受过那么多的冤屈，身心留下那么多的创伤，但他并没有在“伤痕文学”热的同时，去大量地抒写个人的不幸，去倾吐自己内心的苦水，相反，他的目光没有停留在过去的伤痕，而是坚定地关注着现实，关注着未来，这说明他的心胸是开阔的，眼光是长远的，心是赤诚的，他觉得个人的不幸与祖国的不幸相比是渺小的，只有把自己的一切都融入伟大的时代，跟上祖国前进的步伐，才是自己的希望之所在，幸福之所在。为此，他赤诚地向祖国向人民敞开了自己的心灵："我们怎么能够/只是低着头抚摸/自己身上的伤痕呢？/我们怎么能够/只是一心营造/自己的小巢呢？/我们怎么能够/面对几块黑斑就摇头叹息/而看不到大地上的阳光呢？"（《让我们高唱这歌中的歌》）他表示："我用明净的心去映照/自己的灵魂和沸腾的人生"（《风铃——铁马》），这表明他的心是透明坦荡的，并不计较个人的利害得失，而是一切向前看，一切以大局为重，处处体现了他健康、乐观、向上的人生态度。

曾卓在 20 世纪 80 年代还写了不少有关大海的诗。面向自然的大海，也面向人生的大海，他真诚地敞开了自己的心灵。本来，他看到大海时，已进入了人生的老年，只是在海边生活了十天，后来又在海边航行了两天，但是，他在人生的大海里已飘航了几十年，经受了许多风浪的考验。面对雄浑而又温柔，坦荡而又神秘的大海，触动了诗人对生活的万千感受，他久久地在海边徘徊，默默地与海相对："凝望着，凝望着/我的眼中满含泪水/你用你的微风吹拂我的白发/你用你的温情抚慰我的伤痕/你用你的肃穆澄清我的灵魂/你用你的永远不息的波动/向我启示了运动和永恒"，这大大振奋了诗人的精神："呵，但愿我能够/融化在你的生命中/化作你的一朵浪花、一滴水珠/化作一只在你怀中飞翔的海燕/一片装饰你的白云/一颗照耀你的星星"，不仅如此，诗人还另辟思路，以新奇的想象和更大的气魄抒发自己的情怀："而我却又想/将你溶入我的胸中/我要有你永远的绿色，灿烂的云彩/我要有你的风暴、雷电和巨浪……/我渴望我的生命能像你/一样庄严，一样宽阔，一样美丽/一样汹涌澎湃，奔腾不息……"（《生命的激流》），大海给了诗人巨大的启迪和精神动力，大海也唤醒了诗人内在的本质力量，他希望自己的生命像海一样丰富和充满活力。此外，他还写了《远去的帆影》《海的梦》《扬起的帆》《老水手的歌》等与海有关的诗歌。

五、独特的个性与鲜明的特色

曾卓的诗在艺术上有着自己独特的个性与鲜明的特色。第一，他的诗基本上都是从"我"的视角去观察和感受的，所抒写的内容都是与自己的经历有关，所抒发的情感都是来自他内心的真实感受，真正体现了他自己所说的"用嘶哑的喉咙唱着自己的歌"。无论是写过去时代的苦难，写青春时代的遭遇和忧思，写自己被囚禁时期的伤痛、屈辱、孤独和寂寞，还是写自己获得新生后的喜悦、追求和理想，都是与他个人的经历密切相关。曾卓很少脱离个人经历和感受，去冷静地客观地表现历史的情境、时代的风貌或生活的场景。即使像《悬崖边的树》这样的作品里，也明显渗透了他的生活体验，处处闪动着他的灵魂，正如著名诗人牛汉所说的那样，曾卓的诗"都带有自白或自传的色彩，都是从他'骚动的灵魂’辐射出来的光焰，他的诗文里没有纯客观的冰冷的描绘。他的作品几乎分不清是艺术的虚构还是生活的真实。”[1] 正因为曾卓追求从自我的经历和感受出发写作，而不是“遵命写作”“看风向写作”，不是从迎合政治需要、追逐时尚需要去写作，他的诗反而保持了难得的真诚，独特的个性。他要么搁笔不写，要写就写出自己的骨头和灵魂。纵观曾卓20世纪70年代偷偷写下的诗，丝毫没有受到当时不良诗风的影响，没有泛滥的政治权力话语，没有那种故作激昂的高调，也没有那种从概念出发的主题，没有那种虚伪的激情，他的诗完全来自他的心底，没有矫饰，没有做作，是他生命和灵魂的真实写照。正如诗人自己所说的那样："我希望朴实地唱出自己心中的歌，没有喧哗，没有装腔作势，没有矫揉造作。不是仅仅用华丽的语言将诗装饰起来；不是仅仅用智慧的语言将诗点缀起来。”[2] 因而他的诗读起来有一种温和、真诚而又能促人向上的情调。

第二，曾卓诗中的形象是简洁、平易而又极富表现力。他的诗中，几乎没有那种畸形、怪诞、繁复、极度变形的形象。他诗中所运用的形象，都是能贴近生活，贴近读者，既有很强的艺术表现力，又能使读者容易接受和理解，这与他追求朴实的歌唱是相吻合的。如他写于20世纪40年代的《铁栏与火》，就以简洁平易的形象构成了诗的象征境界：浑身斑纹如一团火的老虎在笼中旋转、扑腾、咆哮，渴望着自由，而无情的铁栏却紧紧地锁着它的身躯，使它只能悲哀地怀念大山、草莽、丛林、峭壁、悬岩、深谷，怀念那“无羁的岁月，庄严的生活”，“深夜，/它扑站在栏前。/它的凝注着悲愤的长啸/震撼着黑夜/在暗空中/流过，/像光芒/流过！//铁栏锁着/火！”这里，诗人用铁栏与火这两个平常、简洁的形象构成了诗的象征，而这象征的内涵读者是不难联系当时的时代背景去感悟和理解的：它是对国民党黑暗统治的愤懑和反抗，是对自由的向往和追求。同时也在暗示人们：铁栏锁火是锁不住的，终将被熊熊烈火所焚毁；扼杀自由的反动统治是维持不久的，终将被人民力量所摧毁。《两只小船》通过叙述“两只暴风雨中失散的小船”经过了狂风暴雨，惊涛骇浪，“它们的命运都贴着大海的漩涡，/却又几乎绝望地相互寻找”，如今终于在港口相会，并且开始了新的“并肩航行，靠得紧紧……”象征性地抒写了一种经历了风雨拆散，如今失而复归，更加弥足珍贵的爱情。至于《悬崖边的树》，更是通过想象，为我们虚拟出一棵被命运之风吹刮到悬崖上的树的形象，象征性地表现了一代受难的知识分子坎坷的命运和不屈不挠的精神风貌。全诗形象通俗，简洁，却又显得含蓄，深沉，同样获得了丰富深刻的表现力。《呵，有一只鹰……》中所写的鹰更是大家熟知的形

---

①牛汉：《一个钟情的人》，见《文汇月刊》，1983年第3期。

②曾卓：《诗人的两翼·〈老水手的歌〉代序》，三联书店，1987年版。

象，但诗人在这个“蓝天的骑士”身上却寄寓了自己的理想和不同的命运：“呵，有一只鹰在高飞/怀着真正的鹰的心/它的翅膀有时牵着狂风暴雨/有时驮负着阳光白云”。在《我遥望》中，“远在异国的港口”和“烟雾中的故乡”都是读者熟知的形象，被诗人写进诗的感受中，却含蓄地表现了极为丰富的、令人品味再三、回味无穷的人生意味。

第三，曾卓善于捕捉生活中的典型细节，并将这些细节写进诗中，增强了诗的表现力和真实感。如《母亲》中的诗句：“我一闭上眼/就浮现了/您那胖胖的身躯/那有着裂纹的粗糙的手掌，/那浮肿的脚，/和那忧郁而无神的/凝望着远方的眼睛……”这里，“胖胖的身躯”“有着裂纹的粗糙的手掌”“浮肿的脚”“忧郁而无神”“凝望着远方的眼睛”等典型的细节，完全来自诗人对母亲的深刻记忆，它们形象而生动地刻画出了一位勤劳、善良、多病、忧郁而又不绝望的母亲形象，读后给人留下深刻的印象。《疯妇》中“她蓬乱的长发在晚风中飘散”“她突然并发的狂笑如尖刀刺进人的胸膛”，她“缓缓地向天空伸出削瘦的双手”等细节描写，从视觉和听觉两个方面，突出和强化了疯妇在读者心目中的现场感，直观感，能强烈地唤起人们对疯妇的悲哀命运的同情。在《熟睡的兵》中，他描述了一个睡在公路边的兵士，并且捕捉了一个细节：“他的污秽的胸章上/写着：‘二等兵吴祥兴’——他的名字”，这就增强了诗的真实感。《雪》是写在下雪的日子里诗人对多年以前友人的怀念，其中也运用了许多细节化的抒情：“想起了那个黄昏/我们怎样披着风雪，/握着手，静静地站在龟山上/眺望着雪花飘飞的童话中的大城；/想起了九年前的除夕，/我们怎样坐在挂篷的三轮车上/如同坐在乌篷船里，/篷外是欢呼声、锣鼓声、鞭炮声/是飘流的灯光和大雪”“在那几个铭刻着我们感情历程的日子里想起你/在倾听过我们低语的大树下想起你，/在我们共同唱过的歌声中想起你，/在我们共同走过的街上想起你，/在无眠的夜里想起你（而我有着那么多的无眠之夜），/也在落雪的时候想起你。”一连串的细节，大大拓展了回忆的时空，也一层层深化了诗的抒情。

第四，曾卓诗的语言是朴素明朗、生动形象的。他的诗的语言发自他真诚的内心，也符合汉语用语规则。他没有特意对语言进行扭曲和重组，让语言变得陌生化，朦胧化。曾卓的诗歌语言是比较明朗、质朴的，读者阅读他的诗没有多少语言障碍，但这种明朗质朴并不等于直白浅露，一眼见底，缺少艺术加工。相反，他尽量采用多种修辞手法使之变得形象生动，富有表现力。如：“我一口一口地到处为你衔草/温暖你，用自己的体温和自己的羽毛”（《我能给你的》），就运用了拟物的手法表现自己对恋人的关爱；“太阳用它锋锐的光芒摇撼我，/我慢慢地从昏迷和剧痛中惊醒”（《凝望》），这是用暗喻表现了自己从绝望中感到的温暖和希望；“让你漂亮的言词/投入时间的熔炉去燃烧/看看是砂石还是真金”

(《一个少女的回答》)，诗中的比喻语言既通俗易懂，又富有表现力；“我跌倒过，而歌声/从未折断”(《海的梦》)，用的是通感手法，将听觉形象与视觉、触觉形象打通；“亲爱的，为了无法说出我的感激/我曾泪流满面匍匐在你温柔胸膛上的/土地，你忍受着烈日高热的灼烤/狂风暴雨急促的鞭打/和冬日风雪紧紧的桎梏/你默默地、含悲地期待着你的/是不是/是不是也正是我期待着的呢?”(《乡村》)诗用拟人手法，表现了诗人对乡村土地(象征着广大农民命运)的满腔深情和无限牵念；“我的身上紧裹着阳光/我的脚边跳跃着波浪”(《瞬间》)，这里动词“紧裹”比“洒满”之类具有更强更新鲜的表现力，更生动更形象，可见，诗人很注意锤炼动词；“一瞬间，我感到自己轻轻地/轻轻地飘升了起来/与大自然融为了一体”(《瞬间》)，“飘升”一词非常传神地表达了诗人陶醉于大海边瞬间产生的美妙的幻觉状态，在这种幻觉状态中，诗人忘却了尘世的不幸和烦恼，进入了一种忘我的、飘飘欲仙的、与大自然融为一体的“天人合一”的境界。

以上我们对曾卓的诗歌作了初步的论述。曾卓的诗从数量上看，并不算丰富，也很少去写“我”以外的时代风云与生活场景，但他的诗却反映了一个诗人从20世纪30年代到80年代的生活历程和心灵历程，从一个侧面反映了历史的曲折进程给诗人带来的命运的沉浮及其悲欢离合。特别是他在漫长的“囚徒”生涯中，用血泪书写的那些用来砥砺自己意志，守护自己灵魂的诗篇，更是处处显示了中国知识分子坚硬的骨头和不屈的灵魂，执著的信念和永恒的追求。这样的诗是人品和诗品的统一，是中国新诗中不可多得的精品之作。从当代诗史的角度看，从20世纪50年代后期到70年代初期，由于历次政治运动，诗坛已是一片荒芜，缺少真诚的诗作，曾卓偷偷写下那些具有真情实感的诗篇，恰恰为那段时间的诗歌园地增添了几抹绿色。正因为如此，我们可以肯定，曾卓的诗不仅属于昨天，也必将属于明天。

行文至此，我的耳边仿佛再次响起这位诗坛“老水手”的歌唱：“海上星星闪烁/涛声应和着歌声/白发的老水手坐在岩石上/面向大海，敞开了衣襟/像敞开了他的心”(《老水手的歌》)。这是一幅多么美妙和谐的场景啊，天空，大海，星星，涛声，白发的歌手，敞开的心灵……已完全融成了一片“天人合一”的境界，诗人在这里忘情地歌唱，海风和波涛已把他的歌声传递得很远很远……是的，我们相信如今的诗人已进入了这样的境界，我们也将永远坐在时间的岩石上，聆听他真诚的歌声，领悟歌声中伟大而不朽的精神……

苦难岁月的缩影

——读流沙河《故园六咏》

在中国当代诗人中，流沙河所经受的政治打击和人生磨难具有相当的典型性。它既是一个时代的悲剧，也是一代知识分子的悲剧。

1957年秋天，年轻的诗人流沙河在文学讲习所结业后离开北京返回四川，在南行的列车上，创作了五首短诗《白杨》《藤》《仙人掌》《梅》《毒菌》，总拟题为《草木篇》。1957年他参加了《星星》诗刊的创刊工作，并在1957年元月《星星》创刊号上发表了《草木篇》，一下子闯下了大祸，遭到了铺天盖地的批判，批判者判定他的诗“恶毒地污蔑共产党”，“恶毒地攻击社会主义”，加上流沙河的出身问题（父亲是一个小地主，曾在国民党金堂县政府任军事科长，土地改革时被判为处死刑），他就在越来越高的“反右”斗争高潮中被打成“反动诗人”“右派分子”，一下子成了国人皆知的“名人”。自此，流沙河被开除团籍和公职留在四川省文联机关监督劳动。“文革”开始，他被押解回老家金堂县城厢镇监督劳动。他一面不断地被抄家、游斗，一面靠拉大锯、钉包箱养家糊口。值得庆幸的是，即使在那是非颠倒，黑白不分的岁月里，人间仍有真情在。当诗人受到严厉的批判，孤独地来到西安，“为的是想看看四川的报纸，等待着对我公平的裁判。”当他忧郁地在西安华清池畔踱步时，一位少女向他走来。尽管她当时还小，却凭直觉不相信眼前这个年轻人是人们所说的“恶毒的阶级敌人”。九年后的“文革”中，流沙河被押解回老家监督劳动，她勇敢地冲破家庭阻力，放弃了公职，从成都市来到县里，下嫁给已成“罪人”的流沙河，和他一起共度那段苦难的岁月。这样传奇式的爱情，在当时那样恐怖的年代里，简直令人难以置信。它是流沙河不幸中的大幸。多少年后，当流沙河回忆这一幕时，仍然十分动情地在诗中写道：“就在那年夏天，在华清池畔，/一位少女含笑走到我的面前。/她欲语又无言，悄悄一叹，/九年后终于做了我的妻子。/该怎样感谢你啊，西安。”（《梦西安》）他的《故园六咏》，就是在这样的时代背景下，从几个不同的侧面，真实地记录了他这阶段的生活——一个正直、善良、有才华的知识分子在受到不公正待遇时，从肉体到心灵都在经受着苦难岁月的缩影。这样的诗，来自生命的切身感受，是生活血泪的结晶，也反射着历史的投影。每首诗语言都很自然、质朴、简练，但却处处以真情感人。无论从哪个角度看，它们都是中国当代诗歌中不可多得的优秀之作。

我们先来看看《吾家》一诗：

荒园有谁来！
点点斑斑，小路起青苔。
金风派遣落叶，
飘到窗前，纷纷如催债。
失学的娇女牧鹅归，
苦命的乖儿摘野菜。
檐下坐贤妻，
一针针为我补破鞋。
秋花红艳无心赏，
贫贱夫妻百事哀。

诗人用白描的手法，写出了田园荒疏，“小路起青苔”，烘托出环境的孤独与凄凉；在诗人眼里，秋天的落叶，也是秋风派遣来的，“纷纷如催债”，哪有半点美感的诗意？这就暗示了诗人生活的困顿，内心的压力；更令诗人痛心的是，娇女与乖儿都因自己的连累而失学，美丽贤惠的妻子也跟着他过着艰难困苦的生活，“一针针为我补破鞋”。作为一家之主，他觉得自己既对不起儿女，也对不起妻子。面对大自然的红艳的“秋花”，作为诗人的他，也因心事重重，而无心欣赏。几组不同的画面，真实地表现了诗人环境的孤独，生活的困顿和内心的凄苦。

流沙河从小酷爱读书，可是在那段灾难的岁月里，他的家先后被抄过十二次，没留下一本能看的书。更令他痛心的是，作为知识分了的他，却在当时的高压下，不得不自己动手焚毁自己心爱的书。《焚书》一诗真实地记录了诗人撕心的痛疼和无言的悲哀：

留你留不得，
藏你藏不住。
今宵送你进火炉，
永别了，
契诃夫！

夹鼻眼镜山羊胡，
你在笑，我在哭。
灰飞烟灭光明尽，
永别了，
契诃夫！

透过诗句，我们可以看到，在那个荒唐的年代，野蛮、愚昧怎样无情地吞噬着人类的文明；在火光泪影中，诗人心碎肠断。全诗以貌似轻松而含有戏谑的语言，写出了时代的悲剧与诗人内心的痛苦与悲哀。

《中秋》一诗，则记录了他多年劳动的情景：

纸窗亮，负儿去工场。
赤脚裸身锯大木，
音韵铿锵，节奏悠扬。
爱他铁齿有情，养我一家四口；
恨他铁齿无情，啃我壮年时光。

啃完春，啃完夏，
晚归忽闻桂花香。
屈指今夜中秋节，
叫贤妻快来窗前看月亮。
妻说月色果然好，
明晨又该洗衣裳，
不如早上床！

流沙河从被遣回老家起，就在城厢镇北街的一家木器商店里，当一名锯匠，从事把圆木用大锯锯成木板子的繁重的体力劳动。干这种活需要身强力壮，可他却骨瘦如柴。但为了养家糊口，他只得拼命干活，并且一干就是六年。从这首诗中，我们看到，诗人常常清晨负儿去工厂，开始赤脚裸身拉大锯，在单调的锯木声中度过劳累的一天，到晚上才拖着疲乏的脚步回家。他生命中的许多美好的时光就这样被锯走了。“铁齿有情”“铁齿无情”的爱恨交织，直接透露出他内心的矛盾与不平的心理。“忽闻”“屈指”则写出了诗人因疲于劳作竟忘却了人间还有一个美好的中秋节。桂花飘香，月色溶溶，中秋佳节，这是全家团圆，共赏月色的好时光，诗人情绪变好，赶忙叫妻子来赏月，可劳累了一天的妻子想到明晨还要洗衣裳，再也无此闲情逸致，致使诗的情绪突转，让人频添无限慨叹。从中我们不难体会到，生活的艰难，物质的贫困，繁重的体力劳动，已使人的精神变得麻木，人的审美情绪已消失殆尽。由此可见，那段灾难的岁月，同样吞噬了他一家多少美好的精神生活。诗句虽以最朴素的话语作结，但却意在言外，令人沉思不已。

《哄小儿》一诗，则写尽了在特殊年代、特殊背景下的父子深情以及父亲心头强烈的自责：

爸爸变成了棚中牛，
今日又变家中马。
笑跪床上四蹄爬，
乖乖儿，快来骑马马！

爸爸驮你打游击，
你说好耍不好耍？
小小屋中有自由，
门一关，就是家天下。

莫要跑到门外去，
去到门外有人骂。
只怪爸爸连累你，
乖乖儿，快用鞭子打！

流沙河的妻子从肚里怀着孩子时就不断接受“革命造反派”的批斗。后来孩子生下来，背在背上，还要被拖去斗。孩子到了上学年龄，却迫于压力，无法上学。作为父亲，因受自己的牵连，孩子无法上学，这种痛苦和自责就像一块巨石时时压在他心头。无奈之下，他只好凭记忆（因他家被多次查抄，已无书），从《诗经》到毛主席诗词，一共默写了二百二十五首，作为教孩子的语文识字课本，并自编了英语课本十册，由他教孩子诵读（他英语基础很好）。《哄小儿》一诗，就是在这样的背景下，向我们展示了一幅父子家中游乐园。在现实生活中，他是“棚中牛”，没有自由可言；在家庭生活中，他是孩子的“家中马”，他希望创造一点家中的自由，给孩子苦难的童年带来一点欢乐，“笑跪床上四蹄爬，/乖乖儿，快来骑马马！”这是苦中作乐，也是充满自责感的父亲唯一能给孩子的回报，那是深深的父爱。可是，就在这种游乐中，在这片刻的自由与欢愉中，诗人心头也有抹不去的阴影，他在叮嘱孩子不要跑到门外去，那是一个因受父亲的牵连，而时时有可能让孩子受辱的外部世界，因此，一股强烈的负疚与自责之情便油然而生：“只怪爸爸连累你，/乖乖儿，快用鞭子打！”诗人无力改变命运，他只能背起沉重的十字架，把全部的罪责揽在身上，仿佛只有让孩子用鞭子狠狠抽打，他时时不安的心灵才能得到些许缓解。诗句一下子由家中游乐升华到对苦难命运的自责。全诗在貌似轻松的场景中透露出心灵的沉重，于含泪的微笑中反映出内心的苦楚。

《芳邻》一诗则写出了畸形的年代畸形的人际关系：

邻居脸上多春色，
夜夜邀我作客。
一肚皮的牢骚，
满嘴巴的酒气，
待我极亲热。

最近造反当了官，
脸上忽来秋色。
狠揭我的“放毒”，
狠批我的“复辟”，
交情竟断绝。

他家小狗太糊涂，
依旧对我摇尾又舔舌。
我说不要这样做了，
它却听不懂，
语言有隔阂。

诗的前两节，将邻居对“我”的脸色与态度的先后变化作对比，写出了世态的炎凉与人心的险恶，揭露了“造反派”的丑恶嘴脸；诗的后一半以“小狗”与其主人作对比，于不动声色中反衬出人不如狗，具有强烈的讽刺意味。

《乞丐》一诗，则为我们摄下了一个令人心酸的场面：“门外谁呼唤？/河南父老，逃荒来讨饭。/‘俺们不是坏人！’/怀中掏出证件。//东家端来剩菜汤，/西家端来陈饭。/儿学英文识 beggar（乞丐）/这回亲眼看见。//愧我书生无能，/敢怒不敢言。/呼儿送去冷红薯，/羞见父老，掩门一声叹。”带着证件的乞丐，在共和国的土地上讨饭，这一事实本身就具有强烈的嘲讽意味。诗人捕捉了这个令人难忘、令人心酸的细节，为我们留下了那个特殊年代人民生活困苦的侧影；“敢怒不敢言”，“掩门一声叹”，则直接写出了诗人当时复杂的内心活动。同为落难者，但诗人仍心系民间疾苦，同情他们的遭遇，既为他们的处境而不平，又无力改变时局与他们的命运（包括他自己的命运），只能留下书生的喟然长叹。

总之，流沙河的《故园六咏》忠实于当时的历史情境和自己的生活体验，以简约的篇幅、精选的细节和朴实无华的语言，为我们展示了一个知识分子在特殊的年代饱经磨难的生命历程和心灵历程，从中可以看见历史的暗影和人性的善恶。尽管那段历史早已离我们远去，但读一读流沙河的《故园六咏》，让我们重新品尝一下那段苦难岁月的酸楚，牢记历史的教训，珍惜美好的今天，创造更加美好的未来，也许不无意义吧。

透视生活与灵魂的目光

——读黄永玉诗集《曾经有过那种时候》

他是著名画家，有着敏锐深邃的目光。这目光不仅用来捕捉优美的线条和色彩，而且也用来透视纷纭复杂的生活与各种各样的灵魂。读完他的获奖诗集《曾经有过那种时候》，我仿佛感触到了他的目光：有时含笑，有时含泪；有时欣喜、有时悲愤；有时冷嘲；有时热讽……他就这样固执地用自己的目光，去观看人生这个舞台上千奇百怪的表演，又勤奋地把这些表演在自己心灵上激起的回声，诉诸文字，形成诗篇。他只是忙里偷闲，偶尔为诗，这本集子也只收集了诗人三十二首短诗，读过之后，却使人感到它有着沉甸甸的思想内容，也有着艺术上的独特追求。

他的诗质朴无华，没有丝毫的虚情假意，也没有刻意去追求朦胧的意象。他的诗，只是他心声的自然流露，“清水出芙蓉，天然去雕饰”，记录着他对生活的细致而深刻的观察和思索，抒发了他对真、善、美强烈的爱和对假、恶、丑强烈的恨，其中的很多篇章更是闪烁着他对生活的真知灼见，读来不仅使人感动，而且能促人思考，能擦亮我们的眼睛，大大丰富我们人生的经验。

诗人的目光在看待亲人、朋友以及一切充满正义感的人们时，是柔和的、温暖的、倾注着满腔热情，不惜笔墨予以讴歌。例如《献给妻子们》就写得非常动人。它以无比自豪的口气，歌颂了无论在顺境还是逆境下，始终与自己“长相厮守的妻子”。“人家问我，/受伤时干吗不哭？/我说是因为/妻子在我身旁!”这一问一答，高度浓缩地表达了对妻子的信赖和评价。更可贵的是，诗人在歌唱自己的妻子的同时，并没有局限于一己之欢，而是神飞家门，目击全国：“我骄傲我的祖国/有数不清坚贞顽强的妻子”“跟丈夫共同战斗的妻子”。这样，这首诗就具有相当的典型意义，洋溢着一种抚慰心灵的温情。在《平江怀人》中，诗人借写公元前6世纪希伯来的预言家但以理，被扔进狮子窝，却被上帝搭救出来作为反衬，来哀叹被怀念者的不幸：“唉！没有半个神仙搭救你/你这个/东方的但以理/直心肠的但以理/预言太早的但以理啊!”这些饱含深情的诗句，既表达了诗人对被怀念者的理解与颂扬，也抒发了诗人对他遭遇的痛惜与愤慨。而《好呀！飞行的荷兰人》则尽情地抒发了他对荷兰友人伊文思的友情："不管你走到天涯海角/我都觉得你没有出门/亲爱的伊文思/永远的伊文思"。特别是组诗《天安门即事》，写于1976年那个多难的岁月，从几个不同的侧面，勾勒了一幅幅悼念周总理的人物活动图，表达了人民群众对周总理的爱戴和怀念以及对"四人帮"的恨。这一切，都是诗人冒着生命的危险，用自己的目光，从天安门摄取的历史的珍贵镜头，读过之后，不能不引起我们对那段历史的回顾与沉思。

在人生的道路上，作者虽然历经磨难，备尝艰辛，但他的心始终是与祖国和人民的脉搏一起跳动的。他的目光追踪着时代的脚步，既看到阳光下的鲜花和笑脸，也看到阴影里的蛛网和血泪。因而他这本诗集里，有不少篇章，用沉痛或愤慨的笔调，录下了时代的风云，概括出了那段历史的种种灾难和不幸。《曾经有过那种时候》，用极其精练的诗行，概括出了那个时代的特点及人们的心理特征："一列火车就是一列车不幸/家家户户都为莫名的灾祸担心，/最老实的百姓骂出最怨毒的话，/最能唱歌的人却叫不出声音"；"传说真理要发誓保密，/报纸上的谎言变成圣经。/男女老少人人会演戏，/演员们个个没有表情"；《哪能这样？只好这样——致江青一伙》则无情地揭穿"四人帮"一伙"自己无知，就忌妒科学；自己衰老，就仇恨青春；失去信心，让别人陪你死；摔了一跤，却拉倒许多正直的人"的本质，剥开了他们"凶残、卑污的灵魂"；《死，怎么那么容易？》反映了"在那个倒霉的年代"里一个严酷的事实，许多人死得莫名其妙，死得不合逻辑："总是那么不明白，死了。/写错一个字，/倾听外国广播，/碰缺了石膏像"，人宝贵生命的消亡就像"扔掉一只空火柴盒"那么简单。更为可悲的是，叫别人死了的人，还不敢哀悼和流泪，"只敢轻轻'哦'的一声。/像狗听到狗死亡的消息，/没有一点表情。/活着的亲人却/比死还要恐怖，/坐在房子里啼听着/自己的心跳……"这一切，无不是那段浸透着眼泪和鲜血的历史的真实写照，读来使人痛定思痛，更加激起我们对昨天的恨和对今天的爱。

文学是人学。当今的诗人们越来越自觉地注意写人，把诗的触角伸进人的心灵深处，黄永玉也不例外。表现在这本诗集里，诗人更多的是用讽刺幽默的笔法，漫画式地勾勒了生活中各种丑恶的人物像，对他们肮脏的灵魂进行彻底的解剖，予以无情的冷嘲热讽，以引起世人的警觉和防备。在这方面，诗人有着迥异他人的突出成就，值得我们重视和推崇。他冷峻的目光，犹如匕首一般，刺穿层层伪装，暴露种种腐朽的本质，闪耀着战斗的光芒。如《这家伙笑得那么好》，抓住一个典型的细节，即首长说出并不好听的一句话，"阿谀和奉承者"却装着"笑得/前仰后合，/声音特别响亮，姿势特别活泼"，以谋取首长的欢心，这就活活画出了他们可憎的面孔，揭穿了他们卑鄙的用心。《混蛋已经成熟——写给小爬虫》更以敏锐的目光，洞穿了生活中一种值得警惕的危险倾向，一些双手沾满了“血迹”的“混蛋”，爬上了我们的领导岗位；而《比味精鲜一百倍——献给首长》和《犹大新貌》两首诗写得尤为独到，深刻，具有极大的典型意义。前者活灵活现，入木三分地刻画出“马屁客”的典型形象，一层层剥下他们美丽的画皮，露出他们丑恶的本质。这些“马屁客”们，先是在首长周围绕来绕去，替首长搜索弄不到的东西，够不着的消息，一切都为首长包办，直到“他的思想驾驭了你的语言”，“使你慢慢地/完成一次伟大的退化”，他就能“在政治上把你的骨髓吸干”，使“你”变成一颗“遗落在泥巴上的蝉蜕”，而他则“顶着你的躯壳”“到处招摇撞骗”。到后来，即使“你”发现他“有点不对头”，但因为“你”和“他”“已存在一种理不清的纠缠”，以至无法“跟他翻脸”，就好像“吞下一只钓钩/在肠胃间”。作者对生活中这类人物的认识是透彻的，也是深恶痛绝的，因而他诚恳地呼唤革命的领导同志认清这些可怕的腐蚀剂“比鸦片十倍的毒，/比味精一百倍的鲜”，“扔掉他给你戴上的高帽”“枷锁”和“蜜罐罐”，把他们“远远地/踢出门去，/让他哪儿也找不到/饭碗！”《犹大新貌》则为我们刻画了靠出卖朋友为能事的告密者的典型。“没有朋友，/告密者就没有食粮。/越是好朋友，/告密者才吃得脑满肠肥”，诗开篇就向人们揭示了告密者自私残忍的本性。接着便点出告密者给人们带来的极大的危害：“一个告密者走在街上，/身后的冤魂跟着一大帮。”但是，识别告密者又是十分困难的，因为他会层层伪装：“你开心，/他替你高兴；/你难过，/他陪你忧伤。/只要他看中你，/正直的同志无从提防。/……他耐心地、温柔地引导你，/过了奈何桥，/送你上法场。”作者以自己深刻的洞察力，为我们提供了识别和提防这类人的宝贵经验。

作者的诗写得很质朴，但却很耐读，除了感情的真挚，思想的深邃外，艺术上也有自己鲜明的特色。他反映生活善于抓住主要特征，揭示本质，予以高度的概括；他抒发感情，善于挖掘矛盾，造成冲突和对比，一步步展示感情的流程，形成波浪，撞击读者的心灵；他还常常通过一个具体事实和一个场景的描写，然后加以生发，升华，表达自己的情思；他写人物，善于抓住典型细节，简笔勾勒，生动传神，而又一针见血，展示出人物的本质特征。此外，像《不是童话而是拗口令》和《被剥了皮的胜利者》则有着寓言诗的意味，表明诗人的艺术追求是多方面的。前者表面上写的是羊和狼，实际上象征着生活中善与恶两种人物。后者借写天上的牧童与“文化首长”阿波罗比赛吹笛子，明明是牧童赢了却被判输而“剥皮”一事，同样象征性地反映了现实生活中的不公正现象，能唤起读者种种类似的生活感受，获得强烈的共鸣。

在诗歌语言上，诗人明显地追求口语化、生活化、单纯化，没有华丽的辞藻，没有故作的深奥，体现了一种返璞归真的语言美。一些日常的生活口语，一经诗人巧妙地运用，能产生奇特的感染力，耐人咀嚼和回味。例如《幸好我们先动手》，他写“四人帮”：“它们/比老鼠还狡猾，/比苍蝇还不卫生，/比毒蛇还阴险，/比妲己还荒淫”，四个日常的比喻结合在一起，是那样准确生动地写出了“四人帮”的罪恶。而写“四人帮”垮台后，诗人同样连用了四个生活化的比喻来反复歌唱自己内心抑制不住的激动：“做生日没这么高兴，/娶媳妇没这么开心，/收庄稼没这么带劲，/过春节没这么提神”。又如《一个人在院中散步》，诗人这样写“孤独者”：“他是动物/却植物似的沉默”，甚至感觉到“有的眼光像吮血的臭虫”，这里的“动物”“植物”“臭虫”，都是极单纯、通俗的词语，没有任何修饰的成分，但组合起来，却是那样恰当地反映了那段扭曲的历史对人性的强行扭曲。

诗与生活同步，诗与人生同步。优秀诗篇的价值，不仅是抒发感情，而且还应含有自己对生活，对人生的独特发现，蕴含着丰富的生活哲理与人生经验。黄永玉的诗，不仅为我们留下了那段曲折历史的回声，而且运用解剖刀一样的笔力，勾画了那么多丑恶的人物图，向我们作了一次灵魂的画展。这对我们认识生活，认识人，无疑提供了有益的经验教训。

于对比中抒情

——舒婷诗写作技巧谈

读舒婷的诗，总像遇到一位知心的朋友，她向你热情地毫无保留地敞开心灵的世界，让你既感受到灿烂的阳光，也感受到无情的风雨：既看到繁盛的鲜花，也看到衰枯的落叶；既听到明亮的笑声，也听到沉重的叹息。你能从她的诗中听到一曲生活的交响乐。因而她的诗容易拨动广大读者的心弦（尤其是青年读者），产生强烈的共鸣。这与她在写作中，较多地运用了对比手法，形成了委婉深沉，真切感人的诗风有关。

舒婷的诗很少单一，平面的抒情，而是喜欢把不同色彩的事物和感情进行对比，以求得多角度，多层次的抒情。如《祖国啊，我亲爱的祖国》，就不是简单地抒写对祖国的爱。它一开篇就选用了破旧的老水车、熏黑的矿灯、干瘪的稻穗、失修的路基、淤滩上的驳船等一系列形象，组合成一幅幅暗淡的画面，展示了祖国的贫穷和落后。起调的确很低沉，给读者创造了一种沉重压抑的气氛，使人感到每一个形象的背后，都隐隐流露出诗人的痛苦之情。但是，追逐着诗人感情的波澜，我们终于读到一幅幅全新的画面：

我是你簇新的理想，
刚从神话的蛛网里挣脱，
我是你雪被下古莲的胚芽；
我是你挂着眼泪的笑涡，
我是你新刷出的雪白的起跑线；
是绯红的黎明，
正在喷薄
——祖国啊！

这里每一个形象都那么明朗，新鲜，充满生命的活力，闪烁着希望的光彩，流露着欣喜之情，与前面形成了鲜明的对比，有力地表达出冲破重重罗网的新一代，要奋起拼搏，要为中华的崛起而忘我献身的强烈感情。这种对比，如绘画，前面涂上暗色，正是为了衬托后面的亮色；如音乐，前面奏出低沉的起调，正是为了反衬后面昂扬的尾声，收到了加倍的艺术效果。

有时，舒婷为了强调某种感情的抒发，还别具匠心地选择多种形象进行对比。《致橡树》就是典型的例子。这首诗运用象征手法，把木棉树与攀援的凌霄花、痴情的鸟儿、输送慰藉的泉源、增加高度，衬托威仪的险峰等，进行对比，一一否定诸形象的所作所为，然后引出木棉树的爱情观："不，这些都还不够！/我必须是你近旁的一株木棉，/作为树的形象和你站在一起"，"你有你的铜枝铁干"、"我有我的红硕的花朵"，"我们分担寒潮、风雷、霹雳，/我们共享雾霭，流岚，虹霓"，这就很好地表达了诗人希望人们都追求那种平等的，绝没有攀援、炫耀，也不只是痴情、慰藉、衬托的理想爱情。这样对比，的确起到了烘云托月的作用。

舒婷写过不少给朋友的诗，歌颂友谊交流感情，诗中无不渗透着作者高洁的人生观。但即使是想规劝朋友，她也丝毫不摆架子，不搞说教，而是采用对比的方法，以平等的态度，把自己的观点鲜明地亮出，达到和朋友交心的目的，以自己的心点燃别人的心，因而显得特别亲切，极易打动人心。在《秋夜送友》中，诗人一方面写朋友"你总把自己比作/雷击之后的老松/一生都治不好燎伤的苦痛/不像那扬花飘絮的岸柳/年年更换一次姿容"；另一方面写自己："我常愿自己像/南来北去的飞鸿/将道路铺在苍茫的天空/不学那顾影自怜的鹦鹉/朝朝暮暮离不开金丝笼"。这样对比，两个人因遭遇的不同，思想上的某种差异自然显露出来了，但她言此即止，把很多意思留给朋友自己去想，不添一句说服朋友应该如何如何的话，然后凋转笔锋，把两人的命运和思想又归结到一个共同点："这是我们各自的不幸/也是我们共同的苦衷/因为我们对生活想很太多/我们的心呵/我们的心才时时这么沉重"，这就在对比的基础上，又一下子沟通了两个人的感情，使朋友既得到了一种精神上的抚慰，又能从她的志愿中受到启迪，获取坚强的信念，向上的力量。

舒婷运用对比手法，是注意变化，讲究构思技巧的。她有时既把两种或两种以上的象征形象进行对比，又把人的这一面与那一面进行对比，也把人同周围的环境进行对比，以便增强抒情效果。如《当你从我的窗下走过》，一方面将"晦重的夜色"与"灯亮着"进行对比，一方面又把"我已是龙钟的老头，/没有奔放的手势，/背比从前还要驼"与"衰老的不是我的心/因为灯亮着"进行对比。对比的结果强化了下面的抒情："灯亮着——/它以这样轩昂的傲气/睥睨明里暗里的压迫"，使人感受到诗中的主人公既没有被黑暗的势力所压倒，也没有为丢失青春而伤感，相反，他是不屈不挠地生活着，斗争着，他那颗永不衰老的心，时时闪耀着青春的火光。这样写，人物的精神世界与亮着的灯融为一体，共同抗击着周围恶劣的环境，因而也形成了对比，显得非常含蓄，给人留下了想象的广阔天地。

在舒婷的诗作中，还能找到很多从两个方面对比抒情的例子。如“我的快乐是阳光的快乐”与“我的悲哀是候鸟的悲哀”（《馈赠》），“也许我们点起一个个灯笼/又被大风一个个吹灭/也许燃尽生命烛照黑暗/身边却没有取暖之火”与“也许肩上越是沉重/信念越是巍峨/也许为一切苦难疾呼/对个人的不幸只好沉默”（《也许》）；“心也许很小很小/世界却很大很大”与“世界也许很小很小/心也许很大很大”（《童话诗人》）；“要歌唱你就歌唱吧，但请/轻轻，轻轻，温柔地”与“要哭泣你就哭泣吧，让泪水/流呵，流呵，默默地”（《四月的黄昏》）等。这些对比，有些是对立的，有些是假设的，有些是矛盾的，诗人的任务只是把它们一一揭示出来，引人去思索，让人去抉择。这样，作者与读者之间的心理“距离”就大大缩短了，使读者处处感到诗人是在和他谈心，容易产生思想感情上的共鸣。

归根结底，对比不仅是诗人的写作技巧问题，而是生活在诗人心灵中的反映。生活本身就纷纭复杂，充满着形形色色的矛盾和斗争。人类社会正是在这种斗争中向前发展的，敏感的诗人要用诗来反映生活，揭示生活的本质，就不能回避生活的矛盾和斗争。舒婷正是这样的诗人，她的眼光不是注视平面的生活，而是注视着立体的生活，既看到生活的正面，也看到生活的反面和侧面，因而她在沉思生活，挖掘生活底蕴时就能多方面进行比较，表现在她的诗歌创作中，就自觉或不自觉地运用了对比手法。这一点也许给我们从事诗歌创作的同志，带来有益的启示。

论郭小川抒情诗的艺术构思

诗的构思好坏，既决定了诗作的成败，也是衡量一个诗人艺术才能高低的重要标志。宋代诗人陆游就曾说过："诗无杰思知才尽。"古往今来，一切有成就的诗人，无不在诗的构思上惨淡经营，呕心沥血。郭小川作为我国当代诗坛上一位具有独特风格的优秀诗人，对诗的构思更是刻意追求，独辟蹊径。他认为诗人对生活的认识和反映，应该"通过一种巧妙而奇异的构思自然而然表现出来"①，这句话，正好概括了诗人艺术构思上的特点。本文想就他的一些优秀诗篇的艺术构思，作一些初步的分析和探讨。

一

抒情诗的艺术构思，就是反复思索怎样选取一个生活题材，把它提炼到一定的思想高度，怎样用独特的想象、联想和艺术手段构成意境，抒发诗人被现实生活所激发的感情。

郭小川诗作的构思，首先做到了大处着眼，小处落墨，言于此而意在彼，为读者展示一个广阔的思想境界和生活境界。

诗歌创作，比起其他文学样式，更加受到篇幅的限制。如何把丰富的生活内容，精湛的思想，强烈的激情，容纳进短小的诗歌篇幅中去，使读者读了"不止发生短暂的激动，而且引起长久的深思"②，这确是郭小川经常思索并在构思上费尽苦心的课题。我们可以借用他的两句诗来概括他解决这个问题的方法，那就是"大处着眼呵，小处落墨"③。大处着眼，指诗人在选择生活题材，提炼主题

①郭小川：《谈诗》，上海文艺出版社，1978年版。

②郭小川：《谈诗》，上海文艺出版社，1978年版。

③郭小川：《在大沙漠中间》，人民文学出版社，1979年版。

思想时，有远大的目光，立足于时代和历史的高度，用马列主义的思想光辉去照耀题材，挖掘出新颖而深刻的主题；小处落墨，指诗人对生活感受和认识又必须通过具体形象和具体场景表现出来。这两者相辅相成，大处着眼离开了小处落墨，必然思想浮泛，无所寄托；小处落墨离开了大处着眼，必然格局狭小、立意平庸。郭小川除了早期那些直抒胸臆的作品外，大多数优秀诗作无不体现了这个特点。

在《乡村大道》中，诗人从小处落墨，选取了一条人们常见的乡村大道，这是具体的自然景物。但怎样来写乡村大道呢？诗人撇开了一切平庸的写法，通过精心构思，对题材反复开掘，发现乡村大道既“像一座座无始无终的长桥”，“通向遥远又遥远的天地之交”，又“像一条条险峻的黄河”“至少有九曲十八折”；既“像一根根金光四射的丝条”“所有的城市、乡村、山地、平原，都叫它串成珠宝”，又“像一道道干涸的沟壑”“那上面的石头和乱草呵，比起黄河的浪涛还要多”。这样，诗人从大处着眼，自然而含蓄地将那长远而曲折、宽阔而又坎坷的乡村大道，与生活的大道、人生的大道、革命的大道联系起来，从而发掘出这首诗的不平凡的主题，抒发了革命者不畏艰难险阻、开创美好世界的豪情壮志：

乡村大道呵，我爱你的长远和宽阔，
也不能不爱你的险峻和你那突起的风波；
如果只会在花砖地上旋舞，那还算什么伟大的生活！

哦，乡村大道呵，我爱你的明亮和平沃，
也不能不爱你的坎坎坷坷、曲曲折折；
不经过这样的山山水水，黄金的世界怎会拓！

郭小川从一条平常的乡村大道发掘出如此崭新而深刻的主题。这正如歌德所说的那样：“由此看来，独创性的一个最好的标志就在于选择题材之后，能把它加以充分的发挥，从而使得大家承认压根儿想不到会在这个题材里发现那么多的东西”①。对题材“加以充分的发挥”，关键在于要把题材提炼到一定的思想高度。这就要求诗人在创作构思的过程中，能够做到大处着眼，通过个别反映出一般。游泳，可以说是生活中常有的事，可是在郭小川的名作《万里长江横渡》中，诗人却通过游泳揭示了时代和革命的真谛。全诗以由此岸向彼岸横渡作为构思的线索，写出了诗人在游泳过程中纷飞的“思绪”，起伏的“心潮”，从游泳这一普遍的事件中，提炼出闪烁着真理光辉的主题：“风吹不倒/浪打不翻，/如同

①《歌德谈话录》，人民文学出版社，1982年版。

大群鸿雁/云中舞；/当今世界上/唯有无产者/能在大风大浪中/主宰沉浮；/……”这首诗写得壮阔多姿，气势磅礴，豪情激越，哲理横生。读着它，使我们想起《国际歌》中不朽的名句：“是谁创造了人类世界”，是我们劳动群众，也使我们想起毛泽东同志关于人类社会是在大风大浪中前进的教导。这首诗是郭小川诗作中又一座挺拔的高峰，为我们向着共产主义理想境界进军，谱写了一首豪迈的进行曲。

又如《刻在北大荒的土地上》。诗人先向我们描绘了一支“刚刚告别前线”的转业军人队伍向北大荒进军，使“荒草森森”的北大荒，“在温暖的春风里翻了个身”的艰苦创业过程，然后笔锋一转，目击千里，神驰后代，从历史发展的高度，对我们后代的子孙发出深情的呼唤：“我们后代的子孙啊，共产主义时代的新人！/埋在这片土地的祖先，怀着对你们最深的信任，/你们的道路，纵然每分钟都是那么一帆风顺，/也不会有一秒钟——遗失了革命的灵魂……”“未来世界的主人啊，社会主义祖国的公民！/埋在这片土地里的祖先，对你们拥有无穷的信心；/你们的生活，纵然千百倍地胜过当今，/也不会有一个早上——忘记了这一代人的困苦艰辛。”“是的，一切有出息的后代，历来珍视革命先辈的遗训，/而不是虚设他们的灵牌——用三炷高香侍奉晨昏，/是的，一切有出息的后代，历来尊重开拓者的苦心，/而不只是从他们的身上——挑剔微不足道的灰尘”。这里，我们不难看出诗人构思上的匠心，他通过具体描绘向北大荒进军的历史画面，合情合理地提出了如何继承革命先辈开创的整个革命事业的重大问题。它是诗人对革命事业长期思考所迸发出的思想火花，是哲理和诗情的高度统一，具有小中见大的深刻和丰满，如果在构思上不能做到大处着眼，小处落墨，是不可能达到这个深度的。

此外，还有著名的《青松歌》，目的是要歌颂我们新时代的林业工人。但在构思上，诗人巧妙地将林业工人和她们的劳动对象——青松联系在一起，将林业工人身上闪耀的思想光辉投照到青松身上，通过青松的具体形象来刻画林业工人的形象，展示了林业工人广阔的思想境界和生活境界。读着它，我们甚至联想到，这是一曲工人阶级的颂歌，无产阶级革命战士的颂歌。而《战台风》在构思上别具特色。它摄取了一场惊心动魄的战台风场面，通过大自然战胜来势凶猛，大有吞噬一切的台风，概括出深刻的革命哲理。它启示我们，一切貌似强大的反动势力必然灭亡、人民的正义事业必然长存天地之间。在艺术上，这些诗都继承了我国古代诗人“托物言志”“感物咏志”“兴发于此而义归于彼”的传统手法。又如《雪满天山路》先写景后抒情，《昆仑行》叙事抒情相结合，《新路歌》寓意的深刻，《春歌》和《秋歌》意境的深远，等等，无不体现了以小见大的特点，为读者打开了一扇扇思想的天窗。

综上所述，郭小川在艺术构思上常常立足于时代和历史的高度，以政治家、革命家和诗人的眼光来俯视生活的大海，然后从生活的大海里截取几朵浪花，来反映生活本质的光辉。这正体现了诗人大处着眼，小处落墨的构思特色。

二

郭小川诗作的构思是巧妙奇异的，同时又表现在他有着丰富独特的想象和联想。他在描绘现实生活的图景时，往往展开由此及彼的想象和联想，进一步发掘出不同凡响的诗意。

艺术构思离不开想象和联想。没有想象和联想，就没有诗。黑格尔在他的《美学》一书中曾经说过："如果说到本领，最杰出的艺术本领就是想象"。英国诗人雪莱也曾经说过："诗可以解作想象的表现"。可见想象和联想是诗歌创作的生命。没有丰富美好的创造性的想象和联想，艺术构思只是一句空话，新颖而深刻的主题思想也无法表现，也就不能抒发动人心弦的感情。

一般来说，诗人在进行创作构思的过程中，都能进行想象和联想活动。但郭小川在这方面表现得更为突出。他想象开阔而新颖独特，联想丰富而又不落俗套。如《出钢的时候》，通过丰富的联想来反复渲染"出钢是工人的一种享受"。"就像母亲听见婴孩的第一声呼喊，就像渔人看见满网鱼儿跳上飞舟，就像战士听见宣告胜利的号声，就像农民看见公社土地上的丰收"，以一连串的比喻，写出了中国工人阶级的性格特点和幸福观。而对出钢时候那种激动人心的场景，诗人更是驰骋想象，彩笔重描：

那壮丽而美妙的景色呀，
犹如蓝天碧海之间的日出；
那喷薄而下的钢水呀，
好像朝霞映红的高山瀑布；
那庄严而豪迈的气概呀，
如同万杆红旗一齐涌向凯旋之路；
那金光闪闪的钢花呀，
好似满天星斗同时在炉前跳舞。
…………………………
你看那一朵朵钢花，
多么像闪电把黑暗的夜空爆炸！
你看那一朵朵钢花，
多么像明澈的河流涤荡着泥沙！

你看那高达千度的热气，
多么像拨云化雾的日月光华！
你看那奔向大罐的桔色波涛，
多么像冲锋陷阵的千军万马！

诗人的想象，真如“黄河之水天上来”，达到了刘勰所说的“神与物游”“吟咏之间吐纳珠玉之声，眉睫之前卷舒风云之色”[①] 的境界，使人为之惊叹！而这动人的想象和美妙的比喻，不仅开拓了全诗的主题，歌颂了中国工人阶级“无穷的生命力”，而且使全诗境界开阔，气势奔放，给人留下丰富的联想和美的享受。

必须指出，想象和联想不是由诗人随心所欲，不受任何限制的幻想。刘勰曾经说过：“神居胸臆，而志气统其关键”[②]，就是说，诗人在进行创造性想象活动中，不能不受自己的思想感情特别是创作意图的支配。但在创作过程中，又有这样一个事实：一个诗人有开阔的想象，丰富的联想，又大大有助于诗人对生活素材的开掘，主题思想的提炼。同时，通过丰富想象和联想构成的形象和意境，绝不会一览无余、一眼见底，而是虚实相济，为读者留下广阔的想象和联想空间。郭小川的名作《厦门风姿》，原稿把厦门写得很美，但因为没有独特的联想，没有自己的创见，因而感到诗的立意一般。等到他再次深入部队生活，他就由海防战士的性格联想到厦门性格，把两者结合起来，思路顿开，厦门的一切景物立即活跃起来，闪耀着海防战士战斗精神的光辉。

于是，诗人以追索厦门真正的风姿为线索，从各个角度，各个侧面铺写厦门风姿，透过“一片片的荔枝林”“一行行的相思树”以及厦门的“满树繁花、一街灯火、四海长风”“百样仙笑、千般奇景、万种柔情”，终于看到了厦门的“真面目”：“望远镜想日夜在海上搜索，雷达时时在空中寻觅，/这里的每滴海水，都怀着深深的警惕；/峰岩织满了火网，高山举起了红旗，/这里的每块石头，都流贯着英雄的血液。/紫云中翻飞着银燕，重雾里跳动着轻骑，/这里的每排浪花，都在追踪着敌人的足迹，观察所日夜不停地工作，海岸炮时时向前方凝视，/这里的每粒黄土，都有着无穷无尽的精力。”“海水天天扬起新潮，山头月月长出嫩绿，/这里的每根小草，都深藏着百折不回的意志；/弹坑中伸出了高树，坑道里涌出了泉溪，/这里的每朵野花，都显现着英勇无畏的雄姿。”这里，通过联想，诗人赋予厦门风姿以海防战士的性格和气质，使这首诗的主题升华到一个新的高度。它写的虽是一时一地一景，实际上却歌颂了我们整个伟大祖国都有“高昂而热烈的斗志”，歌颂了我们英雄的人民都具有“非凡的性格”。整首诗

---

①刘勰：《文心雕龙·神思》，见《文心雕龙解说》，安徽教育出版社，1993 年版。
②刘勰：《文心雕龙·神思》，见《文心雕龙解说》，安徽教育出版社，1993 年版。

写得峰回路转，情景相生，摇曳多姿，色彩艳丽，美景层出不穷，诗意追索不尽，给人留下想象和联想的广阔天地。

郭小川是富于想象和联想的。但他又有自己的特点，他在描绘现实生活的图景时，往往从它与革命历史的内在联系上，进一步发掘它不同寻常的诗意。曾经轰动一时的《甘蔗林——青纱帐》就体现了这个特点。诗人驾驭着想象和联想的彩翼，由象征着社会主义革命时代的南国的甘蔗林出发，穿过历史的烟云，飞越到象征着革命战争年代的北方的青纱帐，把两个时代的生活汇合在一起，用不同的色彩，描绘出一幅巨大的历史画卷。它形象地告诉我们：艰辛的革命战争年代虽然过去了，但在香甜的社会主义时期，也仍然会有严重的斗争。因而他呼唤昔日在青纱帐里英勇奋斗的战士——今天在甘蔗林里进行社会主义建设的革命者，“重新会会昔日的风云”，“喝令时间退回我们的青春”。接着，诗人用一连串的“可记得?”发问，通过对青纱帐的反复抒情，一再唤起人们对青纱帐的回忆，提醒人们不要忘了在青纱帐中的“发现”与“判断”，“梦幻”与“心愿”，“信念”与“计算”，“方案”与“誓言”。到诗的最后，诗人又再一次邀请人们到甘蔗林里聚会：“我年青时代的战友啊，青纱帐里的亲人！/你们有的当了厂长、学者，有的作了编辑、将军，/能来甘蔗林里聚会吗？——不能又有什么要紧！/我知道，你们有能力驾驭任何险恶的风云。”“我战争中的伙伴啊，一起在北方长大的弟兄们！/你们有的当了工人、教授，有的作了书记、农民，/能再回到青纱帐去吗？——生活已经全新，/我知道，你们有勇气唤回自己的战斗的青春。”这里，诗人饱含深情地要求我们置身于甘蔗林，永远也不能忘了青纱帐。它形象地启示我们，只有继承在青纱帐里艰苦奋斗的革命传统，才能搞好今天的革命和建设，开创美好光明的未来。这首诗抓住了甘蔗林和青纱帐这两个富有象征意义的形象，通过联想的纽带，把革命历史和革命现实紧密联系起来，把对个别事物的挖掘和对广阔生活的概括结合起来，揭示了今天与昨天、今天与明天的内在联系，开拓了异常深刻的主题。这同样表现在《西出阳关》和《夜进塔里木》等诗中。以《夜进塔里木》为例，诗人巧妙地把夜色朦胧中看到的塔里木军垦农场的情景和战争年代的部队联系起来，运用设问的形式，一连写出了六段抒情的联想。诗人拿军中大纛比防风林，碉堡比农业机械，指挥部比农场办公室，军火库比牲口棚圈，缴获物比粮棉，俘虏比庄稼，这就很自然地把革命战争和社会主义建设两个时代，紧密地联系在一起，热情歌颂了当年的老战友继承革命传统，依然“青春如故”“战志弥天”的革命精神。这确实体现了诗人艺术构思上的匠心。

我们必须看到，郭小川丰富独特的想象和联想，固然在他进行艺术构思，提炼主题时起了重要作用。但这种想象和联想归根结底是由诗人丰富的革命斗争经历，高度的思想修养和艺术修养所决定的。郭小川青年时代就投身革命，一步一个脚印地从艰辛的青纱帐走进了香甜的甘蔗林。他对革命事业有着火热的感情，又有马列主义的世界观和方法论作指导，因而他思想敏锐，洞察力强，对现实生活有着切身的理解，对时代精神有着真知灼见。这才使得他在艺术构思过程中，有着纵横驰骋、腾飞自如的想象和联想的自由天地。

三

郭小川诗作的构思之所以是巧妙奇异的，还表现在他善于掌握诗的艺术辩证法，调动各种艺术手段，追求“出奇制胜”的艺术效果。

郭小川曾经说过：“我一直主张‘奇’。不是离奇古怪的‘奇’，是出奇制胜的‘奇’”，“诗忌平庸，不能重复人家的东西，要有自己的独到见地，出奇制胜，有新鲜的构思和语言。如果没有，宁可不写，先好好学习，好好深入生活”[①]。郭小川这里所说的“出奇制胜”，当然包括思想上的创新，但我们用它来形容诗人在艺术构思上的追求，也是准确的。

首先，诗人掌握了抒情诗中情与境的对立统一的辩证关系，善于缘情造境，通过对感情化了的环境和气氛的描写，来渲染烘托，创造意境，达到借景抒情的目的。抒情诗是以感情打动人心的，但感情的抒发又不是赤裸裸的，而是依赖于意境的创造。意境就是作者的主观感情与客观外物的辩证统一，近乎文艺评论家经常提到的“情景交融”。这里，景是情的“物质外壳”，情是景的“精神内核”。客观的现实生活激发了作者的思想感情，作者的思想感情又必须凭借特定的生活境界和形象才能得到表达和抒发。王国维在《人间词话》里说：“一切景语皆情语也”。足见景物是传达和烘托情的有力手段。郭小川深深懂得这一点，在他的许多直抒胸臆或感物咏志的作品中，都力图通过感情化了的景色描写，做到融情于景，情景交融。在著名的《祝酒歌》中，诗人将美酒、豪情、大雪水乳般交融在一起，酿成了醇醪般的诗的意境：“且饮酒，莫停杯！/三杯酒，三杯欢喜泪；/五杯酒，豪情胜以长江水”“雪片呀，恰似群群仙鹤天外归；/松树林呀，犹如寿星老儿来赴会。/老寿星啊，白须、白发、白眼眉”“雪花呀，恰似繁星从天坠；/桦树林呀，犹如古代兵将守边陲。/好兵将啊，白旗、白甲、白头盔”。诗人笔下的雪景写得这么神奇，闪耀着浪漫色彩，因为诗人是通过“豪情胜似长江水”的林业工人的眼光来看雪景的，因而每一片雪景都染上了林业工人的革命豪情；而这样一幅奇特的雪景，反过来又有力地烘托了林业工人热爱林业工作，敢于战胜任何困难，决心为祖国做出较大贡献的豪情壮志。在《大风雪歌》中，

---

①引自杨匡汉《把酒论长江——漫忆郭小川同志谈创作》，《广州文艺》，1979年第10期。

诗人首先极力渲染风雪的凶猛："老北风——风中的霸；/腊月雪——雪中的砂；/整整一夜哟，前呼后拥闹天下!""寒流呀，像冲破了闸；/冰川呀，像炸开了花；/空气哟，冷得发辣""灭了，风中的蜡；/僵了，井底的蛙；/倒了，泥塑的菩萨""老天哟，仿佛要塌；/大地哟，仿佛要垮。/大风雪呀，谁也不受你惊吓!"诗人这里对大风雪的极力铺陈渲染，绝不是为了吟咏大风雪，而是为了反衬林业工人战天斗地的英雄气概和革命乐观主义精神。就在这大风雪的背景下，突然"一连串钟声，把黑夜敲垮；/一阵欢笑，把阴云气煞。/天亮了，咱们出发!"于是，诗人笔下的风雪之景发生了奇妙的变化。而这种"转眼之间，无穷变化"之景，简直就是王国维所说的"有我之境""物皆着我之色彩"。正因为林业工人有"与天奋斗，其乐无穷"的革命豪情，他们听到山呼海啸才像"进军的喇叭"，他们听到漫山松涛才像"庆功的唢呐"，他们看到的白雪才像"举起一排排火把"，才会觉得漫山遍野，"都为咱吹吹打打"。因为这里句句是写景，又句句是抒情。情引景变，景烘托情，构成了情景交融的意境，强烈地感染着读者，产生了一种引人入胜的艺术感染力。这正如田同之在《西圃词说》中所说的那样："诗家不出情景二字，然以景结情最好"。

郭小川还主张，为了更好地抒发感情，要借助于环境和气氛的烘托渲染。他曾说过："环境和气氛的描写。这个问题，不是过去一般常说的'写景'问题，而简直就是恩格斯所说的'典型环境'问题"①。在《痛悼敬爱的周总理》一诗中，为了抒发诗人对总理逝世无比悲痛的感情，开篇就创造了一个令人惊心动魄的环境和气氛：蓝蓝的晴空突降倾盆大雨，纷飞的泪水锤打太行山壁，红旗渠的水浪一瞬间转欢笑为悲啼，整个中国的长江黄河、大湖小川也一样呜咽不已。正是在这种天地同悲的环境和气氛烘托下，诗人七次发出撕心欲裂的呼声："我们要用带血的声音，一万次呼唤：醒来吧，总理!"通过这一声声呼唤，诗人追踪总理战斗的足迹，从六个方面概括地歌颂了总理"电闪雷鸣般的一生"，具有撼人心魄的艺术力量。

其次，郭小川正确运用诗歌艺术中虚与实、抑与扬、动与静等辩证关系，造成情感上的波澜起伏，异峰突起，达到了"意外"和"突然"的艺术效果。

郭小川说过："技巧问题，从根本上说，是矛盾的对立和斗争问题，它主要是对比、呼应、起伏之类。所谓'意外''突然'（这是作品中经常要出现的），就是因为作者先给你留下了'狡猾之处'，使你以为是'意内'或'不突然'，结果不是，就有了'意外'和'突然'的效果了"。这段话，可以表明诗人不满于感情的平铺直抒，表现手法的单调，力求在诗歌创作中有新的探索和追求。写于

①郭小川：《谈诗》，上海文艺出版社，1978年版。

1959年那个特殊年代的《望星空》正是诗人勇于探索的结果。这首诗一经发表，就曾遭到无理的指责和批判，理由是他“唱出了一片悲观、低沉、泄气的调子”，宣扬了“极端错误，极端虚无主义的思想”，因而判定作者犯了“政治性的错误，令人不能容忍”。从此，这首诗就被打入冷宫。事实果真如此吗？多年来，某些评论家习惯于跟着政治风向转，不从作品的整体出发，更不从作品的艺术构思上去进行全面分析，而是把别人的作品割成碎片，断章摘句，在思想上无限上纲。今天，当我们认真研究一下《望星空》的构思，我们就有理由说：这是一首从革命现实主义出发，闪耀着革命浪漫主义奇异色彩的好诗。

《望星空》共分四章。前两章通过“我”站在北京街头，向星空瞭望，极力赞美星空，把星空写得无限美好：“啊，星空/只有你，/称得起万寿无疆”。诗中的“我”，甚至面对壮阔的星空“不免感到惆怅”，唱出了深沉的歌声：“我爱人间，我在人间生长。/但比起你来，人间还远不辉煌”，并且发出宇宙无垠、人生短暂的感叹。这些诗句，就是某些评论家抓住不放，并因此判定诗人宣扬“虚无主义”的重要依据。但是，他们恰恰没有联系诗人写诗的那个极其复杂的年代，更没有联系诗的后两章，从这首诗的艺术构思上去考察诗的主题思想。诗人在前两章中，采用虚写和扬的手法，对星空进行夸张的赞美，无非给人留下“狡猾之处”，使你以为诗人是在赞美星空，怀疑人间不如天上。然而，只要我们顺着作者的思想感情发展变化读下去，就会发现，诗人写这两章的目的，无非是先树立一个待批驳的靶子而已。一进入三四章，诗人让你跟他一道步入“北京的心脏”——天安门广场，让壮丽辉煌的星空一下子变成天安门广场的陪衬。在美好的现实面前，诗人一一否定先前的“惆怅"，并且理直气壮地回答：这才是“人间天上”“大地上的天堂”，这才是“真实的世界”“一点也不虚妄”。由此，诗人转入严肃的自我解剖。不仅驳斥了先前的“忧伤”，而且怀着满腔豪情唱出了雄壮的歌声：“星空哟，/面对你，/我有资格挺起胸膛”，不仅充分肯定了我们的现实是美好的，人间胜过天上，而且采用浪漫主义的神奇想象，抒发了扣人心弦的改造世界，征服宇宙的革命豪情和远大理想：“我们要把广漠的穹窿，/变成繁华的天安门广场，/让满天的星斗，/全成为人类的家乡。”最后，诗人满怀信心地宣告：“人生虽然是短暂的，/但只有人类的双手，/能够为宇宙穿上盛装，/世界呀，/由于人的存在，/而有了无穷的希望。”读到这里，我们会情不自禁地突然发现，原来，诗人并不是在谱写一首星空的赞歌，而是在谱写一首祖国的赞歌、人生的赞歌。他正是用诗来批驳虚无主义观点，教育人们向前看，珍惜短暂的人生，开创美好的未来。这就很自然地产生了如同诗人所说的“意外”和“突然”的抒情效果。而这强烈的抒情效果，与诗人在艺术构思上，根据感情发展变化的不同阶段，采用欲扬先抑（对天安门广场来说）和以虚衬实（以对星空的虚写来反衬对天安门广场的实写）的手法是分不开的。这正是诗人在艺术构思上进行的可贵探索。

此外，像《茫茫的大海中的一个小岛》也是采取欲扬先抑的手法。全诗共分九节，前四节极力铺写小岛之小、小岛的荒凉、小岛的空虚、小岛的孤独。到诗的第五节，诗人笔锋一转，把边防战士与小岛联系起来，写出小岛蓬勃的生气、战斗的英姿、宽阔的胸怀、警惕的眼睛。到诗的结尾，诗人挥起如椽大笔，囊括全篇，回应开头，纵情讴歌海岛的宽广与威武，形成异峰突起的抒情高潮："这个岛呵，实在是无边无际，/天再大，它也能装；/海再广呵，它也能管""这个岛呵，又昂然耸立于天地之间，/天若要塌，它敢顶；/海若要裂呀，它也要焊"。这首诗借景抒情，虚实相生，境界不断提高，跌宕起伏，形成峰回路转、柳暗花明的抒情特色。谱写了一曲海岛边防战士的赞歌。与此相反，《战台风》一诗，采取的则是欲抑先扬的手法（对台风来说）。

郭小川在艺术构思上是不断创新的。在诗人后期的代表作《团泊洼的秋天》中，诗人准确把握了1975年秋天的斗争形势和时代脉搏，在构思上采取了以静衬动的艺术手法。诗人首先用多种色彩的画笔，把团泊洼的秋天描绘成一幅非常优美的图画，美得像"少女一般羞羞答答"。但与此同时，诗人笔下的团泊洼又显露出一种异乎寻常的平静。蝉声消退了，蛙声停息了，连多嘴的麻雀也不再吱喳，连奔腾的独流减河也不再喧哗。这是多么可怕的静，死一般的静，它象征着在"四人帮"一伙的猖獗下，整个中国大地出现的"万马齐喑"的局面。诗人正是用这种表面的平静来"迷惑"读者，你看，团泊洼的秋天是多么的平静呵，诗人的心境是多么平静呵。然而，"于无声处听惊雷"，正是在这种被压抑的平静之中，爆发了诗人雷霆般的怒吼，喷出了诗人岩浆般的愤恨。"至于战士的深情，你小小的团泊洼怎能包容得下！"伴随这一挟雷裹电的呐喊，诗人以排山倒海之势，披肝沥胆地抒写了"战士的性格""战士的抱负""战士的胆识""战士的爱情"，抒发了一个无产阶级先锋战士的浩然正气。这样的战士，决不因身处逆境而随波逐流；这样的战士，决不因身遭迫害而停止战斗！"战士的歌声，可以休止一时，却永远不会沙哑；战士的明眼，可以关闭一时，却永远不会昏瞎。"这"一句句从心中掏出的话"，正是诗人向"四人帮"一伙发出的战斗宣言。到诗的结尾部分，诗人笔锋回转，照应前面的发问，不容置疑地做出回答：

是的，团泊洼是静静的，但那里时刻都会轰轰爆炸！
不，团泊洼是喧腾的，这首诗篇里就充满着嘈杂。

到这里，我们可以清楚地看出诗人艺术构思上的匠心。诗人首先描写团泊洼表面的宁静，正是为了更好地渲染它内在的不平静；诗人借用团泊洼景色的宁静来象征自己当时迫不得已的沉默，正是为了更好地衬托他内心的愤怒和反抗。写的是团泊洼，实际上概括了1975年整个中国的斗争形势；抒发的是个人的感情，实际上代表了亿万人民的战斗心声。这种以静衬动的构思，既符合作者当时的处境，也达到了艺术上“出奇制胜”的抒情效果。

以上只是我们对郭小川抒情诗在艺术构思上的一些特点，所做的初步的探讨和分析。作为这样一位在中国当代文学史上有重要地位的无产阶级诗人，他在艺术构思上所呈现的许多具有独创性的特点，还有待于我们今后作进一步深入地研究。如同一切伟大的作家都不可能完美无缺一样，郭小川也有少数抒情诗，由于缺少新颖巧妙的构思，显得思想浮泛，有概念化、议论化的毛病。有些诗篇还显得冗长拖沓，形象不足。指出这一点，我们认为，不算是对诗人的苛求。

弹响生命的琴弦

——诗人卞国福及其诗歌创作

在我认识的诗友当中，卞国福是一位令我尊敬、颇具代表性的诗人。他从青年时代起，就一直在政界担任各种领导职务，工作极其忙碌，却又始终不渝地钟情于缪斯。在繁忙的工作之余，在别人进入梦乡之际，他常常挤出时间，滤尽杂念，澄清心灵，以饱满的激情，悄悄弹响生命的琴弦，弹奏出一首又一首色彩明亮、基调昂扬、感情真挚、意境丰美的心曲。他的生命，因他勤奋的创作而显得更加充实；他的名字，因他丰硕的成果而走向了远方。他不仅在许多报刊上发表了大量诗作，而且公开出版了五部诗集和一部文论集（其中有三部诗集是由国家级出版社出版），此外他还自己作词、作曲，发表了数十首歌曲，编著了《世界音乐家故事》等书。他因创作的实绩很快引起了文艺界的关注，成为中国作家协会会员、中国音乐家协会会员、安徽省作协理事、安徽省音乐家协会副主席。著名诗人雷抒雁、严阵、那沙，著名作家张锲，都曾为他的诗集作序，对他的为人和诗歌创作作出了高度评价。

早在20世纪80年代中期，卞国福由安徽省文化厅厅长调到蚌埠市任市委副书记。那时，我正在这座城市的一所高校任教，业余时间也写点诗歌及诗论文章。著名诗人、诗评家阿红先生在辽宁主编《当代诗歌》，因他向我约稿并多次刊发我的文章，对我留下较深印象。在一次诗歌笔会上，他向卞国福介绍过我。由于这个缘故，卞国福曾托人赠我以诗集，并特地约见过我和我的一位朋友，从此我们由相识到相知，结下了深厚的友情。他给我的印象是那么质朴、谦逊、热情，没有一点官架子。他为人相其真诚、坦率，在骨子里有着诗人的气质。他热爱生活，有强烈的事业心，积极投身于改革的洪流中。无论组织上把他安排在哪一个位置，他都勤奋工作，兢兢业业，乐于奉献。他善于体察民情，常常牵挂农民、工人的生活境遇，憎恶一切腐败现象，这和他出身贫苦，是一个农民的儿子有着密切的关联。他不抽烟、不喝酒、不爱玩，却痴情于缪斯。后来，他因工作需要，调至合肥任安徽省总工会主席。但每次因公来蚌埠，他都要打电话给我，我每次都去他的居处叙谈一番。我们一起谈生活，谈工作，谈人生，谈社会，谈诗歌艺术，当然也谈到他的身世，他的成长历程，他对诗歌的痴恋，对诗歌艺术的理解以及对诗坛的一些看法。他每出一本诗集，都带一本送我，我发表的一些诗论文章，他也索要去看，认为对他的诗歌创作有借鉴作用。通过多年的交往，我对他的身世，对他的内心世界及诗歌创作有了更多的了解。

卞国福出生于大别山区一个贫穷的农民家庭。四岁时，疼爱他的母亲就因病溘然长逝了。他是在灾难和贫困中度过了自己的童年，又是在艰难和险阻中历经奋斗，才成长为一名新中国的大学生，一名人民的干部。早在他读师范的时候，在《合肥晚报》上发表的诗歌处女作《当第一颗人造卫星上天的时候》，就引起了学校师生的注意和赞赏。就读于皖南大学艺术科音乐专业时，他又擅长作词作曲，并因成绩突出留校当教员。后来命运突然改变了他人生的航向（他所属的大学下马），这位19岁就在大学入党的青年，毅然响应党和人民的召唤，回到故乡六安地区从事行政工作，当过六安地区团委书记。20世纪60年代中期，他有幸和来安徽寿县搞“四清”的著名诗人冯至、何其芳、戈宝权、卞之琳等同志在一起工作。这几位名扬海内外的诗人，在看过他写的诗稿后，对其中的成功之作画上了圈圈，并赞扬他的诗写得“感情真挚，抒写自然，不受任何框框制约”。冯至还特意鼓励他：“好好坚持下去，你会写出好诗来”。这给当时年轻的诗作者无疑吹进了一股强劲的春风，煽旺了他的创作热情，也激发了他要当个诗人的梦想。可是，“文革”的狂风暴雨很快袭击了中国的大地，也撕碎了他的幻想。一些早已对他嫉妒得双眼充血的人，开始从他的诗中寻找“罪证”，以便把他作为射击的靶子。当有人从他的一首诗中找出两句：“中南海的灯光彻夜通明，那是中华民族最智慧的眼睛”时，便欣喜若狂，立即贴出大字报对他进行批判。他们的逻辑是：中南海有毛主席，也有刘少奇，这诗有意将毛主席、刘少奇混为一谈……他无力为自己辩解，也逃脱不了“靠边站”的厄运。

等到扫除了“四害”，春回大地，他又一直重任在肩，先后担任霍山县县委书记、安徽省文化厅厅长、蚌埠市委副书记、省总工会主席、省委党史研究室主任等职。繁忙的行政工作使他不可能有完整的时间顾及诗创作，但年轻时播在他心田的诗的种子，在改革开放的春风吹拂下，仍迅速地发芽、开花，并且结出了累累硕果。他一边勤奋地工作，一边挤出别人在歌厅、舞厅、酒宴、打牌或闲聊的时间，纵笔泼洒心头热血，写出一首又一首热情洋溢的诗篇。这些诗分别发表在《诗刊》《星星》《绿风》《当代诗歌》《人民日报》《中国青年报》《中国文化报》《安徽日报》《诗歌报》等报刊上。后来又先后结集出版了五本诗集：《热土地的歌》（华夏出版社）、《一树春天》（安徽文艺出版社）、《拥抱明天》（中国工人出版社）、《青春的旋律》（安徽文艺出版社）、《朝霞满天》（解放军出版社）。

此外，还由安徽文艺出版社出版了一本文艺评论集《艺海思绪》等。像他这样一位长期从事行政工作的领导，利用业余时间，在创作上取得这样大的成绩，的确十分难能可贵。

卞国福的诗歌题材十分广泛，从乡村的土地写到城市的巨变，从童年的回忆写到青春的思考，从对历史的沉思到对改革的礼赞，从对普通劳动者的讴歌到对人生意义的探索等。这与他本是从乡村走进城市，做过音乐教员，担任过多种领导职务，有着丰富的人生阅历有关。他的诗，总是伴随着他跋涉的脚步，一路奋进，一路体察，一路歌唱。

他一往情深地歌唱养育他的故乡，歌唱故乡的父老乡亲，歌唱故乡的一草一木，歌唱故乡的风土人情。他的第一部诗集《热土地的歌》，就是他"献给刘邓大军挺进大别山四十周年"的一份礼物。他生于大别山区，并在大别山区整整工作了二十年，经历过这块土地上的风霜雨雪，也沐浴着这块土地上的明媚阳光。因此，他总是以满腔的热忱，歌唱这块土地上日新月异的变化，歌唱乡亲们的生活、命运及其丰富多彩的心灵。

他真诚地歌唱培育他成长的党，歌唱党的各项事业，歌唱党领导人民创造了"朝阳满天"的新生活，歌唱从艰难中崛起、日益强盛的祖国。《我心中有着党》，以质朴的诗句，表露了他对党的赤胆忠心。《奔涌的热流》，则以满腔激情，多层次地抒发了他对党领导人民进行改革这一历史壮举的深刻理解、衷心拥护和美好展望。

他热烈地赞美青春的美好，思考青春的内涵，青春的意义，也抒发了青春的欢乐和烦恼。如《青春之歌》《青春的旋律》《青春乐》《青春的烦恼》《青春，伴随着祖国》《青春永葆》等。这些抒情短章，能激励年轻人更好地理解青春，珍惜青春，把握好青春的航向。

他的目光时刻关注着普通劳动者，他的心总是与他们息息相通，始终没有忘记"为人民歌唱"这一诗人的崇高使命。他在《工人》一诗中歌唱道："比铁还硬的是钢/比钢还强的是/我们工人的臂膀/我们振臂一呼/便是钢铁的交响""比大海更广阔的是海洋/比海洋更广阔的是天空/比天空更广阔的是/我们工人的胸膛"。在他的笔下，一个个极其普通的劳动者都获得了诗意的表现，如船工、电话员、驾驶员、放映员、炼钢工人、勘探工人、炼矿工人、建筑工人、园林工人、清洁工人、纺织姑娘、山乡油工、雕塑工人等，他用满腔热情描绘出他们劳动与创造的侧影，展现他们纯朴美好的心灵世界。在他看来，这些普通劳动者是构筑共和国大厦的砖石，是民族的脊梁，诗人没有理由淡忘他们、冷落他们。和时下某些诗人的写作越来越脱离人民群众相比，卞国福的这种创作态度更应该值得我们赞赏和倡导。

他以如火的激情歌唱生活，歌唱人生，不断倾诉他对生活的挚爱，对理想的追求，对人生的沉思。如《热爱生活》《生活之树》《生活》《生活的遐想》《生活的激流》《生活的路》《人生是诗》《拥抱明天》《拥抱朝阳》《追求》《向明天进军》《生命之树常绿》《呼唤真诚》《歌唱人生》《燃烧，生命之火》等，都从不同的角度，抒发了他对生活、对人生、对生命的热爱和思考。读后给人以鼓舞，给人以启迪，能促使人们树立正确的生活观、人生观、生命价值观，有一种能催人乐观进取，奋发向上的精神力量。

卞国福的诗歌辐射面较广，但从整体上看，他的诗总是联结着党的事业，共和国的沧桑巨变，联结着党和人民的命运，跳动着时代的脉搏，也打上了他思想感情的烙印。他的诗基调是明朗的、昂扬的，这与他积极的人生态度和创作态度是分不开的。

从诗美的角度看，他的诗，尤其是那些写得比较出色的诗，也体现出他富有个性的艺术追求和鲜明的艺术特色。

他的诗感情真挚，形象鲜明，常常以简洁生动的形象创造出优美的意境，处处洋溢着浓郁的乡土气息、生活气息。例如《故乡的路》："故乡的路/一定是慈母手中的线哟/那么亲切/那么绵长/我是一辈子也走不出去的/犹如风筝/一头总系在母亲手里""故乡的路/一定是老父手上的青筋/那么曲折/那么艰辛/我是一辈子也不会忘记的/犹如农具/总攥在父亲手里……"诗人巧妙地把故乡的路与慈母手中绵长的线、父亲手上曲折的青筋联系在一起，也把自己对故乡的爱、对生身父母的爱浑然不觉地交织在一起，创造了一种情景交融，令人难忘的意境，形象地概括出所有的游子对故乡的心灵归依和深情眷恋。读后令人怦然心动，掩卷遐思，回味无穷。他的另一首诗《啊　家乡的泥土》："我最熟悉家乡的泥土/是那种黄黄的颜色/稻草的颜色/皮肤的颜色/像秋天一样庄重而质朴/无边无际　无怨无悔""我最熟悉家乡的泥土/是那种咸涩的气息/盐巴的气息/黄牛的气息/像春天一样起步维艰/有山靠山　有水靠水"。诗人善于捕捉特征，仅仅从"颜色"和"气息"两个角度，选择一些最朴素的生活形象，把它们自然地组合在一起，一幅简洁的乡土画便浮现在我们眼前，一股浓郁的乡土气息也随之扑面而来。如果没有对乡村的熟悉，没有对广大农村及农民命运的牵念，是很难写出这样诗篇的，因而，诗人在诗的结尾，没有忘记告诫自己："如果皮鞋隔开泥土/如果高楼挡住视线/无论酷暑严冬　千山万水/我要驾梦回到故土"。这种由对故乡泥土的深情升华为"永不忘本"的思想，是值得许多人，特别是各级领导干部永远铭刻于心的。此外，他的《思念》《故乡的水》《故乡的晚霞》《信》《故乡人》《小村画卷》《水果园》《乡音》《山泉的歌》《家乡的水果》以及许多回忆童年生活的诗篇，都写得真挚感人，饱含着他对故土人情的切身体察和审美感受。

他的诗善于以小见大，从寻常题材中开掘出不寻常的诗意，体现了“一粒沙里看世界，半瓣花上说人情”的艺术规律。他常常选取生活中平凡的事物，于一花一木之细，去深思、去联想、去寻觅客观外物与内心灵魂的碰撞。当这种碰撞迸射出绚丽的火花时，他才肯落笔为诗。如《松和岩石》：“岩石咬着岩石/坚硬板结/竖起顶天立地的大山//啊　松树　顽强不屈/你竟然从岩石里长出/一根根针叶伸向云端/不躲严冬的冰风/不避酷暑炸雷/根须扎得很深　很深……”这是通过松树的形象象征性地表现了一种顽强不屈，战胜艰难，奋发向上的可贵精神。他的《映山红，我心中的花》，对“红似焰火、艳如晚霞”的映山红，就没有停留于自然美的描写与歌唱，而是神思飞腾，以穿越历史的目光，去发现和开掘它独特的诗意：“好啊，映山红！/你在硝烟中把根扎。/大别山儿女的鲜血哟，/浸透你每片花瓣。/大别山人民的汗水哟，/浇灌你每一根枝桠。//好啊，映山红，/你开得自豪、开得飘洒！/尽管风雨一次次洗刷，/尽管雷霆一次次地抽打，/你依然热烈地拥抱着山山岭岭，/像漫天红霞……”在这里，映山红已染上了诗人情思的色彩，是他对大别山的历史与现实进行思索时结下的“一朵奇葩”。这朵奇葩成了诗人内心世界的客观对应物，也成了大别山的革命传统和人民精神世界的象征。可见，很小的题材，一旦经过了诗人思想的光照，就具有了较大的社会内涵。在他的笔下，一双老红军的草鞋，一片清脆的月夜捣衣声，一盏山村的电灯，一阵小学的钟声，一群飞舞的雪花，一架古老的农用水车，一捧故乡的河水，一束刺玫瑰，一片迷蒙的大雾等，无不触动他独特的感受，丰富的联想，掀起诗情的波澜。但是在处理这些寻常题材时，他总是善于从大处着眼，向深处开掘，努力做到用个别反映一般。

他的诗在娓娓抒情中常常闪烁着哲理的光辉，有着较强的思辨意味。诗是以抒情为主要特征的，但决不排斥理性色彩，不排斥诗人对生活，对人生作多角度多层次的思考。当然，诗中的哲理绝不能是从理念出发的空洞说教，而是要来自诗人对生活对人生独特而新鲜的艺术感受，并且要为之插上形象思维的翅膀。如《冰冷的长鞭》，诗人将“文革”十年可怕的岁月比作：“冰冷的长鞭/捆绑过历史/捆绑着我你他/抽烂了皮肉/抽瘦了民族的容颜”。这就高度概括了“文革”十年对人民、对民族所造成的巨大伤害。又如：“受过‘四害’毒汁侵蚀的人，最先感到春光在心田照耀”（《春天的歌》）；“莫将青春当成商品，/别算个人渺小的细账。/人生，永远是个不等式，/只有贡献大于索取，/人类才能向上！”（《为五月而歌》）；“没有一棵树/不想接近天空”（《生命之树》）；“如果石油代表着战争/我祈求/所有的森林永不枯朽/所有的井架轰然倒塌/岩浆奔突的大地/请你保持沉默”（《油田抒情》）等，都是颇含哲理的诗句。我还特别喜欢他在《谦虚》一诗中写下的诗句：

骄傲者多像秋天的落叶，
尽管在高处招摇，
终归飘零于地。
谦虚者多像地上的春苗，
尽管无声无息，
总是茁壮成长。

是的，谦虚像火星一样，
不声不响，
当聚集一起，能燃冲天火势；
是的，谦虚像水珠一样，
平凡而晶莹，
当汇入大海，能涌激浪千层。

以上这些闪光的诗句，是作者人生经验的结晶，闪烁着他对生活的真知灼见，读来发人深省，具有警策灵魂，促人向上的艺术力量。

他的诗质朴淡雅，清新自然，没有忸怩作态的无病呻吟，没有装腔作势的矫揉造作，有着一种不事雕琢的本色美。他学过音乐专业，会作词作曲，他的诗明显受到民歌、古典诗词和歌词的影响，大部分诗篇幅精练，节奏明快，朗朗上口，音韵铿锵。他的篇幅较长的民间故事诗《恋歌》、童话诗《牧童和憨牛》，情节曲折，形象鲜明，故事感人，语言既生动形象又通俗易懂，具有很强的可读性。

他的诗在语言上大量运用比喻、拟人，增强了语言的形象性。如他写家乡的泥土："晨光里闪烁着迷人的色彩，/晚霞中像巨人的古铜色皮肤"；"我爱家乡的泥土，/如同自己的眼珠。/幼年时的神奇梦幻，/今日在泥土里长出……"（《家乡的泥土》）；他写冬日的太阳："在旷野行走的人/感觉着冬日的太阳/感觉到脊梁上/有一支燃烧的笔/书写着比火炭还深刻的思想"（《冬日的太阳》）；他写大海："大海睡了/她睡在巨大的蓝色五线谱上/银帆与白浪把微笑/描在波涛的皱纹里/海鸥清脆的歌唱，像一束束/灿亮的音符跳跃在/大海的键盘上"（《海》）。再如《书之歌》，开头便对书突发奇想："你像花朵，/无声地开放，/我爱你哟，/像爱她一样。"然后顺此生发开去："每日每夜哟，/你喷溢着醉人的芳香。/当我沙沙翻动书页，/情人的细语便扑进心房。"这种巧妙的比喻和联想，创造了一种清新优美的意境，把求知的热望抒写得像情人热恋一样的迷人和痴情，有效地增强了诗的艺术感染力。

当然，由于长期从事繁忙的行政工作，卞国福同志的某些诗写得还有些匆忙，缺少长时间的酝酿与诗美的独创；他的诗的触觉还可以进一步拓宽，以表现自己对生活对人生多角度多层次的沉思；他的诗歌表现手法还可以进一步多样化，以利创造丰富多彩的诗美。我衷心祝愿他在取得可喜成绩的同时，不断攀登诗艺的高峰，写出更多更好的诗作，就像他在《诗之恋》中所期待的那样："我的诗　插上翅膀/飞向蓝色的太空/在天宇中寻觅　翱翔//我的诗　装上马达/驰骋在绿地群山　森林/在汹涌的大海远航/……"

从天堂涌来的千万匹水

——评金肽频爱情、乡情、亲情诗

肽频在长江岸边的安庆工作和写作，是一位年轻有为、非常有个性、有实力的诗人。他热爱海子，是海子的同乡诗人，对海子的诗歌有着独到的理解，也深受海子诗歌精神的影响。他曾耗费三年时间，收集、整理海子的诗歌及评论文章，主编出版了《海子文集》（四卷本），为推介、研究海子诗歌做出了重要贡献。在创作上，他坚守自己的精神方位和艺术追求，不断突破自己，一步一个脚印地从安庆走向全国。他是中国作家协会会员，参加过第十七届《诗刊》社主办的“青春诗会”，出版过《圣莲》《花瓣上的触觉》《金肽频诗选》等多部诗集，其中《金肽频诗选》还获得《诗刊》社评选的2008年“优秀新诗集奖”。《诗刊》主编、著名诗人叶延滨认为他“是一个潜力很大的诗人，他对诗歌所采取的那种真心相许的态度，他创作中表现出来的严肃认真的精神，都使他在追逐时尚诗风的今天，显出古典和内向的特点。”[①] 原中国作协书记处书记、著名诗人吉狄马加认为“他的诗写得精致、有力，有一种大诗的气息洋溢其中。”[②] 这些都标志着他的诗歌已走向更阔大的世界，受到更多人的关注和喜爱。他才情洋溢，诗思缤纷，既有江南才子式的敏感与多情，也有哲人式的睿智与善思，他的诗是感性与知性的统一，有着生命的热度、心灵的光泽，也有悟性的闪光、思想的锋芒。

读他的诗，不仅读到他的生命，他的灵魂，他的个性，也读到他理解的生活，他体验的人生，他阐释的历史。他的诗呈现给人的是盈盈流动的溪水，但却能柔柔地触动人心灵的暗河，让人思如潮涌，欲罢不能。这里，主要想结合他极具个性色彩的爱情、乡情、亲情诗，谈谈自己的阅读感受和理解，至于他诗歌的总体状况和艺术风貌，我将另文论述。

肽频重视他的爱情诗，早就嘱我为之写点文字。他明确告诉我，他的爱情诗

---

①金肽频：《花瓣上的触觉·序言》，时代文艺出版社，2011年11月版。

②金肽频：《鲸鱼与刀锋·序言》，合肥工业大学出版社，2009年7月版。

都是写给他爱人的，都是来自真实的情感经历和个人的独特感受。在我看来，想写出优秀的爱情诗并非易事，因为爱情是诗歌永恒的主题，古今中外无数诗人都为之留下动人的诗章。我们熟悉太多脍炙人口的爱情诗篇，其中有许多经典之作也为爱情诗的写作竖立了难以超越的高度。而且，就我的感觉，新世纪以来，爱情诗写得最多的是女诗人，写得最好的也是女诗人。如舒婷、林子、张烨、林雪、伊蕾等，都曾为我们奉献出许多美丽动人的爱情诗。我不了解肽频经历了怎样的爱情，也不知道他的爱情诗将以怎样的面貌感动我们。

带着三分好奇七分期待，我开始阅读他的诗作。扑面而来的是一首《你是天堂里千万匹水》。光看题目，就以神奇瑰丽、气势恢宏的意象夺人眼目，令人震撼。诗的开头写道：

你是天堂里千万匹的水，发轫于一片秋叶
我们在午后时间的缝隙里相逢。你黑而亮的眼睛
是天堂打开的大门，百年的露珠
滋养了它。现在，我的浑身湿透
花朵没有了末日，海水没有了岸
我的手抓紧了无风而起的风暴
就像抓住一场突然来到的爱情

诗以虚实结合的意象，将一位突现女性的光辉及其带给诗人的心灵感应、情感风暴表现得淋漓尽致，极为传神。“你黑而亮的眼睛/是天堂打开的大门”，是最美的想象，极富诗的意味，令人过目难忘。“我的浑身湿透/花朵没有了末日，/海水没有了岸”，诗的想象拓展了意象的空间，将直觉式的情感反应表现得惟妙惟肖。这里包含着爱情发生的秘密，是古今多少科学家也无法破译的秘密。这种意外的相遇，引发了一场爱情的大火，在燃烧中，“你的骨头在闪耀。你的花朵在闪耀”，这无疑是在赞美对方为爱而坚守，为爱而付出。而作为追求的一方，其执著，其痴情，则更令人感动：

千万匹的水呀，你是千万年才能诞生
为了承接你的到来，我的双手已长成大片大片的草原
可以在你的足迹下一夜枯萎
我的血液已经延伸为宽阔的河床
让你纯净的生命之帆在它上面漂流
最后我身体里的肋骨，一共有二十九根
在这个夏天的夜晚献上作为天堂之水的阶梯
我愿意为其中的每一匹水而陶醉

诗以新奇的意象表现出自己对一份美好爱情的强烈向往和执著追求，尤其是用“身体里的肋骨”作为通向“天堂之水的阶梯”，更是形象地宣誓自己甘愿为爱献身的精神，从而把诗的感情推向了高潮，产生了令人震撼的效果。

爱情诗的关键是要以真情、炽爱感动人心，引发读者的共鸣。肽频的诗本来就源于自身的爱情体验，其感受之真切、情感之深沉，在他的很多诗篇中都得到充分体现。如《爱是一个很高的词》，就很巧妙地表达出自己对爱情的体验，抒发出强烈的炽爱之情。在诗人看来，爱情的最高境界是超越了身体的相亲，进入比“身体更为广阔”的“心脏”，而这颗心脏犹如“血肉做成的拳头一样”，“如何才能穿透这只拳头呢？/做她身体内的一滴血吧，循着/无数的毛细血管，她体内的峰峦与沟壑/麦地与树野　春天与夏天/历经漫长的潜行之后/才能抵达她心中这个很高的词”。通过新奇的想象创造出的动人意境，不仅表现出爱的忠诚与强烈，也暗示最高境界的爱是抵达灵魂的交融。《那一粒光能给予你的》，更是采取了层层推进的方式，表达一种赤诚无私、甘愿“给予”之爱，最后把感情的抒发推向了高潮：“当然了，我现在不能给予你的/等我到了坟茔以后，会把这一抔尘土都给你”。此外，《唇的倒影》《深恋》《天上的泥土》《第一次为心爱的女人哭泣》《隔世玻璃》《期待它，随风而响》《化蝶为蛹》等，都将日常相爱的细节转化为优美的真情传达，大大增强了诗的感染力。

优秀的爱情诗除了表达真情之外，还需要透过爱的现象揭示爱的真谛，表达诗人对爱的感悟和理解，从而更好地引导读者树立正确的爱情观。如《爱有多宽》，采取先否定后肯定的方式，接连列举中外一系列名家的爱情故事，强调爱情应当具备精神的宽度才能进入令人“仰视”的境界。《给你两种情怀》则提醒人们，美满的爱情不只是要给对方一种“诗性的情怀”，一份浪漫，一份纯情，还要给对方一种“生活的情怀”，一份体贴，一份关爱，这样不仅让人享受到幸福美满的爱情，还能从爱中获得无穷的自信和力量：“给你一种生活的情怀后　我的人生/渐次开放　走在斜坡上/与阴暗的墙角里/我也会表情镇定/感受到自信与火光的照耀/抚摸着这棵生命中的大树/我已对这个世界没有再多的祈求”。《夜修辞：原谅他，亲爱的》则强调爱情也需要宽容。而《没有到老的爱情，不能叫爱情》，则否定了那种表面上看起来轰轰烈烈“爱得死去活来”，可“一触碰某个现实问题后/就风吹云散”式的爱情，肯定那种爱得平淡却能相濡以沫、相伴到老的爱情。这虽属传统的爱情观，但依然闪耀着黄金的光芒。总之，这是诗人对爱情的体验与感悟、发现和阐释，大大丰富了爱情诗的精神内涵，有利于引导人们追求一份真诚而美好的爱情。

还有一点值得特别指出，在一些诗人放弃诗歌精神，片面追求诗歌的“肉体化”“欲望化”表达时，肽频写了这么多爱情诗，却没有跟风随俗，没有像某些诗人那样“把诗歌当成展示个人‘绝对隐私’，宣泄个人欲望的工具”①。他坚守着爱情诗的精神品位，即使是个人经历的爱情体验，也经过心灵的过滤和艺术的提炼，从而把爱情写得真诚、纯净而美好，不仅能从感情上打动我们，还能从精神上启迪我们，提升我们。这是难能可贵的，也是值得倡导的。

除了写爱情外，他还有不少诗歌是写乡情、亲情的，如《在含山美丽的腹部》《绿翡翠的一夜》《含山，我今年的幻影》《致亲人》《青山青——兼给我的父亲母亲》等，同样表达出他对故乡、亲人的挚爱、眷念与感恩。

在诗歌艺术上，肽频这部分诗也体现出他不断探索、追求创新的精神。这主要体现在两大方面：

第一，注重诗情、诗意的艺术转化。诗是美的呈现，仅有诗情、诗意而缺少艺术转化的诗，是缺乏艺术感染力的，甚至是非诗的。20世纪90年代以来，由于某些错误诗歌观的误导，一些人极度轻视诗的艺术，导致大量简单、粗糙、直白的诗歌泛滥诗坛，严重败坏了诗歌的艺术信誉。这些人自以为是，宣称怎么写都是诗，实际上是既缺诗的才力，又是对诗歌、对读者的不尊重。可以说，诗人艺术转化力的强弱是衡量诗人艺术才力的重要标志，一首诗只有经过诗人高妙的艺术转化抵达诗美的境界，才能真正称得上是诗。相比而言，肽频对诗歌创作的态度是严肃的，对艺术的追求是执著的。他非常重视将发生于生命的诗情、源于沉思与发现的诗意转化为新奇的意象、陌生化的诗境呈现给读者，既给读者带来新奇的审美感受，又给读者留下思考与回味的空间。例如他对家乡的含山充满热爱，却将这份爱转化为审美的境界：

含山是一段美丽的胸部　我在那里起伏
长满绿色枝叶的海洋
在那里起伏　石头唱起来
像可爱的打工妹　遍地唱着
——《在含山美丽的胸部》

这是人与自然融为一体的奇美画卷，有景有人，有声有色，人景相谐，诗趣盎然，充分表现出含山之美以及诗人对含山之爱。

再如他将爱的瞬间感受转化为

一道阳光裂开　沁入我的肌肤
你在车内猛一回头。我的一切就源于
这一道太阳。银白的道路源于你轻轻地点火　发动

①姚国建：《中国新诗发展的三大问题及其解决路径》，见《学术月刊》，2010年第4期，第123页。

在你脚下延伸你的路
——《正午短章》

这里，“阳光裂开”“沁入肌肤”“一道太阳”“银白的道路”“轻轻点火”“发动”等直觉意象、隐喻意象和“猛一回头”的特写画面的有机结合，构成了虚实相生、极富暗示性、象征性的艺术境界，大大增强了诗的表现力和含蓄美。

在《唇的倒影》中，他除了用“葡萄成熟了”等意象来暗示唇吻带来的美妙感受和产生的“伟大的力量”外，还用“海水挽着海水/白松挽着白松/云挽着雨”等意象来创造艺术的境界，暗示爱情走向成熟时的美妙。“当我们面对两座先辈的坟茔跪下时/青草跪下了　天上的黑鸦也跪下了/河流跪在山脚下　似乎这一切都像是麦地的祷告”（《青山青——兼给我的父亲母亲》），诗人将感觉转化为变形的意象，加大了艺术表现的力度，更加重了情感的分量。此外，他的《我梦见的半匹马》《天上的泥土》等，都在整体上通过想象实现了诗的艺术转化，突破了诗的现实空间，创造了诗的艺术空间，大大增强了诗的艺术魅力。

第二，讲究诗的内在结构。著名诗人、诗论家郑敏说过：“诗的魅力的另一个来源是诗的内在结构。诗是一座建筑物，诗人心灵、才智、所建立起的精神建筑物。读一首诗就像由诗人引导着进入一座建筑物。”“当诗人有了诗思和诗情之后，他能不能写出一首好诗，就看他能不能设计一个建筑来体现他的诗思和诗情，诗的诞生是自外界的空间（现实）转变成诗人内在的时间（情、思）又以外界的空间（第二空间、诗的空间）来表现，这第二次空间要求一种符合于诗人的思想和感情的建筑设计。”① 肽频的诗十分注意意境的营造，在营造意境的过程中注意采用多种手法安排诗的内在结构，使诗情、诗意在不断转换、深化中具有内在的凝聚力，不至于松散、直露。他用得最多的结构方式是层层展开式，其做法大致是：用直觉式、陌生化意象打开诗境的大门，让你感到惊异，产生进入诗境的强烈愿望，接下来，运用意象的转换、突接等方式来拓展诗的空间，引领读者进入层层展开的诗境，最后抵达动人心魄的境界。如《第一次为心爱的女人哭泣》，这样的诗直抒胸臆容易，但营造诗的结构、创造出诗的艺术空间较难。但诗人还是别出心裁，一下笔就打开了一个奇异的空间：“今天早晨，大地漫过了一场盐/我的眼睛里在造盐　大地上的万物在担任搬运工”。接下来，就通过意象的不断转换拓展诗境：“它们把青海湖搬到了我的眼里/把柴达木盆地搬到了我的眼里/把大兴安岭搬到了我的眼里/把‘天涯海角’搬到了我的眼里”，甚至“它的成分是用我的骨髓熬制的/是我的血液蒸晒出来的/母亲给予的血液　父亲给予的骨髓/现在，被我种植到一位年轻女人的身上”，这还不够，他还要向“远方亲

①郑敏：《诗歌与哲学是近邻——结构—解构诗论》，北京大学出版社，1999年版，第65、66页。

人”“逛公园的人”“陌生人”借泪水（但强调商人的泪水不要），从而相互相连、逐层推进，不断深化感情的表达，最后将人引进一个奇特的境界，把对恋人的挚爱之情推向了高潮：

让她的心脏开放在这样的水中
这样的海洋中　多少年过去
仍然春暖花开……

诗人通过大胆的想象，依据情感的内在逻辑构造出虚实结合、层层转换的艺术空间，完成了情感的艺术表达，避免了诗的落套和直露。此外，《你是天堂里千万匹的水》《在含山美丽的胸部》《唇的倒影》《某种液体，只喜欢干干净净地流淌》等都具有这种特征。值得指出的是，他在运用这种方式时，喜欢将实象与虚象、实境与虚境交替转换，交织连接，既给人带来某种新奇感，也给人留下欣赏与回味的余地。此外，他还注意运用横向结构的方式，如《骄傲的翅膀》："她通过一朵菊花时　菊花卷起/一片叶子　她通过一根断弦时/秋天合拢　暮色沉浸在水里/已被养得很肥壮的堤岸/有点像政治　有点像爱情/她通过一只蝴蝶时　蝴蝶扇动了翅膀/大洋的那边　另个国家感知到了/连续十七下　才歇了一口气/她有着植物一样的礼貌　她在大多数人/的背后　张开骄傲的翅膀/她通过一个男人的胸膛时　那个男人/一动也没动　一大半的历史恍惚而过/小提琴　提着大提琴/两根弦拥抱在了一起/她和菊花之间　菊花和秘密之间/从此有一个远走天涯……”诗从横向选择几个画面，即“她通过一朵菊花时”“她通过一只蝴蝶时”“她通过一个男人的胸膛时”的动态画面，并借助想象将“通过”时的感觉转化为艺术的幻象，从而创造出虚实相生的诗的境界，艺术地传达出一种复杂而微妙的情感体验。他的《深恋》则是尝试用连环式的结构，将一种意象与另一种意象巧妙连接，形成环环相扣的结构美，增强了诗的表现力。

综上所述，肽频的爱情、乡情、亲情诗，是他在诗歌领地辛勤耕耘的新收获，特别是他别具特色的爱情诗，更是对当代爱情诗写作的新拓展、新贡献。我除了为他取得的成绩感到高兴外，也衷心祝愿他以更高的标准要求自己，始终坚守诗歌的精神品位和艺术品位，抵制种种外在的诱惑和诗界的不正之风，潜心创作出更多的诗歌精品，以回报对新诗充满期待的读者。

第五辑　诗人诗作评析

选择富有包孕的瞬间

——徐志摩《沙扬娜拉》评析

这是组诗《沙扬娜拉十八首》中的最后一首。写于1924年作者随印度诗人泰戈尔访日期间。收在初版的《志摩的诗》里。再版时作者删除了前17首，只剩下这首“赠日本女郎”，可见他的珍爱。

这是一首赠别诗，也是徐志摩抒情诗中的“绝唱”，向来为人们所传诵。“沙扬娜拉”，日语“再见”的音译。诗人在短短的五行诗句中，表现了对日本女郎依依惜别的深情，并塑造了一位性情温柔、形态逼真的日本女郎的艺术形象。

描写离情别绪的诗作古今中外不可计数。但这首诗却颇有特色。它以极其简练的笔法，及时捕捉和选择一个富有包孕的告别的瞬间，凝聚起一种交织着柔情蜜意和离情别绪的生命体验，能唤起读者的联想，具有强烈的艺术感染力。

选择有包孕的瞬间，就是指选择那些有意味和内涵的，能激发人们想象和思考，能引起人们审美活动和审美愉悦的瞬间。这本来是画家惯用的方法。莱莘在《拉奥孔》中指出，绘画“只能运用动作中某一顷刻，所以它应该选择包孕最丰富的那一顷刻，从这一顷刻可以最好地理解到后一顷刻和前一顷刻。”因为绘画（连环画除外）不能表现人物、事件、场景在时间运动中的连续发展，只能选择某一瞬间的情景来表现（也就是莱辛所说的“顷刻”），如果这一瞬间的情景缺少“包孕”，没有意味，没有内涵，不能引发人们的想象和思考，那么就没有画它的必要了。因而画家特别注意选择有包孕的瞬间。

比起绘画来，诗歌倒是能自由地表现生活的连续性，可以在一个开放的、不断变换的时空中去表现人物的活动和事件的发展。但是，这并不等于诗人可以漠视“瞬间”的意义和写作价值。相反，一些现代诗人越来越看重瞬间的生命体验和人生感悟，并迅速地抓住这个瞬间，凝成晶美的诗行，让生命的片刻体验在诗中闪烁永恒的光芒。这正是诗人所强调的“瞬间即是永恒”，“永恒在一刹那里收藏”。

诗的开头一句“最是那一低头的温柔”，就是一个美好而又富有情味的瞬间，它强烈拨动着诗人的心弦，也被诗人迅速地摄入了诗行，再现了一位温柔、礼貌、多情的日本女郎形象，也表现了诗人对日本女郎柔情蜜意的由衷赞美。

这位日本女郎在与诗人分别之际，似有不少话想说而又羞于启齿，于是含情脉脉地低头鞠躬。那种欲言又止的举动，含羞带笑的情态，正表现了日本女性的贤淑、温存与庄重。

这种形态既不同于“执手相看泪眼，竟无语凝噎”，也不同于“挥手从兹去，更那堪凄然相向”的境况（毛泽东），它具有日本女郎的鲜明特点。同是写离别，此诗写日本女郎与诗人告别，毕竟不同于中国女子与情人的告别，自是别有一番情趣。它对于表现日本女郎的情态美是恰到好处的。

接着，诗人在第二句里用了一个比喻来表现日本女郎于告别瞬间的情态：“像一朵水莲花不胜凉风的娇羞”。以凉风吹拂下颤动的水莲花作比，显然是为了突出其柔美的姿态、情态。这行诗能使读者联想到莲花的高洁，出淤泥而不染；水莲花的意象，明喻女郎的柔弱，暗喻其洁白。在传统意识里，水莲花是亭亭玉立，是高雅而并不娇羞的。现在，徐志摩在一位日本女郎身上看到了古典的高雅与现代的娇羞的并存，所以他难以忘怀。

但同时，我们也可以想到，这首诗表面上写这位女郎的体态弱不禁风，其实也是暗示女郎在离情别绪的笼罩下难以忍受的内心痛楚，气氛孤单凄凉。女郎在将要分别、不忍分别、又只好分别的复杂情绪的交织之中。她又不能一味缄默。“道一声珍重，道一声珍重”，女郎把万千情意化作一声声的“珍重”来表达自己对朋友的深情祝愿，这种感情发自内心，充分表现出女郎对朋友的离去，依依惜别，关爱备至。从中可以想到，诗人和这位温柔多情的日本女郎在交往中已经结下了真挚的友情，可是，分别在即，何时才能重见呢？因此在分别之际顿生“忧愁”是可以理解的。

诗人在品味这一声声“珍重”里所包含的“蜜甜的忧愁”。“蜜甜的忧愁”，正好形容是一种淡淡的怅惘，酸楚的离情，温柔的悲哀，缠绵的情意。在复杂情感的支配下，只好以“沙扬娜拉”（再见）这一平常而诚挚的告别词结束，不仅最后点题，而且通过这句包含着复杂意念的语调，把女郎的声声嘱咐，殷殷叮咛的眷念之情传达出来。这句是深情的呼唤，也是美好的祝愿。它集中道出了别时不易，见时亦难的苦衷，体现女郎渴望今后再能见面的真挚、深切的情怀。

此外，这首诗音调柔美，节奏悠扬，精练隽永，为读者广泛传颂。

一首含蓄优美的爱情诗

——冯至《我是一条小河》评析

这是一首精致的爱情诗。诗人采用以人拟物的手法，别具匠心地将情郎比作“小河”，把姑娘比作彩霞般明艳的“影儿”，借助“小河”与“影儿”之间的巧妙关联，通过展现小河开始流动、遇到风浪直至飘荡到远方这样一个动态的过程，形象含蓄地展现了一种美好的恋情从无意中产生到形影相伴、真诚奉献、忠贞不渝、心神相随的发展过程，抒发了一种缠绵、深沉而又有些怅惘的情思。

在艺术上，这首诗通过想象创造了独特的意境。意境是指诗人情意与客观物象相互交融所形成的艺术境界。意境的创造带来了诗歌的含蓄美。创造意境既要对主观的情意进行艺术的提炼，又要精心寻找恰当的客观外物，并且使两者水乳交融，有机统一。在这首诗中，诗人通过想象，把“我”比做一条小河，把心上人“你”比做“彩霞般影儿”投入河水的“柔波”，创造了一幅迷人的意境，并且随着河水的流动，诗的意境也在不断展开，不断呈现出新的面貌：当“我”流过森林，便把那些碧绿的叶影儿“裁剪成你的裙裳”；当“我”流过花丛，便把那些彩色的花影儿“编织成你的花冠”；当“我”流入无情的大海，狂浪击碎了花冠、裙裳（暗示美好的爱情受到了意外的阻挠和扼杀），“我”也要随着海潮漂漾到无边的地方，“你那彩霞般的影儿”，也依然“和幻散了的彩霞一样！”（暗示爱情即使遭到曲折，“你”和“我”也已形神相随，心心相印）全诗就这样通过巧妙的构思、贴切的比喻、新颖的意象创造了优美的意境，形象地抒发了一种真诚相爱、甘于奉献、坚贞不屈、生死相依的美好恋情。

其次，这首诗善于根据感情的起伏变化，让诗的音节齐中有变，诗的音韵自由选择，增强了诗的表现力和音乐美。诗中的一、二两节，主要表现“我”（小河）在流动中对“你”（彩霞般的影儿）的真诚相爱和执著追求，诗的章节间歇完全一致，顿数是“三、二、四、二”；到诗的第三节，由于遇到了意外的阻力，诗情发生了转折和变化，诗的音节也随之发生了变化，顿数变成了“二、三、三、四”；到最后一节，写“我”与“你”尽管遇到外在环境的巨变，但双方仍心神相随，爱心不变，固此诗的音节再次发生变化，变成了“四、三、三、四”，这样整齐又有变化的音节，读起来就有一种参差的节奏美。而诗的音韵则基本上是随着感情变化自由选择的。这样，全诗的调子就随着节奏和音韵的变化而显得舒缓柔曼，起伏有致，具有强烈的音乐美。

此外，这首诗还注意运用重复、迭字来增强诗的表现力和音乐美。如首节中“无心”的重复使用，就巧妙地表达了相爱的自然和真诚，愈是“无心”愈有情；又如诗中“荡荡地”“粼粼地”等迭字地运用，强化了诗的形象感，有利于营造一种缱绻、缠绵的抒情氛围，也增强了诗的音乐美。

相对观念的形象表达

——卞之琳《断章》评析

这首诗选自《鱼目集》，写于 1935 年 10 月。据诗人自己介绍，他原先写的是一首长诗，但诗中只有这四句令他满意，便将其抽出单独成篇，诗的标题也因此而来。不料这首诗却成了诗人流传甚广、最有代表性的作品。

全诗只有四句，每句从字面上看，都通俗易懂，但组合起来却境界朦胧，意味深长，耐人寻味。因此，不同的读者对此诗往往做出了不同的理解。散文家李健吾认为诗的关键在于“装饰”二字，暗示人生不过是相互装饰，其中蕴涵着人生的无奈。也有的诗论家将它当作情诗来理解。但诗人本人却曾明确地表示“我的意思是着重在‘相对’上”。

根据诗人的提醒，我们可以看出，全诗通过“你”与“看风景人”“别人”之间的不同关系，构成了两幅看似相异却有内在联系的画面，暗示诗人一种深刻的人生哲思。另一幅画面是“你”站在桥上，把周围的一切当作“风景”来看，完全陶醉于那绿树、红花、白石、流水、风声、鸟声时，不曾留意到，那个站在自家小楼上“看风景的人”正在悠然而专注地看着“你”——“你”已成了他眼中一道独特的“风景”。这样，人与自然、人与人之间便构成了一种相对；另一幅画面是“你”置身月夜，银色的月光“装饰”了你的窗户，你于沉静中仰望明月，思索人生时，你未曾料到，你正进入了别人的梦乡，被别人幻化为各种奇异的梦中形象，从而“装饰”了别人的梦，满足了别人的想象。这样，景与人、现实与梦幻之间也构成了另一种相对。

总之，全诗通过两幅富有意味的画面，暗示了诗人一种哲理思考：宇宙间的万事万物都是相互关联、相互依存、相互影响的。明白了事物间这一相对、平衡、和谐的关系，人就应当豁达而开朗，心平气和地看待世间万物，而不必事事计较，怨天尤人。

在这首诗中，卞之琳采用的是现代智性诗惯用的表达方式。即回避直接陈述和抒情，将诗人的哲思顿悟溶化于具有象征性的意象中，借以凝聚诗人对宇宙人生的独特感悟。此外，这首诗还运用了类似修辞上的“顶针”手法，将前一句的结尾作为后一句的开头，使诗行间具有紧密的内在联系，也有效地表达了诗的主旨，给读者留下思考与回味的余地。

深沉的怀念　真挚的赞歌

——艾青《大堰河，我的保姆》评析

这首诗写于1933年冬日，是艾青的成名作。当时的诗人因参加“左翼美术家联盟”被国民党逮捕，被关押在看守所中。据诗人自述，写这首诗是在一个早晨，他从看守所的窗户看到外面下雪，一下子触发了他对保姆的怀念，便一口气写下了这首诗。

诗中的大堰河（村人称呼大叶荷）确有其人，艾青也是完全按照事实去刻画她的形象，去表达他对保姆深厚的感情。艾青出生在浙江金华县畈田蒋村的一个地主家庭。因生时难产，算命先生说他会“克死”爹娘。父母迷信，便将他送到本村一位贫苦的农妇家里抚养。这位农妇就是大堰河，她没有名字，“她的名字就是生她的村庄的名字。”诗人在她家里一共住了五年，直到要念书了才被父母接回。

这首诗为我们塑造了一个生活在旧中国的勤劳、朴实、善良而又不幸的农妇形象，她是一名普通的劳动者，又是诗人眼中最伟大的母亲。诗人选择了一系列富有特征的细节去表现她的生存环境，她的生活及精神状态，她的勤劳，她对乳儿深深的爱。她的生活空间是檐头有着“枯死的瓦菲”的故居，是“被典押了的一丈平方的园地”。她的生活是“乌黑的酱碗”，是为儿子们缝补被“荆棘扯破的衣服”，是在冰冷的河里洗菜、切菜。她的儿子、丈夫都在她的照料下过着相对安稳的生活。她“深爱着她的乳儿”，在劳动之余，便用“厚大的手掌把我抱在怀里，抚摸我”，为他“忙着切那冬米的糖”，为他喊她一声“妈”而兴奋地“把他画的大红大绿的关云长/贴在灶边的土墙上”，还不断“对她的邻居夸口赞美她的乳儿”，梦想着吃她的乳儿的婚酒，甚至临死时还“轻轻地呼着她的乳儿的名字”……诗人精心选择了这些真实的富有特征的生活细节，多角度多层次地展现了大堰河平凡而伟大的一生。接下来，诗人便用委婉而愤激的笔调，交代大堰河死后家人的变化，也控诉了那个世界的“不公道”，并且以排比的句式，直接将儿子对母亲的满腔深情呈现给她“黄土下紫色的灵魂”，“呈现给大地上一切的，/我的大堰河般的保姆和她们的儿子，/呈献给爱我如爱她自己的儿子般的大堰河。”这就将大堰河的形象同大地上劳动人民的形象连在一起，将自己对大堰河的爱升华为对广大劳动人民的爱，对天下所有慈母的爱。

此外，这首诗完美地体现了艾青所追求的自由诗体风格。全诗不押韵，各段的句数也不尽相同，但重复与反复的交错使用，使韵律前后呼应，节奏有规律地发展；排比的恰当运用，使诸多意象繁而不乱，统一和谐，既拓展了诗的内容，又强化了诗的奔放的气势；散文化的语言，更是增强了诗的亲切感和抒情的自由度。

土地最忠诚的歌者

——艾青《我爱这土地》评析

在中国诗人当中，艾青是一位扎根土地而又向往太阳的诗人。土地和太阳是支撑他生命和精神的脊梁，也是贯穿于他全部诗歌的核心意象。他将自己一生的挚爱、憧憬、追求和理想都凝聚在这两个核心意象上，并终生为之歌唱。如果说在太阳意象上寄寓了诗人对理想和光明的追求和向往，那么在土地意象上，则寄寓了诗人对大地母亲、对祖国、对人民最朴素、最忠贞、最深沉的爱。这首《我爱这土地》就是诗人献给土地最真挚的恋歌。它以简练传神的笔法，精巧的构思，生动形象地为我们塑造了一个土地最忠诚的歌者形象，一个始终环绕和守护着土地母亲的诗魂，一个给人以信念、信心和希望的使者。

要想深刻地感受和理解这首诗，我们首先就要了解艾青诗歌中的土地情结以及土地在艾青诗歌中的多重象征意义。艾青生于乡村的土地，长于乡村的土地，吸着农妇大叶荷（大堰河）的乳汁长大，从乡村的土地走向城市，再走向法国留学。回国后，他以满腔的热情想在自己的土地上播种梦想和希望。可是，呈现在他眼前的，却是贫穷、落后、愚昧、战乱的风暴不断地袭击着祖国的大地。特别是日本侵略者的铁蹄又在肆意地践踏、蹂躏着祖国的大地。大地在呻吟。人民在流血。民族在受难。诗人的心在疼痛。他的心时刻牵连着苦难的大地和人民。抗战爆发不久，1938 年 12 月 28 日的夜晚，他写下了《雪落在中国的土地上》。

全诗分四个部分，每个部分都以中心句“雪落在中国的土地上，寒冷在封锁着中国呀……”贯穿其中，间隔反复，多角度地透视了战争给中国大地带来的灾难：“被烽火所啮啃着的地域，无数土地的垦殖者/失却了他们所饲养的家畜/失去了他们肥沃的田地/拥挤在/生活的绝望的污巷里。”诗人由此发出辛酸而悲愤的慨叹：“中国的路/是如此的崎岖/是如此的泥泞呀”“中国的苦痛和灾难/像这雪夜一样广阔而又漫长呀!”而在《手推车》一诗中，诗人站在北方的黄土地上，看到深深的如鞭痕一样纵横交错的车辙，听到手推车发出病人挣扎一般的尖厉的啸响，他的心灵立即为这苦难的大地以及大地上艰难挣扎的人民感到揪心的疼痛，觉得那灰黄色的土地，那刻在土地上的深深的辙迹是“交织着/北国人民的悲哀”。从这些诗句中，我们可以感到诗人对大地母亲、对民族、对人民的骨肉深情。而当抗日的烽火逼近了黄河，民族危亡的警钟不断在诗人心头轰鸣的时刻，艾青身伫古老的潼关，举目四望悲哀的北方，眼含热泪写下了《北方》这首忧郁沉思、苍凉悲壮的歌。诗不仅如实地描写了日本侵略战争给北方带来的深重灾难，也表达了诗人对祖国命运的深深忧虑，对战乱中人民遭遇的深切同情，更表达了诗人对这片贫瘠的土地的忠贞与挚爱：“我爱这悲哀的国土，/一片无垠的荒漠/也引起了我的崇敬”“我爱这悲哀的国土，/它的广大而瘦瘠的土地/带给我们以纯朴的语言/与宽阔的姿态，/我相信这言语与姿态/坚强地生活在大地上/永远不会灭亡；/我爱这悲哀的国土/——这国土/养育了为我所爱的/世界上最艰苦/与最古老的民族”。在这民族危亡的关键时刻，诗人这样讴歌土地，无疑在鼓舞人们树立坚定的信念，不屈的意志：在巨大的苦难面前，这块孕育着中华文明、中华民族精神魂魄的深厚无垠的大地会有坚韧而强大的生命力，人民会有顽强不屈的生命力，去抗击任何外来侵略势力，去支撑一个顽强的民族从血与火中重新站立起来。这是诗人对土地的信念，对土地的忠贞，对土地的挚爱。由此可见，土地意象已融入了诗人的生命和灵魂，它是生命之母的象征，祖国母亲的象征，民族精神的象征，中华文明的象征，也是祖国命运的象征，华夏历史的象征，民族凝聚力的象征，人民意志和力量的象征，等等。总之，在土地意象上凝聚了诗人异常复杂的情感信息和思想信息。

正因为如此，土地在诗人笔下，已成了永恒的情结。土地是诗人永远依恋的对象，永远倾诉的对象，永远忠诚的对象，永远歌颂的对象。这种种复杂的情感汇聚在一起，终于使诗人产生了一个强烈的愿望：要做一个土地最忠诚的歌者，于是便催生出这首著名的诗篇《我爱这土地》。

这首诗写于抗战初期，它集中展现了艾青对土地的一片赤诚之爱。在个体生命的渺小、短暂与大地生命的博大、永恒之间，诗人为了表达自己对土地最真挚深沉的爱，把自己想象成“一只鸟”，永远不知疲倦地围绕着祖国大地飞翔，永远不停歇地为祖国大地而歌唱，既唱出大地的苦难与悲愤，也唱出大地的欢乐与希望；即使死了，也要将整个身躯融进祖国的土地中，以表示自己对土地的“深沉”之爱。全诗的感情是强烈而内在的，基调是深沉而忧郁的。这与当时祖国的大地正在蒙受着巨大的灾难，民族的心灵正袒露出流血的伤口，诗人的眼里也因此而“常含泪水”，心中有着挥不去的阴霾，斩不断的忧思等，有着密切的关联。可以说，时代的投影与真实的感受相结合，使得这首诗的感情显得极为真诚，更有感染力，更能拨动读者的心弦。

从写作艺术上看，这首诗的显著特点是篇幅短小，构思精巧。因为土地是个博大的意象，诗人选择它作为寄情的对象，倾诉的对象，以抒发自己对大地的挚爱和沉思，其境界是极其广阔的，意象是极其丰富的，诗人的情思也可以是多角度、多层次的，诗人想象和诗思的回旋天地也是无限自由、广阔的。但他若这样去构思，诗的篇幅就会拉得很长，诗的情思也会散漫开去，诗就不会显得如此短小凝练，巧妙精致——把诗人对土地广阔而深厚的爱浓缩在10行诗中，并且取得了最佳的艺术效果。

这首先得益于诗人不是从实处落笔，而是从虚处落笔，不是直写自己与土地的关系，而是通过想象把自己虚拟为“一只鸟”，借鸟儿与土地的关系来展开全诗的艺术境界，使诗的整体构架显得巧妙自然，使人浑然不觉。诗以“假如”开头，显得新奇，富有独创性，便于化人为鸟，把诗境推向虚拟的艺术境界，借鸟儿的情思逻辑去寄寓诗人对土地的深情与厚爱，也便于通过鸟儿这个灵活的意象去引发读者的凝神遐思。当然，诗中的“鸟”，仅是泛指，具有象征性，不像古诗词中那些实指（如杜鹃、鹧鸪等）。“用嘶哑的喉咙歌唱”，是一句引人注目、令人心动、值得品味和沉思的诗句，也是全诗中深化诗人对土地感情的一个奇异的亮点。本来，鸟声是优美清脆的，不存在“嘶哑”的声音，但诗人却特别亮出“用嘶哑的喉咙歌唱”。这是当时悲壮的时代氛围（抗战初期）、诗人特殊的个性与气质（艾青自称是“悲哀的诗人”）以及诗人特殊的表达需要等，共同作用于鸟儿形象而产生的审美意象，它大大提升和强化了形象的审美表现力——从中我们不仅能感到时代的氛围、诗人的个性和气质，更能感到诗人对土地的爱是如此的执著、坚贞和顽强：即使是面对这样一片浸透着苦难的土地，诗人也要无条件地去爱，要永远不知疲倦、竭尽全力的去为这片土地而歌唱！试想一下，这句诗如果改成“用嘹亮的喉咙歌唱”“用优美的喉咙歌唱”，怎能产生如此强烈的情感震撼力、穿透力？又怎能取得这种忧郁而悲壮的审美效果？

接下来，诗人便向我们叙述他要歌唱的对象。从句式上看，有的是排比句；从方法上看，用的是类似电影蒙太奇式的特写镜头，向我们依次推出他要歌唱的对象：土地、河流、风、黎明。这些都是博大的自然或宇宙意象，有动有静，有近有远，境界开阔，气势恢宏。但诗人选择形象又是非常节制，精心提炼的。他仅选择了几种典型的形象，极其简洁，鲜明，却又能通过这些形象把我们的目光引向祖国广阔无垠的大地，让我们的心灵在感触这些大地上的典型画面时，产生丰富的想象和联想，引起深刻的沉思。值得指出的是，诗人在“土地、河流、风、黎明”前都特意加上了带有感情色彩的形容词或修饰语，使它们一个个都转化成了富有象征意味和暗示力的画面，既暗示了祖国多灾多难的命运，也暗示着人民的不屈与抗争，以及大地上仍然在生长着的希望，同时还暗示着诗人要竭尽全力，与其共命运，为他们而歌唱；即使死了，也要埋进这片土地，用自己的身躯去肥沃这片土地。从构思的角度看，到这里，诗人仍然紧扣“鸟儿”这个虚拟的形象（“连羽毛也腐烂在土地里面”），让其生前与死后形成强烈的对比，于对比中表现出鸟儿对土地的执著、赤诚之爱，从而也艺术地塑造了一个土地忠诚的歌者形象。诗人借这个形象，象征性地表现了自己决心生于土地、歌于土地、葬于土地，与土地生死相依、忠贞不渝的强烈情感。至此，诗的感情已达到了高潮。

这首诗的第二个特点是巧妙转换，另辟诗境。按理，诗情到达高潮之后，再接下来抒写难度就很大，写得不好，就难以为继，或画蛇添足，或前后脱节，或情思弱化，难以压阵……但诗人却巧妙地宕开一笔，隔开一行，作了必要的间歇和停顿后，开始巧妙转换，另辟诗境，写下了两行形象突出，感情进一步升华的结尾。令人读后怦然心动，过目难忘，吟诵不已。

第一，抒情视角做了转换。诗的第一节是从虚拟的视角，即从鸟儿的视角去想象，去表现鸟儿对土地的忠诚与挚爱，显得形象含蓄；第二节却换成实写的视角，即从诗人自我的视角去实写自己“常含泪水的眼睛”，倾诉自己对土地的“深沉”之爱，是直抒胸臆。如果说第一节是写虚拟的境界，那么第二节则是写现实的境界，第一节是写虚拟的结果，那么第二节则是交代虚拟的原因——即诗人为什么要虚拟出一个鸟儿的艺术世界呢？原因是因为诗人对这土地“爱得深沉”。这样，虚境和实境的结合与对应，构筑了全诗内在完整的艺术空间；结果与原因的关联与对照，又构成了支撑全诗的内在逻辑结构。这样，全诗虽经过了视角的转换，诗境的闪断与跳跃，但仍获得了前后关联、内在统一的整体效果。

第二，写作手法做了转换。前一节用的是比，是想象的境界；后一节用的是赋，是直抒胸臆的写实。全诗由前面蒙太奇镜头式的画面暗示转到了后面诗人的直接指点，以一个强有力的情感抒发结束了全篇，从而把读者的注意力引进了一个浓郁的情感氛围，再一次感受到诗人对土地的忠贞与挚爱。

一个终生热爱土地、忠诚土地的歌者，就这样扎根在祖国的大地上，既不断汲取大地的营养，又时刻聆听大地的心跳，用自己的全部生命和激情拥抱这宽广无垠的大地，在大地上不断编织金黄色的梦想，为我们可爱的大地与伟大的民族奉献出了他累累硕果似的歌声。同样，大地也以她多情的怀抱，有力的双臂，拥抱着他赤裸的诗魂，并时时传唱他不朽的歌声！

求异思维的艺术结晶

——艾青《盆景》评析

这首诗是老诗人艾青于 1979 年 2 月在广州参观盆景展览后所写的。从诗坛沉寂了 21 年之久刚刚复出的诗人，用他那饱经忧患的目光久久凝视着那一盆盆“用紫檀和红木的架子”装点着的盆景时，禁不住触景生情，移情入景，将自己对生命的体验，对人生的感受，对人民坎坷命运的沉思，甚至包括对自己几十年不幸遭遇的回顾等复杂情感，都灌注到盆景这个具体物象上，使眼前的盆景在诗人情思的浸染下升华为艺术的象征。盆景的形象是极其平凡的，但诗人从中开掘出的主题却是异常深刻的。全诗通过对盆景的独特描绘，象征着“十年动乱”期间，“四人帮”一伙横加刀斧，残酷扼杀人民的灵魂，肆意践踏人民的自由，剥夺人民的正当权利。诗中寄寓着诗人渴望恢复人的尊严，价值与自由的基本思想。

从写作的角度来看，这首诗的成功关键在于诗人对题材的处理具有独创性，善于从别人司空见惯的事物上发现别人意想不到的诗意。这当然与诗人持有的生活经历和人生体验有关，但更重要的是诗人在处理盆景这个寻常题材时，充分发挥了求异思维的能动作用，可以说，这首诗是诗人求异思维的艺术结晶。

求异思维是创造思维的一种。诗歌创作中的求异思维，指的是诗人有意冲破某种习惯性的思维方式，从新的角度去发掘事物的本质，从而获得新的发现。求异思维能力不强的作者，在创作中常常陷入一种凝固的思维模式或思维定式，作品常常都是一些人云亦云的大路货，没有新的发现。求异思维能力强的作者，即使面对一片前人不知写过多少遍的绿叶，他也能另换角度，翻出新意。盆景作为陈设艺术品，在极其有限的空间里，高度浓缩地展现了大自然的美丽景象，谁见了都会赏心悦目，赞不绝口。

作为一个诗人，在参观了久负盛名的广州盆景艺术之后，如果仅是即兴挥动手中的彩笔，去描绘盆景的巧夺天工之姿，去赞美盆景艺人精湛的技艺，当然也无不可。可是，这样一来，诗人对题材的处理就显得一般化，诗也难免流于平庸浅薄，缺少新的发现。艾青则不然，他用异样的目光打量着那一盆盆表面看起来处境还不错的盆景，发挥他那超人的求异思维能力，从一个被人们忽略的角度，找到了自己新鲜的发现：

其实它们都是不幸的产物
早已失去了自己的本色
在各式各样的花盆里
受尽了压制和委屈
生长的每个过程
都有铁丝的缠绕和刀剪的折磨
任人摆布，不能自由伸展
一部分发育，一部分萎缩
以不平衡为标准
残缺不全的典型
像一个个佝偻的老人
夸耀的就是怪相畸形
有的挺出了腹部
有的露出了块根
留下几条弯曲的细枝
芝麻大的叶子表示还有青春
像一群饱尽战火的伤兵
支撑着一个个残废的生命

很显然，这种求异思维使艾青对盆景这个题材的处理显得出手不凡，别开生面。诗人赋予它的内涵已经远远超越了作为艺术品种之一的盆景，跨进了象征境界。这样，诗人不仅异常深刻地揭示了盆景的内在本质，而且也使盆景在诗人笔下获得了独特的审美价值。它分明是一代追求者坎坷命运的缩影，从中我们可以切身感受到中国人民的灵与肉曾受到何等的扭曲，人民的命运曾受到何等的愚弄和摆布，人民的意志理想和愿望曾受到何等的压制和扼杀！

由此，诗人自然转入更深层的思考：“但是，所有的花木/都要有自己的天地”“自由伸展发育正常/在天空下心情舒畅”“散发出各自的芬芳”，这其实就是诗人对人的本质所作的思考，人同花木一样，需要有自己生存的广阔天地，需要有能够“自由伸展”的各种外在环境，才能够最大限度地焕发出创造的热情与智慧之光，为人类的进步事业“散发出各自的芬芳”。诗人的这种思考从正面回击和否定了那种背离人的本质，扼杀人的个性与自由的行径。最后，诗人仍发挥求异思维的作用，针对盆景抒发独特的感受：

柔可绕指而加以歪曲
草木无言而横加刀斧
或许这也是一种艺术
却写尽了对自由的讥嘲

诗人满腔愤懑，到这里得到痛快淋漓的抒发，诗的主旨在这里也得到了进一步明确的显示，从而使这首诗摆脱了平庸与浅薄，获得了新颖与深刻。

另外，这首诗在写作上还有一个特点也要稍稍提及一下。该诗是一首写人生哲理的诗，但诗人却避免了一般作者常犯的抽象说理的毛病，而是将哲理的阐发与盆景的形象描绘有机地统一起来。例如在诗的一、二、三节中，诗人都用很多笔墨对盆景作了简练而又生动的形象描写，做到了哲理美与形象美的水乳交融，相映生辉，这样才能更有效地寓人生哲理于形象之中。相反，如果削弱了诗中的形象描写，那么这首诗的艺术魅力就要大为逊色。有志于哲理诗创作的年轻朋友，应当从中获取宝贵的启示。

为女英雄塑像

——乔林叙事长诗《白兰花》评析

对于今天的大多数诗歌读者来说，乔林可能是一个并不熟悉的名字。他的长篇叙事诗《白兰花》于 1956 年由作家出版社出版后，也很少有人注意和研究，它是一部尘封已久的诗集。然而，当我们研究中国诗歌发展史，尤其是研究中国现代叙事诗发展史时，我们不应该遗忘乔林这样一位来自革命队伍、富有才华而又英年早逝的诗人，更不应该遗忘他的这部有着独特的思想价值和艺术特征的《白兰花》。

对于乔林，我们现在所知道的资料很少。他的出生年代及籍贯均已不详。他曾于 1948 年在大别山区参加游击战争。后在中国人民解放军部队中从事文化工作。1954 年因车祸而去世。作家出版社于 1956 年出版了他的长篇叙事诗《白兰花》，广东人民出版社于 1957 年出版了他的诗集《留下的脚印》。

《白兰花》是一部具有史诗性质的长篇叙事诗。它以大别山革命根据地为背景，以农村姑娘白兰花和农村青年朱大海之间的爱情以及他们从事革命斗争活动为中心线索，塑造了一个在严峻的斗争中成长起来的革命妇女白兰花的英雄形象，并且高度概括地反映了第二次国内革命战争、抗日战争和解放战争这三个时期人民群众的斗争生活。

全诗除了“引子”外，共分六部三十节，向我们叙述了一个扣人心弦的故事：在大别山区的白家洼，农民与恶霸地主史家霸已经形成了尖锐的矛盾。农村姑娘白兰花上山拾松果，遇到农村放牛娃朱大海，两人使用对山歌的形式互相回答，真诚地袒露了他们早就埋藏心中的爱情。然而，上山看风景的史家霸一见到年轻貌美的兰花，顿生歹意。他软硬兼施，企图霸占兰花，藏在草丛中的大海连忙蹦出来救了兰花。史家霸对此怀恨在心，他一面诬陷朱大海抢姑娘，派人把大海送到县上关进监狱，一面又派人到白家说媒，威逼兰花的父亲白老汉要在腊月初八这天把兰花嫁给史家霸，被白老汉严词拒绝。正当兰花一家害怕史家霸来抢亲之际，游击队长周彪带领红军打进严村，史家霸仓皇出逃。随着苏维埃运动的展开，白家洼的农民翻身解放了，兰花积极地投入这一运动。接着，国民党反动派的第五次大围剿也针对大别山根据地，红军主力暂时转移。史家霸引着白军重回白家洼，进行疯狂的报复和倒算。白老汉因拒不交代谁人随了红军而惨遭史家霸暗害。史家霸还设计要在半夜抢劫兰花成亲，兰花母女闻讯被迫逃到县城，栖身城隍庙。后来，兰花母女听说红军回到了大别山的消息后，冒着日本飞机的轰炸重返白家洼。林间巧遇朱大海，方知抗日战争发动后，白家洼成了解放区，朱大海也被新四军从牢中救出，参加了周彪组织的民兵大队。久盼归来的兰花更是积极投身于抗日工作，并且同大海结了婚。一次，兰花因将新四军伤员转移进山而遭到日本侵略军的严刑拷打，敌人还活活打死兰花的母亲。兰花宁死不屈，直到周彪等人接信赶来，才救了已昏迷不醒的兰花。当他们以艰苦卓绝的斗争迎来了日本投降的伟大胜利后，国民党反动派却又发动了内战，进攻白家洼。在主力部队转移时，兰花按周队长的指示进山与游击队接头。在游击队里，兰花积极工作，并光荣地加入了共产党。在一次游击队外出作战时，兰花接受党的委托，在山洞里看护一个伤员，遭到国民党反动军队的烧山搜索。兰花以临产之身，背负伤员，逃出包围。她也因此早产了。在敌人搜山逼近的情况下，兰花忍痛舍弃自己的婴儿，背负伤员逃离虎口，婴儿也因此惨遭蒋军杀害。直到人民解放军发动大反攻，兰花才在欢迎南下大军时见到了已经当上了解放军连长的大海。作品以兰花站在大路旁展开一片胜利的想象而结束全篇。

这首诗在艺术上的第一个特点是善于通过尖锐的矛盾冲突塑造人物形象。叙事诗，尤其是长篇叙事诗，能否塑造出性格鲜明的人物形象，是衡量一部叙事诗是否成功的重要标准。这首诗中的主人公白兰花，是诗人所着力刻画的最为生动的英雄形象。她本是一个普通的农村妇女，是生活的波涛把她卷进了斗争的漩涡，加上接受了党的教育，使她由朴素的反抗意识，逐步成长为有着崇高理想和自觉的斗争意识的革命女英雄。在她身上既有着一般中国农民那种纯朴、善良、倔强的气质，也有着青年女性所特有的温柔而又坚韧的品质，更有着革命者那种机警、坚强、果敢的性格特征。作者在刻画这个人物形象时，并不是进行一些简单的描绘，而是始终把她置于矛盾冲突的漩涡中，通过一系列的斗争生活，展现她的成长历程，表现她丰富的内心世界，刻画出她鲜明的性格特征。

其一，诗人把兰花置身于与恶霸地主史家霸的尖锐冲突中。史家霸在白家洼一手遮天，作威作福，在他的盘剥和压榨下，白家洼的农民过着牛马不如的生活，就连上山砍柴也要向史家霸交包山钱，逼得兰花只好偷偷上山拾松果。这种尖锐的对立，使纯朴善良的兰花也喊出了不平的心声：“山上的树呵这么高，树上的枝呵这么多，我盯着老天问一句：为什么不许我砍柴火?”这种内心的不平，初步揭示了兰花与恶霸地主之间不可调和的矛盾。当兰花在山上巧遇朱大海，从问答中得知大海深深爱着她，只因太穷不敢向她表明心迹时，兰花立即大胆地向大海袒露了一腔真情：“妹妹爱的是哥哥的人，凉水度日呵也甘心！”这有力地刻画出兰花善良的性格，美好的心灵。

可是，兰花这种纯洁真挚的爱情却遭到史家霸的重重阻挠。荒淫无耻的史家霸想霸占兰花不成之后，就采取诬陷的手法，利用其社会势力将大海投进监狱，并派人威逼白老汉要在腊月初八把女儿兰花嫁给史家霸，这就使得兰花与史家霸的矛盾冲突已从正面展开。是游击队长周彪向兰花一家讲述了打虎的故事，并告诉他们红军就是打虎的人，这使兰花开始明白只有向恶霸地主展开斗争才有出路的道理。后来，她又亲眼看见周彪带领红军打进了村，吓走了史家霸，她才免入虎口。随着苏维埃运动的展开，她又亲眼看见红军将史家的粮食与田地都分给了穷苦的农民，这使兰花进一步认清了红军才是穷苦农民的真正靠山和亲人，她由朦胧的向往革命开始转向自觉地投身革命，积极地为红军办事。当国民党反动派的五次围剿针对大别山根据地时，史家霸带领白军反扑“故土”，暗杀了兰花的父亲还不罢休，他还设计要在半夜抢兰花成亲，迫使兰花母女离乡背井，流落城隍庙。全诗就这样一步步展示了兰花与史家霸的矛盾冲突。在史家霸的操纵下，一连串的灾难和不幸落到兰花头上：恋人被陷害，父亲被暗杀，母女被迫流离失所，这一切无不使兰花与史家霸之间的冲突更加激化。诗人就是在这种激烈的矛盾冲突中刻画出兰花嫉恶如仇、爱憎分明的个性，为她后来成为一个革命的女英雄做好了有力的铺垫。

其二，诗人将兰花放在与日本侵略者和国民党反动派的尖锐冲突中，并在描写这种冲突的同时，还深刻地揭示出兰花内心的巨大冲突。在日本鬼子出兵搜索新四军伤员的危急关头，兰花临危不惧地领人把伤员转移进山。汉奸领着鬼子闯进兰花家，用枪逼着兰花交代新四军伤员，兰花不仅机智地与之周旋，而且任凭鬼子将她打得“鲜血四处溅”，也决不屈服。敌人一计未逞，又生一计，竟当着兰花的面严刑拷打兰花的母亲，使兰花内心处于巨大的矛盾冲突中。在亲人面临生死关头，兰花心痛如刀绞，但她仍然能经受严酷的考验，毫不犹豫地以革命利益为重：“妈妈呀，我忍心见你把刑受，不能交出新四军！”直到母亲被鬼子活活打死，兰花也仍然守口如瓶。不仅如此，诗人还在诗的第五部，再次把兰花置于巨大的矛盾冲突中。在国民党反动军队搜山越来越逼近的情况下，兰花是背着昏迷不醒的伤员突围，还是抱着自己刚刚早产的婴儿逃走，在这两者之间，兰花又一次面临着痛苦的选择。已经成为共产党员的兰花为了不辜负党的嘱托，毅然决定弃下自己的亲骨肉，背负伤员艰难地逃出敌人的包围。在这两次重大冲突中，兰花相继失去了慈爱的母亲和心爱的婴儿，表现了一个共产党人无论在何种严酷的情势下，都能以个人利益服从革命利益的崇高品质，使她的精神世界闪烁着耀眼的光华。总之，全诗就这样通过兰花与史家霸，与日本侵略者，与国民党反动军队之间的矛盾冲突，以及在此期间兰花三位亲人的先后献身，生动地塑造了一个纯朴机智、深明大义，忠贞不渝、坚强不屈的革命女英雄形象。此外，诗人在这些矛盾冲突中，还鲜明地勾画出其他人物的性格特征。例如史家霸的阴险毒辣，白老汉的正直刚强，周彪的能谋善断，大海的纯真善良等。这些形象无不反映了特定的历史时期的人物面貌。

这首诗在艺术上的第二个特点是将抒情与叙事有机地结合起来。叙事诗固然需要叙述曲折的故事情节，塑造典型的人物形象，但是叙事诗作为诗歌中的一员，它在叙述故事情节，刻画人物形象方面都不可能超过小说，它只能以强烈的抒情性来弥补自己的不足，强化自己的优势，增强作品的艺术魅力。因此，叙事诗也同样离不开以情感人这个诗歌的基本特征。

首先，这首诗始终是以饱含深情的笔触向读者叙述故事。诗人既不是放弃抒情而冷静地叙事，也不是脱离叙事而空泛地抒情，而是在叙事过程中巧妙地将两者熔为一炉，做到了寄情于事，借事抒情。例如当大海被史家霸诬陷关进监狱后，诗人叙述兰花上山的情景："拦路的青石冷冰冰，/哥哥在上面打过盹，/唉唉哟，/只见青石不见人!""西风西风你使劲刮呀，/把史家的房屋都刮塌，/活活呀，/活活砸死他史家霸!"这既叙述了兰花失去恋人时那种睹物思人，闻风寄意的精神状态，也强烈地抒发了兰花内心的痛苦以及对史家霸的满腔仇恨之情。再如作品写兰花站在路旁欢迎南下大军时，诗人通过兰花的想象向读者叙述革命胜利后的动人情景，字里行间无不洋溢着欢快之情。在这方面，诗人笔下所流露的情感基调，与诗中所叙述的跌宕起伏的情节是完全一致的。

其次，这首诗在刻画人物心理方面，还采用了直接抒情的方式。例如作品写兰花对大海的爱恋时，有一节诗非常生动地揭示了兰花的心理活动：

> 大海哥，
> 我愿变作放牛鞭，
> 让你天天拿手间；
> 我愿变作山下泉；
> 让你喝了满口甜；
> 我愿变作青草地，
> 你累了躺在我怀里；
> 我愿变作你身上衣，
> 风里雨里跟着你……

这饱含深情的诗句，生动地刻画出兰花纯朴美好的内心世界，抒发了她和大海心心相印，生死不渝的爱情，有着较强的艺术感染力。

再其次，这首诗在叙事的同时，还特意安排一些抒情的场面，诗人通过移情于景，借景抒情，渲染浓郁的抒情氛围。例如，作品写到兰花为了救护伤员突围，不得不舍弃自己刚生的婴儿时，诗人还安置了蒋军在松树林里听见孩子哭声后，立即赶来摔死孩子再戳上一刀的惨绝人寰的场面。诗人在叙述这悲惨的一幕时，还特意调转笔锋，借景抒情："带血的松树你记清：/你身边死了一个小生命。/他头上的胎毛还没干，/还没睁过小眼睛!""含血的土地你记清：/你怀里死了一个小性命。/他还没尝过妈妈的奶，/小嘴巴也没被妈妈亲!""天上的太阳你记清：/蒋军摔死一个小性命。/将来审判会上审凶手，/你在空中来作证!"这样的诗句分明是诗人内心燃烧的怒火，我们从中可以感到诗人急剧跳动的心，它强烈地控诉了蒋军所犯下的滔天罪行，也间接地反映了兰花为了革命事业勇于牺牲个人一切的博大胸怀和崇高精神，具有震撼人心的艺术力量。

这首诗艺术上的第三个特点是在诗的形式、诗的语言运用上，都汲取了民歌的艺术养料，并且能灵活地化用，将民歌和新诗融为一体，使全诗具有鲜明的民族风格。例如作品写兰花探问大海心迹一节，就直接采用了民间男女对山歌的艺术形式："池里荷花为什么并蒂开？/杨柳生枝为什么枝连枝？/蝴蝶飞来为什么翅挨翅?""荷花并蒂为结伴，/枝连枝呀为同根，/翅挨翅呀为同心!"诗人从民歌中巧妙地化用了这种男女一问一答的形式，以质朴而又生动的语言，含蓄地刻画出两人独特而微妙的心理，增强了作品的艺术表现力。不仅如此，这首诗还大量采用了民歌中惯用的比兴手法。"拨开乌云看星星，/今朝我要把你问；/车干了河水看河底，/今朝我要试试你的心。"一三两句是起兴，但兴中也有比的成分，语言活泼生动，十分有效地表明了兰花要打破沉默，探明大海心意的决心。"人人都说星星亮，/星星没有你眼睛亮。/人人都说海棠红，/海棠没有你嘴唇红。/人人都说彩霞美，/彩霞没有你笑脸美。/人人都说百灵鸟灵，/百灵鸟没有你心眼灵。"这是大海回答兰花的一段对歌，诗人采用了连比的艺术手法，从不同的角度刻画出兰花美丽的形象，也表现了大海对兰花铭心刻骨的相爱之情。又如作品写到史家霸派人向兰花爹逼婚一节，诗人写白老汉的一段对话也采用了民歌中常用的比兴手法："若要我两家把亲结，/除非金子变成银！/若要我两家把亲结，/除非水上石不沉！/若要我两家把亲结。/除非朽木能发青，/除非牛马把翅生!"诗人一连用了四组难以想象的变异形象，来类比事实上根本办不到的事情，诗句急促而又一气贯注，排山倒海般地表达了白老汉怒不可遏的心情以及刚强不屈的性格特征。

此外，这首诗的语言比较淳朴，生动，自然，洗练，就像盛开在大别山上的映山红一样，散发着乡土的气息与生活的芬芳，给全诗带来一种质朴的美，自然的美。

欲扬先抑 以虚衬实

——郭小川《望星空》评析

《望星空》是郭小川抒情诗篇中最富有艺术个性的力作之一。它写于1959年那个特殊的年代。诗一发表，就曾遭到一连串无理的指责和别有用心的批判。后在“文革”期间成为林彪、四人帮麾下干将之一的关锋，更是气势汹汹，大打出手，指斥这首诗“表现了作者虚无主义掩盖下的个人主义灵魂”，必须“剥去它的衣裳，暴露它的丑态，以便尽早把它埋葬”，从此这首诗便被打入冷宫。当历史的巨手翻过了那暗淡的一页，当时间的潮水冲刷净所有泼在诗篇上的污泥，这首诗仍像一颗璀璨的珍珠，闪烁着独特的思想和艺术的光辉。

郭小川是一位勤于探索的诗人。他在自己的创作实践中，常常不满足于感情的平铺直抒，表现手法的单调，力求在诗歌创作中有新的探索和追求。《望星空》则是诗人运用艺术上的抑与扬、虚与实的辩证关系，有意造成诗情的波峰浪谷，以取得出人意料、别开生面的抒情效果的一个成功尝试。这是该诗在艺术构思上的一个重要契机，也是正确把握这首诗思想内涵的关键所在。

全诗以“望”为核心，以星空和天安门广场为壮阔的背景，并展开神奇的想象，从不同的视角去对比天上、人间，去透视宇宙和人生，构成了一个属于诗的复合空间，从而有效地抒写出诗人多方位、多层次的情思。诗一共分四章，前两章，设想一个“我”站在北京街头，向星空了望，既把星空写得异样的安详，又把星空写得无比的壮丽。诗人想象着那星空里竖着层层神秘的殿堂，大气中流荡着奇妙的酒浆；想象着星星是万古不灭的灯光，银河是没有尽头的桥梁，并极力赞美星空：

啊！星空，
只有你，
才称得起万寿无疆。

诗中的“我”，甚至面对壮阔的星空“不免感到惆怅”，唱出了深沉的歌声：“我爱人间，/我在人间生长/但比起你来，/人间还远不辉煌。”诗人怀着一腔真诚，抒写了自己对浩瀚的宇宙的独特感受，也毫不回避地流露了一些低沉的“惆怅”。这种“惆怅”，应该说是那个特殊年代特殊情境在诗人心灵的投影，它流露了诗人对当时共和国土地上出现的种种异常现象的忧虑和不安。诗人没有回避地写出这一点，恰恰体现了诗人对生活，对人民的忠诚，也体现了诗人为诗的坦诚。何况从诗的整体构思来看，诗人这样写的目的是先向读者推出一个急待反驳和说服的对象，使你误以为诗人是在赞美星空，怀疑人间不如天上，而他的真正意图还留在后面。

进入三、四章，诗人调转笔锋，把我们的视线引入“北京的心脏”——天安门广场。让壮丽辉煌的星空一下子变成了天安门广场的陪衬。诗人以满腔的热情，生花的妙笔，描绘灯火辉煌的天安门广场，描绘雄伟壮丽的人民大会堂，使得星空在它们的映衬下一下子变得“暗淡无光”。诗人处处照应前面对星空的描写，告诉读者，在人民大会堂宴会厅的杯盏中，正斟满了芬芳的友谊的酒浆，在长安街上，正挂出了长串的星光；在北京的中心，正驾起了一座银河般的桥梁。诗人用美好的现实，一一否定先前的“惆怅”，并且理直气壮地回答：这才是“人间天上”“大地上的天堂”，这才是“真实的世界”“一点也不虚妄”。由此诗人还转入严肃的自我解剖，不仅驳斥了先前的“忧伤”，而且怀着满腔豪情唱出了雄壮的歌声：“星空哟，/面对你，/我有资格挺起胸膛。”不仅如此，诗人还出于对当时现实中某些反常现象的警觉。极其真诚地告诫自己和战友：“可是呵，/我和我的同志一样，/决不会在红灯绿酒之前，/神魂飘荡。”在一些人头脑已经发昏的时候，诗人真是难得的清醒，难得写出这样的诗句，提醒人们不要昏昏然误入歧途。接着，诗人立足现实，展开想象的翅膀，向我们描绘了一幅神奇瑰丽，扣人心弦的理想蓝图：

我们要把长安街上的灯火，
延伸到远方；
让万里无云的夜空，
出现千千万万个太阳；
我们要把广漠的穹窿，
变成繁华的天安门广场；
让满天的星斗，
全成为人类的家乡。

最后诗人更是满怀信心地宣告：“人生虽是短暂的，/但只有人类的双手，/能够为宇宙穿上盛装；/世界呀，/由于人的生存，/而有了无穷的希望。”从而强有力地抒发了人类改造世界，征服宇宙的壮志豪情和远大理想。

综上所述，我们很明显地看出诗人的艺术匠心。原来诗人的用意并不是要赞美星空，否定人间，而是为了使诗取得“意外”和“突然”的抒情效果，特意根据感情发展变化的不同阶段，采取了欲扬先抑（对天安门广场来说）和以虚衬实（以对星空的虚写来反衬对天安门广场的实写）的艺术手法，使诗情显得波澜起伏，跌宕多姿，并以汹涌激荡的高潮作结，从而更艺术地用诗来批驳虚无主义的观点，说服人们不要因为暂时的挫折而“惆怅”和“忧伤”，鼓舞人们树立远大的理想，目光向前看，珍惜短暂的人生，努力开创美好的未来。整首诗洋溢着诗人对祖国、对人民、对事业、对人生的热爱，也渗透着浓厚的宇宙意识和人类庄严的使命感，其主旋律是对人生的礼赞，对人的本质力量的讴歌。诗中那种令人荡气回肠、不绝如缕的情调，常常使我们味之不尽，吟咏再三；诗中那种启人落想天外，神思渺渺的哲理，常常使我们如入新境，豁然天开。

现实与历史相融汇的画卷

——郭小川《甘蔗林，青纱帐》评析

这首诗发表于《人民文学》1962年第7期，是诗人艺术成熟时期的代表作之一。

郭小川青年时期参加八路军，曾在“青纱帐”里打过游击，对“青纱帐”有着独特的感受和特殊的感情。尽管在和平建设的20世纪60年代，战争岁月已变得“遥远”，诗人面对眼前“南方的甘蔗林”，仍然想起昔日“北方的青纱帐”。经过严肃的思考和巧妙的构思，诗人通过这两个具有象征意义的形象，表达了不忘革命传统、永葆战斗青春的命题。

这首诗的成功突出地表现在诗人善于通过想象和联想，将现实生活的图景与革命历史的画卷联系起来，发掘不同寻常的诗意。在诗中，诗人驾驭着想象和联想的彩翼，由象征着社会主义建设时代的南国的甘蔗林出发，穿过历史的烟云，飞越到象征着革命战争年代的北方的青纱帐，把两个时代的生活汇合在一起，用不同的色彩，描绘出一幅巨大的历史画卷，它形象地告诉我们：艰辛的革命战争年代虽然过去了，但在香甜的社会主义建设时期，也仍然会有严重的斗争，因而他呼唤昔日在青纱帐里英勇奋斗的战士——今天在甘蔗林里进行社会主义建设的革命者，“重新会会昔日的风云”，“喝令时间退回我们的青春”。接着，诗人用一连串的“可记得?”发问，通过对青纱帐的反复抒情，一再唤起人们对青纱帐的回忆，提醒人们不要忘了在青纱帐中的“发现”与“判断”、“梦幻”与“心愿”、“信念”与“计算”、“方案”与“誓言”。到诗的最后，诗人又再一次邀请人们到甘蔗林里聚会，并且饱含深情地呼唤人们置身甘蔗林，永远也不能忘了青纱帐，它形象的启示人们，只有继承在青纱帐里艰苦奋斗的革命传统，才能搞好今天的革命和建设，开创美好光明的未来。

这首诗在形式上采用了“半自由体”。由于它具有汉赋的特点，被称为“新诗赋体”。又因为它是郭小川的独创，也被人们称为“郭小川体”。即以长句为基本句式，铺陈排比，反复咏叹；诗的第一、三行和第二、四行大体对称（即“隔句对”）；还综合运用了陈述句、疑问句、祈使句、感叹句等句式，形成流转活泼、开阖自如、雄浑壮美的艺术风格，也大大增强了诗歌的音乐性。

尺水兴波 以少胜多

——贺敬之《三门峡——梳妆台》评析

这首诗是贺敬之《三门峡》中的第一首。

它以排山倒海般的气势，大鹏负日般的想象，天风海雨般的激情，把我们带进了三门峡口，让我们的目光穿越历史的烟云，先睹黄水泛滥中的惨象，再看亿万人民整治黄河的壮举，最后领略黄河巨变后的美景。

从美学的角度看，这是一首壮美的诗。但与作者惯用的那种汪洋恣肆，一泻千里纵笔驰骋的写法有所不同的是，这首诗把澎湃的激情浓缩在极短的篇幅中，没有让积蓄于内的情思完全流溢于外，从而取得了尺水兴波，以少胜多的艺术效果。

这首先得力于诗人在设置诗的情感流程上，没有为情感的潮水去设置一个九曲十八弯的漫长流程，而是特意追求流程短、曲折少而又转得急。从情感的整个流程看，全诗可划分为三个大的阶段。前五节为第一个阶段，写黄河苦难的昨天。诗一开篇，便直写望三门，借用一句李白的诗“黄河之水天上来!”极力渲染黄河之水来势凶猛浩荡无涯。接着写三门峡的情形是：“神门险，鬼门窄，人门以上百丈崖。”而在这险峻的三门峡，黄水劈门，狂风肆掠，只留下空荡荡的“梳妆台”，而不见黄河女儿“梳妆来”。诗人还面对三门峡汹涌的黄水，思接千载，视通万里，在更为广阔的时空里透视黄水造成的灾难：“辈辈艄公洒泪去”，“愁杀黄河万年灾”，从而引出黄河女儿焦灼的呼问“青春何时来?”由望到问，从现状到历史地展示了黄河过去苦难的岁月。

五、六两节是情感流程的第二个阶段，写治理三峡的壮举。诗人的情思来了个陡然的急转，由前面写黄河转到写一代新人，写他们以重整乾坤之壮志，以移山填海之伟力，揭开了治理黄河之序幕。“先扎黄河腰中带”，这生动形象的诗句，高度凝练地表现了治理三门峡工程的重要性和迫切性。“神门平，鬼门削；入门三声化尘埃!”这短促而极富力度的诗句，不仅十分形象地表现了亿万人民治理三门峡时那种气吞山河的气概和惊天动地场面，而且也传神地表现出治理三门峡工程所取得的奇迹般的进展。如果说前一流程是对黄水酿灾的悲凉慨叹，那么这一流程则是对人民征服黄水的热烈讴歌。前者是蓄势，后者是急转，两相对比，使诗情跌宕起伏，摇曳生姿。

诗的最后三节则是情感流程的第三个阶殴，写黄河美好的明天。诗人的情思由第二阶段的写人，再回转到写黄河。不过这次写的却是理想中的境界，是对黄河美好明天的憧憬和展望。在这个境界里：人们责令李白改诗句："黄河之水'手中'来!"这一绝妙的改动，注入了崭新的时代精神，是诗人对劳动者巨大创造力的肯定与礼赞。它形象地启迪人们，那一双双劳动与创造的大手，一定能将黄河梳妆打扮得无比的美丽，温顺和善良。"银河星光落九天，清水清风走东海"，诗人向读者描绘了一幅壮阔而又美丽的远景，这个令人心驰神往的远景，必将鼓舞人们去为之奋战，去"讨回黄河万年债!"让黄河女儿重返梳妆台。全诗就这样在极短的流程中，把汹涌的情思表现得一波三折，酣畅淋漓地抒写了黄河的昨天、今天与明天。诗的情感流程虽然跌宕多姿，但又明显地呈现出逐程升级的趋势，一程一个天地，一程一种境界，一程比一程夺人心魄，一程比一程令人流连忘返，从而艺术地完成了诗意的创造，纵情讴歌了人类改造自然、征服自然，变害为利，化祸为福的宏伟理想和神奇力量。

其次得力于诗人精巧的艺术构思。诗人将充沛的革命激情与浪漫主义的表现手法结合起来，展开想象的翅膀，以"黄河女儿"这一拟人化的形象为线索，贯穿全诗。通过写黄河女儿被乌云遮暗了明镜，被黄水吞噬了金钗，想象她"挽断'白发三千丈'"，无限凄苦地站在三门峡口，向茫茫东海，追问"青春何时来"，这就间接而又形象地写出了黄河昨天的苦难。写治黄英雄开始治理黄河时，诗人又想象着他们是应着黄河女儿的呼唤而来，想象着他们的首举便是"先扎黄河腰中带"，这就巧妙而又生动地写出了治黄英雄们对黄河女儿所倾注的无限深情，也十分简洁地表现了治理三门峡工程的重要性和迫切性，增强了诗的艺术感染力。至于写黄河的未来，诗人更是神采飞扬，频频挥动他那如画的彩笔，绘出一幅黄河女儿梳妆图，不仅把读者引进了一种清澄、恬静而又优美的境界，而且也凝练含蓄地表现了黄河治理好后，必将大大地造福于祖国造福于人民。整首诗处处围绕"黄河女儿"这一形象为构思线索，一步步拓展诗人的情思，把黄河的昨天、现在与未来都紧紧地串接在一起，使这首诗呈现出结构紧凑、布局精巧的艺术特点，诗的节与节之间，又环环相扣，首尾呼应，取得了回环往复，一唱三叹的抒情效果，从而在简短而又大跨度跳跃的诗行中，包孕了极其丰富深广的内容。

以小见大　虚实结合

——徐迟《江南》之一评析

这首诗写诗人在雨中乘坐火车时，透过雨水迷蒙的车窗，遐想春雨江南时节田野上如画的美景，抒发了诗人对江南原野特有的审美感受以及温馨的眷恋之情。

在艺术上，这首诗有两个鲜明的特点：第一个特点是善于选取较小的角度去表现广阔的生活画面。江南特有的风土、景观、民俗、人情都是一片迷人的大海，诗人要想在一首短小的诗歌里去表现江南，就不能不十分讲究艺术角度的选取。这首诗放弃了对江南的整体把握与正面描写，而是选取了诗人乘坐的火车车窗这样一个较小的角度。诗人从这个角度去感受江南，觉得火车车窗是“最好的画框”，画框里面呈现的春雨江南将是“世界上最好的画”。这不仅使此诗取得了容万里之势于尺幅之内的艺术效果，也为读者提供了驰骋想象的引触点。我们由此可以尽情地调动自己的生活经验和想象力，无论把那画框里不断变换的画面想象得多么美丽也不为过分，这就为读者提供了再创造的审美空间。

第二，这首诗采用了虚实结合的艺术手法。诗的第一节，写雨中飞奔的火车，车窗上凝结的水珠以及被雨水模糊了的窗外景色，都是写实景，是诗人当时乘坐火车时实有的情境。到第二节，诗人用“如果”一转，冲破了实境的包围，在迷蒙的雨景中展开了对春雨江南的一片遐想。在遐想境界中，诗人又突出地选择了江南最有特色的季节“清明之后，谷雨之前”。诗的第三节侧重写江南田野的辽阔与美丽，把读者带进那无边无际的油菜花海中，让你尽情饱览江南三月特有的风光。诗的第四节侧重写江南田野特有的格局及变化美。在江南原野上，不只是有一望无际的油菜花，还有一座座小桥，一道道小河流不停地“切断”这些画面，不断地点缀着江南特有的景致；还有葱绿的麦田和色彩斑斓的紫云英轮番变换着装扮江南的原野，使江南原野显得美丽而不单调。诗的最后一节，由前面写想象中的虚境又回到了写眼前的实境，表现了诗人乘坐火车时，透过窗口对急速“旋转”着的江南特有的感觉。诗人就这样将实写与虚写有机地结合起来，构成了虚实相生的艺术境界，比较含蓄地表现了诗人对江南特有的情思。

献给故乡的恋歌

——徐迟《苕雪的溪水上》评析

这首诗向我们展现了苕雪的溪水上的故乡特有的风貌。很显然，这首诗的主题就是故乡恋，是诗人为生养他的故乡谱写的一支真挚的恋歌。

这首诗的感人之处，首先在于诗人善于捕捉富有特征的画面，并且巧妙地在画面中注入自己浓厚的乡情与独特的感受，构成了一种移情入景、情景交融的意境。在古今中外的诗歌史上，抒写故乡之情的诗篇，简直就像夏夜的繁星，多得数不胜数。诗人要想在这古老的题材上唱出新声，就必须要有捕捉特征、表现独特感受的审美创造力。这首诗特别注意捕捉江南水乡特有的景物与风光，那里有生着荻芦的塘岸，有爬满牵牛花的短墙，有翱翔着帆樯的运河，有风吹拂下的水田、桑林、祠庙与屋宇，有唱着俚俗歌谣的水车与芙蓉鸟，有连名字也被赋予吉祥之意的小桥与小巷，有衣着辑里村的盛誉的丝的小姐们……诗人将这一切都写得有声有色，洋溢着浓郁的水乡气息，如同向我们展示了一幅幅描绘江南水乡的淡墨画。而随着这些画面的展开，诗人对故乡独特的感受，浓浓的恋情也缓缓向我们流溢。就是故乡短墙上普通的牵牛花，在诗人眼里也是"圣杯与承露的瓶"；就是"从祖父传下来的屋宇"，诗人也能感受到它的"可爱"；就是水车的响声与芙蓉鸟的啼声，诗人也觉得它们是在"唱着俚俗的歌谣"，就连那些弯曲的水桥，狭窄的小巷，诗人也感觉它们是"平和的象征，静穆的长廊。"可见，故乡的一切都被染上了诗人的感情色彩，构成了"一切景语音情语"的艺术境界，非常含蓄地表现出诗人对故乡的一景一物都怀有深厚的眷恋之情。不仅如此，诗人在向我们描绘这些图画的同时，还情不自禁地向我们进行一些抒情性的指点："在故乡的住处，感情与诗奇怪地结合了""我的恋的指南针是向着这里的"，这些微妙的感受，生动的诗句，无不启示人们：故乡极易唤起人们美好的情绪与诗的灵感；故乡对每一个漂泊的灵魂，都具有永恒而又强大的吸引力。这难道不是从另一个侧面烘托与映衬故乡的可爱吗？到诗的最后一节，诗人甚至直抒自己对故乡的一片深情："这是我的生地，我的慈母的生地"，他不仅为自己有这样可爱的故乡而感到骄傲，并且还在故乡这块“肥腴的土地上”“栽下我的恋了”。诗的结句生动形象，耐人咀嚼与回味，是全诗最富有光彩的“诗眼”。全诗的思想内容和艺术脉络都能聚集在这个闪光的焦点上。从诗歌的选词炼句角度看，这句诗也是颇值得玩味的。诗人在“我的恋”之前加上“栽下”二字，就非常巧妙地化虚为实，变无形为有形，将一种抽象的情感活动转化为可视可感的动作和行为，能极大地激活读者的审美联想。诗人对故乡的恋情，仿佛像一棵刚刚栽下的常青树，将会随着岁月的增长长得更加枝繁叶茂，郁郁葱葱。这就艺术地表现了诗人当时回归故乡时，被故乡的土地所散发的那种更为浓烈的乡恋之情，同时也非常传神地暗示出乡恋的永恒性、活跃性，使全待的意境在这一艺术焦点上得到集中的展现与深化。

这首诗的感人之处，还在于它所抒发的感情，表现了人类眷恋故乡这样一种普遍的情感，具有极大的典型性，容易引起读者的共鸣。对故乡的眷恋，是人类固有的感情。因为故乡哺育了每个人的生命，是每个人人生的起点，也是每个漂泊的灵魂时时向往的温柔的港湾。特别是中华民族曾长期处于以家庭为中心的自给自足的自然经济状态中，有着浓厚的乡土意识与家庭观念，加上长期的战乱，社会动荡不安，许多人被迫离乡背井去浪迹天涯，生活与生命的安全都没有保障，更是形成了中国人民对自己的故乡和乡村所特有的深厚感情。因此，中国诗人常常是把故乡当作一方没有污染的安宁的“乐土”，当作自己流浪的灵魂所渴望归依的牢固的避难所，哪怕故乡实际上远非那么美好，那么如意，诗人在描写它时也要给故乡的一切都染上一层迷人的色彩。从这一点来考察，中国诗人对故乡的热情讴歌，常常也寄寓着人们对理想家园的美丽憧憬。徐迟的这首诗也不例外，他饱蘸深情的笔触，为我们勾画出一幅幅风光秀丽的江南水乡图，其中不也同样寄寓着诗人对平和、静穆与幸福的家园最深沉的向往和眷恋吗？因此这首诗写的虽然是自己的故乡，但表达的却是人类普遍的情感，容易唤起读者对故乡的审美感受与情感体验。

善于摄取富有特征的历史镜头

——徐迟《江南》之二评析

这首诗是写人民解放军于深夜突破国民党长江防线，打过长江去，解放江南人民的伟大壮举，在短小的篇幅中表现了重大的历史事件。在艺术上，这首诗善于摄取富有特征的历史镜头，构成大跨度跳跃的动态画面。

诗的第一节，诗人把镜头对准春夜长江，摄下了千帆升起，江静如镜的壮阔远景，充分显示出渡江大军整装待发，箭在弦上的浩大声势，也暗示出我军处于绝对的战略优势。“春夜江面，平静如镜”，不仅是写当时的自然景况，也暗示出我军战前的从容镇定，胜券在握的心理状态以及出其不意，攻其不备的战略决策。“快快，快快打过长江去，让春风吹上江南土地”，犹如电影上的画外音，反映了我军渴盼尽快打响渡江之战，尽快解放江南人民的强烈愿望。诗人连用两个“快快”，非常有力地刻画了我军急切的求战心理。

诗的第二节，摄下了两幅不同的画面：一幅是深夜人民解放军胜利突破国民党长江防线的战斗场面。这是中国历史上具有决定意义的历史瞬间，但诗人没有对此进行细致的描绘，而只用“信号弹飞上暗黑的天”这样高度概括的诗句，从侧面去表现这场战斗的激烈与壮观。第二幅是黎明时人民解放军与游击队战士在解放了的江南土地上胜利相会的欢乐场面，诗人将渡江战斗的全过程都省略了，而只是巧妙地将这两幅不同的画面大跨度的跳跃式地组接在一起，形象地暗示了人民解放军渡江之战攻势之勇猛，进展之神速，有力地揭示了国民党军队不堪一击的本质。第三节，写解放了的江南到处红旗翻卷，人民喜气洋洋的欢腾场面。这里既写了江南“正是春光好”的自然景象，也暗示江南回到了人民的怀抱后焕发出特有的生机和色彩。

全诗在表现手法上，采用了白描的艺术手法，用简洁精粹的文字勾画出一幅“百万雄师过大江”，解放江南人民的壮丽图景，使得这首诗篇幅虽小但容量很大。

“人”的启示录

——严阵《人字瀑》评析

文学是人学。诗歌作为文学皇冠上的明珠，自然时时忘不了探索人类自身，思考人怎样才能成为真正的人，大写的“人”。这是每一个有作为的诗人终生都要为之思索与讴歌的永恒主题。严阵的《人字瀑》一诗，以自己质朴而又真挚的歌声，加入了对这个永恒主题的歌唱。到过黄山的人大约都不会忘记，在那峻峭的半山壁上，有一道瀑布喷雪吐珠，似电闪雷鸣，飞流直下而又突然中分两道，像是大自然用神奇的彩笔，书写出一个顶天立地的“人”字。这巧夺天工的造化，与诗人敏感的心灵自然形成一次有力的碰撞，构成了诗人内情与客观外物的最佳遇合，使得这首诗无须刻意加工，就通过多角度地抒写人字瀑，表达出诗人对人——这个世界的主宰者多层次的沉思。

前人作诗，很讲究诗歌章法结构上的起、承、转、合，这首诗在艺术结构上，正是暗合此道。全诗共六节，第一节是起，诗从三百里黄山处处有胜景奇观着笔，在宏大的背景下突出强调观瀑楼，强调有无数人曾登临此楼，细观人字瀑。接着，诗人突发奇想：“可是，究竟有多少人能够真正认识到这个‘人’字？/有多少人能够听懂它那滔滔不绝的语言？”诗人以问发起，埋下一个伏笔，留下一个悬念，以便引起读者的深思。

诗的二、三、四节是承。诗人没有急于要回答起段提出的问题，而是紧接着就把读者的目光引向黄山人字瀑。诗人像一个高明的导游者，一边引导读者多角度地观看人字瀑，一边向读者进行画龙点睛式的指点，启发读者去感悟如何做一个大写的“人”。在第二节里，诗人不仅以“不断变幻的云雾”来衬托人字瀑，还以暴风雨来反衬人字瀑：“暴风雨越巨烈，它那‘人’字的形象便越高大”，这既是人字瀑实际情形的生动写照，也形象地暗示人们，越是经得住严峻考验的人，越有可能成为大写的“人”，越能充分显示人的强大的本质力量。诗的第三节，诗人用“你看”提醒读者注意人字瀑的另一个特点：“不管是春夏秋冬，也不论白天夜晚，/它一直按照自己的规律，不停地向前，向前，”这是在启迪人们，一个真正的人，无论在什么环境下，总是有着一往无前的探索精神。他的生命总是在不断地追求，不停地探索中焕发出光彩。诗人还告诫人们，切莫看轻它那不息的水流："任何宽阔的大海，都少不了它那奔腾的源泉。"这是在呼唤人们更珍爱人类可贵的探索精神，因为它是人类推动社会进步和发展，创造美好世界的永不枯竭的动力。诗的第四节，诗人用"再看"又一次提醒读者注意人字瀑"不畏艰险""把生命的每一分钟，都安排在匆匆忙忙的征途上"，无论站得多高，"眼光和脚步都始终向着下面"等特点，看似句句在写人字瀑，实则句句在借物托寓，抒写出一个大写的"人"所具有的信念、追求和向往。

诗的第五节是转。诗人的笔触暂时丢开人字瀑不写，而是调转笔锋，以满腔激情呼唤站在人字瀑面前的人们，应当认真思索："人应该怎样生活在世间？/人应当怎样才能像人那样，保持自己的尊严？"这样一转，就由前面对人字瀑的抒写直接转入对人的思索，再次引起读者的沉思，去领悟"大自然给我们的宝贵启示"。

诗的最后一节是合。诗人的笔触又返回黄山人字瀑，处处照应诗的起段并回答起段提出的问题："只有目中有人的人，才能真正看到这个'人'字，/而且，也能够听懂它那永远倾吐不尽的语言……"从而使前面的伏笔到此处有了鲜明的照应，使前面留下的悬念有了明确的答案。它旨在告诉人们，只有自己是一个真正的人，才能真正欣赏和理解人字瀑，才能听懂它特有的语言而彻悟人生的真谛。诗的最后两句虽然朴实无华，但却给人言有尽而意无穷的艺术感受，仿佛余音绕梁，不绝于耳，久久地吸引着人们去倾听人字瀑那永远倾吐不尽的语言，召唤人们去探索人生永远也无法穷尽的奥秘。

综上所述，这首诗就这样在起、承、转、合的章法结构中，把对自然景象的描写与对人的本质特征的思索有机地结合起来。诗人的心灵像一个不停的钟摆，在自然与人之间不息地摆动，不断地交合，从而既曲折有致地表现了诗人多层次的情思，撰写了一篇"人"的启示录，又在艺术上呈现出情因景生，景寓人意的抒情特色。

受伤的生命　不屈的灵魂

——牛汉《华南虎》评析

牛汉是七月派著名诗人。牛汉 1923 年 10 月 23 日出生于山西定襄县一个有着文化传统和革命传统的农民家庭。抗日战争初期流亡到陕甘地区求学。读中学时就曾因参与学潮运动被当局抓捕，坐过牢。1940 年开始发表诗作，青年时期的代表作是长诗《鄂尔多斯草原》（当时他还是高二学生）。1943 年入西北大学就读俄文专业。1946 年因参加学生运动被捕入狱，出狱后从事党的地下工作，并坚持诗歌创作，是 20 世纪 40 年代以胡风为中心的“七月派”诗人的重要代表。中华人民共和国成立后他参加了抗美援朝，1953 年调人民文学出版社工作。出版了诗集《祖国》《在祖国面前》《爱与歌》。1955 年因胡风冤案的牵连而被捕入狱，出狱后又遇上反“右派”斗争；20 世纪 60 年代他又被关入“牛棚”，屡遭管制和批斗；20 世纪 70 年代，他又被下放到湖北咸宁干校，从事五年“苦役”般的劳动。从 1955 年到 1970 年整整 15 年，牛汉没有写诗。即使在“文革”后期的 1971 至 1974 年，牛汉在干校为了寻求精神慰藉偷偷写的那些诗，也是等到“四人帮”被粉碎后才得以问世。同郑敏一样，他也是在 1979 年才真正重返诗坛，获得写作和发表作品的权利。

牛汉长期供职于人民文学出版社，1983 年评为编审，曾任《新文学史料》主编、《中国》执行副主编。虽然一场场政治风暴使他们失去了诗歌创作的黄金岁月，但他们有一个共同的特点，就是在他们的生命步入老年之际却焕发出更加灿烂的艺术青春，以岩浆般喷发的才情创作了一系列引人注目的作品，不仅使他们的诗歌创作出现了一个新的高峰，也为中国诗坛留下了一道奇特亮丽的风景——诗歌不仅属于青年，同样也可以属于老年。这就是诗坛上广为流传的“郑敏现象”“牛汉现象”。牛汉称自己和同代一些诗人为诗坛“老生代”。著名诗歌评论家谢冕曾称郑敏与牛汉是中国“当今创造力最为旺盛的代表性诗人。”

《华南虎》写于 1973 年 6 月。那时的牛汉，正在湖北咸宁干校劳动改造。诗中所写的华南虎有着真实的原型，诗中的情境也渗透着诗人真实的感受和体验。

据牛汉介绍，那一次路过桂林，由于自己仍被打入少数不能回京的“分子”之列，“情绪是异常沉重的”，便和两位同事来到桂林动物园，在最后一排的铁笼里，看到了华南虎。“给我的灵魂以震惊的是它的那几只血淋淋的破碎的爪子，还有墙上带血的抓痕，一下子将我点爆了起来。”（牛汉《我与华南虎》）可见，诗人主观沉重的心境与客观被囚的老虎之间的突然遇合，便产生了构思的契机，一个悲壮的形象、一首悲愤的诗篇就这样诞生了。

牛汉擅于写在生命的扭曲中那不屈的灵魂。《华南虎》为华南虎构筑的，也是一个扭曲生命的环境。它本属于大山与森林，属于大自然的自由的儿子，却被囚禁在铁笼里，供人观看、呵斥、捉弄。这既是现实性的描述，又是超现实的喻指。诗人把环境典型化，把虎拟人化，以此来写一个不屈的生命，来展示一个执着的灵魂。虎，在这里成了生命与灵魂的符号，铁笼恰是邪恶与困厄的象征，正是它扭曲了原本属于旷野、属于深山、属于野性的生命；也正是在这扭曲中，这生命才爆发出更大的能量，显示出更顽强的意志，更崇高的灵魂。生命之火在暗夜中显示出更加灿烂的光彩；灵魂之光在苦难中得到令人惊异的升华。

诗人把充满哲理的思索和充满激情的想象，把自己的人生体验，影射到处于困厄之中的华南虎身上。

整首诗运用了象征的写法，华南虎是全诗要表现的主体形象。它被囚于人类的牢笼中，远离了自己的精神家园——那苍莽广袤的山林。它“背对胆怯而绝望的观众/安详地卧在一个角落”，从中透露出它内在的威严、对周围观众的轻蔑以及无声的抗争。无论面对“用石块砸”“厉声呵斥”，还是“苦苦劝诱”，“它都一概不理”，显示它高傲的灵魂决不向世俗低头。于是，人类不仅让它饱受孤独和屈辱之苦，还千方百计地折磨它、摧残它，但是，任何残忍的摧残，都不能禁锢它“不羁的灵魂”，都不能压制它强烈的抗争：“灰灰的水泥墙壁上/有一道一道的血淋淋的沟壑”，暗示出华南虎为了自由进行过激烈的反抗，终于以“石破天惊的咆哮”“腾空而去”，终于展现出“一个不羁的灵魂”，让人们一睹它重获自由后生命的本相：“火焰似的斑纹”“火焰似的眼睛”。毫无疑问，在华南虎身上寄寓着诗人在困境中不屈的人格，以及对自由美好生活的向往。

与此同时，诗人还用相当多的笔墨刻画出另一些丑恶、凶残者的形象，并寄寓辛辣的嘲讽和无情的批判。

这些人主要有两类，一类是在明处围观老虎。他们对身陷囚笼的老虎，没有丝毫的同情与怜悯，更不会思考它受到的伤害和屈辱，他们对老虎要么“叽叽喳喳”的议论，要么“用石块砸它”，要么“向它厉声呵喝”，要么“苦苦劝诱”，形形色色的人出于各自的动机，借受害的老虎满足其阴暗的心理。这无疑是鲁迅笔下的“看客”形象在诗人笔下的重塑，从中寄寓着诗人对这类“看客”实则

"帮凶"的憎恶和批判。

另一类则是在暗处残害老虎。他们虽然没有出场亮相，但我们透过老虎那活活被铰掉依然"凝结着浓浓的鲜血"的趾爪，那被钢锯锯掉的牙齿，我们就不难看出残害者是多么凶狠。这里同样融进了饱经铁窗生涯的诗人对这类人物的深刻感受和认识。

值得注意的是，诗中还有一个敢于自我解剖的诗人自我形象。牛汉写此诗时还是一个"不能入京的'分子'"，"情绪是异常沉重的"。他来到桂林"原只是想在大自然无邪的怀抱中解脱一下，现在我居然还作为一个观众有兴趣地欣赏被囚禁的老虎。我没有老虎那派不驯的气派，不但自惭形秽，而且觉得心灵卑劣，于是，匆匆离开。"正因如此，才有了牛汉在诗中的内心解剖。他面对笼中的老虎用破碎的趾爪在水泥墙上刨出"一道一道的血淋淋的沟壑"时，他被强烈地震撼了："我终于明白……/我羞愧地离开了动物园。"这是感同身受的灵魂在震颤时真诚的解剖，也是无声的忏悔。它传承了鲁迅那种自我拷问、自我解剖、自我净化、自我提升的精神，充分显示了中国优秀知识分子的良知、胆识和崇高的精神境界。

这首诗的另一个艺术特色，是采用了实写和虚写相结合的塑形方式。前面写华南虎的遭遇是实写，而写华南虎"梦见了苍苍莽莽的山林"，写它"不羁的灵魂""掠过我的头顶""腾空而去"则是诗人想象的，是虚写。到诗的结尾处，诗人又特写镜头般展现它那"巨大而破碎的/滴血的趾爪"这又是实写，目的是给读者留下一个实实在在的、令人触目惊心的画面。全诗就这样在虚虚实实之间创造了华南虎独特的艺术形象，给读者留下了巨大的想象和思考的空间。

渴望飞翔的灵魂

——曾卓《悬崖边的树》评析

《悬崖边的树》写于1970年，是曾卓在那段黑暗的岁月里偷偷写下的，后来却成了他最具影响力的代表作之一。

早在1955年，曾卓因受所谓“胡风反党集团”的牵连而被捕入狱，历经数十年的磨难。写这首诗的时候，他还被关在单人“牛棚”里。在无尽的受难、孤独和寂寞中，他写下了这首诗，借以表达自己对人生厄运的体验、对独立人格和高尚精神的坚守，对美好希望的执着追求。

在这首诗里，诗人为我们创造了“悬崖边的树”这一独特的象征形象。“树”为什么被“奇异的风”吹到“悬崖上”，为什么置身于“悬崖”这极其可怕的生存环境中，诗的开头就给读者造成了突兀而奇怪的印象。因为在现实生活中，没有哪一棵树被奇异的风吹到“临近深谷的悬崖上”，还能置身于悬崖边。这样，“树”和“风”以及“悬崖”的关系，都因融入了诗人独特的人生体验而构成了特殊的艺术境界。可见，这棵悬崖边的树已超越了自然树的特质，注入了诗人浓烈的情思，成了诗人心灵世界的“客观对应物”，一种具有巨大思想容量的象征形象。

在这里，一方面，来自天庭的“奇异的风”，以其神秘而绝对权威的力量，无情地将一棵树从森林中掀起，将它吹到更加险恶的境地“临近深谷的悬崖上”，迫使它的身体弯曲，留下了风的形状。可见，这棵树处于完全被动的地位，无力抵抗命运的摆布，它的生命似乎面临着灭顶之灾；另一方面，树的灵魂并没有因风的强大而被摧毁，依然孤独、寂寞而又倔强地站在那里，仍然在“倾听远处森林的喧哗和深谷中小溪的歌唱”，它没有低头，没有放弃追求自由、希望和梦想，“它似乎将跌进深谷里，却又要展翅飞翔……”这是逆境中的抗争，这是绝望中的希望，这是久久压抑中奋飞的梦想……可见，风的力量再奇异，再强大，再无情，也只能改变树的处境和命运，绝对摧毁不了树的精神，改变不了树的独立追求。由此可见，这棵树的形象，既是曾卓精神风貌的自我写照，也是一代受难的知识分子命运的象征，灵魂的塑像。

历史的瞬间 撕心的伤痛

——食指《这是四点零八分的北京》评析

食指，原名郭路生，原籍山东。1948年生于北京一个干部家庭。20世纪60年代开始诗歌创作，并参与多个地下文艺沙龙的活动。他的早期作品曾广泛流传于插队知青和都市青年中，因而被称为“文革中新诗歌第一人”①。80年代后他的诗作逐渐引起了文艺界的重视。90年代后，他的创作成就及其在诗歌史上的地位得到公认。诗人宋海泉曾撰文回忆道：“有人评论郭路生为文革诗歌第一人，应该说这是一个恰当的评论。是他使诗歌开始了一个回归：一个以阶级性、党性为主体的诗歌开始转变为一个以个体性为主体的诗歌，恢复了个体的人的尊严，恢复了诗的尊严。郭路生的诗……受到上山下乡的知识青年的热烈欢迎。它们迅速地在知青们中传抄着，反复地朗诵、吟咏、品味着。沉重的幕帷被掀起一只小角，显露出一片新的天地。”②

《这是四点零八分的北京》是食指的代表作之一。这首诗所写的情境、时间和地点都是十分明确的。1968年12月20日下午4点零8分，一列满载上山下乡知识青年的火车从北京开出。食指也是乘这趟火车离开北京到山西汾阳杏花村去插队。作为上山下乡队伍中的一员，面对北京火车站宏大而奇特的告别场面，在即将离开故乡北京的一刹那，作者的心灵突然受到强烈的震撼，产生了一种无可奈何的痛苦与悲伤，难舍与留恋，因而偷偷地写下了这首与当时官方政治权力话语极不协调，却有着无可辩驳的时代真实性和心灵真实感的动人诗篇。

一、抓摄历史的瞬间，揭示撕心的伤痛

这首诗以独特的视角摄下了一个难忘的历史瞬间，真实地揭示出一代知青无法把握自己命运时撕心的伤痛。对于知识青年上山下乡运动，在当时既是领袖的

①杨健：《文化大革命中的地下文学》，朝华出版社，1993年版。

②宋海泉：《白洋淀琐忆》，《诗探索》，1994年第4期。

号召，又被官方大力宣传，充斥报刊的都是慷慨激昂的口号和衷心拥护的赞歌。当时公开发表的诗歌都只能以毛泽东“知识青年到农村去，接受贫下中农的再教育，很有必要”的指示作为基本主题，其视角与言语都是迎合官方的政治需要，在一片颂扬和无限膨胀的矫饰中，知青真实的命运和内心世界全被掩盖了，得不到应有的表现。没有人去关心和理解广大知青被命运摆布时内心的无奈、迷惘、焦灼、不安、痛苦和失望，谁也不敢把笔伸进他们灵魂的深处，写出他们灵魂的悸动和伤痕。正是在这种时代背景下，食指的出现显得尤为可贵。他完全抛开了官方的视角和立场，以自己作为一名知青的亲身经历，从个体的视角（也就是当事人的视角），去观察和感受发生在北京火车站的那场人类历史上最特殊、最奇特而又最宏大的生离死别，真实地摄下了那个蕴含着时代悲剧的历史瞬间：“这是四点零八分的北京/一片手的海浪翻动/这是四点零八分的北京/一声尖厉的汽笛长鸣”，这里不仅交代了时间（四点零八分）、地点（北京火车站），也写出了告别的场面之大（“一片手的海浪翻动”）、告别的时间在即（“一声尖厉的汽笛长鸣”），这是北京知青就要离开自己的故乡，离开祖国首都，离开亲朋好友，离开都市文明，向一个陌生的、不可知的、令人担心和恐惧的未来驶去的瞬间，这也是决定知青命运、有着特定历史意义的瞬间，无论你愿意不愿意，接受不接受，这个瞬间终于来临了：

北京火车站高大的建筑
突然一阵剧烈地抖动
我吃惊地望着窗外
不知发生了什么事情

——一阵阵告别的声浪
就要卷走车站
北京在我的脚下
已经缓缓地移动

这里，没有欢声，没有笑语，没有故作的豪迈，没有响亮的宣言，作者一反当时颂歌的写法，没有粉饰，没有矫情，有的只是令人“吃惊”的告别场面，有的只是无奈地面对，默默地接受。这是历史瞬间的真实记录，这是时代悲剧的一个缩影。

更为可贵的是，作者至此突然调转笔锋，从主体的视角（也就是当事人自我的视角）去感受这场告别所引发的心灵震撼，把笔触勇敢地伸进当事人的心灵深处，大胆地抒写其真实的感受，心灵的阵痛：“我的心骤然感到一阵疼痛，一定是/妈妈缀扣子的针线穿透了心胸/这时，我的心变成了一只风筝/风筝的线绳就在妈妈的手中”，诗人用简洁而形象的语言，不动声色地表现了自己告别北京时无言的悲哀，撕心的伤痛，其间交织着对自己命运的无法把握，对养育自己的故乡、母亲以及都市文明的深情眷恋等复杂情感。这是作者个人的切身体验，也是当时千百万知识青年心灵的真实写照。它具有极大的概括性和典型性。诗人冒着极大的风险，掀开了被当时官方宣传所遮蔽的知青心灵深处的重压和创伤，为我们留下了一代知青心灵的回声。这表明食指在当时已有足够的胆识和勇气，去正视现实中的大悲剧、大痛苦，也表明作者在当时已自觉地超越时尚，在艺术上有着自己独立的追求——那就是大胆地挣脱当时官方政治权力话语对自己心灵的钳制，以自由的意志，唱出发自生命和灵魂的心歌。

二、揉进幻觉描写，增强诗的表现力

这首诗在写实的同时，大胆地揉进了幻觉描写，借以拓宽诗的审美空间，增强诗的表现力。对于这样一首明显带有纪实性的诗作来说，写实是必要的，因而这首诗在时间、空间、事件、场面、气氛的描写上，都保持了严格的纪实性。但如果仅仅停留在对实境的描写上，诗就会受实境的束缚，很难展开想象的翅膀，使诗活跃起来，飞腾起来，把读者的思维带进更辽阔的审美空间，也很难创造出新奇的审美意象吸引读者的注意力，诱惑和刺激读者的想象与思维，以增强诗的表现力。可喜的是，食指为了更有效地表现自己在告别北京时心灵所受到的强烈触动，在写实的同时，成功地运用了幻觉描写。作家阿·托尔斯泰曾说过：“每个作家对自己要写的东西都应当达到产生幻觉的地步。应该在自己身上发展这一素质。”① 在那个极“左”的年代，公开的文学创作都是一副面孔，一个腔调，根本没有个性可言。食指却忠实于自己独特的生命体验，大胆采用幻觉的方式来折射自己的内心世界。这说明他身上有着极为可贵的诗人素质。例如这首诗中的“北京车站高大的建筑/突然一阵剧烈地抖动”，这个幻觉境界，无疑是诗人在火车启动、即将离开北京的瞬间，心灵受到强烈震动的反应，是诗人心灵的瞬间外化。反过来说，诗人借助这个高度心灵化的幻觉境界，十分有效地折射出诗人心灵剧烈的战栗。接着诗人写道：

我的心骤然一阵疼痛，一定是
妈妈缀扣子的针线穿透了心胸
这时，我的心变成了一只风筝
风筝的线就在妈妈的手中

---

①《外国理论家、作家论形象思维》，中国社会科学出版社，1978年版，第162页。

这里，现实中的心灵“疼痛”与幻觉意象并置，异常出色地表现出诗人此时所承受的是命运之锤重击之下刻骨铭心的疼痛；“这时，我的心变成了一只风筝/风筝的线就在妈妈的手中”，这仍然是心灵外化的幻觉意象，它形象地表现出此时诗人内心深处有一种被放逐感、漂泊感、孤独感以及对故乡北京依然有着游子恋母般的深情。总之，诗人敏感地捕捉并创造了这些幻觉意象，并将它们构成几幅快速流动的“幻觉蒙太奇”，联系实境而又超越实境，在更开阔的艺术空间里，更好地表现出诗人内心的真情实感。正如歌德所说的那样：“每一种艺术的最高任务，即在于通过幻觉，达到产生一种更高更真实的假象。”[①]

三、借助多种修辞手法，增强诗的含蓄性

这首诗注重写诗人的内心感觉，并借助比喻、拟人、反复等艺术手法，多方强化了诗人临别北京时的瞬间感觉，于不动声色中表现了诗人极其复杂的情感，使全诗于明朗中见含蓄，于平易中见深沉。这首诗写于“文革”期间（1968 年 12 月 20 日），描述的事件又是北京知青乘火车告别北京去远方插队落户，但诗中没有任何背景的交代与暗示（诸如人物身份、携带物件、离京目的、标语口号、广播宣传、豪言壮语等），诗人把这一切都大胆地省略了，他侧重写告别的场面以及自己临别北京时的瞬间感觉。这是食指对当时充斥于报刊的那种虚浮的赞歌（这种赞歌总是和当时官方政治权力话语保持一致的）的一种挑战。正如艾青所说的那样：“诗是由诗人对外界所引起的感觉，注入了思想感情，而凝结为形象，终于被表现出来的一种‘完成’的艺术。”[②] 食指将自己告别北京时的复杂情感注入了这种内在的感觉，转化成了形象的比喻和拟人，艺术地传达给了我们读者。例如他写火车启动时的瞬间感觉，就既运用了暗喻：“我的心变成了一只风筝”“线绳绷得太紧了，就要扯断了”，也运用了拟人：

我再次向北京挥动手臂
想一把抓住他的衣领
然后对着他亲热地叫喊
永远记着我，妈妈啊北京

这里的比喻和拟人传达了诗人多方面的情思：就要离乡背井的漂泊感，对自己命运无法把握的茫然感，对生活无情地将他与北京撕开的痛楚感，对故乡北京深情的眷恋等，那一声发自心底的呼喊“永远记着我，妈妈啊北京”，传达了诗人多少留恋，多少无奈，以及无奈中唯一的期盼。每一个经历过那个告别瞬间的

---

①歌德：《诗与真》，《西方文论选》上卷，上海译文出版社，1979 年版，第 446 页。
②艾青：《诗论》，人民文学出版社，1980 年版，第 172 页。

北京知青，读之怎能不肝肠寸断，热泪盈眶。到诗的最后，诗人禁不住写了一个强劲的动作："终于抓住了什么东西/管他是谁的手，不能松"，这个"抓住"的有力动作，"不能松"的内心叮嘱，都形象地表达了诗人与北京难以割舍的深情。"因为这是我的北京/这是我的最后的北京"，这个反复句，以再三强调的语气，传达了诗人内心强烈而又异常独特的感觉：这是养育"我"的故乡北京，这是"我"深爱着的首都北京，"我"的生命，"我"的爱，"我"的梦想，都曾扎根在这片古老而又繁华的大地上，可是"我"从此就要离她远去，从她的怀抱和视线里永远地消失，成为浪迹天涯、前程未卜、命运难测的游子，"我"怎能不频频回顾，向北京妈妈投去深情眷恋的目光……字里行间，渗透着诗人多少留恋、无奈、怅惘、苍凉和悲痛，读之令人百感交集，心潮难平。但诗人却写得极其节制，言约意丰，没有渲染，没有夸张，没有铺叙，诗中也看不到悲哀的神色，伤心的落泪，有的只是简单的动作，朴实的心语，于不动声色之中把诗人内心极其复杂的情感传达给了我们读者，让我们透过简洁、明朗、朴实的诗行，重睹了一幕蕴含着时代悲剧的历史，再次谛听到了一代知青心灵的悲歌。

四十多年过去了，我们的生活已发生了翻天覆地的变化，但食指创作的这首诗却超越了时空，产生了久远的震撼力。一些当年插队的知青，回首往事时，依然记忆犹新，十分动情："凡是经历过 1968 年冬北京火车站四点零八分场面的人没有不为此诗掉泪的。那时每天下午四点零八分都有一班火车把北京知青送走……有的人当时就哭昏了，被抬到站东大铁栅栏门前临时设立的急救台抢救。随着汽笛的拉响，哭声顿时变大，知青们冲向窗口，每个人都像郭路生诗中所描写的——哭喊着想抓住自己亲人的手，可是太挤了，已分不清那只手是自己亲人的，只能任意抓住一只手，因为这是他们'最后的北京'。多少年过去，每当读这首诗，我仍然有像诗中描写的'妈妈缀扣子的针线穿透了心胸'的感觉。"①

仅此一点，中国的诗歌史应该记下这首诗。我们也不应该遗忘这首诗。

---

①戈小丽：《郭路生在杏花村》，《华人文化世界》，1997 年第 4 期。

永不褪色的母爱

——舒婷《呵，母亲》评析

她童年的时候，缺少阳光与鲜花。五岁时，在银行工作的爸爸，被扣上“右倾分子”的帽子，被迫送到很远的山区去劳教。为了不让孩子们蒙受更大的屈辱和灾难，两个大人忍痛割断感情的纽带。母亲只好带着她和妹妹回到厦门老家，在白眼的漩涡中苦苦挣扎着。尽管生活的乌云不断地涌到眼前，但母爱的光辉始终照亮了她的心房。母亲宁可挨冻，也要把自己那条鲜红的围巾围在她的脖子上；宁可自己到处去求人，也要为她赶做参加学校演出的服装；宁可自己不睡，也要就着窗前月光，弹一曲吉他，抚慰她进入梦乡……然而，母亲终于“不能适应现实生活的残酷斗争，溘然长逝了”①，这无异于一次强烈的地震，彻底摧毁了她精神上的支柱！

“真正的诗，——往往是心底的诗，往往是心底的歌”（高尔基），舒婷正是这样带着痛苦的记忆，饱蘸自己滚烫的心血，用浓重的感情，挥笔写下了这首怀念母亲，追悼母亲的哀歌。尽管前人留下了无数歌唱母亲的动人诗章，舒婷这首诗也仍然闪烁着独特的艺术光彩，具有撼动人心，净化灵魂的力量，确属写母爱的作品中不可多得的佳作。

全诗共四节，以“呵，母亲”的一声声呼唤为感情的聚焦点，把梦境、现实与回忆交织在一起，包容着典型的生活细节与丰富的思想内涵，多角度多层次地表达了作者对母亲那种丝丝缕缕总相连的赤子之情。

写作上，这首诗采用了国画的艺术手法，由淡到浓，层层渲染，逐步加深对母亲的思念之情。如果说苏轼悼念亡妻的《江城子》一词，在构思上先写现实中的极度思念，然后再由这种思念派生出一个“轩窗相会”的梦境，这样便强化了抒情效果，那么，舒婷这首诗则相反，先写梦中与母亲相会，再由梦醒，过渡到现实的回忆，与苏词有着异曲同工之妙。诗一开篇，便用非常动人的三行诗，勾

---

①舒婷：《以忧伤的明亮透彻沉默》，载《当代文艺探索》创刊号。

画出一个典型的场面。这种开头是新颖独特的，像电影中的序幕，把一个令人难忘的特写镜头展现在我们面前。这个画面里，包含着两个典型的细节，一个是慈母用苍白的手指细心地为女儿梳理纷乱的鬓发，一个是爱女紧紧地用手拉住母亲的衣襟。这是作者精心绘制的一幅母女梦中相逢图。它高度概括地表现了母女相逢后再也不愿分开的深情。在这幅图画之外，作者留下了大片诗的“空白”，让读者联系全诗，调动自己的生活体验去想象，去弥补：正因为人生艰难，“我”才加倍地怀念母亲，也由于强烈的思念，才刺激神经，出现了梦中相会的情景。好不容易见面了，“我”当然惊喜万分，该有多少辛酸要向慈母诉说啊！她当然害怕再与母亲分开，以至禁不住像儿时一样，紧紧地拉住母亲的衣襟。然而，这毕竟是一个美妙的梦啊，一旦梦醒，母亲便会突然飘逝。怎么办呢？为了多看母亲一眼，“虽然晨曦已把梦剪成烟缕，/我还是久久不敢睁开眼睛。”她要去追寻母亲的身影，即使一时看不到，也要闭着眼睛耐心等待，等待第二次梦会的来临，这就初步写出了诗人对母亲无限的爱和炽烈的怀念。因为她明白，一旦睁开眼睛，便是使人烦恼的白天，想见到母亲的一线希望也没有了。这是感情上的第一次着色，为全诗确定了深沉的基调。

从第二节开始，是写梦醒之后。现实是无情的，母亲永远也不可能再回到“我”的身旁了。诗人在梦醒之后，更加感到空虚和失望时，便想起了那条“鲜红的围巾”，它是母亲留下的遗物，母亲生前围过它，如今竟成了母亲留给她的最珍贵的纪念物了。因为害怕浣洗会使它失去母亲“特有的温馨”，她一直珍藏着，不去洗它。然而，真正无情的是岁月的流水，它会冲洗掉许多往事，使人忘却和慈母朝夕相伴的那些美好时光，那对她来说，该是多么痛苦啊，因为她本来就是靠回忆来安慰自己，寻得一点精神上的慰藉，如果这点可怜的希冀也破灭了，那她还能生活下去吗？于是诗人带着恐惧的心理哀唱：“生怕记忆也一般褪色呵，/我怎敢轻易打开它的画屏？”从诗人捕捉的这些新鲜独特而又细致入微的感受中，我们可以看到一颗充满着爱而又在痛苦中煎熬的灵魂。她害怕流水无情，会洗去母亲的温馨；她更害怕岁月无情，会夺去她美好的回忆；她要珍藏母亲的围巾，她更要保护记忆的画屏，于愁肠百结之中，尽情倾吐了对母亲的怀念，这是感情上的第二次加深。

诗人究竟为什么要珍藏记忆，靠回忆过去支撑自己的生活呢？诗人在第二节没有明确点明，但到第三节就明显地点出来了：“为了一根刺我曾向你哭喊，/如今戴着荆冠，我不敢/一声也不敢呻吟”。原来，现实生活是残酷无情的（此诗写于 1975 年），生活对她又是那么不公平，不合理，硬要把“荆冠”戴在她的头上。“荆冠”一词，来自宗教术语，这里象征着诗人当时精神上物质上都陷入了困境，但却“一声也不敢呻吟”。一方面，恶劣的生活环境，迫使她默咽苦水，敢怒不敢言；另一方面，理解她体贴她的母亲早已不在人世，呻吟又有谁听。于是，她只好常常仰望母亲的“照片”，把自己的心声倾吐给母亲。不过，这种默默的仰望，无声的倾诉，又总是令人“悲哀”的，她多么想大声地呼唤一声“妈妈”，然后放声痛哭和诉说一场呀，然而，不能，千万不能！因为她清醒地意识到：“纵然呼唤能够穿透黄土，/我怎敢惊动你的安眠?”母亲在世的时候，曾遭受那么多的不幸，曾承受那么多的重负，没有睡过安稳觉，没有过上安宁的日子。现在，她在那个世界里：一定睡得很安静，一定在做着甜蜜的梦，“我”怎么能忍心惊动她呢？短短七行诗，写得一波三折，一声声如泣如诉如悲啼，把对母亲的挚爱之情，推向一个高潮，读来动人心魄，催人泪下，这是感情的第三次加深，也是用墨较重的一次。

经过上面三次加浓感情之后，女诗人让感情平静一下，来了一次较大的折迭，写出最后一节诗。一方面流露出自己不敢“陈列爱的礼品”，也就是不能公开发表这首诗的痛苦；一方面水到渠成，瓜熟蒂落地直抒自己的怀念之情：

呵，母亲
我的甜柔深谧的怀念
不是激流，不是瀑布
是花木掩映中唱不出歌声的古井

诗人用不被人发现的，默默无声而又源源不断溢出清泉的古井，来比喻自己对母亲那种深藏心底的怀念，更加真切感人。这是感情上的第四次加深，也是全诗沉重有力的收笔，从而由淡到浓，层层渲染，逐步加深了对母亲的怀念，艺术地展现了诗人丰满的情感，给人的感受不是平面的，而是立体的。

这首诗之所以写得生动感人，还在于作者运用了反衬的艺术手法，造成了相反相成的艺术效果。诗人写母亲在世时，自己为了一根刺，都曾向母亲哭喊，如今，戴着“荆冠”却“一声也不敢呻吟”，前者是童年，生活在母亲的怀抱里，有爱可倚；后者是成人，自己独涉人世，孤独无援。前者是温暖的记忆，后者是寒冷的现实，用前者反衬后者，形成鲜明的对照，加重了诗人的痛苦，更加激发了对母亲的怀念。到诗的最后一节，诗人悲叹自己曾写了许多支歌，给花，给海，给黎明，却不敢“陈列”这样一首怀念母亲的心歌，这也是反衬，欲歌不能，哀思无托，并把造成这种反常现象的原因，留待读者去思索。到全诗的结尾，诗人更是一反常人写法，用有声的激流飞瀑来反衬无声的古井，并在“古井”前特意加上“花木掩映”的修饰语，以美丽新奇的形象，创造了“以美景写哀”的艺术氛围。从而加倍地抒发了对慈母的爱戴和怀念，显得细腻深沉，委婉含蓄，给读者留下了想象与思考的广阔天地，正如白居易在《琵琶行》中所说的那样：“别有幽情暗恨生，此时无声胜有声。”

从以上的分析中，我们可以看出，舒婷是捧着一颗受伤的心，饱含热泪和悲愤，悼念自己受到摧残至死的母亲，并对不正常的岁月，给母亲和她带来的不公正的待遇发出了强烈的控诉。“时隔多年，我才懂了/你留在玻璃上的字迹/你被摧毁之前的满腔抗议”，这是舒婷在另一首《读给妈妈听的诗》中十分明朗的表白，可以帮助我们进一步深入地理解这首诗。艰难的时世，母爱的毁灭，个人的不幸，欲说还休，欲歌不敢，只有“古井”般的心灵上，年年月月，日日夜夜，不断流淌出思念的潜流。这种种复杂的情绪，都水乳般交融在这首诗中，使这首诗蒙上了浓厚的感伤色彩。然而，由于它写出了人类普遍性的情感，有着人性的温情，它强烈地打动着广大读者的心，使人于痛苦中获得某种抚慰的快感，能唤起人们对生活中许多类似的回忆以及对母爱的珍惜。

寄给杭城的心歌

——舒婷《寄杭城》评析

《寄杭城》一诗，虽然不是舒婷写的第一首诗，但却是她发表最早的一首诗。这首诗的诞生，来自诗人对生活中真挚友情的直接感受。1971 年 5 月，她和一位学政治经济的大学生朋友在杭大的桥上散步，他连续三天都和作者讨论诗与政治的问题，那位大学生把自己对这些年政治生活的一些看法，坦率地告诉了她。他的思想言论，在当时每条都够得上反革命言论，但对于她来说，却如一片阳光，拨开了她眼前的重重迷雾。她埋怨那位大学生朋友，为什么不早点把这些话写信告诉她，那位大学生说："不，这些话不能写到纸上：就让它随着夜风飘落吧。"① 然而，"不是一切真情/都流失在人心的沙漠里"（舒婷《这也是一切》），相反，这些话却像金色的种子一样，深深落进了舒婷的心田。她不仅感激他纯洁的友情，感激他肯定了自己有写诗的可能，还牢牢地记住了他的告诫：没有思想倾向的作品算不得伟大的作品。后来，她回到乡下，为了纪念这次难忘的谈话，特意写了这首《寄杭城》，给那位大学生朋友。

在古往今来无数歌唱友情的诗作面前，舒婷的这首诗，虽然谈不上有多大的思想深度，也谈不上有多么独特的艺术技巧，但却写得质朴、自然、清新，没有丝毫雕琢的痕迹，是她"情动于衷而行于言"，寄给杭城友人的一支心歌。同时，用诗歌的艺术标准来看，这首诗也写得形象、含蓄，流露出了诗人抒情才能的端倪。

诗中流露的感情是非常真挚动人的。一方面作者写出了自己渴望友人珍惜与重温那次夜会的独特心理。她是在那种苦闷、彷徨的年代，偶然交上那位大学生朋友的，而那位大学生朋友，又能和她推心置腹，无所不谈，甚至连那些在当时看来是很危险的思想，也敢于向她袒露，这自然是视她为知心朋友了。况且，那位大学生还肯定了她有写诗的才能，叮嘱她写诗应该有自己的思想倾向，这无疑

---

①舒婷：《生活、书籍与诗——兼答读者来信》，引自舒婷《梅在那山》，江苏文艺出版社，1998 年版。

为她今后的创作指明了方向，她也从中获得了热情的鼓励，有力的鞭策。她怎么能忘记这些对她的一生都发生影响的谈话呢？她怎么能不时时怀念这种真诚的友情呢？正因为如此，她才由衷地希望友人：“如果有一个晴和的夜晚，/也是那样的风，吹得脸发烫；/也是那样的月，照得人心欢；/呵，友人，请走出你的书房。”她对那次夜谈记忆太深刻，太美好了，以至连风吹脸烫，月照心欢的细微感受，都记忆犹新，眷恋不已。甚至还热情地请求对方，如果遇到同样有着习习凉风，溶溶月色之夜，你就走出书房，去沿着我们曾经散步过的公路走走，去回忆我们一同漫步时那种和谐的“足响”，去看看那“草尖上留存的露珠儿”，还有那湛蓝的江水，杭城的倒影，江边的小亭等。诗人之所以向友人发出这样的请求，是希望友人在旧地重游时，睹物思人，唤起对那次夜淡的美好回忆，去重温他们之间纯真的友情。这种珍惜美好回忆，珍爱纯真友情的心理，是人类的一种高尚心理，容易勾起对方甜蜜的回忆，打动友人的心灵，唤起一种息息相通、心心相印的审美感受。

另一方面，作者在向友人发出请求，并展开回忆之后，又神思飞越，通过想象的境界，写出了自己对友人的怀念。“榕树下，大桥旁，/是谁还坐在那个老地方？/他的心是否同渔火一起，/漂泊在茫茫的江天上……”本来，这首诗前几节都用第二人称“你”来称呼友人，到诗的结尾一节，诗人却突然换成了第三人称“他”来称呼。这种写法，显露出诗人这时已不再是回忆那次夜谈，而是直接进入了一个想象的境界。她似乎已经来到了榕树和大桥旁，似乎亲眼见到“他”坐在那个老地方沉思着什么。她没有去惊动他，而是悄悄地站在“他”的身后，一边凝望着“他”，一边揣摩“他”的心，是否“漂泊在茫茫的江天上”。诗人一再从想象对方的角度来写，加浓了自己对友人的怀念之情，取得了加倍的抒情效果。

这首诗在写作技巧上最大的特点是移情入景，借景抒情：清代的刘熙载在《艺概》中就曾指出“寓情于景而情愈深”。舒婷是自觉或不自觉懂得这一艺术规律的。她对这次夜谈的怀念，对友人的深情，不是直接抒发的，而是把情感转移到具体的景物上，通过多角度的写景来体现的。她不说自己时时思念友人，不问问友人是否还记得那次难忘的谈话，而只是希望友人还记得那夜散步时“沙沙的足响”，只是问问友人“那足尖上留存的露珠儿，/是否已在空气中消散?”时隔许久，诗人还记得自己和友人并肩散步时的足音，还惦念着那悄悄爬上草尖的露珠，这就暗示出她对友人的依依难舍之情。她不说出自己对友人的感情多么纯真与深厚，不说出那次和友人互诉了多少衷肠，而只是生动地描绘出记忆中那美丽的场景：“江水一定还那么湛兰湛兰，/杭城的倒影在涟漪中摇荡。/那江边默默的小亭子哟，/可还记得我们的心愿和向往?”那湛蓝的江水，杭城的倒影，摇荡的涟漪，江边的小亭等，在诗人的记忆中是如此美好，如此清晰，诗人对它们缅怀不已，仿佛那湛蓝的江水，就是他们永远不会干涸的友情。这是诗人将自己的情感转移到景物描写中所取得的艺术效果，以至诗人把江边的小亭子当作友人一样看待，问它“可还记得我们的心愿和向往?”这是直接问小亭子，实际上是在间接地问友人。因为她曾和友人在这小亭子里互相倾吐过各自的心愿和向往。她对此时时不忘，她希望友人不要忘记。统观全诗，作者通过写杭城的夜风、明月、公路、足音、露珠、江水、倒影、小亭、榕树、大桥、渔火等一系列形象，组成一幅幅有声有色的画面，并将自己的情感渗透其中，形成了水乳交融的诗的意境，十分形象含蓄地表达了她对友人的一腔深情。直到她成名之后，还在一篇文章中饱含深情地写道：“朋友，也许渔火已经漂流远去，古榕下，我们坐过的石头已铺满深秋的白霜，但你的话我一直没敢忘记：没有倾向的作品算不得伟大的作品。”足见舒婷是很珍重友情的。她甚至说过，如果没有友情，自己很可能写不出诗。她说她的心“至今仍像葵花朝向温暖一样觅寻着朋友。”① 我们现在细细想来，舒婷有着一颗真诚而又敏感的心，她当然有能力以自己独特的歌唱，蜚声于中国的诗坛。

①舒婷：《生活、书籍与诗——兼答读者来信》，引自舒婷《梅在那山》，江苏文艺出版社，1998年版。

审美错觉折射心灵波澜

——舒婷《路遇》评析

新时期诗坛一些年轻诗人不满足传统的表现手法，常常用极大的热情借鉴一些西方现代派的诗歌技法，写出一批带有探索性、具有新的审美特征的诗歌作品。舒婷的这首《路遇》便是其中之一。

和十年前的友人在路上突然相遇，这带有戏剧性的场面，如果采用传统的写实手法来写，可写的地方实在太多。例如，这位友人是什么样的人？与诗人有着什么样的关系？相遇时各自有何表现？这场相遇触动诗人哪些难忘的回忆，引起诗人何种感受等等。可这样一来，诗人势必要花费大量笔墨，并且很难给读者带来一种陌生而奇异的审美感受。舒婷没有这样写。她有意识地冲破写实的局限性，大胆采用了西方现代派作品中惯用的变形手法，将一场现实生活中的路遇情景异变为诗人的瞬间错觉，这样便化实境为幻境，变正常为异常，借以高度凝练地折射出诗人内心的情感波澜。

诗的一、二两节，借用了电影蒙太奇手法，将几个错觉意象巧妙地组接起来，形成快速流动的画面，给人一种恍惚、迷离的错觉感。但是，这种错觉又绝不是等同于日常生活中的物理错觉，生理错觉。日常生活中的物理错觉（例如筷子放在水中看去是弯的)、生理错觉（例如某些病态错觉）是不能准确地反映事物的本质特征的。而诗中的错觉，都是融入了诗人的生命、情感、意识、审美经验等等，从而超越了物理错觉、生理错觉，形成主观性极强的审美错觉。从根本意义上来讲，只有这种审美错觉才有资格进入诗行，才能更自由更灵活地表现出生活的本质，折射出心灵的波澜。就这首诗而言，诗人的每一个错觉，都是诗人按照自己内在感觉和情感逻辑进行改造的产物，因而都获得了审美错觉所具有的表现力。“凤凰树突然倾斜/自行车的铃声悬浮在空间”这种异常的错觉十分有效地表现出诗人的目光刚一接触到友人时，便如同触电似的产生一阵情感错乱，同时也暗示出诗人与友人之间的关系甚密，非同一般否则不会产生如此强烈的心灵震动。“地球飞速地倒转/回到十年前的那一夜”，这种错觉将两个时空压缩在一起，诗人迅速越过现实空间跨入心理空间，重温起“十年前的那一夜”。至于那一夜究竟发生了什么事情，诗人只字不提，留下一大片空白，让读者去想象，去探究。到诗的第二节，诗人又通过描写悸动的长街，抛出碎碎花香的铃声，“黑暗弥合来又渗开去”等错觉，将客观世界与诗人内心世界融合在一起，传达出诗人当时特有的情绪和感觉。“记忆的天光和你的目光重迭”，则是诗人敏锐地从友人的眼神里捕捉到某种未曾消逝的东西。从写法上看，这是将记忆的空间与现实的空间扭结在一起形成的错觉意象，暗示出诗人与友人之间心灵的默契。到最后，诗人索性超越诗中所展示的错觉：“也许一切都不曾发生/不过是旧路引起我的错觉”，从而将诗升华到理性高度：“即使一切都已发生过/我也习惯了不再流泪”，这是诗人的内心独白，表明诗人经过挫折和磨难毕竟成熟了，变得坚强了。全诗就是这样用一系列审美错觉，既给读者带来一种新奇的审美刺激，又有效地表现出诗人复杂而微妙的心理。至于诗人所写的一系列错觉情境，是否符合生活的真实则是无须过问的，只要透过这些审美错觉能艺术地表现出诗人内在情感的真实，诗人的创作目的就算如愿以偿。不懂得这一点，就无法理解或写作这类诗。

此外，这首诗还运用了通感手法创造错觉意象。例如“自行车的铃声悬浮在空间”，“铃声”属于听觉，“悬浮”则属于视觉，诗句巧妙地将听觉和视觉沟通起来。“铃声把碎碎的花香抛在悸动的长街”，则是将听觉（“铃声”）、嗅觉（“花香”）、视觉（“碎碎的”）、动觉（“抛在悸动的长街”）等四种感觉进行沟通和转换，形成奇妙的复合意象，给读者带来陌生新奇的审美感受，增强了这首诗的艺术魅力。

对理想爱情的思考与追求

——舒婷《致橡树》评析

这首诗的构思是巧妙的，这种巧妙直接源于诗人对爱情问题的独特思考。在诗人看来，“只有一棵树才能感受到另一棵树的体验”，真正的爱情应该是一棵树和另一棵树之间的关系。这种对爱情的独特理解，既是诗歌构思的契机，又直接转化成了诗题与诗境，使整首诗的艺术构思自然巧妙，水到渠成。接下来的任务，只是寻找两棵什么样的树，来寄寓诗人的爱情观。诗人将抒情主体“我”转化为一棵木棉的形象，将相爱的另一方“你”转化为橡树的形象，并以“致橡树”为题，采用象征、拟人等手法，直接抒发一方对另一方的爱情表白，宣示她所追求的爱情不是传统的牺牲型、依附型、攀缘型，而是各自独立、相互平等：“我必须是你近旁的一株木棉，/做为树的形象和你站在一起。”“你有你的铜枝铁干”，“我有我红硕的花朵”。总之，诗人就这样把对爱情的独立思考转化成了巧妙的艺术构思，又通过巧妙的艺术构思逐层深化了作者对爱情的新理解，充分表达了作者崭新的爱情观。

其次，这首诗通过高密度的意象组合，构成了全诗内在的形神统一体，十分有效地表现了作者丰富的情思。第一，作者创造了木棉和橡树这两个独特新颖的主体意象。这是一个大胆的创造，也是两个表达爱情的崭新意象。两种树都高大茁壮，富有强大的生命力，用来象征追求平等的爱情，是十分新颖妥帖的。第二，围绕主体意象，诗人还创造了许多次要意象来形成对比和反衬。例如用凌霄花、鸟儿、泉源、险峰、日光、春雨来反衬木棉。这些高密度快速跳跃的意象，与木棉的主体意象之间形成了强烈的对比。接下来，诗人又就木棉和橡树之间的关系展开意象的对比，用根、叶、枝、花、寒潮、风雷、霹雳、云霞、虹霓、雾霭，甚至土地，展开主体意象，同时还辅之以“像刀、像剑，/也像戟”“像沉重的叹息，又像英勇的火炬”这样的比喻意象，这些高密度的意象，既主次分明，又组合有序，具有内在的连续性和完整性，从不同的视角表现了诗人对理想爱情的向往和执著追求。

叛逆者的姿态

——芒克《阳光中的向日葵》评析

芒克（1950—），原名姜世伟，1950年生，在北京长大。1969年到河北省白洋淀插队，翌年开始写诗，1976年返京。1978年与北岛共同创办令世人瞩目的文学刊物《今天》。后应邀赴美国、法国、意大利、日本、荷兰、澳大利亚、德国等国家交流访问。先后出版诗集《心事》《阳光中的向日葵》《芒克诗选》《今天是哪一天》等，并著有长篇小说《野事》。现居国外。

芒克的《阳光中的向日葵》写于“文革”那个特殊的年代。

那是一个举国上下都陷入一种红色疯狂、人人都在高唱“朵朵葵花向太阳”的年代，那是一个太阳就是领袖、葵花就是民众的年代，那是一个不仅要统一思想、统一行动、统一步伐，更要使人和万物一样都变成葵花“向阳开”的年代。

然而，就是在这样荒唐的年代，芒克不仅没有卷入太阳崇拜的洪流，反而以冷峻的目光洞察了这场悲剧的症结，并以早醒者的勇气和胆识，悄悄写下了这首思想锐利、艺术新异的诗歌。

全诗以叛逆者的姿态，对象征着一个时代的“太阳——向日葵”之间的隐喻关系进行大胆摧毁和重构，彻底消解了太阳崇拜的神话，使小小的向日葵骤然显示出了强大的主体力量和不屈的尊严。

在诗中，诗人为我们重塑了向日葵的形象。在阳光中，它没有盲从地仰视太阳，没有围着太阳俯首称臣，而是毅然把头转向了身后，“就好像是为了一口咬断/那套在它脖子上的/那牵在太阳手中的绳索”。一个“咬”字，生动地刻画出向日葵不仅要反叛潮流，而且要以弱胜强，拼死搏斗，坚决挣脱太阳钳制的顽强决心和不屈意志。

由此，一棵重新“昂着头”“怒视着太阳的向日葵”，便在大地上“闪耀着光芒”，像一道耀眼的闪电，撕裂着那个企图扼杀黎明的黑夜。

那么，这棵有着自由意志和主体人格的向日葵，其新思想的孕育和反抗的力量又是源自何处呢？诗人特别提醒我们，要走进它才能深入地了解它，“你走进它你便会发现/它的生命是和土地连在一起的”。是宽广深厚的土地给了它无言的启迪和无尽的力量，是大地上血写的历史洗亮了它的眼睛，震醒了它的灵魂。尽管斗争是残酷的，甚至是孤独的，流血的，但觉醒的向日葵决不妥协和退让，即使伤痕累累，鲜血流尽，它不屈的精魂也会昂立在大地上，如同一颗光芒四射的太阳！

在艺术上，这首诗首先运用了求异思维，对日常生活中的向日葵进行了大胆的想象变形，使之异变为具有独立人格、自由意志的艺术形象。

其次，这首诗运用了象征、拟人等艺术手法。诗中的向日葵、太阳等都具有明显的象征意义。特别是作为诗中主体象征形象的向日葵，更是象征着被那个时代所遮蔽的但却潜在生长的一股新生力量。

历史的发展证明，正是这股力量的不断壮大和发展，太阳崇拜类的神话才在中国大地上彻底破产，一个充满思想活力、充满创造的时代才悄然来临。

觉醒者的回答

——北岛《回答》评析

这首诗是北岛的成名作，写于 1976 年 4 月丙辰清明时，是诗人写于“四人帮”粉碎前的作品。全诗通过批判“四人帮”及其倒行逆施的行为，以挑战者的姿态，表达出诗人对生活的独立思考和对“新的转机”的期待，从而庄严地表达出一代觉醒者对生活的“回答”。

诗一开头，就以两句高度概括、非常精辟的诗句夺人眼目，震醒灵魂：“卑鄙是卑鄙者的通行证，/高尚是高尚者的墓志铭。”两行警句般的诗，准确地概括了“四人帮”横行时期是非颠倒、黑白混淆的社会现实，容易唤醒人们许多苦难的记忆，也为全诗定下了悲愤的基调。

接下来，诗人调转笔锋，以超现实主义的手法向我们展示出令人恐怖的画面：“看吧，在那镀金的天空中，飘满了死者弯曲的倒影。”这就折射出“四人帮”给人间制造了巨大的悲剧。

接下来，诗人直接向这种变态社会发出质问。“冰凌”暗示政治的冷酷还在现实中存在；“死海”则暗示这样一个充满恐怖、没有活力的变态社会是没有出路的。诗人的质问触及了当时社会存在的根本。于是，诗人以惊人的胆识和勇气，发出自己反叛和挑战的“声音”：“告诉你吧，世界/我——不——相——信！/纵使你脚下有一千名挑战者，/那就把我算做第一千零一名。”接着，诗人以排比的句式，不容置疑的语气，惊涛裂岸般发出“我不相信”的强音。这是诗人对现实经过反思后得出的清醒的结论。它不是虚无主义，而是对“四人帮”时期倒行逆施的反思和抨击，是一种极而言之的愤慨和否定，是对那个病态社会完全绝望后所做出的判断和选择。

在第六节中，诗人表现出极其博大的胸怀和敢于承担苦难、舍生取义的英雄气概，并从社会发展、人类进步的高度，呼唤“人类重新选择生存的峰顶。”到最后一节，诗人满怀信心地表示“新的转机和闪闪星斗，/正在缀满没有遮拦的天空”，暗示一段黑暗的历史即将结束，一个光明的充满生机的时代即将来临。

这首诗在表现方法上，既采用了直抒胸臆的方式，又融进了超现实的画面、新鲜的比喻（如把“星星”想象成“五千年的象形文字”和“未来人们凝望的眼睛”等），使强烈的感情、深邃的哲理和形象的暗示相互结合，有机统一，更好地表现了诗人的情感世界。

感觉象征寄深意

——顾城《远和近》评析

这首《远和近》在1980年第10期的《诗刊》发表后，曾引起了不少人的注意和争论。有的人认为它写得太朦胧，不知所云，令人气愤；有的人认为它写得新奇独特，具有新的审美特征。这些褒贬不一的评价，与当时一些人对新诗潮中出现的“朦胧诗”感到习惯或不习惯、接受或排斥的心态，有着密切的关联。当然，也有人试图对它进行解释，以便提高读者对这类诗的审美鉴赏力。不过有些解释，并不能令人满意，或者说，与诗中的情境并不一定吻合。例如《星星》诗刊上就曾发表过一篇文章，对这首诗作了这样的阐释：这首诗“写了当代青年生活中很容易理解的特定环境、特定的两个人，一对男女。男方即‘我’。从男青年的眼里看出去（双方有一定距离），眼睛与眼睛相遇，女孩子不时退避，去看天上的云彩；这时，男青年心目中突然涌起一种奇异的感觉，一种不是空间距离的距离感，就产生了局外人不易体验的一远一近。这里的‘远’和‘近’就是全诗要说的东西，所以用作诗题。”最后，他下结论说：“这只能发生在青年男女相处的某一感情阶段，只有沉着而细心的人才能有所体察。所以有老一辈的同志感到糊涂、气闷，是很自然的”①，对于这样一首抒写内心感觉的诗，各人根据自己的生活体验，从不同的角度去理解，当然是允许的。但这位同志把这首诗解释为是写一对青年男女，在相处的某一个感情阶段的“距离感”，并且在他看来，这种“距离感”，“只能”发生在青年男女之间，所以老同志不理解“是很自然的”。我们认为，这种解释就过于狭隘，过于绝对，过于简单化了。怎么能断定诗中所写的“我”与“你”，就一定是青年，并且还是一男一女呢？退一步说，就算是写一对青年男女之间微妙的感情变化，怎么老一辈的同志就自然感到“糊涂”和“气闷”呢？难道他们作为感情上的过来人，就不能理解这样的“感觉”吗？理解这样的诗，我们认为，要从诗所提供的形象和意境出发，既不要想得太

①建之：《顾城的〈远和近〉及其它》，《星星》，1981年第5期。

实，也不要想得过虚，要善于从虚实之间去体会，去揣摩，去感悟，善于透过诗的表象去把握诗的深层内涵。

这首诗写的是诗人对物理距离与心理距离的瞬间直觉。这种直觉，我们在现实生活中都有过体验。本来，“远”和“近”是属于物理距离，既是客观存在又有科学的衡量标准。但是，这种物理距离一旦在诗人情感的作用下，就会发生异变。物理距离很远心理距离却可能很近，这就是所谓“海内存知己，天涯若比邻”；相反，物理距离很近心理距离却可能很远，这就是所谓“咫尺天涯”。毫无疑问，顾城写的是后一种情况。那么，造成这两种距离之间的矛盾、冲突的原因是什么呢？顾城什么也没有说，留给读者去思考。整首诗在形式上显得简洁明快，极其精练，没有具体的人物和情节，没有主观感情的抒发，也没有对主题的直接指点，有的只是一个极其单纯的瞬间直觉。这给一些诗歌读者（这些读者已长期习惯了旧有的诗歌写作模式）带来了较大的陌生感、朦胧感、困惑感，使他们对这种诗歌的新面孔一时还感到难以适应和接受，因而产生一些怨言和责怪是可以理解的。

我们理解和欣赏这首诗，要把握两个关键点。第一，这首诗中所写的“你”“我”“云”都具有象征意义，属于象征意象，具有明显的不确定性。“你”和“我”可以理解为社会成员中的任何一个角色，是一种高度概括的人物意象；而“云”则可以理解为没有遭受过污染和破坏的纯朴美丽的大自然，是一种高度概括的自然意象。第二，这首诗在写作方法上运用了感觉象征法。诗人写的是瞬间直觉，但诗人的真正用意还不在这感觉的本身，它“仿佛是一种课题”留待读者“去探索它背后的内在意义”。顾城这首诗表面上写的是一种违反生活逻辑的瞬间直觉，但这种感觉又象征着经过“十年浩劫”，人的灵魂被扭曲了，人与人之间失去了最基本的信任，变得陌生起来，互相有着不应有的冷漠与猜疑，戒备和提防，仿佛有一条看不见的鸿沟横在人与人之间，寄寓着作者渴望消除这条鸿沟，让“人性复归自然”的美好愿望。

把握了以上两点，我们理解和欣赏这首诗就会比较顺畅，也不会出现较大的偏差。贯穿全诗的只有两个人物“我”和“你”。对他们的性别、年龄和身份，我们都无需想得太实太具体。反正他们两个都是具有象征性的人物意象。当“我”站在那儿，无意中发现“你”在“看我”时，内心便生发出一种亲切感。生活中常有这种情景，当一个人孤独地站在那儿。总想碰见有一个熟人，或者是一个能谈话投机的陌生人，以便和他一起聊聊天，谈谈心，以排遣孤独和寂寞。而这时的“我”无意中发现“你”在“看我”，心里便微微泛起一股暖流，觉得好像很熟悉很投缘似的，只想让心与“你”靠近一点，甚至与你进行对话。可是，就在这时，当“我”与“你”的目光刚一碰撞，你却突然畏惧似地转过头去，毫不理睬“我”，只是悠然地看着天上的云。也就在这时，“我”产生了瞬间直觉：“你看我时很远，/你看云时很近。”因为这时“我”对“你”“看我”与“看云”已经有了一个比较，能感觉到“你”目光里流露的感情色彩的不同。原来，你“看我”时，目光是冷漠的、猜疑的、防备的，仿佛我们之间有一道万里长江，隔得很远；你“看云”时，目光是明亮的、热情的、眷恋的，仿佛云近在“你”身旁，随时可以与之交心。这时，“我”的心凉了，失望了，觉得“我”与“你”之间一下子变得陌生了，仿佛我们生活在两个不同的世界，心与心隔得很远很远，双方都觉得有一条无形的鸿沟横跨在彼此之间，叫人不敢越雷池一步。这种人与人之间强烈的“距离感”，便是诗题特意点出的《远和近》。全诗就是这样通过几个简单的象征形象，运用感觉象征法，简洁形象地表现出经过“十年浩劫”，人的灵魂被扭曲了，心与心之间出现了不应有的隔膜与防备。可以说，这是“十年浩劫”，长期的阶级斗争，在人们心灵上留下了巨大的创伤，使人们至今仍然心有余悸的反应。同时，诗人在诗中大胆地表现这种客观存在，也间接地寄寓着诗人渴望消除鸿沟，让“人性复归自然”，使人与人之间的关系恢复正常，变得亲密和谐，使我们的民族具有更强的亲和力与凝聚力的美好愿望。由此可见，这首诗所表现的内涵是深广的，具有较强的社会意义。

寻常事件寓深意

——梁小斌《中国，我的钥匙丢了》评析

这首诗体现了诗人独特的艺术追求。梁小斌认为："单纯性是诗的灵魂。不管多么了不起的发现，我都希望通过孩子的语言来说出。"（见阎月君等编选《朦胧诗选》）这首诗就是从孩子的视觉，通过童心去看世界，感悟世界，并以孩子式单纯而透明的语言，来叙说对往事的忏悔和对希望的追寻。

这首诗的构思自然而巧妙。贯穿全诗的核心意象是"钥匙"，核心事件是寻找丢失的"钥匙"。这本来是日常生活中最常见的现象，可是诗人却出人意外地将它与"中国"联系起来，与一段民族的历史，一段个人的心路历程联系起来，使整首诗显得视点虽小但境界广阔，事件虽微但寓意深远。

首先，诗人将"丢失钥匙"这样寻常小事与"十多年前""沿着红色大街疯狂地奔跑"联系起来，将诗的内涵一下子扩展到一个广阔深远的历史背景中，使人联想到"十年动乱"给人造成的创伤和损失，从而控诉了那段使人精神蒙昧、心灵野蛮的历史。

其次，诗人又将"寻找钥匙"这样一个积极行动与"不愿再流浪"、一心渴望"回家"的心灵联系起来，把诗的内涵进一步延伸到复活的历史、苏醒的灵魂，形象地表现了一代青年"要顽强地寻找"心灵的归宿和丢失的希望，从而使诗具有了强烈的现实感。

总之，诗人将"丢失的钥匙"与"寻找钥匙"相对照，将历史背景与现实时空相叠印，非常自然而巧妙地完成了诗境的创造和诗意的表达。

在艺术手法上，这首诗主要采用了事件象征法，以寻找丢失的钥匙这一中心事件贯穿全诗，象征性地表现了一代青年对历史的反思、对心灵回归的呼唤、对丢失的希望（包括健康的精神、甜蜜的爱情、幸福的生活等）的执著追寻。围绕这一象征性的事件，诗中的"钥匙""红色大街"等也都具有象征的暗示作用。

此外，这首诗的语言也很有特点。它模拟孩子的口气，运用孩子的语言，简

洁，透明，质朴，隽永，如同向祖国母亲倾诉衷肠一般，具有直击人心的效果；在不断重复“我的钥匙啊，/你在哪里?”“太阳啊，/你看见了我的钥匙了吗?”这就造成了一唱三叹、深沉哀婉的艺术效果，从中可以感受到寻找者心灵的焦虑和执著，读后极易获得读者的共鸣，还能引发读者长久的思索。

于平淡中见深沉

——叶延滨《干妈》之一评析

这首诗是叶廷滨叙事组诗《干妈》中的一首。《干妈》曾荣获1979—1980年全国中青年诗人优秀新诗奖。这组诗通过一连串生动感人的生活细节，从多种角度表现了一个虽然贫困但却十分忠厚善良的延安老大娘对知青的挚爱，但在“四人帮”垮台前夕，她却“死于陕北最平平常常的病，胃出血。”作者不仅饱含深情地刻画了这位普通的老妈妈崇高美丽的精神世界，而且还通过她艰难的一生，贫困的生活，深刻地表达了诗人对人民命运的关注和思考。

就这首诗而言，诗人以回忆的口吻，向我们讲述了一件难忘的往事：在那人妖颠倒的岁月，“我”的父母无端遭受厄运，“我”也受此牵连，被迫来到革命圣地延安“为父母赎罪”；在这世态炎凉、人情如冰之际，一位素不相识甚至连名字都没有的延安老大娘却热情地收留了找，并且成了“我”的干妈。诗人在这里所写的绝不仅仅是个人之情，这样的老大娘也不只是延安才有，她实际上是中国大地上千千万万普通人民的缩影。诗人通过这件寻常的小事，向人们揭示了一个不寻常的主题：每到非常时期，总是人民的怀抱护卫着受戕害的灵魂，人民才是真正伟大的母亲！

这首诗对干妈着墨并不多。全诗只写了她的一个形象特征及两句话，然而，读过全诗之后，我们却感到一个纯朴善良、乐观开朗、慈祥可爱的老妈妈形象跃然纸上，栩栩如生，至于她对于“我”的理解、信任、体贴与爱护之情更是渗透在诗的字里行间。整首诗于平淡中见深沉，于简约中见丰富。那么，诗人是怎样取得这种艺术效果的呢?

从艺术上看，诗人采用了反衬的艺术手法，即以“我”苦涩的身世之感来反衬干妈的人情美。这首诗旨在追念干妈，讴歌普通人身上蕴藏着的人情美。从诗的一、二节我们就能看出，诗人写这首诗，干妈早已离开了人世，是一种强烈的追念之情，使诗人产生了异常的感受：“她没有死——/她就站在我的身后，/笑着，张开了豁了牙的嘴巴。”一切恍若生前，诗人仿佛仍能感到她温和的目光，爽朗的笑声。可是，现实毕竟是无情的，干妈毕竟“合上干瘪的嘴”，永远离“我”而去了，“我”只能面对墙上干妈的照片，“流下苦涩的泪”。这一切无不表现出诗人对干妈的深厚感情。但是，如果诗人仅仅写到这一步，接着就写自己来到延安时，被老大娘热情收留，那么这首诗就会缺乏深层的意蕴和感人的力量，干妈的形象也会苍白无力，她的言行也会显得微不足道。

值得称道的是，诗人并没有如此简单地处理这个题材，而是在追念干妈的同时，糅进了自己较多的身世之感。在这样一首短诗中，诗人却不惜笔墨回顾自己是为何来到延安的。在诗人的回顾中，至少有三点值得我们注意：

第一，“我”是驮着“狗崽子”的档案袋来延安“赎罪”的。这就交代了他特定的身份，在当时是一个可怕的人物。

第二，“我”的父母是有“罪”的，“我”是受此牵连而被“文革”之风“卷进黄土高原”的，这就交代了他的历史，在当时是最忌讳的。

第三，更可悲的是，“我”到延安之后，“连知青也像躲避瘟疫一样讨厌我”。变态的历史带来了变态的人际关系，“我”走投无路，简直如同“丧家狗”一般，哪里还谈得上什么人的尊严，做人的权利。从诗中我们还可以看到那段黯淡历史的投影。那是一个以“语言当子弹”的年代，“我”的父亲“只会说实话的嘴巴，/被无数弯着的舌头打垮……”终于背上了种种“罪名”；而“我”却因此还要来异地为父母“赎罪”，这是一个怎样荒唐的年代干出的荒唐事啊！诗人以嘲讽的语气，极力抒写这种苦涩的身世之感，正是用它来反衬后面干妈的言行。正是在这种人妖颠倒的严酷环境下，正是在“我”像“瘟疫”一样令人讨厌，像“丧家狗”一样无人问津之际，一位素不相识的延安老大娘却毫无顾忌地站了出来，热情地收留了“我”。“孩子，住到我们家吧”，这完全是慈母的语气，亲切、诚恳，说明老人不仅没有对“我”另眼相待，反而一见如故，亲同儿女。对老人这片真挚的情意，“我”当时不仅不敢相信，甚至还产生了误解：“不！我不需要听怜悯的话，”这是受伤的灵魂所特有的心态。可是这位善于体察人情的老妈妈立即向我做出合情合理的解释，以“一个借口”平衡了“我自尊的天平”。她以慈母的温情，融化了人间的敌视与冷漠，消融了“我”与她之间的一切隔阂，使两颗陌生的心终于靠拢了。这样，全诗对干妈虽然着墨不多，但由于诗人在前面已用了不少笔墨写足了“我”的身世之感，在这种特殊背景的反衬下，干妈的形象便显得异常高大起来。她虽然只是一个极普通的农村妇女，但她却有着一颗金子般的心。在“我”遭受命运打击、社会抛弃、众人讨厌的危难之际，她却毫无顾忌地向“我”伸出了慈母般的双手，她的每一句话都是雪里送炭，给“我”带来了无限的温暖和巨大的慰藉，这是需要多大的勇气和多么高尚的心灵啊！至此诗人终于不动声色地开掘出干妈心灵世界的美，为我们勾画了一个平凡而又伟大的老妈妈形象。如果我们把前面写“我”的身世之感比作“烘云”的话，那么，后面写干妈才是真正的“托月”。没有前面对世态丑恶的描述，就反衬不出后面干妈心灵的美好；没有前面对人情如冰的描写，就反衬不出后面干妈的爱心如火。这是艺术的辩证法，也是这首诗能够获得成功的奥妙所在。

呼唤纯洁与真诚的回归

——叶文福《地米菜》评析

这首诗以追忆的笔调，抒写了一对童年的小伙伴，在江南的原野上一起冒着春雨挑地米菜的情景，饱含深情地讴歌了洁白无瑕的童心，表达了诗人对人间纯洁与真诚的追寻与呼唤，寄寓着诗人渴望“人性复归”的美好愿望。读着这样的诗，你会感到像是有一股清澈的泉水向你流来，渐渐地淹没你，轻轻地冲洗你，使你的灵魂脱尽世俗的污染，得到一次净化，进入一种圣洁的境界。

这首诗的艺术美，首先表现在诗人为我们摄下了一幅幅美的画面，并运用“蒙太奇”的艺术手法，将这些画面按照诗人的审美意图和创作构思组接成类似电影的一组活动性画面，以此构成了一个具有意境美的艺术境界。这里有江南三月细密的春雨，有阳雀湿漉漉的啼声，有寂静的田野，有一朵朵开着小白花的地米菜，更有着比月亮还圆的竹笠，有一对挤在一顶竹笠下挑地米菜的小伙伴……当我们凝神欣赏这些美丽的画面时，我们也感到诗人那跳动的心，感到这一幅幅活动的画面向我们传递了丰富的情感信息。这些信息就是对纯洁与真诚的缅怀与追思，不是吗？在诗人用蒙太奇式的画面向我们展示的艺术境界里，没有人世的纷争与骚扰，没有环境的污染与喧闹，也没有人与人之间那种冷漠与猜疑，倾轧与算计，有的只是安宁，明净，美丽与和谐，有的只是两颗紧紧依偎在一起的童心。他们两小无猜，心灵之间没有鸿沟，没有世俗的私心杂念，有的只是纯洁、真诚、信任与体贴。他们无忧无虑地走在那片属于他们的田野上，共用一顶竹笠遮风挡雨，女孩子用小铁铲一铲一铲地挑着地米菜，男孩子则寸步不舍地为她提着竹篮子。冷了，他们便互相搂着，“用体温互相温暖着……”这是诗人将主观内情与客观外物水乳般交融在一起，为我们精心创造了一个具有丰富暗示性和深刻启示力的象征境界。这个境界既凝聚着人类童年生活的宝贵经验，也寄托着人类对美好的生存环境与理想的人际关系的向往。在人类感情世界里，童心向来是纯洁与真诚的象征，具有永恒的魅力，历代诗人无不为之迷恋，为之歌吟，为之召唤。特别是那些在人生的搏斗场上经历过一番摔打与磨难的成人，当他们对人生况味有了深刻的体验，对人际关系有了透彻的感悟之后，更是心驰神往地渴盼人性能回归童年那种纯洁与真诚的境界。马克思在《政治经济学的批判导言》中说过："一个成人不能再变成儿童，否则就变得稚气了，但是儿童的天真不使他感到愉快吗？他自己不该努力在一个更高的阶梯上把自己的真实再现出来吗？"马克思的这段话包含了"人性复归"的思想。也唯其如此，人们才对自己未能早日感悟这种境界，未能在身处其境之时百倍地珍爱它并分享它的幸福而留下深沉的慨叹。这就是为什么诗人要在诗的第三节反复吟咏：

那时候
我们不晓得那就是幸福，那时候
我们不晓得亲亲你通红的脸颊和挂着雨珠的眼窝
不晓得突地吻一下你绿洲的鲜唇
——那时候

这种一唱三叹的吟咏，类似电影上的内心独白，渲染了浓厚的抒情气氛，表现了诗人对流逝的童年，对失而难返的纯真一往情深的追思，它包含着一种普遍的人生感受和审美经验——人们在重温失去的东西时，一旦发现不经意丢失的幸福与美好，便倍觉其可贵，也就激发了人们缅怀它，追寻它的强烈兴趣。这有利于人们站在更高的阶梯上反思自己的人生之路，及时地调节自己的心灵，把握好人生的航向。所以诗人在这首诗的结尾，还面对盛开着白花的地米菜，魂绕江南的田野，情牵童年的伙伴，发出一声声杜鹃啼血般的呼唤："你到哪里去了呢哪里去了呢……"这与其说是对童年伙伴的追寻和呼唤，不如说是诗人对人间流失的纯洁与真诚的追寻与呼唤。从诗美的角度看，以这情真意切的呼唤作为结句，极易造成"曲终情未已"的审美效应，给读者留下了极大的想象与思索空间。

这首诗的艺术美，还表现在诗人善于捕捉富有意味的细节，并将这些细节进行放大，反复，强调，突出，形成类似电影上的特写镜头，构成全篇最富有表现力和感染力的艺术焦点。全诗有两个地方，诗人运用了特写式的细节描绘。其一是在诗的第二节，诗人采用复迭的手法，一连用了四个排比句去描绘女孩子挑地米菜这一富有特征的动作，还写了男孩子为她提竹篮子的细节。地米菜是连接这两个小伙伴的中心线索，他们是为了挑地米菜才一起走到寂静的田野，他们纯洁的心灵、真诚的情谊也是在冒雨挑地米菜这一中心事件中得到逐步展示的。诗人不断放大、拉长、突出这一细节，就能非常含蓄地表现出他们特定的身份及其内心世界。其二，在诗的第一节，诗人描写这对小伙伴挤在一顶竹笠下，男孩搂着女孩瘦削的肩，不让雨打湿她；女孩的小翘翘辫却无意地搭在男孩的脖子上。这是一个极富意味和情味的细节，是人物情感处于饱和状态下的一个极美的片刻，也是全篇中最耀眼的焦点。诗人不仅对此进行了大特写式的描写，而且还在诗的

第三节，运用了类似电影中“闪回”的手法，再次重现这一大特写，把这对小伙伴紧紧依偎在一顶竹笠下，互相用体温温暖着对方的细节，进行反复的放大、强调和突出，从而构成隐喻蒙太奇，揭示出童心的魅力在于纯洁和真诚，象征性地表现了诗人对理想的人际关系的想往和追寻。

此外，这首诗的艺术美，还表现在诗的语言清丽、淡雅、自然、质朴，既没有丝毫的夸饰，也没有雕琢的痕迹，却有着一种返璞归真的本色美。这与诗中所创造的那种童话般的境界，所要抒发的那种透明的情思非常合拍，十分有效地增强了诗的艺术感染力。

一次人与世界的对话

——章德益《我与大漠的形象》评析

大自然与人的关系问题，是一个颇具诱惑力的命题。作为既热爱自然又热爱人类的诗人，常常以极大的热情，丰富的想象力，去思索其间的奥秘，去寻求其间的通道。崛起于我国当代诗坛的西部诗歌，更是以前所未有的思想穿透力，把对这个问题的探索推向纵深，并且不断为之谱写出嘹亮的歌声。章德益作为西部诗人中重要的一员，他把诗的触角也常常伸进这一片迷人的领地。这首诗以“我”与“大漠”作为贯穿全诗的中心意象，一个是作为主体的人，一个是作为客体的大漠。诗人通过“移情”的手法，将主观情思转移到客观外物上，使本来不具生命的大漠具有了人的生命，使人与大漠之间有了情感的交流，思想的碰撞，行动的呼应，从而从哲学的高度去把握世界，艺术地完成了一次人与自然的对话，表现了诗人对人与自然、人与世界、人与生活等辩证关系的沉思。

这首诗在构思上别具一格。诗人写我与大漠的形象，却没有用笔墨去描绘茫茫大漠，也没有写大漠给人类带来的灾难，没有写人类征服大漠，改造大漠的艰难历程。诗人把这一切都省略了，而只是运用创造性的想象，不仅将大漠拟人化，而且将人与大漠一同推入一种戏剧化的情境，以便于它们能够面对面地完成一次戏剧性的对话。于是，在诗人所精心设计的充满戏剧性的艺术世界里，人与自然的隔阂消除了，大漠与人类由尖锐的对立走向了交流与理解。诗的第一节就直写大漠向人类发出呼吁：“你应该和我相像”，至于相像的内涵是什么，诗人暂时秘而不宣。接着，诗的第二节便写大漠用它的沙柱与风沙，怒云和炎阳为代表着人类的“我”设计形象，使得人类的额头上，“有了风沙的凿纹”，人类的胸廓中，“有了暴风的回响”。这既写出了茫茫沙漠将以它艰辛的雕刻刀，来为它的开拓者们雕塑崭新的形象，也暗示出人类将在大自然的千锤百炼之中，不断凝聚起一股巨大的原始创造力。诗的第三节转写人类向大漠发出呼吁：“你应该和我相像”，至于相像的内涵是什么，诗人同样悬而不答。诗的第四节，诗人接写新一代的开拓者们用浓荫与笑靥，旋律与春阳为大漠设计形象，使得荒凉死寂的大漠一下子变成了生气盎然的人类家园，甚至连叶脉里都有了人的“笑纹”，花粉里都有了人的“幻想”。与前面相比，诗人的情思明显地跃入了新的天地。它旨在启迪人们，虽然大自然创造了人，虽然人能不断地从自然中汲取力量，但人的最终目的不是做自然的奴隶，不是受自然的支配与摆布，而是要做自然的主人，用人类的双手把自然装扮得新美如画。

如果说前四节诗，诗人创造了一个戏剧化的情境，让人与自然在这种情境里完成了一次意味深长的对话，那么诗的五、六两节，则是写这种对话后的结果，也照应诗的一、三两节，回答了“相像”的内涵。在诗人梦寐以求的理想境界里，人与大漠之间不仅可以沟通与交融，甚至还可以来一个“优势互换”，使人能像大漠那样“雄浑开阔、旷达”；使大漠能像人那样“俊逸、热烈、浪漫”。在诗人看来，人与大漠之间都是在用各自的设计“塑造着对方的形象”，因而人与自然之间最终也能在更高的层次上趋向美的和谐与统一。在这一点上，这首诗同样应和着西部诗歌的主旋律——寻求大自然粗犷的境界与人的剽悍的创造力的新结合。

按理，这首诗写到第六节也可以成篇。但是诗人没有满足于对诗意已有的发掘，他的情思也不只是在“我”与“大漠”之间盘绕，而是从中超脱出来，飞入更广阔的思维空间，从而写出了最后一节意味深长的诗行：“生活说：我以我的艰辛设计着你的形象/我说：我以我的全部憧憬设计着世界的形象”。从运思的角度看，这两行闪烁着哲理光芒的诗句，是诗人在思索人与自然关系的基础上产生的一种联想，一种顿悟，从而把诗的情思升华到对人与生活，人与世界关系的思考，它使读者进一步领悟到：人创造了生活，但生活同时也创造着人；世界制约着人，但人又总是要按照自己的美丽憧憬与崇高理想去重新设计世界。这种矛盾的对立与统一，运动和变化，必将不断推动世界的进步与人类的发展。很显然，这是诗人对前面诗意的进一步拓展与深化，使得这首诗在内涵上获得了一定的广度和深度。

真挚的颂歌　独特的诗美

——江河《让我们一起奔腾吧》评析

这是江河在20世纪80年代初献给诗坛的力作之一。诗的主题是讴歌改革者的。尽管全诗并没有实写改革及其英雄业绩，但我们读过之后，仍能从中感触到时代的脉搏，改革者的心态，感受到一种“和大海一同醒来”的力量，正在神州大地奔腾不息，给多灾多难的祖国注入了强大的活力。

首先，诗人向我们展示出一个生机盎然，令人振奋的春天——改革的春天。“海洋与冰块猛烈相撞，船冲向浪头”，几个极富力度的意象，构成了境界壮阔，气势雄伟的象征图景。它是全诗的焦点，包蕴着丰富的内涵，象征着春天的力量，时代的潮流，也象征着改革者义无反顾，勇往直前的战斗精神。“繁星似的迎春到处闪烁”，“金色的声音刺激着我们”，“把洁白的心向蓝天打开”，这些绘声绘色的诗句，从多种角度透视出改革的春天，给中国大地带来了前所未有的巨变，人们的精神面貌也焕然一新。“让我们一起走吧”，几乎成了亿万人民决心投身改革的共同心愿。

其次，诗人将笔触深入改革者的内心世界，从本质上去表现改革者的精神面貌，揭示出改革者持有的心态。诗人笔下的改革者是“热情、开朗、像四月的阳光”，头脑中飘扬着“想象的云朵”，目标是向着“辽远的地方”，“寻找着美好的声音”。当然，改革是伟大而又艰难的事业，改革者也不可能是一帆风顺的，而是要经受多种严峻的考验：“那不能原谅的一切/又尖锐地刺痛你”“你憎恨黑暗，甚至阴影”，这是现实生活在改革者心灵上的投影。但尽管如此，改革者也仍然是“清澈地对待别人，清澈得/看到心，一颗鲜红的浆果在绿叶丛中摇荡”，并且是“一年又一年把这鲜红的果子挂满枝头/让善良的人们摘去。”这些生动形象的诗句如同雕塑一般，立体地表现出改革者勃发的英姿，坦荡的胸怀，满腔的热情，宏伟的抱负，美丽的灵魂。

从写作艺术上看，这首诗最突出的特点是采用了大跨度的结构组合，追求立体化的抒情效果。这首诗虽属政治抒情诗，但诗人并没有像以往的有些诗人那样直抒胸臆，以排山倒海般的激情去冲击读者的心灵，以取得震撼人心的艺术效果。相反，由于诗人追求立体化的抒情效果，把属于时间性的情绪化为空间化的意象群，以一幅幅浸透着诗人情感和思绪的活动意象呈现在读者面前，并在结构上下功夫，运用大跨度的结构组合来将自由流动的情绪转化为凝固的意象群。全诗共分为四节，每一节都从不同的角度组合意象群，让这些意象群按照诗人内在的感情逻辑运转推进，构成大跨度组合的艺术整体。例如诗的第一节，从“海洋与冰块猛烈相撞，冲向浪头”一下子跨进“我们这样站着/温柔地呼唤风，像呼唤姑娘们/使大地所有的小树都涨满绿色的帆”，然后一下子跨入“当喷吐着鲜红的火焰的果子/被狂风一个个击落，那时候/种子要撒遍大地，和矿藏一同沉默着/为了在今天歌唱”。如果说第一组象征着改革是时代的潮流，第二组象征着人们在盼望，呼唤着改革的春风吹遍祖国大地，那么，第三组则象征着改革是历史的必然。三组意象的大跨度组合，将时代、现实与历史的空间联结在一起，从而展现给读者一组立体的雕塑。诗的意象与意象之间，这一节与那一节之间还留有大量的艺术空白，可供读者去感悟，去联想，去思考，去进行审美再创造，这也体现江河刻意追求的一种独特的诗美。

大漠雄风 高山瀑布

——杨牧《我骄傲，我有辽远的地平线》评析

读着这首诗，我们自然想到杨牧特有的经历。他从二十岁就离开水秀山青的“天府之国”，只身来到大西北的准噶尔。边塞的奇异风貌，准噶尔人旷达的气质，自然和社会的风风雨雨，无不冶炼着他的灵魂，拨动着他那颗真诚而又敏感的诗心。他的思想与情感，信念与追求，欢乐与苦恼都和准噶尔那块广袤的土地紧密地连接在一起，他在这块土地上洒下辛勤的汗水，也在这块土地上收获了丰硕的诗歌，并且很快以自己雄浑豪放的新边塞诗引起中国诗坛的青睐，成为西部诗人中最突出的代表人物。因此，杨牧总是亲切地把准噶尔称作自己的“第二故乡”，这首诗便是诗人献给她的一支心曲。全诗以地平线为构思的线索，把诗人对准噶尔多方面的感受升华为对人生哲理的思索，从而启迪人们：只要坚定信念，不停地追求，希望和美好就一定会在我们眼前升起。

从诗美的角度看，这首诗雄浑豪放，刚劲有力，可以称得上是一首壮美的诗。诗中那奔涌的激情，飞腾的思绪，伴随着一个个新奇的形象，像大漠雄风扑面而来，一扫古边塞诗的那种沉郁悲凉之气，又像高山瀑布飞流直下，具有冲击灵魂的力量。贯穿全诗的那条闪烁迷离的地平线，是诗人情思的引爆线，也是诗人情思发展的牵引线。诗作始终围绕着这条具有象征意义的地平线，展开想象和联想的翅膀，让诗人的思绪在自然—社会—人所组成的复合空间纵横驰骋，从而多角度多层次地观照生活与人生，揭示出生活的本质与人生的哲理。诗作在描写准噶尔时，采用实境与虚境相结合的手法，向我们展示了两幅不同的画面。一幅是由黄沙，黄尘，黄风、黄雾和“发黄的白骨”所组成的自然图景，“那时的天地像只猛兽大张的巨口，/——地平线，千百年来的死亡线”，这就形象地表现出准噶尔未开垦的荒凉与死寂。另一幅是由黑沙、黑尘、黑风和黑雾所组成的社会图景，象征着“那个疯狂的年月”，到处都是“恐怖”和“劫难”。“我记得那时天地间像座血腥的牢狱，/——地平线，冷得发青的一条锁链……”这样的画面渗透着诗人强烈的生活感受，是诗人对生活实境的一种变形描绘，艺术地表现了

那场“人为的风暴”给准噶尔带来了巨大的灾难。

从诗的艺术构思上看，诗人向我们描绘这两幅昏暗的画面，绝不是为了向我们展览自然的灾难和人生的苦难，而是有意造成一种“蓄势”，为下面诗思的突转和推进作好铺垫。“但这一切都没有扼死准噶尔”，“自然的风暴不曾堵塞金秋的通道，人为的风暴也没有战胜绿色的必然”，这一突转，使诗情陡然掀起大波，诗的基调便由低沉渐趋昂扬。在开拓者的心目中，地平线永远是“一道诱人拥抱的光环!”任何艰难和坎坷都阻挡不了人们追求希望和美好的步履。诗人还由此联想到自己所走过的人生之路：“荒野的路呵，曾经夺走我太多的年华，/我庆幸，也终于夺走了我的闭塞和浅见，/大漠的风呵，曾经吞噬我太多的美好，/我自慰，也吞噬了我的怯懦和哀愁。”诗人以一种乐观的态度看待自己投身边疆的得与失，体现了生活的辩证法，诗中洋溢着一种积极向上的精神。随着诗情的推进，诗人还进一步抒发出自己对“开放和坦荡”“通达和深远”的热爱之情，表达出对“粗犷和爽快”“豪放和乐观”的赞美和敬重之意，并且郑重地表示“愿将阻隔明天的一切看穿!”不仅如此，诗人接下去又调转笔锋，驳斥那种“明天太虚”“人生如梦”等消极落后的人生观，引导人们正确看待生活与人生。“地球上固然有太多的坎坷（真的，大多!）/从太空望下——还不是一个旋转的椭圆?”这是从微观和宏观、现象和本质、局部和整体的哲学高度去启迪人们正确把握人生的真谛，从而激励人们树立进步的人生观。“而地球对人们是公道的/每一个生命都给予一条地平线；/只要你走着，结结实实地向前走着，/未来的天地——不是：无缘，而是：无限!”这质朴明朗的诗句道出了人生的至境至理，将全诗的思想和情感升华到更高的境界。到诗的最后，诗人不仅满怀深情地感谢准噶尔“哺育了我的视力”，而且以豪迈的情怀唱出了高亢激越的尾声：“我骄傲，我有辽远的地平线!”从而把诗情推向高潮。全诗就这样把描写，抒情和议论有机地结合起来，把对历史的回顾、对现实的展望和对未来的沉思交织起来，显得激情奔放而又哲理横生，境界开阔而又气势雄浑，诗思跌宕起伏而又层层推进，有着一般阳刚之气，能给人以一种豪放雄壮的诗美感受，使人读过之后不能不受到巨大的鼓舞，不能不产生一种奋进的欲望。

从诗的艺术手法上看，这首诗大量采用了排比、对偶、反复等手法，既有助于诗人直抒胸中豪情壮志，造成一种奔放的气势，使全诗获得一种开合自如而又一气贯注的艺术效果，还给全诗增加了一种整齐匀称，流畅回环之美。如开头一节诗，诗人一连用了四个“我常想”，把排比和对偶巧妙地糅合在一起，使这节诗既有排比句那种奔放的节奏，又有隔句对那种对称的美感，能行云流水般地展示出事物之间的承接转换，揭示出事物内在的本质联系。又如：“云朵和牧歌，总是我不肯抛弃的乘骑，/车辙与大道，总是我不肯折曲的翎箭”，“呵，不出茅舍，不知世界的辽阔！，/呵，不到边塞，不觉天地之修远！”等，都是比较工整的当句对，既整齐有序地表现出诗人的情思，也有着抑扬顿挫的音乐美。除此之外，诗中还灵活地运用了反复的艺术手法，如：“我见到过，见到过那个疯狂的年月，/见到过恐怖，见到过劫难”。这里，诗人运用了词语反复的手法，一连用了四个“见到过”，如暴雨直泻，淋漓尽致地抒发了诗人的满腔愤恨。再如在几节诗中都分别写出了这样的诗句：“地平线，千百年来的死亡线”，“地平线，冷得发青的一条锁链”；“地平线，好一道诱人拥抱的光环！”诗人运用了间隔反复的手法，对地平线进行反复吟咏，既有利于把各节诗行粘合在一起形成有机的整体，又有利于强化感情，深化主题，从而使诗取得了一唱三叹、回环往复的审美效果。

心底的旋律 执着的恋歌

——赵恺《我爱》评析

这首诗曾获 1979—1980 年全国中青年诗人优秀新诗奖。诗人将自己独特的生活感受与其对历史和现实的思索交织在一起，谱写了一首深沉而又热烈的爱之歌。爱，是古往今来诗人们最热衷讴歌的永恒主题，但这首诗所抒写的爱绝不是一般的爱，而是一种普遍的人生之爱，是一种历经磨难仍执著如初的爱。我们读着这首诗，不仅从诗中感受到一股熔岩般灼热的情感力量，而且还能感到一种礁石般坚韧的人格力量。这是饱经忧患的诗人“发自心底的旋律”，也是一代多难的追求者爱的表白与宣言。

此诗采用的是直抒胸臆的抒情方式，语言也质朴如话，似乎不加修饰，那么，为什么我们读后却深受感动，并且引起强烈的共鸣呢？从诗歌艺术美的角度看，就在于这首诗能很好地将诗情与哲理高度地统一起来，既以炽烈的情感炙热人心，又以深邃的哲理启人深思。一般来说，这类直抒胸臆式的抒情诗，如果仅停留于抒发一己之情，不能从生活的整体把握上发现某种闪光的人生哲理，诗歌就会缺乏深刻性，如果仅仅停留于揭示某种人生哲理，不能从诗人颤动的灵魂上燃起真情的火焰，诗歌就会缺乏感人性。因此，能否将诗情与哲理有机地统一起来，也就成了衡量这类诗艺术高低的美学标准。这首诗表达的情感是极其真诚而又丰富的。诗人立足于个人的生活经历，通过爱的萌生—爱的失落—爱的回归，展示了自己坎坷不平的人生道路及心灵轨迹。这里有爱的温馨，也有爱的苦涩；有爱的执着，也有爱的艰辛。诗人不是以浪漫的情调向我们唱出一首轻松欢快的爱之歌，相反，诗人处处忠实于自己的生活感受，向我们唱出了一支交织着眼泪和笑声的爱之歌。尽管如此，诗人也并没有满足于以情动人，而是在抒情的同时，还将沉思的目光频频投向历史与现实，从广阔的社会背景上，从正反两个方面的教训中去思索爱的真谛。这首诗的主旨是写爱，但诗人在写爱的同时并没有忘记写恨的一面，没有忘记写那段连爱的权利也被剥夺的历史，没有忘记写自己在这段历史中丢失的“二十年”宝贵的年华。这样，诗人就把个人遭际与民族的悲剧紧紧地联结起来，深刻地揭示出造成个人和民族灾难的根源。它使我们领悟到一个非常朴素而又是颠扑不破的人生哲理：当人们连爱的权利也被无端剥夺的时候，这个社会必然是病态的，历史也必然要上演悲剧！正因为诗人如此真实地写出了恨的一面，才加倍地衬托出诗人爱的真诚与执着："爱，本身就是种子，/生命，怎会死去？/我还是说，我爱/今天的爱，正是昨天爱的继续。"这是诗人在悲剧"落幕"时刻从心灵深处迸发出来的呐喊，它从生命的高度揭示出爱的本质，表现出诗人虽历经磨难仍不放弃人生之爱的坚强信念，这无疑包含着诗人对人生真谛的理性思考。是的，没有爱就不会有健康的社会，没有爱就不会有美满的生活；没有爱就不会有灿烂的人生。爱是人类最辉煌的太阳，只有在她的照耀下，生活才会闪现出迷人的色彩，人们才会鼓起更大的热情，去永不停息地追求"生命的价值"。"纵使我是一条鱼，也是一条前进的鱼！"这铿锵有力、情思饱满的诗句，生动地表现出诗人对生活的挚爱，对信念的坚守，对理想的追求，它像进军的鼓点，一声声震撼着读者的灵魂，具有催人奋进的感召力。随着诗情的层层推进，诗人甚至按捺不住心中千般感慨，万种情思，异峰突起地写出了超出常理，令人震惊的爱之心声：

> 我爱我该爱的一切，
> 甚至爱上了"爱"的仇敌……多亏丑恶的存在，
> 爱，才是一个有血有肉的主体。

诗人于嬉笑怒骂之中把握生活的辩证关系，表达了对爱与恨的哲学思考；于满腔忧患之中掏出自己一颗滚烫的爱心，酣畅淋漓地抒发了自己的豪情壮志。全诗就这样将浓烈的诗情与深刻的哲理有机地统一起来，能极大地刺激读者的审美感受，调动他们的人生经验与生活联想，和诗人一道领悟爱的真谛，产生强烈的共鸣，获得独特的诗美。

从诗的艺术构思和表现手法上看，这首诗以诗人的思想感情发展为线索，将精选的生活细节、巧妙的比喻、奇特的想象、瞬间的幻觉与诗人独特的感受、流动的思绪等都有机地交织在一起，构成了一幅错综复杂的心灵的图景，从而有效地增强了诗的表现力和感染力。例如：诗中写初爱时，就通过"柳枝削成的第一支教鞭""乡村小学泥垒的桌椅"等真实意象，表现了诗人对工作的忠诚与热爱。诗人写爱的失而复归时，也是通过具体的生活细节来展示："我把平反的通知，/和亡妻的遗书夹在一起；/我把第一根白发，/和孩子的入团申请夹在一起"。"我首先爱上公共汽车月票，/珍重地把它藏进贴胸衣袋里"。这些从生活中捕捉的动作细节，向我们传达了丰富的情思，也生动地刻画出诗人那颗苦恋的灵魂。诗中也写到那段疯狂地践踏爱的历史："我有幸参加了一场民族悲剧。/五十万演员，/四分之一个世纪，/一个延误了两千年的主题"。诗中只用了一个形象的比喻，就把一场民族灾难概括得令人触目惊心，并且还一针见血地揭示出造成这场灾难的根源。为了增强诗的表现力，诗人在写实境的同时，还展开奇特的想象，用虚境来表现诗人复杂而微妙的精神世界：

我挖出当年那颗珍藏进泥土的泪滴，
时间已把它变成琥珀，
琥珀里还闪动着温暖的记忆。

诗人用变形意象，富有张力的语言，艺术地表现出诗人对爱的执着如初的追寻。这样的虚境显然是诗人想象的产物，但它却能有效地揭示出生活本质的真实，更能强烈地冲击读者的心灵，给读者带来新奇的审美感受。总之，这首诗虽然采用了内心独白的方式，但由于诗人不断变换写法，使得这首诗在意象上，能将生活的具象与奇特的幻象结合使用，在画面上，能将历史的镜头与现实的画面交替呈现；在节奏上，能将舒缓和激昂安排得错落有致，而在表达上，则又能熔叙事、抒情、议论于一炉，从而从多方面增强了诗的艺术魅力。

独特的视角 全新的境界

——流沙河长诗《太阳》评析

古往今来，有无数讴歌太阳的诗篇，但流沙河的长达二百四十六行的《太阳》一诗，却能另辟蹊径，独树一帜。面对那轮古老得令人熟视无睹，反而未能引人探究的太阳，流沙河从多种独特的视角去瞭望、感受、想象和沉思，为我们创造了多重时空的、全新的太阳世界，唱出了一首不同凡响的、给人灵魂以震撼的太阳之歌。透过太阳形象，诗人多角度的、深入地发掘了人类寄寓在太阳这个宇宙意象上的极其复杂的生命意识和文化观念，用锐利之笔层层剥去人类涂抹在太阳上的种种神化的色彩，还其本来的面目，并伴随着人类对太阳的重新审视和永不停止的探索，热情讴歌了人类探索未知领域的伟大精神。

这首诗写于1979年，于1980年8月在《诗刊》头条位置刊发，可以说它是当时思想解放、观念更新的产物，是流沙河诗歌的重要作品之一，也是众多写太阳的诗歌中最有特色、最有新意的作品之一。

应该说，选择太阳作为歌唱的对象，并且要写出新意，是有很大难度的。这是因为有关太阳的象征意义、符号意义已在当时的中国人心中形成了心理定式，况且有关太阳的诗歌已有很多，难以突破。因此，流沙河特地在诗前引用了法国诗人弗拉马利翁的诗句：“你以为一切都已发现了吗/真是无比的荒谬/这无异于把有限的天边/当作了世界的尽头”。这是《太阳》一诗创作的重要出发点，也是理解这首诗的关键。

在中国传统文化系统中，太阳是超自然神力的象征和君王的象征。在初民的感受和想象中，万物的生死和复苏，都是由太阳的神力所致，人们对太阳充满先验性的神秘感和宗教情绪，故中国先民视太阳神为自己的始祖神。后来，中国古人又将太阳视为君王的象征。《礼统》中有这样明确的表述：“日者实也，形体充实，人君之象。”古人所说的“天无二日，国无二君”，也是将太阳与君王对应构成了隐喻关系。而在20世纪的中国政治生活中，人们出于对领袖的崇拜，又把毛泽东同志与太阳联系起来。如果说著名的民歌《东方红》中的“东方红，太阳升，中国出了个毛泽东”还是信天游的比兴手法，那么到1941年朱子奇《杨家岭出太阳》则是直接的比附，其副标题是“——献给毛泽东”，并有注：“杨家岭是毛主席在延安的住处。”歌中有“杨家岭出太阳/闪闪阳光照四方……”从此，太阳意象就失去了其多义性，变成了一个有明确内涵的符号，“太阳就是毛主席，太阳就是共产党”。到了“文革”期间，一些吹鼓手们又将领袖人物说成是“最红最红的太阳”。

关于太阳的诗歌，在五四新文化运动后就有很多。太阳在新一代诗人中又有了新的象征。如郭沫若写于1921年的《太阳礼赞》，则把太阳当作光明的象征，“从我两眸中有无限道的金丝向着太阳飞放”“请把我全部的生命照成道鲜红的血流!”诗句形象有力地表达了诗人要追求光明、为光明而献身的远大理想。闻一多写于1923年的《太阳吟》，则在太阳的形象上寄托了一个海外游子对家乡、祖国炽烈的思念之情：

太阳啊，也是我家乡的太阳!
此刻我回不了我往日的家乡，
便认你为家乡也还得失相偿。

太阳啊，慈光普照的太阳!
往后我看见你时，就当回家一次，
我的家乡不在地下乃在天上!

闻一多在给友人的信中明确指出过，这里的“家”不是狭义的“家”，而是指中国这个大“家”。而艾青写于1937年春的《太阳》，则写出了太阳诞生的非凡气势：

从远古的墓茔
从黑暗的年代
从人类死亡之流的那边
震惊沉睡的山脉
若火轮飞旋于沙丘之上
太阳向我滚来……

这首诗预言我们多难的民族必将用生命和鲜血赢得抗日战争的最后胜利，诗中的太阳，象征着光明的时代和民族的新生必将到来。限于篇幅，这里不再一一列举另外一些写太阳的诗歌。总之，流沙河在写《太阳》之前，对这些有关太阳的传统观念以及有关诗歌，当然十分熟悉。这种熟悉的有利之处是使他了解了前人对太阳的感受与认识所能达到的地步，不利之处是这种熟悉在他面前也形成了一道障碍，他必须要跨越这道障碍，去寻找属于他自己的太阳，才能落笔为诗。可喜的是，流沙河做到了。他以太阳作为全诗构思的核心，先后从实境与虚境两个不同的角度切入历史与未来的广阔时空，引领人们去回顾和想象人类与太阳有关的一切活动，从而多角度多层次地完成诗人对太阳的审视、沉思和新的发现。

首先，诗人为我们概述了人类与太阳的密切关系，并揭示出太阳逐渐被人类异化的过程。从写作的角度来看，这部分所涉及的历史时空无限广阔，所涉及的人类有关太阳的生命意识、崇拜意识、文化意识也极其丰富，它简直就是一部太阳发展史、人类发展史，若处理得不好，诗就会写得冗长、单调，并且很难突出重点。流沙河在这方面注意通过视角的变化造成思绪大跨度的跳跃，力争在简约的诗行中，把诗的触觉伸向尽可能丰富深广的精神层面。

第一，从人类的视角看太阳。“没有比她更伟大的了/除了原子里的能/人间的一切动力都是她的赐予/给我们光/给我们花果/给我们风雨和晴朗/……她把光能和热能转化为/淀粉　脂肪　蛋白质/再转化作我们的体温/和我们的每一粒细胞/我们的生命来自太阳/我们是她的儿女。”这就写出了太阳的伟大、太阳是人类的生命之母。接着写太阳的年龄：“她正在壮年期/刚满三十亿岁/端庄而又美丽”；写太阳比那些衰老红肿的红巨星、临死萎缩的白矮星、亮得发疯的新星、互相追逐的双星、轻佻妄动的变星等具有更强的生命力和自信心：“她对未来满怀信念/稳重地释放着自己的核能。”

第二，从太阳的视角观照人类。“遥想十亿年前/她俯视着植被斑斓的地球/投含情的目光人大海/在那里造出了最初的蛋白质/变成阿米巴原菌/变成鱼类/变成两栖类/变成爬虫类/变成始祖鸟和哺乳类/变成古猿和灵长类/变成猿人　智人　古人　现代人/她是各种神态的生命之母/她是举头可见的上帝”这就写出了太阳创造了生命及人类的漫长历史；“只有她能见到每个人的生与死/每个人在她下面匆匆走完一生/她照看着芸芸的众儿女”“一一给以爱抚”。

第三，诗人又换成从人类的视角去观照太阳。“我们爱她。爱得很深很深/她使我们对明天抱着希望/我们早在襁褓中就熟识她了/临死时还能盼着最后看她一眼/甚至在棺盖里也画着她的图像/以安慰长夜中寂寞的亡灵”，这就写出了人类对太阳的爱；“所有古代的民族都礼拜过她/巴比伦人给她修建庙宇/希腊人请她乘坐金马车巡天/埃及人请她为死者再造魂魄/屈原呼吁她长箭射天狼/给楚国带来美好与安定/周王年年春分鸣钟击鼓/朝着东方向她叩头祈福”，这就写出了人类在太阳形象上所寄寓的美好的幻想和善良的愿望，其中渗透着不同民族所特有的浓厚的文化意识。正因为太阳无时不在，无所不在，也遮挡了人类探索的目光。“有了她的存在/我们感到万分满足/不屑于多多细察别的天体”“我们的肉眼能分辨六千颗星/可是很少有人认真瞧过她们”“谁也不认为/她们都是遥远的太阳/一样地辐射着强光与高热/一样地可能有自己的行星系/时代只给我们相应的智慧/没有看见的我们当然怀疑/看见了的我们还是不相信”，于是太阳渐渐被人类异化乃至神化：

为封建剥削制度辩护的谋士
断言她是阳之精　君之象
天无二日　民无二主
终于成为神圣的教条
谁敢倡言太阳不止一个
将被控告犯了谋反大罪
历代的君王抄袭着可笑的谎言
说他们的老娘梦日入腹而受孕
女皇也会造出一个曌字来
宣布自己兼任太阴与太阳
乡民办事要择黄道吉日
野外撒尿都得选好方向
万万不可冲犯三光之首
于是我们的慈母被奉为神祇
成了威力无边的万有
成了不可思议的永恒

诗篇揭示了在漫长的人类社会，太阳被异化为君王的象征，成了愚弄人民的象征。如果说诗篇到此仍是写实，仍是在展示人类认识太阳的漫长历史，那么这种写实对全诗的整体构思来说只是一种铺垫，一种蓄势，一种对比，诗思至此将要进入一种较大的转折和升腾，诗人将要把我们引进一个想象的宏伟的宇宙，引领我们去探索宇宙中的太阳，进而探索更新的宇宙。

其次，通过想象，展示人类探索宇宙的伟大征程，揭示太阳在宇宙中的本来面目，热情讴歌人类伟大的探索精神。这是全诗的重点部分，是诗人重新审视太阳，获得新认识的关键所在。随着科学的发展，“人类要探索天外的天/太阳系之外的太阳系/于是火箭腾空直上/载着我们飞入了行星际空间”。诗人既联系人类探索宇宙的科学实践，又展开了想象的翅膀，带领我们去遨游无垠的宇宙，在不断推进的更为宏大的宇宙背景下，以不断变换的视角去重新审视太阳，审视宇宙，不断感受人类探索真理的艰难历程以及获得新认识、新发现的过程。在这部分，诗人以奇特的想象，将人类在宇宙间遨游、探索的过程写得一波三折，触目惊心。

当飞到火星，回头再“眺望母亲的容颜”时，人们“惊诧得不知所措”：“她怎么瘦小了/她怎么昏暗了/天空再不是蓝色的穹庐/中午仿佛地球上的黄昏”；飞到木星时，人们“不免恐慌地叫喊起来/她更小了/她更暗了/我们疑心自己产生了幻觉/难以置信她是我们的母亲”；飞到土星时，“那里的白天成了黑夜/她也失去了最后的威严/寒冷　凄凉　孤独/像一枚小小的乒乓球/漂移在墨黑的虚空里”；当飞过天王星，飞过海王星时，“她变成普通的恒星/只有那桔黄的光芒/能引起旧日的回忆/有人感伤了/有人动摇了/有人要求飞回去”；继续飞过冥王星时，“她变成一颗暗弱的星/混杂在密密的群星里/如果没有星图的帮助/我们就很难找到她了/有人痛哭了/有人抗议了/说已经来到宇宙的边境/面临着黑暗不测的深渊/可是更多的人要求继续向前飞”，于是经过“一番争吵　一番斗殴”之后，一大群“勇敢的哥伦布”仍坚持向前飞：

于是我们从太阳系出发
首次飞入了恒星际空间
就像小孩爬出摇篮
走出房门　走进了花园里
这时候我们终于接受一个真理
哺育我们成人的母亲虽然伟大
却并非永恒　却并非万有
固执迷信的只是我们自己
她原本是一颗平凡的星

诗人渐渐把太阳推进宇宙的浩瀚星系中作比较，剥去一切人类涂抹在太阳上的种种神化的色彩，显露其平凡的面目，这是人类用科学的思想，不倦的探索，对太阳进行重新审视所获得的新认识、新发现，它让一切别有用心者利用太阳制造的神话和迷信顿时轰然倒塌，也把人类对太阳的认识推进了全新的境界，至此，诗人对太阳的探索和思考已大大超越了前面的写实，升华到了一个崭新的天地。但诗人仍然没有满足于此，他还要让人类对宇宙的探索继续进行下去：

飞行多年以后
天空渐渐亮了
我们狂欢流泪
半人马座阿尔法辉煌耀眼
她们是三个聚合的太阳
她们是三个共居的母亲
一系列的行星绕着她们回旋
那里栖息着优美的智慧生物

那里有着更加丰富的色彩
更加奇妙的温暖
更加高级的文明

于是，“我们被当作天外忽来的飞碟/太阳系的使者　人类的代表”，到处遇着狂热的欢迎，“我们可以骄傲地喊出第一声/我们/来自/我们的/太阳”，这里写出了由于人类不停地探索，终于发现了新的宇宙，新的太阳，这是探索者的骄傲和自豪。“飞啊　飞啊　向前飞/宇宙永远不会有尽头/银河系中有太阳一千亿个/繁荣的可居世界无法数清/只要在适当的距离范围内/每个太阳都能成为人们的慈母……虽然她们同我们的太阳一样/绝非万有　绝非永恒”，这就写出了人类探索的永无止境，发现的永无止境。宇宙中类似太阳的星体有无数个，且每个星体都是平凡的。最后诗人满怀信心地写道：

我们不停地探索　不断地失败
我们胜过了前人
后人又将胜过我们
从穴居到百层高楼
从算策到电子计算机
从篝火到霓虹灯
从独木舟到宇宙飞船
活生生的上帝终归是我们自己
而不是任何太阳

诗人从对宇宙的探索，对太阳的瞭望，再回过头来，返顾人类自身，觉得真正伟大的、创造人间奇迹的、主宰人类命运的还是人类自身那种执著而永恒的探索精神，从而把诗的思想推向了最高的境界。“活生生的上帝终归是我们自己/而不是任何太阳”，这掷地作金石之声的诗句，宣告了愚昧的破产，人类的觉醒，犹如嘹亮的钟声，永远激荡在人类的心头，鼓舞着我们向命运挑战，向未知探索，向未来奋进！

综上所述，全诗以太阳作为构思的核心，通过写实和想象等艺术手段，围绕着人类对太阳、对宇宙的探索历程而全方位展开，构成一个横贯宇宙和人类，纵穿历史与未来的宏大的复合空间，把我们带进了人类与宇宙的漫漫长河，让我们尽情地进行了一次精神的漫游，让我们的情感伴随着人类探索的波涛而颠簸浮沉，不断获得新的体验，让我们的思想穿过人类求索征程中的漫漫迷雾，不断认识太阳的本来面貌，以及不断发现天外的太阳，从而从哲学的高度揭示了人类与太阳、太阳与宇宙、人类与宇宙之间的关系，热情讴歌了人类永不停息、伟大而坚韧的探索精神，肯定了人才是创造历史、创造奇迹、创造美好未来，真正主宰着自己命运的上帝，从而使得这首诗在同类题材的诗歌中显示出更大的境界和气魄，具有更丰富深广的思想内涵。

最后我们还想指出，流沙河的这首诗中蕴含着丰富的天文知识，若没有这些知识的积累和化用，是无法构筑这首诗宏大的历史空间和宇宙空间的。流沙河从小就爱好天文，早在1963年夏季到冬季，“半年之间我已经一个一个地认得了二十八宿和黄道十二宫，熟悉了月亮和太阳在天球上的道路。全天八十八个星座，北半球能看见的那一大半星座我都认得了。”① 即使后来他被打成“右派”，戴着帽子接受监督劳动时，他也一边钻研天文古籍，一边观察星象。“窃以为，不识星象正如不识世界地图一样，乃人生之一大憾事，所以那时候我一手握着电筒，一手翻着星空图，夜夜去到旷坝上，仰面观星，逐个确认。”② 他批评当今的一些诗人：“有的就连北斗星和北极星都分不清楚，混为一谈；有的人从来没有看见过启明星，也不知道那就是金星，乱写一气；有的把大小悬殊而又本质迥异的行星和恒星误当作一回事；有的以为流星就是星星落下来了；有的从来不识牵牛星和织女星，却要去写；有的以为天上有一颗星叫‘大救星’；有的认为地球大而星星小；有的说他的妈妈看见了海王星（肉眼看不见）；有的写一轮明月又写满天繁星（曹操都知道‘月明星稀’）；有的不懂‘互为参商’是什么意思；有的把彗星写成‘慧星’（不知道彗是扫帚）。”③ 不仅如此，流沙河还是四川飞碟（UFO）研究会的成员。这说明，知识的积累对诗歌创作同样是重要的（当然，知识在诗歌创作中要转化为具体的艺术感受），我们千万不要被某些诗人所宣扬的“反知识”“反文化”，只是“跟着感觉走”的论调所迷惑。可以说，没有广博的知识结构，没有深厚的文化功底，是不可能写出诗歌力作的，也不可能成为大诗人。

①流沙河：《〈太阳〉和太阳神》，《1980—1984散文选》，人民文学出版社，1986年版，第401页。
②流沙河：《〈太阳〉和太阳神》，《1980—1984散文选》，人民文学出版社，1986年版，第403页。
③流沙河：《〈太阳〉和太阳神》，《1980—1984散文选》，人民文学出版社，1986年版，第402页。

追求者的心灵历程

——杨炼《飞天》评析

这首《飞天》是青年诗人杨炼《敦煌》组诗中的第三首。它选择民族文化的代表物——敦煌石窟中的著名壁画飞天作为诗人情思的载体。飞天形象，本身就是人类精神追求的象征。人类因为有崇高的精神追求，生命才焕发出耀眼的光彩，人类社会因为有一代代追求者的奋力推动，才一步步跨进理想的境界。可是，有谁深思过，真正的追求是何等的艰难，追求者的心灵又要经受哪些痛苦的历程？杨炼站在历史与现实的高度，用现代意识，当代精神之光去观照飞天女的形象，通过描述她的生存状态，颇具哲学意味地揭示出追求者的心灵历程，是一条永远充满着矛盾、痛苦、孤独、寂寞而又始终没有泯灭期待的历程。

在诗中，诗人一方面通过描述飞天女的自白："我不是鸟""我不是鱼"，暗示出追求者不可能真正享受"海阔凭鱼跃，天高任鸟飞"的自由，相反，却时常面临着"一片黑色的海""又冷又湿的墙""扼住想象"的"现实之手"；尽管表面上"表演着应有的温柔"，也免不了陷入"颤栗的孤独"，"整夜哭泣"，这些诗句将追求者难以超越现实的心灵痛苦异常真实地揭示出来，犹如向人们袒露一颗颗伤痕累累的心。另一方面，诗人还用较多的笔墨，描述追求者的灵魂常常陷入一种两难处境："我飞翔，还是静止/超越，还是临终挣扎"，"醒来，还是即将睡去?"；"我憎恨黑暗，却又不得不跟随黑暗"；"生，还是死"等，诗人将笔触深入到追求者充满矛盾和斗争的内心世界，揭示他们在漫长的人生道路上所经受的种种选择的痛苦。但是，无论如何，追求者都不会丧失自己的信念和希望："为期待而弹琴"已经成了他们的"一种习惯"，他们坚定而又执著地要在追求的道路上"苦苦漂泊"，即使生命"摆停在天地之间"，灵魂被"锤成薄片"，他们那种锲而不舍的追求精神也要穿越时空："在这一点，这一片刻，在到处，在永恒"，像日月的光辉，永远照耀着人类生生不息，探索不止的壮丽进程。全诗就这样一步步展示出追求者的心灵历程，尤其是超越的艰难，选择的痛苦，期待的永恒，几乎成了人类精神追求历程中必然要涉足的精神境地。人类如果没有对理想的永恒期待，就不可能千方百计地去寻求超越现实的途径，也就无所谓承受选择人生道路的痛苦；反过来说，如果没有正确的选择，也就很难跨入超越境界，期待也就成了渺茫的空想。诗中所揭示的人生哲理具有提升人的精神境界，启迪人们思索人生的作用。

在写作艺术上，这首诗的第一个特点是恰当地选择了抒情视角。诗人不是站在第三者的角度去歌唱飞天，而是把自己喷涌的情思转移到飞天意象上，使本来无生命的画中人物具有了人的生命，人的性格，人的意识，从而巧妙地变客观视角为主观视角，这样，诗人就获得了抒情的更大自由。全诗自始至终都是以飞天女内心独白的形式层层展开，诗中的“我”已经超越了飞天形象乃至诗人的自我形象，成为人类追求精神的象征。飞天的内心独白，实际上也就是追求者的心声。

第二，采用了对应式的意象结构。这首诗通过“动静”“升降”“昏醒”“生死”“有无”等几组对应意象去描述飞天女，并配合以一连串的“我（是）……还是……”这种选择句式，把“人”置于各种关系、各种矛盾中去表现，以便从多角度去思考追求者的地位，命运，价值，揭示追求者的内心冲突。诗的最后两句“我飞如鸟，到视线之外聆听之外/我坠如鱼，张着嘴，无声无息”也仍然是意象的对应组合，它形象地表现出追求者的主体精神常常呈现出两重组合的状态。一方面，当他超越世俗时，他便像“飞鸟”一样“朝四周激越”，尽情领略精神追求的自由与欢愉；当他坠入世俗时，便像“沉鱼”一样地“退回无情的宁静”，默默体验尘世的艰难与痛苦。这种意象的对应组合，和这首诗所要表达的思想内容十分合拍，也是杨炼一系列东方抒情史诗在结构上的一个显著特点。

麦地上的梦想

——海子《麦地》评析

阅读此诗，我们首先应当注意到，是海子首先发现并为我们创造了“麦地”意象。在这之前，虽然也有过“麦子”“打麦场”“麦田”等意象，但却因缺少丰富的内蕴而未能成为富有创造性的意象。只有等到海子发现并最先写出“麦地”意象后，这个意象才充分显示出它的独特性和象征性。海子在乡村生活了15年，麦地连接着村人的命运，连接着他童年和少年的生活。如同梵高发现了向日葵和生命的内在联系一样，海子通过诗歌发现了麦子和生命的秘密联系。独特的生命体验和客观形象的奇妙遇合，转化成了海子诗歌中耀人眼目的“麦地”意象，并由这个意象衍化出“麦子”“月亮”“月光”“镰刀”“麦粒”“麦浪”“麦秸”等一连串相关意象，围绕这些意象逐层展开有关“吃麦”“种麦”“看麦”“割麦”“收麦”以及在麦地狂欢和遐想的动人场景。

这首诗的动人之处，还在于诗人在他发现的“麦地”里，有意创造了一个美丽和谐、宁静安详的乡村乌托邦，寄寓着诗人向往和追求一种世界大同式的理想生活。为此，诗人特意将麦地置于月亮之下，夜色之中，并赋予麦地童话般迷人的色彩：月亮下种麦的父亲“身上像流动金子”；看麦的“我”在月亮照耀下安详地睡着，“家乡的风/家乡的云/收聚翅膀/睡在我的双肩”；麦熟季节，“麦浪——天堂的桌子/摆在田野上/一块麦地”；割麦时，“麦浪和月光/洗着快镰刀”……一切都显得那么自由、宁静、和谐、自足和陶醉。字里行间渗透着诗人对乡村生活的美好梦想和深情眷恋。不仅如此，诗人还无比豁达、无限虔诚地表示：“我们是麦地的心上人/收割这天我和仇人/握手言和”，一起在麦地分享丰收的喜悦，共过和平富足的生活。

到最后，诗人甚至超越现实，将这种理想的精神状态扩展到更为广阔的世界，让不同民族、不同国度的孩子都在月光普照的大地上，一同享受这种自由、安详、富足和惬意的生活。由此可见，海子不仅最先发现了麦地意象与人类的生命和精神的关联，而且还根据自己对麦地的神性体验和诗意追求，改造和升华了麦地意象，将麦地转化成了类似诺亚方舟式的乐土，以供人类和谐相处，共生共存。这样，海子就很巧妙地通过一次对麦地世界梦想式的精神漫游，寄寓了他对理想的生命形态、精神家园的强烈渴望和追求。

构思精巧　内蕴深厚

——余光中的《乡愁》评析

乡愁，是中国诗歌中永恒的主题，历代诗人都为之歌吟，留下了许多优秀的作品。但余光中的《乡愁》，则融入了他独特丰富的人生体验和刻骨铭心的故国之思。余光中少年时代就做了流亡学生，逃到大后方去读书求学，每天都盼着母亲的来信；20世纪40年代末，他随父母迁居香港，旋即去台湾。后经过读大学、入伍服役后，终进东吴大学任教。婚后又去美国留学进修，与妻子相别；1958年母亲去世，他与慈母生死相隔，再难团聚；中年以后，眷恋故乡故园之情日夜萦绕在心头，可那一湾浅浅的海峡，却割断了他的美梦……这久蓄的人生感受，这无法压抑的情思，终于喷涌而出，化成这首构思精巧、内蕴深厚的乡愁之绝唱。

“乡愁”本是一种抽象的情感，要转化为诗意的表达要经过巧妙的构思，找到具体可感的物象作为载体。为此，诗人从两个方面去运思，去设计诗意的整体表现形式。

第一，从时间的角度切入，将“乡愁”分为四个阶段，这四个阶段先后顺承，恰与诗人的人生经历密切相连，即：小时候—长大后—后来—现在。这四个标示时间的短语，恰恰引领每节诗，对应人生的四个阶段。

第二，根据诗人的人生经历，为每个阶段的“乡愁”找到一个客观对应物，即：邮票、船票、坟墓、海峡。诗人通过时空与客观对应物的变化，一步步推进了“乡愁”的层层深化：少小离家，与母亲书信往来，乡愁寄托在小小的邮票上；长大后，为生活而奔波，与爱人聚聚离离，船票成了寄托乡愁的媒介；后来，母亲故去，乡愁便与母亲的坟墓紧密相连；而现在，一湾浅浅的海峡，又将“我”与祖国大陆无情地隔开，乡愁便与那浅浅的海峡难解难分。这样，乡愁的内涵不断扩展，由个人的亲情之思上升到群体的故乡之思。全诗到此戛然而止，给读者留下了广阔的思考余地。

《乡愁》的形式是凝练的优美的。全诗只有四节，每节结构相似；句式长短交错，富于变化；每节都有词语重复，且押韵一致，造成了回环往复、一唱三叹的艺术效果；叠词和数量词的巧妙运用，也大大增强了全诗的音乐美。

别具一格的乡愁曲

——洛夫的《边界望乡》评析

洛夫的《边界望乡》是一首别具一格、动人心肠的乡愁曲。

这首诗在整体构思上注重实境与虚境相结合，即将边界望乡的实际情景与个人感受、想象催化下的虚拟情境巧妙地交错叠印，形成富有意味的流动画面，把读者引进熟悉而又陌生、单纯而又丰富的艺术世界，处处感受到诗人的心跳和满腹的潮涌。诗一开篇就平静地写实，淡淡引入。“雾正升起/我们在茫然中勒马四顾”，“雾”与“茫然”，一实一虚，暗示诗人的情绪开始萌动。“手掌开始生汗”，暗示诗人复杂的情绪开始涌动。“望远镜中扩大数十倍的乡愁”，“望远镜”是实，“数十倍的乡愁”是虚，虚实结合，景物和情绪交融，构成了奇妙的诗句，确定了全诗的氛围和主旨是“乡愁”。“当距离调到令人心跳的程度/一座远山迎面飞来/把我撞成/严重的内伤”。“心跳”贴切地表现出诗人那种“近乡情更怯”的心理反应；“迎面飞来”的远山把我“撞成了严重的内伤”，这里，“远山”是实境，把我“撞成了内伤”是虚境，虚实结合，构成了一个极具视觉冲击力、心灵震撼力的变形形象，是全诗中极富创造力和表现力的核心诗句，把诗人内心长期蓄积、瞬间爆发的隐痛表现得淋漓尽致、入木三分。顺着虚境构成的内在逻辑，诗人索性接着说自己“病了病了”，并选用古典诗词中常用的一些典型意象来拓展诗的境界。第一，选取“杜鹃”来比喻其病态，这是实象，但又有意将实象拟人化，说它“蹲在那块‘禁止越界’的告示牌后面/咯血”，这又是化实为虚，进一步深化了诗人的“乡愁”之痛；第二，选取“白鹭”来做对比，说它“从水田中惊起/飞越深圳/又猛然折了回来”，其自由自在地来回更反衬出诗人的无奈和悲哀；第三，选取“鹧鸪”形象，并运用通感变形，化实为虚，说它“以火发音”，“那冒烟的啼声”穿透“三月的春寒”，把我“烧得双目尽赤，血脉贲张”，从而有效地表现了诗人强烈的故国之思。到最后，诗人展开想象，想到惊蛰、春风后的清明，那是一个让人怀祖的凄清时节，可又是自己无法怀乡的季节。现实是无情的，“故国的泥土，伸手可及/但我抓回来的仍是一掌冷雾”，这里“冷雾”之实与“故国”之虚，构成了诗的张力和情感冲突，使诗人那颗欲展翅飞翔、亲吻故土的心，突然重重地跌回现实冰冷的大地。这是历史的悲剧带给诗人的无奈和幻灭。

此外，这首诗的语言极富创造性和艺术魅力。这主要表现在诗人大胆突破常规的人皆熟悉的语言组合方式，追求语言的超常搭配与组合，造成一种陌生化的表达效果，给读者带来一种强烈而新奇的刺激，也给读者留下欣赏和回味的余地。